클레오파트라의
딸
Les dames
de Rome

프랑수아즈 샹데르나고르 장편소설
최정수 옮김

클레오파트라의 딸

Les dames
de Rome

2

로마의 여인들

다선
책방

일러두기

- 소설 본문의 각주는 옮긴이 주이다.
- 「저자의 말」의 각주는 작가인 프랑수아즈 샹데르나고르의 저자 주이고, 팔호(-옮긴이)로 표시된 주는 옮긴이 주이다.

로마. 오래된 성벽 안에서 찌는 듯한 증기로 익어가는 붉은 도시, 뻣뻣한 신전들로 둘러싸인 언덕 사이에서 질식한 도시. 움푹 파인 골짜기에는 총안이 뚫린 탑들이 솟아 있고, 조밀하게 짜인 망網 같은 타일들을 뚫고 좁다란 건물들이 여기저기에 우뚝 서 있다. 이 도시에서는 모든 것이 위계적이고 성깔 있어 보인다. 울퉁불퉁하고 가시나무들이 가득한 도시.

"여기가 그 유명한 로마야?"

알렉산드로스가 가마의 커튼을 열어젖히며 외친다.

"바다가 없네!"

클레오파트라의 열 살 난 아들 알렉산드로스는 오로지 도시라면 항구가 있는 도시만 알 뿐이다.

"테베레 강은? 저기 창고들 뒤에 보이는 노란 강줄기가 테베레 강이라면 정말……."

셀레네는 대답하지 않는다. 셀레네는 도시에 등을 돌린 채, 튀김 요리도 먹지 않고 꾸벅꾸벅 조는 어린 남동생 프톨레마이오스를 응시하고 있다. 프톨레마이오스의 호흡이 거칠다. 아무래도 열이 나는 것 같다.

그들 일행은 음산한 여인숙과 버려진 무덤 사이에 있는 찻집이나 문^門 입시세관 앞 2~3킬로미터 지점에서 갑자기 사이프러스 가로수길로 방향을 틀었다가 그들이 묵을 영지 입구에서 멈추었다. 셀레네는 한쪽 뺨을 어루만져 프톨레마이오스를 깨웠다. 프톨레마이오스가 흐릿한 눈을 뜨고 느릿하게 묻는다.

"집에 다 온 거야?"

이제 집은 없어, 프톨레마이오스. 로마는 '집'이 아니야. 일 년 가까이 이어진 여행이 끝난 것뿐이야. 여정의 끝.

"조금만 더 힘을 내. 그러면 그후엔⋯⋯."

그후? 그후 따윈 없다.

병사들이 아픈 프톨레마이오스를 안아 올려 거칠게 바닥에 내려놓았다. 프톨레마이오스는 누나의 옷자락에 매달려 커다란 농가의 안마당까지 끌려갔다. 셀레네가 수줍은 목소리로 의사를 불러달라고 청했다. 하지만 브린디시에서부터 그들을 호위해온 말 탄 병사들은 그리스어를 할 줄 몰랐다. 항구나 시장에서 쓰는 간단한 국제 그리스어도 몰랐다. 그들은 포로들을 2층에 데려다놓았다. 지붕 밑이라 무척 더웠다. 프톨레마이오스가 훌쩍거리다가 바닥에 누웠다. 알렉산드로스는 창가에 서서 중얼거렸다.

"여기서 보니 로마가 잘 보이네. 끔찍한 도시야! 크지도 않고! 너도 봐야 해⋯⋯ 아빠가 이곳에서 태어나셨다니 믿을 수가 없어!"

갑자기 셀레네가 다가와 입에 손가락을 대는 바람에 알렉산드로스의 눈이 휘둥그레졌다. 누가 그들이 하는 이야기를 듣기라도 하면 어쩔 셈인가. 이제부터는 아버지 이야기를 하면 안 된다. '섬에서' 사람들이 해준 설명을 잘 듣지 않았던가. 기록말살형, 담나티오 메모리아이^{damnatio memoriae} 말이다.

기억 엄금, 추억 금지. 로마인들은 몇몇 적에게 내릴 죽음보다 지독한 형벌, 사형이나 자살보다 훨씬 우월한 형벌을 고안해냈다. 죽이는 것만으로는 충분치 않았다. 신에게 버림받은 자의 흔적을 몽땅 지워 없애야 했다. 적이 세상에서 자취를 감추는 즉시, 그자가 존재한 적이 없다고 선언한다. 공공 기록에서 그자의 출생 증빙 자료까지 지워 없앤다. 그자가 이룬 업적과 직무상 행한 일들에 관한 언급을 모조리 삭제한다. 그자가 쓴 글을 태우고, 그자의 초상을 파괴한다. 자손들에게 그의 이름 사용을 금하고, 시민들에게는 그 이름을 입에 올리지 못하게 한다.

이제 '카이사르 최고사령관'이라고 불리는 옥타비아누스는 얼마 전 원로원에서 마르쿠스 안토니우스에게 기록말살형을 내리자는 안건을 투표에 부쳤다. 자신의 외외종조 카이사르가 폼페이우스에게 내릴 생각을 하지 않았고, 안토니우스 역시 브루투스에게 내릴 생각을 하지 않았던 형벌을 옥타비아누스는 안토니우스에게 내리기로 결심한 것이다. 복수가 너무 과했다. 그는 옛 정적을 세상에서 몰아내는 것으로 만족하지 못했고, 정적의 탄생일을 '불길한 날'로 선포했다.

로마에서 '불길한 날'은 일을 하지 않는 휴일이지만, 모든 휴일이 축일은 아니다. 안토니우스의 탄생일에는 즐거운 일이 전혀 없을 것이다. 공중과 개인 예식이 금지될 것이며, 부자들은 연회를 열 수 없고 가난한 자들은 일할 수 없을 것이다. 포룸forum들은 인적 없이 텅 빌 테고, 상점과 법정 역시 문을 닫을 것이다. 연극도 공연할 수 없고, 여타 여흥거리도 즐기지 못할 것이다. 수세기 동안 사람들은 당시 로마인들이 하필이면 그날 태어나 자기들이 삶을 즐기지 못하도록 방해한 자를 저주했을 거라고 철석같이 믿었다. 하지만 그렇게 저주하는 이상 로마인들은 그를 완전히 잊지는 못했을 것이다. 예의 방해자가 1월 14일에 태어났다는 사실을 오랫동안 기억했을 것이다. 정복자의 미숙함의 소치다. 오히려 사람들이 그를 기념하고, 저주하면서 연대감을 느끼고, 심지어 회상했을 테니까…… 옥타비아누스는 독재정치에 천부적 재능을 타고났지만, 서른두 살 무렵에만 해도 처음 지배자 자리에 오른 사람 특유의 순진함이 남아 있었다.

기원전 29년 1월 14일, 이후 오랫동안 이어질 첫 '불길한 날'이 시작된다. 1월 14일, 망각의 축일이자 아버지가 두 번째 죽음을 맞이한 날 셀레네는 어디에 있었을까? 아직 사모스 섬에 있었다. 소아시아 해안에서 800미터 떨어진 곳, 대도시 에페소스에서 가까운 곳에. 사모스. 그녀의 부모는 한 해 봄을 거기서 새로운 함대를 기다리며 보냈다. 하지만 셀레네는 그것을 알지 못했다. 사모스 섬 사람들에게 물었다 해도, 그들은 모르는 척했을 것이다. 아니다. 그들은 아무것도 떠올릴 수 없었다. 기록말살형 때문에.

어린 포로들은 로마 병사들의 감시를 받으며 겨울 내내 사모스 섬에 머물렀다. 알렉산드리아에서 유대와 시리아를 거쳐 여러 왕국을, 아시아 전체를 차례로 손에 넣으면서, 이 나라 저 나라에게 충성을 서약하게 하면서, 그리고 맞은편 강기슭 파르티아군의 동향을 살피기 위해 유프라테스 강까지 전진했다가 천천히 돌아오는 카이사르 최고사령관과 군단들을 기다렸다.

날씨가 좋으면 알렉산드리아가 보일 거라는 말에 아이들은 바다를 보았다. 남쪽을 바라보았다. 추웠다. 병사들이 이불로 쓰라며 양모로 된 옷가지와 검은 양가죽을 건네주었다. 하지만 아이들은 벌벌 떨면서 지냈다. 서로 몸을 꼭 붙이고 낮은 목소리로 이야기하거나 보도 위에서 소리 내지 않고 조용히 놀았다. 셀레네가 철근 조각으로 무른 돌에 선을 그어 체커판을 그렸고, 아이들은 모래톱을 따라가며 주워 모은 조약돌들을 말 삼아 체커놀이를 했다. 체커놀이가 지겨워지면 셀레네가 쌍둥이 오빠에게 진지하게 물었다.

"오빠, 호메로스의 책에 나온 이야기 어디까지 기억나?"

그러면 알렉산드로스는 자신이 기억하는 유명한 연대기들을 작은 소리로 읊어주었다. 시 몇 줄도. 이제 그 아이들에게는 가정교사가 없었다. 책도 없고 서판도 없었다. 아이들은 살해된 형제들의 이름, 자살한 부모의 이름, 죽은 하인들의 이름을 결코 입에 올리지 않았다.

살아남기 위해 여행하며 있었던 일들만 떠올리면서 과거를 교묘히 피해갔다.

클레오파트라가 자살한 날 저녁, 병사들이 아이들을 끌고 가서 태운 3단 군선은 일단 카이사르 최고사령관의 명령에 따라 알렉산드리아를 출발해 기항 없이 페니키아 쪽으로 항해했다. 하지만 지휘를 내리는 보좌관이 시돈에 배를 정박시키려 했을 때, 춘분 무렵 부는 거센 바람이 불어와 배를 바다 쪽으로 다시 밀어냈다. 배는 기다리는 이 아무도 없고 주둔군도 없는 비블로스 항구까지 항해해야 했다. 아이들은 출발할 때처럼 배에서 내렸다. 아마포 튜닉 차림으로, 짐도 하인도 없이. 로마 병사들이 출범 직전 급히 모아들인 몇몇 노예들(목욕 담당 소년 두 명, 은식기 담당 한 명, 마구간 담당 세 명, 그리고 늙은 여자 문지기 한 명)은 하인으로 여기기 힘들었다. 그들은 왕족 아이들의 생활에 대해 전혀 알지 못했고, 왕족 아이들도 그 노예들을 알지 못했다.

그런 탓에 아이들은 제대로 보살핌을 받지 못했고 제대로 먹지 못했다.

"저 아이들에게 무엇을 먹여야 하나."

보좌관은 궁금해했다.

"아무것도 먹으려 하질 않으니 말이야!"

비블로스에서 로마 병사들이 온갖 종류의 조개와 다양하게 요리한 생선들을 아이들에게 갖다주었다. 하지만 아이들은 거부했다. 돼지고기도 싫다고 했다. 맛조차 보지 않았다. 채소들도 대부분 먹지 않았다. 소녀는 이렇게 중얼거렸다.

"이 속에 양파가 들어 있어요. 아마 파도 들어 있을 거예요…… 우리는 이걸 먹을 수 없어요."

아이들은 흰 빵과 생무화과만 먹었다.

응석받이들이 변덕을 부리는 게지. 보좌관은 생각했다. 길을 잃은 셀레네가 종교에 매달린다는 사실을, 매우 엄격한 이시스 신앙을 스스로에게 부과하려 한다는 것을 보좌관이 어떻게 알았겠는가? 파오피 달*이 가까워지고, 이제 곧 오시리스의 기일 전前 주간이 시작된다는 사실을 셀레네는 어렴풋이 알고 있었다. 셀레네는 오시리스의 죽음을 오빠들의 죽음과 혼동하고 있었다. 완전무결한 주인님께서, 은혜 베푸시는 분께서 부활할 때까지 이시스의 사제들이 그러듯 부정한 음식을 삼가고 애도의 표시로 머리카락을 풀어헤치면, 여신이 감동해서 안틸루스와 카이사리온을 다시 살려주시지 않을까? 틀림없이 카이사리온은 다시 살려주실 것이다. 카이사리온은 파라오니까. 매일 밤 셀레네는 살해된 자신의 약혼자에게, 오빠이자 남편에게 관용을 베풀어 밤에라도 그 모습을

---

* 나일력의 둘째 달. 태양력으로는 8~9월에 해당한다.

볼 수 있게 해달라고 신들께 기도했다…….

하지만 카이사리온은 살아나지 않았다.

셀레네는 늙은 여자 문지기가 곱은 손가락으로 몹시 서투르게 땋아준 머리카락을 하루에도 열 번씩 풀어헤쳤다. 셀레네는 얌전히 항의했다.

"나는 과부야. 내가 과부라는 것도 몰라?"

아이들은 셋이서 한 침대에서 자겠다고 했고, 악몽 때문에 동시에 잠에서 깨어났다.

아이들은 낙심해서 야위고 병이 났다. 보좌관이 늙은 유대인 의사를 불러왔다. 의사는 아이들이 변덕을 부리는 게 아니라 종교적 금기사항을 지키고 있음을 곧바로 알아챘다. 하지만 로마인이나 그리스인들은 피타고라스의 제자들*을 제외하고는 그런 금기사항들을 전혀 알지 못했다. 늙은 유대인 의사는 아이들이 먹지 않는 음식의 가짓수를 줄여보려고 했다.

"돼지고기와 굴을 먹지 않는 것은 이해가 된다. 몇몇 생선 종류도 그렇고. 비늘이 없는 생선들 말이야. 하지만 노랑촉수는 왜 먹지 않는 게냐?"

"비늘은 아무 상관 없어요."

소녀가 대답했다. 그리고 무지한 아이에게 조곤조곤 훈계하는 어머니 같은 어조로 덧붙였다.

"잘 알아두세요. 코가 뾰족한 물고기들은 모두 부정해요. 오시리스의 몸을 먹는 죄를 지었으니까요. 잔인한 세트가 오시리스의 몸을 나일 강

---

* 우리가 흔히 수학자나 철학자로 알고 있는 피타고라스는 '피타고라스 학파'라 불린 종교 단체의 교주이기도 했는데, 이들 종교의 교리에는 음식에 관한 금기사항이 많았다.

에 던졌지만 이시스가 다시 찾아냈죠."

"오시리스의 자지는 물고기들이 먹었어."

프톨레마이오스 필라델푸스가 진지한 표정으로 정정했다.

의사는 이교도의 어리석은 신앙에 왈가왈부하기를 포기하고 염소젖, 말린 과일, 꿀과자를 기본으로 하는 식단을 처방했다. 그리고 가장 어린 남자아이가 기침을 많이 하는 걸 보니 폐에 병이 든 것 같다고 보좌관에게 알렸다. 다른 두 아이는 매우 상심해 있을 뿐 이렇다 할 병에 걸리진 않았다. 어쨌든 의사는 아이들이 애초의 계획대로 다마스쿠스에서 최고사령관과 합류하기는 힘들 거라는 점을 확신했다. 군단이 일으키는 먼지와 바람 속에서 최고사령관을 따라가기란 더더욱 불가능했다. 전함보다 안락한 상선을 타고 에페소스에 가서 이 주간 머물다가 로마 군대를 앞서가면 될 것이다. 그렇게 하면 로마 군대를 기다리면서 여유를 가지고 기운을 회복할 수 있을 터였다.

보좌관은 새 시리아 총독 발레리우스 메살라의 동의를 받아 세 아이와 노예들을 삼나무 판을 수송하는 상선에 태우기로 결정했다. 젖을 공급해줄 염소 두 마리와 꿀단지 하나를 함께 실었다.

아이들은 바다가 '봉쇄'되기 전에 목적지에 도착했다. 셀레네는 물에 빠져 죽지 않은 것을 유감으로 여겼다. 이시스가 죽은 오빠들을 다시 살려주지 않았으니, 차라리 그들을 따라 세상을 등지고 싶었다. 운이 좋아 난파하면 알렉산드로스와 프톨레마이오스도 함께 갈 수 있을 것이다. 가족이 전부 다시 만나 컴컴한 길 위를 영원히 헤매는 것이다. 어디에도 존재하지 않는 곳 한복판에서 영원히. 열이 나고 몸이 불편해지는 바람에 조금 시간이 생겼고, 그녀는 등대의 이시스에게 간절히 기도했다.

"바다의 여주인이시여, 파도가 이 배를 삼키게 해주세요!"

배가 사모스에 닻을 내렸을 때, 셀레네는 여전히 목숨이 붙어 있어서 실망했고 신들에게 화가 났다. 그녀는 기어들어가는 목소리로 햄과 암퇘지 젖통을 먹게 해달라고 말했다.

나중에 자기들끼리 있는 자리에서 과거를 떠올릴 때, 아이들은 길었던 여행에 대해서만 이야기했다. 그 전에는 아무 일도 일어나지 않은 것처럼. 아이들은 자기들이 어디에 있는지 모를 때가 많았다. 북쪽, 동쪽, 서쪽? 그들은 위압적인 산들을 따라갔다. 삼각주의 낮은 평원들만 알고 있던 아이들은 소아시아의 톱니 모양 해안을 보고 겁을 먹었다. 자기들이 매일 이집트에서 더 멀어지고 있다는 점은 생각하지 못했다. 지상에서, 사람들 속에서 자기들이 어떤 자리를 차지할지 알지 못했다. 아이들은 시중 들어주는 노예에게는 왕족이었지만, 그들을 지키는 로마인에게는 노예였다.

자기들끼리 있지 않을 때면 아이들은 두려워했다. 피, 칼, 손에 대한 두려움이었다. 특히 손을 두려워했다. 물에 빠져 죽기를 바랐던 셀레네는 누가 자기 목을 벨까봐 겁을 먹었다. 매일 아침잠에서 깨어날 때 목을 만져보았고, 로마인들이 힘줄을 자르지 않았고 '붉은 병사'가 쫓아올 경우 아직 도망칠 수 있다는 사실을 확인하기 위해 다리를 천천히 움직여보았다. 아무 일 없다는 것을 깨닫고 안심이 되면 프톨레마이오스를 숨 막히도록 끌어안았다.

세 아이 중 감히 유모와 고양이를 찾는 것은 막내뿐이었다. 소년은 '어머니'가 언제 우리를 데리러 오느냐고 묻기도 했다. 사람들이 대답을 하지 않자 아이는 더 이상 묻지 않았다. 이집트에 대한 기억들은 아이가 하는 말 속에 어쩌다 우연히 등장할 뿐이었다. 예를 들면 기침이 많이 나서 침대에 누워 쉬고 있는데 누나가 몸을 숙이고 들여다보면, 두 손으로 누나의 얼굴을 감싸 쥐고 '내 귀여운 하마'라고 말했다. 아이가 자신을 '내 귀여운 하마'라고 부르면 셀레네는 양 뺨을 부풀려 하마 흉내를 내며 고개를 흔들고 콧구멍으로 물을 뿜는 척했다. 아이는 빙긋이 웃었다.

아이들은 알렉산드리아에서 쓰던 단어들을 머릿속에 간직하고 있었다. 그중에는 의미 없는 단어도 있고, 실제와는 다른 것을 가리키는 단어도 있었다. 프톨레마이오스가 말한 '귀여운 하마'는 로키아스 곶의 동물원에서 보고 여러 번 경탄했던 진짜 하마가 아니라, '그곳' 여자들이 출산 직후 목에 거는, 행운과 다산을 상징하는 장밋빛 도자기로 된 부적이었다. 도안으로 그려진 하마의 모습은 아이의 기억에서 지워졌다. 매체는 없어지고 의미 없는 단어만 남았다. 음조와 음절들의 우스운 반복이 빚어내는 즐거움만 남았다. 아픈 꼬마는 장난으로 누나를 '하마'라고 부르며 즐거워했다. 누나는 작은 새우이자 나비였다.

사모스에서 로마 병사들이 이제 아버지에 대한 기억을 떠올려서는 안 되고 아버지의 이름을 입 밖에 내서도 안 된다는 것을 알렸을 때, 아이들은 그다지 상실감이나 고통을 느끼지 않는 듯했다. 아이들은 이미 여러 달 전부터 말수가 줄었고, 예상보다 더 빈약하기만 한 현실에 적응하기 힘들어했다. 외국인 병사들의 주둔지에서 언제 바뀔지 모르는 낯선 사람들과 함께 포로 생활을 하면서 기본적인 필요만 겨우 채워야 했다. 예전에 속했던 세계는 이제 무너져 내렸고, 아이들은 쓸모없는 음절들과 이비스*, 세라피스, 악어, 스핑크스, 연꽃, 왕들의 여왕, 파라오 등 앞으로는 사용하지 않을 이름들을 따로 떼어 간직하기 시작했다.

아이들의 언어는 몸에 비해 지나치게 큰 옷처럼, 나락에 떨어진 그들의 운명 주위에서 펄럭였다.

---

* 고대 이집트의 성조(聖鳥).

로마는 멀리 있었다. 감시받으며 지내는 교외 농가에서, 셀레네는 걸상을 창문 밑에 밀어다놓고 그 위에 올라가 겉창을 열었다. 석양이 비치는 먼지투성이의 좁은 길 끄트머리에 보이는 로마는 피처럼 붉었다.

　알렉산드리아의 색조는 흰색과 파란색이었다. 알렉산드리아는 바다를 따라 누워 있었다. 셀레네의 눈꺼풀을 금빛으로 반짝이게 하면서. 그러나 붉은 로마, 핏빛의 로마는 거지가 쓰레기 더미 사이에 몸을 묻듯 불결한 언덕들 사이에 한껏 웅크린 듯한 형상이었다. 방금 전 이 늙은 도시에서는 나쁜 냄새가 나는 것 같다고 한 오빠 말이 옳았다. 그러면 테베레 강은? 그때 셀레네의 치마 밑으로 오줌이 흘렀다. 염소 오줌이었다. 셀레네는 겉창을 다시 내렸다.

　셀레네는 대화할 사람이 아무도 없었다. 두 소년은 더위에 눌려 벌써 잠이 들었다. 프톨레마이오스가 너무 거칠게 숨을 쉰다. 저녁 식사 전 함께 '하마' 놀이를 할 때 셀레네는 프톨레마이오스의 조그만 손에서 델 듯한 열기를 느꼈다. 셀레네는 아픈 '아기'의 몸에 자신에게 남은 유일한 보물을, 행운의 부적을 올려놓았다. 카이사리온이 준 초록색 주사위

세 개와 원뿔 모양의 주사위통이 든 작은 주머니였다. 그런 다음 잠든 아이 위에 몸을 숙이고 자신이 알고 있는 유일한 마법의 단어를 읊조렸다. 예전에 카이사리온이 주사위통을 그녀에게 주면서 말했던 단어 '마우-레-타-니아'를.

어린 포로들과 그들의 호위대는 나머지 군대를 지나치게 앞질러왔다. 그들은 보병대의 느린 속도로 브린디시에서 로마까지 거슬러 올라갔다. 옥타비아누스와 그의 전리품들은 '사륜마차'로 여행하지 않기 때문이었다. 그들은 백악질의 햇빛을 받으며 소와 군단 병사들과 함께 풀리아와 바실리카타를 건너 길을 갔다.

카이사르 최고사령관은 신중을 기하느라 사람의 어깨라는 안락한 운송수단으로 클레오파트라의 아이들을 데려가게 했다. 그리하여 어린 왕족들은 건장한 비티니아 사람 두 무리가 운반하는 가마를 타고 짐과 노예들을 앞질러갔다. 뒤에서는 공식 행렬이 주인의 뜻에 맞게 천천히 오고 있었다.

옥타비아누스는 처음으로 피로를 느꼈다. 승리했으나 실망스러웠다. 사실은 더 큰 기쁨을 기대했는데. 당시에는, 부하들이 안토니우스의 죽음을 알려왔을 때는 어쩔 줄 모를 정도로 기뻤다. 하지만 나흘 뒤 알렉산드리아에 들어갈 때 흥분은 가라앉아 있었다. 옥타비아누스는 여간해선 흥분하지 않는 사람이었다. 어린 시절부터 자신이 느끼는 감정을 억제했고 고삐를 늦추지 않았다. 세상을 지배하려는 자는 스스로를 다스릴 줄 알아야 한다. 열정을 마음껏 표출하는 디오니소스제는 늘 붕괴와 유혈 사태로 끝난다. 그는 줄곧 아폴론 신을 섬겼다. 아폴론은 정해진 시간에 모습을 드러내는 명확한 신이며, 모든 사람을 위해 빛나지만 자비에 인색한 면이 있다. 그래도 예측할 수 있고 정의로운 신이었다. 올림포스 산의 모든 신들 중 가장 로마적이다. 질서 있고, 시간을 엄수하며, 균형을 추구하고, 결코 취하지 않는…….

승리자인 그가 알렉산드리아를 떠나 헤로데의 궁전에 도착했을 때, 분열 행진이 줄지어 이어지기 시작했을 때, 의례적이고 점잔 빼는 담화가 계속되었을 때, 그는 가중되는 피로와 권태를 느꼈다. 십사 년간의 정치투쟁으로 인한 피로, 고독해지기 시작한 권력자의 권태였다. 열여덟 살 이후 그는 삶의 즐거움을 누리지 않고 비밀스러운 꿈을 추구해왔다. 카이사르가 다다른 곳까지 가겠다는 꿈이었다.

그리고 마침내 그곳에 도달했다. 그런데, 그뿐이었다! 페니키아의 프톨레마이스에 도착한 직후부터 몸이 피로를 외쳐대기 시작했다. 예상치 못했던 식은땀이 나고 목이 아팠다. 지독한 후두염이었다. 그래도 군대 앞에서 연설을 해야 했으므로, 그는 작은 소리로 명령을 내렸다. 그의 권위는 눈빛만으로 전달되었다. 한마디로 지치는 일이었다.

나폴리에 다다르기 조금 전, 그는 아텔라에, 인기 있는 가수들이 자주 찾는 유명한 온천장에 보름간 머무르기로 마음먹었다. 말을 해 목을 혹사시키지 않고, 온천욕을 하면서 피로를 풀기 위해서였다. 그는 수석대신 마에케나스가 부양하고 원로원 의원 폴리온이 후원하고 있는 시인 베르길리우스를 호출했다. 아시니우스 폴리온의 천거를 수락하는 것은 최선의 선택은 아니었다. 아시니우스 가문은 공화파이고 안토니우스와 함께 많은 술책을 꾸몄다. 하지만 마에케나스가 베르길리우스의 복종을 보증한다면…….

아텔라 온천장에서 시인은 자신의 최근작을, 수확과 이탈리아의 풍요로움과 농부의 행복한 삶을 기리는 노래를 솜씨 좋게 낭송했다. 이제 다시 평화가 찾아왔으니, 수천 명의 병사들이 땅 가는 법을 배워야 할 것이다. 바로 지금이 여자 목동들의 매력을 찬양할 순간이다. 베르길리우스는 바람이 어디서 불어오는지 알고 있다. 그의 수당을 두 배로 올려주어야 할 것이다.

다시 길을 나섰을 때 지배자의 몸 상태는 나아져 있었다. 그가 부르는 콧노래 소리가 들렸다. 하지만 그는 서둘러 '집에' 돌아가려는 기색이 아니었고, 요즘 휴양지로 인기 있는 바이아이 해변에서 잠시 여정을 멈추었다. 지나가는 길에 나폴리 도심에서 카프리 섬을 사기로 했고 그날 중으로 일을 해결했다.

카프리는 기후가 온화하다. 그는 혹시 거기에 은둔할 생각이었을까? 그가 장미의 섬 사모스에 있을 때, 마에케나스가 자신이 후원하는 또 다른 시인인 젊은 호라티우스의 짧은 시 한 편을 보내왔다. 호라티우스는 "이제 술을 마실 때가 됐다Nunc est bibendum"면서 되찾은 평화를 즐거운 마음으로 기리자고 로마인들에게 권유하고 있었다. 주연을 베풀고, 사랑하고, 마시자…… 하지만 불행하게도 새로운 카이사르의 위장은 술 한 잔 이상을 버텨내지 못했다. 쾌락은 그를 사랑하지 않았다.

그는 매일 짧은 여정으로 여행을 마쳤다. 낮의 열기를 피하기 위해서였다. 그는 길을 천천히 돌아갔다. 대신들인 마에케나스와 아그리파에게 개선식 준비 시간을 충분히 주기 위해서였다. 식을 세 번 치를 예정이니 '개선식들'이라고 말해야 할 것이다. 발칸인들의 항복, 악티움 전투의 승리, 그리고 알렉산드리아 함락을 기념해야 하니 말이다. 개선식은 사흘 동안 열릴 것이다! 특히 악티움 전투를 기리는 개선식은 성공적으로 치러야 할 것이다. 해전에서 승리했으니 경탄을 자아내도록 연출하기에 적합하다. 하지만 볼거리의 절정은 역시 이집트에 대한 승리를 기념하는 개선식으로, 그 어떤 개선식보다 과감하고 참신해야 할 것이다. 코끼리, 바퀴로 움직이는 스핑크스, 알렉산드리아 등대의 축소 모형, 클레오파트라의 커다란 와상臥像, 그녀의 팔에 감긴 뱀이 등장할 것이다. 물론 포로가 되어 사슬에 묶인 세 아이도 잊지 말아야 한다…….

그 아이들을 지난여름에 곧바로 로마로 보내야 했던 게 아닐까, 하고 옥타비아누스는 생각했다. 하지만 클레오파트라의 주치의였던 올림포스가 이집트 왕족들은 유복하게 자라서 툴리아눔 지하 독방에 가두면 일 년도 견디지 못할 거라고 주장했다. 게다가 어린 포로들은 그보다 먼저 로마 교외에 도착했고, 그의 누나 옥타비아가 즉시 그 아이들을 불러들였다. 옥타비아는 그 아이들을 키우고 싶어 했다. 가여운 옥타비아는 자신이 만인의 어머니라고 믿었다. 적어도 안토니우스 자식들의 어머니라고 믿었다. 거기에는 그 망나니 같은 작자가 그녀 몰래 만든 자식들도 포함되었다! 그에게 보낸 편지에 썼듯이, 옥타비아는 이미 클레오파트라의 아이들을 사랑하고 있었다. 옥타비아누스도 그것을 의심하지 않았다. "나는 증오를 위해 태어난 게 아니라 사랑을 위해 태어났어요"라는 『안티고네』의 구절이 누나 옥타비아에게 맞아 떨어지지 않는 날은 거의 없었다. 사랑을 위해 태어나다…… 바로 그것이 옥타비아에게 아이들을 내주면 안 될 이유였다. 하지만 지금은 아니었다.

다른 한편으로 생각해보면, 옥타비아가 그 아이들의 매력에 환상을 품고 있을 경우, 그러니까 큐피드 셋(당연하다. 그 아이들은 마르스와 비너스의 자식들이 아닌가!)을 만나리라 기대할 경우, 그 정 많은 여인은 아이들을 보는 즉시 생각이 바뀔 것이다. 옥타비아누스 자신도 사모스 섬에서 그 아이들을 처음 만났을 때 실망감을 감추지 못했다. 가장 어린

아이는 얼이 쏙 빠져 있는데다 건강이 나빠 보였고, 쌍둥이는 서로 닮지 않았던 것이다. 여자아이보다 남자아이가 더 예뻤으며, 한 아이는 갈색 머리, 다른 아이는 금발 머리였다. 그런 포로들을 데리고 어떻게 로마 시민에게 훌륭한 볼거리를 보여줄 수 있겠는가. 개선식과 희생제의 때 쌍둥이에게 같은 옷을 입힐 수는 있을 테지만, 아무도 그 아이들을 카스토르와 폴룩스*로 여기지 않을 것이다! 아이들이 똑같은 걸음걸이로 걸을 수나 있을까?

　이런 이유로 기분이 좋지 않았음에도 불구하고, 그는 알렉산드리아에서 모아들인 마지막 노예들 중 한 명을 그 허약한 아이들에게 보내줌으로써 우호적인 제스처를 취했다. 세 아이 중 하나의 유모였다고 주장하는, 어쩌면 아이들을 볼거리로 내놓을 만하게 만들 수 있을지도 모를 키프리오테라는 여자 노예였다.

---

*제우스와 레다의 쌍둥이 형제.

큐프리스는 알렉산드리아에서 에페소스와 프리에네까지 군대와 함께 걸었다. 왕궁 구역 안에서 로마 병사들에게 붙잡힌 그녀는 12군단의 늙은 십인대장에게 할당된 재산이 되었다. 어떤 일에도 부릴 수 있는 노예 신분이 되어, 산패한 기름 냄새를 풍기지만 나쁜 놈은 아닌 시칠리아 출신 하사의 첩이 된 그녀는 결국 자신이 항상 머리카락을 귀밑까지 짧게 자르지는 않았음을, 마지막 순간에 로마 병사들이 불러 모은 노예들 중 하나가 아님을 털어놓았다. 심지어 자신은 오랫동안 귀부인처럼 치장을 했다고, '공주'의 유모였다고 털어놓았다. 하사는 무슨 말인지 이해하지 못하고 멀뚱한 표정으로 바라보았고, 그녀는 이렇게 설명해야 했다.

"클레오파트라 셀레네 말이에요. 클레오파트라 여왕의 딸……."

사모스에서 아이들과 마주했을 때, 큐프리스는 아이들을 겨우 알아보았다. 아이들은 그녀를 알아보지 못했다. 큐프리스는 머리카락이 막 다시 자라기 시작했고, 입고 있는 원피스는 너무 짧아서 다리가 드러나 보였다. 군단을 따라가느라 오랫동안 걸어서 몸의 지방도 다 녹아버리고 없었다.

쌍둥이는 놀이를 멈추지 않고 멍하니 그녀를 바라보았다. 아이들은 성벽 발치에서 염소 떼 한가운데에 웅크리고 앉아 어린 프톨레마이오스를 즐겁게 해주려고 조약돌을 쥔 주먹을 흔들면서 '홀수-짝수' 놀이를 하고 있었다. 큐프리스가 천천히 노래를 부르기 시작했다.

"자거라, 내 소중한 아기야, 빛나는 꼬마야……"

셀레네가 다시 고개를 들었다.

"아, 네 약혼자인 왕께서 나는 네가 미역 감으러 내려가는 강이 아니라고 말씀하실 거야……"

알렉산드리아에서 늘 듣던 자장가였다! 프톨레마이오스의 작고 야윈 얼굴이 환해졌다. 그 자장가를 기억해낸 것이다! 프톨레마이오스가 벌떡 일어나 목소리가 들려오는 곳으로 뛰어가려 했다. 그 목소리가 불현듯 천국의 초록빛 향기를 일깨워주었던 것이다. 하지만 셀레네가 프톨레마이오스의 튜닉 자락을 붙잡고 만류했다. 노래를 부른 낯선 여자 옆에 로마 병사들이 있으니 조심해야 했다. 삶은 함정이고, 온화함은 사람을 죽이고, 모든 것이 우리에게 거짓말을 해. 큐프리스는 검은 양가죽을 걸친 채 두려워하는 낯선 세 아이를 애통한 마음으로 바라보았다. 큐프리스는 작은 소리로 끈질기게 자장가를 불렀다.

"아, 네 약혼자인 왕께서 나는 정원 깊숙한 곳에서 익은 석류가 아니라고 말씀하실 거야. 내 즙으로 너를 취하게 해줄게……"

프톨레마이오스는 더 이상 참지 못하고 누나의 손에서 벗어나 유모를 향해 마구 달려갔고, 유모는 프톨레마이오스에게 입맞춤을 퍼부었다.

이번에는 알렉산드로스가 고집스러운 표정으로 천천히 큐프리스에게 다가가 말했다.

"왜 좀 더 일찍 오지 않았어? 우린 네가 마음에 들지 않아, 큐프리스!

타우스는 어디 있는데?"

"그 아이는 죽었잖아!"

셀레네가 잇새로 말했다.

"그애가 죽은 걸 봤잖아, 바보야. 네 눈으로 직접 봤잖아."

"그럼 이 여자는 왜 아직 살아 있는지 설명해봐, 응? 혹시 이 여자가 네 유모이기 때문인가? 난 내 타우스를 원해! 그리고 토니스도!"

그러나 알렉산드로스도 결국 순응했고 아기처럼 유모의 품에 몸을 맡겼다.

셀레네는 여전히 움직이지 않았다. 몸을 일으키긴 했지만, 조약돌을 손에 꼭 쥔 채 뻣뻣하게 서 있었다. 두 소년에게 완전히 둘러싸인 큐프리스가 셀레네에게 다가와 머리칼을 쓰다듬었다. 셀레네는 눈을 내리깔 뿐 아무런 몸짓도 하지 않았다.

처음에 유모는 공주가, 그 귀여운 자고새가, 금빛 비둘기가 몸을 움직이면 매력이 사라질까봐 그런다고 생각했다. 그렇다면 공주를 유령 취급해야 했다! 잠시 후 큐프리스는 아이들이 로마 병사들이 떼어놓는 바람에 헤어지게 된 자들을 줄곧 원망하고 있다는 사실을 깨닫고는 가자, 다마스쿠스, 안티오크, 타르수스, 에페소스까지 자신의 길었던 여정을 이야기해주었다. 짐, 갈증, 슬픔에 대해서도 이야기했다.

하지만 그 이야기로 셀레네를 감동시키지는 못했다. 셀레네가 애초에 그녀를 원망하지 않았기 때문이다. 너무나 익숙한 큐프리스의 목소리를 듣자, 셀레네는 우선 기뻐서 마음이 누그러졌다. 셀레네는 그녀에게서 안심과 위로를 얻고 싶어했다. 사달의 원인은 자장가의 가사였다. 셀레네가 말을 알아듣게 된 이래 자장가에 나오는 '약혼자 왕'은, 그를 위해 베일, 몸, 즙을 보존해야 하는 왕은 카이사리온이었다. 그런데 카이사리온은 죽었다. 셀레네는 더 이상 생각하고 싶지 않았고 생각할 수 없었다. 울고 싶지 않았고 울 수 없었다. 마음을 닫듯 귀를 닫았다. 사람들이 하는 말을 한마디도 듣지 않았다.

유모가 포옹하려고 한 순간, 그녀는 유모에게서 빠져나오며 다만 이렇게 말했다.

"네가 여기에 와서 잘됐어. 프톨레마이오스를 위해 잘된 일이야."

과거. 그것은 금지된 땅이며 황폐해진 구역이다. 거기로 돌아가는 사람은 전염성이 있다. 쉽게 격해지고, 현재에 사는 사람들에게 병을 옮긴다. 과거는 전염병이다. 셀레네는 큐프리스를 따돌렸다. 큐프리스가 폭로할 가능성이 있는 사실들을 피하고, 지나치게 상냥한 말이 일깨울 수 있는 고통을 피했다.

알렉산드리아가 함락된 이후 셀레네는 한 번도 울지 않았다. 여러 달이 지나면서 기억들이 낯설어지고, 필요들에 무관심해지고, 여기저기 옮겨 다니며 사는 것에 무감각해지고, 공공연한 모욕에 신경 쓰지 않게 되었다. 오로지 사람들이 자기를 동정하게 되는 사태만을 두려워했다. 사람들이 그녀를 불쌍히 여기면 그녀도 스스로를 불쌍히 여길 테고, 눈물을 흘릴 것이다.

재앙에서 살아남은 생존자는 누가 염려하는 몸짓 한 번만 해줘도, 과거의 어렴풋한 기억만 떠올라도 쉽게 무너져 내린다. 과거는 전염되는 병, 오염된 땅이다. 셀레네는 본능적으로 거기로 돌아가지 않으려 했다.

사모스에서 셀레네는 큐프리스의 포옹을 받아들이지 않았다. 이제 큐프리스는 남자아이들을 돌보았고, 셀레네는 성채를 되찾듯 고독 속으로 돌아갔다. 자신의 비밀을 누설하지 않은 것을 자랑스러워했다. 그녀의 눈앞에서 죽임을 당한 안틸루스, 끊임없이 귓가에 들려오는 "셀레네, 나

좀 구해줘!" 하던 그의 비명 소리 말이다. 알렉산드로스와 프톨레마이오스가 아직 모르는 사실을 그녀는 알고 있다. 사람들이 어떻게 덫으로 아이들을 사냥하는지, 사람들이 어떻게 뾰족한 검 끝으로 아이들의 목을 베는지, 그리고 아이들이 어떻게 발버둥 치는지…… 그녀가 안다는 것을 아무도 모를 거라는 사실 역시 알고 있다. 그녀는 안틸루스가 살해되는 모습을 보았고 그것에 죄책감을 느꼈다. 그 현장을, 시뻘건 손을, 분출하는 피를 보았다. 금지된 것을 보았다. 그래서 입을 다물었다.

큐프리스는 셀레네의 냉정한 태도를 나무랐다.

"내 쪽빛 꿀, 귀여운 풍뎅이가 정말 많이 변했네요!"

유모가 귀여워해주는 덕분에 살아 있는 형제들에 대한 근심을 내려놓게 된 셀레네는 죽은 형제들에게 진 빚을 떠올렸다. 그들과 합류하고 싶은 초조한 마음을 다시 느꼈다. 혹은 그들을 위해 복수하고 싶은 마음을. 그들을 위해 복수하면서 그들과 합류하고 싶은 마음을…… 이시스가 그녀의 호소를 듣지 않고 물에 빠져 죽도록 도와주지 않았으니, 이제는 포세이돈에게 도움을 청할 것이다. 아니, 포세이돈에게 도전할 것이다. 신이 기도에 응답하지 않더라도 도전에는 반응을 보일 것 아닌가?

배가 난파하면 가족들을 죽인 사람을 물속으로 끌고 가기로 결심했다.

사모스에서 처음 카이사르 최고사령관을 만나기 전에는 그가 거인처럼 힘이 셀 거라 믿었다. 디오니소스를 갈가리 찢어발기는 티탄족만이 헤라클레스의 후손인 마르쿠스 안토니우스를 이길 수 있었다. 어떤 인간도 아버지와 겨룰 수 없으리라 확신했다. 하지만 무척 놀랍게도 새 지배자에게는 거인다운 면모가 전혀 없었다. 그가 시장에서 사 온 노예를 살펴보듯 어린 왕족들을 살펴보러 왔을 때 셀레네는 키가 커 보이도록 삼중창을 댄 장화를 신은 몸집이 작고 젊은 남자를 보았다. 거친 튜닉으로도 야윈 넓적다리가 가려지지 않았고, 목에는 스카프를 둘둘 감았고, 목소리가 쉬어서 플루트의 선율을 덮어버릴 수도 있을 것 같았다. 위풍당당한 외모의 소유자도 아닌 그 남자가 반역을 일으키고 전쟁에서 이긴 것이다. 그렇다면 그녀 또한 반역 행위로 그를 쓰러뜨릴 것이다! 가진 것이라곤 전혀 없어 보이지만 이제는 큐프리스라는 절대적인 무기를 소유하게 되었으니까. 포세이돈이 싫어하는 냄새를 풍겨서 배에 타기만 하면 폭풍우를 몰고 오는 큐프리스를.

어린 포로 셀레네는 사모스가 섬이고, 큐프리스가 얼마 전 아무 사고 없이 바다를 건너와 자신을 만났다는 사실을 알지 못했다. 그런 채로 그 로마인의 배에 '저주받은 여인' 큐프리스를 태울 구실을 찾았다.

바람이 따뜻해졌을 때, 선원들이 기다란 검은색 배들을 바다 쪽으로 당기기 시작했을 때, 셀레네는 지배자의 마음을 산다는 자기 계획의 전반부를 완벽하게 수행한 상태였다. 이제는 큐프리스가 셀레네의 머리 손질을 제대로 해주고 있었다. '전쟁은 못생긴 아이들을 너그럽게 봐주지 않'으니까. 셀레네는 힘닿는 대로 외모를 예쁘게 꾸미고, 머리를 조아릴 기회를 얻기 위해 지배자가 지나가는 길목에 대여섯 번 가 있었다. 지배자가 모습을 드러내면 무릎을 꿇고, 머리를 숙이고, '몸을 최대한 굽혔다.' 지배자는 그런 그녀에게 주목했다. 교육을 제대로 받지 못한 로마인들은 다른 사람 앞에서 몸을 굽히는 법이 없는 만큼 더욱더. 그는 그녀에게 주목했고, 그녀를 만류했다.

"그만 일어나라! 나는 왕이 아니다!"

그러자 그녀는 눈썹을 떨면서 말했다.

"당신은 신이시고, 우리 이집트 사람들은 신 앞에 꿇어 엎드립니다."

아첨꾼들은 순진해 보이는 쪽으로는 꽤나 능란하고, 항상 성공한다. 셀레네는 스스로 교활하다고 믿을 정도로 천진난만했지만 운 좋게도 성공을 거두었다. 옥타비아누스가 그녀의 진실성을 믿었기 때문이다. 이집트 공주는 정말로 그를 신으로 여기고 마음속 깊이 존경하는 것처럼 보였다. 곰곰이 생각해보면 매우 자연스러운 일이었다. 지금 이집트인들은 파라오에게 바치던 경의를 그에게 바치지 않는가? 로마인들의 눈에는 그렇게 보이지 않겠지만, 이집트인들에게 그는 살아 있는 신이었다…… 그렇게 옥타비아누스는 셀레네에게, 공화주의에는 어긋나지만 몹시 우아한 셀레네의 예법에 익숙해졌다.

옥타비아누스는 셀레네가 자신에게 보여준 황홀한 복종심을 치하하기 위해 방울새 한 쌍이 든 버들가지 새장을 선물로 주었고, 셀레네의 청을 물리치지 않았다. 승선 이틀 전의 일이었다. 셀레네는 유모에게서 벗어나 그의 발치에 또 한 번 몸을 던졌다.

"자비를 베푸소서, 카이사르여……."

"무슨 일이냐? 누가 채찍질을 하겠다고 너에게 겁을 주더냐? 아니야? 채찍질 이야기가 아니냐? 그럼 뭐가 두려워서 그러느냐?"

"바다가 두렵습니다, 주인님. 저는 바다가 두려워요. 바다는 너무 크고 저는 너무 작으니까요…… 그러니 제가 주인님의 배에 타도록 허락해주세요. 주인님의 행운의 여신이 저를 보호하게 해주세요. 이렇게 빕니다, 카이사르여. 당신의 수호신은 너무나 전능하시니. 신들께서는 당신을 너무나 사랑하시니."

그런 다음 차츰 몸을 일으키면서 탄원자처럼 그의 무릎을 끌어안고 오른손에 입을 맞췄다.

"됐다, 됐어."

그가 거북해하며 대답했다.

"내 배에 네가 탈 자리를 하나 찾아보마."

"오시리스께서 당신에게 시원한 물을 주시길!"

셀레네가 외쳤다. 이시스 신앙의 관례를 잘 모르는 카이사르 최고사령관은 이 기원을 공손한 행동으로 여겼다. 이집트인들이 죽어가는 자를 위해 하는 행위를.

그리하여 셀레네는 3월 중순에 최소한의 수행원(유모와 노예 한 명)을 동반하고 옥타비아누스와 함께 금빛 배에 올랐다. 같은 시각 그녀의 형제들과 호위대는 어느 재무관의 보잘것없는 3단 노선을 타고 사모스를 떠나고 있었다.

죽어야 했다. 죽이기 위해 죽어야 했다. 바다의 신은 대관절 언제 큐프리스의 방약무인함과 최고사령관의 무분별함을 벌할 것인가. 오늘? 아니면 내일? 밤에 폭풍우가 휘몰아칠까? 아니면 대낮에 암초에 걸릴까? 그러면 어떻게 하지? 바닷물에 빨리 휩쓸려가도록 용감하게 짠물을 마실 수 있을까? 순진한 셀레네는 무서워하며 운명이 다가오기를 기다렸다. 하지만 하늘에는 줄곧 구름 한 점 없었고, 가벼운 미풍만 불어왔으며, 바다는 사나워지지 않았다. 카이사르의 아폴론이 큐프리스의 포세이돈보다 더 센 걸까?

마침내 함대가 델로스에 기항해 왼쪽으로 키클라데스 제도를 바라보게 되자, 셀레네는 비상수단을 쓰기로 결심했다. 그녀는 큐프리스에게 명했다.

"날씨가 너무 더우니 머리를 잘라줘."

"미쳤어요, 공주님? 그럴 바엔 아예 도끼로 배를 패지 그래요? 배 위에서 하면 신들의 노여움을 사는 행동들이 있어요. 사람들도 모두 알고 있죠. 생선을 먹고, 손톱이나 머리카락을 자르는 일 등등…… 처음에 내가 무엇 때문에 난파를 당했는지 알고 싶으세요? 선원 하나가 현문舷門의 사다리를 올라가면서 큰 소리로 재채기를 했어요. 그건 용서받지 못할 행동이랍니다. 그래서 비참한 운명이 닥쳤지요! 두 번째 난파는 또 어땠게요? 정숙하지 못한 사람 둘이 갑판 위 한구석에 바싹 붙어 있었어요. 그러자 큰 구름들이 몰려와 우리를 덮쳤죠! 배는 순수하고 신성해요…… 나는 바다의 법칙을 알고 있어요. 전부 알고 있다고요, 공주님! 다시 말해 나는 부정한 행동을 해서 폭풍우를 일으키고 배를 '난파시킨' 적이 한 번도 없어요. 그러니까 만약 공주님이 나로 인해 포세이돈 신이 노할 거라 생각했다면 잘못 짚은 거예요. 머리카락은 거추장스럽지 않게 지금 더 단단히 땋아 올려줄게요."

'나는 배를 난파시킨 적이 한 번도 없어요'라니. 셀레네는 큐프리스의 말에 얼이 빠져서 저항하려 했다.

"하지만 네가 배를 탈 때마다 배가 엉뚱한 곳으로 흘러가버린다고 사람들이 그랬어!"

"오! 그거야 재미삼아 하는 소리죠! 궁전에서 흔히들 하는 험담요! 그 여자들은 뒤에서 나를 헐뜯었지만 항구를 떠나본 적이 한 번도 없어요. 하지만 맹세컨대 나는 젊었을 때 여행을 많이 해봤죠! 바다에도 가봤어요! 에게 해, 이오니아 해, 심지어 티레니아 해까지요! 그때마다 도의를 지켰고, 신들을 노하게 하는 행동을 하지 않았답니다. 두 번, 딱 두 번 불경한 사람들과 함께 여행하는 불운을 당했어요. 그건 누구에게나 일어날 수 있는 일이죠. 배에 타는 사람들이 모두 나만큼만 독실하다면, 사람들이 더 이상 난파가 어쩌고저쩌고하지 않을 텐데!"

할 수 없이 직접 머리카락을 잘라야 했다. 셀레네는 다른 해결책을 알지 못했다. 시간이 촉박했다. 곧 피레우스에, 그곳을 둘러싼 '긴 성벽'에, 아테네에 다다를 것이다. 마지막 기항 이후로 바람을 쐬지 못한 옥타비아누스가 벌써 갑판 위 장교들 한가운데에서 으스대고 있었다. 큐프리스는 어슬렁어슬렁 돌아다니며 그들의 모습에 감탄했다. 큐프리스가 방심한 틈을 타 셀레네는 이발사가 손톱을 깎아줄 때 사용하는 면도칼이 든 상자를 손에 넣었다. 그 칼로 땋은 머리채 하나를 자를 수 있을 것이다. 머리채 하나를 잘라 바다에 던질 수 있을 터였다. 포세이돈이 굴욕처럼 그 머리채를 받겠지…… 빨리, 빨리. 셀레네는 서둘러 머리핀을 풀고 머리채를 움켜쥐고는 손쉽게 베어냈다. 둘째, 셋째 머리채도 빨리! 그런 다음 잘라낸 머리카락을 뱃전 너머로 던졌다.

신들은 어디 있지? 신들이 눈이 멀었나? 귀가 먹었나? 셀레네는 살해된 형제들을 위해 하늘에 자비를 구했고, 그다음에는 바다에 분노를 청했다. 하지만 소용없었다. 이시스는 연민을 보여주지 않았고, 포세이돈도 분노를 보여주지 않았다. 잘라낸 머리카락은 그녀의 기도처럼 바람에 날아가 버렸다…… 로마의 배들은 그녀의 무익한 탄원과 실패로 돌아간 속임수를 긴 리본처럼 항적航跡 속에 풀어냈다. 그녀는 살아 있고, 옥타비아누스도 살아 있었다.

4월에서 6월까지 셀레네는 눈을 감고 그리스를 통과했다. 눈꺼풀이 다시 붙어버렸다. 그녀는 파리 떼 때문에 괴롭다고 주장했다. 그러자 큐프리스가 그녀를 꾸짖었다.

"공주님은 아프지 않아요. 눈도 태어날 때의 상태 그대로 깨끗하고요! 우는소리 좀 그만 해요!"

"난 아파, 유모. 너무 아프단 말이야……"

'승리의 도시'라는 뜻의 니코폴리스라는 새 이름을 얻은 악티움에서, 셀레네는 카이사르 최고사령관이 자신을 돌보는 행운의 여신에게 바친 신전 낙성식에 참석하지 못했다. 오리엔트 군함들의 높은 선체, 부서진 충각衝角, 뽑힌 돛대, 불타버린 밑바닥을 보지 못했다.

반면 알렉산드로스는 그 패배의 흔적들을 보았고, 가시지 않는 탄내와 썩은 살 냄새를 맡았다. 낙성식을 거행한 날 저녁, 알렉산드로스는 자리에 누운 누이 곁으로 다가와서 말했다.

"저 돼지 같은 놈을, 뿔 달린 악당을 죽여버릴 거야. 내가 크면 저 녀석을 죽여버릴 거라고!"

하지만 셀레네는 자신이 이미 알고 있는 사실을, 어떤 신도 그들을 돕지 않을 거라는 사실을 알렉산드로스에게 말하지 않았다. 신들은 적에게로 가버렸다. 클레오파트라의 아이들은 저주받은 것이다.

고대인들은 고독을 가장 고약한 재난으로 여겼다. 그들은 가족 단위로, 마을 단위로, 부족 단위로 살았다. 또한 도시에, 종교에 혹은 직종에 속해 있었다. 소속이 없는 사람? 그런 사람은 부랑자나 외국인 또는 집행유예를 선고받은 사람이었다.

클레오파트라와 마르쿠스 안토니우스의 자식들은 외로웠다. 그들은 모두 셋이었지만, 오직 그들뿐이었다. 그들에게는 몸을 누일 지붕도, 신전도, 나라도, 부모도, 친구도 없었다. 예전 소유물 중 남은 것은 노예 한 명뿐이었다. 물론 그 노예도 이제는 그들 소유가 아니었다.

셀레네가 일찍이 대면한 고독은 누구와도 비교할 수 없는 것이었다. 자유민들은 고립이 무엇인지 알지 못한다. 왕족들은 더더욱 그렇다. 셀레네의 어머니 클레오파트라는 죽을 때까지 옆에 수행원을 두었다.

포로가 된 어린 왕족들에게는 하인이 없었다. 그들은 나라뿐만 아니라 신들의 보호마저 박탈당했다. 고대에 보호 없이 방치된 어린아이는 살아남지 못했을 것이다. 고대 역사가들도 그런 아이들이 성인이 될 때까지 살아남는 경우는 드물다고 말했다. 기원전 2세기에 마케도니아 왕의 막내아들이 나라를 잃고 긴 포로 생활을 한 뒤 로마에서 철물 제작업자가 되기는 했다. 그것도 매우 뛰어난 철물 제작업자가…….

더 근래의 사례도 있다. 이 어린 이집트 아이들이 그 사례를 알면 격려가 될 것이다. 나중에 콘스탄티누스라는 이름으로 불리는, 키르타가 수도인 아프리카 왕국 누미디아 왕자의 사례다. 누미디아 왕은 율리우스 카이사르에게 패해 자살했고, 당시 세 살배기였던 그의 아들은 조롱 섞인 외침 속에서 분열 행진에 참여했다. 그는 운명에 자신을 맡겼다. 처음에는 승리한 독재자의 집에 보내졌고, 독재자가 암살된 뒤에는 그의 처남 칼푸르니우스 피소의 집에 보내져 좋은 교육을 받았다. 그는 매우 영리해서, 열다섯 살에 이미 칼푸르니우스의 집에 살고 있던 에피쿠로스의 제자들과 동등하게 토론을 할 정도였다. 칼푸르니우스는 철학 일반에 대한, 특히 자신이 속한 학파에 대한 그 아이의 관심에 매혹되어 누미디아 왕자였던 그 아이를 석학으로 만들었다. 그 아이는 자라서 옥타비아누스 군대의 기병대 지휘관이 되었다. 베르베르 태생인 그 젊은 이의 성姓은 흥미로웠다. 로마 사람들은 그의 성을 Juba라고 썼고, 그리스 사람들은 Ioba라고 썼다. 그 자신은 그리스 식 이름을 더 좋아했다. 어쨌든 그는 그리스어를 좋아했고, 스무 살이 되자 모국어를 한마디도 하지 못하게 되었다.

그의 조국은 첼리오 언덕*에 있는 부유한 후원자의 서재였다. 젊은 인질인 그는 거기에 있는 책들을 지배했다. 서가에 기어오르고 사람들이 '소굴'이라고 부르는 칸막이 선반들을 뒤지기 위해 굴림통을 쌓아올리면서, 새로운 영토를 자신의 제국에 끊임없이 복속시켰다.

유바는 타인들의 기억으로 스스로를 보강한 무국적자, 사람들의 마음

---

* 로마의 일곱 언덕 중 하나로, 남동쪽에 있다.

을 사로잡는 행복한 포로였다(나중에 그는 셀레네의 삶에서 매우 큰 역할을 하게 된다).

만약 셀레네가 일찍이 이 외국인 포로를 알았다면 그를 따라할 수 있었을까? 아마 그러지는 못했을 것이다.

그녀에게는 너무나 많은 기억들이 남아 있었다. 그 '재난'이 일어났을 때, 도시가 함락되고 정들었던 모든 것과 헤어져야 했을 때, 클레오파트라의 딸 셀레네는 아기가 아니었다. 그녀에게는 이제 책도 없었다. 비블로스에서 의사가 그리움에서 헤어나지 못하는 그녀의 모습에 마음이 아파 뭐 원하는 거라도 있느냐고 물었을 때, 셀레네는 망설이다가 이렇게 중얼거렸다.

"책요. 금색 단추가 달리고 빨간 가름실이 있고 글자들이 많이 적힌."

그 대답에 의사는 놀라고 안타까워했다. 책은 귀한 물건이었기 때문이다. 의사 역시 의학에 관한 두루마리 몇 개만 갖고 있을 뿐이었다. 의사는 절망해서 소녀를 바라보았다. 소녀가 기린이나 연꽃을 달라고 한 것이나 마찬가지여서, 그 분별 있는 소망 역시 들어줄 수 없었다.

부모도 없고, 신들도 없고, 책도 없었다. 셀레네는 세상에서 혼자였다.

옥타비아누스를 괴롭힌 고독은, 우리가 인정하는바 극심한 편은 아니었다. 그것은 권력을 가진 자의 고독이었다. 군중 한가운데, 조신들 한가운데서 느끼는 고독이었다. 주변 사람들은 그의 비위를 맞추려고 열심이었지만, 그는 그들을 믿지 않았다. 옥타비아누스는 미소 짓는 일이 별로 없고 말수도 적었다. 모름지기 우두머리의 삶은 모든 면에서 잘 통제되어야 한다. 우선 지나친 우정이나 여자가 베갯머리에서 털어놓는 은밀한 이야기들을 통제해야 한다. 이를테면 그는 로마 상류사회의 빈

축을 사면서 첫 번째 아내*와 이혼하고 얻은 지금의 아내 리비아를 매우 사랑했지만, 그녀와 나눌 중요한 화제를 늘 미리 준비했다. 요점들을 서판에 기록해두기도 했다. 사람들이 그 화제에 대해 뭐라고 대꾸할지 둘이서 예측해보기도 했다.

이 위대한 젊은 남자, 젊은 위대한 남자는 성격이 매우 폐쇄적이었다. 그의 마음속에는 사람들이 들어갈 아주 작은 틈도 존재하지 않았다. 심지어 외동딸 율리아조차도. 온천요법을 하며 아텔라에 머무는 동안, 그는 불현듯 자기 딸 율리아가 올겨울에 열 살이 되며 마지막으로 아이를 본 지 삼 년이 다 되었다는 사실을 떠올렸다. 생모는 아니지만 최선을 다해 그 아이를 기르고 있는 리비아에 따르면, 그 아이는 지혜가 늘지 않았다고 한다…… 팔라티노 언덕에 있는 집으로 돌아가자마자 율리아를 엄하게 훈육해야 할 것이다. 버릇없고 부끄러워할 줄 모르는 율리아를 벌함으로써 자신이 누구이고 앞으로 어떻게 행동해야 하는지 알려줄 수 있을 것이다! 그는 이내 주의가 산만한 율리아의 얼굴을 눈앞에서 물리치고 머릿속을 비웠다.

개선식 때까지는 근심거리를 모두 잊고 싶었다. 성공을 만끽하고 싶었다. 얼마 전 아그리파가 편지에 전한 대로 아직 일주일의 휴가가 남아 있었다.

'휴가를 잘 활용하십시오.'

마에케나스도 향기로운 기름종이에 기분 좋게 쓴 편지를 통해 똑같은 조언을 해주었다! 두 사람 모두 그는 행복한 사람이라고 반복해서 말했다. 행복해야 한다. 행복을 누리고 여가를 즐기는 것은 평범한 일이

---

* 폼페이우스의 둘째 아들 섹스투스의 처고모였던 연상의 여인 스크리보니아. 정치적 입지를 다지기 위한 정략결혼이었으며 이 여인과의 사이에 옥타비아누스의 유일한 친자식 율리아가 태어났다.

니까.

　알렉산드리아가 함락된 지 거의 일 년이 되었지만, 옥타비아누스는 아직도 로마에 들어가지 않았다. 로마 외곽에 묵었다. 관례에 따르면 개선식을 치르기 전에 수도의 신성한 성곽 안에 들어가면 안 되었기 때문이다. 그는 프리마 포르타*로 가기로 결정했다. 그곳 플라미니아 가도에 있는 장인 소유의 별장으로. 그 별장은 사 년 전 신들의 축복을 받았다. 독수리 한 마리가 부리에 월계수 잎을 문 흰 암탉을 놓아주고 날아간 것이다. 리비아는 재앙을 면한 암탉에게 먹이를 주었고, 암탉은 병아리 여러 마리를 부화시켰다. 이후 그녀는 흰 암탉이 발견된 자리에 잔가지 하나를 심었고, 잔가지는 번식했다. 그것은 이중의 전조였을까? 아니면 터무니없는, 개 풀 뜯어먹는 이야기일까?
　옥타비아누스는 불신자가 아니었다. 그는 표적을, 예언을 믿었다. 심지어 할머니들이 권하는 민간요법까지 믿었다. 폭풍이 조금만 불어도 바다표범 가죽을 뒤집어써서 벼락으로부터 스스로를 보호했다. 그는 프리마 포르타에 가서 자신을 보호해준 신성한 독수리에게 진심으로 감사하고 싶었고, 기적의 월계수에서 자신의 월계관을 만들 잔가지를 꺾고 싶었다.

　그와 함께 카피톨리노 언덕으로 갈 군단들을 구도시 바깥 캄푸스 마르티우스** 성벽 밑에 불러 모으는 동안, 권세 있는 가문의 우두머리들이

---

* 로마 도심에서 북쪽으로 12킬로미터가량 떨어져 있는 교외 지역. 리비아의 별장이 있던 곳이다.
** 테베레 강가의 충적평야 지역.

그에게 달려왔다. 리비아가 기르는 닭들이 닭장 안에 모이를 던져줄 때 그러는 것처럼. 실라누스 가문, 도미티우스 가문, 레피두스 가문, 셈프로니우스 가문 등 안토니우스와 함께 그를 노동자 취급했던 거만한 귀족 가문의 후손들이, 명예를 얻고 싶어 안달 난 사람들이, 고상한 척하지 못하는 사람들이 원로원에 또 한번 숙청이 일어날까 두려워 먹이를 받아먹으려고 프리마 포르타에 찾아왔다. 그들은 옥타비아누스의 승리감에 찬물을 끼얹었지만, 옥타비아누스는 그들에게 내민 손을 거두지 않았다.

나중에 옥타비아누스는 학창 시절의 동료를 만나게 되었다. 그가 해군대장에 임명한 아그리파였다. 어린 세 포로, 개선식 '이틀째 날'을 위해 준비된 무대 배경은 도시 남쪽 카페나 문 옆에 있는 농가에 묵게 되었다. 아그리파는 기분 좋은 소식을 알려주었다. 그 아이들이 입을 의상이 마련되었다는 소식이었다. 아이들 몸에 맬 사슬도.

옥타비아누스는 마에케나스를 맞아들였다. 알렉산드리아 함락을 기리는 기념식을 성대하게 치르기 위해 그들은 의전 순서를 바꾸기로 했다. 원로원 의원과 집정관들은 승리자 앞에서 행진하지 않고 역사상 처음으로 승리자 뒤에서 걸을 것이다. 그것은 조용한 혁명이었다. 그 틈을 타서 마에케나스는 카이사르와 최고사령관이라는 칭호에 '첫째가는 자' '1인자'라는 뜻의 '프린켑스Princeps*'라는 칭호를 덧붙이자고 원로원에 넌지시 권유할 것이다…… 좀 더 절도 있는 새로운 칭호였다. 그의 외외종조가 공화국으로부터 얻어냈던 '영원한 독재자' 같은 고약한 칭호는 아니었다. 더 강력한 칭호였다. 그는 겉은 건드리지 않고 안을 변

---

* 로마 제정(帝政) 초기에 로마 황제를 이르던 말. 본래는 로마인이든 외국인이든 탁월한 정치 지도자를 가리키는 말이었고, 로마 공화정 시대에 이르러서는 원로원 의원 중 콘술직(職)을 거친 사람을 지칭하게 되었으나, 기원전 1세기 후반에 아우구스투스(옥타비아누스)가 최고의 프린켑스로서 사실상 독재정치를 펼치면서 '황제'와 동의어가 되었다.

모시킬 것이다. 겉은 체면을 차리는 정도로 충분하다. 거기에는 선거와 집정관의 겉치레도 포함되었다. 그는 종신 독재자가 되려는 게 아닐까? 지금 농담하는가? 그는 '원로원 의원들 중 1인자', 동료들로부터 사랑받는 자, 여섯 번째 임기를 시작하는 집정관일 뿐이었다. 내년에는 일곱 번째 임기를 수락할 것이다. 그리고 사람들은 그를 여덟 번째, 아홉 번째로 선출할 것이다. 저희들 마음대로^{Ad libitum}.

싫증나도록^{Ad nauseam}. 끊임없이 재선출될 생각을 하자 그는 그만 입맛이 떨어지고 말았다. 뭐라 정의할 수 없을 만큼 마음이 불편했다. 안토니우스의 패배 이후 그는 걱정이 되고 열이 났다. 아텔라에서는 온천 요법으로 목소리만 회복했을 뿐이다. 그는 잠을 잘 자지 못했다. 곧 수십만 관중 앞에서 행진하게 될 텐데 이런 시답잖은 번민에 빠져 있어도 될까? 개선식을 치르는 동안, 그는 불편하고 협소한 전차 안에 선 채로 여섯 시간을 보내야 할 것이다. 체력을 요하는 일이라, 쉰 살이 넘은 개선장군들은 대개 그렇게 하지 않는 경우가 많았다! 여섯 시간 동안 한 손으로만(다른 손에는 홀笏을 들 테니) 지나치게 씩씩한 말 네 마리를 이끌어야 한다. 카이사르도 그러다가 넘어지지 않았나! 여름이 한창이어서 얼굴이 더러워질 테고, 삼중 갑옷에 금술 장식을 달고 자줏빛으로 수놓은 양모 튜닉 차림으로 버티느라 땀도 날 텐데, 물 한 잔 마시지 못하고 여섯 시간 동안 무슨 일이 일어나든 태연한 얼굴을 유지해야 한다. 그후에는 걸어서 혹은 무릎을 꿇고 카피톨리노 언덕의 계단을 오르고, 계단 꼭대기에서 성난 황소와 반항하는 숫양들의 등에 포도주와 소금 친 밀가루를 뿌린 다음 그것들을 절차에 따라 희생 제물로 바쳐야 하니 더욱 힘을 내야 한다. 그런 뒤 다시 아래로 내려가 이만 개의 식탁이 마련된 연회를 주재해야 한다. 얼마나 고단한 일인가! 물론 그는 이런 고난을 피하지 않을 것이다. 그는 인내하는 것을 좋아한다. 어렸을 때도 힘든 일이 있어도 '할 만하다'면 받아들였고 자제하지 못한 적이 한 번도 없었다. 내일 그는 '할 만할' 것이고 그러기를 원했다. 하지만 언제나 그렇듯 육신에 배반당할까봐 두려웠다. 그는 마르쿠스 안토니우스 같은 우아한 태도와 잘생긴 외모도 갖추지 못했다. 그는 미끄러질까봐, 발을 헛디딜까봐, 복통이나 현기증이 날까봐, 고삐들이 뒤엉킬까봐, 한숨이 나올까봐, 감정이 겉으로 드러날까봐 두려웠다.

그는 그런 두려움을 누나 옥타비아에게 털어놓고 싶었을 것이다. 그의 유일한 손위 피붙이이고 이제부터 로마 '제1의 여인'이 된 그녀에게. 어렸을 때, 그들 둘이 외할머니 율리아의 집에서 살 때, 옥타비아는 그를 안심시켜주었다. 하지만 지금은 그가 더 늙어버렸다. 자신이 십사 년 동안 전투에서 배운 것을 누이는 결코 이해하지 못할 것이다.

그럼 리비아에게 털어놓을까? 아니다. 그는 리비아에게 도움을 구하지 않을 것이다. 그녀는 이상적인 아내이다. 절대 남편을 비난하지 않고 남편의 말을 거역하지도 않는다. 하지만 그가 조금이라도 연약함을 드러내면 당장 그를 잡아먹으려 할 것이다. 그녀는 한 마리 상어 같은 매끈한 아름다움을 자랑했다. 옥타비아누스가 공화파인 늙은 남편에게서 리비아를 빼앗아 결혼했을 때 그는 스물세 살이었고 그녀는 열아홉 살이었다. 그는 반항하는 자들을 길들이기를 좋아했다. 이제 그녀의 나이 서른 살이 가까워오지만 그녀는 그에게 아이를 낳아주지 않았고, 그는 자기 자신을 대하듯 가차 없는 태도로 그녀를 이끌었다. 한마디로 제2의 자신처럼 리비아를 사랑했다. 연약함 없이.

그렇다면 누가 그의 생각을 바꿔줄 수 있을까? 혹시 테렌틸라가? 테렌틸라는 마에케나스의 아내이고 빈틈없는 여자다. 그리고 마에케나스는 그의 진정한 친구다. 옥타비아누스가 테렌틸라와 동침했지만, 마에케나스는 눈감아주었다. 자신을 희생한 것이다. 언젠가 테렌틸라가 마치 마에케나스가 그 일로 이득을 보는 것처럼, "그 사람이 귀여운 남자아이들에게 약하다는 걸 모르지 않겠죠! 특히 해방 노예 바틸에게 약해요. 그 사람은 바틸을 주역 배우로 만들어주려고 애쓰고 있어요. 내가 불륜 저지르는 걸 오히려 좋아해요. 더 이상 내게서 자기 혈통의 아이들을 만들지 않아도 되니까요……"라고 말하긴 했지만.

그녀의 말을 듣고 옥타비아누스는 마음이 홀가분했다. 그때까지 마에케나스가 자신과 테렌틸라의 관계를 이용해 정치적 특권을 얻어내려 할지 모른다고 염려했기 때문이다. 마에케나스가 두 사람의 관계에서 개인적 편의를 얻어낸 덕분에, 그들의 우정은 흠집 나지 않은 채로 남았다. 이런 우정은 얼마나 아름다운가! 그와 마에케나스와 아그리파는 원뿔 모양 통 안에 든 세 개의 주사위처럼 떨어질 수 없는 사이였다.

그러니 오늘밤 테렌틸라를 부르면 안 될 이유가 무엇인가? 그녀는 재미있고, 정치적으로 든 개인적으로든 머리를 굴리지 않는다. 그리고 남편의 재산이 있으므로 애인의 재정 지원을 기대하지 않는다. 위험하지 않은 정부情婦다. 그가 부르면 테렌틸라는 가마를 세내어 타고 가능한 한 조심스럽게 프리마 포르타에 올 것이다. 닫힌 가마…… 다만, 체력 소모가 큰 개선식 전날 정사를 치르는 것은 바람직하지 않았다. 주치의 안토니우스 무사도 그렇게 말할 것이다. 무사 역시 안토니우스의 많은 해방 노예들처럼 정치적으로 전향했다.

안토니우스, 그의 살아남은 아이들, 아내였던 옥타비아, 귀족 친구들, 여전히 헌신적인 해방 노예들…… 요컨대 안토니우스는 죽었지만 그의 영향력은 아직 도처에 존재한다! 그 영향력을 끝장내버리자!

카이사르 최고사령관은 까마귀들을 데려오라고 명했다. 귀환하는 길에 카푸아의 새잡이에게 사서 길들인 까마귀들이었다. 값을 비싸게 치렀을까? 사실 그랬다. 하지만 한 마리 값에 두 마리를 얻었다.

첫 번째 놈은 새잡이가 직접 소개했다.

"정말 멋진 놈입니다요, 카이사르 최고사령관님! 길들인 지 삼 년 되었습죠. 저는 늘 최고사령관님이 승리하실 거라 믿었답니다. 잘 들어보십시오."

새잡이가 짐승의 시체 조각을 까마귀의 검은 부리 위에 대고 흔들자, 까마귀는 그것을 덥석 물고 쉰 목소리로 외쳤다.

"안녕하세요, 옥타비아누스 카이사르. 승리한 최고사령관님!"

일찍부터 옥타비아누스파였다는 새잡이는 그 까마귀를 꼭 선물로 바치고 싶다고 했다. 받는 사람이 돈을 많이 써야 하는 선물이었다. 고마움을 표하기 위해 옥타비아누스가 2만 세스테르티우스 은화를 늙은 새잡이에게 줬으니 말이다. 그러나 그들 일행이 카푸아를 떠나고 얼마 안되어 아까 만난 새잡이의 경쟁자인 또 다른 새잡이가 참모부에 나타나 말했다.

"속으셨습니다. 그 사람에게는 까마귀 한 마리가 더 있어요. 그놈도 내놓으라고 하세요."

아닌 게 아니라, 늙은 새잡이의 고미다락방에 까마귀 한 마리가 또 있었다. 죽은 들쥐를 눈앞에 대고 흔들자 까마귀는 "안녕하세요, 안토니우스. 승리한 최고사령관님!" 하고 외치며 먹잇감에 덤벼들었다.

"첫 번째 새잡이와 그를 고발한 새잡이가 2만 세스테르티우스 은화를 나눠 가지게 하여라."

옥타비아누스가 판결을 내렸다.

"뭐라고요? 저 사기꾼 놈을 죽이지 않으신단 말입니까!"

뚱뚱한 플란쿠스가 격분해서 외쳤다.

"사기꾼이라. 아니지. 저 사람은 내 열혈 동지는 아닐지 몰라도 선량한 새잡이요. 오랫동안 노선을 정하지 못하고 있던 시민이라고 말해둠

시다…… 어쨌든 나는 저 사람의 직업의식에 감동받았소. 안토니우스가 죽었다는 소식을 듣자마자 그를 찬양하도록 훈련한 까마귀를 없애버림으로써 위험을 제거할 수도 있었을 거요. 하지만 저 사람은 그토록 공들여 훈련한 까마귀를 없애버릴 수가 없었던 거지. 자기 직업을 사랑하기 때문에…… 나는 그런 세심한 마음을 이해할 수 있소.”

그날 저녁, 부하들이 한쪽 발로 횃대에 앉아 있는 '옥타비아누스 카이사르'와 '안토니우스'를 '흰 암탉' 별장으로 데려왔다. 석양을 받자 까마귀들의 검은 깃털에 초록색과 자주색이 감돌았다. 옥타비아누스가 까마귀들에게 직접 먹이를 주도록(그가 그러겠다고 고집했다), 부하들은 까마귀들의 날개 끝을 잘라내고 꼬리를 짤막하게 만들었다. 까마귀들이 갑자기 날아가려 할까봐 옥타비아누스가 겁을 냈던 것이다. 사실 그는 까마귀들을 두려워했고, 까마귀들이 두려워할까봐 두려워했다. 하지만 그는 모든 두려움을, 자신의 두려움과 그들의 두려움을 지배했다. 그는 지배하는 것을 무척 좋아했고, 그 까마귀들을 제압하는 것을 즐거워했다.

“나를 무서워하지 마라, 안토니우스. 더 이상 무서워하지 않아도 돼!”

그는 집게손가락 끝으로 까마귀들의 검은 부리 아랫부분을 살살 긁었고, 날개 밑 따뜻한 부분에 손을 넣었다.

“얌전히 있어라, 옥타비아누스. 얌전히 있어!”

까마귀 목 부분의 작은 깃털들이 두려움에 곤두서는 모습이, 잘린 날개가 하릴없이 펼쳐지는 모습이, 동그랗고 엄격해 보이는 눈이 감기지 못하고 겁에 질리는 모습이 기분 좋았다. 이윽고 까마귀들에게 상반되는 찬가, 즉 〈승리자 안토니우스〉와 〈승리자 옥타비아누스〉를 합창으로 깍깍거리도록 시켰다. 인간의 공생애公生涯를 닮은 귀에 거슬리는 불협화음이 재미있었다. 그 불협화음을 듣기 위해, 그는 까마귀들을 독려하고, 굶기고, 귀여워하고, 겁주고, 위로했다. 기특하고 귀여운 것들! 마침내 그들을 복종시켰다…… 곧 그들은 그를 사랑하게 되리라.

　내일 개선식이 열리면, 협소한 전차 안에서 대신관의 노예가 그의 머리 위에 금관을 받쳐 들고 관례에 따라 다음의 말을 수없이 되뇔 것이다.
　"그대가 죽음을 면할 수 없다는 것을 기억하라, 그대가 죽음을 면할 수……."
　갈채와 환호 때문에, 환희에 찬 군중 때문에 개선장군이 자신의 신분을 잊을까 싶어 생겨난 관례였다. 하지만 옥타비아누스가 자신의 신분을 기억하는 데는 앵무새 같은 노예 따윈 필요 없었다. 그에게는 까마귀들이 있었다. '안녕하세요, 옥타비아누스', '안녕하세요, 안토니우스'. 정치는 게임이고, 그는 운이 좋았다. 하지만 게임은 아직 끝나지 않았다. 결코 이긴 것이 아니다. 서툰 말 한마디에, 선의에서 나온 행동에 모든 것이 죄다 무너질 수도 있다. 그러니 되는 대로 처신해선 절대 안 된다.
　옥타비아누스는 안토니우스의 까마귀를 두 손으로 쥐었다. 까마귀가 몸부림치고, 목청 높여 깍깍거리고, 허공을 향해 부리짓을 했다. 본능적으로 혐오감이 들었지만, 그는 작은 몸뚱이를 쥔 손에 더욱 힘을 주었다. 질식시키지는 않고 차츰 움직이지 못하게 만들었다.
　"몸부림쳐봐야 소용없다. 내가 너의 새 주인이야. 너는 나를 존중하는 법을 배우게 될 거다."
　그는 로마에 입성하기 전 마지막 밤을 불도 밝히지 않은 방 안에서, 날개 잘린 두 까마귀 사이에서 혼자 보냈다.

생생한 기억

소녀는 주랑柱廊의 가느다란 포도덩굴 밑을 서성거렸다. 붉게 칠한 기둥들 너머에 폐쇄된 조그만 정원이 있다. 노래진 회양목 네 그루, 배나무 그루터기 하나(염소들이 전부 먹어치웠다), 거의 말라버린 샘이 있었다. 날씨가 덥고, 바람에서 밀짚과 기름 냄새가 난다. 건조한 바람이 멀리 있는 군중의 함성을, 아무것도 식혀주지 못하는 넘실거림을 간헐적으로 실어온다.

'어제의 어린아이는 더 이상 존재하지 않아.'

언제부터 어린아이가 아닌 거지? 모든 사람이 내가 잘되기를 바라지는 않는다는 사실을 깨달을 때? 요람에 기울인 미소 띤 얼굴이 살인자의 얼굴일 수도 있음을 깨달을 때? 셀레네는 오래전에 세상 이치를 어렴풋이 깨달았다. 하지만 알렉산드리아에서 마음이 완전히 떠나지는 못했다.

아직도 가끔씩 의지와는 상관없이 몸이 알렉산드리아를 기억한다. 아그리파의 농장 안 주랑의 오래된 연석 위에 눕자, 뺨 밑으로 돌의 따뜻한 입자가 느껴지고, 손가락 밑으로 회반죽을 부식시키는 이끼가 느껴지고, 허리 밑으로는 강렬한 햇볕이 느껴졌다. 셀레네는 눈을 감고 알렉산드리아로 돌아갔다. 파란 궁전의 테라스 위로.

꼼짝 않고 돌 속에 처박힐 수도 있음을 그녀는 알고 있다.

'돌은 쓰다듬어줘. 나를 상냥하게 달래줘……'

　그러기 위해서는 자신의 바깥에 머무는 것으로 충분하다. 표면에 존재하는 것으로 충분하다. 그녀는 씨 없는, 핵 없는 과일이다. 전체가 껍질로만 덮인 과일이다.

우리는 로마의 개선식에 대해 알고 있다, 안 그런가? 아마 7월 14일*의 행진과 비슷했을 것이다. 용맹한 군대 외에도 희귀한 동물 대여섯 마리와 사슬에 묶인 왕들을 보여주는 7월 14일 행진. 독자들은 그 행사를 상상할 수 있을 것이다…… 하지만 틀렸다. 로마의 개선식은 군인들의 열병식을 넘어 종교 행렬, 성체첨례, 브라스밴드의 연주, 구운 소시지와 꽃으로 장식한 수레가 등장하는 마을의 대규모 수호성인 축제가 더욱 확장된 형태였다. 브르타뉴 지방의 파르동 축제와 흡사했다.

행렬의 여정은 끝이 없다. 캄푸스 마르티우스에 있는 폼페이우스 극장에서 카피톨리노 언덕 꼭대기까지 구불구불한 코스가 정해져 있다. 고대의 플라미니우스 경마장, 개선문, 약용식물 시장, 창문槍門 거리, 에트루리아인 거리, 우시장, 대경기장, 포룸(여기에 공식 연단이 세워진다)을 지나 툴리아눔 감옥과 카피톨리움 언덕에 다다른다.

모든 면에서 체계화된 행사다. 몇 세기를 거치면서 조금 변하긴 했지

---

* 프랑스의 혁명 기념일.

만, 항상 구도시 바깥 카르멘탈리스 문 근처에서 군대가 참석한 가운데 종교의식으로 시작하고, 도시에서 가장 높은 지점, 즉 금과 청동이 둘린 '매우 선하고 매우 위대한' 유피테르 신전에서 사법기관 책임자들이 참석한 가운데 치르는 또 다른 종교의식으로 끝난다. 민중을 교화하기 위해 의례화된 긴 행렬이 등장하고, 어떤 제단들(헤라클레스 제단이나 게모니아 계단)에서는 희생제물을 바치거나 포로를 처형하기도 한다. 장미 꽃잎이 비처럼 흩날리는 가운데 행진이 진행되어 피바다 속에서 끝난다…….

선두에는 뿔피리 연주자와 나팔수들이 서고 이어 정복한 도시의 거대한 축소 모형, 조각상, 파괴된 왕국의 전모를 묘사한 그림, 몰살된 사람들이 들것에 실려 지나간다. 복종하는 강물, 굴복한 바다이다. 이 조형물들 뒤에는 소들이 전리품, 즉 적에게서 탈취한 무기들을 가득 실은 수백 대의 짐수레를 끌고 가고, 눈길을 끄는 갑옷들이 나무줄기에 수직으로 설치되어 지나간다. 감히 로마의 권능에 저항한 몰상식한 사람들이 남긴 것이다. 금속 제품들도 조금 있다. 도시 함락에 사용한 화포와 패배한 배의 뱃머리들이 바퀴에 실려 지나간 뒤 진짜로 값나가는 것들이, 민간에서 탈취한 전리품들이 등장한다. 패배한 왕족들이 쓰던 집기, 유명한 예술작품, 성소에서 끌려나온 거대한 신의 조각상들이 민중의 눈을 현혹한다.

다음에는 동물과 인간을 모두 포함하는 '희생물들'로 넘어간다. 처음에 등장하는 희생물들은 유순하지 않은 편이다. 금빛 뿔이 달린 하얀 황소가 제비꽃 화관을 쓴 하얀 암송아지에게 올라타고, 숫염소가 마구 반항하기도 한다. 상반신을 벗은 제물 담당 사제들이 한쪽 어깨에 도끼를 메고 동물들 한가운데에서 걸어간다. 사제인 동시에 형리인 그들은 근엄한 태도를 유지하며 희생물인 인간들을 행렬 안에서 걷게 한다. 다행히도 인간은 비교적 수월하게 도살장으로 데려갈 수 있다. 도살장까지 질질 끌고 가야 하는 경우는 드물다. 최악의 순간은 포로들의 우두머리 중 무척 반항적인 자를 가마나 짐수레에 설치한 처형용 말뚝에 붙들어 맬 때이다. 그들은 곧 관중에게 선보이게 된다. 대부분의 포로들은 분별 있는 모습을 보인다. 앞뒤로 줄을 서서 얌전히 걷는다. 그들을 굳이 사슬에 묶는 이유는 대중을 즐겁게 해주기 위해서이다. 똑같은 이유로, 행진을 시작하기 전에 그들을 자기네 전통의상으로 공들여 갈아입힌다. 적어도 군대의 비품 창고에서 동원할 수 있는 것들로.

야만족으로 가장한 채 손이 묶이고 목에 밧줄이 둘린 이방인들은 가엾기도 하고 특이하기도 하다. 그들은 비틀거리고 머뭇거리지만, 행렬은 보조를 늦추지 않는다. 하급 관리들이 뒤에서 도끼와 막대기를 가지고 전진하라고 재촉하기 때문이다. 그리고 말들 때문이다. 그들의 등 뒤에서 더운 숨결을 내뿜는 승자의 말들. 승자는 선별해서 말에 태운 아들, 손자 혹은 조카들에 둘러싸인 채 상아와 금으로 된 4두 2륜 전차에 올라타 있으므로, 전차를 조종할 수도 없고 멈출 수도 없다. 의식용 예복을 차려입은 수백 명의 원로원 의원들과 행사를 위해 선정된 사람들이 구도심의 좁은 거리에서 뒤를 따르고, 흰 옷을 입은 군단 병사들이 청동 독수리들 그리고 곰 가죽을 머리에 쓴 트럼펫 연주자들을 앞세우고 '군대식 걸음걸이'로 걷고 있기 때문이다.

얼마 지나지 않아 행렬은 구도심 한쪽 끝에서 다른 쪽 끝까지 길게 이어진다. 로마는 길이 좁고 광장들도 협소하기 때문이다. 로마 중산층 시민의 경우 친한 사람 집에 발코니가 있거나 대★키르쿠스*의 계단식 좌석에 노예를 보내 자리를 맡아놓지 않으면, 금속으로 된 군단 표시판,

---

* 팔라티노 언덕과 아벤티노 언덕 사이에 움푹 파인 거대한 타원형 광장. 정식 명칭은 '키르쿠스 막시무스'이다. 고대 로마 제국에서 가장 큰 전차경기장이었다.

전리품들 꼭대기에 놓인 검 다발, 붉은 손, 전차 위 나무 발판 위에 올라
선 개선장군의 진사辰砂를 바른 얼굴을 제외하고는 아무것도 구경하지
못할 정도이다. 하지만 로마 시민들은 순회하는 수레의 솥에서 퍼주는
공짜 음식을 먹고, 이방신의 강렬한 향기와 군대의 땀 냄새를 맡고, 암
소들이 음메 하고 우는 소리, 포로들이 우는 소리, 전리품들이 땡그랑거
리는 소리를 들을 것이다. 그들은 만족할 것이다. 그리고 군인들과 함께
신에게 바치는 찬가를 부를 것이다.

"이오, 이오, 개선식이여!"

이상이 우리가 알고 있는 일반적인 개선식 풍경이다. 옥타비아누스의
개선식, 특히 셋째 날(기원전 29년 8월 15일)의 개선식에 관해서는 몇 가
지 세부 사항이 더 알려져 있다. 옥타비아누스의 승리관을 만든 월계수
의 출처 그리고 그의 전차 옆에서 열두 살 난 아이 두 명(조카 마르켈루
스와 의붓아들 티베리우스)이 말고 타고 함께 갔고 이 행복한 아이들 바
로 앞에 불행한 두 아이, 클레오파트라의 쌍둥이가 있었다는 사실 말이
다. 클레오파트라의 쌍둥이는 사슬에 묶여 누운 어머니의 모습을 본뜬,
눈이 유리로 된 커다란 조각상을 따라가고 있었다. 그들의 돌아가신 어
머니 그리고 뱀.

어린 프톨레마이오스 필라델푸스가 개선식에 참가했는지에 대해서
는 알려진 바가 없다. 기원전 29년에 역사가들은 그것을 언급하지 않았
다. 그 아이가 이미 죽었기 때문일까? 다른 아이들과 함께 분열 행진을
하지 않았기 때문일까? 아니면 다른 아이들처럼 분열 행진을 하지 않았
기 때문일까. 아이는 짐수레에 기어 올라가 있었을까, 분열 행진에 방해
되지 않도록 전리품 발치에 묶여 있었을까? 그 아이에게는 알렉산드로
스나 셀레네와 달리 사람들의 주목을 끌 만한 매력이 없었던 걸까? 평
범한 아이. 평범한 나이이고 평범하게 슬퍼해서 아무런 흥미를 끌지 못

했던 걸까…….

셀레네의 외침, 예전에 나의 꿈속에 나왔던 "저 아이가 죽어가는 게 보이지 않아?"라는 외침이 없었다면, 셀레네의 염려가 없었다면, 내 밤들을 찢어놓고 낮들을 따라다닌 절망적인 호소를 결코 내 입으로 이야기하지 않았을 것이다. 안토니우스가 추락으로 이끌고 옥타비아누스가 증오로 이끈 무고하기 짝이 없는 존재에 대해 결코 이야기하지 않았을 것이다.

격자창이 달린 작은 수레 위에 아이가 앉아 이 포석에서 저 포석으로, 이 돌에서 저 돌로 튀어 오르고 있다. 다른 짐수레들이 지나간 궤적 속으로 진입하려 하지만 너무 좁다. 나귀 새끼 한 마리도 충분히 끌 만한, 거의 장난감 같은 작은 수레가 보도 위에서 요동친다. 로마 병사들은 굽잇길을 돌 때 땅에 굴러 떨어져 다칠까봐 어린 포로를 전리품처럼 수레의 가로장에 묶어 데리고 다녔다. 그럼에도 불구하고, 수레의 높이가 전체적으로 너무 낮아 내려서 걸을 때 말고는 포로 아이의 모습이 보이지 않았다. 인파로 가득한 골목길에서 소수의 사람만 그 아이를 보았고 아무도 기억하지 못할 터였다…… 하지만 아이도 '쇼'의 일부였고 행사를 위해 이집트 옷으로 갈아입혔다. 이집트계 그리스인이 아니라, 이집트 토착민의 모습으로 가장시켰다. 아이는 간단한 옷을 허리에 둘렀다. 하지만 머리에는 아무것도 쓰지 않았고(의상 담당자가 '이집트 농부' 머리 모양을 해주는 걸 잊었다), 가슴이나 어깨에도 아무것도 걸치지 않았다. 군중이 아이에게 주의를 기울였다면, 거의 벌거벗다시피 한 그런 모습이 정숙하지 못하다고 생각했을 것이다.

"아, 오리엔트 사람들은 부끄러움도 모르나봐!"

하지만 항의하는 이는 없을 것이다. 사람들이 아이를 거의 보지 못했을 뿐 아니라 아이의 손이 묶여 있었고, 아이를 봤다 해도 크게 주목하지 않았기 때문이다. 아이는 제 어머니의 거대한 조각상과 멋진 쌍둥이 남매 사이에 처박혀 있었다. 로마 민중은 클레오파트라의 조각상을 보고 분노하고, 공포심을 느끼고, 야유하고, 침을 뱉고, 썩은 과일을 던졌다.

대칭을 이루도록 치장한 금발 남자아이와 갈색 머리 여자아이는 앞에 공간을 넓게 띄우고 단둘이 나아갈 때 더욱 눈길을 끌었다. 채찍으로 무장한 붉은 병사들은 막내가 탄 수레와 큰 아이들 사이에 최소한의 거리를 유지하려고 애썼다. 군중이 그들의 아름다운 모습과 모욕당하는 모습을 마음껏 즐길 수 있도록.

그리고 군중은 즐겼다. 그들은 즐겼다. 놀랍고도 생생한 광경을 즐겼다. 병사들은 열 살 난 어린 왕족들을 개처럼 줄에 매어 끌고 다녔다. 그러는 동안 옆에서는 그들의 하인들(안타깝게도 장식적 효과를 자아낼 만큼 수가 많지는 않았을 것이다), 어두운 색조의 옷을 입은 이집트인 노예들이 머리에 재를 뒤집어쓴 채 합창하듯 울고, 어떤 식으로 군중의 자비를 구하는지 어린 주인들에게 보여주었다. 두 팔을 수평으로 뺀고 손을 벌려 손바닥을 공중에 내밀면 되었다. 매우 효과적인 방법이었다. 아이들은 쌍둥이이긴 했지만, 똑같은 태도를 취하지는 않았다. 사람들은 그 아이들이 각자의 역할을 수행한다고 생각했을 것이다. 남자아이(유피테르의 이름을 걸고 말하는데, 저 아이 참 예쁘네! 얼마나 보기 좋은지 좀 봐! 온통 금빛이야. 피부도, 머리카락도!)는 눈을 내리깔고 상반신을 기울여 사과하듯 손바닥을 보여주었다. 여자아이는 좀 더 당당했다. 고개를 빳빳이 들고 팔꿈치를 작은 몸에 꼭 붙이고 있었다(저 여자아이는 몸이 호리호리하네! 폴룩스의 이름을 걸고 말하는데, 잔가지 같아! 여왕의 머리 모양을 하고 있기가 힘든 모양이야…… 사슬은 또 어떻고? 오, 하녀인 네가 저 여자아이를 좀 도와줘. 그래, 너. 이집트 여자 말이야. 질질 짜고 있지 말고 네 여주인 좀 도와주라고). 이따금 병사들은 가여운 여자아이를 끌고 가다시피 해야 했다. 사슬이 너무 팽팽히 당겨져 그녀의 목덜미에 상처가 날 것 같았다.

"조심해라!"

군중이 마음 아파하며 외쳤다.

"조심해!"

군중이 한 번 더 외쳤다. 바로 그때, 신新 교차로를 지났을 때, 여자아이가 갑자기 걸음을 늦추었다. 유피테르 의상을 입은 위대한 카이사르 최고사령관의 말들이 다가와 그녀의 머리를 스칠 정도로.

"제기랄, 자칫하면 저 말들이 여자아이를 짓밟겠어!"

하지만 아니었다. 여자아이는 구원받았다. 어린 티베리우스의 솔선수범으로 구원받았다. 티베리우스가 자신이 탄 말을 옆으로 민 것이다. 환호가 터져 나왔다.

"저 남자아이 참 민첩하네!"

어린 포로 소녀는 목숨을 건졌다. 소녀는 다시 끌려가기 시작했다. 소녀가 승리자의 4두 2륜 전차 쪽으로 몸을 돌리더니 뭐라고 외쳤다.

"저 여자아이 뭐라고 말하는 거야?"

박수 소리와 나팔 소리 때문에 무슨 말을 하는지 잘 들리지 않았다.

"저 여자애 누구한테 말하는 거야?"

소녀는 그들을 향해, 로마 시민들을 향해 몸을 돌리는 것 같았다. 처음에는 오른쪽으로, 그다음에는 왼쪽으로. 그들을 알 수 없는 무언가의 증인으로 삼으려는 듯했다. 그녀의 입술이 말을 했다.

"울면서 이집트어로 한탄하나 봐."

"눈물이 안 보이는데. 좀 물러나봐. 혹시 노래 부르는 거 아니야? 아니면 우리에게 뭔가 애원하거나."

"아, 바로 그거야. 오래전부터 기다려왔겠지! 그래, 보라고. 저 여자아이가 두 손을 앞으로 내밀고 손가락을 벌리잖아. 맞아, 저 여자아이는 우리에게 애원하는 거라고!"

"아, 난 저 여자애가 당당할 때가 더 좋았어. 저 여자애가 공주 표정을 짓는 게 더 좋다고. 왕족들이 멋있어 보이는 이유는 우리와 다르기 때문이야. 죽음을 두려워하지 않고 우리를 마치 개똥처럼 바라볼 때 멋있어 보인다고……."

그런 상황에서도 희생자가 승자의 인기를 빼앗아가는 일이 일어난다. '곧 죽을 사람들'에게 바라는 태도에 대해서는 군중의 의견이 많이 엇갈리지만. 시인 오비디우스는 말들 앞에서 걸은 포로들 이야기를 하면서, 로마의 하층민들이 얼마나 주의 깊게 그들의 용모를 살펴보고 거동을 논평했는지 기록했다. 그들이 '운명과 함께 얼굴이 뒤집힌 자들'과 '오만할 뿐 아니라 심지어 자기들이 취급받는 방식에 이르기까지 죄다 무시하는 듯한 사람들'을 똑같은 욕구를 품고 관찰했다고 전한다. 물론 이런 행동 중 무엇이 군중의 마음에 들고 포로에게 이로운지 미리 알기란 불가능하다.

언젠가 셀레네가 오비디우스의 이 시구들과 그에 앞서 나오는 묘사를 읽을 거라고 나는 확신한다. 『사랑의 기술』은 고대의 베스트셀러가 될 것이다. 그러니 어떻게 이 책 이야기를 듣지 않을 수 있겠는가? 셀레네는 재의 정원에서 한 번 더 기억을 떠올리고, 자기 '십자가의 길'을 조금씩 개조할 것이다.

성공적인 개선식이 고통에 쾌락을 섞는 볼거리(당대의 정의)라면, 이집트에 승리한 옥타비아누스의 개선식은 완벽한 성공이었다. 좋은 날씨, 사프란 꽃, 퍼들인 돈, 박제된 악어들, 쌍둥이가 몸에 걸친 값비싼 장신구, 그리고 전리품으로 소개된 우리에 넣은 하마들 덕분이었다. 또한 피를 흘리게 하고, 짐승과 사람을 제물로 바쳐 공포를 불러일으키고, 프톨레마이오스의 고통이 셀레네의 절망을 배가한 덕이기도 했다.

셀레네는 때때로 뒤쪽 수레와 흰 말들 위로 보이는 붉은 손들을 향해, 때로는 발코니, 보도, 계단식 좌석을 향해, 더 이상 귀 기울이지 않는 불분명한 군중을 향해 외쳤다. 군중에게는 이제 입만 있었다. 그들 전부에게 단 하나의 입만 있었다. 거대하고 시커먼 그 입은 이렇게 외쳤다.

"그만 일어나, 클레오파트라! 다시 살아나, 왕들의 여왕! 바실레온 바실레이아! 더러운 년, 어서 일어나라고!"

고래고래 소리지르는 그 어두운 입을 향해, 소녀는 자기 남동생이 죽어간다고, 남동생이 목말라 하고 양산이 필요하다고, 물이 필요하다고, 남동생이 타죽는다고 외쳤다. 남동생이 거기, 자신의 눈앞에서 죽어간다고 외쳤다. 그녀는 외쳤다. 하지만 아무도 그녀의 외침을 듣지 못했다.

"우리의 여주인이신 옥타비아님께서 하신 말씀에 따르면(신들께서 그분을 보호하시길!), 프톨레마이오스님은 그날 밤에 죽었을 거래요."

큐프리스가 말했다.

"프톨레마이오스님은, 그 가여운 보물은 행렬 속에서 머리를 끄덕이고 있었대요. 카노포스에서 맥주 마시는 사람보다 더 심하게요! 왕자님은 수레 위에서 끊임없이 이쪽저쪽으로 미끄러졌는데, 그 모습이 무척 안타까웠대요! 대추 열매보다 더 붉은 수레 위에서 쓰러지는 왕자님의 모습을 보고 사람들은 가슴이 미어졌대요. 아이들을 죽일 때는 비둘기를 죽이듯 고통을 주지 않고 단번에 콱 죽여야 한다죠. 어쨌든 '대키르쿠스'라는 경기장에서 나와 '로물루스'라는 옛 파라오의 조각상 앞을 지나갈 때, 나는 꼬마 왕자님이 우리 앞에 없다는 걸 알았어요. 그들이 교차로로 왕자님을 데려가야 하는데 말이에요. 아, 확실히 보기 좋은 광경은 아니었죠! 어쩌면 우리들이 골목길을 지나 멀리서 따라가는 동안 왕자님은 이미 돌아가셨는지도 몰라요! 말해요, 네일로스. 니콜라우스 다마쿠스에게 이렇게 말해요. '당신의 제자 프톨레마이오스 필라델푸스가 토트 달月 마지막 날에 죽었어요. 배船도 기도도 없이 갈대밭을 향해 가다가요.' 불쌍한 어린것! 일사병으로 죽었어요. 아니면 슬픔 때문에…… 왕자님은 그리 용감한 아이가 아니었어요, 정말이에요. 하지만 사모스 섬에서 왕자님들과 공주님을 다시 만난 이래, 맹세컨대 나는 그분들을 다시 건강하게 만들어줬다고요! 폐를 건강하게 하려고 매일 크레송을 넣고 끓인 우유와 찧은 마늘을 드렸어요. 우리가 떨어져 있던 게 불행이었어요. 개선식이 열리기 직전 사람들이 나를 다시 그분들과 함께 있게 했을 때, 꼬마 왕자님의 몸 상태는 바닥을 치고 있었어요. 이곳 로마는 공기가 나쁘잖아요. 열기가 들끓고 안개와 연기가 자욱하잖아요…… 몸 상태로 볼 때, 그 매정한 자들이 꼬마 왕자님에게 행진을 시킬 거라고는 상상할 수 없었죠! 게다가 거의 벌거벗은 상태로요! 아니요, 나는 그들이 왕자님을 교살할 거라고 생각했어요. 사실 그때는 그런 생각조차 하지 못했죠. 왕자님은 노예로 삼기에는 아직 어리잖아요, 안 그래요? 아무것도 기억하지 못하는 훌륭한 노예 말이에요…… 공주님에 대해서는 더 많은 걸 알아요. 사람들이 공주님이 입을 자그만 옷을 나에게 보여줬거든요. 그 옷이 예뻤냐고요? 예뻤죠…… 그랬을 거예요! 그래요, 그건 금실로 짠 시돈의 베일이었어요. 하지만 묘하게 생긴 주름이 하나 있더라고요. 하지만 고아 소녀에게는, 공주님이 '나는 과부야'라고 늘 말했듯이 과부에 준하는 아가씨에게는 별로 적절하지 않은 옷이었어요. 그들은 공주님이 이마에 두를 보석 머리띠도 만들어줬어요. 관이 아니었죠. 머리띠였어요. 그걸 둘러야 이집트 여자처럼 보인다는 거죠! 나는 우리나라에서 그런 머리 장식을 한 사람을 본 적이 없는데 말이에요…… 거기에 인도 사람처럼 머리를 양 갈래로 땋고 뒷부분에 은색 망사싸개까지 하게 했죠. 네일로스, 이런 모든 것이 어린 공주님에게 중압감을 주었을 거예요. 그렇고말고요! 인생이란 얼마나 괴상한지. 나는 생각했어요. 우리 프톨레마이오스 왕자님은 노예가 될 테고, 공주님은 죽을 거라고. 그분들의 하녀인 우리 역시 행사가 끝날 때쯤엔 대계단 발치에 있는 감옥 앞에서 모두 목이 베일 거라고. 지난날 그렇게 된 달마티아 사람들과 아디아토릭스의 켈트 사람들처럼. 로마 사람들도 내가 그렇게 생각하길 바랐을 거예요. 그래야 내가 왕자님들과 공주님에게 로마 사람들한테 애원하도록 시킬 테니까요. 단언하는데, 그들은 클레오파트라의 딸이 애원하는 모습을 보고 싶어 했으니까요. 하지만 우리 공주님은 당신도 알고 니콜라우스도 알다시피 낙타보다도 고집이 세잖아요! 애원하라고요? 공주님은 조그만 목소리로 나에게 말했어요. '말도 안 돼. 나는 비굴해지느니 차라리 죽을 거야.' 물론 공주님이 과장한 거죠! 나는 사모스에서 공주님이 카이사르 최고사령관 앞에 무릎 꿇고 애원하는 모습을 세 번 본걸요. 최고사령관의 배에 타려는 집착 때문이었죠! 아, 그렇기는 했지만……! 나는 공주님에게 화가 나서 얼마 전에 만난, 공주님과 왕자님들이 나를 기다리던 농장에서 서기로 일하고 있는 고향 아이 데메트리스한테서 들은 이야기를 공주님에게 해주었어요. 그래요, 로마 교외에 내가 살던 마을 출신의 남자아이가 있더라니까요. 거의 이웃이나 다름없는 아이였어요! 우리 같은 노예들에게 세상이 얼마나 좁은지는 굳이 말할 필요 없겠죠…… 간단히 말해 데메트리스는 로마 법률에 의하면 처녀는 처형할 수 없다고 이야기해줬어요. 다시 말해 법률을 위반하지 않으려고 처녀를 강간하는 거죠. 사형집행인이 교살할 수 있도록 소녀들의 처녀성을 빼앗아요. 어둠 속에서 그들에게 끌려 다니는 동안 순진한 소녀들은 이렇게 소리를 지른대요. '사형집행인님, 제발 저를 채찍으로 때리지 마세요. 제가 나쁜 짓을 했다면 다시는 그러지 않을게요. 약속해요……' 헤로데 왕의 궁전에서 일어나는 일을 당신은 알아요? 아, 정말로? 니콜라우스한테서 들었나요? 오, 로마의 군주는 우리 셀레네 공주님에게 그런 일이 일어나도록 내버려두지 않을 거예요. 나중에 말하기는 쉬운 일이죠! 그런 이야기를 듣자 나는 피가 거꾸로 솟는 것 같았어요. 차라리 그들이 우리를, 내 멧비둘기와 나를 죽이기를. 그래요, 그것이 신들의 뜻이라면 나는 아무 말도 하지 않겠어요. 하지만 내 멧비둘기는 죽기 전에 지독한 공포를 겪어야 할 거예요! 우리 노예들은 강간에 관해 많은 것을 알죠, 안 그래요? 일찍이 그것에 대해 배우니까요. 하지만 매번 속으로 무슨 생각을 할까요? 여자아이든 남자아이든 무슨 생각을 할까요? '계속 울어. 그런다고 죽지는 않을 테니까.' 이런 생각으로 고통을 넘기는 거죠. 온갖 모욕을 견디며 살아가리라 생각하는 거예요. 네 발로 기든가, 아니면 다른 사람의 궁둥이를 핥으면서 숨을 쉬고 살아갈 기회를 보존하는 거죠. '나를 절름발이로 만드세요. 나를 애꾸로 만드세요. 내 이를 부러뜨리세요. 하지만 제발 살려만 주세요, 주인님!' 얼마나 어리석은 희망인지! 그런 희망을 갖는다 해도…… 결국 너무나 초라해지고 깜짝 놀란 채 피가 흥건한 지하 독방에 던져져요. 밧줄, 단도, 도끼, 주릿대를 보게 되지요. 내가 죽는 게 아닐까 하는 생각이 들고, 곧 죽으리란 사실을 단번에 깨달아요. 죽음이 너무나 가까이 다가와 있어서 믿을 수가 없죠. 게다가 튜닉을 걷어 올리고, 다리를 벌리고, 살인자 앞에 성기를 내줘야 해요…… 얼마나 수치스러운지! 하지만 보는 사람이 아무도 없는 이상 그건 쓸모없는 형벌이에요, 네일로스! 공공연히 알려지는 것은 전혀 없으니까요. 아무에게도 이득이 없는 고통이죠. 오, 그 불쌍한 여자아이들이 수컷의 검과 사형집행인의 검을 동시에 보고 얼마나 공포에 떨겠어요! 희망도 없이 그런 고통을 견디는 일은 또 얼마나 괴롭겠어요! 나는 바로 이 이야기를 공주님에게 해주었어요. 공주님이 느낄 수치심을 감안해 표현들을 조금 누그러뜨려서요. 그리고 공주님에게 애원했어요. '오, 나의 반짝이는 공주님, 내 종려나무, 내 석류.' 명예를 중히 여기라고, 로마인들에게 애원하라고 부탁했답니다. 하지만 공주님은 고집을 부렸어요. 완고했고 사막의 모래바람보다 더 건조했죠. 공주님은 내 말을 듣지 못한 척했어요. 공주님은 아무에게도 애원하지 않았어요. 심지어 두 손을 무릎 위에 포개고 예의 바른 인사조차 하지 않았죠. 반면 쌍둥이 오빠 알렉산드로스 왕자님(이시스께서 그분을 축복하시길!)은 행진이 진행되는 내내 최선을 다했어요. 그리고 우리의 꼬마 왕자님이 행렬에서 사라졌을 때, 쌍둥이와 우리 하인들은 맨 앞줄에서 다시 만났죠. 로마인들은 여왕님의 조각상에 온갖 쓰레기를 던졌고요. 그 쓰레기들이 우리 몸 위에 떨어졌어요. 하지만 셀레네 공주님은 눈썹 하나 까딱하지 않았어요! 포룸에서도, 온갖 치장을 한 귀부인들이 꽉 들어찬 연단 앞에서도. 그 저주받은 계단, 포로들에게는 너무나 끔찍한 감옥의 계단을 향해 나아갈 때조차 공주님은 의연했어요. 몸짓 한 번 하지 않고 한숨 한 번 쉬지 않았죠. 공주님은, 내 영양羚羊은 프톨레마이오스 왕자님의 일에만 마음이 움직였어요. 왕자님을 위해서만 울부짖었어요. 최고사령관님의 너무나 온화하고 너그러운 누님께서 모든 걸 정리하고 우리를 구해주지 않으셨다면, 공주님은 곧바로 죽음을 맞았을 거예요! 지금도 셀레네 공주님은 영양의 뿔보다 더 단단하고, 유대인의 신전보다 더 폐쇄적이에요! 당신은 니콜라우스(제우스께서 그의 건강을 지켜주시길!)에게 그의 옛 제자가 벙어리가되었다고 말해도 돼요. 음식은 먹어요. 하지만 무척 쾌활한 그 집 아이들과 함께 놀려고 하질 않아요. 오빠인 알렉산드로스 왕자님에게도 말을 걸지 않아요. 나에게도 말을 안 해요. 이따금 프톨레마이오스 왕자님을 위해 성언聖言을 읊어달라고 부탁할 때 말고는요. 가련한 하녀가 '위령부'를 쓸 수 있기나 한 것처럼! 공주님은 격분해서 나에게 외쳤어요. '날 좀 내버려둬. 동생의 노잣돈을 내도록, 그 아이의 육신을 정화해주

59

도록!' 하지만 그 아이의 뼈가 불타버렸는데 어찌해야 할까요. 아, 불행이 닥치면 체념하는 수밖에 없어요…… 막내 왕자님의 명복을 비는 일로 말하면, 당신은 소인족 디오텔레스에게서 소식을 들었나요? 해방 노예 디오텔레스가 저축한 돈을 전부 쏟아 부어 훌륭한 석관을 마련했잖아요. 아, 디오텔레스는 정말로 괴짜예요! 그리고 정말 허풍쟁이예요! 제비 같은 우리 공주님을 웃길 수 있는 유일한 사람이죠…… 만약 당신이 예루살렘에서, 프린켑스께서 헤로데 왕에게 내준, 여왕님의 기수였던 빨간 머리 켈트족 아브렉스와 마주치면, 왕궁 구역 유모였던 큐프리스의 안부를 전해줘요. 내가 아브렉스의 행운의 부적을, 말머리를 한 새 모양의 빨간 보석을 잘 간직하고 있다고 말해줘요. 또한 거기에 새겨진 비밀스러운 말들을 외우고 있다고 말해줘요. 그러면 무슨 뜻인지 알 거예요. 그에게 이렇게만 말해요. '당신의 큐프리스는 아무것도 잊지 않았어요'라고……."

망각

셀레네는 옥타비아의 집 나무로 된 작은 침대 위에 길게 누웠다. 침대 맡에는 램프 하나만 놓여 있었다. 주둥이가 종려나무로 장식된 아주 작은 램프였다. 램프는 방을 환하게 밝히지는 못했지만 벽에 어슴푸레한 빛을 비추었다.

어떤 밤이면 셀레네는 잠들면서 알렉산드리아의 아침을 기억해냈다. 깔끔하게 정돈된 도시, 바다를 비추는 빛, 파란 궁전의 갈매기들, 키가 크고 벌거벗은 여자들이 아주 느리게 테라스 위를 지나가던 모습.

어떤 아침이면 잠에서 깨어나면서 알렉산드리아의 밤을 기억해냈다. 천 개의 기둥이 늘어선 궁전 연못 위에 비치던, 마음을 안정시켜주는 어렴풋한 등대 불빛, 램프들의 꽃무늬, 여왕이 연회용 드레스 차림으로 밤을 맞을 때 장미 정원의 모습을 일그러뜨리던 미로 같은 횃불들.

이윽고 갑자기 정오가 되고 문들이 열린다. 검은 불, 쇠로 된 샌들을 신은 말들의 질주, 피. 땅이 열려 카이사리온, 안틸루스, 프톨레마이오스를 삼켜버린다. 벌어진 구멍…… 그리하여 셀레네는 본다. 그리고 안다. 자신의 정원들에 이제는 조국이 없다는 것을. 자신의 갈매기들에게 이제는 둥지가 없다는 것을.

옥타비아의 집은 얼빠진 포로 소녀에게 둥지가 아니었다. 아직은 아니었다. 둥지에 아이들이 넘쳐나고, 먼저 온 아이들이 부리짓을 해 늦게 온 아이들을 내몰았기 때문이다.

사실 그 집에는 도미나*가 늙은 세습 귀족과의 첫 결혼(결혼 후 얼마 지나지 않아 그가 세상을 떠난 바람에 도미나는 과부가 되었다)에서 낳은 여자아이들이 있었다. 열여섯 살인 마르켈라와 열한 살인 클라우디아였다. 이 아이들의 형제 마르쿠스 마르켈루스는 열두 살이었다. 마르켈루스는 개선식에서 삼촌 옥타비아누스 옆에서 말을 타고 갔다.

이울루스 안토니우스도 있었다. 이 아이는 열네 살로, 안토니우스와 그의 첫 아내 풀비아 사이에서 태어나 지금은 고아가 되었다. 앞의 세 아이와 혈연관계는 아니었지만 그들과 마찬가지로 옥타비아의 어린 딸들, 즉 그녀가 두 번째 남편 마르쿠스 안토니우스에게서 낳은 프리마와 안토니아의 의붓 형제였다. 프리마는 이집트 쌍둥이보다 한 살 어렸고,

---

* 옥타비아누스가 권력을 얻은 뒤 옥타비아에게 주어진 칭호. '지배하는 여자'라는 뜻이다.

안토니아는 여덟 살이었다.

마지막으로 그 아이들이 모두 '사촌들'이라고 부르는 아이들이 있었다. 옥타비아누스와 그의 첫 번째 아내 사이에서 태어난 딸 율리아(아홉 살 반)와 드루수스, 티베리우스였다. 드루수스와 티베리우스는 옥타비아누스의 아내 리비아*가 첫 남편 네로에게서 낳은 아들들로, 드루수스는 율리아와 나이가 같고, 티베리우스는 곧 열세 살이 될 터였다.

잘 이해가 안 되는가? 갈피가 잡히지 않는가? 놀랄 일도 아니다! 그들은 재구성된 가족이었다. 게다가 수가 많았다. 아주 많았다! 클레오파트라의 쌍둥이가 합류한 이래, 그 집에 사는 아이들의 수는 열한 명이었다. 나이는 여덟 살에서 열여섯 살 사이였고 모두 팔라티노 언덕의 안뜰에서, 군주의 간소한 거처에서 생활했다.

고대 역사가들도 이렇게 불안정하고 기하학적인 형제자매들을 보고 당황했을 것이다. 타키투스도 여러 차례 설명이 필요한 이 가족 속에서 길을 잃었다. 아이들 자신도 자기들이 서로에게 누구인지 제대로 알지 못했다. 하지만 여러 해가 지나면서 무리에서 벗어나지 않은 채 무엇을 가지고 말다툼을 할지, 화해할지, 으르렁거릴지, 그리고 사랑할지 알게 되었다. 그들은 마력이 있고 폐쇄된 별도의 세계를 이루었다. 그들에게 받아들여진 이방인은 그들의 '약혼자'가 되었다.

그렇게 아그리파의 외동딸 빕사니아가 티베리우스와 약혼했고, '붉은 수염' 도미티우스의 아들인 열다섯 살 난 루키우스는 프리마와 약혼했다. 다른 아이들도 서로의 소중한 피를, 군주의 피를 한 방울도 잃지 않기 위해 혈통이 좋은 개들처럼 서로 짝을 짓게 된다. 어린 시절의 매혹적인 동아리에서 벗어나지 않게 된다. 아이들은 현기증이 날 정도로, 근

---

* 옥타비아누스는 로마의 명문 귀족 클라우디우스 네로의 아내 리비아를 빼앗아 아내로 삼았다. 당시 리비아에게는 세 살 난 아들 티베리우스가 있었고 둘째 아들 드루수스를 임신한 상태였다.

친상간에 이를 정도로 그 안에서 빙글빙글 돌았다.

한편으로 생각하면, 굳이 그 원무圓舞에서 벗어날 이유가 무엇이겠는가? 팔라티노 언덕 저택의 뜰과 복도에서 서로를 좇아 뛰어다닐 때, 옥타비아의 집에서 리비아의 집으로 달려갈 때, 하나의 씨족 혹은 비밀결사를 형성할 때, 미로 같은 주랑에 숨을 때, 그들은 행복하지 않았는가? 나중에 어른이 되어 그들이 오직 옥타비아누스를 흡족하게 해주기 위해 자기들끼리 결혼해야 하는 것에, 옥타비아누스가 시키는 대로 이혼해야 하는 것에, 옥타비아누스의 뜻에 따라 결혼하고 헤어지고 다시 결혼해야 하는 것에 싫은 기색을 보일 때, 옥타비아누스는 이렇게 말할 것이다.

"옛날에 너희들은 행복하지 않았느냐?"

옥타비아누스는 쉰 목소리로 충고할 것이다.

"얌전하게 굴려무나. 착한 아이들답게 너희들끼리 놀아야지."

그 말은 그해에 큐프리스가 실의에 빠져 있는 셀레네에게 한 말이기도 하다.

"제발 그만 울어요! 프톨레마이오스 왕자님 때문에 그만 울라고요! 여기에는 공주님을 즐겁게 해줄 놀이 친구가 많잖아요. 이집트에서보다 훨씬 많잖아요. 의붓 형제들, 의붓 자매들, 의붓 자매들의 의붓 자매들, 의붓 형제들의 사촌들. 전부 합치면 한 세계가 만들어질 정도로요! 알렉산드로스 왕자님이 얼마나 재미있게 노는지 봐요!"

아니다. 알렉산드로스는 재미있게 놀지 않았다. 그러는 척했을 뿐이다. '다른 아이들'이 그들과 놀아주지 않고 그들을 무시했기 때문이다. 아이들은 그 불청객들에, 사슬을 매단 채 어머니의 조각상 뒤에서 야유를 받으며 행진했던 아이들에, 민중이 욕설을 퍼붓고 풋사과와 썩은 달걀을 던졌던 우스꽝스러운 이방인들에 대항하여 결속했다. 그들은 적이고 포로였다. 정보와 어휘에 뛰어난 율리아는 그 아이들이 음탕한 오리엔트 여자, '창녀 같은 여자'의 욕된 자식들이라고 명확히 밝혔다.

상황은 항상 똑같았다. 쌍둥이 중 하나가 아이들에게 다가가면, 곧바로 누군가가 쌍둥이의 어머니를 죽였다는 뱀 소리를 흉내 내 잇새로 '쉭쉭' 하고 휘파람 부는 소리를 냈다. 그러면 즉시 다른 아이가 날카로운 목소리로 내뱉었다.

"왕들의 여왕, 다시 일어서봐. 우리를 위협해봐, 왕들의 여왕."

개선식 날 로마 민중이 이집트 여왕의 와상이 지나갈 때 조롱하며 외쳤던 것처럼. 아이들은 쌍둥이의 발음도 놀렸다. 쌍둥이는 라틴어를 잘 몰랐을 뿐만 아니라(그들은 라틴어를 사용한 적이 없는데다, 병사들에게서 들은 은어로만 그 상스러운 언어를 접했다), 그리스어도 이집트어 악센트(큐프리스를 비롯해 그들을 따라온 몇몇 노예들이 사용하던 악센트)로 말했다. 옥타비아누스 덕분에 가장 멋진 아테네 식 그리스어로 교육받은 팔라티노 언덕의 아이들은 쌍둥이의 남쪽 억양을, 예를 들어 l과 r, d와 t가 잘 구분되지 않는 발음을 비웃었다.

"아렉산틀로스!"

"세레네!"

라우디아와 안토니아가 한 목소리로 이렇게 외치면, 다른 아이들은 배를 잡고 웃었다.

"오, 나의 위태하신 여왕 크레오파들라."

율리아가 깔깔거리며 덧붙였다. 나이가 더 많고 분별이 있는 마르켈라가 웃는 아이들을 꾸짖었다.

"너희들 정말 예의가 없구나!"

"너희트르, 정마르 예의가 없어!"

율리아가 진지한 표정으로 인정했고, 아이들의 웃음소리는 더욱 커졌다.

"율리아, 너 회초리 맞을래!"

마르켈라가 율리아를 을러댔다. 하지만 극성스러운 율리아는 조각상의 초석이나 연못 테두리돌 위에 올라앉아 교육자가 단호한 손길로 붙잡아 아버지 집으로 데려갈 때까지 "유리아, 너 회촐리 맞으래!"라고 되뇌었다. 실제로 회초리를 맞을 터였다.

"상관없어."

율리아는 멀어져가면서 이렇게 말했고, 나무라는 표정으로 자기를 보는 티베리우스에게 혀를 내밀었다.

"티베리우스, 네 동생 드루수스가 내가 얼마나 못됐는지 동네방네 이야기할 거야!"

아마 더 고약한 일도 있었을 것이다. 그 무리의 나이 많은 아이들이 파라오들 고유의 근친상간 습관을 몰랐을 수도 있었을까? 로마 사람들은 파렴치한 행위에 대해 말하듯 근친상간에 대해 이야기했다. 야만성의 절정이라고!

이집트의 그런 전통을 알고 있었다면, 그 어린 로마인들은 틀림없이 셀레네가 자기 쌍둥이 오빠와 약혼했고 흉측하게도 짝을 짓는다고 생각했을 것이다······ 그리하여 새로 온 그 아이들을 혐오감을 느끼며 바라보고 페스트 환자처럼 피했을 것이다. 죄인 취급했을 것이다. 소리를 지르거나 때리는 등 모든 학대 행위가 허락되었다. '다양한' 아이들이 한데 모여 뛰어노는 운동장보다 더 잔인한 곳은 없으니까.

"너희들은 잘못 알고 있어."

알렉산드로스가 가냘픈 목소리로 항의했다.

"나는 '애'의 남편이 아니야. 나는 이오타파와 약혼했었어."

셀레네도 아이들이 왜 자기를 괴롭히고 비난하는지 이해하지 못해 이렇게 밝혔다.

"나는 알렉산드로스의 아내가 아니야. 맹세할 수 있어! 내가 결혼하기로 했던 사람은 카이사리온 오빠야."

"세상에, 추잡해! 추잡해!"

아이들이 외쳐댔다.

"제 입으로 털어놓기까지 하네! 두들겨 패, 마르켈루스! 두들겨 패, 클라우디아!"

아이들이 알렉산드리아에서 온 아이들을 따돌린다는 사실을 알았다면 옥타비아는 설명하고, 훈계하고, 엄하게 벌을 주었을 것이다. 하지만 그녀는 남동생이 로마에 돌아온 이후 시간에 쫓겨 정신이 없었다.

그녀는 매일 아침 서재에서 집안의 책임자로서 움브리아와 루카니아의 재산을 관리했고, 남동생이 떼어준 이집트의 넓은 영지를 관리하는 자들에게 지시를 내렸다. 그런 다음 뜰에 서서 아들 마르켈루스의 어깨를 붙잡고 마르켈루스 집안과 안토니우스 집안의 손님들을 맞이했다. 해방된 옛 노예들, 가깝거나 먼 친척들, 온갖 용건을 가져온 청원자들이 물건이 가득한 바구니를 들고 다시 돌아갔다. 점심때는 원로원 의원들의 아내와 딸들에게 혹은 올케 리비아의 친구들에게 2층 작업실을 개방해 함께 장식 융단을 짰다(옥타비아누스가 귀족 여인들에게 융단을 다시 짜라고 명했고 옥타비아는 모범을 보여야 했다). 리비아의 친구들은 반드시 옥타비아의 친구는 아니었다. 해가 지기 2시간 전에는 로마인들이 재주 있는 인물로 여기는 사람들을 초대해 저녁 식사를 대접했다.

늘 옥타비아누스 파였던 사람, 예전에는 안토니우스 파였던 사람, 귀족 철학자와 에피쿠로스 파 시인들이 침대 식탁에 길게 누웠다. 그녀의 동아리는 명성이라는 면에서 마에케나스의 동아리에 필적했다. 마에케나스는 이제 공식적인 직무에서 손을 놓고 예술에 헌신하겠다고 밝히고 있었다.

옥타비아는 마에케나스만큼 부자가 아니었지만 그녀의 동아리가 더 즐거웠다. 마에케나스는 여전히 비밀경찰을 두고 있었으나, 그녀의 집에서는 자유로운 분위기를 누릴 수 있었다. 게다가 두 사람은 취향이 달랐다. 정보부의 우두머리 마에케나스가 보수적인 작가들, 라틴 풍류를 지지하는 자들을 후원하고, 송사頌詞와 서사시를 다시 유행시키기를 원한 반면, 군주의 누이는 사랑을 노래하는 젊은 애가 시인들을 후원했다. 또한 '아시아 풍으로 글을 쓰는' 작가, 기교파 예술가, 난해한 작품을 만드는 작가, 알렉산드리아에서 망명해온 세련된 문인들에게 보조금을 주었다. 하지만 사람들 말대로 로마보다 그리스를, 팔레르노 포도주보다 키오스 섬 포도주를 더 좋아한다는 비난을 받지 않으려고 로마 건축가인 늙은 비트루비우스*의 작업에 지원금을 대주었다. 비트루비우스는 수리학에서 역학까지 현대의 모든 기술 지식을 집대성했다. 그녀는 이렇게 설명했다.

"인간과 신의 거처를 만드는 사람에겐 장애물이 없어야 해요."

젊었을 때 옥타비아는 건축을 매우 좋아했다. 건축과 수집을 좋아했다. 그녀는 안토니우스와 함께 행복한 나날을 보냈던 아테네에서 파우

---

* Marcus Vitruvius Pollio, 로마 시대 건축가. 베로나 출신이며 로마 시대 건축에 일익을 담당했다. 그가 남긴 『건축서』(10권)는 고대 건축 연구에 중요한 자료가 되고 있다.

시아스*가 나무에 그리고 윤을 낸 그림들과 프락시텔레스**가 만든 조각상의 훌륭한 복제품들을 가지고 돌아왔다. 기원전 32년에 안토니우스가 옥타비아를 일방적으로 버렸고, 그녀는 자신이 살던 넓은 카레나 저택에 그것들을 방치해둬야 했다. 남동생 곁으로 피난해 절대적 관용을 구해야 했던 옥타비아는 리비아가 너그럽게 내준 근처의 조그만 집에 자신이 좋아하는 걸작들을 전부 모아놓을 수가 없었고, 이제는 입맞춤이나 사탕과자를 바라듯 그것들을 간절히 바랐다. 나이 든 여자의 갈망이지. 그녀는 생각했다(그녀는 마흔 살이었다). 하지만 여유 공간이 없으므로 그 갈망을 충족할 수는 없는 노릇이었다.

오래된 작은 집 세 채로 이루어진 팔라티노 언덕의 집은 통로도 없고, 주거 설비도 시원치 않았으며, 공간이 협소했다. 옥타비아는 도로 쪽으로 현관 세 개를 내고, 빗물 받는 저수조 세 개를 설치하고, 부엌 세 개를 배치했다. 여름용 식당은 만들지 못했다. 그렇기는 하지만 옥타비아누스와 아내 리비아가 그녀 집보다 조금 클까 말까 한 거처에 만족하고, 옥타비아누스가 아직 개인 목욕탕을 만들지 않을 정도로 호사스러움을 경멸한다고 공언하는 마당에, 이웃의 정원을 매입해 집을 넓히거나 오래된 담벼락을 허물고 재건축을 할 수는 없었다.

이제는 안토니우스가 죽었는데도, 그녀는 감히 그들의 옛 카레나 저택을, 안토니아가 태어나고 프리마가 걸음마를 배우고, 클라우디아가 처음으로 말을 한 집을 요구하지 못했다. 옥타비아누스는 악티움 전투를 승리로 이끈 2인자 아그리파 장군에게 그 집을 주었다. 캄푸스 마르티우스에 있는 안토니우스의 옛 정원, 여름이면 옥타비아의 아이들이 놀러 가던 연못, 시냇물, 성림聖林, 평원이 있는 폼페이우스 극장 근처의

---

* Pausias, 고대 그리스의 화가로 기원전 4세기 시키온 파에 속하는 예술가다.
** Praxiteles, 그리스 고전기의 조각가. 기원전 370~330년에 활동한 거장이다.

아름다운 작은 숲도 얼마 전에 그에게 주었다

그때부터 옥타비아는 아이들이 탁 트인 곳으로 바람을 쐬러 갈 때, 유복한 지주들에게 그들 소유의 땅으로 아이들을 데려가겠다고 알리고 허락을 구해야 했다. 그녀는 에스퀼리노 언덕에 있는 마에케나스의 대공원에서 놀도록 아이들을 보냈다. 혹은 좀 더 북쪽에 있는 루쿨루스의 과수원이나 핀초 언덕에 있는 살루스티우스 가문의 저택으로 보냈다. 그 '정원들의 언덕'은 테베레 골짜기와 구도시의 지붕들을 굽어보고 있었다. 신흥 갑부들의 은거지, 억만장자들의 구역이기도 했다.

예술품 수집을 포기한 뒤, 옥타비아는 아이들을 수집했다. 두 번의 결혼에서 얻은 다섯 명의 아이로는 충분하지 않아서 안토니우스의 아이들을 더했다(안토니우스는 세 번의 결혼을 통해 아이들을 두었다). 그런 다음 계모 리비아의 은밀한 적대심을 피해 도망 온 조카 율리아를 맞아들였다. 나중에는 리비아의 아들들인 티베리우스와 드루수스도 맞아들였다. 그녀는 주목 화단 옆에 있던 헛간들을 우아하게 개조해, '로마 민중의 동맹자'인 외국 왕들이 옥타비아누스에게 담보로 맡긴 어린 볼모들을 유숙시켰다. 옥타비아누스는 "그 아이들을 사랑해도 돼요, 누트리쿨라*. 아이들을 불쌍히 여겨 라틴어를 가르치세요!"라고 말했다.

클레오파트라의 감옥에서 빼온 아르메니아의 어린 왕자 티그라네스를 맞아들인 뒤, 옥타비아는 곧 헤로데의 '하렘'에서 끌어낸 두 아이를 맞아들이기를 바랐다. 유대 왕 헤로데에 의해 어머니를 잃은 여덟 살, 아홉 살 난 사내아이들이었다. 아이들의 어머니는 당시 보기 드문 미인

---

* nutricula: 어린 어머니라는 뜻.

으로 통하던 여자라, 어머니를 닮았다면 사내아이들의 외모는 매혹적일 터였다. 새 가정교사인 시리아 철학자 니콜라우스가 잘 가르친 덕분에, 아이들은 히브리어나 아르메니아어보다 그리스어로 더 잘 이야기했다. 잘생기고 명민한 아이들이었다. 옥타비아는 자기 배로 직접 낳기라도 한 것처럼 두 사내아이에게 무척 경탄하고 마음을 주고 있었다. '새로운 아이들'을 맞아들일 때마다 출산할 때와 똑같은 놀라움과 눈부심을 경험했다. 고통이나 위험은 겪지 않았다.

아이들에 대한 이런 기이한 욕구(그녀도 시인하듯 광기라 할 만했다)는 시간이 갈수록 커졌다. 이제 그녀는 말랑말랑하고 따뜻한 아기를 얻기 위해서라면 대리석으로 된 큐피드상과 프레스코화에 그려진 사랑의 신을 모두 내줄 수도 있었다. 그녀는 아이들 육체의 다양성을, 아이들의 갖가지 성격을 사랑했다. 그녀가 보호하는 아이들은 모두 혈통이 좋고 매혹적이었다. 아이들을 한데 모아놓으면 미술관의 그림들보다 더 다양한 광경이 펼쳐졌다. 옥타비아는 시간의 흐름에 따라 영롱하게 빛나는 그 예술작품들의 모든 면을 사랑했다. 잠자는 모습까지도. 시간만 나면 아이들의 머리칼과 피부를 호흡하기 위해 달려가고, 그들을 길들이려 하고, 함께 놀았다. 그들의 눈으로, 어린아이의 눈높이로 세상을 다시 보며 새로워했다. 놀라운 일이었다. 게다가 장래성도 있지 않은가?

때때로 그녀는 아쉬워하며 말했다.

"브르타뉴에서 빨간 머리 공주가 한 명 오면 얼마나 좋을까요."

"외외종조께서 돌아가셨을 때 아프리카의 어린 볼모 유바가 우리 집에 왔어요. 지금은 아주 잘생기고 교양 있는 청년이 되었지요."

확실히 그녀는 어린아이 수집을 시작한 것이다.

하지만 아이들을 위한 공간이 부족했다. 그리고 시간도. 우선 옥타비아는 남동생 옥타비아누스의 성공과 번영을 위해 헌신해야 했다. 그의 통치를 공고히 하고 자신의 외아들 마르켈루스의 미래를 탄탄히 해야 했다. 사실 두 가지는 서로 밀접하게 결부되어 있었다. 마르켈루스는 옥타비아누스의 유일한 남자 혈육이고, 언젠가 자신에게 걸맞은 자리 하나를 차지할 것이다. 개선식에서 자신에게 맡겨진 역할을 당당하게 해낸 것처럼.

리비아(지금까지 리비아는 앞으로 나서지 않고 숨어 있었으며 부끄러움을 많이 탔다)가 옥타비아누스에게 아들을 낳아주지만 않는다면…….

"리비아는 아직 서른 살밖에 안 됐잖아. 그러니 아이를 낳지 못할 이유가 뭐 있겠어?"

몇몇 친구들은 옥타비아의 집에서 은쟁반에 담긴 메추라기 알과 구운 달팽이를 조금씩 먹으며 이런 말을 하곤 했다. 그러면 옥타비아는 자신이 짜고 있는 장식 융단을 말없이 살펴보거나 북을 실 사이로 조심스럽게 통과시켰다. 그녀는 융단 짜는 일에 별로 솜씨가 없었다. 남동생이 그녀에게도 권력을 나눠줄까?

어느 날 뚱뚱한 폼포니아 아티카가 이렇게 말했다.

"그렇게 완벽한 두 사람이 왜 아이를 안 가지는지 정말 모르겠어요. 각자 다른 배우자에게서 아이를 얻었으니 둘 중 누구도 불임은 아니라는 얘긴데……."

당황한 몇몇 부인들이 악운을 쫓기 위해 오른손 집게손가락과 새끼손가락을 등 뒤로 향했다. 로마 여자들은 불임, 거짓 임신, 사산 같은 말을 입에 올리는 것만으로도 불운이 닥칠까봐 두려워했다. 그런 말은 절대 입 밖에 내서는 안 되고 들어서도 안 되었다.

"폼포니아는 지금 취해 있어요."

마르켈라(결혼할 나이가 된 옥타비아의 맏딸 마르켈라 역시 융단 짜기라는 고역을 피하지 못했다)가 옥타비아에게 귀띔했다.

"술을 마신 게 틀림없어요. 입에서 나는 술 냄새를 감추려고 월계수 이파리를 씹었어요! 설상가상이죠. 이제 저분은 머리카락을 염색하고, 정오만 되도 취해 있다니까요!"

"아니야, 취한 게 아니야. 원래 폼포니아는 늘 어리석은 말을 하잖니."

폼포니아의 아버지는 키케로의 가장 친한 친구였고 재산이 많았다. 그래서 사람들은 그녀가 아버지로부터 막대한 재산을 물려받았을 거라고 생각했다. 팔 년 전 정치적으로 급부상했고 지금은 군주와 함께 집정관이 된 그녀의 남편 마르쿠스 아그리파를 위해 아버지가 막대한 재산을 남겨주었을 거라고. 폼포니아는 다른 사람들의 기분은 아랑곳하지 않고 경솔하면서도 단호한 어조로 계속 말했다.

"친애하는 리비아에게 아이가 생기지 않는 이유는 남편과 잠자리를 자주 안 한 탓인 듯해요."

몇몇 젊은 여자들의 안색이 붉어졌다. 그들도 마에케나스의 아내 테렌틸라처럼 이따금 '포장 덮인 가마'를 이용했기 때문이다. 군주께서 로마에 돌아온 이후 팔라티노 언덕의 작은 탑 발치에는 잘 손질된 가마들이 놓여 있었다. 옥타비아누스가 거기에 개인 집무실을 마련한 것이다. 그는 원로원 의원들을 직접 맞아들이며 '내 작업실'이라고 겸손하게 말했다. 부인들에게는 좀 더 서정적으로 '내 시라쿠사'라고 말했다. 그러나 폼포니아는 '시라쿠사'를 방문하지 않았다. 그녀는 선한 심성을 타고나 아무도 비난하지 않았고, 매우 어리석었으며, 아무것도 의심하지 않았다. 오로지 부부 사이를 갈라놓는 전쟁만 비난했다.

"프린켑스의 오리엔트 원정 시작과 개선식 사이에 삼 년이라는 세월이 흘렀어요. 그래요, 내가 잘 헤아렸죠. 그분은 삼 년 동안 아내 리비아를 품에 안지 못했어요! 아내가 한창 아이 낳기 좋은 나이인데! 나로 말하면 남편 아그리파와…… 음, 그건 간단한 문제예요. 만약 우리가 전쟁

73

이 시작되기 몇 달 전에 딸 빕사니아를 얻지 않았다면, 난 지금도 재산을 상속해줄 외동딸을 가지길 바라고 있을 거예요!"

"조용히 해요, 폼포니아. 우리는 당신 침실의 비밀들을 알고 싶지 않아요. 게다가 여기에는 기혼녀를 상징하는 장식 밑단을 드레스에 달지 않은 처녀들도 있고요."

옥타비아가 마르켈라를 가리키며 말했다. 두세 명의 처녀들이 눈을 내리깔았다.

"이 처녀들은 아직 모자를 쓰지 않고, 순진무구한 마음을 갖고 있어요. 내 집에서 별로 정숙하지 않은 이야기를 들었다는 사실을 내 남동생이 알면 좋아할 것 같아요?"

어색한 침묵이 흘렀다. 직조기가 날실 사이에서 양모를 누르는 소리만 간간이 침묵을 깨뜨렸다. 로마 여인들은 융단 짜는 작업에 몰두하며 침묵을 지켰다. 옥타비아는 벽을 따라 줄지어 서 있는 하녀들에게 재빨리 눈길을 던지며, 마에케나스가 저 노예 무리 중 몇 명이나 밀고자로 삼았을지 생각해보았다. 세 명? 네 명? 그녀의 남동생은 오늘 밤에도 폼포니아의 경솔한 언행을 전부 전해들을 것이다. 물론 그녀를 통해 듣지는 않을 것이다. 만약 남동생이 넌지시 물으면("내가 아내와 잠자리를 충분치 가지지 않는다고 폼포니아가 생각하는 것 같던가요?"), 그녀는 리비아의 친구인 폼포니아를 옹호해줄 것이다. 물론 서투르게. 사실 폼포니아는 리비아에게 친구 이상의 존재였다. 리비아의 아들 티베리우스와 폼포니아의 딸 빕사니아가 약혼했으니, 두 여자는 동맹 관계였다. 재산상으로나 정치적으로나 멋진 조합이었다. 리비아는 그 약혼에 특별히 감격한 기색을 보이지 않았지만, 새로운 체제에 없어서는 안 될 폼포니아의 남편 마르쿠스 아그리파를 자신의 영향권 속으로 끌어들인 셈이었다.

옥타비아누스는 이렇게 말할 것이다.

"오, 폼포니아는 부덕不德이 무엇인지 생각하지 않는군요! 평소에도 그녀는 생각을 전혀 하지 않지요. 누님도 알겠지만, 폼포니아는 상냥한 여자예요. 하지만 상식이 없고 말이 많아요. 베갯머리에서 수다를 떨어 댄다고요! 나는 그녀가 아그리파처럼 자질이 뛰어난 남자에게 어울리는 여자인지 의구심이 들어요. 이렇게 말해도 될지 모르지만, 육 년 전만 해도 아그리파는 돈이 필요했지요. 하지만 지금은……."

옥타비아누스는 자신의 친구 아그리파가 국고에서 돈을 가져다 쓰도록 내버려두었다. 이집트에 승리를 거둔 이후 국고는 넘쳐나고 있었다. 아그리파는 걱정 없이 이혼하고 아내의 지참금을 돌려줄 수도 있다. 그런 다음 다른 여자와 재혼하면 될 것이다. 그러는 편이 더 나았다. 그에게는 세습귀족 출신 여자가 필요했다. 이를테면 마르켈라 같은. 마르켈라는 열여섯 살이고 군주의 조카다. 그리스 문화에 완전히 동화되어 있었고 장식융단도 잘 짰다.

"너와 아그리파가 결혼으로 혈연관계를 맺을 때는 아직 아닌 것 같구나, 옥타비아누스. 게다가 빕사니아는 이미 티베리우스와 약혼했잖아. 불행히도 티베리우스는 네 피를 물려받지 않았지. 말 잘 듣는 의붓아들이긴 하지만, 친아들이나 친조카보다는 믿음직하지 못해. 우리의 사랑하는 할머니께서 말씀하셨듯이 '피는……'"

"……물보다 진하'지!"

옥타비아누스가 누나의 말을 마무리 지었다. 그들은 율리아 할머니 집에서 살던 옛날처럼 함께 웃었다.

카이사르의 여동생인 율리아 할머니는 지체 높은 가문에서 태어났지만 알바누스 산*의 대영지에 자주 거했고, 시골풍을 좋아했다. 손주들에

---

* 오늘날에는 '알바니 구릉'이라 불린다.

게도 통속적인 관용구를, 시골에서 쓰는 어법과 대중적인 속담들을 많이 가르쳐주었다. 그들 남매가 "아스파라거스 익는 시간보다 더 빠르게"나 "건초에서 뿔까지 몽땅" 같은 관용구를 사용하면 로마의 귀족들은 당황했다. 축사와 채소밭 냄새가 나는 그런 비유들이 어디서 왔는지 아는 사람은 그들 남매뿐이었다.

'피는 물보다 진하다.'

옥타비아누스는 웃었다. 하지만 아그리파를 이혼시키고 자신의 조카딸에게 청혼하게 하는 문제를 다시 생각해볼 것이다. 그는 서두르지 않고 찬찬히 가부를 가늠해본 후에야 비로소 계획을 실행에 옮기는 사람이었다. 그러니 이 문제를 천천히, 침착하게 다시 생각해볼 것이다. '모래무지를 잡으려고 낚싯줄에 금 낚싯바늘을 매다는 것은 쓸데없는 일'이었다(이것 역시 옥타비아누스가 매우 좋아하는 외할머니의 관용구 중 하나였다). 언젠가는 결정을 내릴 것이다. 아그리파를 붙잡아두는 것이 금 낚싯바늘을 매다는 것만큼이나 가치 있는 일이라면 아무런 망설임 없이 결정을 내릴 것이다.

물론 그렇게 되면 리비아에게는 낭패일 것이다. 하지만 매우 독실하고 정숙한 척하는 그 여자는 언제나 신중을 기할 것이다. 옥타비아는 멀리서 다가오는 리비아를 알아보았다! 제우스여, 찬양받을지어다. 그녀는 노선을 어느 쪽으로 정해야 할지 알고 있었다. 하지만 남동생의 승리에 따른 이윤을 지나치게 비싼 대가를 지불하고 이미 올케에게 넘겨준 뒤였다.

옥타비아에게는 정말로 시간이 없었다. 더 이상 아이들과 노닥거릴 시간이 없었다. 리비아 때문이었다. 옥타비아누스, 마에케나스, 아그리파 때문이었다. 원로원 때문이었다. 옥타비아는 펑퍼짐한 중년 부인처럼 열쇠 꾸러미를 허리에 늘어뜨리고(사랑하는 남동생이여, 얼마나 우스꽝스러운 일인지. 얼마나 우스꽝스러운 일인지) 쪽진 머리 주위에 모슬린 베일을 나부끼며 도시와 집을 가로질러 뛰어다녔다. 그녀는 정세를 분석하면서, 계속 전략을 짜고 자신의 계획을 밀고 나가면서 여자들의 융단 짜는 사교 모임에 참석했다.

옥타비아는 제국의 정치선전을 통해 로마 부인들의 모범으로 격상되었으며, 감상적이거나 미련한 여자가 아니었다. 마르쿠스 안토니우스가 사랑했던 여자들이 모두 그랬듯 강인한 여자였다. 안토니우스의 첫 번째 아내 풀비아는 이탈리아에 전쟁이 일어났을 때 군대를 지휘했고, 클레오파트라는 세상에서 가장 큰 왕국을 다스리지 않았는가? 옥타비아는 모든 면에서 대립했던 두 남자 안토니우스와 옥타비아누스 사이에서 칠 년 동안 균형을 유지했다. 조약을 제시하고, 휴전을 성립시켰다.

평화를 위해 쉼 없이 변론했다. 두 남자 중 누구도 포기하기 싫었기 때문이다. 둘 중 한 명을 선택할 수는 없었다. 그녀는 옥타비아누스와 함께 앞뒤를 분별하길 좋아했고, 안토니우스와 함께 갈피를 잡지 못하고 헤매길 좋아했다.

"안토니우스를 남편감으로 누님에게 줬을 때, 나는 겉만 번드르르하고 미련한 그 작자에게 누님이 애정을 느끼리라고는 짐작하지 못했어요!"

당시 옥타비아누스는 이렇게 불만을 털어놓았다.

"그랬을 거야. 하지만 모든 여자들이 그 남자에게 열광하는걸."

"누님은 다른 여자들과 다르잖아요! 누님은……."

옥타비아누스는 그녀가 키운 첫 아이였다. 어머니 아티아가 재혼해서 그들을 외할머니에게 맡기고 남편을 따라 아시아로 갔을 때, 옥타비아누스는 네 살, 옥타비아는 열 살이었다. 옥타비아는 남동생을 위로하고 돌봐주었다(어린 옥타비아누스는 몸이 자주 아팠다). 그녀는 침대 옆에 앉아 무서워하는 남동생을 다독여주었다. 어렸을 때 옥타비아누스는 겁 많고 소심한 아이였다. 아무것도 아닌 일에 벌벌 떨었다! 시간이 좀 흐른 뒤에는 남동생이 읽기를 배우느라 가정교사에게 회초리로 맞거나 선생님의 민첩하고 혐오스러운 손에 얻어맞는 것이 싫어서 옥타비아가 직접 글자를 가르쳤다. 나중에 외할머니가 세상을 떠나고 그녀는 집안 좋은 폼페이 남자이자 늙은 집정관인 마르켈루스와 결혼해야 했지만, 자신에게만 마음을 여는 외로운 남동생의 공부를 계속 봐주었다.

지금도 누나가 남동생을 어머니처럼 돌보는 모습을 보면 감동했다. 지난여름 그 이집트 소녀가 죽어가는 남동생을 보고 울부짖었을 때도 마음이 흔들렸다. 절망적인 몸짓을 하던 그 여자아이는 그녀가 그리스에서 보고 감탄했던, 죽어가는 전사와 빈사 상태의 여자들, 상처 입은 아이들을 묘사한 테베의 아리스티데스*의 비극적인 그림들보다 훨씬 더 감동적이었다…… 개선식 날 밤 남동생의 수레 뒤에서 사슬에 묶여 있던 셀레네의 얼굴에서 아리스티데스의 그림에 그려진 배가 갈린 어머니들, 굶주린 갓난아기를 구하지 못하고 속수무책으로 바라보는 어머니들과 똑같은 심정을 읽을 수 있었다.

로마의 평민들은 소녀의 고귀한 태도와 당시 연출된 광경의 위대함에 무관심했다! 그들은 예술에 대해 아무것도 몰랐다…… 소녀가 그리 예쁘지 않은 것은 사실이었지만.

"피부가 검네."

노예들이 말했다. 어머니를 닮았을까? 그녀가 어머니의 어떤 부분을 닮았는지 이제 누가 알겠는가. 아마도 옥타비아누스에게 물어봐야 할 것이다. 그러면 그는 이렇게 말하며 빈정대겠지.

"누님 지금 질투하는 거예요? 아니면 사랑 때문인가요? 누님도 아는 일이지만 그 사람은 이미 죽었어요!"

셀레네의 쌍둥이 오빠는 머리칼이 금발이었고 성품이 견실했다. 안토니우스와 판박이였다. 안틸루스와 판박이이기도 했다. 안틸루스는 잘생긴 아이였다. 살아 있다면 지금 몇 살이 되었을까? 어디 보자, 이울루스는 열네 살이 되어간다. 안틸루스는 이울루스보다 손위니까 열여섯 살이 되었을 것이다. 열여섯…… 옥타비아누스는 왜 알렉산드리아에서 안틸루스를 제거할 수밖에 없었는지 간단히 설명해주었다.

"그건 누님 남편의 잘못이에요. 그 아이에게 성년복을 입혔거든요! 그래서 누님의 그 의붓아들를 더 이상 어린아이로 여길 수가 없었죠. 안토니우스 파는 위험을 무릅쓰고 그 아이를 후계자로 승격시키려 했

---

* Aristides of Thebes, 4세기의 그리스 화가.

고…… 그러니 나는 그 아이를 아이 아버지가 원한 대로 취급할 수밖에 없었어요. 남자로, 패배한 남자로."

그럼 이울루스는? 그녀는 이울루스에게 최대한 늦게 성년복을 입힐 것이다. 이삼 년은 더 시간을 벌 수 있다. 그런 다음에는…….

"옥타비아는 자신이 키운 아이들이 죽는 걸 원치 않아요."

폼포니아가 반지 낀 통통한 손으로 카레나 저택의 화분에 심긴 레몬 나무를 쓰다듬으며 리비아에게 말했다. 그 레몬나무는 진귀하고 값비싼 사치품이었다.

"그래요."

부유한 폼포니아가 주장했다.

"우리가 느낄 수 있다시피 당신 시누이는 그 아이들을 잃는 걸 원치 않아요…… 그녀는 그 아이들로 '자식 농사'를 잘 짓죠. 그건 인정해야 해요. 또 그녀에겐 그게 별 대수로운 일도 아니에요! 개선식 다음날 화장된 이집트 꼬마는 아무것도 아니에요. 그 꼬마는 왼손잡이였으니까요. 하지만 다른 아이들은! 생각해보세요. 그녀는 두 남편에게서 얻은 다섯 아이를 잘 건사하고 있어요. 밖에서 거둬들인 아이들도 병으로 죽은 아이 없이 잘 자라고 있고요…… 그녀가 우리보다 아이들에게 공을 더 많이 들이는 걸까요? 유노 여신의 경우를 보면 다들 적어도 자식들이 아기일 때는 잃는 법이 많다는 사실을 알 수 있어요. 나는 빕사니아를 낳기 전에 두 아이를 땅에 묻었죠. 그리고 당신도……."

"나는 한 명도 잃지 않았어요! 그러니 일반화하지 마요, 폼포니아."

"알았어요. 하지만 아무리 생각해도 옥타비아의 그런 행운에 수상쩍은 구석이 있다는 생각을 지울 수가 없어요. 모르긴 해도 말 못 할 비결이 있을 거예요……."

"폼포니아!"

"아무튼 당신 시누이가 아이들에게 마법을 건 게 틀림없어요. 내 딸 빕사니아는 그녀를 보자마자 목을 꼭 끌어안더군요. 세 살 난 아이들이 얼마나 변덕스러운지는 당신도 알겠죠. 만약 내가 '이리 와서 날 좀 안아다오'라고 말하면 빕사니아는 도망갈 거예요. 하지만 옥타비아가 그 아이에게 '가서 네 약혼자에게 입맞추럼' 하고 말하면 즉시 당신 아들 티베리우스에게 달려가 목에 매달려요. 가여운 티베리우스가 부끄러워할 정도로요! 생각해봐요, 열두 살에…… 안토니아와 율리아는 티베리우스를 놀려요. 이렇게 콧노래를 부르죠. '티베리우스는 인형이랑 결혼한대. 오줌싸개와 잔대!' 내가 보기에 안토니아는 교육을 잘못 받았어요! 율리아와 어울려 다니는 게 문제라고 봐요. 가정교사가 수업을 마치고 등을 돌리자마자 율리아가 안토니아에게 못된 말을 가르친다니까요."

"앞으로는 달라질 거예요. 군주께서 옥타비아와 나에게 '가정 일지'를 쓰게 하셨으니까요. 거기에 아이들이 한 활동과 아이들이 한 말을 모두 기록할 거예요. 마에케나스가 내용을 요약해서 기록할 노예들을 우리에게 보내줄 거고요. 군주께서는 매주 보고서를 읽고 어떤 상벌을 내릴지 결정하실 거예요. 옥타비아는 모범적인 누나이고 좋은 시누이죠. 하지만 어린아이들을 훈육하기에는 연약한 면이 있어요. 그녀가 키우는 아이들은 규칙을 준수하지 않고, 아침부터 저녁까지 사방으로 뛰어다니며 놀아요…… 그 아이들이 옥타비아를 무척 좋아하는 게 놀랄 일도 아니죠. 그녀는 어리광을 전부 받아주고 달콤한 즐거움을 안겨줘서 아이들을 망치고 있어요! 아이들의 입을 교육하기 전에 궁전부터 만들어준 거죠! 너무 착해빠졌어요."

옥타비아는 한 번도 아이를 잃지 않았다. 언젠가 헤로데의 아들들이 오기를 바랐고, 그들이 건강을 되찾을 거라 생각했다. 클레오파트라의 쌍둥이로 말하면, 남자아이는 별로 걱정되지 않았다. 남자아이는 단단했다. 요전 날 마르켈루스와 팔씨름하는 모습을 보았는데, 두 살 어렸지만 그 아이가 우세했다.

걱정되는 쪽은 오히려 여자아이였다. 옥타비아는 회랑의 아치형 통로에서 여자아이를 지켜보았다. 그 아이는 의붓 자매들이 음악 수업을 받고 있는 처마 밑에서 멀찍이 떨어져 리라의 현은 건드리지도 않고 멍한 표정으로 다른 곳을 보고 있었다. 옥타비아는 안토니우스의 옛 주치의였고 지금은 자기 남동생의 수석 주치의가 된 마르세유 사람 무사에게 상의했다. 무사는 소녀가 빈혈이 있거나 다습한 체질일 수 있다고 말했다.

"혹시 향수병에 시달리는지도 모르지요. 외국에서 왔으니 자기가 섬기던 신들도 그리울 테고요."

그래, 자기가 섬기던 신들이 그립겠지! 옥타비아는 내가 생각이 짧았구나 싶었다. 어떻게 그 생각을 하지 못했을까? 옥타비아는 즉시 셀레네를 비너스 신전으로 데려갔다. 교양 있는 사람들은 이시스와 비너스가 같은 여신이라는 사실을 알고 있었다. 그리스 철학자들이 그것을 증명했다.

"비너스는 우리 선한 여주인의 사촌이에요."

큐프리스가 셀레네에게 설명했다.

"옥타비아누스 가문과 율리우스 가문은 비너스 여신과 한 가족이지요…… 아, 아니에요. 어떤 측면에서 그런지 묻지 마세요. 저는 그렇게 유식하지 못하니까요. 하지만 여신과 더불어 그들이 최선의 상태가 된다는 것은 알죠. 극도로 긴밀하게 연결되어 있어요. 공주님의 건강을 회복시켜달라고 여신에게 부탁하는 것은 그들이 해야 할 일이에요. 그들이 여신에게 온갖 충성을 다하고 있으니, 여신은 아무것도 거절하지 못할 거예요."

셀레네는 문법학자가 불러주는 대로 작은 파피루스 조각에 몇 줄의 글을 적었다. 그런 다음 큐프리스와 함께 포럼에 있는 커다란 새 신전인 '어머니 비너스' 신전의 두 개의 돌 사이에 돌돌 만 파피루스 조각을 집어넣으러 갔다. 그 신전은 다색多色의 열주와 사치품 상점들이 있는 폐쇄된 광장에 서 있었다. 새 건물이라 테라코타 봉헌물들이 대리석 단을 완전히 뒤덮지 않은 모습이었다.

변덕 때문인지 아니면 호기심 때문인지, 셀레네는 파피루스를 여신의 발치에 놓고 싶어 했다. 여신의 조각상을 손으로 만지고 무릎에 밀랍을 먹이고 싶어 했다.

"하지만 공주님, 신전이 닫혀 있어요."

큐프리스가 말했다.

"신전 안으로 들어가면 되지."

"그건 불가능해요. 이곳의 신전들은 일 년에 한두 번 기념일에만 열려요. 그런데 비너스 여신의 기념일은 지나갔어요."

"그럼 사제들에게 서원을 바칠게. 사제들을 만나러 가자."

"사제들은 없어요."

"거짓말!"

"아니에요. 로마의 신전들에는 사제가 없어요. 내 말을 믿으세요! 사제는 그때그때 선출돼요. 장군들이 사제로 선출되어 종교 의식을 집전한다고요…… 종교 의식이 열릴 때만요!"

"그럼 아침 기도는? 저녁 기도는? 누가 기도회를 이끌어?"

"기도회는 없어요. 입문 의식도 없고요. 아무것도 없어요."

셀레네는 깜짝 놀랐다. 어떻게 신들이 이렇게 박대당할 수 있단 말인가. 신들이 곰팡이 냄새를 맡을 것이다. 이곳 사람들은 신들을 무시하고 경배하지 않는다. 그들이 그녀를 이시스에게로, 이집트로 다시 데려가 줄 수 있을까? 민족 전체가 매일 경배하는 이시스, 새벽부터 해가 질 때까지 계단 꼭대기에 우뚝 서 있는 이시스. 이집트 사람들은 화폐에 이시스의 초상을 새기고, 매일 정중히 옷을 갈아입히고, 향을 뿌려준다. 셀레네는 혼란을 느꼈고, 사모스에서 아버지의 정복자를 처음 만났을 때만큼이나 절망했다. 어떤 검투사라도 능히 쓰러뜨릴 수 있을 것 같던, 근육 없고 키 작은 젊은 남자 말이다.

셀레네가 들어가지 못한 '어머니 비너스' 신전에는 클레오파트라의 모습을 본뜬 청동과 금으로 된 조각상이 있었다. 거기서 셀레네는 어머니의 이목구비와 외모를 다시 떠올릴 수 있을 터였다. 카이사르는 아무런 두려움 없이 자기 정부의 초상을 율리우스 가문의 수호 여신에게 헌정했다. 더 좋은 것은 카이사르가 클레오파트라와 비너스를 혼동했다는 것이다. 비너스처럼 반쯤 벌거벗고 이시스처럼 가슴에 아들을 끌어안고 있는 클레오파트라. 어머니 비너스. 클레오파트라와 카이사리온…….

옥타비아누스는 그 조각상을 파괴하지 못했다. 존경심 때문이었다. 그리고 두려움 때문이었다. 금으로 된 여신은 자기 가족의 조상이었고,

자기 자신을 부인하지 않는 한 조상을 파괴할 수는 없는 법이다. 게다가
그는 신들을 두려워했다.

폐쇄된 신전의 어슴푸레한 빛 속에서 먼지투성이 조각상의 무릎에
앉아 있는 카이사리온이, 군주에게 살해된 그 아이가 살인자의 가계를
발생시킨 것 같았다.

비너스 신전을 방문하게 해준 뒤에도 옥타비아는 셀레네의 행동에서 아무런 변화를 확인하지 못했다. 그 여자아이의 몸이 허약한 것이 아닌지 궁금해졌다. 유모는 아니라고, 아이의 건강 상태는 정상이었다고 했다. 그 일이 있기 전까지는.

"무슨 일?"

유모는 대답하지 않았다.

"제 생각에는요."

마침내 유모가 위험을 무릅쓰고 말했다.

"비너스에게 기도하는 데 아직 익숙해지지 않아서 그런 것 같아요. 비너스께서도 그걸 알아차리셨고요. 마님께서 허락하신다면, 이시스 여신에게 직접 기도하는 편이 낫겠어요. 중개자 없이요."

옥타비아는 새로운 종교나 승인되지 않은 예배를 별로 좋아하지 않았다. 남동생 역시 키벨레*를 섬기는 거세된 사제와 바쿠스의 술 취한 수

---

* 땅과 농업의 여신.

행원, 구걸하는 '개들'과 수상쩍은 점성가들을 용인하면서도 이방의 종파는 두려워했다. 그 신자들이 법을 준수하는지 경찰을 통해 면밀히 조사하는 동안에도 계속 그랬다. 그는 신들의 어머니라고 일컬어지는 이시스 여신에 대한 예배만 금지했다(그에게는 아픈 부분이었기 때문이다).

전쟁 동안 옥타비아누스는 클레오파트라를 섬기는 성직자들이 거리에 나다니는 꼴을 견디지 못했다. 겸임사제들이 입는 오리엔트 식 의상, 제의실 안에서 열리는 비밀 집회, 나일 강으로의 왕래, 매일 떠들썩하게 올리는 기도 등을 견디지 못했다. 진지한 표정을 짓는 그 외국인들은 저승으로 향하는 여정을 대가로 로마인 신자들에게서 절대적 복종을 얻어냈다. 정치적으로 위험했다…… 그래서 옥타비아누스는 로마 성벽 안과 인근 교외 지역에 있는 여신의 제단을 모두 파괴하라고 명령했다. 그런 다음 사제들을 시칠리아로 유배 보내고, 로마 땅에서 일절 예배 행위를 하지 못하도록 금지했다.

이시스 신전은 항구들에만 남아 있었다. 오스티아, 나폴리 혹은 포추올리 출신의 선원들은 그 만물의 여주인에게 기도하지 않고는 절대 배에 타지 않았다. 군주는 불길이 번져나가는 사태를 막기 위해 그런 일을 눈감아주었다. 심지어 오래된 성벽 너머에, 트라스테베레* 경계에 남아 있는 '천 개의 이름' 예배당에 몇몇 연약한 영혼들이 드나드는 것을, 부유한 상인들이 자기 집 가정 예배당 뒤에 그 여신을 위한 제단을 세우는 것을 모르는 척했다. 눈을 감았다…… 심지어 자기 누이가 집에 데리고 있는 아이를 그런 곳에 데려가는 것을 용인해야 했다!

옥타비아는 유모 큐프리스에게 말했다.

"네 목숨을 걸고 맹세해라. 아니, 네 목숨이 아니라 그 아이의 목숨을

---

* 로마 중심부 테베레 강 좌안의 지구(地區).

걸고 맹세해라. 아이가 이시스 여신에게 기도하러 간 일을 한마디라도 발설하면 아이는 죽을 것이다. 그 전에 네 혀를 자르고 아이에게 그걸 씹게 할 테고! 알겠느냐?"

유대인 구역에서 멀지 않은, 나지막한 집들이 있는 시골풍의 골목 끝에서 셀레네는 이시스 여신을 모신 예배당을 발견했다. 잎이 떨어진 종려나무 두 그루가 예배당 입구를 장식하고 있었다. 그곳의 좁은 뜰 안에서 그녀는 지하 예배당 냄새를, 이끼와 곰팡이 냄새를 다시 맡았다. 익숙한 냄새였다. 예배당에서는 성수 냄새, 이집트의 물 냄새, 알렉산드리아 저수조의 물 냄새 그리고 은자들의 연옥 냄새가 났다. 예배당 입구에서 달 빛깔의 망토를 걸치고 있는 이시스는 아름다웠다. 하얀 아마포 옷을 입은 사제가 제단 위에 놓인 플라스크 모양 램프에 불을 밝혔다. 사제는 셀레네가 내민 파피루스를 받아 죽은 자들의 여왕, 생명을 관장하는 여신의 손 안에 곧장 집어넣었다. 그런 다음 향 몇 개를 태웠다.

"너의 서원이 이루어지기를!"

사제가 셀레네에게 몸을 숙이고 말했다. 큐프리스가 그에게 돈이 가득 든 주머니를 내밀었다. 동銅으로 주조한 돈이었다. 남들의 이목을 끌어서는 안 되었다.

셀레네와 큐프리스는 다시 계단을 내려갔다. 뒤에서 사제가 두건을 쓴 몇몇 여신자를 위해 저녁 기도용 찬송가를 불렀다. 날씨가 추웠다. 겨울이었다. 강에서 하얀 안개가 올라왔다. 산책로 가장자리에 놓인 악어 신상이 반짝이는 서리에 덮여 있었다.

"이제 기분이 한결 나아질 거예요."

큐프리스가 중얼거렸다.

그러자 셀레네가 대답했다.

"그래, 많이 나아졌어. 그런데 프톨레마이오스는 어디 있어?"

"크레오파들라, 크레오파들라 세레네! 슬픈 일이야. 네 오빠 아렉산틀로스가 죽었어! 아렉산틀로스 헤리오스 기억나? 그 불쌍한 애가 죽었다고!"

율리아는 흉내 내고, 야유하고, 노래 부르고, 조롱하고, 감정의 폭발을 부추겼다. 하지만 다른 아이들이 그렇듯 율리아 역시 알렉산드로스가 죽기 전 울부짖던 소리가 자꾸만 귓가에 맴돌았다. 율리아는 무서웠다. 너무나 순식간에 일어난 일이라, 상황을 제대로 파악하는 아이는 아무도 없었다. 그날 아침만 해도 그 이집트 남자아이는 아무렇지도 않게 공놀이를 했다. 그런데 밤에 죽었다. 아침과 밤 사이에는 몹시 큰 소리로 울부짖었다.

오, 그 소리가 어찌나 요란하던지! 노예들이 그 아이를 집의 다른 쪽 끝으로 옮겨갔는데도 고통으로 울부짖는 소리가 계속 들렸다. 공작새들의 정원 깊숙한 곳까지, 주목으로 지은 주랑 안까지 우는 소리가 들렸다. 아이들은 거기서 교육자들의 엄한 감독 아래 시 낭송에 열중하고 있었다.

하지만 점차 집중력이 떨어졌다. 여자아이들이 몸을 떨었다. 엄지손가락을 찔러 넣어 사과를 쪼갤 만큼 힘이 센 티베리우스조차(로마인들은 이런 종류의 곡예를 몹시 좋아했다), 그 '큰' 티베리우스조차 어느 때보다 눈빛이 어두워져서 어쩔 줄 몰라 했다. 이윽고 밀도 높은 침묵이 이어졌다. 이울루스의 가정교사 자격으로 집에 머무르는 안토니우스의 옛 친구 크라시키우스가 오래된 라틴 시를 설명하면서 아이들을 공부에 집중시키려 했다. 하지만 그날은 아무도, 이미 시를 잘 쓰는 이울루스조차도 시에 관심을 기울이지 않았다. 프리마에게 회초리질을 두 번 해야 했다. 마르켈라는 벌벌 떠는 리비아의 막내아들 드루수스를 꼭 껴안고 있었다. 의사의 노예가 세 번 연속해서 셀레네를 데리러 왔다. 셀레네가 조용히 자기 자리로 돌아와 서판을 무릎 위에 올리자 아이들의 눈길이 모두 그쪽으로 쏠렸다. 율리아만 경솔한 아이답게 이렇게 말했다.

"저애 오빠가 저애를 불렀나봐……."

율리아는 사촌 안토니아에게 속삭이거나 곱슬거리는 머리칼을 흔들며 큰 소리로 말했다.

"저 소리 좀 들어봐. 배가 아파서 소리를 지르는 것 같아! 만약 내가 배가 아파서 저렇게 울면 군주이신 우리 아버지는 파이를 먹지 말라고 하실 텐데."

저녁 무렵이 되자 울부짖는 소리가 잦아들었다. 아이들은 좋아해야 할지 걱정해야 할지 알지 못했다. 문법학자들은 신경이 극도로 날카로워져서 별 이유도 없이 아이들의 손가락을 때렸다. 모두들 지쳤다. 마치 개가 그들의 귓가에 대고 하루 종일 낑낑대는 것 같았다. 밤이 되자 마침내 침묵이 내려앉았다. 큐프리스의 비명이 터져 나온 바로 그 순간까지. 깜짝 놀라 잠에서 깨어난 아이들은 세 명씩 가마에 실려 급히 마에케나스의 저택으로 보내졌다. 셀레네는 함께 가지 않았다.

이틀 뒤 아이들이 마에케나스의 저택에서 돌아왔을 때, 셀레네는 보라색 드레스에 갈색 스카프를 매고 머리를 풀어헤치고 있었다.

아무도 이집트 왕자이자 아르메니아 왕, 파르티아 황제인 알렉산드로스 헬리오스의 이름을 입에 올리지 않았다. 경솔의 소치인지 도발하는 것인지 알 수 없는 율리아를 제외하고는. 율리아는 죽어가던 알렉산드로스의 야만적인 울부짖음을 기억에서 몰아내지 못했다. 그랬다. 정원 깊숙한 곳에서 공작들이 울기 시작하면, 공작들이 어린아이 울음소리나 곡하는 여자의 탄식을 닮은 안타까운 외침을 뱉어내면, 율리아는 두 손에 얼굴을 묻고는 유령이 손톱으로 자기 피부를 할퀴는 것 같다고 불평했다.

다른 사람들처럼 옥타비아도 처음에는 독살이라고 생각했다. 소년이 고통으로 울부짖으면서 자신이 중독되었다고 외쳤으니 말이다. 소년은 의사들을 내보냈고, 자기 누이에게 매달려 거친 숨을 몰아쉬며 로마 사람들이 자기를 죽이는 거라고 되풀이해 말했다. 의사는 아이가 먹은 것을 토하게 했다. 이집트인 유모가 아이의 턱을 벌리고, 옆에서 다른 노예가 깃털로 아이의 목구멍 안쪽을 간질였다. 하지만 아이는 구역질에 시달리기만 할 뿐 보람이 없었다. 배가 나무처럼 딱딱했지만 배 속에는 별다른 내용물이 없었다.

독살…… 옥타비아는 이 가설을 냉정하게 조사하려 했다. 내전 동안 옥타비아누스가 여러 문제로 고발당했던 일을 떠올렸다. 그때 사람들은 옥타비아누스가 자기를 성가시게 하는 전前 집정관 두 명을 페루자에서 독살했다고 주장했다. 그렇다면 잘생긴 아이 알렉산드로스 헬리오스도 옥타비아누스에게 독살된 걸가? 하지만 무엇 때문에? 만약 그랬다면 옥타비아누스는 누구를 제거하려 한 걸까? 클레오파트라의 아들을? 아니면 안토니우스의 아들을?

옥타비아누스가 안토니우스 가문의 혈통을 끊어버리길 원했다면 우선 이울루스를 노렸을 것이다! 이울루스는 안토니우스와 풀비아의 막내아들이니까. 이울루스는 매우 어린 아기일 때 어머니가 죽어서 옥타비아에게 맡겨졌고, 옥타비아는 그 아이를 친아들처럼 키웠다. 아이를 형 안틸루스가 맞이한 잔인한 운명에서 보호해주었다…… 클레오파트라의 자손을 없애고 싶었던 거라면, 이집트가 로마에 예속되고, 시리아가 무릎 꿇고, 유대가 잠잠해진 지금 프톨레마이오스 왕조의 마지막 두 아이를 제거해봐야 무슨 큰 유익이 있겠는가?

의사 무사는 너무나 순수한 옆얼굴과 너무나 부드러운 머리칼을 휘날리는 금발의 이집트 소년, 환하게 빛나는 태양 알렉산드로스의 생명을 앗아간 것과 같은 마른 복통에 시달리고도 멀쩡하게 회복하는 아이들을 본 적이 있노라고 단언했다.

옥타비아는 안심했고, 소년의 죽음으로 더러워진 집을 정화하는 것으로 만족했다. 서둘러 장례식을 치렀고(어린 나이에 죽은 소년에게 어울리도록 밤에 촛불들을 켜놓고), 악령을 쫓기 위해 모든 방에서 유황을 태우게 했다. 아이들을 마에케나스의 집에서 다시 데려오기 전에는 가정 제단에 향을 피웠다. 향냄새가 졸고 있는 수호신들을 깨워줄 것이다…… 그런 다음 살아남은 자들의 죄를 대속하고 목숨을 지켜준다는 검은 잠두콩을 어깨 너머로 던지고 가여운 고인의 영혼을 위로하기 위해 가장 예쁜 공작 한 마리를 희생 제물로 바치게 했다.

"절대 다시 돌아오지 마라, 아이야. 우리의 마음을 흔들지 말고 떠나가려무나."

그녀는 클레오파트라 셀레네를 기다렸다. 하녀들 말에 따르면 그 여자아이가 두 형제의 잇따른 죽음으로 몹시 동요되어 있었기 때문이다. 옥타비아는 "그만 눈물을 거두어라" 하고 명하고 싶었다. 하지만 그건 부적절한 명령일 것이다. 셀레네는 울지 않았으니까.

셀레네가 자그마하고 호리호리한 몸에 보라색 옷을 입고 대령했을 때, 옥타비아는 셀레네의 두 손을 잡고 이렇게만 말했다.

"나를 보아라, 셀레네. 나는 삼 년 전에 사랑하던 사람을 잃었단다. 셀레네, 나를 잘 보아라. 그런데도 나에겐 흰머리가 없지? 그건 사람이 슬픔 때문에 죽지는 않는다는 증거란다."

"나뭇가지 하나 부러졌다고 나무가 죽지는 않아요."

큐프리스도 셀레네에게 여러 번 말했다.

아이의 성격을 염두에 두지 않은, 체념하라는 권유였다. 게다가 입은 비뚤어졌어도 말은 바로 해야 했다. 18개월이 못 되는 시간 동안 '부러진 나뭇가지'는 하나가 아니라 넷이었다. 모두 네 명의 형제를 잃었다. 게다가 당연한 얘기지만 부모, 친구, 하인, 집, 조국을 잃었다.

얼마나 운이 좋아서 주된 가지 네 개가 부러지고 뿌리가 뽑힌 나무를 외국 땅에서 회복시키겠는가?

큐프리스는 이 싸움에서 이기지 못했음을 느끼고 있었다. 관대하고 사려 깊은 여주인이 선의를 베풀었지만 이긴 것은 아니었다. 여주인은 셀레네에게 더욱 주의를 기울였고, 리본, 허리띠, 팔찌를 선물로 보냈다. 물론 고집 센 셀레네는 그것들을 몸에 걸치지 않았다. 금으로 된 호루스 상 말고 다른 보석들은 원하지 않았다. 알렉산드리아의 은둔녀들이 셀레네에게 준 부적 말이다. 큐프리스는 셀레네에게 부적의 효과가 이미 증명되지 않았느냐고 말했다. 이집트의 신들이 위대하신 여왕의 아이들에게 무능함을 보여줬으니 말이다! 이시스 여신조차도! 그런데 그들 둘이서 목숨을 걸고 교외 예배당으로 이시스 여신에게 기도까지 하러 갔으니! 이시스는 우리를 버렸다. 우리를 버린 신과는 인연을 끊어야 한다. 절망한 자에게는 다른 힘이, 다른 방책이 존재할 테니.

셀레네는 잠을 자지 못했다. 자더라도 아주 조금만 자고 깨어났다. 꿈속에서 붉은 손이 그녀를 쫓아다녔다. 보이지 않는 남자의 손. 셀레네는 잠들기가 두려웠다.

의사들이 양귀비 탕약을 처방해주었지만 셀레네는 마시지 않으려 했다. 큐프리스가 코를 잡고 억지로 입을 벌려야 했다. 큐프리스는 자신의 황금빛 이비스를, 자신의 성스러운 보물을 그리도 난폭하게 다룬 것을, 그 아이를 적들이 시키는 대로 다룬 것을 뉘우쳤다. 다들 조만간 클레오파트라의 딸 역시 독살될 거라 예상하고 있었다.

무사가 처방해준 탕약 덕분에 셀레네는 마침내 잠이 들었다. 잠을 잤다. 하지만 끊임없이 비명을 질렀다. 큐프리스가 셀레네의 방문 앞 바닥에 누워 있다가 하룻밤에도 열 번씩 달려가 진정시켜야 했다. 셀레네는 이불을 벗어던지고 침대에 거꾸로 누워 있었다. 하지만 잠에서 깨어나지는 않았다. 잠을 자면서 신음했다. 셀레네가 잠을 자는 한, 옆에 있는 사람은 셀레네에게 말을 건넬 수 없고 몸 한 번 흔들 수 없었으며 환각을 흩뜨려줄 수도 없었다. 셀레네는 끝없는 악몽에 시달리며 아침까지 몸부림쳤다.

어느 날 밤, 꺼지지 않는 램프가 발하는 어렴풋한 빛 속에서 셀레네는 화로의 숯불 위에 가루 같은 것을 던지는 큐프리스를 보았다. 큐프리스가 중얼거리는 소리가 들려왔다.

"몰약, 월계수 잎, 당나귀 꼬리털…… 염소 비계는 마련하지 못했어."

숯불이 타오르며 지글지글 소리를 냈다.

"나는 그 이름들을 알아."

유모가 중얼거렸다.

"영원한 신의 잔인한 이름들을. 오노마타 바르바리카."

잠자던 소녀는 큐프리스가 앞뒤로 몸을 흔드는 모습을 보았고, 이렇게 흥얼거리는 소리를 들었다.

"당신은 새벽의 우스메토트입니다. 세 번째 시간의 바이 솔바이입니다. 여섯 번째 시간의 베스부키 아도나이입니다."

그리스어, 이집트어 그리고 히브리어가 섞인 이상한 문장이었다. 그것은 기도일까? 아니면 꿈일까? 큐프리스는 화로를 마주하고 몸을 흔들면서 말했다.

"나는 당신의 이름들을 압니다. 알라우스 살라오스, 이아코브 라일람. 타오르는 이 불과 목매달아 죽은 사람들의 육체를 걸고 당신께 간청합니다. 이 아이를 독약에서 구해주시고, 이 아이의 적, 아티아의 아들 옥타비아누스 카이사르를 죽게 하소서. 그에게 타르타로스의 악마들을 보내소서. 그를 치소서. 그의 콧구멍에서 영기를 뽑아내소서……."

셀레네의 손가락 밑에 차가운 뭔가가 느껴졌다. 칼일까? 아니다. 얇은 납 조각이었다. 누군가가 다른 쪽 손에 그녀가 밀랍 서판에 글을 적을 때 사용하는 것과 같은 끝을 밀어 넣었다. 납 조각에는 이미 뭐라고 새겨져 있었다. 유령이 말했다. 거기에 서명만 하면 돼. 유모는 글을 쓸 줄 몰랐다. 읽을 줄도 쓸 줄도 몰랐다. 유령도 마찬가지였다. 셀레네는 서명하기 전에 거기에 새겨진 글을 읽고 싶었을 것이다. 하지만 그럴 수가 없었다. 자고 있었으니까. 유령은 그녀의 손을 붙잡아 억지로 서판 위에 끌을 갖다 대게 했다. 그녀는 뭐라고 휘갈겼을까? 동그라미를 그렸을까? 줄을 그었을까? 잠든 셀레네는 그늘 속의 여자가 속삭이는 소리를 들었다.

"그 로마인이 이 글씨처럼 차갑고 이 납 조각처럼 움직이지 않기를! 어여쁜 아이야, 이것을 자살한 사람의 무덤에 묻어주마. 저 밑에 있는 신들은 솜씨가 있거든."

다음 순간 유모가 몸을 숙여 바닥에서 뭔가를 집어 드는 것 같았다. 걸레일까? 그녀가 문 앞 바닥에 누워서 잘 때 베개로 쓰는 낡아빠진 옷일까? 유모는 계속 주문을 외우면서 저주의 서판을 누더기 옷으로 둘둘 말았다. 하지만 왜지? 셀레네는 몸을 움직이지 못하는 채로 속으로 생각했다. 왜 '자살한 사람들'을 위해 납 조각에 '당나귀 털'로 글씨를 쓰는 거지? 피에 물든 붉은 손이 계속 나를 따라다니는데 왜 사람은 보이지 않는 거지? 왜 대계단 발치에서 소녀들의 다리를 벌리고 목 졸라 죽이는 거지? 셀레네는 자면서 신음했다. 은신처 깊숙한 곳까지 그리고 튜닉 아래까지 자신을 추격하는 몸 없는 손 때문에 괴로워 신음했다.

다음날 잠에서 깨어나면서, 셀레네는 자신이 꿈을 꾸었음을 확신했다. 화로 위에 몸을 숙인 가짜 큐프리스의 꿈을 꾸었다고. 하지만 자신이 오른손에 끌을 쥐고 있음을 깨달았다. 그것을 얼른 베개 밑에 숨겼다. 살인자가 살인에 사용한 단검을 감추듯이. 혹시 그녀가 붉은 병사를 쳤을까? 형제들의 복수를 했을까? 그 끌로?

한 시간 뒤, 유모가 입혀주는 옷을 입고 로마식으로 머리 손질을 한 셀레네는 다시 무기력증에 빠져 있었다. 기하학 연습문제를 공부하는 탁자 앞에서 삼각형들을 그리는 대신 모래를 천천히 손가락 사이로 흘려보냈다. 그녀의 손가락은 모래시계였다. 그 사이로 시간이 흘렀다.

양귀비가 효과를 발휘한 걸까, 아니면 광기를 향해 천천히 나아가는 걸까? 셀레네의 꿈들에 조금씩 구멍이 뚫려갔다. 한낮인데도 가상의 풍경과 미지의 존재들이 불쑥불쑥 눈앞에 솟아올랐다. 악몽의 흔적일까. 아마도 그녀는 색깔이나 빛의 특성으로 진짜 기억과 환각을 구별했을 것이다. 환각 속에는 결코 그늘이 없었고, 색조가 더 강렬하고 단일하게 퍼져 나갔다. 이따금 그녀는 마치 하늘을 나는 것처럼 높은 곳에서 풍경을 내려다보았다…… 시간이 흐르자 그 무엇도 진짜가 아니라고 생각하기에 이르렀다. 심지어 자신의 고통조차, 자신의 공포조차. 그것들이 다른 세상에, 검은 이비스들이 장밋빛 하늘을 날아다니는 세상에 속하기를.

이때부터 셀레네의 현실은 여러 겹으로 포개진 꿈의 층위들을 건넜을 것이다. 주인들의 꾸지람이나 옥타비아의 설교는 멍하게 들려올 뿐이었다. 안틸루스와 알렉산드로스의 비명처럼. 그녀는 잤다. 그런데 큐프리스. 큐프리스는 어디 있지? 사라졌나? 큐프리스의 행방에 신경을 써야 했다. 하지만 셀레네는 잤다. 그녀는 혼자였고 버림받은 아이였다. 모래가 손가락 사이로 빠져나갔다. 모든 것이 그녀에게서 달아났다. 하지만 고통스럽지 않았다. 그녀는 마비되어 잠을 잤다. 자신의 인생을 잠재웠다.

보석 - 은제품 판매 목록, 파리, 드루오 리슐리외.

123. 매혹적인 음각 제품군: 채찍을 휘두르는 생쥐가 장식되고 말 머리를 한 새의 형상이 새겨진 타원형 음각 제품. 뒷면에 고대 시리아 문자가 새겨져 있음. 붉은 벽옥. 표면의 광택이 지워지고, 오래되어 마모되었음. 기원전 1세기, 소아시아.

높이: 2센티미터, 너비: 1.8센티미터.

3000/3500

옥타비아는 한시름 놓았다. 범인을 찾아낸 것이다. 그야말로 한시름 놓았다. 이집트 사람들은 독살에 능하다. 그 생각을 해야 했다! 그들이 주술을 자주 행한다는 것도…… 물 긷는 하인이 이집트인 유모가 매일 밤 셀레네의 방 문가에서 베고 자는 낡은 옷 속에서 저주의 서판을 발견했다. 천인공노할 일이었고, 조사가 시작되었다.

"누구를 저주하려 한 게냐?"

서판에 적힌 글씨는 무슨 뜻인지 알아보기 힘들었다.

"어서 말해라! 누구에게 저주를 걸었지?"

이집트 여자는 아무 말도 하지 않았다. 옥타비아가 불러온 솜씨 좋은 고문 집행자가 사지를 부러뜨리고 젖가슴을 불로 지졌는데도. 하지만 사실은 명백했다. 그 '선량한 유모'가 이 집안에 불행과 주술을 불러들였다. 지금까지 이 집안은 모든 불경한 것들로부터 보호받아 순수했고 온전히 축복받아왔다. 그런데 오리엔트에서 온 유모 하나가 이 집에서 주술을 행한 것이다! 자신의 주인들에게! 아이들 중 하나를 죽이기까지 했다! 이유가 무엇일까? 오, 이유는 뻔하니 굳이 알려 하지 말자. 훌륭한 노예도 결국은 믿을 수 없는 법이다.

옥타비아는 무거운 짐에서 해방된 느낌이 들었다. 음모가 드러나도록, 죄인을 신중하게 처형하도록 허락하신 통찰력 넘치는 아폴론 신께 감사해야 했다. 악은 더 멀리 퍼져 나가지 않을 것이다. 추문도. 옥타비아누스는 이 일에 대해 아무것도 알지 못할 것이다.

하지만 셀레네가 입을 상처와 두려움을 생각해 그 아이에게는 진실을 숨기라고 입단속을 했다.

"그 아이에게는 내가 유모를 이집트로 돌려보냈다고 말해라. 삼각주 지역에 있는 내 영지에 유모가 필요하다고, 벌써 캄파니아를 향해 길을 떠났다고 말이다."

셀레네는 기하학을 공부하는 탁자 앞에 서서 모래를 가지고 놀다가 큐프리스가 '캄파니아를 향해 길을 떠났다'는 것을, 작별 인사도 하지 않고 떠났다는 것을, 프톨레마이오스처럼 갑자기 사라져버렸다는 것을 알았다. 셀레네는 혼자 하던 놀이를, 모래로 하는 끝없는 놀이를 멈추지 않았다. 이제는 방에서 나오자마자 매무새를 가다듬고는, 누가 뒤에서 공격이라도 하는 것처럼 한쪽 구석으로 가서 몸을 웅크리거나 뜰 한구석에 틀어박히거나 정원 깊숙한 곳 담벼락 밑에 자리를 잡았다. 마치 궁지에 몰린 동물 같았다. 식탁에 올라온 요리들은 거부하고 어린 야만인처럼 노예의 빵이나 개의 밥그릇을 훔쳤다. '단 음식'은 물리쳤지만 검은 오디를 폭식했다. 음료 잔은 엎으면서 수반에 담긴 물을 핥아먹고, 분수를 볼 때마다 물줄기 밑에 혀를 내밀고 옷과 머리카락을 적시며 갈증을 채웠다. 아무도 그녀를 이해하지 못했고, 그녀 역시 아무것도 수긍하지 못했다.

그녀는 '깨진 유리 위를 맨발로' 걷는 생존자였다. 빛을 향해 걸음을
내디딜 때마다 피 흘리는, 찰과상을 입은 어린아이였다.

페플럼*. 나는 '페플럼'이라고 썼다. 나는 왜 당시의 의상을 고증하는 이런 힘든 일을 굳이 떠안는 것일까?

알렉산드로스가 죽기 전에 입고 있던 조그만 토가가 내 눈에는 또렷이 보였다. 자주색 띠가 둘린 하얀 토가가 그 아이의 움직임을 얼마나 거추장스럽게 했는지를 느꼈다. 그 아이는 자주 벌거벗는 그리스 아이였고, 자유롭게 움직이길 좋아했다. 하지만 로마에 온 뒤로 외출을 하게 되면 로마인의 전통의상인 널찍한 망토를 걸쳐야 했다. 그러면 마음대로 달릴 수가 없었다. 왼쪽 팔을 망토의 주름 밑에 감추고 오른쪽 팔은 가슴을 가로지른 스카프에 걸어야 했다. 밑으로 길게 늘어진 망토 자락에 걸핏하면 샌들이 걸려 균형을 잃었다…… 팔라티노 언덕의 남자아이들은 알렉산드로스가 넘어지는 꼴을 보고 웃었다. 알렉산드로스는 아버지가 나부끼는 나사羅絲 천으로 발까지 휘감고 있는 모습을 몇 번 본 적이 있었다. 아버지는 왜 그에게 그 옷을 입는 법을 가르쳐주지 않았단

---

* 소매 없는 그리스풍의 헐렁한 옷.

말인가? 하지만 아이는 노력할 준비가 되어 있었다. 사람들 마음에 들고 싶고 사랑받고 싶었다. 그는 노력했다.

"내 눈의 빛."

오리엔트 최고사령관은 그를 끌어안으며 그렇게 말했다. 그를 '메디아 왕'이라고 혹은 '파르티아 황제'라고 불렀다. 그는 아버지의 뜻을 따르려고, 아버지가 자기에게 준 이름들에 걸맞은 아이가 되려고 애썼다…… 그가 매우 멋진 로마인이 될지 누가 아는가? 그러나 사람들은 기회를 주지 않았다.

셀레네는 어땠을까? 셀레네는 처음부터 피부에 닿는 양모의 거친 감촉을 싫어했다. 이집트의 아마포는 무척 가볍고, '외국의 열매로 짠다는' 비단은 너무나 부드러운데…… 이곳 로마의 겨울은 춥고 비가 내린다. 그리고 양모는 근질근질하다. 솜씨 좋게 짜이지 않은 만큼 더욱더. 어린아이들은 집안의 부인들이 만든 양모 옷을, '집에서 짠 직물'로 만든 옷을 입어야 한다. 덕망이 높다는 군주는 그것만으로는 만족하지 않는 걸까? 그래서 항상 스스로도 보기 흉한 옷차림을 하는 걸까. 그는 추남이 아니다. 심지어 잘생겼다. 하지만 정치적 판단에 따라 '소박한 시민'으로 보이기로 결정했고, 우아함을 갈망할 수 없었다.

셀레네는 이곳 사람들이 해주는 머리 모양도 좋아하지 않았다. 사람들 말로는 옥타비아가 직접 고안해낸 머리 모양이란다. 이마 위쪽의 머리카락을 쇠 인두로 윤을 내 뒤쪽으로 말아 올리고, 나머지 머리카락은 목덜미 쪽에서 커다란 리본으로 묶어 부풀리는. 셀레네는 알렉산드리아에서 했던, 머리카락을 엮어서 만드는 '멜론 껍질 줄무늬' 머리 모양이 그리웠다.

셀레네가 틀렸다. 로마의 리본 장식은 이마가 넓어 보이게 했다. 어머니는 그녀의 이마가 너무 좁다고 생각했었다. 또한 셀레네의 눈썹을 당겨 뺨이 이루는 선과 자연스럽게 합쳐지게 했다. 그렇게 되니 커다란 금 빛 눈과 슬픈 입이 돋보였고, 사람들이 관심을 보이기 시작했다. 피부가 갈색인 점이 유감이었다.

"더 자란 뒤에 백악분을 바르면 될 거예요."

새로 온 미용사가 그녀를 안심시켰다. 아름답게 보이기, 혹은 스스로 를 아름답게 꾸미는 일은 옥타비아 집 모든 여자아이들의 제일가는 관 심사였다. 하지만 이 '살아남은 소녀'에게 아름다움은 관심사가 아니었 다. 소녀는 사람들 눈에 띄지 않는 편이, 배경 속에 스며드는 편이 낫다 는 사실을 간파하고 있었다.

셀레네는 주변 배경이 살인자들의 눈길에서 자신을 숨겨주길 바랐다. 그 배경들이 점점 더 잘 떠오른다. 페플럼? 그리 많지 않다. 대단한 기념 물이나 열주 혹은 대리석 포석도 별로 없다. 대로도 전혀 없다. 사실을 말하면 특별한 조망도 없다. 포룸조차 보이지 않는다. 성스러운 무화과 나무와 '검은 돌' 근처에 있는 오래된 포룸은 협소하고 비대칭이며, 잘 못 정렬된 공공건물, 꼬리에 꼬리를 무는 노점, 나무 연단, 환전상의 매 대, 무너진 예배당, 잡다한 조각상, 고아의 묘석, 그리고 조각상이 없어 진 초석들로 혼잡하다. 어두운 골목길, 흔들리는 건물, 벽돌과 흙, 응회 암과 석회로 이루어진 로마. 낙서들로 뒤덮인 황적색 혹은 선지색의 초 벽. 팔라티노 언덕은 유서 깊은 가문들의 저택이 있는 '아름다운 구역' 이지만 이슬람 교도 거주지를 닮았다. 골목길에는 창문 없는 붉은 담벼 락들이 줄지어 있고, 이따금 담벼락에 등꽃 송이들이 내려와 있다. 나무 는 없다. 문도 별로 없다. 눈길이 곳곳에 부딪힌다.

사실 바깥에서는 안뜰 깊숙이 위치한 집 안의 생활을 전혀 파악할 수가 없다.

그래도 나는 들어간다. 내 마음에 드는 역사 안으로 들어간다. 그리고 본다. 거기, 감춰진 정면에 달린 해시계를. 안마당 안에는 포도 바구니가 있고, 작은 예배당 근처에서 향로가 아직도 연기를 피워 올린다. 좀더 먼 곳에는 검은 모자이크 위의 젖은 발자국이 보이고, 두 개의 햇빛 얼룩 사이 월계수 그늘 속에 버려진 가마가 보인다…….

아직 그럴 힘이 있었을 때(알렉산드로스가 죽기 전, 큐프리스가 사라지기 전, 다시 말해 마지막 충격과 최종 타격을 받기 전에), 셀레네가 로마의 무엇을 보고 그토록 놀랐는지 나는 안다. 처음에 쌍둥이는 수도교와 분수에 놀랐다. 이집트에서는 지면과 높이가 같은 운하, 연못 혹은 저수조 안에만 물이 있었다. 사람들은 그 물을 긷거나 끌어갔다. 그런데 로마에서는 물이 위에서 아래로 떨어져 내렸다. 아치형 통로가 있는 다리를 통해 언덕에서 물이 내려왔다. 그 다리들은 길을 가로막고 광장 위로 불쑥 솟아 있었다. 멀리서 로마를 구경하러 온 사람들은 수도교를 따라가는 것만으로 충분히 만족했다. 게다가 로마 사람들은 끊임없이 새 수도교를 건설했다. 얼마 전 마르쿠스 아그리파는 마르켈라와 결혼하기 위해 폼포니아에게 일방적으로 이혼을 통보했다. 이제 마르쿠스 아그리파는 군주의 조카사위가 되어 충성을 바치고 있다. 도시 곳곳에서 물이 아래로 떨어지거나 위로 솟구쳤다. 광장의 웅장한 분수에서 물이 솟구쳐 겹겹이 포개진 거대한 수반 속으로 떨어져 내렸다. 이집트 소녀의 눈에는 그 모습이 무척 근사해 보였다! 평범한 네거리에도 부엌 개수대만한 분수들이 있었다. 거리 구석구석에 물이 있고, 정원에 분수가 있고, 부잣집에는 돌리면 물이 나오는 수도꼭지가 있었다. 셀레네는 그걸 보고 깜짝 놀랐다. 근친의 연이은 죽음 때문에 겁에 질리고 슬픔에 빠져들지 않았더라면 매혹될 수도 있었을 것이다. 지금 그녀의 눈에는 모든 샘

물이 검은 광채를 발하는 것 같았다. 님프를 모시는 성소 같은 샘물들에서 꿰뚫린 목에서 뿜어져 나오는 피처럼 물이 분출했다……

그녀는 머리를 묶은 리본 매듭을 풀어헤쳤다. 머리카락이 우수수 흘어져 머리를 타고 가족 제단의 유해 속으로 흘러내렸다. 그녀는 로마 옷을 벗어버렸다. 밤이면 자면서 비명을 지르고 개처럼 울부짖었다. 트로이 여자 헤카베*처럼 죽여달라고 울부짖었다. 율리아는 무서워했고, 안토니아는 도망갔고, 옥타비아는 절망했다.

셀레네는 어느 시점에 체념하고 장기간의 생존에 어울리는 '자세'를 갖게 되었을까? 역사는 이것에 대해 말하지 않는다.

혹시 그녀는 오래전 다른 곳에서 '다른 가족'과 함께 살 때 디오텔레스나 니콜라우스 다마스쿠스에게서 배운 이솝 우화를 떠올렸을까? 파도가 거친 바닷가에 앉아 파도의 개수를 헤아리려 했던 남자 이야기 말이다. 남자는 파도의 개수를 헤아리다가 틀리자 짜증을 낸다. 그러자 여우 한 마리가 나타나 말한다.

"왜 이미 지나간 파도 때문에 슬퍼하죠? 지금부터 다시 세면 되잖아요."

클레오파트라의 딸은 지나간 파도와 오래된 폭풍우를 조금씩 흘려보냈다. '지금부터' 헤아리기로 했다. 어느 날 아침 갑자기 제로에서 모든 것을 다시 시작하자는 생각으로 잠에서 깨어나진 않았으나, 하루하루 질서 있게 삶을 이어가기 시작했다. 민첩한 태도로 복종했고, 예의 바르게 인사했고, 말을 적게 했고, 다른 사람들을 성가시게 하지 않았으며,

---

* 그리스 신화에 나오는 트로이의 왕 프리아모스의 왕비. 트로이 전쟁으로 남편과 자식들을 잃자 분노와 슬픔으로 개가 되었다고 한다.

더 이상 한탄하지도 않았다. 그녀는 잊지 않았다. 하지만 스스로를 잊히게 만들었다.

잊지 마라

그녀는 마치 허물을 벗어버리듯 자신의 어린 시절을 뒤로 했다. 예전에 가던 장소, 예전에 부르던 이름들을 뒤로 했다. 성체를 모신 마우솔레움, 판 언덕, 로키아스 곶, 등대, 왕들의 항구를 버렸다. 그리고 로마의 개선 도로, 포룸, 트라스테베레, 타르페이아 바위에 대해 배웠다.

이제는 다른 꽃들로 다른 신들을 위한 화환을 만들었다.

'햇빛은 경건한 사람의 얼굴을 비춘다' 혹은 '제우스의 손안에서 완벽한 사람은 아무도 없다' 같은 그리스어나 이집트어 격언들은 '포도씨를 가지고 천장에 닿으려 하지 마라' '치즈는 낚싯바늘에 꿰지 않는 법이다' '한쪽 손이 다른 쪽 손을 닦아준다' 혹은 좀 더 보편적인 '늘 경계해야 한다는 걸 잊지 마라' 같은 평범한 격언들에 담긴 세속적 지혜에 자리를 양보했다.

라틴어 격언들 중 셀레네가 가장 잘 아는 격언은 '늘 경계해야 한다는 걸 잊지 마라'였다. 이 격언은 굳이 상기할 필요가 없을 정도로 늘 그녀를 따라다니고, 친숙한 고양이처럼 뒤에서 가르랑거렸다.

'늘 경계해야 한다는 걸 잊지 마라.'

셀레네는 티베리우스를 경계하지 않았다. 티베리우스가 두 번이나 그녀의 목숨을 구해주었기 때문이다. 개선식 날 티베리우스는 그녀가 밟히지 않도록 자기가 탄 말을 얼른 피하게 했다. 의붓 자매들 중 맏이인 프리마는 셀레네에게 이렇게 말했다.

"네 실수 때문에, 너를 피하려다가 티베리우스가 넘어질 뻔했잖아. 티베리우스가 고삐를 너무 세게 당겨서 말이 뒷발로 일어섰어."

"행진하는 동안 넌 정말이지 갖가지 미친 짓을 했어! 입을 크게 벌리고 소리를 지르는데, 꼭 고르곤* 같더라니까. 정말 무서웠어."

티베리우스는 아무것도 무서워하지 않았다. 얼마 전에도 티베리우스는 '고르곤'을 구해주었다. 이번에는 회초리질에서.

활짝 핀 벚꽃을 보러 다 함께 루쿨루스의 옛 별장에 있는 '정원들의 언덕'에 간 날이었다. 사십 년 전 부유한 미식가가 오리엔트에서 가져온 그 나무는 새로운 풍토에 적응했고, 이제는 이탈리아의 부유한 과수원

---

* 그리스 신화에 나오는 세 명의 자매 괴물. 머리카락이 무수히 많은 뱀으로 이루어진 여자 모습을 하고 있다.

들에서 많이 볼 수 있었다. 하지만 루쿨루스 가문의 벚나무 밭만큼 넓은 벚나무 밭은 어디에도 없었다. 그러나 옥타비아누스가 총애하는 연설가이자 정식 비방문 작가인 발레리우스 메살라 코르비누스가 내전을 이용해 그 벚나무 밭을 빼앗았다. 메살라는 매년 유노의 달이 되면 옥타비아의 아이들을 초대해 머리에 붓꽃 화관을 쓴 젊은 노예들이 따서 버들가지 바구니에 던져주는 버찌를 맛보게 했다. 4월에는 아이들을 초대해 벚꽃을 감상하게 했다. 하얀 꽃잎들이 연한 초록색 혹은 진한 갈색 나뭇잎 위에 뚜렷이 부각되었다. 율리아가 벚나무 가지를 흔들어 꽃잎이 눈처럼 흩날리게 했다. 그러면 여름이 되었을 때 버찌를 따먹지 못한다고 말했지만 소용없었다. 율리아는 그런 말에 귀 기울이지 않았다. 내일은 염려하지 않고 산사나무 흔들듯 벚나무 가지를 고집스럽게 흔들었다. 하얀 꽃잎들이 우수수 흩날리는 모습을 보는 당장의 즐거움을 위해. 드루수스, 클라우디아, 안토니아가 꽃잎 소나기 밑으로 달려와 율리아와 합세했다. 마르켈루스는 열세 살이나 되었는데도 항상 그들의 놀이에 끼었다.

티베리우스가 걱정스러운 표정으로 한숨을 쉬고는 말했다.

"'나중'이나 '결과'라는 말이 무엇을 뜻하는지 전혀 모르는 애들이군."

그러자 프리마가 곧바로 항의했다.

"마르켈루스도 그 말의 뜻을 너만큼이나 잘 알고 있어! 그저 율리아를 좋아해서 그러는 것뿐이야. 율리아는 예쁘고 착하고 쾌활해. 그리고 네 어머니 때문에 무척 힘들지."

티베리우스는 프리마의 말에 대답하지 않고, 옆에 있는 동생 드루수스에게 말했다.

"마에케나스의 경찰들이 네가 하는 바보짓을 서판에 모두 기록하고 있어."

티베리우스는 따로 떨어져 있는 교육자들 무리를 가리키며 어린 동생의 귀에 대고 중얼거렸다.

"오늘 저녁 어머니께서 네가 어떻게 말을 듣지 않았는지 '가정 일지'에 전부 적으실 거야. 그리고 모레는 군주께서 너에게 회초리질을 하실 거고…… 그리고 드루수스, 제발 아침 식사 때 네 몫의 빵을 전부 먹어. 음식을 남기지 말라고. 어머니가 '버릇없는 아이들의 변덕'을 더는 참아 주지 않을 거라고 말씀하셨어. 군주께선 우리가 무엇을 먹었는지 먹지 않았는지 작은 부스러기까지 다 아실 거라고!"

아이들은 군주의 친밀한 조언자인 메살라, 살루스티우스 혹은 마에케나스의 정원으로 놀러 가 점심을 먹는 일에 익숙했다. 로마인들이 모두 그렇듯 서서 가볍게 식사했다. 물론 영주의 집사들은 군주 가족을 만족시키기 위해 전력을 다했다. 하인들이 정자에 납작한 참깨 과자, 갓 찍어낸 치즈, 씨 없는 작은 오이, 되직한 죽, 건포도를 가져다놓았다.

메살라의 집사가 시중을 들었다. 그날은 삶아서 껍데기를 벗긴 비둘기 알이 나왔다. 올리브 퓌레와 앤초비를 좋아하는 프리마는 감독자들이 한눈파는 틈을 이용해, 자기 몫의 삶은 비둘기 알을 기괴한 돌 안면상의 찌푸린 입속에 쑤셔넣어 버렸다. 분수가 말라 있었으므로, 완전범죄를 꾀하기 위해 안면상 목구멍 깊숙이 손을 집어넣을 필요가 없었다.

당시 셀레네는 음식을 거부하는 슬픔의 나날을 보내고 있었으므로, 자기도 프리마를 따라하고 싶었다. 하지만 안면상까지의 거리가 너무 멀었다. 셀레네는 자기 몫의 비둘기 알을 어디에 숨길지 눈으로 찾다가, 두 발짝 앞에 청동으로 된 '크로톤의 밀로' 조각상이 있음을 알았다. 그 영웅은 갈라진 나무줄기 속에 한쪽 팔이 끼인 채 고통으로 울부짖고 있었다. 하지만 입이 너무 높은 곳에 있어서 셀레네의 손이 닿지 않았다.

밀로의 넓적다리에 달려든 사자의 입은 셀레네의 손이 미치는 곳에 있었다. 셀레네는 자기 몫의 비둘기 알을 사자의 열린 입안에 집어넣었다. 하지만 비둘기 알은 밑으로 내려가지 않았다. 비둘기 알을 손가락 끝으로 밀던 셀레네는 공포스럽게도 사자의 입안에 공간이 없다는 사실을 깨달았다. 입안이 파여 있지 않았던 것이다! 비둘기 알은 사자의 이빨 뒤에 끼어 있었다. 사자의 혀가 검은 반면 비둘기 알은 새하얘서 밤하늘에 뜬 보름달만큼이나 눈에 잘 띄었다…… 엄격한 교육자들이 벌써 쟁반을 들고 다가오고 있었다.

"프리마! 셀레네! 너희들 어디 있니? 비둘기 알을 담가 먹으라고 소금물을 가지고 왔다."

갑자기 티베리우스가 그늘 속에서 나와 셀레네와 조각상 사이로 슬그머니 끼어들었다. 티베리우스는 셀레네가 한 일을 숨겨주기 위해 사자에게 몸을 기대고, 식견을 갖춘 예술 애호가처럼 밀로의 근육질 다리에 관심이 있는 척하면서 검은 무를 천천히 씹었다. 교육자들을 따라가야 했던 프리마와 셀레네는 티베리우스가 어떻게 사자의 입에서 비둘기 알을 슬쩍 낚아챘는지 알지 못했다.

오후가 끝나갈 무렵, 셀레네는 리비아의 아들 티베리우스를 다시 만났다. 셀레네는 테라스 난간에 팔꿈치를 괴고 알렉산드리아의 등대가 보이지 않을까 하는 막연한 희망을 느끼며 아벤티노 언덕 쪽을 바라보고 있었다. 티베리우스가 다가와 옆에서 팔꿈치를 괴고 아래쪽에 보이는 건물들의 지붕들을 응시했다. 그 틈을 이용해 티베리우스에게 고맙다는 마음을 전할 수도 있었을 테지만 셀레네는 감히 그러지 못했다. 덩치 큰 소년에게 주눅이 든 것이다. 평소에 티베리우스는 말이 없었기 때문에 함께 이야기를 하려면 조금 애를 써야 했다. 티베리우스가 멀리 보이는 카피톨리노 언덕(그리스인 셀레네가 '아크로폴리스'라고 고집스럽게 부르던 언덕이었다)을 가리키며 말했다.

"행운이야. 여기서 보면 위대하신 유피테르의 신전이 카이사르 최고 사령관께서 짓게 하신 아폴론 신전을 가리거든……."

"그게 왜 '행운'이라는 거야?"

셀레네가 물었다.

"새로운 신전은 아름다울 것 같은데."

"그래, 엄청나겠지! 군주께서는 자신이 좋아하는 신을 위해서라면, 자신에게 은혜를 베푼 신을 위해서라면, 무엇을 해도 지나치지 않다고 여기실 테니까. 만약 군주께서 자신이 총애하는 자에게 내줄 영토의 절반을 우리를 위해 보존해두었다면 우리는 곱은 다리를 풀어가며 도시를 가로지를 필요가 없을걸! 아무튼 그 엄청난 성소가 보이지 않는 곳이 로마에 아직 남아 있으니 다행스러운 일이지."

"아폴론 신을 좋아하지 않아?"

"좋아하지 않느냐고? 비너스와 마르스의 간통을 불카누스에게 고발한 신을?"

티베리우스는 다른 신들 일에 참견하고 모든 것을 밝혀내 좌지우지하려는 아폴론의 고약한 의도를 의심하지 못하는 셀레네의 천진난만함에 화가 난 모양이었다.

"아폴론의 리라조차 우리에게 거짓말을 한다니까."

안색이 매우 창백한 티베리우스는 작은 목소리로 계속 말했다.

"아폴론과 함께하면 끊임없이 경계해야 해. 아폴론은 삐딱한 신이야. 이집트의 고양이가 생쥐들을 갖고 놀듯 우리를 갖고 놀지…… 너는 안전하게 보호받는 그늘 속에 있다고 생각하지. 그런데 갑자기 아폴론의 빛줄기가 화살처럼 너를 꿰뚫을 수도 있어! 아폴론의 기만적인 노래를, 가짜 겸허함을, 비스듬한 눈길을 조심해. 그는 삐딱한 신이니까……."

라틴어가 아직 초보 단계였으므로, 그리고 이제 그리스어를 하지 않으려 했으므로(사람들은 이것을 열심히 공부하겠다는 의지의 표현으로 믿었다), 셀레네는 기본 감정과 최소한의 생각만 표현했다. 그녀가 일부러 빈약한 어휘 속에 틀어박혔다는 사실을 로마 사람들이 어떻게 상상할 수 있었겠는가? 그들이 보기에 셀레네는 조금 '아둔'했다…… 옆에서 본 사람들의 의견에 따르면 셀레네는 기억력이 나빴고, 기하학 공부는 그녀의 능력에 버거웠다. 가정교사와 교육자들은 체념하고, 그녀가 유일하게 재능을 보이는 음악 과목에서 두각을 나타내도록 내버려두었다. 어린 이방 소녀는 정확한 음정으로 노래를 불렀다. 그리고 리라를 연주하겠다고 나선 날 단번에 너무도 아름다운 선율을 끌어내 사람들은 그녀를 무려 16현짜리 키타라 앞에 앉게 했다! 여자아이들을 가르치는 가정교사가 말했다.

"이 아이는 알렉산드리아에서 수준 높은 음악 교육을 받은 것이 틀림없어요. 제대로 배운 건 음악뿐인 것 같습니다!"

이 말에 옥타비아는 클레오파트라가 낭랑하고 듣기 좋은 음성을 가졌다는 것을 기억해냈다. 사람들 말에 따르면 클레오파트라는 자기 음성을 마치 악기처럼 사용했다고 한다. 셀레네는 제 어미를 닮은 것이다. 하지만 유감스럽게도 어미의 명민한 두뇌까지 물려받지는 못한 듯하다…….

옥타비아는 두 사람에게 공히 남편이었던 마르쿠스 안토니우스를 통해 클레오파트라의 지적 능력이 감탄을 불러일으킬 만큼 대단하다는 이야기를 전해 들었다. 옥타비아와의 결혼 생활 초기에 마르쿠스는 이집트 여왕 클레오파트라에 대해 늘 존경하는 어조로 이야기했다. 그래서 옥타비아는 안토니우스가 클레오파트라의 대담함에, 에너지에, 열정에, 그리고 교양과 간교함에 놀란 것이라 느꼈다. 마르쿠스는 클레오파트라의 아름다움에 대해서는 별로 언급하지 않았다. 오히려 손톱 끝에 이르기까지 우아하고 유혹적인 움직임과 기절초풍할 만한 임기응변에 대해 이야기했다. 마르쿠스가 클레오파트라를 정부로 삼았다는 사실은 모든 사람이 알고 있었다. 그는 그토록 클레오파트라를 그리워했던 걸까? 열정적으로 사랑했던 걸까? 아니다. 그가 클레오파트라를 떠나 이탈리아로, 옥타비아에게로 돌아왔으니 당시에는 그렇지 않았다. 그 이집트 여자를 정말로 사랑하진 않았다. 그때는 아니었다. 4년이 더 흐른 뒤 시리아에서 쌍둥이와 함께 온 그녀를 다시 만났을 때 비로소 그렇게 되었다. 그때에 가서야…….

옥타비아는 셀레네를 바라보았다. 자기 방 창가에서 공작에게 보리를 던져주거나 클라우디아의 조그만 암컷 강아지 이사의 귀에 대고 무슨 말을 속삭이는 클레오파트라의 딸을 유심히 바라보았다. 셀레네는 아이들과 함께 있을 때 별로 말이 없었고 어른들과 함께 있을 때면 입을 꼭 다물었지만, 동물들과 함께 있으면 이야기를 많이 했다. 그것도 일종의 발전이었다. 한편으로 오랫동안 병을 앓다가 병상에서 일어난 아이처럼 쑥쑥 '성장하고' 단숨에 자랐다.

하지만 그들 가족의 주치의 무사에 따르면, 셀레네에게는 아직 성숙의 조짐이 보이지 않았다.

"나이가 더 어린 프리마가 그 아이보다 먼저 여자가 될 겁니다."

사실 헝클어진 보라색 곱슬머리에 어두운 피부색, 남녀 양성의 육체를 가진 그 이집트 소녀는 마치 그리스 목동처럼 보였다.

하지만 셀레네도 화장에 관심이 없지는 않았다. 프리마는 어머니 옥타비아가 화장하는 모습을 구경하기를 무척 좋아했고, 셀레네는 그런 프리마를 자주 따라가 함께 구경했다. 나이로 볼 때 거의 쌍둥이 자매 같은 두 여자아이는 마음이 잘 통하는 것 같았다. 옥타비아는 셀레네가 미용사의 팔레트와 경대 위에 놓인 장신구들을 의붓자매 프리마만큼이나 탐욕스러운 눈길로 바라보는 것을 눈여겨보았다. 천성이 발랄한 프리마는 어머니에게 이런저런 의견을 말했다.

"어머니, 초록색 목걸이에 자수정 귀걸이도 같이 해보세요! 아니면 기다란 진주 귀걸이도 좋을 것 같아요. 어머니도 아시다시피, 몸을 움직이면 귀걸이들이 찰랑찰랑 하고 '방울' 소리를 내잖아요. 싫으세요? 방울 소리가 싫어요?"

"프리마, 나는 과부란다. 두 번째로 과부가 되었어. 과부인 내가 사람들의 눈길을 끌면 네 외삼촌 옥타비아누스께서 뭐라고 말씀하시겠니?"

"외삼촌께선…… 외삼촌께선 틀림없이 아름답다고 말씀하실 거예요, 마미디오네Mammidione."

마미디오네는 '사랑하는 엄마'라는 뜻의 애정 어린 별명이었다. 프리마는 다정한 아이였다.

"어머니는 미소 지을 때 참 예뻐요! 그런데 어머니는 반지를 충분히 끼지 않으시는 것 같아요. 요즘엔 반지를 많이 끼는 게 유행인데 말이에요. 외삼촌도 뭐라 하지 않으실 거예요. 리비아 외숙모님도 손가락마다 반지를 하나씩 끼는걸요."

"얘야, 네 외숙모 리비아는 과부가 아니잖니."

"하지만 티베리우스와 드루수스도 우리와 똑같잖아요. 아버지가 없잖아요…….."

"리비아 외숙모는 티베리우스의 아버지와 이혼했고, 그러고 나서 한참 후에 티베리우스의 아버지가 세상을 떠났어. 그러니 티베리우스와 드루수스도 똑같다는 말은 더 이상 하지 마라. 그 아이들은 지금 네 외삼촌과 함께 살잖니. 하지만 그 아이들은 우리 가족은 아니야. 리비아의 첫 남편인 클라우디우스 집안 아이들이야. 클라우디우스 네로 집안 말이야. 훌륭한 가문이지만 우리에겐 아무것도 아니야. 그래, 아무것도 아니지. 장차 그들이 로마에서 큰일을 하도록 부름받지는 못할 거란다."

"마미디오네, 그 가족은 너무 복잡해요! 그런데 마르켈라 언니가 결혼하고 나서 하는 것처럼 눈꺼풀에 검댕을 칠하면 어때요? 싫으세요? 어머니는 그럴 권리가 없다고요? 그럼 손톱은요? 장미 꽃잎 찧은 물로 손톱을 물들일 수는 있잖아요. 다른 부인들도 모두 그렇게 하니까요…… 그것도 안 돼요? 세상에! 저는 나중에 크면 백합 꽃잎으로 미용 팩을 할 거예요!"

이렇게 말한 뒤 프리마는 시녀들 주위를 계속 돌고, 머리빗들을 만지작거리고, 향수들을 뿌려보고, 동그란 용연향을 손에 쥐고 문지르고, 재잘거렸다. 그러는 동안 두 걸음 뒤에서는 셀레네가 이 모든 광경을 삼킬 듯 주의 깊게 지켜보고 있었다. 로마 '제1의 여인'은 화장하는 동안 딱 한 번 셀레네의 목소리를 들었다.

"왜 발찌를 하지 않으세요?"

그 질문은 몹시 흥분한 듯한 동시에 멀리서 들려오는 느낌을 주었다.

마치 투석기에서 날아온 돌처럼 침묵을 깨뜨렸다. 옥타비아는 행실 나쁜 여자들, 벌거벗은 몸에 초록색 토가만 걸치고 묘지의 통로를 어슬렁거리는 '암늑대들'이나 발찌를 하는 거라고 재빨리 대꾸했다.

그러고는 즉시 후회했다. 셀레네의 얼굴이 붉어졌던 것이다. 혹시 이 아이 어머니가 발찌를 즐겨 했던 걸까? 그 오리엔트 여자는 안토니우스가 말한 것보다 더 음탕했던 걸까? 옥타비아누스가 비방문에서 주장했듯이 방탕한 여자였던 걸까? 맙소사, 대체 이 아이를 어떻게 교육해야 할까! 다행히 이 여자아이는 장차 정숙하고 건실한 로마 여인이 되리라는 희망을 품을 수 있을 만큼 아직 어리다. 하지만 그런 추잡한 과거를 모두 잊을 수 있겠는가? 그들의 추잡한 과거를…… 마르쿠스, 오, 마르쿠스. 디오니소스는 바쿠스 신의 산발한 여제관보다 수줍은 아리아드네*를 더 좋아했어요. 그게 바로 나였죠. 마르쿠스, 당신의 신은 무엇을 선택했을까요! 마르쿠스, 이유가 뭘까요? 나는 이미 너무나 많은 것을 용인했어요…… 옥타비아는 파리를 쫓듯 머리를 흔들어 마르쿠스 안토니우스에 대한 기억을 쫓아냈다. 기록의 말살, 담나티오 메모리아이 damnatio memoriae. 담나티오.

됨됨이에 대해 말하자면, 소녀는 자신감이 있고 언행이 당당했다. 아마도 '코르넬리아** 같은 여자', 로마만을 기억하는 모범적인 로마 여인이 될 것이다. 모든 것은 시간과 의지의 문제다. 옥타비아누스가 말하는 대로 '원숭이들에게도 춤추는 법을 가르칠' 수 있다.

---

* 크레타 왕 미노스의 딸. 테세우스에게 사랑을 느껴 그가 괴물을 퇴치하려고 미궁(迷宮)에 들어갈 때 실을 주어 무사히 빠져나오게 했다. 이후 테세우스와 함께 아테네로 가게 되었는데, 도중에 테세우스가 그녀를 깜빡 잊고 낙소스 섬에 두고 갔고, 디오니소스가 그녀를 보고 아내로 삼았다.
** Cornelia, ?~?, 로마의 개혁가 대(大)스키피오의 둘째 딸이자 현모양처의 전형. 남편이 죽은 뒤에도 재혼하지 않고 집안을 지키고 자녀 교육에 헌신하여 로마 사람들에게 존경받았다.

셀레네는 타성에 의해 살고, 억지로 웃었다. 완벽한 연기였다. 셀레네는 조금 바보 같고 온순하다는 평판 뒤에 숨어서 자라났다. 그러는 동안 자신이 처한 상황, 다른 사람들이 처한 상황을 더 깊이 이해할 수 있게 되었다. 그녀는 주변 사람들의 사적 공적 관계들을 명확히 보기 시작했다.

셀레네는 이곳 팔라티노 언덕에, 옥타비아의 조그만 정원과 리비아의 검소한 집에 세 가족이 결합되어 살고 있음을 깨달았다. 하지만 '결합되다'라는 표현이 과연 정확할까? 세 가족이 '연결되어' 있긴 하지만 결코 결합되어 있지는 않다. 그들은 서로를 증오한다.

가장 힘센 가족은 율리우스 가문이다. 이 가문은 율리우스 카이사르가 적자를 남기지 못하고 암살된 후 그의 조카딸의 아들 옥타비아누스에게 상속되었다. 다시 말해 그럭저럭 부유하지만 이름 없는 방계 혈족이었던 옥타비아누스 가문에 흡수되었다. 사실 옥타비아누스 가문 사람들은 카이사르의 유언장이 공개되기 전까지는 원로원에서 귀족을 상징하는 붉은 신발을 신을 권리조차 없었다······ 비너스와 아이네이아스로부터 모든 것을 물려받았다고 주장하는 그 가문의 유일한 진짜 후손은 옥타비아누스의 첫 결혼에서 태어난 딸 율리아였다. 그 매혹적인 아이 율리아에게 가문의 미래가 달려 있었다. 셀레네는 일단 율리아를 죽이기로 했다.

그렇다. 큐프리스의 끌로, 베개 밑 카이사리온이 준 주사위 통 안에 감춰둔 탐침探針 형태의 끌로 율리아를 죽이는 거다. 그 물건을 갖고 있다는 사실은 셀레네가 속마음을 감추고 복종하는 데 도움이 되었다. 셀레네는 그것을 어떻게 사용할지 알고 있었다. '적'을 향해 돌진한 뒤 배를 겨냥해 아래에서 위로 찌르는 것이다. 이것이 병사의 ABC이다. 매일 아침 다른 아이들이 『일리아스』를 공부할 때, 셀레네는 이 교훈을 머릿속으로 복습했다. 아이들은 『호메로스 어휘집』을 열심히 찾아보았다. 하지만 그녀는 허공을 멍하니 응시한 채 꼼짝 않고 앉아 아킬레스처럼 적들을 꿰뚫었다.

'괴물'을 직접 공격할 수는 없었으므로(옥타비아누스의 체격이 아무리 호리호리하다 해도 열두 살짜리 소녀가 상대하기에는 너무 컸다), 셀레네는 한 아이를 통해 그에게 타격을 주고 싶었다. 그의 아이? 아니다. 처음에 셀레네는 자신이 옥타비아누스의 딸 율리아를 미워한다고 생각했지만, 시간이 흐를수록 그 유쾌하고 반항적인 아이의 매력에 조금씩 빠져들었다. 율리아는 아버지가 차가운 만큼 감정을 잘 드러냈고, 계모가 인습적인 만큼 권력에 불만이 많았다. 의무적으로 머리를 땋아야 했지만 풀어헤쳤고, 뛰어다니거나 공놀이를 하느라 두 뺨이 붉었으며, 광대 흉내를 내고, 신랄하고 재치 있게 말대꾸를 했다. 셀레네는 그런 율리아가 마음에 들었다. 그 버릇없는 아이는 제쳐두고 군주와 그의 아내를 공공연히 비웃어줘야 할까? 요전 날 군주가 항상 주의 산만한 아이들하고만 어울려 논다고 대놓고 나무라자("네 어머니 리비아를 모범으로 삼으려무

나. 리비아는 분별 있는 부인들하고만 교류하잖니."), 율리아는 의붓어머니의 엄격한 태도(냉소와 메마른 몸짓)를 흉내 내며 "나도 나중에 늙으면 늙은 친구들과 놀겠죠!"라고 말했다. 그 자리에 있던 사람들 말에 따르면, 군주는 그 말에 아무 대꾸도 못 했다고 한다. 셀레네는 빙긋이 미소 지었다.

그러면 누구를 죽이지? 마르켈루스? 사실 말이지 옥타비아누스는 자기 누나가 첫 결혼에서 낳은 아이들인 마르켈루스, 마르켈라, 클라우디아를 오래전부터 율리우스 가문 아이들로 여겼다. 그 아이들에겐 이제 아버지가 없었다. 옥타비아누스는 아폴론처럼 멀리서 그 아이들의 미래를 감시했다. 벌써 여자 조카들 중 맏이를 자기의 수석대신 아그리파와 결혼시켰다. 들리는 말에 따르면 이제 남자 조카를 아들로 입양할 생각이다. 셀레네는 자신의 탐침이 그 소년의 부드러운 살 속을 뚫고 들어가는 광경을 상상해보았다. 하지만 성공하지 못했다. 그 소년이 자기 어머니에게 너무나 주의 깊고 상냥하게 굴어서 자꾸만 카이사리온이 떠올랐던 것이다.

둘째 가족은 율리우스 가문보다 유서 깊지는 않지만 옥타비아누스 가문보다는 더 기품 있었다. 바로 그녀의 아버지 안토니우스의 가문이다. 아니, 이제는 안토니우스 가문의 잔해라고 해야 할 것이다. 암살, 처형, 갑작스러운 죽음들에도 불구하고, 그 가문의 아들 한 명이 남아 있다. 안토니우스와 그의 첫 번째 아내 풀비아 사이에서 태어난 몽상가이자 '시인' 이울루스 안토니우스 말이다. 옥타비아는 이울루스를 생후 18개월 때부터 애정을 가지고 키웠다. 딸도 두 명 있다. 옥타비아가 낳은 프리마와 안토니아이다. 이 딸들은 정치적으로 로마에서 중요한 위치를 차지하지 못할 것이다.

셀레네 역시 안토니우스 가문으로부터 떨어져 나온 부스러기이므로,

아무도 셀레네를 제거하지 못할 것이다. 그녀가 별로 좋아하지 않는 의붓자매 안토니아도 그녀와 같은 안토니우스 가문이었다.

세 번째 가문은 언급된 가문들 중 가장 유서 깊은 클라우디우스 가문이다. 옥타비아누스 가문이 30년 전부터, 안토니우스 가문과 도미티우스 가문이 여덟 세대 전부터 '영광스러운 정치 행보'를 시작했다면, 클라우디우스 가문은 무려 다섯 세기 전부터 로마를 위해 명예로운 봉사를 해왔다. 그 가문의 이름은 공화국의 위대한 시기들과 관련해 빠짐없이 언급되었다. 그들은 스물다섯 명의 집정관, 다섯 명의 독재자, 여섯 명의 개선장군을 배출했다! 때로는 귀족 진영을 이끌고 때로는 대중에 영합하면서, 발군의 능력과 우월함을 드러냈다. 기원전 41년 한 명의 클라우디우스가 최초의 로마 법전인 '십이표법'을 편찬했다. 150년 뒤 다른 클라우디우스는 최초의 수도교와 아피아 가도를 로마에 건설했다. '해군대장'이었던 세 번째 클라우디우스는 카르타고와의 전투 전 점복관의 귀띔을 무시하고 신성한 닭들을 바다에 던졌다가("그들이 먹고 싶어 하지 않는다면 마시기를!) 로마 함대의 패배를 초래했다.

이집트의 프톨레마이오스 왕조보다 더 오래된 이 오만한 가문에 속하는 아이들은 옥타비아누스의 두 의붓아들, 곧 열네 살이 되는 티베리우스와 그 동생인 열한 살 난 드루수스이다.

이 아이들은 어머니 리비아를 통해 그리고 지금은 사망한 아버지 티베리우스 클라우디우스 네로를 통해 양쪽으로 클라우디우스 가문에 속한다(리비아와 클라우디우스 네로가 사촌끼리 결혼했기 때문이다). 오, 물론 그들은 종가는 아니다. 실추한 분가, 여러 차례의 내전으로 인해 몰락한 분가이다. 리비아의 아버지와 첫 번째 남편은 패배한 공화파였다. 재앙이나 다름없는 선택을 한 것이다. 율리우스 카이사르에 맞섰던 폼페이우스 파, 안토니우스에 맞섰던 브루투스 파, 옥타비아누스에게 맞섰던 안토니우스 파, 그들은 모두 뛰어난 통찰력을 발휘했지만 내기에서 졌다. '리비아의 남자들'은 조국을 떠나야 할 처지에 몰린, 때로는 목숨을 버려야 할 처지에 몰린 추방자들, 목에 현상금이 걸린 수배자들이었다. 하지만 지금 '리비아의 남자들'은 아들인 티베리우스와 드루수스이고, 그녀는 그들을 복종시키고 엄히 다스리려 한다…… 요컨대 어느 정도까지? 요전 날 화장할 때 옥타비아는 그 남자아이들은 율리우스 가문의 친척이 아니며 희망을 걸 만한 특별한 점이 전혀 없다고 말했다. 셀레네는 그 말의 의미를 궁금해했다.

무기력해 보이는 인상 때문에 보호받고 라틴어가 서툴러 실제보다 더 멍청해 보이는 덕분에 셀레네는 하인들이 나누는 대화, 아이들이 내뱉는 심술궂은 말 혹은 옥타비아와 그녀의 맏딸 마르켈라 사이에 오가는 대화 여기저기에 담긴 암시들을 놓치지 않고 들을 수 있었다. 셀레네는 조용했고, 겉으로 보기에는 땅바닥에서 오슬레 놀이*를 하는 데 혹은 토리개에 실을 감는 데 열중하는 듯했지만, 함축된 암시, 신랄한 언급, 단편적인 이야기 등 정보란 정보는 모조리 수집해 밤마다 침대에서 선별했다.

이를테면 요즘 셀레네는 리비아 주변의, 옥타비아누스와 리비아의 결혼을 둘러싼 추문을 의심하고 있었다. 군주의 조신들은 로마 '제2의 여인'의 미덕을 이야기할 만큼 칭찬에 후한 사람들이 아니었다. 또한 셀레네는 만약 자신이 리비아를 죽인다 해도 옥타비아가 그다지 화내지 않을 거라는 느낌을 받았다…… 그럼 옥타비아누스는? 그 역시 올해 서른 살인, 율리아의 표현에 따르면 '늙은 여자'인 아내의 죽음을 오래 슬퍼하지는 않을 것이다. 아이를 낳아주지도 않은 늙은 여자! 하지만 옥타비

---

* 양의 발목뼈를 던지고, 낚아채고, 흐트러뜨리는 놀이.

아누스의 불행을 위해서는 그 불모의 아내를 살게 내버려두는 편이 나을 것이다.

티베리우스를 죽일 수는 없었다. 티베리우스는 그녀의 목숨을 구해주었으니까. 그리고 이집트와 이집트 여왕을 모욕할 때마다 클라우디아나 안토니아를 혼내주니까. 아무도 좋아하지 않는 여드름투성이 소년, 헤라클레스처럼 힘이 세고 고아처럼 침울한 소년, '살아남은 소녀' 셀레네는 그 소년이 잘되기만을 바랐다.

드루수스가 남아 있다. 리비아는 그 아들을 무척 사랑한다. 옥타비아누스도 그렇다. 심지어 아이에게 벌을 줄 때조차. 클라우디우스 가문의 가장 어린 자손인 그 아이는 다정한 눈길과 나무딸기처럼 붉고 예쁜 입을 가졌다. 그러나 드루수스는 클라우디아와 안토니아 패거리의 일원이고, 되통스러운 율리아가 자기들에게서 들은 어리석은 이야기를 요란하게 퍼뜨린 잘못으로 어른들에게 회초리를 맞을 때 손 하나 까딱하지 않고 구경만 했다. 그리고 너무 버릇이 없었다. 형보다 잘생겼고 모두들 그 아이를 더 상냥한 아이로 여겼기 때문이다. 주인이 무엇을 좋아하는지 늘 잘 알아차리고 주인에게 잘 보이기 위해 과장된 태도를 보이는 노예들도 "오, 나의 참새" "내 귀여운 병아리"라고 말하며 그 아이를 지나치게 감쌌다…… 티베리우스 입장에서는 부당한 일이었다. 그러나 티베리우스는 조용히 감내했고, 그럴 가치가 별로 없는 동생에게 끊임없이 주의를 기울이며 모범적인 형 노릇을 했다.

그러니 그녀는 드루수스를 칠 것이다. 그런 다음 자신도 죽을 것이다. 어쩔 수 없지 않은가.

그래도 벌을 받기 전에 옥타비아누스가 그 일로 인해 타격을 받으리라는 사실을 확신하고 싶었다. 그가 죽도록 슬퍼하기를, 그래서 로마가 멸망하기를 바랐다.

이런 확신을 아직 얻지 못했기에 셀레네는 기다리고 있었다. 상황이 제대로 파악될 때까지 기다렸다. 자신이 자라기를 기다렸다. 어리석음이라는 가면 밑에 살인하려는 의도를 숨긴 채 가짜 단검을 어루만지는 것으로 만족했다.

니콜라우스 다마스쿠스가 그 가면을 벗겼다.

이 가정교사는 자기 학생들, 즉 유대의 헤로데 왕과 그의 두 번째 아내, 간통이 발각되어 2년 전 처형당한 마리암네 사이에서 태어난 알렉산드로스와 아리스토불로를 로마에 데려왔다. 니콜라우스는 나이가 열 살 남짓한 그 두 소년을 옥타비아의 집에 정착시켰다. 그들의 아버지 헤로데는 그 무고한 아이들을 내치는 일을 별로 꺼리지 않고(그에게는 다른 아내들과 아들들이 있었다), 충성의 표시로 기꺼이 옥타비아누스에게 바치며 이렇게 말했다.

"혹시라도 제가 군주를 배반하면 이 아이들의 목을 베십시오!"

그 아이들은 주목朱木의 뜰에 인접한 건물에서 새 아르메니아 왕의 형제인 어린 티그라네스와 다른 외국인 볼모들과 함께 지낼 것이다.

니콜라우스는 시간 끌 생각이 없었다. 헤로데는 얼마 전 그를 자신의 다른 두 후계자, 즉 안티파스와 그의 동생인 갓난아기 아르켈라오스의 가정교사로 임명했다. 한 번 더 말을 바꿔 타야 했고, 야망 있는 그 철학자는 과연 자신이 말을 끌고 목적지까지 갈 수 있을 것인지 몹시 궁금해했다.

옥타비아는 분주한 사람들(서기, 회계원, 속기사)에 둘러싸인 채 1층에 있는 널찍한 집무실에 니콜라우스를 맞아들였다. 니콜라우스는 로마에서 최초로 원로원 법령이 후견인 없이 자신과 아이들의 재산을 관리할 권리를 그녀에게 인정해준 일을 떠올렸다. 군주가 로마 '제1의 여인'인 누이에게 남자에 버금가는 역량을 부여한 것이다. 하지만 그녀는 오로지 겸손한 태도로 물레의 방추에 실을 감는 듯했다. 다분히 여자다운 모습으로 헤로데의 아이들에 관해, 아이들의 건강과 식욕에 대해 니콜라우스에게 질문했다. 그러고는 화제를 바꾸어 이렇게 말했다.

"내 생각에 당신은 클레오파트라의 막내아들이 맞이한 운명을 알고 있는 것 같네요. 그리고 셀레네로 말하면 우리 문법학자들을 낙담하게 만들고 있어요. 알렉산드리아에서 그 아이에게 뭘 가르친 거예요?"

"모든 것을 가르쳤습니다! 요컨대 이집트 공주가 그 나이에 알아야 할 모든 것을 말입니다. 심지어 그 이상의 지식까지 가르쳤는데요⋯⋯."

"그 이상이라니? 셀레네는 알파벳 순서조차 겨우 알아요. 그 아이 손에 『호메로스 어휘집』을 쥐여주니 어휘를 어떻게 찾아야 하는지도 몰라서 파피루스만 사방으로 굴렸다더군요! 산수에 대해서는 굳이 말하고 싶지도 않고요."

"그럴 리가 없습니다, 도미나."

"부탁이니 나를 도미나라고 부르지 마요! 당신은 노예가 아니고, 나는 클레오파트라가 아니에요⋯⋯ 내가 어떤 말을 했을 때 무례하게 '그럴 리 없다'고 단언하지도 말고요!"

"하지만 맹세컨대 셀레네는 영리한 아이였습니다. 공부를 가르칠 때 회초리가 필요 없을 정도로요. 제 나이도 되기 전에 '페르가몬 목록'을 줄줄 꿰었어요. 세계 7대 불가사의, 세계 7대 현인, 세계 9대 시인, 세계 10대 철학자 등등 말입니다⋯⋯ 피에*와 쿠데**의 배수와 약수들도 모두 외웠고요! 여기서 저와 함께 지내는 늙은 에티오피아인이 하나 있습니

---

* 옛 길이 단위. 1피에는 약 32.48센티미터.
** 옛 길이 단위. 1쿠데는 약 50센티미터.

다. 알렉산드리아 궁정에서 셀레네의 교육자로 일했고 예루살렘에서 저와 다시 만났지요. 그 사람이 방금 제가 드린 말씀이 사실임을 입증해줄 겁니다."

불현듯 옥타비아에게 최악의 생각이 떠올랐다. 혹시 그 여자아이가 가짜가 아닐까 하는. 알렉산드리아가 함락될 때 진짜 이집트 공주 대신 아이의 젖자매로 바꿔치기한 게 아닐까. 그래서 '쌍둥이' 남매가 전혀 닮지 않았던 것이다! 옥타비아가 그 아이를 친딸들과 함께 교육시키자 사악한 유모는 제 친딸의 목숨을 보호하려고 혈안이 되었고, 비밀을 누설할까봐 겁이 나서 알렉산드로스를 독살한 것이다…… 맙소사, 이 기만 행위가 알려지면 그녀의 남동생은 웃음거리가 될 것이다. 개선식에서 하녀 여자아이를 이집트 공주라고 소개한 셈이 아닌가. 로마인들은 격분할 테고, 그리스인들은 비웃을 것이다. 그리고 이집트인들은 몹시도 기뻐하며 진짜 셀레네들 무리를 로마인들의 손에 던져주겠지!

어떻게 된 일인지 가능한 한 빨리 밝혀내야 한다. 그리고 짐작한 대로 가짜라면 그 아이를 없애야 한다. 옥타비아는 니콜라우스와 에티오피아 사람이 그 여자아이를 만나보게 했다. 하지만 직접 대면하지는 않게 했다. 그들이 사실을 명확히 밝힐 만큼 충분히 확신하지 못할 경우에 대비해서 말이다…… 가정교사와 그의 학생은 커튼으로 분리된 방 두 개에 각각 혼자 있을 것이다. 아이를 돌보는 여자는 "여기서 기다려라, 셀레네"라고 말한 뒤 자리를 뜰 테고, 니콜라우스는 즉시 그 '포로 소녀'를 알아본 척하며 커튼 너머로 말을 건넬 것이다. 그동안 옥타비아가 니콜라우스 옆에서 그들의 대화를 들을 것이다.

옥타비아는 이런 연출이 제국의 안전을 유지하는 데 필요불가결하다고 생각했고, 매우 흡족해했다. 그녀는 군주의 누나로서 난처한 문제들을 지혜롭게 처리했다. 젊은 시절 메난드로스의 연극을 통해 쌍둥이 자매 이야기, 변장한 연인 이야기, 아기가 바뀐 이야기, 유괴와 상봉 이야기를 익히 접했던 것이다…… 허황된 이야기에 대한 취미는 마르쿠스 안토니우스와 함께 지낸 3년 동안 절정에 달했고(안토니우스 역시 사건의 급전환, 혁혁한 업적, 첫눈에 반하기, 이중의 오해, 연출된 속임수에 일가견이 있었다), 그녀는 집의 아늑한 분위기 속에서 욕구불만을 그럭저럭 떨쳐냈다. 막 내린 연극이 격한 감정에 굶주린 그녀의 상상력에 양분을 제공했다.

니콜라우스는 셀레네가 공부에 재능이 있다는 증거를 얻어내지 못했다. 셀레네는 주름진 커튼 뒤에서 부인으로만 답할 뿐이었다.

"네가 잘 낭송하던 사포의 아름다운 시를 기억하니? '헥토르와 그의 친구들이 바다를 가로질러 눈부시고 유연한 안드로마케를 인도하네……' 이 다음 구절이 뭐지? 나를 좀 도와주렴!"

"기억나지 않아요."

"아니다, 기억날 거야. 금팔찌에 대한 거잖아. 난 도무지 기억나지 않는구나. 그 구절을 내게 좀 알려다오."

"모르겠어요."

디오텔레스가 니콜라우스를 도우러 달려왔지만 의심만 불러일으켰다. 셀레네가 말했다.

"디오텔레스라고? 넌 거짓말하는 거야! 디오텔레스는 죽었어……."

그 소인족은 자신이 유령이 아님을 셀레네에게 납득시켜야 했다.

"맙소사, 알렉산드리아가 포위 공격을 당하는 동안 내 석관이 사라졌어요. 하지만 나는 아직 살아 있어요. 그건 내가 데모폰, 루르키온, 사자 프로토마코스의 후손인 것과 마찬가지로 틀림없는 사실이랍니다!"

자줏빛 커튼 뒤로 긴 침묵이 흘렀다. 그들은 보지 못했지만 셀레네의 한쪽 뺨에 눈물이 흘렀다. 기쁨의 눈물이었다. 알렉산드리아에서 헤어진 사람들이 모두 살아 있다면 얼마나 좋을까? 카이사리온…… 그럼에도 불구하고 셀레네는 경계를 늦추지 않았다. 디오텔레스가 옥타비아의 의심을 없애주고 싶은 마음에 공주에게 수없이 풀게 했던 문법 연습문제에 대해 말했을 때("우리가 하던 '예제' 놀이 기억나니? '철학자 피타고라스는 제자들에게 고기를 삼가라고 말했다'…… 너는 이것 말고 다른 예제들을 잘 찾아냈잖아."), 셀레네는 대답하지 않았다.

옛 학생 셀레네가 계략에 걸려들 때마다, 디오텔레스는 그녀에게 가르쳤던 수많은 예제들을 지루하게 늘어놓아야 했다("철학자 피타고라스의 의견을 참고하면……" "사람들이 철학자 피타고라스에 관해 하는 말에 따르면……" 등). 하지만 아이는 '철학자 피타고라스 두 명이 조언하기를……' 같은 예스러운 예제를 언급할 때만 반응을 보였다. 지친 한숨 소리가 들리고, 중얼거리는 소리가 이어졌다.

"바보 같은 연습문제네. 정말 피타고라스가 두 명 있는지도 모르면서!"

디오텔레스가 옥타비아를 향해 고개를 들었다. 이 여자아이가 정말로 아둔한 아이인가? 하지만 옥타비아는 계속 의심이 가는지 뾰로통한 표정을 하고 있었다. 소인족이 궁전의 교육자가 될 수 있다는 이야기를 들어본 적이 없는 만큼, 옥타비아는 의심이 말끔히 풀리지 않았다…… 만약 그것이 사실이라면 알렉산드리아 궁정은 얼마나 이상한 곳인가! 그곳 사람들은 낙타를 신관으로 여기고 코끼리를 대신으로 여기는 것인가?

결국 디오텔레스는 마지막 무기(셀레네가 좋아했던 유행에 뒤떨어진 문학)를 꺼냈다. 아, 아폴로니오스 로디오스*여, 메데이아**의 마음속에 사랑을 일깨워주오! 하지만 그 문장들은 우물 바닥으로 하염없이 떨어지는 것 같았다. 마침내 디오텔레스 역시 소녀의 신분 혹은 정신건강을 의심하기에 이르렀다. 그는 절망적인 악센트로, 미적 감동에 사로잡힌 늙은이 특유의 떨리는 목소리로 에우리피데스의 작품을 인용하며 질문을 끝마쳤다. 그가 셀레네에게 가르친 트로이 여인 헤카베의 한탄인 "불행에 불행이 꼬리를 무는구나……"를.

그때 갑자기 커튼 건너편에서 셀레네의 떨리는 목소리가 들려왔다. 그 소리는 조금씩 커져서 울음이, 흐느낌이 되었다.

"늙은 하녀야, 항아리를 바닷물에 담가라. 죽은 내 아이를 마지막으로 목욕시키도록 그 항아리를 이리로 가져오너라…… 오, 영화로운 내 집이여, 한때는 행복했던 거처여! 프리암아, 너에게는 너무나 예쁜 아이들이 있었지. 하지만 이제 너는 노예 신세구나. 저들이 우리를 얼마나 비천한 처지에 몰아넣었는가?"

평소 야망 때문에 자신이 느끼는 감정을 여간해선 드러내지 않던 니콜라우스조차 희미한 불안감에 사로잡힌 듯했다. 커튼 너머에서 소녀가 괴로워하고 있었다. 소녀가 피 흘리고 있었다. 옥타비아의 눈도 젖어들었다…… 다시금 침묵이 내려앉았고, 다음 순간 단단하지만 수줍은 목소리가 숨을 몰아쉬며 물었다.

"나와 함께 있을 거야, 디오텔레스?"

---

* Apollonios Rhodios, BC 295?~BC 215?, 고대 그리스의 서사시인. 이집트 알렉산드리아에서 도서관장을 지냈고 로도스로 은퇴하였다. '로디오스(Rhodios)'는 '로도스의'라는 뜻이다. 대영웅서사시 《아르고나우티카》(4권)로 유명하다.
** 콜키스의 공주. 그리스 신화 속 최고의 악녀로 알려져 있다. 이아손을 연모하여 그가 부왕(父王)으로부터 받은 난제(難題)를 수행하는 데 도움을 주었으나, 이아손이 코린토스의 공주 글라우케와 결혼하려 하자 글라우케를 죽이고 자신과 이아손 사이에서 태어난 두 아이도 살해했다.

당황한 옥타비아는 허락의 표시로 디오텔레스에게 고개를 끄덕이고
는 그 자리를 떠났다.

다음 날 날이 밝자마자, 옥타비아는 셀레네를 불러 이렇게 말했다.

"니콜라우스에게 다 들었다. 그러니 이제 그런 바보 같은 짓은 하지
마! 네 소인족은 여기서 지내게 하마. 하지만 네 교육자로 있는 건 아니
야. 네 나이에 그렇게 하면 우스워 보일 테니 말이다. 그저 호기심 차원
에서 있게 할 거야. 에티오피아 난쟁이는 무척 진귀하니까. 사람들은 네
가 '타조 조련사'를 데리고 다니는 걸 자랑스러워한다고 생각할 거다.
장담하는데 내 올케가 그 난쟁이를 빼앗아가려고 온갖 수단을 동원할
수도 있어! 그리고 셀레네, 미리 경고하는데, 앞으로 선생들이 네 공부
에 대해 조금이라도 불평을 하면, 그 늙은 소인족을 유대로 쫓아버리겠
다. 쇠힘줄로 된 채찍으로 갈비뼈를 후려친 뒤에 말이야!"

말을 마친 옥타비아는 새벽빛 속으로 급히 내려가 '아침의 어머니'
신전으로 향했다. 로마의 부인들이 구운 과자를 바치고 아이들을 축복
해달라고 기도하기 위해.

사라진 기억

'아침의 어머니'. 마테르 마투타Mater Matuta. 이 여신은 왜 구운 과자를 요구했을까? 오늘날 그것을 아는 사람은 아무도 없다. 클레오파트라의 패배한 왕국에처럼, 승리한 로마 제국에도 이중의 어둠이 내려앉았다. 처음에는 폐허와 매장이, 그후 말들과 사실들을 발굴할 때는 진정한 의미의 어둠이.

감정들이 고대 세계로부터 해독되어 우리에게 도달하고, 유물들이 외국어로 전달된다. 성신강림 축일*의 사도들처럼, 우리는 로마의 여인들이 자기들의 비밀을 우리에게 넘겨주도록 '여러 언어로 이야기해'야 하고, 모호한 것들을 번역해야 하고, 현재와 과거라는 두 가지 언어를 말해야 한다. 옥타비아, 안토니우스, 아우구스투스, 유바, 셀레네. 나는 이 죽은 자들이 나에게 준 것을 산 자들에게 돌려주고 싶다.

죽은 사람과의 만남이 삶을 바꿀 수 있음을 잘 알기 때문이다...... 사실 나는 이 시대를 사는 사람이라 하기 힘든 사람이다. 현대세계는 나에게 상처를 준다. 현대세계는 지나치게 새롭고, 지나치게 까다롭고, 지나치게 우툴두툴하다......

---

* 부활절로부터 일곱 번째 일요일.

나는 과거로부터 오는 소식들을 기다린다. 헤르쿨라네움*의 검게 탄 두루마리들이 판독되기를, 초기 크레타 섬 사람들의 글이 해독되기를, 진시황의 병사들을 진흙 구덩이에서 끌어내기를 열망한다. 또한 나는 "알렉산드리아에서 주차장 공사를 위해 땅을 파던 인부들이 클레오파트라와 마르쿠스 안토니우스의 무덤을 발견했다……" 같은, 저 먼 과거에서 오는 특종을 희망한다.

기억을 운반하는 자인 나는 죽은 별들로 주변을 밝힌다. 유령들의 이야기에 귀 기울인다. 파피루스에 적힌 중얼거림, 오래된 종이들이 내는 부스럭거림…… 나는 과거로부터 오는 소식들을 기다린다.

---

* 현재의 이탈리아 캄파니아 주(州) 에르콜라노에 위치한 고대 로마의 도시. 폼페이, 스타비아에, 오플론티스와 함께 서기 79년 베수비오 화산 폭발로 없어졌다.

그 시절 로마인들은 역사상 최초의 세계화를 경험하고 있었다. 물론 이미 알려진 땅, 즉 외쿠메네에 한정된 세계화였다. 그렇다 해도 그들의 패권은 다양한 민족들에, 유럽, 아프리카, 아시아라는 다양한 문화권에 미쳤다. 셀레네는 그들의 헤게모니가 정착되는 것을 보았고, 그것은 4세기 동안 지속되었다. 누가 이보다 더 잘 말할 수 있겠는가?

정확히 기원전 27년, 옥타비아누스는 시라쿠사의 탑 안에, 자기 '작업실'에 틀어박혀 확장되어가는 제국의 지역 관할권 문제를 해결하려고 애썼다. 그것은 큰 골칫거리였다! 그렇기는 하지만, '세계화'된 세상의 수도에서 그는 의심하지 않았고 의심해본 적도 없었다. 중심에서 벗어난다 해도 로마는 로마일 것이다. 단호히 로마다운 로마일 것이다. 만인을 위한 유일한 카피톨리노 언덕 말이다. 사람들이 더 이상 그리스의 세련됨이나 민주적인 도시들, 왕국들의 연맹, 혹은 파라오 시대의 화려함에 대해 말하지 않기를! 안토니우스가 추구했던 모든 것은 이제 신용을 잃었으니까. 옥타비아누스는 '세계의 시민'이 되기를 원치 않았다. 그는 '로마인'이었다. 로마가 통치할 것이다. 하지만 어떻게 통치해야 하는가?

젊은 우두머리는 변함없는 친구인 마에케나스와 아그리파에게서 이 문제에 대한 조언을 얻었다고 사람들은 말한다. 특히 새로운 체제의 군인인 아그리파는 잠깐 사이에 실력자가 되었다. 마에케나스는 재정 전문가였다. 그리고 경우에 따라 경찰의 1인자 역할도 했다. 그는 사치를 즐기는 나태한 사람이었지만, 다른 사람들의 비밀을 파헤치고, 술책을 부추기고, 뛰어난 지력을 가진 사람들을 매수하고, 상황의 흐름을 바꾸는 것을 무척 좋아했다.

무나티우스 플란쿠스가 최근에 한 제안들 뒤에는 그가 있었다. 플란쿠스라는 인물은 처음에는 마르쿠스 안토니우스의 측근이었고, 6년 전 안토니우스의 유언장이 존재한다는 사실과 그 내용을 옥타비아누스에게 폭로했다. 감히 살아 있는 사람의 유언장을 공개한 것이다! 로마인들 중 극렬 옥타비아누스 파에 속하는 사람들조차 무나티우스 플란쿠스를 배신자의 원형으로 보았고, 그가 뻔뻔스럽게 전차 경기장이나 극장에 나타날 때마다 야유를 보냈다. 플란쿠스와 항상 붙어 다니는 조카, 또 다른 변절자이자 폼페이우스의 아들을 살해한 티티우스에게도 똑같은 반응을 보였다. 민중은 그에게도 큰 소리로 야유를 보냈다. 그렇다. 하지만 로마인들은 안토니우스의 패배를 아쉬워하지 않았다. 못된 이집트 여자가 그를 현혹했던 것이다. 기록말살형. 하지만 친구를 팔아먹은 대가로 호의호식하는 두 사람에게는 혐오감을 드러냈다.

마에케나스도 다른 사람들과 마찬가지로 두 사람을 경멸했고 그들에게 이런저런 더러운 일들을 시켰다. 이미 평판이 땅에 떨어졌으니, 그들은 아무것도 두려워할 필요가 없었다. 마침내 마에케나스는 마지막으로 그들을 이용했다. 원로원 의원들에게 새로운 법안을 제안하라고 플란쿠스를 부추긴 것이다. '원로원의 1인자' 옥타비아누스에게 로물루스라는 칭호를 부여하자는 법안이었다.

"로마 창시자의 이름을요? 우리의…… 초대 왕처럼 말입니까?(플란쿠스는 아침에는 이골이 난 인물이었고, 이를 클레오파트라에게 수차례 증명한 바 있었다. 그러나 마에케나스의 말을 듣고는 깜짝 놀란 표정이었다.)

"자네 왜 그러나?"

마에케나스가 으르렁거렸다.

"왜 그렇게 충격을 받았나? 그게 왕의 이름이어서? 자네가 충성스러운 공화주의자라고 주장하지는 말게나! 어쨌든 충성스럽지는 않았지. 아니지, 자네는 그렇지 않아."

마에케나스는 왕정주의자였다. 고대 역사가들에 따르면 그는 옥타비아누스와 독대할 때 체제를 왕정으로 바꾸라고 조언했다. 형식 따위가 대수인가. 그는 끈질기게 설득했다. 우선 형식적인 선거들을 없애야 한다(대신 시민들의 마음을 살 수 있는 다른 방법을 찾아내면 된다). 잔류 당원들로 구성된 원로원도 없애야 한다(계속 정화해봐야 소용없다. 원로원은 변함없이 음모자들의 온상으로 남을 것이다. 당신은 원로원에 갈 때마다 토가 밑에 쇠사슬 갑옷을 입어야 하지 않는가……). 가장 좋은 해결책은 로물루스의 호시절 같은, 거기에 현대적 지혜를 통해 빛을 밝히는 세습 왕정이다.

"왜 망설이십니까? 앞날이 상상되지 않으십니까? 저는 상상이 됩니다. 옛 체제로 돌아가야 합니다. 옛 체제에서는 신중을 기하기 위해 매년 지도자들을 바꾸지 않았습니까? 지방 행정가들도 제비뽑기로 정하지 않았습니까? 공화제는 작은 도시를 관리하기에는 좋습니다. 하지만 이제는 전 세계를 통치해야 합니다. 그러려면 신속하고 힘 있게 의사 결정을 할 필요가 있어요. 파벌들의 술책과 급진파의 농간을 해결해야 합니다. 지금 로마에는 목표를 향해 똑바로 뻗어가는 단일한 의지가 요구됩니다. 운명의 여신이 이 사명을 위해 당신을 선택했으니 배신하지 마세요. 그리고 국가에 우두머리는 오직 한 명뿐이니 왕관을 마다하지 마세요."

옥타비아누스는 아무 말도 하지 않았다. 망설임을 순식간에 떨쳐내기에는 성격이 너무 섬세했다. 그는 자신이 침착하기를, 신중하기를, 다른 사람들이 자신의 의중을 쉽게 간파하지 못하기를 바랐다. 기질적으로 그렇게 타고나지는 않았지만 의식적으로 그렇게 행동했다. 어릴 때는 참을성이 부족하고 화를 잘 냈다. 그래서 누나 옥타비아가 그의 감정을 다스려주려고 애썼다. '질문에 대답하거나 욕설에 대꾸하기 전에 알파벳의 절반을 속으로 읊조릴 것'이라는 스토아학파 가정교사의 충고를 따르라고 종용하면서. 성인이 되고 우두머리가 된 지금, 사람들이 의중을 알 수 없고 판단이 느리다고 비난하면 그는 이렇게 응수했다.

"나는 충분히 잘했고 충분히 빨랐소."

'천천히 서둘러라festina lente.' 이것이 그의 신조였다.

아그리파는 정치체제 문제에서 마에케나스와 의견을 함께하지 않는 만큼 서두르는 경향이 덜했다. 훗날 역사가들은 그를 공화주의자로 소개할 것이다.

"제가 왕정에 반대해도 놀라지 마십시오, 카이사르."

사각턱과 권투 선수의 코를 가진 그 '새로운 남자'는 이렇게 말했을 것이다.

"저는 제 이득보다는 국가의 이득을 고려하고 싶습니다. 한 사람이 국가를 소유하게 되면 독재가 불가피합니다. 과도한 권력은 조만간 폭력을 불러올 것입니다." 등등.

훌륭한 연설이다…… 아그리파는 이 생각을 끝까지 고집했을까? 그는 평민이었다. 평민이 공화국으로부터 무엇을 기대했을까? 로마 공화국에서는 민주주의가 전혀 시행되지 않았다. 위세 높은 몇몇 세습귀족들이 권력을 놓고 서로 다투었다. 이런 상황은 후일 베네치아 공화국에 영향을 미친다. 베네치아 공화국에서는 구두 수선공이 총독이 될 가능성은 거의 없었다.

평민이었던 아그리파는 그런 이유로 공화국을 지지했을까? 마에케나스는 기사 계급에 속했고, 큰 부를 일구고 에트루리아 왕들을 때려눕히려 했음에도 불구하고 귀족 계급에 속하지 못했다. 마에케나스는 그래서 왕정을 지지했을까? 이 대립은 매우 불확실하다. 군주의 두 친구 마에케나스와 아그리파는 똑같이 옥타비아누스 파, 일찍부터 옥타비아누스 파, 무조건적인 옥타비아누스 파였다. 새로운 로마에서 그 사실은 정치적 강령에 버금가는 가치가 있었다.

플란쿠스가 법안을 제안하자 원로원 의원들은 반발했다. 이때부터 군주를 로물루스라고 부르는 것은 조금 야비한 일로 평가받게 되었다…… '배신자' 플란쿠스는 새로운 안을 발의해야 했다(마에케나스가 그로 하여금 성배를 남김없이 마시게 한 것이다). 이제 플란쿠스는 '우두머리'에게 아우구스투스('축성된 자', '사랑받는 자', '숭배받는 자'라는 뜻)라는 칭호를 수여하는 임무를 맡았다. 새로운 칭호이자 새로운 단어였다. 역사적 의미는 내포되지 않았다. 하지만 종교적 색채가 있었다. 원로원은 또다시 망설이는 태도를 보이지 못했다. 결국 이 법안은 열광 없이 받아들여졌다. 이렇게 하여 옥타비아누스는 서른네 살의 나이에 '아우구스투스'가 되었다.

아우구스투스는 더는 이름을 바꾸고 싶지 않았다. 열다섯 살부터 너무나 많은 이름을 가진 나머지 현기증이 날 지경이었기 때문이다. 옥타비아누스(옥타비아누스 가문), 옥타비아누스 카이사르(율리우스 가문),

카이사르 최고사령관(군단에서), 군주(원로원에서), 그리고 아우구스투스. 로마의 아우구스투스, 소박하고 훌륭한 취향의 이름. 그를 가이우스라는 어린 시절의 이름으로 부르는 사람은 누나 옥타비아뿐이었다. 청소년기부터 그를 알았던 아그리파나 마에케나스도 그 이름을 잊었는지 카이사르라고 불렀다. 카이사르의 아내인 리비아의 예를 따라.

이때부터 리비아의 집 대문은 늘 월계관으로 장식되었다. 원로원이 그녀의 남편 아우구스투스에게 준 선물 꾸러미에 포함된 특권이었다. 그 특권들은 다음과 같았다. 로마 군대가 주둔해 있는 외국 영토의 절반을 10년간 양도함, 이집트를 독점적으로 지배함, 그리고 '황금 방패'. '황금 방패'란 공화주의의 네 가지 미덕, 즉 용맹, 자비, 정의, 신앙심이었다. 아우구스투스는 이 모든 미덕을 겸비했다고 여겨졌다.

그러나 나이 든 로마인들은 내심 이 미덕들 중에서 네 번째 것만 인정했다. 실제로 아우구스투스는 독실했다. 내전을 치르는 동안 방치된 신전들을 재건하려 했고 아폴론 신을 위해서라면 아무것도 아끼지 않았다. 로마 시민들은 아폴론 신과 그의 누이 디아나의 조각상이 장식된 개선문을 통해 아우구스투스의 집과 인접한 새로운 성소 구역으로 들어갔다. 신전의 기둥들은 아프리카에서 수입한 노란 대리석이었고, 문들은 조각된 상아였다. 광장 주변에서는 쉰 개의 조각상이 다나우스 왕의 딸들과 쉰 명의 남편들*을 표현하고 있었다. 지붕 꼭대기에는 태양을 끄는 수레가 금빛으로 반짝이고, 신전 안에는 아홉 명의 뮤즈와 알렉산드리아 세라피스 신전에서 가져온 이집트의 보물들이 전시되어 있었다.

---

* 다나우스 왕에게는 쉰 명의 딸이 있었다. 그는 사위에게 죽임을 당할 거라는 신탁을 받고 딸들을 시집보내면서 첫날밤만 보내고 남편을 죽이라고 명한다. 딸들은 모두 아버지의 명을 따르지만, 맏딸 히페름네스트라는 자신의 처녀성을 존중해준 남편 린케우스를 살려주었다. 린케우스는 장인 다나우스를 죽이고 왕위에 오른 뒤 히페름네스트라를 제외한 마흔아홉 명의 처제를 모두 죽였다. 이들은 지옥에서 구멍 뚫린 항아리에 영원히 물을 채우는 형벌을 받았다고 한다.

아우구스투스와 조카 마르켈루스가 격식을 갖춰 그 보물들을 전시하게
했다.

그랬다. 신앙심에 관한 한 아우구스투스에게는 비난할 만한 점이 전
혀 없었다…… 그러면 다른 미덕들은 어떤가? 그 미덕들에 관련해 원
로원이 수여한 명예는 조소만 불러올 뿐이었다. 모두들 사정을 알고 있
었다. 용맹? 옥타비아누스 아우구스투스는 전투의 위협을 견디지 못했
다! 그는 발칸 원정 중 무릎에 부상 입은 것을 꽤나 자랑스러워했는데,
사실은 전투 중에 입은 것이 아니라, 사고로 다리에서 넘어져서 입은 부
상이었다…… 자비에 대해 말하자면, 그는 열여덟 살 이후 내내 무자비
한 성격을 마구 드러냈다. 심지어 알파벳을 완전히 암송할 수 있게 되자
마자 잔인한 기쁨을 느끼면서, 자신이 죽이는 사람을 모욕하면서, 그들
을 비굴하게 만들면서 닥치는 대로 고문하고 죽였다. 그가 페루자에서,
외외종조 카이사르에게 헌정된 제단 위에서 원로원 의원 300명의 목을
베었던 일을 귀족들은 지금도 어제 일처럼 떠올린다. 죽게 된 죄인 하나
가 무덤이라도 만들어달라고 애원하자, 그는 얼굴에 미소를 띠며 독수
리들이 알아서 해결할 거라고 대답했다. 어느 부자가 은혜를 베풀어달
라고 청하자, 주사위를 뽑아서 누가 죽을지 정하라고 대답했다. 아버지
는 그 마지막 모욕을 거부한 채 아들의 목숨을 구하기 위해 칼 아래로
몸을 던지고, 아들은 정복자의 눈앞에서 자살했다. 그래서 사람들은 대
리석처럼 차가운 얼굴을 한 젊은 남자를 '아우구스투스'라고 부르지 않
고 '형리 아폴론'이라고 불렀다.

이후 아우구스투스는 그런 냉정한 성격을 고쳤을까? 정말로 고치진
않았다. 그는 황금 방패로 장식되자마자 그 미덕들을 저버렸다. 법정에
서 옛 사법관이 토가 밑에 꾸러미 하나를 들고 다가오자 병사들에게 손
짓을 해 그를 제지했다. 그런 다음 꼼짝 않고 있는 그 늙은이에게 달려

들면서 이렇게 외쳤다.

"이 배신자, 나를 죽이려는 속셈이지! 그걸 당장 꺼내. 토가 밑에 감춘 검을 꺼내라고!"

백인대장들이 두들겨 패자, 늙은이는 신음하듯 대답했다.

"나는 무기를 감추지 않았소. 그러니 자비를 베푸시오! 이건 밀랍 서판이오. 당신의 결정들을 기록하기 위해 가져온 3중 서판이란 말이오……."

병사들을 시켜 그의 옷을 벗겼다. 그의 말이 옳았다. 그러나 아우구스투스는 병사들을 시켜 늙은 사법관을 무릎 꿇린 다음, 필기대 위에 굴러다니는 끌 하나를 낚아채 그의 눈을 직접 후벼 팠다. 그런 다음 피 흘리는 늙은이를 데려가 당장 죽이라고 명했다. 너무나 두려웠던 것이다.

아우구스투스의 자비는 그가 느끼는 두려움과 반비례했다. 어린 시절부터 불안감이 심했던 그는 외외종조가 암살된 뒤부터는 공포에 떨며 살았고 그 공포에서 결코 헤어나지 못했다. 사실 두려움이 지금 있는 곳으로 그를 이끌었다. 그가 두려움에 맞서 싸우고, 때로는 두려움을 억눌렀기 때문이다. 그는 두려워했다. 하지만 두려움 위에 올라탔다. 그리고 두려움은 그를 더 높은 곳으로 데려갔다.

"나를 사랑하는 사람들을 내가 얼마나 많이 사랑하는지 누님은 알지요?"

그가 누나 옥타비아에게 말했다.

"알지."

"마르켈루스, 율리아, 리비아, 그리고 누님은 내 뜻을 따라줘야 해요. 특히 누님은 더욱더, 반드시……."

"나도 알아, 가이우스."

"험담꾼들이 나를 다시 '형리 아폴론'이라고 부르기 시작했어요. '형리'라니, 100년간의 내전을 종식시키고 이 나라에 평화를, 정부에 정의를, 도시에 안전을 수립한 나에게!"

격분하면 그는 왼쪽 관자놀이 정맥이 부풀어 올랐다. 그의 나이 여덟 살 때 옥타비아는 매일 밤 그 정맥에 입을 맞추었다…… 그런데 그는 지금 원로원에 대해, 원로원에 돌려주었지만 원로원이 원하지 않은 권력에 대해 이야기하고 있다.

"나는 모든 권한을 그들에게 돌려주고 공화국을 되살렸어요. 그런데도 그들은 10년 동안 나를 추방했다고요! 그런 상황에서 내가 무슨 일을 할 수 있었겠어요? 그것이 독재라고? 형리의 행동이라고?"

대체 언제 본론으로 들어갈 셈인가? 평소 그는 간결함을 좋아한다고 주장했다.

"내 연설은 라코니아의 편지보다 더 짧아요!"

정말로 그랬다. 그는 공식 연설을 할 때 말을 아꼈다. 자신이 연설에 그리 뛰어나지 않다는 사실을 알았기 때문이다. 하지만 사랑하는 누이와 함께 있을 때는…… 옥타비아는 동생의 완곡어법에 익숙했으므로 참고 기다렸다.

마침내 그가 본론으로 들어갔다.

"누님은 예전에 사법관이었던 사람 이야기를 들었을 거예요. 그자는 내 목숨을 빼앗으려 했지요. 하지만 나는 그자를 죽이지 않았어요. 사람들이 거짓말하는 거예요! 나는 그자를 당장 유배 보내라고 명했을 뿐이에요. 그런데 로마를 벗어나자마자 불한당들에게 살해당했어요. 그래요, 플라미니아 가도의 공동묘지에서……."

옥타비아는 어린아이들의 거짓말에 끄떡도 하지 않았고, 어른들의 거짓말은 해롭지 않은 우화만큼이나 존중했다. 거짓말에 대해서는 나름의 원칙을 갖고 있었다. 거짓말하는 아이에게는 몽상과 현실을 구분하게 해줘야 한다. 또한 자신이 다른 사람들을 속일 만큼 영리하지 못하다는 점을 깨우쳐줘야 한다(속임수는 뛰어난 재능을 가진 사람만 할 수 있는 까다로운 기술이니까). 그리고 아이를 성장시키기 위해 벌을 줘야 한다. 하지만 어른이 거짓말을 할 때는 귀 기울여 들어주는 편이, 계속 이야기하도록 내버려두는 편이 좋다. 거짓말보다 진실을 더 잘 드러내주는 것도 없기 때문이다. 어른은 뭔가를 감추기 위해 거짓말을 한다. 그리고 거짓말을 하면서 자신의 결핍, 실수, 부끄러운 욕망을 고통스럽게 의식한다.

능란한 적수는 상대방이 거짓말을 통해 감추려 하는 약점을 이용해 게임을 할 수도 있다.

게다가 그녀의 남동생은 고질적인 거짓말쟁이가 아니었다! 치밀하게 거짓말을 하지도 못했다. 필요할 경우 거짓말을 하는 몹쓸 거짓말쟁이일 뿐이었다…… 어떻게 그가 늙은 사법관이 두려웠다고, 옛날의 어린 가이우스처럼 화냈던 것이 부끄럽다고 털어놓겠는가. 가여운 옥타비아누스는 자기 식대로 사실을 말한 것이다. 그리고 누이가 자신을 안심시켜주기를, 용서해주기를 기다리는 것이다.

"누트리쿨라, 나를 사랑해줘요."

하지만 옥타비아는 그 설명에 자신이 넘어가지 않았다는 것을 말해줘야만 했다. 옥타비아누스의 친구들은 그를 배려한답시고 사건을 섣부르게 각색해서 세간에 퍼뜨렸고, 그녀는 그것에 대해 남동생에게 경고해야 했다.

"가이우스, 나는 네가 말한 대로 일이 진행되었다고 믿어. 네가 그 남자의 죽음을 원치 않았다고 확신해. 하지만 네 친구 마에케나스가 그 사람이 풀려나자마자 오스티아 먼바다에서 난파당해 죽었다고 소문을 퍼뜨리는 한, 로마 사람들은 계속 의심할 거야. 한 남자가 도시 북쪽에서 불한당의 단검에 찔려 죽는 동시에 남쪽에서 익사한다니, 이상하지 않니? 차라리 아까 네가 말한 대로 인정하는 편이 바람직하지 않을까?"

그리고 동생의 심기를 더 건드리지 않기 위해 즉시 화제를 바꾸었다. 얼마 전 폼페이우스 극장에서 공연된 무도극에 대해 기분 좋게 이야기하고, 그들 가족을 위해 테베레 강가에 지은 거대한 마우솔레움에 대해 경탄하는 어조로 이야기했다. 리비아의 바뀐 머리 모양에 대해, 그녀의 검소한 옷차림에 대해, 언제나 훌륭한 행동거지에 대해 자애롭게 이야기했다. 내친김에 인심을 쓰려고 리비아의 별장에 있는 위풍당당한 암

닭들 이야기까지 했다.

"아, 그런데 프리마 포르타의 영지에 있는 까마귀들 중 하나가 죽은 것 같던데?"

"그래요, 그래서 안타까워하고 있죠……."

"둘 중 어느 놈이 죽었지?"

"누님 생각엔 어느 놈일 것 같아요?"

그가 빙긋이 웃으며 조금 거드름을 피웠다.

"당연히 그 사람 것이죠. 안토니우스요…… 운명의 여신은 여전히 나에게 우호적이에요, 옥타비아 누님."

이 일이 있은 뒤 어느 날, 겨울이 끝나갈 무렵이었다. 젊은이들이 벌거벗고 길거리를 달리는 루페르칼리아 축제* 직후였다. 얼마 전 아우구스투스는 처녀들이 이 외설스러운 달리기에 참여하지 못하게 했고 기분이 좋지 않았다. 목이 아팠던 것이다. 의회에서 하기로 한 마지막 연설을 대리 낭독자에게 맡겨야 했다. 목이 쉬어서 플루트 소리나 어린아이의 웃음소리조차 덮을 수 없을 정도였다. 그가 의회를 떠났다는 소식을 듣자마자, 옥타비아는 아이들이 노는 소리에 남동생이 자극받지 않도록 자신이 데리고 있는 열 명가량의 아이들을 마에케나스의 정원으로 보냈다.

언제 남동생이 나타날지 알 수 없었다. 그가 아내의 집과 누나의 집을 연결하는 통로를 만들어 소리 없이 이 집에서 저 집으로 왔다 갔다 했기 때문이다. 두 집의 높이 차이 때문에 그 긴 통로는 4분의 3이 지하에

---

* 로마에서 해마다 2월 13일부터 15일까지 열렸던 축제. 건강과 다산(多産)을 기원하고 도시를 정화하는 것이 목적이었다.

있었다(리비아의 집은 옥타비아의 집 공작들의 뜰과 대★아트리움보다 더 낮은 위치에, 언덕 측면에 있었다). 아이들은 어둡고 차가운 그 통로를 무서워했다. 그래서 거기에 가지 않으려 했고, 심지어 가까이 다가가는 것조차 꺼렸다.

"난 거기서 뭐가 튀어나올지 늘 궁금해요."

헤로데의 어린 아들 아리스토불로가 익살스럽게 말했다.

"머리가 일곱 개 달린 뱀이 나올지도 모르죠. 그런데 나는 헤라클레스가 아니잖아요! 아니면 골리앗이 나타날지도 모르죠…… 하지만 안타깝게도 나는 다윗이 아닌걸요!"

아니다, 그것은 골리앗도 히드라도 아니었다. 그 어두운 통로에서 기습적으로 튀어나오는 이는 세계를 어깨에 짊어진 아틀라스였다. 하지만 그는 호리호리한 아틀라스, 두려움과 병에 지속적으로 위협받는 아틀라스, 엄청난 임무를 수행하느라 기진맥진한 아틀라스였다. 세상의 주인인 아틀라스. 그는 나팔수도, 앞에서 인도하는 하급 관리도 없이 혼자 도착했다. 무장하지 않고 맨몸으로 옥타비아 집에 와서 호위병 없이 집 안을 돌아다녔다. 그녀는 세상에서 유일하게 그가 두려워하지 않는 존재였다. 그의 누나, '어린 어머니', 그의 피난처였다.

또한 중요한 존재였다. 그가 거리낌 없이 찾아올 수 있는. 그는 방문하겠다고 미리 알리는 법이 없었다. 예고 없이 찾아와 여러 날 동안 머무르기도 했고, 하루에도 몇 번씩 찾아오기도 했다. 그가 나타났다 하면 옥타비아는 하녀, 안마사, 시인들을 물러가게 하고, 아이들을 숨기고, 책을 덮었다. 그리고 남동생의 이야기에 귀 기울였다. 특히 그가 곧바로 이야기를 꺼내지 않고 한쪽 팔을 가슴에 가로질러 대고 손은 토가의 주름에 붙인 채 고집스러운 표정으로 가만히 서 있을 때, 혹은 도착하자마자 어린아이처럼 자신의 건강이나 궂은 날씨에 대해 투덜대면서 아무의자에나 쓰러지듯 주저앉을 때 귀를 기울였다. 그리고 기다렸다. 그가 피로에 전 목소리로 날카롭게 중얼거리며 거짓말을 시작하길 기다렸다. 뻔뻔스럽게 그리고 무의식적으로 자신이 방문한 진짜 이유를 드러내길 기다렸다.

옥타비아는 남동생을 사랑했다. 그래서 남동생이 직무에서 받는 중압감을 잠시라도 덜어줄 수 있기를 바랐고, 피레네 산맥의 토착민 폭도나 홍해 연안의 부족들이 로마 군단에 야기한 걱정거리들을 그와 공유할 수 있기를 바랐다. 하지만 그녀는 점차로 현실을 깨달았다. 나중에 그녀는 셀레네에게 속내를 털어놓는다.

"권력을 가진 남자를 도와 함께 짐을 질 수 있을 거라고 기대하지 마라. 그 남자는 무거운 책임 때문에 신음하지만, 혼자 짐을 지는 걸 더 좋아하니까."

그녀는 자신이 하는 말이 무슨 의미인지 알았다. 그녀는 지난날 마르쿠스 안토니우스의 아내였고, 지금은 아우구스투스의 누이였다.

아우구스투스는 목병이 났다. 자주 있는 일이었다. 옥타비아는 그에게 꿀을 넣은 따뜻한 포도주를 마시게 했다. 그리고 그가 토가를 벗도록 도와주었다. 맙소사, 그는 왜 사적인 시간에도 이토록 불편한 옷을 입으려 하는가? 그렇다, 모범을 보이기 위해서였다.

"로마 사람이라면 토가를 입어야 합니다, 안 그래요? 나는 전통을 존중하기 위해 시민들이 반드시 하얀 토가를 걸치고 전차경기장이나 투기장에 가게 했어요. 그러니 그들의 우두머리로서 더욱더 엄격하게 규칙을 지켜야 합니다. 항상 토가를 입고 있어야 해요!"

그는 자신을 조소하려 했다. 하지만 쇠약한 목소리 때문에 그의 웃음소리는 비장하게 들렸다.

하녀들이 와서 두터운 모직으로 된 갈리아 지방의 짧은 외투로 그의 몸을 감쌌다. 그는 버드나무 안락의자 등받이에 머리를 기댔다.

"기운이 없어요. 몸이 마치 물 먹은 솜 같아요."

"지쳐서 그래, 가이우스. 날씨가 무척 춥기도 하고. 이렇게 추울 땐 그 통로로 오지 말아야지. 지하 통로는 습기가 많고 건강에 해로워…… 자, 이 바구니 속의 대추야자를 좀 먹으렴. 단것을 먹으면 목에 좋아."

그가 사랑하는 짙은 갈색 피부의 위안을 주는 아이들이 커다란 화로에 조용히 불을 붙인 다음, 그가 대추야자로 끈끈해진 손을 그들의 향기로운 긴 머리칼에 닦을 수 있도록 앞에 와서 무릎을 꿇었다.

"아우구스투스께 말린 생선을 가져다 드려라."

옥타비아가 명했다. 그가 누나 집에서 먹는 음식들을 무척 좋아한다는 사실을 그녀는 알고 있었다. 구운 병아리콩, 상추 속대 등 어릴 적 할머니 집에서 먹었던 소박한 음식들 말이다. 그는 연회를 끔찍이도 싫어했고, 누워서 음식을 먹지도 않았다. 깨작거리며 조금씩, 하루 종일 먹었다. 하지만 리비아는 건강에 좋고 기운을 북돋워주는 음식을 남편에게 먹이는 데 충분히 관심을 기울이지 않았다.

옥타비아는 남동생이 자주 아픈 이유는 적게 먹고 잠을 자지 않기 때문이라고 생각했다. 이제 전쟁도 끝났는데, 왜 여전히 악몽에 시달리는 걸까? 주군의 예언가들과 그를 그림자처럼 따라다니는 철학자 아레이오스는 그 끔찍하고 터무니없는 꿈들을 길몽으로 해석하려고 애썼다…… 그는 밤을 무서워했다. 어린아이나 당직 서는 노예처럼 램프 하나 가지고는 만족하지 않았다. 횃불에 불을 붙여 방 안에 들여놓아야 했다. 그뿐이 아니었다. 온갖 나라에서 온 이야기꾼들이 하시라도 와서 이야기를 할 수 있도록 방 밖에 대기했다. 그들이 해주는 신기한 이야기에 긴장이 누그러지면 이따금 새벽녘에 잠이 들기도 했다. 해가 뜰 무렵에야 잠이 들었다.

누이의 생각이 자신의 생각과 일치하지 않을 때, 아우구스투스는 이렇게 중얼거렸다.

"이집트인 이야기꾼이 오면 좋겠군요. 기분전환이 되도록. 누님도 알겠지만 누미디아인도 한 명 시도해봤어요. 칼푸르니우스 피소의 집에 사는 유바라는 아이 말이에요. 하지만 너무 어릴 때 외외종조께서 로마로 데려왔기 때문에 그 아이는 그리스 이야기들만, 내가 수백 번 들은 '소아시아' 이야기들만 알고 있더군요…… 그래서 그 피조물을, 니콜라우스 다마스쿠스가 누님에게 준 추한 소인족을 떠올렸지요. 아마도 그 소인족은 나일 강의 이야기들을 알고 있지 않겠습니까? 하마나 불사조 이야기 말이에요. 그 소인족을 나에게 주세요."

"그러잖아도 그 에티오피아 사람이 네 집에서 생을 마치게 되지 않을까 생각했어. 너보다는 오히려 리비아가 그 사람을 달라고 할 거라 생각했지…… 하지만 그 소인족은 나이가 많아서 매일 밤 네 옆에서 밤을 새우지 못할 거야. 백발이고 이마에 주름이 졌어. 손에도 주름이 자글자글해. 네 기분전환을 위해 그 늙은이를 두세 번 써. 그런 다음 셀레네에게 돌려줘. 그 아이에게 필요한 사람이니까."

그는 접시에 담긴 말린 생선을 거의 다 먹었다. 옥타비아 집에 오면 늘 식욕이 솟았다. 옥타비아누스가 그녀에게 미소 지었다. 매우 아름다운 미소였다. 그 미소에 넘어가서는 안 되었다. 그가 속삭이는 소리로 다시 말했다.

"누님이 보호하고 있는 여자아이는 아직도 어릿광대가 필요하답니까? 들리는 말로는 그 아이가 몸의 건강과 정신의 건강을 모두 회복했다던데요. 나는 그 아이가 바보라고 생각한 적이 한 번도 없어요."

개선식 이후 옥타비아누스는 그 이집트 소녀와 지나가면서 스치기만 했다. 하지만 사모스에서 본 아이의 모습을 완벽하게 기억하고 있었다. 그때 그 아이는 잘 교육받은 듯한 모습이었다. 아무튼 율리아보다 순종적이었다. 매우 예의 발랐고 어떻게 보면 비굴하기까지 했다. 아, 엎드려 절하던 모습은 고약한 괴벽이었단 말인가! 사모스 섬을 떠날 때 아이가 자신의 청원을 들어달라며 아첨하던 모습을 그는 재미있어하며 떠올렸다. 그와 함께 가장 좋은 해군대장의 배에 타게 해달라던 청원 말이다. 당시 그는 조금 놀랐다(그는 옥타비아에게 말했다. "어쨌든 나는 그 아이의 부모와 형제들을 죽였어요. 그러니 나에게 화가 났을 수도 있지요."). 그때 그는 아이의 청원을 들어주었다. 그가 결론지었다.

"아무튼 나는 그 아이의 술책에 넘어가줬어요……."

그리고 빙긋이 웃었다.

그는 짐짓 빈정거리는 척했다. 하지만 옥타비아는 동생이 다시 이집트 생각을 한다는 것을 느낄 수 있었다. 그는 나일 강 이야기, 악어 이야기, 심지어 프톨레마이오스 왕조 사람들 이야기를 듣고 싶어 했다. 이유가 뭘까? 아랍 사람들과의 국경 문제 때문일까? 아니면 정복한 그 나라를 관리하기 위해 3년 전 총독으로 임명한 갈루스 때문일까?

코르넬리우스 갈루스…… 안토니우스의 옛 친구. 두 남자는 젊은 시절 무희 큐테리스를 애인으로 공유했다. 정확히 말하면 안토니우스가 큐테리스를 버렸을 때 갈루스가 그녀를 '받아주'었다. 젊은 갈루스는 그녀에게 네 권의 시집을 헌정했다(결국 그녀는 그를 떠나 라인 강 유역에 있는 한 장교에게 갔지만). 그는 시인이고 베르길리우스의 친구였던 것이다. 그는 요즘 옥타비아가 후원하고 있는 젊은 프로페르티우스*의 '스

---

* Sextus Propertius, BC 50~BC 15, 로마 제정 초기의 시인. 비가(悲歌) 외에 칼리마코스의 영향을 받은 옛 신화를 제재로 한 아름다운 시를 남겼다.

승'이었고, 향후 수세기에 걸쳐 존경받을 위대한 서정시인이었다. 새로운 오르페우스이자 전략가이기도 했다. 악티움 전투 다음 날 그 사람이 자신의 군단을 집결시키지 않았다면, 안토니우스의 함대가 들어오지 못하도록 키레나이카 항구들을 봉쇄하고 알렉산드리아를 압박하지 않았다면, 옥타비아누스는 결코 알렉산드리아를 정복하지 못했을 것이다. 뿐만 아니라, 알렉산드리아 함락 후 그 사람이 클레오파트라가 있는 마우솔레움 2층으로 진입할 속임수를 생각해내지 못했다면, 결코 클레오파트라를 생포하지 못했을 것이다.

옥타비아는 남동생이 지금은 이집트 총독으로 있는 그 사람 때문에 근심하고 있음을 확신했다. 하지만 남동생이 "침묵은 위험 없는 보상을 가져다주지요"(이것은 여전히 그의 대원칙 중 하나였다!)라고 말하지 않을 거라는 것도 알고 있었다. 새로운 정책을 세우느라 애간장을 태우고 있었지만, 그는 셀레네에게, 셀레네의 소인족에게, 셀레네의 친구들에게 관심이 있는 척했다. 그가 목소리를 높여 말했다.

"그 이집트 여자아이가 누님의 딸 프리마와 사이좋게 지낸다는 사실을 누님 집 '일지'에서 읽었어요."

"그래, 둘이 동갑이잖니."

"그리고 결국 자매간이죠…… 그 여자아이가 티베리우스와 함께 자주 시간을 보낸다는 것도 알고 있어요. 두 아이가 서로 무슨 이야기를 하는 거죠?"

"그건 나보다 네가 더 잘 알 텐데…… 네 서기들이 적어서 너에게 보고하지 않았니? 사실 두 아이는 별로 이야기를 하지 않아. 내 생각엔 그냥 함께 있는 걸 좋아하는 것 같아."

티베리우스와 셀레네. 옥타비아는 그 두 아이가 벤치나 연석에 함께 앉아 있는 모습을 자주 보았다. 아이들은 같은 것을, 제비들의 비상이나 보라색 얼룩이 있는 무화과나무, 궁륭 같은 하늘에 매달린 별들을 바라보았다.

아이들이 무슨 이야기를 나누는지 옥타비아가 알게 된 적이 딱 한 번 있다. 안토니아를 통해서였다. 안토니아는 교육자들과 함께 다 같이 재판을 방청하러 율리우스 대교회당으로 걸어갈 때 두 아이가 나누는 대화를 들었다고 했다.

안토니아에 따르면, 셀레네는 돌봐주는 여자들이 뒤에서 천천히 따라오는 틈을 이용해, 티베리우스에게 로마에서는 사형수들을 어떤 방법으로 죽이느냐고 물었다.

"소크라테스에게 한 것처럼 독약을 마시게 해?"

"아니야."

티베리우스가 대답했다.

"여기서는 독살도, 투석형도, 말뚝형도 시행하지 않아."

하지만 티베리우스는 어린 이집트 여자아이가 더욱 흥미를 보이며 변호인의 변론을 듣고 쟁점들을 파악하려 할까 봐 걱정이 되어, 로마에서 시행되는 처형 방법들을 상세히 설명하기 시작했다. 참수형(그가 말했다. "이건 군대에서 많이 쓰는 방법이야. 시간 끌어봐야 소용없지."), 열매를 못 맺는 나무에 매다는 것("여기엔 이점이 있지. 사설 형리를 불러 집에서 시행하거든."), 큰길에서 노예나 강도들에게 행하는 여러 가지 십자가형, 재판 뒤 사람들 앞에서 트럼펫 소리와 함께 도끼로 행하는 참수형, 줄을 사용해 여자와 어린아이들에게 행하는 교수형, 주로 가장인 아버지가 가정에서 행하는 태형, 베스타 여신을 섬기는 무녀가 부정不貞을 저질렀을 때 행하는 종신금고형, 존속살해범이나 반역자에게 행하는 프라이키피타티오(praecipitatio, 살아 있는 수탉, 살모사, 개와 함께 가죽 부대에 넣어 꿰맨 다음 다리나 타르페이아 바위 위에서 던지는 것), 간통을 저지른 여자들에게 행하는, 물과 음식을 일체 주지 않는 느리지만 온화한 형벌 이나니티오inanitio, 방화범에게 행하는 화형("로마에는 나무로 지은 집이 많기 때문에 방화범이 꽤 많아!"), 마지막으로 노예에게 행하는 십자가형과 휴밀리오레(humiliore, 하류층)에게 행하는 참수형을 점차로 대체하고 있는, 짐승을 통해 죽이는 형벌("우리끼리 얘기지만, 사자나 곰이 죄수를 잡아먹는 광경은 재미있다기보다는 신기해⋯⋯ 예술 감각이 있는 사람이라면 곧바로 혐오감을 느끼지. 그래서 대개 관중이 점심을 먹으러 가고 뚱뚱한 농부들만 투기장 계단식 좌석에 남아 있는 정오경에 한꺼번에 몰아서 처형해. 그 농부들은 맹수들의 식사와 산 채로 고기가 된 죄수들의 울부짖음을 즐거워하거든⋯⋯")까지.

"정말 끔찍해요, 어머니."

안토니아가 말했다.

"티베리우스와 셀레네는 끔찍한 이야기를 아무렇지도 않게 해요! 제가 악몽을 꿀 정도라니까요!"

죄인에게 행하는 형벌에 끔찍한 요소는 전혀 없었다. 옥타비아는 막내딸 안토니아에게 설명했다. 훌륭한 시민은 떨지 않고, 심지어 즐기면서, 질서가 바로잡히는 모습을 보아야 한다고.

"그리고 너는 고작 피 한 방울에 얼굴을 돌리는 겁쟁이가 아니잖니! 네 조상들을 떠올려봐, 안토니아."

옥타비아는 자기 집 아이들을 투기장에 보내 검투사들의 멋진 볼거리를 구경하게 하지 않은 것을, 용기를 키우는 그 학교에 보내지 않은 것을 자책했다.

"검투사는 능력이 부족할지라도 절대 울지 않고 의연히 죽음을 맞이

한단다. 얼굴 표정 하나 바꾸지 않아.”

옥타비아가 딸의 부드러운 금발 머리칼을 어루만지며 설명했다.

“눈을 부릅뜬 채 나약한 모습을 보이지 않고 굳건한 자세로 목을 내밀지. 너도 알게 될 거야, 안토니아. 그들 모습을 보고 경탄하고 교훈을 얻을 거야.”

그렇게 죽음의 고통을 호의적으로 이야기하면서 마음의 여유를 찾았던 것이다. 티베리우스와 셀레네는 유쾌한 아이들이 아니었다. 비록 지금 셀레네가 공부에 적응한 만큼 놀이에 적응했고, 티베리우스가 검술에 적응한 만큼 독설을 구사하는 데 적응했다 할지라도. 옥타비아는 그런 연막작전에 속지 않았다. 소년은 꾸며낸 감정 뒤에 숨은 슬픈 달 같았고, 소녀는 꺾인 날개 같았다.

“내 의붓아들이 말을 걸어주다니, 누님이 데리고 있는 이집트 소녀는 운이 좋군요.”

아우구스투스가 기침 발작을 일으키며 말했다.

“내가 뭔가 질문을 할 때 그리고 그 질문에 자기가 대답할 때, 내 의붓아들은 코끼리에게 동전을 내밀 때만큼이나 거북해해요! 녀석의 뻣뻣한 태도를 보면 짜증이 납니다. 클라우디우스 가문의 그 오만함, 참기 힘든 교만함이라니!”

그의 관자놀이에 다시 정맥이 불거졌다.

“짜증스러워하지 마, 가이우스. 티베리우스는 나름대로 최선을 다하고 있어. 우리 마르켈루스처럼 사랑스러운 성격이 아니어서 그런 것뿐이야…… 그 아이가 네 앞에서 어떻게 행동하는지 나는 잘 모르지만, 주변 사람들은 모두 그 아이를 좋아해!”

“그 아이가 잘생겼기 때문이겠죠. 잘생긴 외모가 정치적으로 도움이 될 거예요. 민중은 얼굴만 보고 판단하니까…… 나머지 부분은 내가 가르쳐야지요. 이미 그런 생각을 하고 있어요."

그는 더 이상 말하지 않고 몸을 일으켰다. 노예 두 명이 달려와 그가 외투를 벗고 다시 토가를 입도록 시중들었다. 그가 토가의 주름을 잘 맞추는 데 집착하는 경향이 있는 만큼 까다롭고 섬세한 작업이었다. 그가 설명했다.

"무신경한 옷차림으로 리비아 앞에 나서고 싶지 않아요. 누님도 알지만, 그녀 역시 클라우디우스 집안 여자니까요!"

그러고는 누이 옥타비아와 함께 웃었다.

이집트 총독 코르넬리우스 갈루스가 총애를 잃었다는 사실을 알았을 때 옥타비아는 그리 놀라지 않았다. 남동생이 기침을 하면서 그녀 집에 오는 것을 보고 그런 소식을 알리려는 것이 아닐까 짐작했다.

　그녀가 놀란 것은 실각의 범위가 폭넓었기 때문이었다. 군주는 갈루스에 대한 '우정'을 철회하겠다고 공개 선언했다. 이 선언은 로마 정치에서 큰 의미가 있었다. 아우구스투스는 갈루스에 대한 신임뿐만 아니라, 모든 형태의 법적 보호까지 거두었다. 이제는 누구든 그의 우정을 잃은 갈루스를 살해할 수 있게 된 것이다…… 그런 사정을 잘 알고 있었으므로 갈루스는 더 이상 기대하지 않고 알렉산드리아의 파란 궁전에서 자살했다.

　어제의 친구가 또 한 명 사라졌군. 옥타비아는 생각했다. 그 사람에 대해 더 이상 언급해서는 안 되었다. 왜냐하면 아우구스투스가 자살한 갈루스에 대한 기록말살형을 가결시키도록 원로원에 압력을 가했기 때문이다.

　"내가 우정을 잃은 친구에 대한 분노조차 표출할 수 없단 말이오?"

원로원 의원들은 군주의 소관인 이집트 통치에 대해 세세히 알지 못했다. 그래서 이집트 총독이 실총한 이유가 무엇인지도 알지 못했다(마에케나스는 '배은망덕죄'라고, 그가 '야심이 지나쳤다'고 모호하게 말했다). 그러나 어쨌든 압도적인 찬성표로 기록말살형을 가결했다.

옥타비아와 친한 옛 집정관 아시니우스 폴리온은 반대표를 던진 몇 안 되는 사람들 중 하나였다. 신중한 그는 갈루스가 이집트 총독으로서 그런 벌을 받아 마땅한지에 이의를 제기하지는 않았지만, 갈루스는 그런 식으로 제거되기에는 시인으로서 너무나 위대한 사람이라고 주장했다. 도서관에 있는 그의 책들을 불태우고 출판업자들의 필사를 금지해서는 안 된다는 것이다. 갈루스가 이집트에서 쓴 시들은 베르길리우스의 시만큼이나 군주의 영광을 드러내는 것들이었다. 마침 베르길리우스는 밀라노에서 갈루스와 동창생이었고, 폴리온은 베르길리우스와 함께 갈루스가 쓴 시들을 건져내려고 서두르고 있었다.

하지만 결정적인 순간에 베르길리우스가 발을 뺐다. 두려움 때문이었다(그는 마에케나스로부터 후한 행하行下를 받았다). 혹은 질투심 때문이었다('기억이 금지된' 동료는 후세 사람들에게 경쟁에서 진 사람으로 영원히 기억될 것이다). 더 나쁜 것은 이것이다. 그는 12년 전 '안토니우스의 친구'였던 갈루스에게 전원시 두 편을 헌정했다. 그리고 악티움 전투 후 농경시를 쓰면서 이제는 '옥타비아누스의 친구'가 된 갈루스를 원용援用하는 실수를 범했다. 베르길리우스는 서둘러 사본을 수정했다. 그 페스트 환자에 대한 언급을 시에서 모조리 삭제했다. 예술적인 면에서는 안타까운 점이 조금 있었다. 갈루스에 대한 찬사로 결론을 맺은 시들이 균형을 상실한 것이다…… 마에케나스는 베르길리우스를 안심시켰다.

"모든 점을 고려할 때 그래도 그 사람이 실총해서 다행이네. 자네는 시의 둘째 구절에서 내 이름을 인용하지 않았나, 가련한 친구!"

전장에서 홀로 고립된 폴리온은 결국 체념했다. 자신이 출자해서 세운 포룸의 공공 도서관에서 갈루스의 책들을 빼내고 자기 집에 소장하고 있던 책들도 거기에 덧붙였다. 속돌로 윤을 낸 부드러운 파피루스와 금박을 입히고 장식 단추를 단 두루마리를 형리의 더러운 손에 건넸다. 그 책들 속에는 무희들 그리고 나일 강의 느린 물결과 사랑에 빠진 시인의 온화하고 불안정한 시구들이 똬리를 틀고 있었다.

보름 뒤 우시장에서 사람들이 커다란 장작더미에 불을 붙였다. 폴리온은 아벤티노 언덕의 자기 집 2층에서 연기가 피어오르는 모습을 바라보았다. 갈루스의 영혼이 로마의 하늘로 날아올라 사라지는 모습을.

셀레네의 눈에 눈물이 흘렀다. 연기 때문이에요, 셀레네가 말했다.

눈이 타는 것 같았고, 무사가 연고를 처방해주었다. 셀레네는 눈물을 흘렀다. 붉은 로마에는 연기가 너무 자욱했다. 로마에서는 하늘이 파랑거나 맑은 경우가 없었다. 알렉산드리아라면 날씨가 매우 온화하고 화창해서 눈썹 위에 재가 묻을 일도, 눈꺼풀 밑에 이렇게 눈물이 맺힐 일도 없었을 것이다. 셀레네는 그렇다고 확신했다.

옥타비아의 집 뜰, 빗물을 받아놓은 커다란 수조 가장자리에 앉아 고개를 뒤로 젖히자, 거무스름해진 타일이 덮인 처마 너머로 잿빛 소용돌이가 보였다. 가벼운 바람이 소용돌이를 에스퀼리노 언덕 쪽으로 밀어대고 있었다. 군주가 매일 죄수의 화형을 명하기 때문만은 아니다. 화장으로 인한 연기도 있다. 그 연기는 묘지들 뒤에서 짙게 피어오른다. 신전과 개인 제단에서 바치는 신성한 희생제물에서 나오는 연기는 적갈색이 돈다. '유기된' 갓난아기들이 죽어가는 쓰레기 더미에서는 가느다란 나선형 연기가 피어오른다. 방화범들이 저지른 화재로 인한 검은 소용돌이도 있다. 건물들에서는 파르스름한 연기가 새어나온다. 100만 개의 화로, 풍로, 화덕, 굴뚝 없는 아궁이들이 집들의 창문 너머로 유독한 연기를 뿜어낸다…… '늑대의 아들들'은 전 세계에 수도관을 설비했지만, 연기를 뿜아내는 관은 만들지 못한 것이다.

바로 이런 이유 때문에 진홍색 초벽이 얼마 되지 않아 갈색으로 변하고, 벽들의 응회암 색이 어두워지고, 잿빛 석회화가 일어난다. 그래서 로마는 붉은 도시인 동시에 검은 도시이기도 한 것이다. 알렉산드리아는 흰색과 파란색이지만…….

셀레네는 전차 경주가 열리는 키르쿠스 막시무스에서만 편안함을 느꼈다. 그곳은 도시 전체에서 가장 넓게 트인 장소, 세상에서 가장 큰 경기장이었다. 관객 2만 명을 수용하는 경기장에서 사람들은 숨을 쉰다. 계단식 좌석 꼭대기 그녀 주변에, 지정 좌석을 가질 가능성이 없는 여자들이 자리를 잡는다. 마침내 숨을 쉬게 된다! 가슴 가득히!

나팔 소리가 들리자, 셀레네는 아픈 눈을 대담하게 떴다. 천천히, 신중하게.

아우구스투스는 가족들 그리고 초대객 몇 명과 함께 닫집 밑 현직 집정관 좌석에 자리 잡았다. 초대객들은 그에게 아첨하느라 여념이 없는 옛 집정관 두세 명과 늙어빠진 원로원 의원 대여섯 명이었다. 새파랗게 젊은 그들의 아내들이 날카로운 웃음을 토해내고, 아름다운 보석들을 자랑했다. 반짝거리는 모습을 보란 듯이 드러내고, 쉴 새 없이 짤그랑짤그랑 소리를 냈다.

'집에서 만든' 튜닉과 목덜미를 긁을 정도로 거친 양모로 짠 토가를 걸친 군주가 늙은 세습 귀족들을 짜증스러운 표정으로 돌아보며 말했다.

"당신들의 아내들은 도대체 왜 나의 리비아처럼 검소하게 옷을 입지 않는 거요?"

옥타비아의 눈길이 아시니우스 폴리온의 놀란 눈길과 마주쳤다. 검소하게 옷을 입는다고? 리비아가? 옥타비아는 터져 나오려는 웃음을 간신히 참았다. 남동생은 정치 이외의 문제에서는 순진하기 짝이 없었다! 리비아가 자신은 검소하게 옷을 입는다고 그에게 말한 게지…… 오, 물론 리비아는 자주색 옷감이나 실크를 별로 사용하지 않았다. 목걸이를 즐겨 하지 않았고, 진주도 걸치지 않았으며, 짤그랑 소리를 내는 '장신구'도 달지 않았다. 반지 다섯 개만 낄 뿐이었다. 무거워서 거추장스럽다며 금실로 수놓은 비단도 걸치지 않았다. 하지만 그렇게 눈에 띄지 않으면서도 우아하게 보이려면 돈이 더 많이 든다. 로마 제2의 여성이 즐겨 입는 '단순한 드레스'가 아름다워 보이는 까닭은 질 좋고 진귀한 양모 원단으로 만들었기 때문이다. 무척이나 섬세하게 짠 원단이라 그 원단으로 만든 튜닉과 스톨라*가 고리 안을 통과할 정도였다. 새하얗고 매우 밀도가 높은 레트로비움 양모였다. 면 모슬린으로 만든 가벼운 베일이 마치 구름처럼 그녀를 감쌌고, 밑단에 둘린 좁다란 장식줄은 그녀가 결혼한 여자임을 알려주었다. 그 장식줄은 나전 장식이 박혀 있거나 은실로 짜여 있었다. 한마디로 말해 리비아의 소박함은 돈이 많이 드는 소박함이었다.

아우구스투스는 자기 옆자리에 조카 마르켈루스와 딸 율리아를 앉혔다. 옥타비아와 리비아는 그들 뒤에 있었다. 첫 경기가 시작되기 전, 그가 만족스러운 표정으로 로마 시민의 훌륭한 옷차림을 그들에게 가리켜

---

* 겉옷 위에 목 뒤로 걸쳐서 몸 양쪽으로 늘어뜨리는 장식천.

보였다. 적어도 스무 번째 줄까지 모든 사람이 토가 차림이었다. 머리에서 발끝까지 흰색. 오른팔은 맨팔을 드러낸다. 겨울에도 두건을 쓰지 않고 외투도 입지 않는다. 품위 있는 옷차림이다. 자신의 지시가 준수되는 광경을 보자 아우구스투스는 기분이 좋았다.

"보아라, 마르켈루스. 민중에게는 온화하게 이야기해야 한다. 하지만 손에는 채찍을 들어야지. 그들의 선을 위해……."

그는 경기장 좌석 분배에도 다시 질서를 수립했다. 계급과 성별이 뒤섞이는 일은 더 이상 없어야 했다. 이제부터는 자줏빛 띠가 둘린 토가를 걸친 원로원 의원들이 가장 낮은 첫째 줄 좌석을 차지하게 되었다. 기사와 벼락부자가 된 부르주아들이 그 다음 줄들을 차지했다. 14세 이하의 소년들은 교육자들과 함께 계단참의 예약석에 앉았다. 그 옆에는 점잖은 호네스티오레(honestiore, 상류층)가 앉았다. 그들은 하얀 양모 천으로 된 토가를 입어서 돋보였다. 그 위의 굽이진 부분과 좁은 나무 의자에는 궁핍한 휴밀리오레와 무일푼 해방 노예들이 갈색이나 회색 튜닉을 입고 앉았다. 더 높은 곳, 조금 튀어나온 평평한 자리에는 이민자와 노예들이 서 있었다.

여자들은 어린아이들과 함께 따로 떨어져 앉았다. 외설스러운 행위나 노골적인 이야기가 다다를 수 없는 곳이었다. 맞은편에서 아우구스투스가 다정한 눈빛으로 그들을 바라보고 있다. 발코니 위에 놓인 꽃처럼 하늘 가장자리에 떠 있는 분홍색과 노란색의 얼룩들을. 이제부터 계단식 좌석에 앉는다 하더라도, 부녀자들의 자리는 전차 모는 남자들의 씩씩한 얼굴이나 목 베인 검투사의 남자다운 얼굴을 보고 경탄하기에는 너무 멀다. 하지만 아무도 군주의 얼굴을 알아보지 못하고, 변화에 대해 불평하지도 않는다. 방탕한 자들과 지참금을 노리는 구혼자들을 제외하고는.

그가 보기에는 어떤 로마인도 예전의 무질서를 그리워하지 않았다. 무질서는 사취詐取이고, 약자들을 죽음으로 몰아넣는 유린 행위이다…… 군주는 마르켈루스 쪽으로 몸을 숙이고 말했다.

"아버지처럼 존경받고 싶다면 시민들을 어린아이처럼 다뤄야 한다는 점을 명심하여라."

말들이 마구간에서 나와 하얀 줄 뒤에 정렬했고, 심판이 수건을 던져 출발 신호를 내리려 했다.

"잊지 마라."

그가 중얼거리며 조카에게 덧붙였다.

"열렬히 원하는 것으로 충분하다는 사실을. 하지만 끊임없이, 쉬지 않고, 스스로를 연민하지 않으면서 원해야 하지……."

말들이 질주하며 으르렁거리는 소리, 수도관 속에서 물이 쿠르릉거리는 소리, 응원하는 사람들의 외침 소리("초록팀 힘내라!", "파랑팀 힘내라!")가 통치에 관한 옥타비아누스의 설교를 중단시켰다. 마르켈루스는 전차 경주에 열중하느라(마르켈루스는 빨강팀이 이길 거라고 사촌 여동생 율리아와 내기를 걸었다) 외삼촌의 말에 더 이상 귀 기울이지 않았다.

그날 밤 군주는 누나에게 조카가 아직 어린애 같다고 말했다. 열다섯 살이라는 나이를 감안하더라도 말이다. 열다섯 살이면 원정 생활을, 전쟁을, 두려움을 알아야 할 나이인데. 어린아이들을 성장시키는 두려움…… 그는 마르켈루스를 바스크 사람들과 싸우는 에스파냐 원정에 데려갈 것이다. 다시 이집트를 관리하게 되었고 원로원 의원들과 기사들이 그 나라 일에 관여하지 못하도록 자물쇠를 채웠으니(간단히 말해 그들이 꾸밀 거라 예상되는 모든 음모를 차단했으니), 이제부터는 서쪽 지방에 관심을 둘 것이다. 로마의 평화를 모든 민족에게 부과할 것이다. 모든 민족을 행복으로 구속할 것이다. 그렇게 역사의 한 페이지가 닫히는 것이다…….

전차 경주는 모두 열두 번 열렸다. 열두 번! 말 여덟 마리를 전차에 연결하는 도구, 야생 황소를 탄 테살리아 기사들, 행운권과 관중에게 나눠줄 수천 개의 선물이 등장했다…… 경주가 지루해도 아우구스투스가 자리를 비운다는 것은 생각할 수 없는 일이다. 자기 신전을 떠나는 신을 본 적이 있는가? 게다가 평민들은 즐거움을 다른 사람들과 함께 나누기를, 자기가 좋아하는 것을 다른 사람들도 좋아하기를, 다른 사람들이 그 즐거움에 완전히 몰입하기를 원한다. 그런데 위대한 카이사르는 그러지 않았다. 시간을 아끼려고 전차 경기장에서 우편물을 읽어서 로마 시민들에게 미움 받았다. 종손인 옥타비아누스는 거기서 교훈을 얻었고, 적절한 균형점을 찾아냈다. 시민들 속에 섞여 경기를 보고 박수 치고 미소 짓는 것, 소박함을 자랑하는 행위 말이다. 위엄 역시. 그는 자신이 어떤 사람인지를 시민들이 잊지 않게 했고, 경기장에서 오락거리를 즐길 때도 적절히 근엄함을 지켰다. 기껏해야 경기 사이의 쉬는 시간에 옆에 앉은 사람들과 잡담을 조금 나누었을 뿐이다. 여섯 번째 경기 때는 마르켈루스와 율리아를 리비아가 앉은 줄로 옮겨가게 하고, 대신 아그리파와 옥타비아를 자기 옆자리에 앉혔다.

그 두 사람 사이에 앉자 안심이 되고 긴장도 조금 풀렸다. 그들은 가까운 보호자이고, 그를 구하기 위해서라면 목숨이라도 내놓을 것이다. 게다가 그가 그 두 사람을 사위와 장모 사이로 만들었다. 한쪽의 자식이 다른 쪽에게는 손주가 되는 것이다. 그러니 그 두 사람과 함께 그들 일족의 미래에 대해 이야기를 나눌 수가 있었다. 마침 마르켈라가 얼마 전 둘째 딸을 출산했다. 마르켈라는 첫째 딸 그리고 티베리우스의 '귀여운 약혼녀' 빕사니아와 함께 그 아이를 잘 키울 것이다. 아그리파는 폼포니아의 비호로부터 빕사니아를 끌어냈다. 아우구스투스가 아그리파에게 말했다.

"딸 셋이라니, 가여운 일이로군! 당신 역시 우리 남자들을 손톱으로 찢어발기는 하르피아*를 낳는 데만 실력이 뛰어난 건가?"

아우구스투스는 동정하는 척했지만 사실은 즐거워하고 있었다. 남자 상속자를 갖지 못할 경우 아그리파는 친척 관계인 마르켈루스를 더욱 보호해줄 테니까. 하지만 후계 문제에 마르켈루스를 끌어들이기 전에, 마르켈루스 집안의 막내딸인 그 아이의 누이동생 클라우디아의 결혼 문제를 잘 생각해야 한다. 옛 집정관 파울루스 아이밀리우스 레피두스가 얼마 전 세 번째 아내를 잃었다. 레피두스 가문은 귀족 중의 귀족이고 아프리카 지역에 넓은 영지를 갖고 있다. 한마디로 백만장자다! 이 기회를 잡아야 한다.

"클라우디아를 결혼시킨다고? 그 아이는 이제 겨우 열네 살이야!"

옥타비아가 반문했다.

"그게 뭐 어때서요? 옛날 같았으면 벌써 2년 전에 결혼했을 거예요. 내 아내 리비아를 보세요. 리비아는 열네 살에 이미 첫 남편과 결혼한 몸이었어요. 열다섯 살에 티베리우스를 낳았고요…… 여자가 성숙하고 나면 처녀성 따윈 아무 가치도 없어요. 이건 리비아의 새 주치의인 카르미데스가 한 말입니다. 뿐만 아니라 나는 사춘기 딸의 행실을 감시해야 하는 어머니들이 안쓰러워요! 클라우디아를 결혼시키면 프리마의 결혼식도 함께 올릴 수 있을 거예요. 5년 전 '붉은 수염' 도미티우스가 세상을 떠날 때 프리마를 그의 아들 루키우스와 결혼시키겠다고 약속했어요. 루키우스는 오래전에 성년복을 입었고, 요즘에는 모두들 알다시피

---

* 그리스 신화에 나오는 인간 여성의 머리를 가진 괴물 형상의 새.

사창가와 목욕탕을 어슬렁거리고 플루트 연주하는 여자들과 유녀遊女들의 뒤꽁무니를 따라다니지요. 젊은 혈기에 사창가를 드나들면서 엉뚱한 짓을 하는 겁니다. 하지만 그 젊은이는 원로원 의원이에요. 언젠가 그가 동료들의 아내에게 눈독을 들인다고 상상해보세요. 추문을 일으킨다고 상상해보세요. 리비아 말로는, 프리마와 결혼시키면 그 젊은이가 현명해질 겁니다."

리비아! 또 리비아 이야기로군! 제가 감히 누구 일에 훈수를 두는 거지? 옥타비아는 속으로 생각했다. 프리마가 제 딸이라도 된단 말인가? 그리고 대체 언제부터 집안일을 결정하는 데 그 까다롭고 새침한 여자의 의견을 귀담아 들었단 말인가? 옥타비아가 마침내 입을 열어 말했다.

"가이우스, 나도 의사들에게 자문을 해봤어. 하지만 카르미데스의 의견에 공감하는 의사는 별로 없더구나. 반대로 우리 무사는 해산의 고통을 겪을 필요가 없는, 베스타 여신을 섬기는 순결한 무녀들이 일찍 결혼한 여자들보다 더 오래 산다고 강조했어. 부인과 의사들도 모두 골반이 충분히 성숙하지 못한 소녀들이 아이를 낳아야 하는 사태를 우려하더구나. 우리 프리마는 아직 열세 살도 되지 않았어. 결혼하려면 몇 년 더 있어야지. 그러니 아직은 그 아이를 결혼시킬 생각이 없어. 루키우스 도미티우스, 그 젊은이는 원한다면 계속 사창가에 다니라지! 내 딸들의 명예를 지키는 일은 내가 알아서 잘할 거라고 너그럽게 믿어주려무나! 내 딸들은 정숙하고 품위 있는 아내, 성실한 배우자가 될 거야. 그리고 나는 그 아이들의 결혼을 통해 이득을 취할 생각이 별로 없단다. 코스*의 의사들도 때 이른 결혼 때문에 여자들이 색을 밝히고 간통을 하게 된다는 사실을 오래전부터 입증했고……."

---

* 에게 해 남동부에 위치한 그리스의 섬.

리비아가 지닌 옥의 티. 그녀는 열네 살에 결혼했고 열여덟 살에 간통을 저질렀다. 다름 아닌 옥타비아누스 아우구스투스와…… 그는 그 자신을 위해 '티'를 만든 것이다. 그의 표정이 어두워졌다. 하지만 옥타비아의 저항을 농담으로 여기는 척했다. '누나'를 무장 해제시키려고, 누나를 즐겁게 해주려고, 그는 마에케나스의 지루해하는 얼굴(뿌루퉁하고 거만한 표정, 속을 알 수 없는 눈길, 실망한 듯한 표정)을 흉내 냈다. 그러고는 상냥하게 굴면서, 마에케나스처럼 겉멋 부리는 태도로 말을 길게 끌면서 속삭였다.

"화내지 마요, 에트루리아 상아처럼 소중한 누님. 오, 내 말이 섭섭했다면 용서하세요. 누님은 나에게 팔라티노 언덕의 다이아몬드 같고 테베레 강의 진주 같아요. 이제부터는 누님에게 듣기 좋은 말만 할게요. 오, 미덕의 향기, 이방인들의 벌꿀, 지혜의 화신……."

그런 다음 나이 든 친구 마에케나스처럼 대머리로 보이기 위해 이마 위에 늘어진 머리카락을 뒤로 넘기면서(그는 원하기만 하면 무척이나 웃기는 사람이었다) 평소와 다름없는 목소리로 결론지었다.

"클라우디아는 내년쯤 결혼시킬게요. 그리고 루키우스 도미티우스 자신이 약속을 지키라고 요구하기 전에는 프리마를 주지 맙시다. 약속할게요. 대신에 클레오파트라의 딸을 이따금 나에게 보내줘요. 그 아이를 어떻게 할지 나에게 생각이 있으니까. 아니, 안심하세요. 나는 그 아이를 결혼시키진 않을 거예요. 로마 사람과도, 외국인과도. 그 운 좋은 아이는 누님이 말한 베스타 신의 무녀들처럼 평생 독신으로 살게 될 거예요…… 그 아이와 함께 프톨레마이오스 왕조의 맥도 끊길 겁니다."

옥타비아누스를 처음으로 알현할 때 셀레네는 자신의 비밀 무기, 즉 날카롭게 간 끝을 가져가지 않았다. 도시 안을 자유롭게 돌아다니는 디오텔레스 덕분에 얼마 전 그 끝을 갈 수가 있었다.

처음에 디오텔레스는 의아해하며 반문했다.

"왜 그 끝을 위험하게 만들려는 거예요? 밀랍이나 납판 위에 글씨를 잘 쓸 수 있을 만큼 충분히 날카로운데. 혹시 청동에 조각을 하고 싶은 거예요? 그러다 괜히 상처만 생길걸요."

하지만 셀레네는 고집을 부렸다. 그녀는 어린 여자아이들을 좋아하는 디오텔레스의 마음을 움직이기 위해 클라우디아를 본떠 튜닉의 멜빵을 어깨 위에서 미끄러뜨린 채 애교를 부리기까지 했다. 오래전부터 클라우디아는 부끄러움도 없이 남자들의 무릎을 유심히 바라보고 어떤 남자의 넓적다리가 더 보기 좋은지 비교하기도 했다.

결국 디오텔레스가 졌다. 애교 부리는 예쁜 소녀를 좋아해서라기보다는 피그말리온의 허영심 때문이었다. 그는 공주의 눈 속에 비친 자기 모습에서 '완벽한 남자'를 본 것이다. 어릿광대도 아니고, 몸집 왜소한 남자도 아니고, 노예의 아들도 아니고, 난쟁이도 아니고, 광신자도 아닌, 자기 없이는 셀레네가 살아갈 수 없는, 아버지와 다름없는 늙은 선생의 모습 말이다.

그렇게 해서 셀레네는 에트루리아인 거리의 철물공이 갈아준 뾰족한 끝을 갖게 되었다. 셀레네가 보기에 정말 안성맞춤의 도구였다.

하지만 처음에 아우구스투스가 불렀을 때 셀레네는 그 무기를 가져가지 않고 윈뿔 모양 주사위 통과 함께 베개 밑에 숨겨두었다. 군주가 자기를 알현하러 오는 방문자들의 몸을 샅샅이 수색하게 한다는 말을 들은 것이다. 심지어 매일 아침 문안인사를 하기 위해 무리 지어 들어오는 원로원 의원들까지.

지하도 출구에 이르자, 안내하던 방문 담당 노예가 그녀를 리비아의 집으로 데려가 이 방에서 저 방으로, 이 뜰에서 저 뜰로 이끌었다. 그녀는 곳곳에서 기다려야 했다. 복도와 서재에 많은 사람들이 있었다. 서판이나 두루마리를 든 서기들, 허리춤에 검을 찬 게르마니아인 경비대가 있었다. 가난한 율리우스 가문 손님들은 자기 집처럼 의자와 계단참에서 먹고, 마시고, 코를 골았다.

지배자는 그녀를 혼자 맞이하지 않았다. 경찰 우두머리 마에케나스가 배석했다. 그가 자신의 이름을 말하지는 않았지만, 셀레네는 그를 알아보았다. 극장 맨 첫줄에 앉아 있는 마에케나스를 자주 보았기 때문이다. 야윈 얼굴, 신랄한 입, 털 빠진 타조 같은 머리. 그는 자신이 총애하는 배우 바틸의 춤에 큰 소리로 환호하며 박수를 치곤 했다.

아우구스투스와 마에케나스는 비극에 등장하는 가면들이 장식된 조그만 붉은 방에서 높이가 같은 접이식 의자에 앉아 있었다. 얼굴을 찌푸린 가면들이 어두운 방을 더 공포스럽게 만들었다. 리비아의 집에 셀레네의 마음에 드는 것은 하나도 없었다. 그 집은 경사가 심한 오래된 골목길에, '카쿠스의 계단'을 따라 급히 내려가는 지점에 있었다. 배치나 실내장식이 잘되어 있지 않은 침울한 집. 칸막이벽들에는 극장의 벽처럼 옛날 풍 그림이 그려져 있었다. 가짜 기둥, 가짜 창문, 가짜 코니스, 가짜 문 같은 것들 말이다. 가짜 하늘이나 가짜 정원으로 이어지는 통로 같은 것은 전혀 없다. 죄다 막혀 있다. 길게 뻗어 있는 것은 눈을 씻고 봐도 없다.

도서관의 흉상처럼 엄격한 모습을 한 군주는 바깥 경치가 보이지 않고 여인상 모양의 눈속임용 기둥들이 있는 방 깊숙한 곳에서 몇 가지 질문을 했다. 대수롭지 않은 질문들이었지만, 매우 낮은 목소리로 속삭여 말해서 알아듣기가 힘들었다. 옆에서 마에케나스가 다시 말해줘야 했다. 셀레네의 대답이 지체된다 싶으면 마에케나스가 군주의 질문을 그리스어로 통역해주었다. 하지만 셀레네는 라틴어로만 대답하려고 애썼다.

"그래, 몇 살이냐?"

처음에 아우구스투스는 우둔한 아이를 상대하듯 이렇게 물었다.

셀레네는 그들 앞에 서 있었다. 마에케나스가 머리에서 발끝까지 그녀를 찬찬히 살펴보았다.

"열세 살이에요."

그녀가 대답했다. 그리고 함정에 빠질까 두려워 곧바로 조심스럽게 덧붙였다.

"아마도요……"

"아마도?"

아우구스투스가 놀라며 반문했다.

"나이를 정확하게 알지 못한단 말이냐?"

셀레네는 바보인 척했고, 그는 그녀를 정말 바보로 여겼다!

"정확하게 알아요. '아마도요'라고 말한 이유는 한 번도 생일을 축하받지 못했기 때문이에요."

"드루수스도 생일 축하를 받지 못했지. 이유가 뭔지 아느냐?"

"아니요, 카이사르."

사실 그녀는 이유를 알고 있었다. 드루수스는 1월 14일에 태어났기 때문에 생일을 축하받을 수 없었다. 그날은 원로원이 선포한 불길한 날, 셀레네의 아버지 마르쿠스 안토니우스가 태어난 날이기 때문에 축연을 열어서는 안 되고 기쁨을 나누어서도 안 되었다. 마르쿠스 안토니우스라는 이름을 입 밖에 내서도 안 되었다. 안토니우스에 대한 '기억 금지'를 언급할 정도로 셀레네가 바보라 생각했다면 아우구스투스가 잘못 짚은 것이다!

두 남자는 잘 알겠다는 표정으로 미소를 지으며 다른 화제로 얼른 넘어갔다. 그녀는 자신이 그들의 질문을 두려워하지 않는다는 사실을 깨달았다. 그녀는 훌륭한 학생이었고, 책에서 읽은 훌륭한 문장들을 인용함으로써 난관을 잘 벗어났다. 오히려 그들의 눈길이 더 무서웠다. 특히 마에케나스의 눈길이. 그녀는 자신을 발가벗기는 듯한 그의 눈길과 마주치지 않기 위해 발밑 흑백 모자이크의 기하학적 모티프에 눈길을 고정한 채 얌전한 처녀처럼 눈을 내리깔고 있었다. 그녀의 벌거벗은 모습을 알기 위해 정말 옷을 벗길 가능성이야 별로 없지만! 그녀는 속튜닉 위에 마르켈라가 만든 주름도 잡지 않고 리본도 달지 않은 소박한 베이지색 양모 드레스를 입고 있었다. 분홍색 천으로 된 가느다란 허리띠도 둘렀다. 받칠 것도 꽉 조일 것도 없었으므로 브래지어는 하지 않았다. 보석도 전혀 걸치지 않았다. 매의 몸을 한 조그만 호루스 부적만 목에 걸었다. 셀레네는 옥타비아의 딸들처럼 멋 부린 옷을 입은 적이 한 번도 없었다. 아우구스투스의 누이인 옥타비아의 단호한 결의 때문이었다. 앞으로 어떤 운명을 맞이할지 모르는 여자아이에게 사치스러운 옷을 입혀서는 안 된다는 결의 말이다.

아우구스투스는 그녀의 검소함에 깊은 인상을 받은 것 같았다. 예쁘게 치장하는 것을 좋아하지 않느냐고 물었으니 말이다.

대답은 자명했다. 좋아하지 않는다고 대답해야 했다. 그녀는 옥타비아 집에 자주 오는 비가 시인인 젊은 프로페르티우스의 시구로 대답해야겠다고 생각했다. 로마인들의 군주는 라틴 시인들을 좋아하는 것 같았다. 디오텔레스는 라틴 시인들이 그리스 시인들에 미치지 못한다고 말하지만. 셀레네는 프로페르티우스의 시詩 중 문법학자가 골라준 짧은 경구 몇 개만을 알 뿐이었다. 셀레네는 그 경구를 인용하자고 생각했다. '훌륭한 행실은 보잘것없는 몸치장도 용인하게 한다.' 하지만 그런 경구는 오해를 불러올 수도 있으리라는 생각이 들었다. '보잘것없는 몸치장'을 로마에 대한 비판으로 볼 수도 있었다. 다시 말해 그녀가 로마에서 베풀어준 옷을 불만스러워한다고 볼 수도 있었다. 그런 생각 때문에 그녀는 주저했고, 시간을 허비했다. 아우구스투스는 짜증이 났다. 그가 질문을 되풀이했고, 그녀는 급히 다른 경구를 찾아냈다.

"한 남자의 마음에 든 여자는 충분히 몸치장을 한 것이다."

그녀는 그 경구가 우스꽝스럽다는 것을 바로 느꼈다. 마에케나스가 웃음을 터뜨리기도 전에 느꼈다. 군주는 웃느라 숨이 막혀 기침까지 했다.

마에케나스가 잔인하게도 그녀의 어리석음을 강조하려는 듯 물었다.

"애야, 그렇다면 우리에게 말해보아라. 사랑으로 너를 치장시켜주는 그 남자가 대체 누구냐? 상냥한 티베리우스냐?"

셀레네의 얼굴이 붉어졌다.

"아니면 어린 드루수스냐? 하기야, 늙은 노예만 아니라면…… 혹시 그 소인족이냐? 그래, 그런 게로구나! 대단한 애정이로군! 그 애정이 너에게 참으로 화려한 옷을 입히겠구나!"

셀레네는 죄수처럼 머리를 숙인 채 그들 앞에 서서 등 뒤에 뒷짐을 지고 다른 쪽 손목을 잡은 손에 부러질 정도로 힘을 주었다. 죽어라 고개를 들지 않았다! 발밑에서 검은 모자이크가 마구 춤을 추었다. 붉은 벽에 그려진 이 빠진 가면들이 그녀를 조롱하는 것 같았다.

"그만 좀 움직여라!"

마에케나스가 흥이 난 목소리로 다시 말했다.

"그렇게 손을 비틀지 마. 너는 관절이 가늘어서 관절이 상하지 않게 조심해야 돼…… 이 아이의 관절이 가느다랗지 않습니까?"

그가 아우구스투스에게 물었다. 아우구스투스가 뭐라고 속삭였지만, 셀레네에게는 들리지 않았다. 마에케나스가 더 큰 소리로 웃었다. 셀레네는 자신의 발목에, 옷 밖으로 드러난 팔에, 목덜미에 오래 머무는 두 남자의 눈길을 느꼈다. 그들이 그녀의 어머니에 대해 이야기했음을 깨달았다. 잠시 후 마에케나스가 중얼거렸다.

"아직 풋과일이죠. 하지만 신맛을 좋아하신다면야."

아우구스투스가 셀레네를 안심시키려는 듯 쉰 목소리로 말했다.

"소녀야. 네가 크게 어리석은 말을 한 것은 아니다. 그러니 울 필요 없어."

그 말에 셀레네는 채찍에 맞기라도 한 듯 얼굴을 들고 말했다.

"저는 울지 않아요!"

그들의 눈길이 서로 마주쳤다. 그녀는 로마의 지배자가 아무도 자신의 눈길을 견디지 못한다는 사실에 우쭐한다는 사실을, 그걸 대단하게 여긴다는 사실을 알 수 있었다. 놀랍게도 그녀는 꽤나 오랫동안 군주의 눈길을 견뎌냈던 것이다. 옥타비아누스의 눈이 적갈색이라는 것을 그녀는 처음으로 알았다. 이윽고 그녀는 눈싸움을 포기하고 다시 모자이크 바닥을 응시했다.

"풋과일이에요."

마에케나스가 작은 소리로 한 번 더 말했다.

"그리고 말하는 것을 보니 매우 반항적이에요…… 재미있네요, 안 그렇습니까?"

아우구스투스가 그녀에게 말했다.

"자, 또 보자꾸나…… 아, 심부름 하나 해다오. 여기 있는 내 친구 마에케나스가 네가 읽지도 않고 인용한 귀여운 프로페르티우스를 그녀의 정원에서 자주 보고 싶어 한다고 옥타비아에게 전하거라. 이제 그 청년이 사랑 이야기로 우리를 권태롭게 하지 않고 로마의 위대함을 노래할 때가 되었어. 마에케나스가 그 청년에게 훌륭한 조언을 해줄 게다. 그러려면 나의 친애하는 옥타비아가 청년을 조금 풀어줘야 해. 나는 그녀가 그렇게 하길 바란다!"

셀레네는 무릎 높이에 손을 대고 절을 했다. 초보적인 수준의 절이었다. 아우구스투스는 만류하지 않았다. 그가 아주 낮은 목소리로 다시 말했다.

"또 보자꾸나, 소녀야."

사람들이 그녀를 다시 지하도로 데려갔다. 몸수색을 한 사람은 아무도 없었다.

아시니우스 폴리온이 옥타비아의 넓은 아트리움에 와 있었다. 1층 전체에서 뜨거운 기름과 소금에 절인 생선 냄새가 났다. 다섯 가지의 만찬용 요리를 준비하는 중이었는데, 집이 넓지 않아서 입구에 들어오자마자 파이 껍질로 감싼 가자미와 소스로 간을 맞춘 고기 냄새를 맡을 수 있었다. 아우구스투스의 누이는 그날 저녁 자기 '동아리Circulum' 사람들을 불러 모으기로 했다. 키르쿨룸Circulum은 로마인들이 군주의 누이와 가깝게 지내는 지적 엘리트 계층을 가리키는 단어였다. 만찬을 위해 테이블 세 개를 마련해야 했다. 모두 스물일곱 명이 만찬을 즐길 것이다. 언제나처럼 폴리온도 참석했다. 그는 일찍 도착해서 여주인을 미리 만나게 해달라고 은밀히 요청했다.

폴리온은 외출복 차림이었고 신발을 갈아 신지 않은 모습이었다. 기다리는 동안, 짧은 옷을 입고 향수를 뿌린 하인 하나가 장밋빛 포도주 한 잔과 후추를 친 대추야자를 가져다주었다.

마침내 옥타비아가 그를 맞아들였다. 벽에 알렉산드리아 스타일로 나뭇잎과 새들을 그려놓은 개인 집무실이 마치 과수원에 온 듯한 착각을 불러일으켰다.

"이 집에는 걸작이 참으로 많군요!"

폴리온이 식기장 안에 있는 조각된 물병들을 보고 감탄하며 말했다.

"당신 남동생이 이집트에서 가져온 오닉스 잔은 아무리 보고 있어도 질리지 않아요…… 하지만 여기서 가장 아름다운 것은 뭐니 뭐니 해도 이곳 주인이지요!"

옥타비아는 폴리온의 찬사와 농담, 거침없는 입담에 익숙해 있었다. 때로 그는 옥타비아에게 이런 말을 했다.

"나는 공화국을 위해 봉사했습니다. 그런데 처음에는 공화주의자가 아닌 당신 남편이, 그다음에는 별로 공화주의자가 아닌 당신 남동생이 내가 무슨 생각을 하는지 끊임없이 의심하고 언급했어요. 혹은 거의……."

그녀는 폴리온을 매우 좋아했다. 그리고 폴리온 역시 자신을 지나칠 정도로 좋아한다는 사실을 알고 있었다.

"그만 본론으로 들어가요, 폴리온. 시간이 없어요. 나는 아직 연회복으로 갈아입지 못했고, 하인들이 당신 발을 닦아주지도 않았잖아요. 벌써 손님들이 도착하고 있어요. 이러다가 늦겠어요."

폴리온이 토가 주름 사이에서 식탁용 냅킨을 꺼내 펼치더니 작은 두루마리 하나를 꺼냈다. 그리고 단도직입으로 말했다.

"내 도서관에서 우연히 이걸 발견했어요. 방심한 창고 담당자가 『갈리아 전기』*와 같은 칸에 정리해두었더군요."

"아, 그렇겠지요. 요즘 당신은 책에 별로 흥미가 없고, 당신 도서관에 두루마리들이 뒤죽박죽으로 쌓여 있다는 사실을 모두들 알고 있으니까

---

* 율리우스 카이사르가 BC 58년부터 BC 51년까지 9년에 걸친 갈리아 전쟁을 기록한 책.

요.”

옥타비아가 두루마리를 펼쳤다. 그리고 큐테리스에게 바친 시구들을 놀라지도 않고 알아보았다. 갈루스가 북쪽으로 도망친 애인 큐테리스에게 바친 시구들로, 자신을 배반한 여자에 대한 애정이 가득했다.

'나 없이 그대 홀로 알프스의 눈과 라인 강의 얼음을 보겠구려. 추위 때문에 병에 걸리지 않기를……'

“어떻게 해야 할지 당신이 판단하십시오.”

폴리온이 말했다.

“이걸 어떻게 해야 하는지는 당신도 나만큼이나 잘 알겠죠. 법률에 대해서도 잘 알고. 하지만 사실 난 어찌해야 할지 모르겠어요. 당신이 모르는 만큼이나요.”

“제국 전체에서 이것이 발각되지 않을 유일한 장소가 한 곳 있습니다만……”

“물론이죠! 바로 그런 이유로 내가 이름을 입 밖에 내는 것이 금지된 사람들을 거둘 수밖에 없는 거예요. 나는 풀비아의 아들 이울루스를 보호하는 임무를 맡았어요. 클레오파트라의 딸 셀레네도요. 그런데 이제 내 딸들의 이름 없는 아버지의 정부였고, 뭐라고 말해야 할까, 베르길리우스의 유명한 친구의 뮤즈였던 큐테리스까지 보호하라고요? 내 말을 잘 들어요, 폴리온. 나는 늘어만 가는 당혹감에 지쳐버렸어요!”

옥타비아는 큐테리스를 기억하고 있었다. 그 무희가 갈루스의 정부였을 때, 그리고 옥타비아 자신이 늙은 가이우스 마르켈루스의 젊은 아내에 불과했을 때 극장으로 그 무희를 보러 갔다. 여배우가 춤과 노래를 겸하던 시절이었다. 큐테리스는 그즈음 베르길리우스의 여섯 번째 전원시로 새로운 볼거리를 만들어냈다. 옥타비아의 남편은 그녀에게 무척이나 박수를 보내고 싶어 했고(사람들은 매우 대담한 무도극이라고 말했다),

정숙한 아내였던 그녀는 남동생의 동맹자 마르쿠스 안토니우스가 풀비아와 결혼하기 위해 버린 그 화류계 여자가 어떻게 생겼는지 궁금해하지 않았던가?

옷을 별로 걸치지 않은 큐테리스가 매혹적인 몸짓으로, 늙은 숲의 신 실레누스의 얼굴을 오디즙으로 더럽히는 명랑하고 도발적인 물의 요정 아이글레의 춤을 추었다. 그녀의 몸짓은 극도로 신선했고, 거의 순진무구해 보였다…… 무도극이 끝날 때쯤, 돌발 상황이 일어났다. 큐테리스가 마지막 열다섯 줄을 노래하지 않은 것이다. 오케스트라의 탬버린 소리가 너무 컸다. 목소리가 큰 남자 배우가 무대 전면에서 가사를 읽어주었지만, 여배우는 파시파에와 황소의 춤*을 흉내 내는 것으로 만족했다. 그런데 그 춤이 어찌나 대단했던지! 춤이 의미하는 바가 너무도 명백해서, 옥타비아는 불편함마저 느꼈다. 무희는 차츰 옷을 벗고 욕망으로 몸을 비틀었고, 보이지 않는 황소를 끌어안았고, 자연의 순리에 반하는 교접을 통해 느끼는 도취를 표현했다. 계단식 좌석에 앉은 남자들은 마치 자신이 그녀를 소유하는 듯한 착각에 빠졌고, 여자들은 그녀와 함께 숨을 헐떡였다. 옥타비아는 어떤 반응을 보여야 할지 알지 못했다. 그러니까 바로 이 여자가 마르쿠스 안토니우스와 함께…… 그녀의 늙은 남편은 매우 크게 박수를 쳤다.

"대단한 예술이야!"

그가 말했다. 옛 집정관인 그의 이마에 땀방울이 방울방울 흘러내렸다. 분명 그날 밤 그들은 클라우디아를 만들었을 것이다…… 그후로

---

* 미노스는 포세이돈의 도움으로 크레타의 왕이 되었고 포세이돈은 미노스에게 훌륭한 황소를 주었는데, 미노스는 이 황소가 탐이 나서 제물로 바치지 않았다. 이 일로 화가 난 포세이돈은 미노스의 아내 파시파에로 하여금 황소에게 욕정을 품게 했다. 때마침 크레타 섬에 머물던 대장장이 다이달로스는 실제 모습과 똑같은 암소를 만들어 그 속에 파시파에가 들어가게 했고, 황소는 진짜 암소인 줄로 알고 교접했다. 이때 태어난 것이 머리는 소이고 몸은 인간인 괴물 미노타우로스이다.

1년도 되지 않아 그녀는 과부가 되었고, 곧 재혼했다. 큐테리스의 옛 애인과. 조롱하던 목소리가 아직도 귓가에 들리는 것 같다.

"자연의 순리에 반한다고? 옥타비아, 당신은 그렇다고 확신하오? 우리를 행복하게 해주는 것은 자연의 순리에 반하는 것일 수도 있지 않소?"

파시파에와 황소의 춤…….

어느새 옥타비아는 만찬도, 집도, 폴리온도 거의 잊고 있었다. 폴리온이 거듭 말했다.

"큐테리스를 구해달라는 얘기가 아니에요. 이제 와서 누가 그녀에게 신경을 쓰겠습니까? 살아남아야 했던 사람은 반대로…….."

"무슨 말인지 알겠어요."

그녀가 두루마리를 다시 감아 자기 튜닉의 허리띠 속에 밀어넣었다.

"더는 한마디도 하지 마요…… 이제 만찬을 위해 옷을 갈아입어요. 나는 첫 요리가 나오자마자 손님들의 식욕을 돋우기 위해 귀여운 아랍 여가수에게 노래를 부르게 할 거예요. 당신도 알게 되겠지만 흥미로울걸요. 그리고 두 번째 요리 때는 우스꽝스러운 막간극을 공연할 텐데, 무대의 신 바퇼이 등장할 거예요. 빨리 가요, 폴리온. 죽은 자들은 그만 잊고요."

"그럴 수는 없죠. 나는 지금 회고록을 쓰고 있는데."

그가 갑자기 불편한 표정을 했다.

"로마의 내전에 대한 이야기를 쓰고 있답니다…….."

옥타비아가 걸음을 멈추고 그의 얼굴을 찬찬히 뜯어보더니 한숨을 쉬었다.

"당신에겐 참으로 딱한 일이네요."

그리고 두루마리를 그에게 돌려주었다.

기록말살형 DAMNATIO MEMORIAE

당대에 비가의 거장이었던 코르넬리우스 갈루스로부터 무엇이 남았는가? 내가 인용했고 베르길리우스가 자기 전원시의 옛 사본들에서 삭제하지 못한 두 줄의 시구가 남았다. 게르마니아의 안개 속으로 사라진 아름다운 퀴테리스에게 보내는 작별의 입맞춤과도 같은 두 줄의 시구('감기 들지 마요⋯⋯') 말이다. 그리고 이후 2000년 동안 이것 외에는 아무것도 발견되지 않았다. 기록말살형.

그러다가 갑자기 1978년 아스완 남쪽 사막에서 파피루스 조각에 적힌 열 줄의 시구가 더 발견되었다. 로마에서 옥타비아누스의 개선식이 세 번에 걸쳐 거행된 뒤 쓰인 시구, 이집트 총독이 군주를 찬양하여 쓴 시구들이었다. 얼마 지나지 않아 군주는 그의 '악의'를 고발하고 사형선고를 내린다.

그리하여 나는 꿈을 꾸게 되었다. 언젠가 사막이 갈루스의 사랑이 담긴 온전한 책 한 권을 우리에게 돌려주기를 꿈꾸게 되었다. 오만불손한 퀴테리스의 에로틱한 춤과 멧비둘기의 지저귐을 닮은 그녀의 노래도. 또한 두 연인이(그들과 더불어 안토니우스, 옥타비아, 유바, 셀레네도) 마침내 그들에게 어울리는 자리를 찾는 꿈을 꾸게 되었다. 유일한 책 한 권, 그리고 그들은 구원받을 것이다.

나는 과거의 귀환을 열렬히 기다리며 그것을 믿는다. 죽은 자들이 나에게는 걸코 낯선 자들이 아니기 때문이다. 그들은 내 집에 초대받고, 나는 그들을 방문할 것이다.

소문, 수런거림.

팔라티노 언덕에 있는 좋은 가문들에는 셀레네가 매혹적인 목소리를 가졌다는 말이 돌았다.

"마음을 사로잡는 목소리야. 마치 그 여자의 목소리처럼……."

수런거림.

옥타비아의 응접실을 지나갈 때, 셀레네는 손님들이 팔꿈치로 서로를 쿡쿡 찌르는 모습을 보았고, 그들이 쑥덕거리는 소리를 들었다.

소문.

앞으로 나아감에 따라 셀레네는 자신의 발걸음에 풍설이 실리는 것을 느꼈다. 그녀 뒤에 자기 것이 아닌 그림자가 길게 늘어졌다. 너무나 큰 그림자가.

로마의 여인들은 그녀를 알고 싶어.했다. 그녀는 '클레오파트라의 딸'이니까. 시간이 흐름에 따라 전쟁에 대한 기억이 희미해졌고, 얼굴에 베일을 쓴 중년 부인들은 이집트 여왕에 더욱더 매혹되었다. 개선식 날 사람들이 똥 덩어리와 썩은 달걀을 던졌던 '창녀'가 이제 매혹적인 여자

(비너스의 몸을 한 이시스, 유혹하는 숭고한 여자)의 자리를 되찾은 것이다. 그녀는 위대한 장수를 발치에 무릎 꿇리고, 미친 듯이 자기를 사랑하게 하고, 조국, 가족, 위엄을 버리게 하고, 모든 여자들을 빛바래게 하고, 모든 남자들을 매혹했다. 모든 여자들이 그런 운명을 꿈꾸지 않는가. 드레스는 무기보다 우월하다! 사람들은 클레오파트라가 미약媚藥에, 금지된 마법의 약에 도움을 받았다고 말했다. 그녀가 마녀라는 것이다. 물론이다. 하지만 어떤 애인이 그런 마법에 넘어가지 않겠는가? 그래서 팔라티노 언덕의 저택들에서는 서정 단시短詩를 읽는 모임이나 친구들끼리 여는 소규모 음악회에 '옥타비아의 딸들'을 초대했다. 그러고는 정작 프리마와 클라우디아는 한쪽에 따로 데려다놓고, 셀레네에게 모여들어 클레오파트라의 미모 비결을 알아내려고 애썼다.

귀부인들은 젊어지기 위해 매일 밤 빵의 속살로 얼굴에 마사지를 하고, 밀랍을 원료로 한 연고를 젖가슴에 발랐다. 그녀들은 달걀흰자 팩이나 철갑상어 크림이 더 효과적이지 않으냐고 셀레네에게 물었다.

"네 어머니는 겨드랑이의 땀 냄새를 없애기 위해 무엇을 쓰셨니? 민트유? 아니면 장미 크림?"

"몸에 향을 내기 위해 목욕물에는 무엇을 넣으셨니? 멜리사*? 아니면 미르라**?"

"우리에게 말해보렴. 이집트 여자들은 녹으면서 향을 내는 원추형의 작은 향 조각을 머리카락 속에 넣는다며?"

리비아까지 이런 질문에 한몫 끼었다. 최근에 그녀는 반짝반짝 빛나는 얼굴로 경기장에 모습을 드러냈다. 너무나 반짝여서 눈이 부실 정도

---

* 쌍떡잎식물 통화식물목 꿀풀과의 여러해살이풀. 레몬과 유사한 향이 나며 예로부터 향기 요법에 필수적으로 사용했다.
** 담황색 또는 암갈색의 덩어리 물질로, 알코올에 녹여 향료로 사용한다.

였다. 폼포니아의 말에 따르면 수정을 갈아 분에 섞어 사용했다고 했다. '클레오파트라의 비법'이었다. 그 말을 듣고 부인들은 또다시 셀레네를 들볶았다.

"분에 넣는 수정의 비율이 어떻게 되니? 그리고 화장을 지울 때 살갗이 벗겨지지 않으려면 어떻게 해야 하니?"

셀레네는 얼버무렸다. 그녀는 돌아가신 어머니의 미용법을 전혀 알지 못했던 것이다. 그녀는 디오텔레스에게 물었다.

"여왕께서 그렇게 하셨다는 게 사실이야?(이집트에서 그녀는 늘 어머니를 '여왕'이라고 불렀고, 지금도 계속 그랬다) 여왕께서 화장분에 유리 가루를 갈아 넣으셨다는 얘기가 사실이야? 그리고 연회에서 아버지와 한 내기에서 이기기 위해 아름다운 진주를 식초가 담긴 사발 속에 넣고 아버지가 보는 앞에서 녹여서 마셨어?"

"헛소리입니다!"

과학을 숭상하는 소인족이 대답했다.

"식초에 담근 진주가 녹으려면 몇 년이 걸리니 그렇게 하려면 공주님의 어머니는 아직도 탁자 앞에 앉아 있어야 할걸요! 무지한 사람들이 어리석은 말을 하는 거예요…… 그리고 공주님, 그분의 화장용 분을 만든 방법을 제가 어떻게 알겠습니까? 저는 미용사가 아니었는데요! 그걸 자세히 말해줄 수 있는 사람은 그분의 미용 담당 시녀들이에요. 이라스와 카르미온 말입니다……."

디오텔레스는 여주인을 저승까지 따라가기 위해 목숨을 버린 두 젊은 여자를 떠올리며 눈물을 훔쳤다.

디오텔레스의 눈물에 셀레네는 짜증이 났다. 늙은이가 환심을 사려고 수작을 부리는 것이다. 그렇다면 나는 스스로에게 눈물을 허락할 수 있을까?

그녀는 인형을 다루듯 그를 들볶고 야단쳤다("이기주의자! 늙다리! 내가 두들겨 패줄 테야!"). 하지만 절대 반목하는 지경까지 가지는 않았다. 그가 알고 있는 것들을 배워야 한다는 딱 한 가지 이유 때문이었다. 셀레네는 그렇게 생각했다. 호메로스나 천문학에 관해 배워야 했다. 그러나 알렉산드리아에 대해 배우기는 싫었다(알렉산드리아는 그녀가 피하려고 애쓰는 고통스러운 주제였다). 로마에 관해서도 배워야 했다. 그 소인족은 로마 여기저기를 자기 마음대로 돌아다녔다. 폴리온의 도서관에서 일하는 마케도니아 출신 해방 노예나 아우구스투스의 주방에서 일하는 시리아인 보조 요리사들도 자주 만났다. 옥타비아가 받아들여준 그리스와 이집트 출신 학자들은 말할 것도 없었다. 시인인 미틸레네*의 크리나고라스, 병기 제작자인 실리시아의 아테나이오스, 혹은 예전에 프톨레마이오스 원형경기장에서 그의 타조 경주에 박수를 쳐주었던 철학자 알렉산드리아의 티마게네스 말이다…….

1년 동안 디오텔레스는 이 사람들을 즐겁게 해주고 저 사람들에게 속을 털어놓게 하면서 로마의 지배자들에 관해 프리마나 율리아도 알지 못하는 많은 것을 알아냈다. 그리고 마에케나스의 끄나풀들이 감시를 느슨히 하자마자 셀레네에게 정보들을 한 아름 물어다주었다.

갑자기 풍덩 빠진 미지의 세계를 해독하고, 사람들이 감추고 있는 것들을 알아차리는 것은 셀레네에게 사활이 걸린 중대한 문제였다. 하지만 그녀는 디오텔레스가 하는 말을 가만히 듣기만 하지는 않았다. 디오텔레스는 서방 최고사령관이었던 젊은 옥타비아누스와 리비아가 처음

---

* 그리스 동부 에게 해 레스보스 섬에 있는 도시.

만났을 때 무슨 일이 일어났는지를 셀레네에게 이야기해주었다. 알렉산드리아가 함락되기 9년 전, 로마에서 세 차례의 개선식이 열리기 10년 전의 일이었다.

"그때 공주님은 키가 50센티미터도 되지 않았죠. 몸무게는 짚단만큼이나 가벼웠고요! 공주님은 파란 궁전의 요람 속에서 금 딸랑이를 흔들고 있었어요."

기원전 39년 가을의 일이었다. 옥타비아누스는 목숨을 걸고 외외종조 카이사르의 상속자가 되기로 결심한 후, 젊은 나이에도 불구하고 여러 곳(지방, 주둔지, 사창가, 원로원)에서 우두머리 대접을 받게 되었다. 하지만 만찬 때나 도시의 내실에서는 같은 가문 여자들의 엄격한 눈길이 자기에게 내려앉는 것을 느꼈다.

어머니의 장례를 치르고 누나를 마르쿠스 안토니우스와 함께 아테네로 보낸 뒤에야 흡족한 마음으로 권력을 즐길 수 있었다. 그는 수염을 깎기 시작했고, 상을 당해 슬픔에 잠긴 상속자로서 자신의 턱수염을 신성한 율리우스의 발치에 엄숙히 내려놓았다. 그런 다음, 새로운 자유에 도취하여 해방된 어린아이처럼 기분전환을 했다. 마에케나스가 그를 부추겼다. 그들은 온갖 반항 행위를 일삼았다. 베르길리우스의 후원자는 에스퀼리노 언덕의 정원에서 화려한 '신들의 만찬'을 열었다. 12시에 식사가 시작되었고, 열두 가지 요리가 나왔다. 열두 명의 손님들이 각자 올림포스 산의 신이나 여신으로 분장했다. 물론 옥타비아누스는 아폴론으로 분장했다. 아무도 감히 유피테르 역할을 하지 못했다. 신들의 왕인 유피테르로 분장한 사람이 없었던 덕분에 모든 사람이 마음에 드는 사람에게 접근할 수 있었다. 그들은 진홍색 침대에서 리키아 해안에서 유괴해온 상냥한 미소년들을 범했고, 카프카스에서 데려온 순진무구한 미소녀들을 야생 황소처럼 원기 왕성하게 강간했다. 다음날, 성난 휴밀리오레들은 민중이 굶주려 죽어가는 길거리에서 이렇게 울부짖었다.

"'신들'이 우리를 마지막 한 톨까지 집어삼켰다!"

같은 날, 사크라 가도에 서 있던 커다란 미덕의 여신 조각상이 얼굴을 땅에 부딪으며 쓰러졌다.

리비아 드루실라가 친구들 집에서 만난 옥타비아누스는 에스퀼리노 언덕의 아폴론, '형리 아폴론'이었다. 스물세 살에 그는 마침내 자신의 욕망에 굴복했다.

하지만 그날 밤 그는 도대체 어떤 여자를 만났을까? 그녀의 어떤 매력에 압도된 걸까? 말년의 늙은 리비아가, 자식들을 과보호하는 어머니가, 손자 클라우디우스를 투덜대게 하는 무뚝뚝한 조모가 자기 아들 티베리우스와 권력을 놓고 다투는 것을 상상하기란 쉬운 일이다. 옥타비아누스 아우구스투스의 젊은 아내 리비아 드루실라는 증손자 칼리굴라가 '치마 입은 오디세우스'라고 묘사했을 만큼 우리의 이해력을 벗어난다. 어쨌든 이 드루실라라는 여자는(이후 옥타비아누스는 자신이 저지른 분별없는 행동에 대한 기억을 모두 지우기 위해 그녀를 리비아라고 부르게 된다) 추문을 불러일으키는 여자였다.

사람들은 그녀에 대해 이렇게 평가했다. 양가 출신의 젊은 부인, 세 살 난 티베리우스의 어머니, 귀족인 남편의 둘째 아이를 임신한 여자. 이런 그녀가 로마 상류사회가 옥타비아누스를 잔인한 벼락출세자로만 보고 있을 때 옥타비아누스에게 납치되었다. 그녀는 젊은 옥타비아누스의 침대에서 남편의 아이를 출산했고, 갓난아기를 즉시 오쟁이 진 남편에게 보냈다. 그리고 사흘 뒤에 자신을 납치한 옥타비아누스와 성대한 결혼식을 올렸다. 그리고 마지막 도발로서 전 남편에게 결혼 비용을 부담하게 했다!

무척이나 놀랍게도, 티베리우스 클라우디우스 네로(그녀의 전 남편 이름이다)는 자기 집에서 전 부인과 옥타비아누스의 약혼 파티를 열어주었고, 자신이 고른 남자에게 딸을 주는 아버지처럼 의식을 주재했다. 그 가장무도회는 배우자의 자유로운 교환에 익숙한 로마 귀족들의 눈에도 부적절해 보였다. 최근 동맹자 마르쿠스 안토니우스 덕분에 필리피 전투에서 공화주의자 엘리트 브루투스가 죽고 옥타비아누스가 승리하지 않았다면, 예법에 대한 그런 침해는 결코 용인되지 않았을 것이다.

드루실라의 관대한 남편도 공화주의자였다. 수년 전 그는 경솔한 아첨꾼이었고, 율리우스 카이사르를 암살한 자들에게 '특별한 명예'를 부여하는 안을 제안해 표결에 부쳤다. 그런데 카이사르 파가 다시 득세하자, 클라우디우스 네로의 목에 현상금이 걸렸다. 그는 도망쳐서 율리우스 가문의 적들과 합류하려 했다. 하지만 실패했다. 잘못된 선택을 한 것이다.

그는 도망치고 또 도망쳤다. 나폴리에서 시라쿠사까지, 시칠리아에서 그리스까지, 그리고 아테네에서 스파르타까지. 꼬박 2년 동안 드루실라와 함께 해변과 숲에서 잠을 자고, 부실한 보트에서 위험한 배로 뛰어내리고, 병사나 강도들을 만날까 봐 두려워했다. 어린 아들 티베리우스를 번갈아 안고 다녔다. 오두막집이나 덤불숲에서 아이가 울거나 기침을 하면, 발각되지 않도록 아이의 입을 손으로 틀어막았다. 이따금 아이를 질식시키는 편이 낫겠다고 생각하기도 했을까? 도피 생활에 방해가 될 때 아이를 미워했을까? 그들은 그렇게 2년 동안 지중해를 건너 필사적으로 도망 다녔다.

기원전 39년 7월 갑자기 드루실라가 둘째 아이를 임신하자, 도피 생활이 중단되었다. '미제노의 평화'였다. 추방자 몇 명이 특별 사면되었다. 클라우디우스 네로는 로마로 돌아왔지만 파산했다. 영지들이 몰수되어 유리한 조건으로 카이사르 파에 팔렸다. 그는 재산을 잃었을 뿐 아니라, 체면을, 귀족 신분을 잃을 지경에까지 처했다.

그는 팔라티노 언덕에 있는 자기 집을 되찾았을까? 아니면 '교외'에, 리비아 드루실라의 가족 소유인 프리마 포르타의 별장에 정착했을까? 아마도 그랬을 것이다. 그 젊은 여자가 별장을 돌려받을 수 있었다면 말이다. 하지만 그녀의 아버지 역시 추방되었다가 마케도니아에서 자살했고, 재산을 몰수당했다…… 한마디로 말해 모든 자격이 박탈되었다.

기원전 39년, 어제의 '망명자들'에게는 높았던 이름에 대한 기억만 남아 있었다. 어떤 사람들에게는 진정한 공화주의자였다는 영광, 다시 말해 귀족정치를 끈질기게 옹호했다는 영광만 남았다.

부유한 친구들이 때때로 그들을 만찬에 초대했다. 그들은 초기 옥타비아누스 파였지만, 클라우디우스 가문 사람들이 식사 때마다 멧새를 먹지는 않는다는 사실을 알고 있었다. 어떤 너그러운 친구는 불쌍한 부부가 연회 도중 옥타비아누스를 만나도록 주선해주기까지 했다. 마음에 드는 사람에게 영지를 돌려주는 것은 젊은 서방 최고사령관에게는 너무나 쉬운 일이었다!

옥타비아누스는 드루실라의 남편에게 주목했고, 그를 늑대의 아가리 안에 던져 넣었다. 사실 옥타비아누스는 무슨 짓이든 할 수 있었다. 재산을 모두 돌려줄 수도 있었고, 아무것도 아닌 구실로 목숨을 빼앗을 수도 있었다. 늙은 로마인들이 그에게 붙인 별명대로 그 '어린아이'는 먹잇감을 갖고 놀기를 몹시 좋아했다. 강요된 삶 속에서 그런 유희는 긴장감을 풀어주는 유일한 오락거리였다. 투계와 속임수 주사위 놀이와 함께. 그는 순수한 즐거움은 좋아하지 않았다.

하지만 그날 저녁 젊은 오토크라토르*가 나중에 증손자 칼리굴라 혹은 네로가 비난받은 것과 똑같은 일을 한 것은 단순히 재미만을 위해서였을까? 무화과를 넣은 푸아그라와 공작 뇌 요리가 나오는 사이에 다른 남자의 정숙한 아내를, 두려움에 사로잡힌 한 남편의 아내를 공공연히 빌려간 일 말이다. 최고사령관의 신호에 따라, 드루실라는 식사 도중 눈빛으로 남편과 상의한 뒤 자리에서 일어나야 했다. 마치 화류계 여자처럼 처음 본 남자를 따라 옆방으로 가야 했다. 돌아와 식탁에 다시 앉았을 때, 그녀는 뺨이 붉어지고 머리칼이 풀어헤쳐져 있었다. 다음 달, 옥타비아누스는 자기 아이를 임신한 아내 스크리보니아를 버리고 다른 남자의 아이를 임신한 드루실라를 데려와 자기 집에 살게 했다.

첫눈에 반했느냐고? 나중에 아우구스투스는 이 주장을 퍼뜨리려고 애쓴다. 하지만 이 주장에 신빙성이 있는가? 당시 로마인들은 사랑과 결혼을 혼동하지 않았다. 게다가 처음 보는 임신 6개월의 여자에게 첫눈에 욕망을 느꼈다고? 리비아는 눈에 띄는 대단한 미인도 아니었다. 이목구비가 균형이 잡혀 있고 잔잔한 매력이 있긴 했다. 하지만 요즘 그가 옥타비아에게 위안을 얻듯 리비아에게서 위안을 얻지는 않았을 것이다. 심지어 리비아는 사랑스러운 여자도 아니었다. 열아홉 살인 그녀는 클라우디우스 집안 사람다운 거만한 태도로 세상을 보고 있었다.

옥타비아누스 아우구스투스가 여자의 커다란 젖가슴과 부푼 배를 좋아한 게 아니냐고? 그건 가능성이 희박한 이야기다. 오히려 그는 소녀

* Autocrator, '스스로 강력한 자'라는 뜻.

들의 빈약한 엉덩이와 작은 가슴을 좋아했다. 그뿐이 아니다. 만약 그가 리비아와 사랑에 빠졌다면, 그녀의 부푼 배를 어루만지고 입덧을 돌보는 데서 기쁨을 느꼈다면, 왜 그녀를 그토록 일찍 해산 침대에서 일어나게 했겠는가? 둘째 아들 드루수스를 낳고 겨우 사흘이 지난 1월 17일, 그녀는 벌써 젊은 신부의 오렌지색 베일을 드리운 채 "히멘, 히메나이오스*" 하고 노래 부르는 쾌활한 손님들을 즐거운 낯으로 대해야 했다. 사흘, 우리는 그녀의 처지를 충분히 상상할 수 있다. 그녀는 아직 피를 흘리고 있었을 것이다. 피를 많이 흘렸을 것이다. 점복관은 리비아의 몸이 부정하다는 것을 모르는 척했다. 초대 손님들은 그녀의 마음이 슬프다는 것을 모르는 척했다. 사람들은 그녀의 품에서 갓난아기를 빼앗아 법적 아버지에게 보냈다. 젖을 말리려고 바짝 동여맨 가슴에서는 통증이 느껴졌다. 십중팔구 열도 조금 났을 것이다. 그녀는 잠을 잘 이루지 못했고 피곤해했다.

채 일주일도 걸리지 않았다. 그들의 이혼은 서로에게 이득이었다. 신관들이 재혼에 필요한 면제증서를 드루실라에게 발급해주었다. 얼마 전 세상에 나온 아이는 '사생아'는 아니었다. 그렇다면 초조해할 이유가 무엇인가? 그리고 왜 보름 전에 전 남편의 집에서 약혼식을 올렸겠는가? 어린 티베리우스는 깜짝 놀라서 엄마가 침대를 착각했다고 생각했을 것이다.

옥타비아누스와 리비아 드루실라의 결혼을 둘러싼 정황은 너무도 기

---

* 둘 다 결혼의 신(神)을 일컫는 이름이다. 고대 사회의 결혼식에서 '히멘, 히메나이오스' 또는 '히멘, 히메나이에'라는 반복구가 있는 축혼가를 부르는 습관이 있었기 때문에, 이 반복구가 결혼의 신을 일컫는 칭호로 여겨졌다.

이하고 극단적이어서, 나중에 역사가들조차 그들의 관계가 더 오래전에 시작되었을 거라고 상상해 그 기이함을 완화해보려 했다. 새로 태어난 아기 드루수스는 법적으로는 클라우디우스 네로의 아들이지만, 실은 그들의 숨겨진 사랑의 결실이 아닌가? 그들의 결혼식 다음 날 로마인들이 "행복한 사람들은 석 달 만에 아기를 낳는다네"라고 조롱조로 흥얼거렸듯이 말이다. 하지만 관련된 사실들로 미루어볼 때 그런 가설에는 무리가 있다. 둘째 아들이 생겼을 때 드루실라는 남편과 함께 그리스에 살고 있었다. 게다가 만남, 납치, 각자의 이혼, 출산, 결혼이 3개월도 안 되는 동안에 완결되었다. 그들의 관계가 더 오래전부터 시작되었다면 왜 그토록 서둘렀겠는가.

리비아와 그녀의 남편 클라우디우스 네로의 동기는 쉽사리 짐작할 수 있다. 운명을 받아들이는 것이 사활이 걸린 이해관계에 들어맞았기 때문이다. 하지만 그들은 주모자는 아니었다. 만약 클라우디우스 네로가 임신까지 한 아내를 지배자의 품안에 밀어 넣은 거라면 얼마나 교활한 일이겠는가?

틀림없이 젊은 최고사령관의 정치적 동기들이 결정적 역할을 했을 것이다. 리비아를 만나기 전. 그는 이미 아내 스크리보니아와 이혼하기로 결심한 상태였다. 그녀는 12월에 출산할 예정이었다(이때 낳은 아이가 바로 율리아다). 스크리보니아는 폼페이우스 가문과 친척이었다. 그는 폼페이우스 파와의 협상을 용이하기 하기 위해 그녀와 결혼했던 것이다. 하지만 원하던 것을 얻고 나자 그녀에게서 벗어나고 싶었다. 그 '늙은' 여자는 그보다 열세 살이나 나이가 많았다…… 벼락출세자인 아버지 옥타비우스가 지방 총독 이상의 직위를 차지하지 못했다는 사실을 잊기 위해, 그는 '당나귀에서 말로 바꿔 탄다'는 속담대로 훌륭한 가문의 여자와 결혼할 수 있기를 바랐다. 자기를 무시했던 원로원 의원 계급의 유서 깊은 귀족 여인과 재혼하고 싶었다.

하지만 왜 클라우디우스 가문을 선택한 걸까? 코르넬리우스 가문, 칼푸르니우스 가문, 발레리우스 가문, 세르빌리우스 가문, 도미티우스 가문도 있었다. 그리고 이 다양한 가계에서 뻗어 나온 수많은 방계 가문들에도 꺾어주기를 기다리는 성숙한 아가씨들이 있었다. 로마에서 남편이 아내를 다른 남자에게 양보하는 것이 아버지가 사위에게 딸을 주는 일보다 더 쉽다 할지라도, 위계의 꼭대기로 올라가는 가장 간단한 방법이 이혼녀와 결혼하는 것이라 할지라도, 옥타비아누스는 충분히 양가 처녀와 결혼할 수 있었다.

그러므로 리비아와 아우구스투스의 결합은 단순히 결혼 자체만을 위한 것이 아니었다. 그 조급한 전개와 폭넓은 추문이 비합리적인 면이 개입돼 있으리라는 짐작을 낳았다. 무엇이 그 빈틈없는 젊은 남자의 허를 찌르고 불시에 압도했단 말인가. 우리가 들은 바 있는 열정, 혹은 애정이 아니라면. 아우구스투스와 리비아의 결혼 생활 말기에 애정은 거의 존재하지 않았을 것이다. 늙은 배우자에 대한 연민 말고는 아무것도 없었으리라. 누렇고 쭈글쭈글해진 손으로 반점이 생긴 손을 찾아 더듬거렸을 것이다. 이기적인 애무, 구걸하는 애정. 그녀는 과부가 되었을 때를 대비해 벌써 그의 유언을 손에 넣는 일과 열쇠 훔치는 일을 생각했을 것이다.

"리비아, 우리의 결합을 기억하시오."

이것이 위대한 남자의 마지막 말이었을 것이다. 틀림없이 그는 자기 초상화에 마지막 가필을 하듯 한마디를 준비했을 것이다.

"옥타비아누스와 리비아에 대해 공주님에게 더 무슨 말을 해야 할까요? 확실해요. 그들은 젊었을 때 매우 잘못된 결혼을 했고, 각자의 배우자들을 당황하게 만들었어요."

디오텔레스가 셀레네에게 속삭였다. 디오텔레스는 셀레네를 돌보는 임무를 맡은 늙은 시칠리아 여자와 함께 셀레네의 가마에 올라탔고, 옛 제자에게 헤시오도스의 시구를 가르친다는 구실하에 셀레네에게 그리스어로 이야기했다. 그가 너무나 세련된 그리스어를 구사한 나머지 사투리를 쓰는 늙은 여자는 굳이 그들이 하는 이야기를 들으려 하지 않았다.

"하지만 나라들 사이의 협정처럼 합리적인 재혼일 뿐이지요. 왜 아니겠어요? 사실 다분히 흔한 일이에요."

하지만 디오텔레스는 자신의 능력을 벗어나는 어떤 감정을 느꼈다. 그는 13년 전 로마 상류사회에서 일어난 그 일에 분노했다. 그 일은 클라우디우스 가문을 모욕했다는 점에서 쓸데없이 서둘러 행해진 일이었고 필요 이상으로 경쟁을 격화시켰다. 뿐만 아니라 아우구스투스는 그 일에 대해 설명하지 않았다. 에티오피아인 해방 노예는 로마의 지배자

197

가 그런 일을 한 이유를 납득하지 못했다.

"흥, 우리는 다른 사람의 마음을 간파하지 못하는 만큼 우리 자신의 마음도 헤아리지 못하니까요."

그가 결론지었다.

"사람들이 이발소에서 세상에 대해 뭐라고 말하든, 나는 아무것도 모르겠어요!"

그쯤에서 그의 논평이 끝났다. 스무 세기 뒤 역사가들의 논평도 여기서 그리 멀리 나아가지 못한다. 그러니 소설가가 빈 곳을 채워 넣는다고 해서 누가 비난할 수 있겠는가?

눈을 감고 시간을 거슬러 올라가자. 정원들의 언덕에 자리한 로마 원로원 의원의 여름 식당으로. 기둥에 포도덩굴 장식이 있는 두 개의 대리석 분수 사이로, 머리에 향수를 뿌린 손님 스무 명가량이 모인, 자줏빛 천으로 덮인 상아 침대 식탁들 위로⋯⋯ 최고사령관은 사람들이 천거한 클라우디우스 네로가 범속한 인물임을 즉시 알아차렸다. 야수들, 즉 브루투스 파인 카시우스, 안토니우스, 혹은 폼페이우스 주니어와 싸우기 시작한 5년 전부터 속속들이 간파하고 있었다. 줏대 없이 복종하는 몰로스 개*들을 첫눈에 알아보았다. 추방자였던 클라우디우스 네로는 이제 충성스러운 사냥개가 되어 있었다. 그는 자기를 치는 사람의 손을 핥을 것이다!

젊은 카이사르는 사람의 마음 밑바닥에 도사린 것들에 대해 빠르게 알아갔다. 그리고 자신이 사람들의 속내를 모두 안다고 생각하게 되었

---

* 호신견의 일종.

다. 사실 자기 자신의 마음도 잘 모르면서 말이다. 이 만찬은 그가 두른 갑옷의 결점을 그 자신에게 알려줄 것이다. 동시에 리비아도 알아차릴 것이다. 그 역시······.

당시 그는 클라우디우스에게 '작은 봉사'를 요구함으로써 비싼 대가를 치르게 할 작정이었다. 오늘의 수줍은 청원자가 어제의 살인자들과 공범이라는 사실을 그는 잊지 않고 있었다. 사실 옥타비아누스의 장점은 결점이기도 했다. 그는 예언가였고 선견지명이 있었다. 또한 집념이 강한 사람이었다. 사람들이 자신을 신뢰하기를, 오만한 클라우디우스 가문 사람들이 그 만찬을 기억하기를 원했다!

클라우디우스 네로는 별다른 반응을 보이지 않았다. 전채요리가 나오자마자 최고사령관은 그가 처한 곤란한 경제 상황을 두고 농담을 해 그를 모욕하려 했다. 하지만 그는 계속 예의 바른 태도를 보였다. 거의 비굴할 정도로.

"밀로 만든 갈레트보다 더 납작하군."

옥타비아누스는 자기 옆 침대 식탁에 누운 손님에게 음식에 빗댄 할머니의 시골풍 비유를 들먹였다. 재미있어졌다. 매우 우스꽝스러웠다. 그제야 청원자의 눈에 두려움과 애쓰는 기미가 떠올랐다. 집주인이 불쌍한 친구의 체면을 세워주기 위해 이렇게 말했다.

"보십시오, 카이사르. 이 사람의 코와 턱에 있는 상처는 당신의 외외종조이신 신성한 율리우스 시절 나르보넨시스에서 싸우다가 칼을 맞아 생긴 겁니다."

클라우디우스 네로의 얼굴에 있는 상처는 매우 눈에 띄었다. 하지만 집무실에 묻혀 사는 옥타비아누스는 그 상처가 과대평가되었다고 여겼다. 옥타비아누스는 '영웅'의 칼자국을 흥미롭게 살펴보는 척했다. 그런 다음 조언하는 어조로 다정하게 말했다.

"솔직히 말해 그대는 도망 다녔던 지난 일을 되돌아보지 않는 게 좋을 거요."

따귀를 한 대 갈긴 것이나 다름없는 말이었다. 돌려줄 수 없는 따귀. 모두들 웃었다. 옥타비아누스는 곁눈질로 그 공화주의자의 아내를 살폈다. 그녀는 잠자코 있었다. 다른 참석자들처럼 웃지 않고, 상냥한 얼굴로 얌전히 눈을 내리깔고 있었다. 자기를 바라보는 그의 눈길을 느꼈을까? 그녀는 돌연 얼굴을 붉혔다. 아주 많이…… 그녀는 아이를 가진 것 같았다. 방금 전 사람들이 그녀를 동정하며 카이사르에게 그 사실을 말해주었다. 만찬 석상에서 언급할 만한 일은 아니었기 때문이다. 만찬에서는 모든 참석자들이 똑같이 헐렁한 옷을 입고 옆으로 누워 있으니 말이다. 그랬다. 그의 아내 스크리보니아도 임신 중이었지만 그는 전혀 감동하지 못했다. 아름다운 타원형 얼굴. 그 청원자의 아내는 아름다운 타원형 얼굴에 목이 예뻤고 피부색이 무척 희었다. 그녀의 흰 얼굴이 놀라울 정도로 붉어졌다. 그는 시간을 끌며 그녀를 찬찬히 뜯어보았다. 입이 작고 건방져 보이는 것이 유감스러웠다. 클라우디우스 가문 사람의 오만함. 그녀의 기세를 꺾어놓으리라! 그녀가 클라우디우스 집안 남자의 딸이자 아내로서 그 혈통에 두 번 속한다는 사실, 두 번 공화주의자라는 사실, 그러므로 두 번 죄인이라는 사실을 상기시키리라.

옥타비아누스는 그녀에게서 눈을 떼지 않았다. 대화에도 끼지 않았다. 모두들 좋든 싫든 그의 눈길을 따라가기에 이르렀다. 그녀의 남편까지도…… 리비아는 분위기가 거북해지는 것을 느꼈다. 그래서 '얼굴에 상처 난 남자'를 향해 한두 번 절망적인 눈짓을 보냈다. 그녀는 그 괄태충 같은 작자에게서 도움을 받길 바랐던 걸까? 침묵이 내려앉았다. 식사 시중을 드는 하인이 와서 눈치 없게도 이렇게 말했다.

"수탉의 고환과 홍학의 혀를 밑에 깔고 후추 친 소스를 곁들인 아프리카 달팽이를 잘게 다져 속을 채운 이베리아 새끼 돼지 요리입니다.”

그녀가 고개를 들었다. 마침내! 그가 이겼다! 그는 몹시 기뻤다. 그녀는 너무나 아름다웠다! 젊은 처녀처럼 얼굴이 붉었고, 안에서부터 환히 빛이 나는 듯했다. 그렇다. 그러나 사실 시적 정취는 없었다. 삶은 가재처럼 붉을 뿐이었다. 몸매는 조그만 호리병 같았다. 그는 게임을 멈추고 싶었다. 바로 그때 그들의 눈길이 서로 마주쳤고, 그는 드루실라의 눈길에서 부끄러움이 아니라 증오를 읽었다. 오, 희열이여! 증오는 가장할 수 없는 감정이다. ‘판돈을 거는’ 진짜 감정이다. 그는 불현듯 그녀를 욕망했다.

최고사령관은 웃지 않고 고개를 끄덕이기만 했다. 다시 왼쪽 팔꿈치에 몸을 기댄 채 꼼짝하지 않고 눈길 끝으로 그녀를 붙들었다. 집주인이 카디스의 무희들을 들어오게 했다. 어색한 침묵을 메우기 위해서였다. 무희들은 캐스터네츠를 퉁기고, 뒤축으로 망치질 소리를 내고, 거친 숨결을 토해냈다.

그녀는 경기장 안을 동그랗게 달리는 무장 해제된 검투사처럼, 하릴없이 출구를 찾는 지친 검투사처럼 마지막으로 남편에게 관심과 지지를 간청했다. 하지만 그 귀족 나리는 그녀를 더 이상 바라보지 않았다. 스페인 무희들만 바라보고, 그녀들의 캐스터네츠 소리에만 정신을 집중했다. 집주인이 갈색 피부의 야성적인 여자 하나와 희롱하기 시작하자, 클라우디우스 네로는 다른 사람들과 함께 웃었다.

바로 그 순간, 최고사령관이 입술을 둥글게 내밀어 보였다. 상스러운 입맞춤 흉내, 선술집 하녀들에게나 하는 품위 떨어지는 유혹의 몸짓이었다. 그는 미소 없이 태연한 얼굴로(그는 자기 얼굴이 잘생겼다는 것을 알고 있었다. 이마에 금발 머리카락이 늘어져 마치 천사 같았다) 오른쪽 엄지손가락을 검지와 가운뎃손가락 사이로 통과시켰다. 무척 외설스러운 몸짓, 그녀에게 매우 큰 충격을 준 몸짓이었다. 생각해보라. 그녀는 클라우디우스 가문의 여자이다! 게다가 덕이 높은 여자이다! 그리고 곧 어머니가 된다! 그런 다음 그는 두 손을 닦고 냅킨을 던진 뒤, 천천히 몸을 일으켜 침대 식탁에 앉았다. 술 따르는 하인이 발판 역할을 하기 위해 몸을 웅크렸다. 그는 먹잇감을 눈에서 놓지 않은 채 문 쪽으로 다가가 직접 커튼을 올렸다. 그리고 그녀를 기다렸다. 그녀가 일어나서 다가왔다…… 이권을 빌미로 한 유혹이었다! 아, 모든 여자들이 똑같았다! 그 새침하고 엄격한 여자는 자신이 잃어버린 재산과 앞으로 갖게 될 재산을 저울질했던 것이다! 두려움? 그녀가 두려워했을까? 천만에! 그녀가 왜 두려워했겠는가? 현관에는 그의 충성스러운 병사 몇 명이 있었다. 하지만 그는 연회에서 아무도 죽이지 않았다. 아니, 아니었다. 모든 여자들이 똑같다. 그러니 돈을 짤랑거리는 것으로 충분하다. 이미 그는 그녀를 멸시하기 시작했고, 그녀를 더는 욕망하지 않았다. 오히려 내치려고 생각했다. 하지만 그녀가 옷 벗은 모습을 보고 싶었다. 그녀의 명예를 더럽히고 수치심을 자극하는 것이 중요했다. 몸을 가져봐야 별 소용도 없었다. 그러려면 수고도 해야 하고. 어쨌든 그 만찬에서 클라우디우스 가문의 평판은 회복되지 못할 것이다.

그녀는 카이사르 앞에 있었다. 이윽고 그가 리비아를 지하 저장실에 밀어 넣었고, 시중드는 노예는 자리를 피해주었다. 그가 말했다.

"치마를 올리시오."

그러자 그녀가 대꾸했다.

"저는 임신했어요."

"나도 알고 있소. 올려요, 튜닉도. 튜닉도 올리시오!"

그녀는 다시 눈을 내리깔고 말했다.

"임신 6개월이에요, 최고사령관님. 제발 부탁이에요……."

"올리시오, 내가 말한 대로! 그대의 남편을 위해 그렇게 하시오……
그렇게 하면 그대의 재산 절반을 돌려주겠소. 그대의 배꼽을 보여주면
재산의 4분의 3까지도 돌려주겠소."

그는 허리띠를 하지 않은 셔츠 위에 한 손을 얹더니, 셔츠 자락을 움
켜쥐고 들어올렸다.

그렇게 움직이며 여자에게 가까이 다가섰다. 몸과 몸을 맞대자 그녀
의 넓적다리와 배가 보이지 않았다. 그는 그녀의 얼굴을 마주하고 있었
고, 그녀는 얼굴을 피할 수 없었다. 불행하게도 얼굴을 가릴 토가 자락
조차 없었다. 카이사르가 암살자들의 단검 밑에서 숨을 거두면서 자신
이 죽어간다는 것을 감추기 위해 얼굴을 덮었던 그런 토가 자락조차. 암
살자의 딸이고 아내인 그녀, 도도한 귀족 여성인 그녀가 컴컴한 식품 저
장실의 훈제햄 한가운데에서 꼼짝 못하며 눈물을 흘리고 있었다. 오래
전부터 기다려온 일이었다! 그 귀부인이 조그만 입을 꼭 다물고 울지
않았다면 옥타비아누스는 매우 기뻐했을 것이다. 고약한 여자가 무너
지지 않았다면 말이다! 지하 저장실에 몰아넣었는데도 말이다! 아니다.
그녀는 증오했다. 그를 증오했다. 무력한 만큼이나 열렬한 증오로. 무력
하다고? 갑자기 그는 다시 그녀를 욕망하게 됐다.

"나는 그대를 강간하는 게 아니오, 안 그렇소? 내가 그대를 강간하는
게 아니라고 말하시오. 그대도 원한다고……."

"네."

"그 정도로는 안 되지. 이렇게 말하시오. '나도 그러고 싶어요, 카이사
르…….'"

그가 다시 말했다.

"뒤로 도시오. 그리고 몸을 숙이시오. 빨리! 엎드리시오!"

그리고 뒤에서 리비아를 취했다. 스크리보니아를 취할 때처럼. 그녀

203

의 배가 많이 부풀어 있었기 때문이다.

이때 옥타비아누스는 젊었다. 매우 젊었다. 그리고 매형 마르쿠스 안토니우스와는 달리 유혹할 필요를 느끼지 않았다. 그에게는 어린 여자 노예들, 유녀들, 그리고 병사의 여자들이 있었다. 열두 살 난 아내도 있었지만 안타깝게도 손 한 번 대지 않은 채 엄마에게 돌려보내야 했다. 그런 다음 '늙은' 스크리보니아와 결혼했다. 스크리보니아는 이 결혼에서 저 결혼으로, 이 침대에서 저 침대로 굴러다니면서 경험을 많이 쌓았다. 그래서 옥타비아누스는 그결혼에 별다른 기대를 하지 않았다……
그런데 기습적으로 쾌락에 사로잡힌 것이다. 진정한 욕망이 결여된 쾌락이었다(그는 드루실라보다 매력적인 여자를 100명은 경험했다). 하지만 그는 이 유니비라(univira, 한 번 결혼한 여자), '한 남편의 아내', 오만한 세습귀족, 다른 남자에게 육체가 점유된 미래의 어머니와 함께 수많은 금기를 위반했다. 너무나 멀리 휩쓸려간 나머지, 익사하는 사람처럼 비명을 질러댔다. 매우 로마인답지 않은 행동이었다. 그것은 인정하자.
그를 거의 겁먹게 한 쾌락. 그는 리비아의 고통으로부터 쾌락을 끌어냈다. 그녀의 거부로부터, 혐오로부터, 그리고 자신의 명령에 대한 전적인 복종으로부터.
그는 자신이 사랑에서조차 상대의 두려움을 즐긴다는 것을, 너무나 순수한 증오를 음미한다는 것을, 자신이 증오로부터 의기양양하게 벗어난다는 것을 놀라면서 깨달았다. 그는 누군가를 모욕할 필요가 있었다. 자신을 버리기 위해 누군가를 모욕하고 무화시킬 필요가 있었다.

리비아 드루실라와 옥타비아누스의 관계는 석 달 만에 진척을 보였다. 더 이상 무엇도 그를 멈추지 못했다. 그 젊은 여자가 느끼는 불편한 감정에서 그는 짜릿한 재미를 발견했다. 그녀는 무엇을 붙들어야 할지, 무엇에 매달려야 할지 알지 못했다. 전쟁터에서 영광스러운 상처를 입은 자기 남편이 아무런 저항을 하지 않는 만큼 더욱더.

로마의 지배자는 매일 새로운 요구를 해왔고 그녀는 굴복했다. 마지막 모욕에 이르기까지. 아이를 출산하기 전 클라우디우스 네로의 집에서 성대한 약혼 파티가 열렸다. 그리고 마지막으로 세련된 가필이 이루어졌다. 지참금 말이다. 옥타비아누스는 클라우디우스 네로에게 아내를 자신에게 넘기기 전에 지참금을 내라고 요구했다. 공화주의자였던 그에게는 방법이 없었을까? 그즈음 국고가 옥타비아누스에게 다시 높은 가치를 지니게 되었다. 상징적 의미가 중요했다. 리비아가 수치심을 느끼는 것이 중요했다.

"아, 나는 지참금 없이는 그대를 취하지 않을 거요! 그대의 집안에서 나에게 돈을 지불해야 할 거요!"

리비아는 로마 시민들의 웃음소리와 노래 속에서 수치심을 느껴야 했다.

그녀에게서 갓난아기를 빼앗은 뒤(그녀 남편의 아이였으므로 다분히 합법적인 행위였다), 그녀의 배 위에 다른 아기, 자신이 일방적으로 버린 스크리보니아에게서 얼마 전 데려온 생후 한 달 된 조그만 율리아를 얹어놓았을 때는 매우 유쾌했다. 아버지로서, 남편으로서, 연인으로서의 옥타비아누스의 권세는 그 정도에 이르렀다. 그의 즐거움도. 자기 자식이 아닌 다른 아이를 사랑하도록 리비아에게 강요할 정도로.

하지만 무엇이 자신의 쾌락을 증가시키는지 깨달아감에 따라, 자신을 발견해감에 따라, 그는 리비아에게 자신의 진짜 모습을 드러냈다. 리비아는 명민한 정신의 소유자는 아니었다(예의 바른, 아니, 순응적인 젊은 여자일 뿐이었다). 하지만 그들에게 무슨 일이 일어났는지 이해하지 못할 정도로 어리석지는 않았다. 한 달 동안의 관계 후, 그녀는 기이한 독재자가 어떤 식으로 나올지 눈치챘다. 곧 그가 자기 없이는 견디지 못하리라는 사실을 간파했다. 그녀를 부르기 위해 사람을 보내지 않고는 단 하루도 견디지 못하리라는 것을. 11월에 그는 리비아를 자기 집으로 데려왔고, 그녀에게 더 많은 것을 강요할 수 있으리라는 착각 속에서 결혼하기로 결심했다. 주인이 하녀에게 의존하게 된 것이다. 그녀의 수줍음에, 혐오감에, 그리고 두려움에.

처음에 그녀는 두려워했다. 그가 어디까지 갈지 궁금했고, 육체적으로 폭력을 휘두를까봐 무서워하기까지 했다. 하지만 얼마 지나지 않아 안심했다. 자신을 퍽이나 당황하게 만드는 몇 가지 분노는 별도로 하고 말이다. 회초리질은 그 남자의 장기가 아니었다. 그는 지성인이었다. 뿐만 아니라 도덕가이기도 했다! 간단히 말해 까다로운 사람이었다. 그녀는 그를 휘어잡았다.

그녀는 손해 보는 거래를 하지 않을 작정이었다. 처음에는 버려야 했지만 나중에 다시 데려오게 될 두 아들 역시. 그렇다. 결혼식 날 밤 리비아는 이렇게 생각했다. 기쁨 없이, 하지만 합리적으로. 열아홉 살의 리비아는 침착하고 합리적인 여자였기 때문이다. 자기 때문에 분노하는 로마 여자들이 실은 자기를 부러워하고 있음을 이미 알고 있었다. 권력은 성욕을 불러일으켰으며, 옥타비아누스는 잘 보면 못생긴 남자가 아니었다.

그들은 서로에게 다정하지 않았고, 쾌락을 공유하지도 않았다. 부부 사이에 신뢰를 위한 자리가 전혀 없었다. 취미를 공유하지도 않았다. 하지만 리비아에게 아우구스투스를 자신에게 묶어놓는 힘보다 더 강력한 것은 없었다.

"호두 놀이 할 줄 아느냐?"

군주는 벌거벗은 예쁜 남자아이 세 명과 함께 땅바닥에 앉아 있었다. 식사 때 즐겨 시중들게 하는, 머리칼이 곱슬곱슬한 모리타니아 남자아이들이었다. 따뜻한 날씨가 방종과 유쾌한 기분을 부추기는 것 같았다.

"호두 놀이 할 줄 아느냐?"

그가 셀레네에게 물었다. 깜짝 놀란 셀레네에게. 겨우 호두 놀이를 시키려고 긴 지하도를 통해 그녀를 데려온 걸까? 멀리, 손잡이 달린 항아리 속에 호두를 던지게 하려고? 그녀는 자신을 테스트하는 새로운 질문을 기다렸다. 달리 무슨 질문이겠는가? 그녀가 얼마나 열심히 공부하고 있는지, 바람직하게 생활하고 있는지, 라틴어 실력은 어떤지, 혹은 이번에도 마에케나스가 끼어든다면, 그녀가 로마식 미의 기준에 부합한다고 생각하는지 등의 질문이겠지. 그런데 자기 집과 연결되는 팔라티노 언덕의 아폴론 신전 뒤 작은 안뜰에서, 사람들의 두려움의 대상인 군주가 어린 소년처럼 호두를 던지며 새로운 놀이 친구를 찾고 있다. 차라리 의붓아들 드루수스에게 부탁하지 않고! 그 아이도 그녀와 같은 나이일 텐데!

혹시 지배자는 장난을 치고 싶었던 걸까? 그의 얼굴을, 젊고 진지하며 수십 개의 조각상 덕분에 로마인들에게 친숙해진 '눈부신 얼굴'을 살펴볼 수 있어야 할 것이다. 하지만 정오였고 햇살이 강했으므로, 군주는 그리스 농부처럼 펠트 모자를 목 아래에 묶어 쓰고 코 위까지 스카프로 감싼 차림이었다. 그는 추위를 두려워하는 만큼이나 열기를 두려워했다. 봄의 생기도 두려워했다. 꽃가루 알레르기 때문이다. 그래서 셀레네는 그의 이목구비를 분별할 수 없었다.

"이쪽으로, 내 곁으로 오너라."

셀레네는 그에게서 적당히 거리를 두고 앉았다. 그가 스카프 뒤에서 냉소하며 말했다.

"너는 내가 무척 괴상한 차림새를 하고 있다고 생각하겠지? 우스꽝스럽다고 말이야."

그녀는 알지 못했다. 그저 그의 눈만, 적갈색 눈만, 전혀 우스꽝스럽지 않은 눈만 바라볼 뿐이었다. 그 눈빛은 차가웠다.

위안 주는 아이들이 놀고 싶은 마음에 조급해져서 자리에서 일어났다. 아이들은 자기들의 놀잇감을 버려두고 호두 항아리 근처로 달려갔다.

"조심해라. (아우구스투스가 목소리를 높였다) 조심해. 그러다 항아리가 엎어지겠다."

말하자마자 그렇게 되었다. 항아리가 기울어 삼발이 위에서 흔들리더니, 금빛 호두들을 토해내며 깨져버렸다.

"저희들에게 벌을 주실 건가요?"

모리타니아 남자아이 하나가 수줍어하지도 않고 물었다. 대여섯 살쯤 되어 보였다. 혹은 일곱 살. 살갗이 건강하고 매끄러웠고, 눈빛이 건방져 보였고, 입술에 연지를 발랐고, 긴 머리칼이 나부꼈다. 여자아이들에게는 머리카락을 반드시 땋으라고 그토록 엄격히 단속하면서…… 군주

209

가 한숨을 내쉬고는 말했다.

"너에게 선택권을 주마, 알렉시스. 어떻게 하는 게 좋겠느냐. 회초리를 맞을 테냐, 아니면 내기를 할 테냐?"

"내기! 내기요!"

세 남자아이가 그의 주위에서 깡충깡충 뛰면서 한목소리로 외쳤다.

"어디 보자…… 너희들이 항아리를 깨뜨렸으니, 호두 놀이는 못 하고 다른 놀이를 할 수밖에 없겠구나. 이 아가씨와 함께 오슬레 놀이를 하면 어떻겠니. 너희들이 점수를 계산해라."

이윽고 군주는 거기에 셀레네가 없고 시장에서 데려온 아프리카 출신의 귀여운 남자아이들만 있는 것처럼 자신의 가죽 허리띠를 풀더니, 이라도 잡으려는 듯 겹쳐 입은 두꺼운 튜닉 세 벌을 침착하게 걷어올렸다. 마지막으로 양모 가슴받이 밑에서 닳아빠진 작은 주머니를 끄집어내더니 상아로 된 오슬레를 꺼냈다. 사크라 가도에서 외국 아이들에게 파는 조그만 '로마 기념품'이었다.

"이리 가까이 오너라."

그가 셀레네에게 명했다. 군주가 파렴치하게도 그녀의 토가 밑을 뒤졌을 때, 셀레네는 자기 역시 작은 주머니를 옷 밑에 가지고 있다는 사실을 떠올렸다. '청동에 조각을 할' 수 있을 정도로 날카로운 끝이 들어 있는 주머니를. 하지만 그 짧은 단검이 어떻게 몇 겹의 옷으로 몸을 감싼 남자의 살 속까지 파고들어갈 수 있겠는가? 군주가 웃통을 벗고 있을 때, 즉 욕탕에서 나올 때나 주랑 밑을 달려갈 때 덮치는 것은 꿈도 못 꿀 일이었다. 그는 '그리스 관습'인 체조를 싫어했다. 심지어 그가 자신은 말을 타기에는 너무 늙었다고 생각한다고 주장하는 사람도 있었다. 이제 겨우 서른일곱 살인데 말이다! 그가 좋아하는 것은 서류, 책, 이면공작, 밀담이다. 그는 신전의 낙성식을 거행할 때나 공사 현장을 방문할 때만 '시라쿠사'를 떠났다. 그러므로 가벼운 튜닉만 입거나 옷을 벗은 채 낮잠을 자는 계절인 여름 전에 그를 단검으로 찌르기란 불가능했다. 기다려야 할 것이다. 아직은 더 기다리고 속마음을 감춰야 할 것이다.

    그들은 오슬레 놀이를 했다. 셀레네는 놀이에서 지기를 바랐다. 그녀는 '옥타비아의 딸들' 중에서 손바닥이나 손등 위에 뭔가를 던지고 되받는 실력이 가장 뛰어났다. 그러니 오슬레 조각을 바닥에 던지고 낚아채는 일에도 서툴지는 않았을 것이다. 군주가 이겼다. 그러나 가까스로 이겼을 뿐이다. 상급자에 대한 존중만큼이나 신빙성 있는 결과였다.

    다만 카이사르 아우구스투스는 다른 사람들이 주사위 놀이를 하듯 오슬레 놀이를 했다. 즉 재주 피우는 놀이를 운을 건 승부로 만들었다. 오슬레 조각을 낚아채려고 애쓰지 않고, 공중으로 던지지도 않고, 면에 적힌 숫자를 읽을 수 있도록 곧장 포석 위에 던졌다. 어떻게 행운의 신을 속이고 운명의 신에게 농간을 부리겠는가? 셀레네는 예전에 그런 식으로 오슬레 놀이를 한 적이 있고 그때 이겼던 일이 떠올라 갑자기 걱정이 되었다. 형제들 중 하나와 했던 놀이에서였다. 카이사리온이었나? 안틸루스였나? 알렉산드로스였나? 그가 이렇게 말했었다.

    "그늘진 눈을 한 작은 두더지야, 너는 게임 운이 좋아. 아마도 매사에 운이 좋을 거야!"

    그는 또 이렇게 말했다.

    "포르투나, 포르투나타Fortuna Fortunata, 너는 우리보다 오래 살 거야"

    포르투나? 그러니까 그가 라틴어로 말을 했던가? 그렇다면 안틸루스다…… 5월 어느 날 팔라티노 언덕의 뜰에서, 그녀는 자신의 눈앞에서 안틸루스를 죽게 한 남자와 오슬레 놀이를 했다.

그녀는 살인자의 손을 바라보았다. 그가 조그만 상아 조각들을 흔들다가 돌 위에 펼쳐놓는다. 그의 손가락은 길고 가느다랗다. 오른쪽 약지에는 인장인 스핑크스가 조각된 반지가 끼워져 있다.

"내기를 하자꾸나. 1점당 2세스테르티우스 은화를 주마."

"하지만 저는 군주님께 뭘 드리죠? 저는 돈이 없는데요."

"네가 게임에서 지면 너도 나에게 뭔가를 줘야지. 아까 저 아이들이 한 말을 너도 들었겠지."

그가 위안 주는 아이들을 가리켰다.

"아이들은 모두 내기를 좋아하지. 그리고 너 또한 아이일 뿐이야, 안 그러냐?"

그녀는 잠시 시간을 두어 대답할 힘을 되찾고 말했다.

"어떤 종류의 내기를 말씀하시는 거예요?"

"아, 그건 나중에 알려주마."

"하지만 군주님, 적당한 기준이 있어야 해요! 제가 약간의 차이로 지거나 큰 차이로 질 때 군주님께 똑같은 것을 드려서는 안 되잖아요!"

"우선 만만치 않은 게임 상대가 되겠다고 약속해라. 그리고 네가 질 경우 내가 원하는 것을 주겠다고 약속해. 다시 말해 무엇을 받을지 내가 결정하고 너는 게임이 끝날 때까지 그걸 모른다는 조건이다. 그러지 않으면 원로원의 1인자라는 게 무슨 이점이 있겠느냐? 하지만 나를 믿어라. 게임이 끝난 후 내가 속이지 않았음을 네가 확인할 수 있도록 죄다 글로 적어놓을 테니까."

그가 손뼉을 치자 하인들이 서판 두 개를 가져왔다. 그는 거기에 단어 몇 개를 적었고(전문가로서 셀레네가 너무 뭉툭하다고 생각하는 끌로), 뜨거운 밀랍을 부은 뒤 스핑크스 인장을 찍어 봉인했다.

"자, 이제 한번 붙어보자, 소녀야!"

그가 오슬레 조각을 던졌다.

그녀는 신들이 자신에게 무엇을 원하는지 몰랐다. 또한 신들을 그다지 신뢰하지 못했다. 하지만 그들에게 기도를 올렸다. 이시스, 세라피스, 비너스, 디오니소스, 유피테르에게. 간단히 말해 적의 편인 아폴론을 제외한 모든 신에게 마구잡이로. 그녀는 자신을 도와달라고, 자신이 좋은 패를 고르게 해달라고 기도했다. 게임에 지게 해달라고(이 경우 군주에게 주어야 하는 것이 별것 아니게 해달라고), 아니면 이기게 해달라고(그래서 미신을 너무 믿는 나머지 잠에서 깨어나 실수로 오른발에 왼쪽 샌들을 신을 경우 다시 잠자리로 돌아가는 군주를 겁주게 해달라고) 기도했다.

그녀는 졌다. 두 번. 오슬레 조각들이 모두 같은 면을 보이며 멈췄다. 확실히 신들은 최선을 다했다.

모리타니아 아이들은 게임판 주위에 웅크리고 앉아, 늙은 여자 귀족들이 극장에서 하듯 그들의 주인을 향해 나무 딱딱이를 시끄럽게 두들겨댔다. 부리짓을 하는 흉측한 황새 떼 같았다! 셀레네는 그 아이들이 끔찍하다고 생각했다. 나이 많은 아이가 대담하게 딱딱이를 아우구스투스의 귀에 대고 흔들자, 아우구스투스가 화를 냈다.

"나를 귀머거리로 만들고 싶은 게냐? 정말이지 밉살스럽구나, 알렉시스. 그 딱딱이를 내려놓아라. 그리고 내 목에 팔을 둘러라. 그러니 훨씬 낫구나! 이것이 네가 내야 할 판돈이다. 네 입술을 내 입술 위에 포개고 아주 긴 입맞춤을 하는 거야, 어서!"

아이는 이미 입맞춤에 숙련되어 있었다. 조건을 요구받은 만큼 능란하게 입맞춤을 했다. 로마 남자들은 여자를 더 좋아하는 남자조차 어린 남자아이의 장밋빛 숨결에, 진홍빛 입술에 사족을 못 썼다. 아우구스투스는 친구 마에케나스와는 달리 아직 털이 나지 않은 미소년들에게 취미가 없었다. 하물며 털이 난 남자들에게는 더더욱 취미가 없었다. 그러나 그 역시 다른 모든 남자들처럼 '금발'에(특히 그녀들의 피부가 갈색일 때), 부드러운 살갗에, 순수한 입술에, 그리고 '신들의 양식처럼 달콤한' 입맞춤에 약했다. 그가 스카프를 풀고, 모자를 벗고, 눈을 감았다. 벌거벗은 아이는 그가 수월하게 호흡하도록 세 번 입술을 떼면서 주인의 입술 위로 자기 입술을 천천히 미끄러뜨렸다. 흔해빠진 광경이었지만 셀레네는 입맞춤이 조금 길다고 생각했다. 저 두 사람은 관객이 필요했던 걸까? 연회 끝 무렵도 아닌데! 특히 그녀는 자신이 군주에게 주어야 하는 것도 그런 종류일까 궁금했다. 그가 감히 그런 것을 요구할까? 설마, 아닐 것이다! 그녀는 자유민 신분으로 태어났다. 하지만 셀레네는 다시 두려움과 증오에 사로잡혔다. 독재자여, 언젠가 나는 너의 화형대 위에서 춤을 출 것이다. 너의 뼈를 발로 밟아줄 것이다!

군주는 다시 눈을 뜬 뒤 빙그레 웃고는 서판을 내밀면서 말했다.

"인장을 부숴라. 그리고 신들이 너에게 명령한 것을 읽어라."

셀레네는 그의 글씨를 해독하느라 애를 먹었다. 서판에는 이렇게 적혀 있었다.

'50점 이상 차이로 질 경우 클레오파트라 셀레네(그는 분명히 '클레오파트라'라고 썼다)는 아무것도 내지 않아도 된다. 하지만 그보다 덜한 점수 차로 질 경우에는 내일 다시 와서 카이사르 아우구스투스의 선택이 무엇인지 들어야 한다.'

선택? 그렇다, 델렉투스delectus.

셀레네는 그 수수께끼 같은 글을 낮은 목소리로 다시 읽어보았다. 하지만 게임에서 진 대가로 군주에게 무엇을 주어야 하는지는 여전히 알 수 없었다. 적어도 입맞춤은 아니라면 좋으련만…… 겨우 30점 차이로

졌는데 60점 차이로 진 것보다 더 무거운 벌을 받아야 하다니, 셀레네는 화가 났다. 군주가 속임수를 쓴 것이다.

"이건 합리적이지 않아요!"

그녀가 외쳤다.

"네가 계산할 줄 안다는 사실을 알겠구나."

그가 빙그레 웃으며 계속 말했다.

"내 딸 율리아가 너처럼 논리적이면 좋겠다…… 하지만 너는 착각한 거야. 이건 네 실수의 심각성과 비례한단다. 네가 점수를 많이 잃었다면 신들이 너에게 반기를 들었다는 뜻이야. 그 경우 내가 너를 무엇으로 벌 줘야 할까? 반대로 네가 점수를 조금 잃으면 너의 수호신이 내 수호신 보다 별로 열등하지 않다는 의미지. 그건 무례하고 염려스러운 일이다."

그들은 위안 주는 아이들이 지켜보는 가운데 분수가 있는 오래된 뜰의 처마 아래에서 '홀수-짝수' 게임을 했다. 이제는 남쪽에서, 초목이 전혀 자라지 않는 키르쿠스 막시무스 쪽에서 바람이 불어오고 있었다. 군주는 한결 편히 숨을 쉬었고, 긴장을 풀고 우화들을 낭송했다. 심지어 어린아이처럼 '폴룩스의 이름을 걸고' 맹세하기까지 했다. 그들은 불그스름한 신들이 그려진 셋째 안뜰에서 말린 무화과와 생선 튀김을 먹으며 모자이크 체커판 위에 연신 말을 밀었다. 이윽고 낮잠 시간이 되자, 노예들이 가득 엎드려 있는 계단을 내려가 복도로 접어들었다. 불빛이 너무 어두워서, 그 장소에 익숙한 모리타니아 남자아이들이 셀레네의 손을 잡아줘야 했다. 마침내 그들은 햇빛이 눈부신 평지로 나왔다. 잿빛 돌을 떠나 대리석의 공간으로, 저택의 사적 공간을 떠나 아폴론 신전 입구의 광활한 공간으로 나왔다.

머리털이 길고 텁수룩한 게르마니아인 몇 명이 조각상들 사이에서 보초를 서고 있었고, 술장식이 달린 양산 밑에 반쯤 몸을 숨긴 여자 몇 명이 서둘러 그 빛의 호수를 건너고 있었다. 리비아와 수행원들이었다. 막 태양신에게 화관을 바친 참이었다. 그녀들이 걸음을 멈추었다. 부부는 멀리서 몇 마디를 주고받았다.

"우리는 베틀과 물레로 돌아가는 참이에요."

리비아가 쾌활하게 말했다.

"나는 내 방으로 올라가 잠을 조금 청하겠소."

아우구스투스가 말했다. 그가 한숨을 쉰 뒤 물었다.

"우리가 기다리는 여자들의 소식은 들었소?"

리비아가 대답했다.

"그녀들은 우리 집 안에 있어요. 에우포리온이 돌보고 있죠. 내가 곧 그녀들을 만나볼 거예요…… 눕기 전에 푸치눔 포도주 한 잔 드세요. 5월 감기를 예방하는 데 최고죠."

부부는 더 이상 지체하지 않고 각자 자신의 길을 갔다.

"나의 리비아를 어떻게 생각하느냐?"

군주가 갑자기 셀레네에게 물었다. 셀레네는 그 질문에 허를 찔리지는 않았지만 조금 놀랐다. 대답할 말에 대해서는 어떤 망설임도 없었다.

"무척 아름다우시다고 생각해요."

셀레네가 대답했다. 사실 셀레네의 눈에 아우구스투스의 아내는 입술이 얇고 턱이 작아서 정말로 예쁘다고 하기에는 얼굴이 너무 '좁아' 보였다. 하지만 몸매가 매력적이고 우아함이 비할 데 없었다. 그날 리비아는 수수한 베일을 드리웠지만 다양한 실로 짠 드레스를 입고 있어서 걸을 때마다 무지개처럼 영롱하게 빛이 났다. 그런 천으로 된 옷을 입으면 금이나 비단 같은 것이 필요 없었다. 외국에서 '수입해온' 물건은 아무엇도 몸에 걸치지 않았고, 여봐란 듯이 뽐내는 치장도 하지 않았다. 100퍼센트 로마인다운 옷차림이었다. 수십 명의 직조공이 여러 달 동안 눈과 손가락을 상해가며 그 천을 짜야 한다는 점을 제외하면.

셀레네의 생각을 간파하기라도 한 듯, 군주는 셀레네를 언덕 꼭대기 쪽으로 돌려보내기 전에 이렇게 말했다.

"내일 나를 다시 만나러 올 때 너에게 옷을 더 잘 입히라고 옥타비아 누님에게 부탁해두었다. 물론 화려하지는 않게. 나는 네가 오로지 미덕으로만 치장하는 것을 원치 않거든⋯⋯."

그는 지난번 만났을 때 셀레네가 바보처럼 인용했던 시구에 빗대어 이렇게 말한 뒤 웃음을 터뜨렸다. 그런 다음 즉시 손으로 입을 가렸다.

쓰라린 기억

지하도의 벽에서 물기가 방울방울 스며나왔다. 둥근 천장의 벽화는 곰팡이 얼룩 때문에 이미 지워졌다. 셀레네에게는 그 습기가 시큼하게 느껴졌다. 이제 습기는 그녀의 튜닉만이 아니라 피부에까지 배어들었다. 심장까지 스며들었다.

파도가 그녀를 삼킨다. 입에 짠물이 가득 찬다. 그녀는 비틀거린다. 벽에 기대야 한다. 현기증 속에서, 눈앞에 바다가 보인다. 알렉산드리아에서 보낸 마지막 겨울의 바다다. 파도의 거품이 그녀의 팔과 손가락을 적시고, 그녀는 완전히 뻣뻣해져서 왕실 배의 뱃머리에 서 있다.

지하도에서 그녀는 현기증에 사로잡혀 몸을 떤다. 발이 미끄러져 물에 빠지는 것 같다. 더 이상 숨을 쉴 수가 없다. 입 속에, 배 속에 짠물이 들어온다.

"너는 성장하고 있어."

옥타비아의 하녀들이 여러 번 말했다.

"너는 여자가 될 거야. 그리고 곧……."

아니, 그래서는 안 된다!

셀레네는 다시 천천히 걸었다. 벽에 손을 짚고 허리를 굽혀 몸을 둘로 접었다. 직무를 수행하느라 앞에서 걸어가던 방문 담당 노예는 속도를 늦추지 않았다. 그래서 그녀는 다시 걸었다. 마치 딸꾹질을 하듯이. 차츰 몸을 세우고, 주위에서 찰랑거리는 더러운 물에서, 지하도를 침범한 끈적끈적한 바다에서 벗어나기 위해 속도를 높였다. 점점 더 빠르게 앞으로 나아가 마침내 노예를 따라잡았다. 몸이 불편해서 눈치채지 못한 사이, 가느다란 금사슬이 그녀의 몸에서 떨어져나갔다. 이시스를 섬기는 은둔녀들이 준 호루스 부적이 밑으로 떨어졌다. 그날 밤 그걸 잃어버린 것을 깨달을 때, 그녀는 어디서 잃어버렸는지 알지 못할 것이다.

"나를 예쁘게 꾸며줘."

그녀가 하녀들에게 말했다.

"이젠 맨몸으로 거기에 가고 싶지 않아."

하지만 그 로마 여자들은 키레나이카 여왕의 몸을 매혹적으로 꾸미는 법을 알지 못했다. 그저 클라우디아의 드레스 중 한 벌을 입혀주는 것으로 만족했다(두 여자아이는 사이즈가 같았다). 황갈색 줄무늬가 있는 사프란색 드레스였다. 로마에서는 줄무늬가 한창 '유행'이었다. 그리고 토파즈 목걸이를 빌려주었다. 옥타비아의 축복과 함께. 그녀가 갑자기 몸치장에 관심 가지는 것을 알고 옥타비아가 염려하긴 했지만.

"그런데 셀레네, 내 남동생은 너를 누구에게 선보이려는 거니? 외국 대사들에게? 그리고 내 남동생과 무슨 이야기를 나누니? 여전히 시 이야기를 하니?"

"아니요, 오슬레 놀이를 했어요…… 리비아님과 이야기도 했고요."

셀레네가 급히 대답했다. 왜 그녀는 매우 짧았던 그 만남을 언급해야 한다고 느꼈을까? 그리고 왜 '함께 이야기했다'고 말했을까? 사실은 지나가다가 마주치기만 했으면서.

셀레네는 자신의 대답에 관해 더 자문해볼 여유가 없었다. 옥타비아가 다시 이렇게 물었기 때문이다.

"그러면 율리아는? 율리아도 함께 놀이를 하니?"

"아니요. 어제 율리아는 선생님들과 공부를 했을 거예요. 하지만 오늘은 거기에 올 거예요. 틀림없이."

그녀는 '틀림없이'라고 말했다. 하지만 그녀는 알고 있었다. 아우구스투스의 딸이 거기에 오지 않으리라는 사실을.

다시 방문 담당 노예가 모습을 드러내고, 다시 불빛이 약한 비밀 회랑을 지났다. 그런 다음 건너편 끄트머리에 다다랐고, 계단, 경사진 복도, 층계참, 난간, 현관을 지났다. 두루마리를 든 서기들이 그곳들을 지나다녔다. 좁은 뜰에 호화로운 가마들이 서 있었고, 통로들은 토가 차림의 손님과 망토 차림의 해방 노예들로 혼잡했다. 임시 승강대, 빈 저수조 위에 걸쳐놓은 구름다리, 작업물의 골조, 대리석 조각상과 발판들이 있었다. 사람들이 조각상의 유리 눈을 교체하고, 튜닉에 다시 금박을 입히고, 뺨에 화장을 하고, 머리칼을 다시 칠하는 중이었다.

군주의 관저는 작업장, 난장판, 미궁이었다. 몰수한 열 채가량의 집들이 차례로 이어졌고, 수년에 걸쳐 한데 연결되었다. 그중 핵심은 웅변가 호르텐시우스의 옛 별장으로, 내전 때 그의 아들 퀸투스로부터 몰수되었다. 이후 옥타비아누스 아우구스투스는 오늘날 언덕의 남쪽 사면斜面 전체를 점유할 정도로 온갖 방향으로 손을 뻗었다. 하지만 아폴론 광장과 아폴론 신전을 제외하면(여기에는 방대한 매립 작업이 필요했다), 작업을 거쳐 협소하게 만든 부분이 보존되어 있었다. 군주는 정치적 원칙

('공화주의적' 검소함) 때문에 그 부분에 많이 집착했다. 미로 같은 부분과 어두운 부분(정원은 전혀 그렇지 않고, 주거공간들 위, 인접한 대성소에 이르는 그늘이 그랬다)에 대해 말하자면, 위대한 인물이 세운 전체 계획에 기인했다기보다는 특별한 취향 때문으로 보아야 했다. 그는 숨어서 지내기를, 들키지 않고 불시에 사람 만나러 가기를 좋아했던 것이다.

셀레네는 리비아의 넓은 집무실 벽을 장식하고 있는 신화 속 장면을 묘사한 벽화를 바라보며 이런 생각을 했다. 가짜 기둥들 한가운데에, 눈이 100개인 아르고스의 감시를 받는 유피테르의 정부 이오가 보인다. 감시자는 결코 잠드는 법이 없다. 그 그림은 이렇게 말하는 것 같다.

'이 집 안에서도 100개의 눈이 밤낮으로 너희들을 관찰하고 있음을 잊지 마라.'

그녀는 잊지 않을 것이다…… 시간을 죽이기 위해 그 눈들을 세어보았다. 파도에 삼켜질까 두려운 마음에 자신이 군주에게 '주어야 할 것'은 생각하고 싶지 않았다.

물시계 담당자가 다섯 번 시간을 외친 뒤 아우구스투스 앞에 가게 되자, 그녀는 전날과 똑같은 불안감을 느꼈다. 군주는 그녀를 다정하게 대해주었다(그녀의 새로운 옷차림을 칭찬했다). 하지만 다른 한편으로는…… 그는 무엇을 찾는 걸까? 그리고 그녀는 무엇을 증명해야 할까? 오늘은 어떤 놀이를 하게 될까?

그들은 셀레네가 정확한 위치를 알지 못하는 관저의 한 곳에 있다. 수많은 계단을 오르내리고 바깥 풍경이 보이지 않는 수많은 방과 창문 없는 작은 방들을 가로지른 나머지, 지금 자신이 있는 곳이 정확히 어디인지 알 수가 없었다. 하지만 새로운 익면翼面이나 신성한 구역 뒤에 숨겨진 호화로운 개인 응접실은 절대 아니었다. 그날 저녁 셀레네를 맞이한 사람은 아폴론이 아니라 투리누스, 투리움의 '촌뜨기', 방앗간 주인의 손자, 밧줄 제조업자의 후손이었다.

방문 담당 노예가 천장이 둥근 긴 방 깊숙한 곳으로 그녀를 밀어 넣었다. 아우구스투스는 돌로 된 단순한 긴 의자에 앉아 있었다. 바닥에 양탄자가 깔려 있지 않았고, 연분홍빛 도료 덕분에 응회암임을 알 수 있는 벽에는 그림이 걸려 있지 않았다. 한쪽 구석에는 표면이 벗겨진 님프 그림과 물줄기가 스며 나오는 가짜 동굴 그림이 있었다. 노예 두 명이 작은 철제 샹들리에를 천장으로 끌어올렸다. 일단 끌어올리기는 했지만, 그 샹들리에 불꽃은 장식 벽토로 된 둥근 천장을 밝히기에도 충분치 않았다. 위쪽에서 겁에 질린 검은 뭔가가 날아가는 소리가 들렸다. 박쥐일까? 제비일까? 까마귀일까? 아래쪽에서는 그늘이 세상의 주인을 삼켰다. 그가 말했다.

"이제 선택(델렉투스)의 시간이 되었다."

델렉투스…… 왜 그녀는 전날부터 이 세 음절 델렉투스를 되뇌면서 과일 맛을 음미하고, 그가 자신에게 과자를, 꿀과 기름이 뚝뚝 듣는 커다란 빵과자를 내줄 거라고 기대했을까? 아니다, '기대했다'는 정확한 표현이 아니다. 그녀는 달콤한 사탕과자를 맛보고 군주에게 권해야 할 수도 있지만, 그런 일을 심각하게 생각하지 않았다. 심각하게 여기지 않았다. 어쨌든 그 방이 간소하고 장식이 없으며 탁자조차 없다는 사실에, 셀레네는 피스타치오가 든 둥근 과자에 대한 몽상을 지나간 어린 시절로 돌려보냈다. 로마의 단어들은 무고하지 않았고, 군주의 생각은 결코 달콤하지 않았다.

그런데 셀레네에게는 자신을 변호할 수 있는 수단이 없었다. 부적도 없고 단검도 없었다. 아까 옥타비아의 의상 담당 시녀들이 드레스를 입히고 허리띠를 매주었기 때문이다. 그녀는 우스꽝스러운 옷차림으로 장식용 천 한가운데에서 그물망을 마주하고 섰다.

"소녀, 클레오파트라."

카이사르가 중얼거렸다.

"소녀들은 들어오는 즉시 격려받을 필요가 있어. 네가 있으면 이 소녀들이 안심할 거다. 소녀들끼리니까, 안 그러냐……."

상인 토라니우스가 순결한 노예 소녀들을 그에게 공급한 뒤 소녀들이 사용되는 즉시 헐값에 되샀다. 처녀성은 딱 한 번만 사용되었다. 자유민 소녀들은(그런 소녀들이 있었다) 리비아가 이탈리아 전체에서 모아들였다. 아마도 내전 때문에 집이 망해 군대의 고참병에게 접수된 농부의 딸들일 것이다. 고참병들은 식사를 하기 위해 '일정 기간' 소녀들을 고용했다. 자유민 남자아이들은 똑같은 방식으로, 똑같은 이유로 검투사가 되었다. 하지만 위험을 무릅쓰고 받아들인 운명을 끝까지 보전할 기회가 소녀들보다 더 많았다.

처녀를 밝히는 아우구스투스의 취향은 언제부터 시작된 걸까? 어떤 역사가들은 그가 노년에 이르러서야 신선한 육체를 필요로 했다고 주장한다. 하지만 마르쿠스 안토니우스는 옥타비아누스가 리비아와 깜짝 결혼을 하고 7년이 지나 32세가 되었을 때 이미 '옷을 벗기고 처녀 여부를 검사하는 사람들의 중개를 통해' 소녀들을 데려온다고 옥타비아누스를 비난했다. 고대의 전기작가들은 리비아가 남편을 위해 뚜쟁이 역할을 했다는 주장을 정설로 본다. 수에토니우스는 이렇게 썼다.

"그는 소녀들의 처녀성을 빼앗는 데 집착했다. 그래서 그의 아내가 도처에서 소녀들을 모아들였다."

'위엄 있고 정숙한' 아내가 한 행동은 이렇게 설명된다. 그녀에게는 선택의 여지가 없었다. 어여쁜 자태의 앳된 소녀들을 위해서도, 테렌틸라를 위해서도.

반면 옥타비아누스 아우구스투스는 자신이 사들인 미소년들은 범하지 않았다. 그는 어떤 종류의 욕구 때문에 성적으로 아직 미숙한 소녀들에게 집착했을까? 서른 살이 되자마자 시작된 비밀스러운 열정, 수줍은 가슴, 제대로 성숙하지 않은 허리와 엉덩이, 막 자라나기 시작한 잔털, 긁힌 장딴지, 물어뜯은 손톱, 촘촘히 땋은 머리, 주근깨, 잘못 묶은 허리띠 그리고 어색한 웃음에 대한 열정이 대관절 어디서 왔단 말인가? 왜 그는 분칠한 뺨보다 분칠하지 않은 뺨을, 향수를 뿌려 다듬은 머리칼보다 제멋대로 뻗친 머리칼을 더 좋아하게 되었을까? 첫 아내와 '정을 통하지' 못했던 것에 대한 막연한 후회 때문일까? 국익 때문에 열두 살 때 결혼했고 여섯 달 뒤 이해관계 때문에 다시 돌려보낸 풀크라 말이다. 오디세우스처럼 미지의 땅을 처음으로 탐험하고자 하는 미친 듯한 욕망 때문이었을까? 아니면 금지된 것을 갖고 놀면서 한계를 깨뜨리는 데서 오는 정신적 쾌락 때문이었을까? 다시 말해 먹잇감의 젊음 때문이 아니라 사회적 지위 때문에 말이다. 노골적인 욕망을 만족시키기 위해 음란한 언행에 바쳐진 노예와 대비되는, 금으로 된 '불라bulla'가 천진함을 보호해주는 자유민 신분으로 태어난 소녀.

이유는 별로 중요하지 않다. 우리는 아우구스투스를 소파에 눕히지 않을 테니까. 왜 우리는 공적 생활에서 알려진 사실들을 통해 그의 성생활을 분석하려 하는가? 그는 외양을 관리해 어리석은 자들을 다루는 법과 공화국을 복구한다는 구실로 군주제를 창시하는 법을 누구보다 잘 알고 있었다. 또 서신의 암호화를 고안하고 매우 내밀한 대화들을 글로 준비한 불안증 환자였다. 항상 긴장감 아래에서 살았다. 그가 좋아했던 단어는 아욱토리타스(auctoritas, 권위)였다. 여기에는 두 가지 의미, 즉 스스로에게 적용되는 의미와 타인에게 적용되는 의미가 있었다. 젊은 우두머리는 스스로 긴장을 풀게 될 경우 주위 사람들에 대한 영향력을 바싹 조이면서 그것을 상쇄했다. 쾌락에 굴복하기 전에, 잔인함에 이를 정도로 자신을 강화해야 했다. 스스로에 대한 긴장의 끈을 놓을 경우, 오직 상대의 몰락만이 그를 안심시켰다.

하지만 리비아와 함께 지낸 처음 몇 년 동안 리비아 덕분에 자신의 어두운 부분이 무엇인지 분별할 만큼 자신에 관해 많은 것을 알게 되었다. 그리고 발작을 예감하는 간질 환자처럼, 최초의 신호들에서 그 충동을 알아볼 수 있게 되었다. 그는 어린아이, 포로, 혹은 외국인 같은 보잘 것없는 대상들, 멸시받는 희생자들에 대한 과격한 태도를 굴절시키려고 애썼다. 그들은 시시해서 정치적이거나 종교적인 어떤 추문도 일으킬 수 없었다.

클레오파트라 셀레네는 그 세 가지 범주에 모두 속했다.

허약하고 겁에 질린 조그만 소녀들은 생쥐처럼 갉는 소리를 내며 다가왔다. 샹들리에 불빛에 그 소녀들의 윤곽이 간신히 구별되었다. 열 살, 아마도 열두 살. 웬 여자들이 합장한 손에 조그만 야등을 들고 소녀들의 얼굴을 비추었다. 여자 수행원들의 어렴풋한 얼굴이 소녀들의 얼굴과 대비를 이루었다. 검게 그늘진 것이, 마치 문둥병에 걸려 입술과 코가 없어진 것 같았다.

특이하게도 많은 아이들의 머리카락이 노예처럼 짧았다. 하지만 어떤 아이들은 땋은 머리를 하고, 목에 가느다란 줄을 걸고 있었다. 야등 빛이 움직이자 줄 끝에 매달린, 가죽 또는 금으로 된 큼직한 메달이 언뜻 보였다. 자유민으로 태어난 여자아이들의 불라였다.

아이들은 홀 깊숙한 곳으로부터 종종걸음으로 나아왔다. 모자이크 포석 위의 맨발들. 거의 제복처럼 입은 회색 튜닉은 깔끔해 보였지만, 너무 짧거나 품이 너무 넓었다. 집의 창고에서 급하게 갈아입힌 것 같았다. 틀림없이 몸도 씻겼으리라…… 하지만 향수는 뿌리지 않았다. 리본도 전혀 달지 않았다. 얌전한 아이들처럼 보였다. 가엾고 얌전한 아이들. 그래서 이 아이들을 선택했겠지.

  군주는 흥미가 당기지 않는 소녀들을 손짓으로 왼쪽 줄에 물러서게
해 1차로 소녀들을 걸러냈다. 오른쪽 줄에 서게 된 소녀들은 그의 앞을
천천히 지나갔다. 그가 앉은 돌로 된 긴 의자 위에 놓인 등불 두 개가 그
광경을 비추었다. 어떤 소녀들은 거리를 두고 멀찍이 멈춰 서서 고개를
숙이고 있었다. 그는 소녀들의 손목을 잡고 불빛 쪽으로 끌어당긴 뒤 손
으로 턱을 들어올렸다. 불라(남자아이들은 성인복을 입게 되면서 가정 제
단 위에 올려놓고, 여자아이들은 결혼식 날 밤 없애는)를 걸고 있을 경우,
망설임 없이 그것을 열었다. 마치 그 여자아이의 몸을 여는 것처럼.
  능욕당한 불라는 하찮기 짝이 없는 비밀들을 드러냈다. 그 안에는 향
조금, 조그만 해골, 이빨 하나, 접힌 파피루스 조각, 뱀가죽 조각, 성기
모양의 부적 등이 들어 있었다. 호기심을 충족한 군주는 그것을 정성 들
여 다시 닫았다. 그는 신들을 두려워했고 아이들 중 다수가 그 상징을
몸에 지니고 있는 남근의 신 파스키누스를 숭배했다. 이 조사 덕분에(불
라가 매달려 있는 줄은 그리 길지 않았다) 그는 소녀들의 숨결을 마실 수
있었다. 만족하지 못할 경우 아이를 멀리 떼어놓았다. 이따금 제외된 아
이들이 절망적인 몸짓을 하며, 야윈 손가락을 엉덩이에 짚거나 작은 팔
로 무릎을 감싸 안으며 그에게 매달렸다. 그럴 때면 근육질의 비티니아
인 하인이 커튼 뒤에서 나타나 벌벌 떠는 아이들을 떼어내 관저의 어둡
고 깊숙한 복부로 데려갔다.
  아이들의 수가 점점 줄어들었고, 남은 아이들은 작은 등불을 봉헌물
처럼 손에 든 채 다시 방 안을 줄지어 지나갔다. 등불 때문에 그 아이들
의 머리는 마치 몸 없이 둥둥 떠다니는 것처럼 보였다. 허공에서 불빛을

받은 그 얼굴들이 마치 밤에 날아다니는 개똥벌레 같았다.

　나중까지 남은 여자아이들은 군주가 앉은 돌 의자에 차례로 올라가 서 있어야 했다. 의자에 놓인 등불 불빛이 여자아이들이 손에 들고 있는 불빛을 흡수했다. 이리저리 날아다니는 작은 불빛이 아이들의 육체 속으로 녹아들었다. 여자아이들은 육체를 갖고 있었다. 카이사르 아우구스투스가 전부 검토한 뒤 객관적으로 판단하려고 애쓰는 육체.
　"땋은 머리카락을 풀어라."
　"허리띠를 끌러라."
　겁을 먹은 아이들은 아우구스투스가 내린 명령과 다른 엉뚱한 행동을 했다. 어떤 아이들은 자신이 받은 명령을 전혀 이해하지 못했다. 분명 라틴어를 몰라서 일어난 일일 것이다. 다른 아이들은 상반된 욕망에 사로잡힌 포로처럼 보였다. 이 미지의 인물은 그들에게 해를 끼칠 수도 있지만 빵을 줄 수도 있지 않은가? 그리고 황금도? 여자아이들은 그의 마음에 들기를 열망하면서, 또는 그의 마음에 들지 않기를 바라면서 꼼짝하지 못했다. 그래서 군주가 요구하는 간단한 몸짓조차 할 수 없게 되었다. 짜증이 난 아우구스투스는 셀레네에게 도움을 청했다.
　마치 그녀가 그 아이들의 자매인 것처럼(더 심하게는 그 불쌍한 아이들의 하녀인 것처럼), 아이들이 머리를 풀거나 어깨 위에서 튜닉을 고정하는 브로치 끄르는 것을 도와주게 했다. 그녀에게, '왕들의 여왕'의 딸에게! 수치심으로 그녀의 얼굴이 붉어졌다. 상황의 외설스러움과 몇몇 여자아이들의 거북해하는 태도 때문에 수치심이 더욱 배가되었다. 그녀는 그가 아이들을 모욕한다고, 아이들 전부를 모욕하고 있다고 느꼈다. 그녀 자신도 포함해서, 아니, 누구보다 그녀를! 그녀의 입안이 씁쓸함으로 가득 찼다.

'선택된' 아이 하나가 벌거벗은 채 군주를 마주하자, 그녀는 그 모습을 외면하려고 애썼다. 하지만 그가 의견을 물었다.

"네가 보기엔 이 아이가 어떠냐?"

"무척 아름다워요."

셀레네가 대답했다. 전날 리비아에 대해 그렇게 말했던 것처럼.

"무척 아름다워요."

그녀는 수행원들을 위해 다시 한 번 말했다.

그러자 그가 화를 냈다.

"아무 말이나 되는대로 지껄이지 마라! 적어도 보기는 해야지! 가까이 오너라. 이 금발 여자아이, 그래, 구리 팔찌를 찬 여자아이 말이다. 이 여자아이는 엉덩이가 너무 빈약하지 않으냐? 어깨는 구부정하고 말이다."

"예, 그런 것 같아요."

셀레네는 재빨리 여자아이에게 눈길을 한 번 준 뒤 중얼거렸다.

"구부정한 것 같아요, 네……."

"전혀 그렇지 않다! 이 여자아이의 어깨는 완벽해! 대체 눈이 어디에 달렸느냐, 클레오파트라? 결점이 있다면 바로 이 뾰족한 무릎이다. 하지만 그런 것은 넘어갈 수 있어, 안 그러냐? 피부가 부드럽다면 이 여자아이를 용서할 수 있어. 그러니 나에게 알려다오. 이 여자아이의 목에 손을 얹어라. 그래, 더 아래쪽에."

결선 진출자들이 겪어야 하는 마지막 확인("다리를 벌려라")은 그가 직접 맡았다. 불길한 손, '더러운' 손인 왼손으로. 더러운 손의 손가락 하나로. 붉은 손으로. 무표정한 셀레네, 경악으로 일그러진 셀레네에게 우두머리는 아무도 믿을 수 없다고, 아주 작은 세부까지 모든 것을 일일이 직접 확인해야 한다고 설명했다. 정치가 가르쳐준 큰 교훈이었다.

이 마지막 검사를 받는 동안 소녀 하나가 울었다. 두려움 혹은 고통 때문에. 그날 밤을 함께 보내기로 군주가 선택한 여자아이였다.

기념품 상점

공공 경매 상품 목록, 골동품, 파리, 드루오 몽테뉴.

......189. 동일한 재질의 경첩으로 한데 붙인 오목한 금판 두 개로 만들어졌고 안에 부적을 넣게 되어 있는, 불라(bulla) 라고 불리는 구형(求刑) 메달. 보존 상태 양호함. 로마 예술품.

다이아몬드: 8.2센티미터

3500/4000

......195. 매의 모습을 형상화한 펜던트형 부적. 정교하게 만들어진 깃털이 도 려내기 기법으로 표현되어 있다. 금. 붉게 산화되고 석회화되었음. 고리는 빠지고 없음. 다른 부분 상태는 양호함. 프톨레마이오스 시대 말기 이집트.

높이: 1.6센티미터

1500/1600

출처: 개인 수집품 (로마)

집정관으로서 카이사르 아우구투스는 얼마 전 로마 민중에게 돈을 걸고 하는 도박을 금했다. 하지만 그는 신들의 총애를 확인하려는, 신들이 자기를 버리지 않았음을, 자신이 항상 가장 사랑받는 자임을 증명하려는 병적인 욕구를 갖고 있었다. 그래서 자신이 공표한 규칙을 스스로 위반했다. 가장 비난받아 마땅한 방법으로 몰래, 어린아이들과 함께. 셀레네는 그해 봄 내내 군주의 위반 행위에 동참해야 했다.

음산한 반사광이 비치는 지하도가 그녀를 팔라티노 언덕의 어두운 미로 안 어느 곳, 작은 안뜰의 어렴풋한 불빛 쪽으로 데려갔다. 그곳의 닳아빠진 포석 위에서 오슬레 놀이, 호두 놀이, 혹은 주사위 놀이가 기다리고 있었다. 그녀가 놀이에서 질 경우, 지하도는 더 깊고 어두운 다른 지하도로 이어졌다.

디오텔레스는 군주의 집에서 무슨 일이 일어나는지 알지 못했지만, 아무튼 군주가 셀레네를 좋게 평가하는 것 같아서 기뻐했다. 틀림없이 아우구스투스는 셀레네의 재기에 매혹됐을 것이다. '익살 광대'인 그조차 별로 기여하지 못했던 재기 말이다. 지배자가 그 아이에게 심취한다면, 그 아이의 조언과 재치 있는 대꾸를 높이 평가한다면, 그 아이가 어디까지 갈지 누가 알겠는가? 예컨대 그 아이를 티베리우스와 결혼시킬 수도 있지 않은가? 그게 아니면 언젠가 군주 자신이…… 사실 디오텔레스는 아우구스투스가 오래전부터 리비아와 잠자리를 하지 않는다는 이야기를 들어서 알고 있었다.

식탁보 관리를 담당하는 충성스러운 하녀들에 따르면, 사건은 5,6년 전의 안타까운 출산으로 거슬러 올라간다. 리비아는 예정일보다 한 달 일찍 커다란 아이를 낳는 바람에 배가 찢어졌다. 더 지독한 것은 갓난아기가 기형아였다는 사실이다. 머리가 물에 부풀어 있었고 등에는 꼬리 모양의 돌기가 있었다. '반은 애꾸, 반은 트리톤*'이었다 사람들이 그 사실을 확인했다. 산파는 자신의 직업에 규정된 바를 즉시 행했다. 즉 기형아가 호흡을 시작하기 전에 얼른 목을 졸랐다. 리비아에게는 아기가 사산되었다고 말했다. 법에 의하면, 집안의 가장pater familias이 그 기형아를 보고 싶어할 경우 막을 수 없었다. 소식을 들은 아우구스투스는 매우 놀랐고, 얼마간 시간이 지나자 리비아와 자신 사이에서는 훌륭한 아이가 절대 태어나지 않으리라 생각하게 되었다.

디오텔레스는 그 이야기를 절반만 믿었다. 어떻게 그런 비밀 이야기가 늙은 하녀나 세탁 담당 하녀의 귀에 들어가겠는가? 하지만 나중에 셀레네에게 그 일을 설명해야 했을 때는 젊은 서방 최고사령관은 혐오감을 느껴 그런 괴물을 낳은 아내를 더 이상 건드리지 않게 되었을 거라고 말했다. 사람들은 그나마 옥타비아가 올케가 굴욕적인 이혼을 당

---

* 그리스 신화에 나오는 반인반어의 해신.

하지 않도록 도와줬을 거라고 수군거렸다. 마음에서 우러난 선의 때문이었을까?

"물론 그렇겠지요."

디오텔레스가 셀레네에게 말했다.

"하지만 정치적인 이유도 있었을 거예요. 옥타비아님의 아들 입장을 생각하면 상속해줄 아들이 없는 외삼촌보다 더 좋은 것이 어디 있겠어요? 공주님의 보호자이신 옥타비아님은 아들 마르켈루스 생각만 했을 거예요. 그 아이만 한 애가 어디 있어요. 상냥한 소년이지요."

반면 리비아의 첫 남편 티베리우스 클라우디우스 네로가 그렇게 일찍 죽을 줄은 아무도 몰랐다. 그는 아홉 살과 여섯 살인 자신의 두 아들을 젊은 카이사르에게 '유증했다.' 그것은 옥타비아와 마르켈루스에게는 물리쳐야 할 잠재적 위협이었고, 리비아에게는 선물이었다. 독이 든 선물. 그녀의 두 아들이 그때까지 자기들을 낳아준 어머니의 얼굴도 모르고 있었기 때문이다. 그들은 어머니를 경멸했고, 그녀를 자기들에게서 빼앗아간 남자를 싫어했다. 또 자신들이 '공화주의자'라고 말했다. 그들의 친아버지가 자기 인생에 영감을 부여했던 가치관을 아들들의 머릿속에 은밀히 불어넣었던 것이다. 그러나 전세 회복은 어려울 것으로 예측되었다.

리비아는 기회를 잡는 데 과감하지 못한 여자는 아니었다. 기회를 잡으려고 7년 전에 자기를 희생했다. 그녀는 신의 섭리에 감사했다. 더 이상 아이를 낳지 못한다는 사실을 체념하고 받아들였을 때, 신의 섭리는 그녀에게, 카이사르의 집 안에 생명력 가득한 두 아들을 데려다주었다. 좋든 싫든 리비아는 아들들을 전진하게 할 것이고 그들과 함께 전진할 작정이었다. 그녀는 엄격한 교육을 시작했다.

그녀의 노력은 드루수스에게서 빠르게 열매를 맺었다. 드루수스는 얼마 지나지 않아 의붓아버지를 좋아하게 되었고, 리비아는 그것이 고마워 아이를 더욱 사랑했다. 하지만 티베리우스의 경우에는 할 수 있는 일이 전혀 없었다. 아이는 제 친아버지를 매우 사랑했고, 아홉 살 나이에 친아버지 장례식에서 조사를 직접 낭독했다. 그리고 오랫동안, 너무나 오랫동안 자기가 어머니에게서 버림받았다고 생각했다. 아이는 추억과 원한 속에 틀어박혔다. 순종하고 훈육도 받았지만 비밀스럽게 슬픔을 곱씹었다. 속지 않는 옥타비아누스는 그 과묵한 소년을 눈썹이 떨릴 정도로 감시했고, 고집을 부린다고 나무랐다. 그리고 소년을 유순하게 만들기로 결심했다. 벌써 머리가 굵어진 티베리우스는 저항했다. 두 남자는 서로에게 반감을 느꼈다. 리비아가 끼어들었지만 양쪽 다 더욱 기분이 상할 뿐이었다.

리비아의 맏아들 티베리우스는 율리아처럼 옥타비아의 집 안으로 몸을 피했다. 티베리우스는 어머니의 남편을 피해, 율리아는 계모를 피해. 나는 이 가족들이 싫어…… 상냥한 만큼 교활하기도 한 군주의 누나는 자신이 이런 상황으로부터 끌어낼 수 있는 이점을 곧장 알아차렸다. 만약 리비아가 마르켈루스를 배제하기 위해 뻐꾸기처럼 다른 여자의 둥지 안에 자기 알을 갖다놓는 것으로 충분하다고 믿었다면 오산일 것이다! 옥타비아는 티베리우스의 불행에 특별한 애정을 느꼈다. 아이의 자존심을 배려해주었고, 좋지 않은 기분을 어루만져주었고, 앙심을 받아주었다. 뿐만 아니라 마음을 다해 아이를 불쌍히 여겨주었다. 계산속도 그런 감정을 방해하지는 못했다.

이집트에 승리한 것을 기념하는 개선식에서 군주가 탄 전차 앞에서 마르켈루스와 함께 말을 타고 행진한 3년 뒤, 티베리우스는 더 이상 경쟁에 참여하지 않는 것 같았다. 적어도 디오텔레스의 의견은 그랬다. 알렉산드리아 궁정(정확히 말하면 동물원이지만)에서 태어난 디오텔레스는 자신이 권력의 흑막을 잘 안다고 믿었다.

　지하도 생각에 치인 셀레네는 디오텔레스의 이야기에 겨우 귀를 기울였다. 아우구스투스와의 '내기' 때문에 살아남은 자의 악몽에 빠진 것이다. 심장이 고동칠 때마다 의지력이 요구되었다. 기본 반응들을 억눌러야 했고, 숨 쉴 생각을 해야 했고, 걷기 위해 깊이 생각해야 했다. 그녀에게는 팔라티노 언덕의 음모들에 흥미를 가질 만큼 충분한 힘이 남아 있지 않았다.

　침대 안에 혼자 오그리고 있을 때만 약간의 재기를 되찾을 수 있었다. 배를 깔고 몸을 둥글게 웅크린다. 그러면 마침내 임박해온다. 긴 베개 밑에 숨겨놓은 특효약을 만질 순간이 임박해온다. 단검 말이다. 언젠가 그녀는 아이들을 잡아먹는 형리 아폴론을 죽일 것이다. 칼로 혹은 주술로. 매일 밤 끝 위에서 잠들기 전, 그녀는 사념을 벼려 화살처럼 적을 향해 똑바로 겨누었다. 사악한 신들의 도움을 받아 그의 심장 한가운데를 맞힐 것이다. 그런 다음 모욕에서 해방되어 배를 타고 나일 강을 향해해 수원水源까지 거슬러 올라갈 것이다.

　여름에 아우구스투스가 여덟 번째로 집정관에 재선출되어 에스파냐로 싸우러 떠난다는 소식을 들었을 때 그녀는 안도감을 느꼈을까? 그는 두 집의 아이들 중 무기를 들 수 있는 나이가 된 남자아이들을 모두 데려갔다. 마르켈루스, 티베리우스, 이울루스, 그리고 심지어 루키우스 도미티우스까지. 테렌틸라도 데려갔다. 그녀가 '지붕이 있는 가마'를 타고 갔는지 역사는 정확히 밝히지 않는다.

우리는 그녀의 남편인 마에케나스와 매우 지혜로운 리비아가 로마에 남아 있었다는 것만 알 뿐이다. 아그리파가 이탈리아 통치를 대신 맡고, 메살라는 로마의 통치를 맡기로 했다. 두 남자가 같은 집, 즉 안토니우스의 카레나 저택을 함께 사용하는 한 편리한 방안이었다. 어린 안토니아가 태어난 곳 말이다. 바퀴는 돌게 마련, 로마에서 집들은 안토니아와 함께 돌았다.

디오텔레스의 말에 따르면, 군주는 지금 로마인들의 마음을 완전히 사기 위해 전쟁의 영광을 꿈꾸고 있다. 그리고 이제 시간이 되었다! 사실 아우구스투스는 전투에서도 이겨본 적이 없었다. 전쟁이 일어나면 항상 다른 이에게 의지했다. 처음에는 안토니우스에게, 나중에는 안토니우스에게 맞서 아그리파에게.

"카이사르는 파르티아인들을 무찌를 것이다! 공격하라! 공격하라!"

마에케나스가 후원하는 시인들은 벌써부터 이렇게 부르짖었다.

파르티아인들. 안 될 일이다. 절대 안 된다. 크라수스와 안토니우스도 파르티아인들을 제압하는 데 실패했다. 그리고 아우구스투스는 그 검증된 군인들보다 자신이 더 잘 싸울 거라고 믿을 만큼 허영심이 많지 않았다. 로마가 해당 지역에서 맛본 실패들이 안겨준 교훈은 명확해 보였다. 로마의 궁기병들과 흉갑기병들은 파르티아인과 협상을 하는 편이 나았다. 그는 그들이 내놓을 협상안에 동의할 의향마저 있었다.

하지만 여론이 시와 노래를 통해 요구하는 한, 그들에게 승리를 가져다주어야 했다. 거기 서쪽에서, 대서양 가장자리, 피레네 산맥이나 아스투리아스*에서…… 결국 서너 부족의 위세를 꺾어야 했다. 야만족들 무리는 결국 한 입거리일 터. 그리고 이번에는 아그리파가 아무런 책임도

---

* 에스파냐 비스케이 만에 면한 자치 지방.

맡지 않을 것이다. 군주 혼자 전략을 세우고, 로마군에 연설을 하고, 전투 개시 신호를 내릴 것이다. 오로지 홀로 월계관을 얻을 것이다.

마침내 빛이 보였다! 바다의 빛이. 지배자는 이탈리아를 떠났고, '로마의 여인들'은 팔라티노 언덕을 떠났다. 그리고 빛이 돌아왔다. 작열하는 하얀 빛. 마치 은제 테이블 위의 크리스털 샹들리에에 불을 붙인 것처럼.

처음에 셀레네는 눈이 부셔서 가만히 있었다. 이윽고 날카로운 웃음소리가 났고, 하얗고 작은 배들을 알아보았다. 삐걱거리는 소리가 희미하게 나고, 배들이 닻을 올렸다. 그녀는 젖은 밧줄과 기슭에서 말라가는 그물에서 나는 신선한 냄새를 맡았다. 그리고 발치에 부딪히는 파도의 일렁임을 조금씩 분간하기 시작했다. 마침내 하늘을 향해 고개를 들자 파란색이, 군청빛이 눈 속으로 들어왔다. 셀레네는 한 번 더 자신의 의사에 반하여 살기 시작했다. 나일 강가에 피는 연꽃처럼, 바람을 받아 앞으로 나아가는 배처럼.

그녀는 열네 살이다. 나폴리 만을 마주한 그녀는 뜻밖에 행복한 3년을 보내게 된다. 얼마 전 옥타비아가 그곳 바울레스에 있는, 키케로의 친구인 부유한 호르텐시우스의 소유였던 별장을 사들인 것이다. 호르텐시우스의 손자는 공화주의자들의 재산 몰수 때문에 비참한 처지가 되었고, 마지막 남은 재산까지 몽땅 팔았다.

한편 리비아는 3킬로미터 더 떨어진 바이아이 해안 끄트머리에 있는, 옥타비아누스가 이집트에서 돌아오면서 탈취한 어느 안토니우스 지지자의 대저택을 개조했다. 리비아는 그 저택 창문에서 보이는 카프리 섬 (동시기에 옥타비아누스가 고갯짓 한 번으로 획득한)의 모습에 경탄했지만, 그 음산한 바위 위에서 살려고 하진 않았다. 사람들과 함께 지내는 것을 너무나 좋아했던 것이다.

로마 시민들의 시선으로부터 멀리 떨어지자, 시누이와 올케는 마침내 비트루비우스의 조언을 따르고 현대적인 사치품들에 몰두할 수 있었다. 그녀들은 긴 주랑과 유리를 끼운 창문들이 바다를 향해 나 있는 별장을 테라스가 딸린 정원, 양어지糞魚池, 따뜻한 욕탕, 새 사육장, 바닷물과 민물이 담긴 수영장으로 꾸몄다. 주거공간은 '이집트 스타일'로 장식했다. 이집트 스타일은 요즘 선풍적인 인기를 끌고 있는 새로운 유행이었다. 종려나무, 낙타, 오벨리스크 같은 이국적인 풍경, 혹은 작은 숲 그늘에서 목동들이 시골풍의 결혼식을 올리는 목가적인 장면을 벽에 그려 넣었다. 가짜 대리석, 가짜 보석, 검은 널판, 지붕 덮인 뜰, 창문이 없고 벽이 두꺼운 방은 한물갔다. 여기서는 모든 공간이 탁 트여 있었다. 모든 곳이 바깥과 통해 있거나 바깥을 반영했다.

그리고 바깥은 매혹적이었다. 별장들 맞은편에는 멀리 섬들과 베수비오 산이 포도덩굴에 덮여 있다. 오른쪽에는 군항이 있는 미제노 곶이, 왼쪽에는 포추올리 그리고 루쿨루스의 오래된 양어지들이 파여 있고 야외극장이 하나 있는 포실리포 갑이, 마지막으로 좁은 연안지대 뒤에 드넓은 루크리노 호수가 있다. 바로 위에는 숲, 온천수의 원천지, 그리고 신성한 동굴들과 신비로운 아베르누스 호수가 있다.

리비아에게, 옥타비아에게, 그리고 그 해안을 선호하는 행선지로 삼은 유복한 모든 로마 여인들에게 삶은 하루처럼 빠르게 지나갔다. 그들은 물놀이를 하고, 해변에서 달리고, 온천수에 몸을 담갔다. 호수와 바다 사이 제방 위에서 산책을 하거나 만을 건너 한 섬에서 다른 섬으로 산책을 했다. 손님을 초대하고, 음악회, 낭독회, 만찬을 열었다. 폼페이 포도주를 마시고, 미제노 성게와 루크리노 굴을 먹고, 새벽에야 잠자리에 들었다…… 그리고 다음날 다시 하루를 시작했다.

물론 신들에게 축복받고 인간들에게 사랑받는 그 기슭에서는 여자아이들을 단속하기가 로마에서보다 더 힘들었다. 아우구스투스의 누나와 아내는 여자아이들을 단속하는 데 완패했다. 남자아이들은 어린 드루수스와 헤로데 왕의 두 아들만 빼고 모두 전쟁터에 있었다. '여자들만 사는' 그곳에 옥타비아의 맏딸 마르켈라와 그녀의 두 아이 그리고 여덟 살 난 의붓딸 빕사니아가 합류했다. 그들의 카레나 대저택에 얼마 전 화재가 났던 것이다.

마르켈라는 그 화재 때문에 그리 괴로워하지는 않는 것 같았다. 사실은 아우구스투스가 도시의 총독으로 임명한 발레리우스 메살라와 함께 그 대저택을 쓰는 것을 더 이상 견딜 수가 없었다. 옥타비아가 마르쿠스 안토니우스와 결혼할 때 이미 큰 아이였던 마르켈라는 의붓아버지 안토니우스에 대해 좋은 기억들을 간직하고 있었으므로, 메살라가 파벌을 바꾸면서 그를 향해 퍼부은 조롱 어린 농담들이 못마땅했다. 변절한 메살라는 안토니우스가 오리엔트의 무기력함의 영향을 받아 타락하여 금 요강을 사용한다는 소문을 퍼뜨렸고, 안토니우스에 대한 대규모 정치 논쟁을 불러일으킨 바 있었다! 뿐만 아니라 옥타비아누스에게 아첨을 해서 많은 것을 얻어낸 뒤 이제 와서는 그가 자리를 비운 틈을 타 격렬하게 반항하고 있다. 얼마 전 메살라는 군주가 자신에게 공화주의적 원칙에 위배되는 행동을 요구한다고 주장하면서 총독 자리마저 사직하지 않았는가? 3월 15일로 돌아갔다고 생각하는 것이다! 의심의 여지가 없어. 마르켈라는 생각했다, 군주께서는 어려운 상황에서 채찍에 맞은 당나귀가 발길질을 한 것이나 다름없는 그 행동을 정확히 판단하실 거야. 에스파냐 전선이 확장되어 이제는 나폴리와 만토바 사이의 거리만큼이나 긴 것 같다. 그리고 바스크족 폭도들이 회전會戰을 계속 피하고, 로마 군단들을 괴롭히고, 후방에서 고립시키고, 조금씩 갉아먹고 있다. 그렇다, 가여운 '아우구스투스 외삼촌'이 교훈을 얻기에 매우 적절한 순간이다!

메살라, 메살라 마텔라Matella, '요강' 메살라. 마르켈라는 그 배신자에게 이런 별명을 붙였고, 자매들은 그것을 알고 매우 즐거워했다. 그녀는 카레나 저택에서 그 교활한 자와, 썩어빠진 세습귀족과 마주칠 때마다 얼굴에 경멸을 퍼부어주고 싶었다. 하지만 남편 아그리파는 메살라를 두둔하며 그녀를 설득하려 했다.

"메살라가 다른 사람보다 특별히 더 심하진 않아, 여보. 그는 제대로 해낸 배신은 향후의 성공을 이끌어준다고 생각하는 둘째 범주의 정치가에 속하지. 한편으로 보면 그게 사실이야. 왜냐하면 그들은 정확히 둘째 범주에 속하니까…… 하지만 당신 외삼촌은 정치가야. 마텔라를 두려워할 이유가 전혀 없지. 오히려 그런 사기꾼들을 보면 즐거워해. 플란쿠스처럼 말이야…… 그들은 우스운 이야기를 많이 알거든. 험담거리도 많이 알고!"

요컨대 그녀는 통치자들을 결코 이해하지 못할 것이다. 친구의 도덕적 결함이, 심지어 불충함에 불편하지 않다니. 그들은 불길이 퍼져 나가는 사태를 막기 위해 우정에서까지 여지를 고려하는 것이다…… 그러나 불길은 그리 평등하게 분배되지 않는다. 불은 카레나 저택 전체를 원했다! 마르켈라는 그것을 즐겼고, 앞으로는 '요강'을 보지 않게 되었다.

에스파냐 깊숙한 곳에 있던 군주가 화재 소식을 듣고 즉시 친구 아그리파에게 자기 소유의 집 한 채를 피난처로 제공했다. 그러나 발레리우스 메살라에게는 아무것도 제공하지 않았다. 공화주의자의 순수함을 지키는 한 그는 거리에서 노숙을 할 수도 있을 것이다, 안 그런가? 카레나 저택이 자기 취향에 맞게 재건되는 동안, 마르켈라는 바울레스에 있는 어머니의 별장에서 지내기로 했다. 맏언니로부터, '젊은 신부'로부터 국가에 관한 신기하기도 하고 흥분되기도 하는 몇 가지 설명을 듣고 싶어 하는 자매들, 의붓자매들, 그리고 사촌 자매들로서는 무척이나 기쁜 일이었다.

해가 지평선 위로 기울자마자(젊은 세습 여귀족은 얼굴이 그을리지 않도록 조심해야 했다), 그녀들은 민물이 담긴 수영장에 몸을 담그러 갔다. 알몸으로. 그것이 관례니까.

얼마 지나지 않아 그녀들은 서로의 몸을 비교하기 시작했다. 클라우디아가 말했다.

"내 몸은 흉해. 이 털들 좀 봐…… 털이 점점 더 많아져. 게다가 여기 저기에 난다니까!"

"흥, 상관없어. 어떤 남자도 그 털을 보지 못할 테니까. 언니가 결혼하기 전에 하녀들이 털을 뽑아줄 거야. 매일. 언니가 과부가 될 때까지!"

율리아가 말했다.

"굉장히 아플 것 같은데."

어린 안토니아가 걱정했다.

"반드시 그렇진 않아. 밀랍을 뜨겁게 데워서 털을 뽑거든…… 밀랍을 쓰면 숲을 뿌리 뽑을 수 있어."

마르켈라가 시적으로 설명했다.

"꿀과 다랑어 피를 원료로 한 제모 연고도 있고."

"사람들 말로는 그렇게 하면 금방 다시 난다던데. 조심해야 하겠지만……"

프리마가 말했다.

"프리마, 그렇다면 넌 옛날 방식으로 족집게를 사용해야 할 거야. 모든 방식들 중에서 가장 지독하지. 우아한 남자들이 이발소에서 하는 것처럼! 아, 애들아, 너희들은 아플까 봐 겁나지. 하지만 우리 남편들의 경우에도 턱에 난 털을 뽑으면 기분이 좋을 것 같지 않니?"

"마르켈라 언니 말이 옳아. 남자들도 우리 마음에 들려고 고통을 견뎌."

율리아가 결론 내렸다. 율리아는 잠시 곰곰이 생각하더니, 매력적인 표정으로 입을 삐죽거리며 덧붙였다.

"그래도 난 내 '턱'이 전쟁의 바람에 노출되지 않아 위턱보다 아래턱이 더 부드러울까 봐 걱정돼."

소녀들이 몹시 즐거워하며 비명을 질렀다.

"오, 율리아! 네 아버지께서 그 말을 들으신다면!"

"아버지는 이미 내 말을 들으시는걸."

율리아가 줄지어 서 있는 남녀 노예들을 가리키며 대꾸했다. 노예들은 비치타월을 펼친 채 수영장 가에서 기다리고 있었다.

"대서양 기슭에서 울티마 툴레* 기슭까지 아버지는 내가 하는 말을

---

* 영국 전설에 나오는 섬 이름. '세상의 끝'이라는 뜻.

다 들으신다고!"

그러고는 목덜미 위의 젖은 머리칼을 손가락으로 꼬면서 웃었다.

얼마 전 그들의 친구가 받은 군주의 편지를 암시한 말임을 소녀들은 알고 있었다. 호수의 제방 위에서 다 함께 산책하면서 그녀들은 도미티우스의 젊은 사촌을 보았다. 그 역시 일행과 함께 산책을 하고 있었다. 소년이 다가와 인사했고, 예의상 그녀들과 조금 잡담을 나누었다. 좋은 날씨, 바이아이에서 지내는 즐거움 등 매우 적절한 화제뿐이었다⋯⋯ 한 달 뒤, 그 '경솔한 자'는 아스투리아스로부터 스핑크스 인장으로 봉인된 편지 한 통을 받았다. 아우구스투스의 편지였다. 아우구스투스는 젊은 세습귀족에게 이렇게 썼다.

'네가 자유롭게 바이아이에 가서 내 딸에게 인사했다는 이야기를 듣고 놀랐다.'

밀고자들에 의해 아우구스투스에게 보고되고, 이어 리비아로부터 잔소리를 들은 율리아는 미소 한 번 짓지 않았다.

셀레네는 율리아로 인해 소녀들의 주의가 조금 흐트러진 틈을 타 개구리헤엄으로 수영장 가장자리로 갔고, 이윽고 물 밖으로 나갔다. 팔라티노 언덕의 소녀들은 모두 수영을 잘 했다. 좋은 교육을 받았다는 표시였다. 그녀들은 로마에서 가장 아름다운 수영장에서, 물이 덥혀지는 유일한 수영장인 마에케나스의 정원에 있는 수영장에서 수영을 배웠다.

셀레네는 서둘러 다시 옷을 입었다. 다른 소녀들이 그녀의 몸매에 대해, 혹은 몸매라고 할 만한 게 없는 것에 대해 또다시 이러쿵저러쿵하는 상황이 싫었기 때문이다.

'어떻게 너는 아직도 가슴이 나오지 않은 거지? 사람들 말에 따르면 네 어머니는⋯⋯' 혹은 거의 부러워하는 투로, '그래도 아직 털을 뽑을 필요가 없으니 좋겠다!'

"어른들이 결혼을 시키지 않는 한 셀레네는 절대 그럴 필요가 없을 거야."

클라우디아가 덧붙였다.

시리아인 노예가 커다란 타월로 셀레네의 몸을 감싼 뒤 말리기 위해 문질렀다. 셀레네는 노예의 눈길이나 손이 자신의 벗은 몸에 닿는 것을 좋아하지 않았다. 물론 노예는 남자가 아니었지만, 알렉산드리아에서 그랬던 것처럼 수영장이나 침실에서는 환관이 시중들어 주는 것이 좋았다. 왜 로마 사람들은 그들에 대하여 편견을 갖고 있을까?

"너 어디 가니?"

어머니로부터 소녀들 무리를 감독하는 책임을 부여받은 마르켈라가 셀레네에게 물었다.

"노래하러요."

셀레네가 대답했다.

"테라스에 달려가 숨도 쉬고 노래도 하려고요. 내 키타라 연주자가 그러는데, 〈니오베의 죽음〉에 나오는 리듬을 잘 따라가려면 폐를 강화해야 한대요."

"기다려!"

마르켈라가 물에서 나왔다. 마르켈라는 출산한 지 얼마 되지 않아 아직 배가 나와 있었다.

"언니로서 너에게 조언 좀 할게. 너는 노래를 너무 많이 해. 그리스 체조를 너무 많이 하고 노래도 너무 많이 해, 셀레네."

마르켈라는 어조를 낮추어 계속 말했다.

"네가 지나치게 많이 하는 그런 행동들이 여자가 되는 일을 방해한다는 사실을 알아야 해. 노래를 잘 부르기 위해 계속 훈련한다면 네 가슴은 자라지 않을 거야. 심지어 월경을 하게 해달라고 유노 플루비오니아에게 바치는 기도들도 효과가 없을 거라고. 의사들의 의견은 단호해. 몸과 목청을 혹사하는 건 월경에는 독이야."

셀레네는 샌들의 끈을 다시 매면서 얌전히 동의했다.

"네, 나도 알아요. 내 선생님들에게 그렇게 말할게요……."

사실 셀레네는 몹시 기뻤다. 마르켈라가 방금 자신이 제대로 하고 있음을 확인해주었기 때문이다. 그녀는 다른 여자아이들처럼 피 흘리지 않기를 바랐다. 그러니 더욱 노력할 것이다. 아폴론에게 일곱 아들을 잃은 니오베를 노래할 것이다. 자기 아버지를 죽인 자들을 죽이는 오레스트, 그리고 자기 아이들이 차례로 모두 죽는 비극을 본 뒤 원수를 갚은 트로이 여자 헤카베를 노래할 것이다. 죽음과 형벌을 노래할 것이다. 노래하고 또 노래할 것이다…… 레지나 메레트릭스(Regina meretrix, 로마의 비방문 작가들이 말하듯이 '창녀 여왕')의 딸, 지나치게 관능적인 클레오파트라의 유일한 자손은 정말로 여자가 되기를 원치 않으니까.

바다는 더 이상 조국이 없는 사람들의 조국이다. 셀레네는 바울레스에서 이따금 파도를 바라보면서, 알렉산드리아의 뭔가를 보았다고 생각했다.

바다의 끊임없는 움직임은 요컨대 그녀 인생의 유일한 고정점이었을 것이다. 하지만 그녀는 이미 바다의 움직임을 상상할 수 없었고, 바이아이와 카프리 사이에서 보낸 나날들 역시 시간이 흐른 뒤 유년기의 길었던 밤의 다이아몬드처럼 반짝이는 추억으로 여겨지지는 않을 터였다. 시간이 반짝임으로 치장해준 비극적인 사건 없는 추억들, 무해하고 대수롭지 않은 추억들. 나이 든 자매들이나 사촌 자매들은 자기들끼리 있을 때 연민을 느끼며 그것을 추억할 것이다.

'너 기억나니? 그날 말이야…….'

그녀는 어린 안토니아가 주방 뒤 커다란 양어지 속의 곰치들에게 귀걸이를 거는 데 성공했던 그날을 기억할 것이다. 상어 같은 이빨이 달린 그 뱀장어들, 불도그 같은 머리가 달린 그 커다란 뱀들은 경솔한 낚시꾼과 죄 지은 노예들을 산 채로 삼킨다는 소문이 있었다. 그런데 안토니아가 몰래 그놈들을 길들이는 데 성공했다. 슬슬 쓰다듬어주는 사이 그놈들의 아가미에 진주 귀걸이를 매달 수 있게 될 정도로…… 옥타비아는 그 사실을 알고 큰 소리로 비명을 질렀다.

"얘가 미쳤구나! 놀이 때문에 목숨을 걸어? 아, 넌 네가 영리하다고 생각하니, 안토니아? 사람들을 놀라게 하는 게 기분 좋아? 나는 네가 한 일에 감탄하지 않아! 너에게 감탄하지 않는다고!"

그런 다음 떨면서 작은 목소리로 말했다.

"맙소사, 이 어린 것이 제 아버지를 닮았어. 쓸데없이 용기가 넘치고, 도전을 좋아하고…… 이 아이는 신세를 망칠 거야!"

도미나는 화가 나서 하인들에게, 특히 태만죄를 저지른 유모에게 잔뜩 회초리질을 했다. 30시간 넘게 열매 못 맺는 나무에 매달리는 벌을 받은 하녀는 큰 소리로 비명을 질러대 별장의 이웃들을 지쳐빠지게 하고 잠을 방해했다. 결국 안토니아가 이룬 쾌거 이야기가 널리 퍼져 나갔다. 해안 전체에서 사람들은 무훈을 말하듯 그 이야기를 했다. '아우구스투스의 여자 조카'는 용기가 사자 조련사들을 능가하지 않는가…… 쿠마이에서, 나폴리에서, 심지어 헤르쿨라네움에서 사람들이 안토니아가 길들인 곰치를 구경하러 왔고, 옥타비아는 그들을 막지 못했다.

안토니아는 그렇게 열한 살에 역사 속에 등장했다. 그리고 70년 뒤에야 역사에서 퇴장한다. 황제들의 어머니이자 할머니로서, 아우구스타(마르쿠스 안토니우스의 딸 아우구스타!)라는 특별하고 명예로운 칭호를 부여받은 채.

"나는 절대 남들이 하는 시시한 짓은 하지 않을 거야."

그해 여름이 되자마자 안토니아는 이렇게 예고했다. 그리고 자기가 한 말을 지켰다. 그렇다. 셀레네는 의붓자매 안토니아가 그렇게 한 날을 완벽하게 기억할 것이다.

"셀레네, 사람들에게 들키지 않고 수다를 떨기 위해 우리가 변소에 틀어박혔던 날을 기억하니? 그때 클라우디아와 율리아가 그 뜻밖의 기회를 이용해 우리에게 무서운 이야기들을 잔뜩 해줬잖아, 기억해?"

지속적으로 행실을 단속받고 감시당한 탓에 소녀들의 창의력은 많이 발전했다. 그녀들 중 누가 제일 먼저 변소를 생각해냈을까? 셀레네는 알지 못했다. 하지만 바울레스의 '원형정자'에 앉을 자리가 다섯 개밖에 없었다는 것은 완벽하게 기억한다. 자리가 몇 개 없어서 시인들이 시를 낭독하거나 철학자들이 강연을 하기에는 너무 협소했지만, 빠르게 자리를 채울 수 있다는 이점이 있었다. 어느 날 오후 소녀들은 그곳의 대리석 의자를 다 함께 차지하기로 합의했다. 그들을 돌보는 여자들이 타월을 건네줄 뿐 따라오지 않는 유일한 장소였다. 의자 밑을 흐르는 물의 수런거림과 작은 건축물 한가운데의 분수에서 조금씩 흘러나오는 물소리가 그들의 이야기 소리를 덮어줄 터였다.

안토니아와 클라우디아는 매일 밤 같은 시간에 거기 가는 일이 이미 습관이 되었으므로, 평소처럼 자리 잡고 그럴듯하게 용변을 보았고, 그동안 다른 아이들은 튜닉을 걷어올리지 않고 대리석 위에 앉아 있었다. 클라우디아가 무례한 소리를 내자, 그리스 고전에 정통한 프리마가 아리스토파네스를 인용했다.

"파라파팍스!"

라틴어에 정통한 안토니아는 "카카토라!"라고 외쳤다. 거기 모인 그 누구보다도 어휘가 풍부한 율리아는 태연한 표정으로 말했다.

"클라우디아가 방귀를 뀌어 무화과를 터뜨렸나보네."

"오! 율리아!"

"뭐 어때서? 아름답지 않아? 이건 호라티우스의 시를 인용한 거야! 내 아버지의 영광을 노래하도록 마에케나스가 보조금을 주는 시인들 중 한 명이지. 내 문법학자는 훌륭한 아첨꾼 작가의 작품을 읽는 것을 감히 금하지 못해. 생각해봐! 아버지가 아시면 무척 화내실 거야. 아버지는 무척이나 바쁘시고, 나는 '군주'께서 자신에게 홀딱 반한 비굴한 아첨꾼의 전집을 한 번이나 펼쳐보셨을지 의심스러워!"

"호라티우스도 상스러운 글을 쓴 적이 있지 않아?"

안토니아가 관심을 보이며 물었다.

"물론이지. 모든 시인들이 상스러운 글을 써. 나는 책을 많이 읽기 때문에 그런 말들을 많이 알아. 특히 욕설들."

"나도 그래. 나도 욕설들을 알아."

클라우디아가 끼어들었다. 무리 중에서 나이가 많은 축에 속하는 그녀는 화제에서 제외되기를 원치 않았다.

"'남색가', 키나이두스cinaedus*라는 말도 알아. 우리 노예들이 늘 하는 말이거든. 파스키노수스fascinosus도."

그녀는 애교를 부리며 덧붙였다.

"이 말들의 뜻이 뭐냐 하면, 우리가 입에 담아서는 안 되는 거야."

"내가 아는 추잡한 말은 뭐냐면."

안토니아가 자랑스럽게 말했다.

"피피나pipinna하고 '자지'야."

클라우디아가 거만하고 뾰로통한 표정을 했다…… 그래서 기분이 조금 상한 곰치 조련사 안토니아는 이렇게 말했다.

"페디카레pedicare도. 그래, '비역질하다' 말이야. 나 그것도 알아!"

---

* 자연스럽지 못한 색욕에 빠진 사람을 일컫는 말. 원래는 '타락한' '음탕한'이라는 뜻이다.

율리아가 사촌 자매들에게 연민 어린 눈길을 던졌다. 나이가 더 어리고 외국인인 헤로데의 아들들도 그런 기본 어휘는 알고 있을 텐데! 심지어 너무나 온순하고 신중해진 드루수스조차, 지금은 어른들이 모범적인 본보기로 그녀에게 거론하는 드루수스조차 곧 열여섯 번째 생일을 맞이하는 클라우디아보다 그런 어휘를 세 배는 더 많이 알 터였다. '어휘의 풍부화'는 남자아이들이 받는 군사 훈련의 일부인 것이다. 그녀는 왜 남자로 태어나지 않았을까? 그랬다면 아버지가 몹시 기뻐했을 텐데! 그녀 자신도. 그녀는 여자들의 일인 실잣기를 싫어했다.

그녀가 갑자기 물었다.

"셀레네, 너는? 너는 어떤 말을 알아?"

셀레네는 마음이 그리 편치 않았다. 마침내 '가족'의 비밀모임에 받아들여지는 행복을 맛보았지만, 분뇨에 관한 농담들을 별로 좋아하지 않았던 것이다. 외설스러운 이야기는 더더욱 좋아하지 않았다. 그녀에게는 섹스와 관련된 모든 것이 지저분하게 느껴졌다. 교육은 그녀의 상속권을 완전히 빼앗아갔고, 옥타비아의 엄격함은 그녀 부모의 즐거운 방임을 무효로 만들었다. 게다가 지하도가 있었다. 그녀는 멘툴라mentula* 라고 말하려고 했다(나중에 가피오 사전은 이 단어를 '음경'이라고 점잖게 번역할 것이다). 그런 다음 자신의 라틴어 지식이 불완전하다는 평계를 댔다.

"그러면 그리스어로 말해봐. 우리도 알아들을 거야."

프리마가 상냥하게 제안했다. 그래서 셀레네는 멘툴라와 관련된 단어를 생각해냈다.

"나는, 쿤누스cunnus를 알아."

---

* 남자의 성기(性器)를 가리키는 말.

"쿤누스? 그게 뭔데?"

프리마가 그녀에게 물었다.

"네 남편이 너에게서 가장 좋아할 만한 거야."

율리아가 끼어들어 말했다.

"그게 '털 없는 궁둥이' 같지 않다면……"

클라우디아가 깔깔 웃었고, 안토니아는 무슨 말인지 이해하지 못한 채 따라 웃었다.

"쉿!"

프리마가 말했다.

"마에케나스의 정보원들이 들으면 어쩌려고 그래…… 우리 목소리가 덮이도록 파라파팍스를 더 해줘, 클라우디아."

이윽고 그녀들은 속삭이는 목소리로 노예들(율리아의 목욕 담당 여자 노예와 마르켈라의 신발 수선 담당 노예)의 사랑 이야기를 전했고, 에스파냐에서 온 '진짜' 소식 몇 가지를 나누었다.

"그곳 상황이 나쁘대. 우리에겐 안타까운 일이야!"

"율리아, 네 아버지께서 편찮으신 것 같아? 사람들 말대로 전선에서 먼 타라고나로 후퇴하셨다는 게 사실이야?"

"마르켈루스가 긴 행군에 적응하지 못했고, 아우구스투스 외삼촌은 마르켈루스를 타라고나로 소환하셨대."

"하지만 티베리우스는 훌륭한 군인이야!"

"군주께서는 유바를 왕에 임명하셨대…… 유바 말이야. 너도 알지, 아프리카 원군을 지휘하는 잘생긴 모리타니아 장교 말이야. 그 사람이 군대의 패주를 막았대."

"그래도 부관들 중에서 티베리우스가 가장 용감해."

"바보 같은 소리! 이집트인인 네가 전술에 대해 뭘 안다고?"

잠시 후 소녀들은 더 무난한 화제로 돌아갔다. 우스꽝스러운 새 드레스, 리비아의 '늙은 친구들' 그리고 물주들과 함께 물놀이를 하러 바이아이에 온 유녀들의 떠들썩한 생활 이야기로.

타월을 들고 밖에서 기다리던 여자 노예가 초조한 마음에 문을 두드렸다.

"이넵타(Inepta, 바보)! 나 변비야."

율리아가 외쳤다.

"우릴 좀 가만히 내버려둬, 이 멍청아. 안 그러면 욕을 해줄 테니까!"

그리고 다른 아이들을 즐겁게 해주려고 속삭이는 소리로 덧붙였다.

"인술사(Insulsa, 얼간이)! 천박한 년! 버르장머리 없게 또 나를 성가시게 하면 네 다리를 벌리고 흑무를 끼워줄 테니!"(그렇다. 율리아는 정확히 그렇게 말했다. 'Attractis pedibus patente porta percurrent raphani'라고.)

"오, 세상에! 셀레네 공주님께서 충격 받으셨나? 얼굴이 빨개졌어? 하지만 셀레네, 이것도 시에 나오는 말이야. 이번엔 카툴루스의 시라고! 그 사람이 풍자시에서 어떤 남자아이에게 그렇게 하지. 한번 상상해봐! 책을 더 많이 읽어야 해, 셀레네. 내 말을 믿어. 너는 노래로 부를 수 있는 것만 읽잖아…… 불쌍한 셀레네, 너는 노래를 잘하려고 무척이나 애쓰지만 난 네 목소리가 부럽지 않아!"

소녀들 여럿이 모이면 대화가 남자아이들보다 더 노골적이 된다. 게다가 그 시절 젊은 로마 여자들은 정숙—예의 푸디키티아pudicitia—한 환경 속에서 교육받을지라도 끊임없이 눈앞에서 '외설스러운 장면'을 보고 배웠다. 도처에 남자의 성기가 보였다. '액운'을 쫓기 위해 집 출입구에 남자의 성기를 그림으로 그리거나 조각해놓았으며, 새나 사과 도둑을 겁주기 위해 정원에 남자의 성기를 붉은 말뚝처럼 세워놓았다. 길모 퉁이마다 있는, 항상 발기된 프리아포스 신은 여자에게 다산을, 상인에게 행운을, 도둑에게 말뚝형을 약속했다. 거기에는 다음과 같은 문구가 새겨져 있었다.

'그대들에게 경고하노니, 아가씨들이 찾는 이 홀笏은 도둑의 창자 속 깊숙이 박힐 것이다!'

신전과 관저의 내벽에도, 모자이크 위에도, 양탄자, 램프, 가구, 그릇에도 '신화 속 장면들'이 묘사되어 있었다. 신화에 등장하는 고대의 신들은 디아나를 제외하고는 순결하거나 정숙하지 않았다. 모두들 성적 에너지가 넘쳤다. 벽에서는 후대에 독실한 기독교 신자들 집에서 십자가를 많이 보게 되는 만큼이나 얼큰히 취한 유피테르의 모습들을 많이 발견할 수 있었다. 집 안 어느 구석에서도 발정 난 사티로스와 강간당한 님프들을 숭배하며 종교 교육을 받을 수 있었다.

공공장소에 외설스러운 낙서들이 넘쳐났다는 것은 말할 필요도 없다. 그들 종파의 철학이 광장에서 수음하도록 개들을 몰아댔다. 세련되게 꾸민 실내에도 성애물이 수집되어 있었다. 그런 유행이 얼마 전 로마에 생겨난 것이다. 부유한 원로원 의원들이 알렉산드리아에서 수입해온, 위대한 화가들이 성애의 체위들을 예시하려고 그린 조그만 그림들은 정확하고 사실적이었다.

간단히 말해 그 시대의 로마 소녀들은 베스타 신을 섬기는 무녀들보다 더 방탕하지는 않다 해도, 수녀원 학교 여학생들처럼 순진하진 않았다. 루크레치아(강간당하자 치욕을 씻기 위해 자살한)를 숭배하라고 명하는 동시에 비너스(그리 잘난 척하지는 않았다)를 찬미하라고 명하는 모순된 교육의 희생양이었다. 그녀들은 허용과 금지 사이에서 흔들렸다.

바로 이런 이유 때문에 율리아가 노골적으로 대담한 이야기를 했고,

셀레네 역시 (분방한 언어를 구사한 것으로 유명했던 부모만큼 음란한 이야기를 많이 알지는 못했지만) 정말로 아무것도 모르는 순진한 아이는 아니었던 것이다. 순진하긴 했지만 바보는 아니었다.

하지만 변소에서 정보를 나누는 시간(나중에는 그 시간들이 감동적인 추억으로 남는다. "너 기억나니, 프리마. 그날 말이야……")은 처음에는 그녀를 큰 혼란에 빠뜨렸다.

일탈이 가져다주는 강렬한 쾌락을 느끼며 정치에 관련된 새로운 소식을 나누고 나자, 셀레네는 곧 자신이 세상에서 존경할 수 있는 유일한 존재인 옥타비아의 신뢰를 배반하고 있다는 느낌을 받았다. 게다가 이야기를 나눌 때 어느 대목에서 깜짝 놀라야 하고 어느 대목에서 솔직하게 웃어야 하는지 잘 알 수가 없었다. 그녀는 율리아가 하는 말들을 기억해두었다. 하지만 무엇과 관련 있는 말인지 늘 알 수 있는 것은 아니었다. 아마도 자신이 외국인이기 때문일 거라고 생각했다. 7년 전 카노포스에서도 성性에 대한 의례적 표현과 감춰진 실상 사이의 관계를 이해하지 못했다.

막연한 죄책감에 괴롭고, 멍청하게 보이지 않을까 하는 두려움과 자신이 무엇을 모르는지 알아차리게 되는 무서움 사이에서 분열된 그녀는 원형 정자의 비밀 모임을 피하려고 했다. 어느 날 클라우디아가 말했다.

"오, 우리의 이집트 여인이 교태를 부리네! 알았다. 넌 율리아가 인용하는 시인들이 마음에 안 드는 거지…… 시인들이 너무 로맨틱이라고 생각하는 게 틀림없어!"

"그렇지 않아."

셀레네가 순박하게 부인했다.

"나는 그 시인들이 사랑에 대해 이야기할 때 참 좋아……"
"정말? 그럼 우리가 달리 무슨 이야기를 하겠니, 이 귀여운 바보야!"

사랑. 셀레네에게 그것은 젊은 프로페르티우스의 시구들이었다. 아우구스투스는 그의 작품을 읽어보지도 않고 인용했다고 그녀를 비난했다. 그날 이후 셀레네는 그의 작품을 읽었고 무척 좋아하게 되었다. 이제는 프로페르티우스가 자신의 애인인 킨티아, 킨티아 모노비블로스에게 바친 『킨티아, 하나뿐인 책』을 헤카베의 슬픈 한탄들보다 더 즐겨 낭독했다.

 그것은 바이아이의 기후 탓인 듯했다. '순진무구한 소녀들에게 적대적인' 바이아이, 킨티아가 시인 없이 오래 머물렀던, 과거 한때 시인이 노래한 바로 그 바이아이.

 '킨티아, 그대는 다른 남자의 속삭임에 귀 기울이며 해변에 길게 누워 빈둥거릴 때 나를 생각하는가? 나의 긴 밤들이 그대를 기억할까?'

 프로페르티우스는 '죽도록 사랑한다'고 그리고 '죽고 싶다'고 끊임없이 이야기했다. 셀레네는 클라우디아와 율리아가 하는 말들은 이해하지 못했지만, 프로페르티우스의 시구는 본능적으로 이해했다. 그 시구들을 계속 되뇔 구실을 만들기 위해, 그의 여덟 번째 애가에 곡조를 붙였다.

'그녀는 좁은 침대에서 내 옆에 꼭 붙어 잠들기를 원했다네⋯⋯.'

"네가 노래하는 시를 이해하긴 하니?"

어느 날 클라우디아가 옥타비아 앞에서 그녀에게 물었다. '킨티아는 내 것' '그녀는 내 여자라네' 같은 가사가 어린 소녀의 입에서 나온다는 것은 매우 추잡한 일이었다!

"그 아이를 비난하지 마라. 그 아이는 세이렌처럼 노래하는 거야⋯⋯ 하지만 애야."

옥타비아가 셀레네 쪽을 돌아보며 계속 말했다.

"클라우디아의 말은 틀리지 않아. 내가 후원하는 시인이 쓴 시라 해도 네 나이에 모든 것을 마음대로 읽고 입에 올릴 수 있는 건 아니야. 내 낭독관을 시켜 네가 읽을 만한 독서 목록을 만들어주마. 그동안 노래를 해라. 나를 위해 여덟 번째 애가를 한 번 더 노래하렴."

당시 프로페르티우스는 마에케나스의 간청과 아우구스투스의 명령에 아직 굴복하지 않고 있었다. 옥타비아의 동아리를 떠나기를 거부했고, 고집스럽게 사랑만 노래했다. 바이아이 여인들이 서로 빼앗으려 하는 그의 두 번째 작품은 도전처럼 울려 퍼졌다. 불손하게도 그는 자신은 베르길리우스처럼 영웅의 무훈을 노래하기에는 배포가 너무 작다고 주장했다. 스스로 단언하는바, 그는 군주의 영광을 기리기에는 재치가 부족했다.

"나는 침대 깊숙한 곳에서 벌어지는 전투를 노래한답니다. 사랑 때문에 죽는 것은 영광스러운 일이지요Laus in amore mori."

사람들 말에 의하면, 그의 그런 태도에 마에케나스는 조금 화가 났고 아우구스투스는 몹시 짜증을 냈다. 군주의 누나에게 후원받는 젊은 시인은 부적절한 작품들을 계속 펴낼 뿐만 아니라, 에스파냐 전쟁을 이용해 율리우스 가문 계보를 기리기 위해 군주가 베르길리우스에게 쓰라고 명한 『아이네이스』를 공공연히 비웃었다.

"만약 튜닉이 벗겨진다면 내 애인은 벌거벗은 몸으로 나에게 안겨 투쟁할 겁니다. 그러면 나 역시 긴 『일리아스』를 쓸 거예요."

리비아는 그 선동자가 바울레스의 옥타비아 별장에서 알렉산드리아 시인들 그리고 '로마 문화의 결핍'을 이유로 팔라티노 언덕에 출입이 금지된 철학자 티마게네스와 함께 매일 낮 시간을 보낸다고 아우구스투스에게 알렸다. 그곳 사교계는 반역자 갈루스(담나티오 메모리아이!)의 옛 친구인 원로원 의원 아시니우스 폴리온도 받아들였다. 내전에 대한 자기 나름의 이야기를 외투 밑에서 퍼뜨리기 시작한 폴리온 말이다.

'경솔한 자는 제대로 꺼지지 않은 불씨에 바람을 불어넣지요. 그가 다시 불을 내지 않기를! 그 반역자의 집에는 부족한 것이 전혀 없어요. 심지어 클레오파트라의 소인족까지. 프로페르티우스가 정기적으로 별장으로 방문하는 당신의 전 부인 스크리보니아까지도요…… 당신의 여자 조카들이 이런 환경에서 자라고 있어요. 그러니 내가 어떻게 당신 딸을 제대로 단속할 수 있겠어요?'

옥타비아는 곧 비난이 담긴 남동생의 긴 서신을 타라고나로부터 받았다. 옥타비아는 남동생이 누구에게서 그런 상황을 전해 들었는지 알지 못했다. 마에케나스로부터? 리비아로부터? 하지만 그녀는 남동생에게 꾸지람이나 들을 여자가 아니었다. 남동생이 국가의 우두머리라 해도. 옥타비아는 이런 답신을 보냈다.

'사랑하는 가이우스, 세상에 떠도는 소문에 큰 중요성을 부여하지 마. 사람들은 내 아들이, 네가 교육시킨 사랑하는 조카가 보잘것없는 군인이라는 소문도 퍼뜨리잖니? 네가 병이 났다는 핑계로 적을 피하고 있

261

다는 소문도 퍼뜨리고 말이야. 그들은 오직 티베리우스만 전투에서 용맹을 발휘하고 참모부에서 통찰력을 발휘해 로마의 명예를 지켜냈다고 말하지. 하지만 전부 꾸며낸 이야기들이야. 나는 그런 이야기들을 믿지 않으려고 조심한단다. 제 어머니처럼 오만한 네 의붓아들의 용맹함이야 의심하지 않지만, 열여덟 살밖에 안 된 그 아이가 군대를 통솔했다고 믿지는 않아! 군대를 지휘해본 적이 없는 테렌틸라는 아마도 서쪽으로 진군하는 너에 대해 자기 남편에게 보고하겠지. 그리고 너와 함께 전쟁에 참여한 우리 아이들은 각자 편지 속에서 자기의 장점을 과장해서 자랑하지 않았겠니? 그 나이에는 그런 법이지…… 네 딸이 사촌 자매들을 좋아하고 내 딸이 사랑을 찬양하는 노래를 즐기는 것처럼 말이야.'

셀레네는 『하나뿐인 책』에 나오는 시구들이 연상시키는 모습(킨티아의 '마구 나부끼는 머리칼', 발걸음의 '유연한 리듬', '드러난 젖가슴', 그녀의 실크 침대보)에 사로잡힌 나머지, 그 시를 쓴 남자를 만날 때면 얼굴이 붉어졌다. 그는 기사였고, 스물다섯 살이었으며, 키가 크고, 눈에는 빈정거림을 담고 있었다. 눈치 빠른 디오텔레스는 그 시인이 방문할 때 공주가 당황스러워하는 것을 곧장 알아차렸다.

"공주님, 저 풋내기에게 반하기라도 했어요?"

"바보 같은 소리 마, 이 늙은이야! 어른들이 절대 나를 결혼시키지 않을 거라는 사실을 잘 알잖아……"

"그래서요? 사랑과 결혼이 무슨 관계가 있어요? 어쨌든 공주님의 눈길이 어떤 남자에게 가서 멈춘다면, 그 남자는 겨우 기사 정도여서는 안 돼요! 내 말 알겠어요? 프톨레마이오스 왕조의 여자는 왕하고만 사랑해야 한다고요."

"그건 말이 안 돼! 프리마는 원로원 의원과 약혼했잖아."

"공주님의 자매 프리마는 마르쿠스 안토니우스의 딸일 뿐이에요. 공주님은 클레오파트라의 딸이고요. 그걸 잊지 마요."

"내가 그걸 어떻게 잊겠어? 어떻게? 사람들이 나에게 어머니 이야기만 하고, 어머니 때문에만 나를 쳐다보고, 나를 어머니와 비교하고, 어머니 때문에 나에게 벌을 주는데. 어머니, 항상 어머니!"

셀레네가 이렇게 말하고 오열을 터뜨리자, 소인족은 놀라기도 하고 미안하기도 했다.

사실 프로페르티우스는 셀레네에게 지나가는 몽상의 대상일 뿐이었다. 셀레네는 한 남자를 사랑한다는 것은 전심을 다해 그를 사랑하는 것이라고 믿는 나이였다. 그녀는 지나치게 잘생겨 여자들의 마음을 흔드는 기사이자 청년과 마주치지 않도록 노력하기로 했다.

잠을 못 이룰 때면 그녀는 더 고귀하고, 색다르고, 더 흥미를 끄는 연인을 상상했다. 디오텔레스가 말한 대로 진짜 왕, 파르티아인들의 왕을. 그는 홍갑기병들과 함께 로마군에 돌격하여 그녀를 탈취하고 강간했다. 그리고 사랑에 빠져 그녀와 결혼했다. 그가 말했다.

'나는 평생 당신 것이오. 그리고 죽어서도 당신 것일 거요.'(열다섯 번째 애가에 나오는 구절이었다)

결혼식 날, 그 야만인은 셀레네의 환심을 사려고 아우구스투스의 머리를 쟁반에 담아 선물로 주었다…… 그녀는 이 상상에서 무엇이 가장 마음에 드는지 자문해보았다. 원수를 갚은 것? 아니면 강간당한 일?

마르켈라는 해변이 내려다보이는 일광욕실의 휴식용 침대에 누워 자신의 카레나 저택 재건축 책임을 맡은 비트루비우스 그리고 뱃놀이를 하고 돌아와 몸을 떠는 몇몇 부유한 여자 친구들과 수다를 떨고 있었다. 옥타비아의 딸인 그녀는 아그리파(아우구스투스가 없을 때 로마에서 가장 힘센 남자)와 결혼한 이후 명성의 후광에 둘러싸였고, 개인 궁정, '늙은 리비아'를 배려하는 경향이 별로 없는 젊은 궁정을 갖게 되었다. 그들이 보기에 리비아는 '가여운 율리아'에게 가증스러운 여자였고, 자기 남편에게 상속자를 낳아주지도 못했다. 재잘거리기 좋아하고 비판적인 궁정이었다.

"아, 우리의 귀여운 음악가가 왔네."

마르켈라가 공작 깃털 부채를 흔들면서 말했다.

"셀레네, 내가 키타라를 가지고 오라고 너를 불렀어. 내 친구들에게 프로페르티우스의 작품을 들려주겠다고 약속했거든. 그 사람의 최근 책에 나오는 작품의 연주를 말이야."

"나는 최근의 책을 모르는데요."

"오, 그렇구나! 하지만 수줍어하지 마. 요전 날 네 콧노래를 들었어. 너는 혼자 있다고 생각했겠지만…….."

셀레네는 예의 시인을 피하면서도 그의 시구를 계속 노래할 수밖에 없었다. 연인이 건네는 말, 고백이 아니라, 자신의 느낌에 대한 표현, 자신이 꿈꾸는 맹세로서. '사랑받는 것'을 상상한 후, 이제 그녀는 '사랑하는 것'을 상상하고 있었다. 부모님이 그랬던 것처럼 사랑하고, 사랑해서 죽는 것을. 그녀는 로마인들이 주장하는 것처럼 클레오파트라가 마지막에 마르쿠스 안토니우스를 배반하고 자기 자신을 위해 협상했다고 믿지 않았다. 어머니가 아버지를 멸시했거나 아버지의 기를 꺾었다고 믿지도 않았다. 아니다. 그들은 시인의 시구에 나오는 것처럼 함께 죽었다. '하나뿐인 사랑이 하루에 우리를 휩쓸어가리라…….'

"네가 원하는 애가를 우리에게 불러줘."

마르켈라가 다시 말했다.

"옛날 것도 좋아. 그냥 노래만 해줘. 그러면 우리는 들을 테니까."

넘쳐흐르는 음표들(알렉산드리아에서와 똑같은 언어를 말하는 음표들)을 듣는 즐거움을 위해, 셀레네는 오랫동안 악기를 조율했다. 그녀는 맨손가락으로 현을 만지면서 몸속에 울리는 음악을 느끼기를 좋아했다. 피부가 찢길 때, 손에 상처가 날 때 정확한 소리를 악기로부터 끌어낼 수 있는 법이다. 그래서 피크를 사용해 연주하는 일이 드물었다. 그녀는 오랫동안 소리를 지른 듯 조금 쉰 듯한 목소리를 끌어올리면서 노래를 불렀다.

"내 가장 아름다운 근심거리, 내 유일한 사랑, 그대는 내 고통을 위해 태어났도다."

예전에 티모니에르에서 토착민 여가수가 패배한 그녀의 아버지를 위해 노래했던 것처럼 운명적인 사랑을 노래했다. 사랑 때문에 죽은 연인들의 영혼을 빛을 향해 다시 데려가기 위해 열정적으로, 절망적으로 노래했다.

그녀가 노래를 마쳤을 때, 마르켈라의 친구들은 박수를 치지 않았다. 당황한 것이다. 머리칼을 적갈색으로 물들였다는 이유로 '벨기에 여자'라고 불리는 젊은 여자가 굵은 눈물을 닦았다. 마르켈라가 한숨을 쉬고는 말했다.

"셀레네, 그만 다른 아이들에게 가봐. 네 방으로 돌아가."

셀레네는 자리를 떴다. 회랑 끄트머리에 있는 문이 열리고 프로페르티우스가 들어왔다. 마르켈라가 그에게 물었다.

"그래, 내 깜짝 선물에 대해 어떻게 생각하세요?"

"감탄스럽습니다. 당신의 여가수는 감탄스러워요! 마치 내 시를 처음으로 듣는 것처럼 감동받았어요. 마치 그녀가 시를 쓴 것처럼요. 그 여가수는 그리스인이죠, 안 그렇습니까? 그리스어 악센트가 약간 남아 있더군요. 하지만 그녀는 어떤 로마 여자보다 사랑을 잘 이해하고 있어요!"

"당신의 '킨티아'보다 더?"

"내 모든 킨티아들보다 더요! 그녀를 극장에 꼭 출연시켜야 합니다."

모인 사람들 대부분이 웃음을 터뜨렸다.

"그 여가수는 노예가 아니에요."

마르켈라가 설명했다.

"그녀는 자유민으로 태어났어요. 결국 다소간은…… 당신이 보기에는 그녀가 몇 살 같아요?"

"아, 그 목소리, 너무나 관능적인 목소리…… 서른 살쯤 되었나요? 사랑을 많이 해보고 많은 고통을 겪어본 여자 같습니다."

"틀렸어요! 그녀는 사춘기도 되지 않은 소녀예요. 열다섯 살도 되지 않았죠. 그녀는 이집트에서 왔어요. 이제 알아맞혀보세요, 프로페르티우스. 누가 당신을 위해 노래했는지. 잘 생각해봐요! 누군가의 딸인데?…… 유명한 여자의…….”

클레오파트라! 프로페르티우스는 마에케나스가 만일 군주에 관해, 그의 승리에 관해 글을 쓰고 싶지 않다면 이집트 여왕을 공격하는 글을 쓰라고 제안했던 일을 불현듯 떠올렸다.

“아주 간단한 일이지. 자네의 마음이 전쟁시詩에 끌리지 않는다면 계속 사랑을 이야기하게나. 하지만 상황을 활용해 예전에 우리 장수들 중 하나가 타락한 열정에 이끌려 어떤 식으로 창녀에게, 피에 굶주린 여자 마르스에게 굴복했는지를 이야기하도록 해. 자네는 그런 사랑을 아나? ‘파렴치한 사랑’, ‘타락한 사랑’ 말이야…… 그리고 아폴론 신의 총아인 우리 아우구스투스께서 만수무강하시기를 슬쩍 덧붙이게나. 그러면 로마는 그의 적들에게 두려워할 것이 없을 걸세. 우리 또한 더 이상 요구하지 않을 테고.”

경찰 우두머리인 동시에 문화부 장관인 마에케나스에게는 많은 특권들이 있었다. 그리고 그로 인해 검열은 전문가의 비평이, 정치선전이, ‘책임져야 하는 기술’이 되었다. 하지만 프로페르티우스는 복종하지 않았다. 군주의 누나와 아그리파의 아내의 후원을 받는 한, 자신은 아무것도 두려워할 필요가 없다고 믿었다. 하지만 그는 군주를 싫어하지 않았다. 나라 일에 흥미가 별로 없고 아욱토리타스를 싫어할 뿐이었다. 그리고 그 자신의 말에 따르면 단호한 독신주의자는 ‘국가의 승리에 아들을 바치지’ 못할 터였다. 사람은 선택의 자유가 있다. 그렇지 않은가?

그는 온화한 몽상가였다. 그러나 곧 때가 될 것이다. 얼마 가지 않아 그도 다른 사람들처럼 복종에 의해 재능을 망가뜨리고, 탄식과 ‘카이사르여, 천수를 누리소서!’라는 맹세 사이로 미끄러질 것이다. 그리고 얼굴을 보지는 못했지만 목소리를 듣고 그토록 감동했던 소녀의 어머니를, 타락의 구렁텅이에서 태어나 모욕당한 그녀의 어머니를 진창 속으로 끌고 갈 것이다.

기억의 공백

프로페르티우스의 세 번째 책에서 다음 구절을 읽은 뒤 셀레네는 그 시인의 시를 더 이상 읽지 않게 된다. '예전에 우리 군대를 과오로 몰아넣었고, 자기 하인들과의 교접에 지쳐빠져 음란한 결혼의 대가로 로마의 성벽을 요구했던 계집에 대해 무슨 말을 해야 할까?'

그녀 어머니에 대해 한 말이다. '음란한 결혼'은 셀레네를 탄생시킨 결혼을 뜻한다. 물론 그녀는 '하인들과의 교접'에서 태어난 열매가 아니지만. 나머지는 고고한 자살조차 너그럽게 봐주지 않는 일련의 쓰레기 같은 구절일 뿐이다. '창녀, 자기 왕조를 퇴색시킨 부패한 카노푸스의 여왕은 타르페이아 바위 위에 모기장을 치기를 원했다...... 로마여, 아우구스투스의 개선식을 거행하라! 클레오파트라, 너는 달아나봐야 소용없다. 너의 손목에 로마의 사슬이 채워졌다. 나는 신성한 뱀에게 물린 너의 팔을 보았다. 너는 주연酒筵 때문에 둔해진 혀로 이렇게 말했지. '로마여, 훌륭한 군주가 있는 한 너는 나를 두려워할 필요가 없었다!'

프로페르티우스는 굽실거리는 작가가 되었다. 우리 역시 그의 변모를 알고 있다. 스탈린에게, 마오쩌둥에게 아첨하기 위해 시인들의 1인자가 두꺼비가 될 때...... 하지만 그 옛날에 그것은 새로운 일이었다. 아우구스투스의 것은 아우구스투스에게 돌려주자. 아우구스투스는 정치에서 많은 것을 고안해냈다. 거기에는 삼류작가 모집도 포함된다. 프로페르티우스는 아우구스투스에게 아첨하느라 재능을 잃고, 그다음에는 목숨을 잃었다. 거미줄에 걸린 나비였던 그에게 남은 거라곤 약간의 날개 부스러기뿐이었다. 셀레네가 꿈꾸는 표정으로 키타라의 열여섯 현을 퉁겼을 때, 셀레네의 손가락들에 그 부스러기가 묻었다.

경축일. 마르켈루스는 율리아와 결혼할 것이다. 옥타비아와 아우구스투스는 자식들을 결혼시키기로 결정했다. 그들은 마치 자신이 결혼하는 것만큼이나 기분이 좋았다.

"우리 가문의 미래가 확고해졌어."

군주는 자신의 서른아홉 번째 생일을 맞아 주둔지의 자기 침대 주위에 모인 참모들에게 말했다. 계속 에스파냐에 머물던 그는 고약한 열병으로 고통받고 있었으며, 어느 때보다도 왕조 창설을 꿈꾸었다. 말할 것도 없이 공화주의적인 왕조 말이다. 장교들은 믿는 척했다. 공화국과 왕조를 모두 믿는 척했다. 그러나 속으로는 자기네 우두머리가 오래 살지 못할 거라 생각하고 있었다. 아우구스투스는 너무 가냘팠다. 그리고 군주 없는 왕조란…….

와병중인 아우구스투스는 카탈루냐 지방의 작은 항구 타라고나를 세상의 중심으로 만들었다. 도처에 신속하게 명령을 내렸고, 세 개의 대륙에서 제국을 공고히 했다. 유럽에서, 북쪽 평원에서 그의 라인 군단은 사나운 침버인들을 격퇴했다. 아프리카 사막에서는 그가 왕으로 책봉한 유바가 야만인들을 물리쳤다. 아시아에서는 그의 보좌관들이 파르티아인, 아랍인, 심지어 인도의 왕들과도 신중하게 교섭했다. 코끼리 꼬리털에 매단 에메랄드로 몸을 뒤덮은 실론 섬의 대사들이 얼마 전 에스파냐 촌락에 도착했다.

군주가 외교를, 말로 하는 싸움을, 소리나지 않는 전투를 좋아했기 때문이다. 그는 자존심이 강하고 허영심은 별로 없었으므로, 자기가 그렇다는 사실을 인정했다. 그는 군대를 지휘하고 전투에서 성공을 거둘 능력이, 혹은 고된 주둔지 생활을 견뎌낼 능력이 없었다. 외외종조 율리우스 카이사르와는 달리, 그리고 로마의 전통과 반대로 전문화를 택할 작정이었다. 그는 정치, 음모, 의붓아들들을 맡고, 더 젊고 용감한 사람들이 베는 검 역할을 할 것이다. 마르켈루스는 이탈리아로 다시 떠나야 했다. 하지만 끈기 있고 생각이 논리적인 티베리우스는 남아서 나이 든 몇몇 장군과 함께 반항적인 바스크 지역을 '평정하는' 일을 완수했다. 가마 깊숙한 곳에서 쿠션에 몸을 기대고 이불로 따뜻하게 몸을 감싼 군주는 군단들의 밀집 대형과 나팔들에 반사되는 햇빛을 보며 마지막으로 경탄했다. 다시는 어떤 전선으로도 돌아오지 않을 테니까.

바이아이와 바울레스(루크리노 호수를 미제노 곶에서 갈라놓는 돌출부의 양쪽 해안)에 있는 리비아와 옥타비아의 집은 열광으로 들끓었다. 지배자는 충성스러운 보좌관 마르쿠스 아그리파에게 결혼 예식을 주재하는 임무를 맡겼다. 아그리파는 그의 친구일 뿐만 아니라, 신랑 마르켈루스의 매형이기도 했다. 그러므로 가족의 테두리에서 벗어나지 않을 것이다.

신랑의 누이들과 신부의 사촌 자매들은 흥분했다. 손님들이 주랑 밑으로 밀려들었고, 하녀들이 뛰어다녔고, 개들이 짖었다. 셀레네는 율리아가 치장하는 모습을 보고 싶었을 것이다. 창끝 모양의 철제 장식으로 신부의 머리칼을 어떻게 가르는지, 불꽃 빛깔의 베일 밑에 드리운 예식용 머리를 어떻게 땋는지 알고 싶었을 것이다. 그러나 신부의 거처, 그러니까 리비아의 집에서 펼쳐지는 수수께끼들은 그녀에게 감춰진 채 남아 있었다.

셀레네가 옥타비아의 딸들과 함께 군주의 커다란 별장 안으로 들어갔을 때, 율리아는 혼례 욕조에서 벌써 나와 제모를 한 뒤 솔기가 없는 튜닉을 입고 있었다. 점복관들이 자리를 채웠고, 신들에게 고했고, 결혼 서약을 새긴 서판에 인장이 찍혔다. 율리아는 조상들의 예배당 앞에 자신의 오래된 인형들을 내려놓았고, 신부의 보증인으로 지목된 마르켈라는 사촌 여동생의 오른손을 잡고 엄숙한 태도로 남동생의 오른손과 결합시켜주었다. 참석한 손님들의 환호성이 프리마 포르타의 흰 암탉의 미친 듯한 울음소리를 덮었다. 어린 하인이 희생제물로 바칠 암탉을 칼로 제대로 통제하지 못했던 것이다. 하인은 암탉의 발을 붙잡고 머리를 아래쪽으로 향하게 해 빙빙 돌려 기절하게 만들었다. 그런 다음 제단의 잉걸불 위에서 반항하던 암탉의 피를 빼는 사이, 하녀들이 즐거운 표정으로 손님들에게 참깨 과자를 나눠주었다.

셀레네는 마르켈루스에게 다가가 뺨을 살짝 쓰다듬었다. 그날 아침 모든 여자아이들이 장난으로 그의 뺨을 쓰다듬었다. 그는 예식을 위해 전날 처음으로 면도를 했고, 잘라낸 최초의 턱수염을 미제노에 있는 유피테르 사원에 바쳤다. 그가 에스파냐에서 돌아왔을 때, 네 명의 누이는 마르켈루스가 턱수염을 길러서 너무도 씩씩해 보인다고 생각했으므로, 처음에는 그가 신에게 바친 금색 수염을 아까워했다. 하지만 오늘은 반대로 그의 매끈한 피부에 경탄하는 척했고, 그가 참전하느라 헤어질 때의 아이 모습을 되찾았다고들 말했다.

"오, 마르켈루스. 피부가 꼭 아기 같아!"

"가니메데스*처럼 상냥해 보여, 마르켈루스!"

그리고 신기하다는 구실로 끊임없이 턱을 만졌지만, 그 찬미자들 혹은 탄원자들은 줄곧 놀리는 태도였다. 평소 무척 내성적인 셀레네조차 거기에 한몫 꼈다.

이제 한 가족의 가장이 될 입장이며 얼마 전 원로원에 들어간 마르켈루스로서는 그런 애정 어린 놀림에 화를 낼 수도 있었지만 그러지 않고 웃었다. 기꺼이 놀림 받아야 하는 날이 있다면 바로 결혼식 날일 것이다. 그래서 상황이 되어가는 대로 기꺼이 받아들였다. 즐거운 감동을 느끼며.

눈썹까지 내려오는 두꺼운 오렌지색 베일을 쓴 율리아는 연회가 열리는 동안 환하게 빛이 났다. 열다섯 살에 결혼을 하게 되어, 리비아의 감독에서 벗어나게 되어 기분이 좋았다. 다른 한편으로는 너무도 온화한 고모가 시어머니가 되고 남편감으로 선택된 사람이 외사촌 오빠여서 무척 기뻤다. 그녀는 늘 그에게 우정을 느꼈다. 하지만 오늘 밤엔? 쳇, 오늘 밤 마르켈루스는 틀림없이 상냥하게 굴 것이다. 그녀는 그와 '그것'을 하는 게 조금 바보 같다고 생각하게 될까? 사실 그녀는 너무나 얌전하고 거의 친오빠나 다름없는 마르켈루스가 갑자기 자기에게, 그러니까 뭐랄까, 이번에는 적당한 단어가 떠오르지 않았다. '그곳'에 흥미를 가질 수 있으리라고는 상상조차 하지 못했다. 조금 후에 그녀는 '그것'의 접촉을 어떻게 견딜까? 정원의 프리아포스 조각상들 때문에 그녀는 그것의 크기를 과장되게 생각하고 있었다. 그때까지 놀이 친구의 튜

---

* 그리스 신화에 나오는 트로이의 미소년.

닉 밑에 있다는 것을 한 번도 의심해본 적 없는 어마어마한 물건의 크기를. 다행히 모든 일은 어둠 속에서 일어날 것이다. 그들은 웃으려고 노력할 것이다. 그들은 자주 함께 웃지 않았는가! 중요한 것은 결혼한다는 것이다.

결혼 만찬이 끝난 후, 옥타비아와 마르켈루스는 배를 타고 바울레스로 돌아갔다. 육로를 통해 신부를 데려올 행렬을 맞이하기 위해서였다. 의붓자매들과 함께 행렬에 섞여 함께 가게 된 셀레네는 야외에 나오자 안도감을 느꼈다. 어두워지기를 기다려 횃불에 불을 붙여야 했기 때문에 식사는 끝날 줄을 몰랐고, 그녀는 지루했다. 셀레네는 먹는 것을 좋아한 적이 한 번도 없었다. 특히 로마 음식은 너무 짭짤하고 지독히도 부정했다. 생선, 돼지고기가 너무 자주 나왔다. 며칠 전부터 그녀는 음식에 대한 심한 혐오감과 구역질로 몸이 안에서부터 더러워지는 듯한 느낌을 받았다.

횃불을 든 행렬이 별장의 정원 사이를 전진하는 동안, 위안 주는 아이들이 멸시 어린 눈길을 두려워하며 관객에게 추잡한 농담을 지껄이면서 호두를 던지는 동안, 셀레네는 밤의 수많은 끈적끈적한 혀들이 맨팔에 닿는 것을 느꼈다. 밤의 습기 때문에, 옥타비아의 미용사가 인내심 있게 인두로 말아준 머리의 작은 웨이브들이 풀려버렸다. 머리에 쓴 도금양 관이 한쪽으로 흘러내렸다. 어른들이 억지로 입게 한 브래지어가 구겨진 드레스 밑에서 풀려버렸다. 해야 할 일이 전혀 없었다. 그녀는 늘 머리가 산발일 테고, 늘 옷차림이 말쑥하지 못할 테고, 늘 서투를 테고, 늘 추할 것이다. 그리고 늘 외국인일 것이다. 그녀 옆에서는 클라우디아가 결혼에 관한 우스운 이야기를 자매들에게 들려주고 있었다.

"아내를 싫어하는 한 남자가 죽어가고 있었대. 그러자 그의 아내가 그에게 말했대. '당신이 죽으면 나는 목을 맬 거예요!' 그러자 그 남자가 몸을 돌려 꺼져드는 눈으로 그녀를 바라보더니, 이렇게 대꾸했대. '부탁이니 내 목숨이 아직 붙어 있는 동안 그 기쁨을 나에게 베풀어주시오.'"

셀레네는 다른 아이들처럼 웃었고, 분위기를 망치지 않으려고 애썼다.

산사나무 횃불이 비치는 어렴풋한 불빛 속에서 마르켈루스의 들러리들이 별장의 문지방을 건너도록 신부를 팔에 안았을 때, 그리고 싱글거리는 표정의 신랑이 어머니의 다정한 눈길을 받으며 어린 아내에게 불과 물을 건넸을 때, 셀레네는 기분이 좋은 동시에(그들의 행복이 기분 좋았다) 외로움을 느꼈다. 그날 밤 그녀는 오빠가 하나 있었으면 하는 생각이 간절했다. 오빠 겸 남편이.

"네가 가이우스인 곳에서, 나는 가이아가 될 거야."

율리아가 전통적인 이 문장을 자신에 찬 목소리로 말했다.

"네가 있는 곳에서, 나는 네가 될 거야."

프로페르티우스의 시구보다 훨씬 더 감동적이었다. 클레오파트라와 마르쿠스 안토니우스의 딸이 들어본 가장 아름다운 라틴어 문장이었다. 그녀 자신도 언젠가 이 문장을 말할 수 있었으면 했다. 하지만 그녀는 어른들이 자기를 결혼시키지 않으리라는 사실을 알고 있었다. 로마는 그녀에게 미래를 마련해두지 않았다. 그녀는 단검과 약혼했다.

옥타비아의 딸들은 진열된 결혼 선물과 신부의 반지, 인도 사람들이 아우구스투스에게 선물한 '왕들의 보석' 다이아몬드에 감탄한 뒤 늦게 잠자리에 들었다. 그녀들은 신방도 들여다보고 싶었을 것이다. 하지만 하녀들이 멀찍이 떼어놓았다. 마르켈루스가 율리아의 베일을 걷어 올리고 그녀의 허리띠를 풀기 전에는 아무도 신방을 들여다보아서는 안 되었다.

로마에서 온 많은 손님들이 하인들과 함께 별장에 묵었다. 아그리파도 마르켈라와 합류했다. 그들은 꼭 붙어 지내야 했다. 프리마는 셀레네의 방을 함께 쓰는 특혜를 어머니로부터 얻어냈다. 프리마는 초조해서 안절부절못했다. 돌봐주는 여자들이 나가면 방 안에서 셀레네와 이야기를 나눌 수 있을 것이다. 프리마의 관심사는 그날 있었던 일에 대한 이야기보다는 그들 공통의 아버지에 관해 셀레네에게 질문하는 것이었다. 자신이 기억하지 못하는 아버지 말이다. 아버지가 떠났을 때 프리마는 겨우 세 살이었다. 프리마는 절대 이름을 입에 올려서는 안 되고 초상을 본 적도 없는 아버지의 얼굴이 어땠고 외모가 어땠는지 언니에게 묻고 싶었다. 불명예스러운 소문과 모욕적인 암시, 시와 비방문에도 불구하고, 그녀는 미지의 아버지를 숭배했다. 겁쟁이라고? 아버지가? 술꾼이라고? 유약한 남자라고? 아니다. 프리마는 아버지가 로마와 자유를 사랑했다고, 용감하고 잘생겼다고 확신했다. 잘생겼다, 그렇다. 하지만 어떤 식으로? 키가 컸을까? 머리가 갈색이었을까? 눈이 검었을까?

"내 아버지…… 아니, 우리 아버지는 우리 넷 중 누구와 가장 비슷하게 생겼어? 이울루스 오빠? 안토니아? 언니? 아니면 나?"

셀레네는 놀라서 이 곤란한 질문을 피했다. 그녀는 지쳤고 배가 아팠다. 게다가 아버지에 대해 프리마 같은 관점으로 생각해본 적이 한 번도 없었다. '우리 넷'이라니…… 그렇다, 물론 이울루스와 안토니아가 있다. 하지만 안토니아는 안토니우스의 딸이기보다는 아우구스투스의 조카이기를 더 바랐다. 이울루스로 말하면, 셀레네는 그에 대해 잘 몰랐다. 그는 신중히 처신하느라 늘 셀레네를 피했다. 셀레네가 그를 자신이 그토록 좋아했던 안틸루스의 동생으로 여기기 어려울 정도로. 뿐만 아니라 사람들은 이울루스를 소개할 때 '풀비아의 아들'이라고 말했다. '풀비아의 아들'은 '클레오파트라의 딸'과 닮은 부분이 전혀 없었다. 의붓자매인 프리마와 셀레네가 쌍둥이가 아닌데도 나이가 서로 엇비슷할 정도로, 그 세 결혼은 뒤섞이고 겹치고 뒤얽힌 가족들을 만들어냈다. 모든 것이 너무 복잡했다.

프리마가 '우리 아버지'라고 부르는 사람에 대해 셀레네는 무슨 말을 할 수 있을까? 그녀는 그 남자에 대해 무엇을 알고 있을까? 그의 머리가 금발이었다고? 그렇다, 금빛 머리카락 속에 은색 머리칼이 섞여 있었다. 또 다른 것은? 셀레네가 죽은 자들만 마주치게 하는 과거의 문을 떨면서 반쯤 열 경우, 티모니에르에서 아버지가 잠을 자기 위해 몸을 감싸고 있던 곰가죽을 다시 보게 될 것이다. 그의 황금 갑옷도. 사자 머리가 보석들로 상감되어 있던 갑옷. 왕의 갑옷. 하지만 그녀가 기억하고 있는 아버지가 한 유일한 말은 왕의 말이 아니었다. 어느 만찬 때, 그녀는 그가 울먹거리며 하는 말을 들었다.

"당신은 나를 돕지 않는구려."

그의 목숨을 구하기 위해 무엇이든 할 준비가 되어 있다고 말하는 여왕에게 그렇게 말했다.

"당신은 나를 돕지 않는구려……."

알렉산드리아가 완전히 함락되기 직전, '죽음의 친구들'의 마지막 만찬 때의 일이었다. 그날 저녁 셀레네는 얼마나 무서웠는지 모른다. 전능한 최고사령관이 자신이 죽을 거라고 인정하는 말을 듣는 것은(그때 그녀가 알아차린 사실이 바로 이것이었다. 곧바로 울음을 터뜨린 안틸루스도 마찬가지였다), 그토록 멋진 아버지가, 자기 아이들의 성벽이자 이집트의 수호자가 이제 자신은 그 무엇의 주인도 아니라고, 그들 모두 죽음을 면치 못할 거라고 털어놓는 걸 듣는 것은 세상의 끝이나 다름없었다.

"나 배가 아파."

그녀가 침대 속에서 신음했다.

"너무 많이 먹어서 그럴 거야. 토하면 좀 나을 텐데."

언제나 실용적인 방향으로 생각하는 프리마가 말했다. 그런 다음 낙관적인 표정으로 덧붙였다.

"내일은 좋아질 거야."

셀레네는 제일 먼저 잠에서 깨어났다. 속튜닉이 젖어 있었고, 침대도 젖어 있었다.

"오, 프리마. 큰일났어. 내가 침대에 오줌을 쌌나봐!"

프리마가 눈을 뜨더니, 즉시 선량한 로마 여자다운 반응을 보였다.

"좋지 않은 징조야. 나 무서워. 율리아가 결혼한 첫날밤 소변이라니. 신랑신부에게 좋지 않은 징조라고."

놀라고 창피해진 셀레네는 이불 밑으로 손을 넣어 침대시트를 더듬어보고, 엉덩이에 달라붙은 셔츠도 더듬어보았다. 그러고는 비명을 질렀다.

"피야, 프리마! 피라고. 내 몸이 피투성이야!"

그녀는 겁에 질린 채 끈적끈적해진 손가락과 얼룩진 손바닥을 바라보았다. 끈끈한 피가 손톱 밑에까지 묻어 있었다. 그녀는 몸을 떨었다. 하지만 프리마는 웃었다. 조그만 자기 침대 안에서 깔깔 웃으며 이렇게 말했다.

"그게 피라면 언니는 무서워할 게 전혀 없어. 언니는 여자가 되는 거야, 그게 전부라고…… 그리 이르진 않네! 내 유모를 부를게. 유모가 언니 몸을 씻겨주고 이런 날엔 어떻게 옷을 입어야 하는지 알려줄 거야. 가여워라. 언니는 아랫도리에 괴상한 옷차림을 하게 될 거야! 아, 그건 참 불편하다고 말할 수 있지."

"그러면 너는…… 너는 벌써 '괴상한 옷차림'을 한 적이 있단 말이야?"

"응, 1년도 더 됐어. 열두 살 하고 10개월 때 월경을 시작했어."

프리마가 자랑스럽게 설명했다.

셀레네는 얼이 빠져서 가만히 있었다. 그녀는 아무것도 몰랐고 아무것도 짐작하지 못했다…… 일정한 나이가 되면 여자들은 피를 흘리고, 그 피가 꿀벌들을 죽이고 포도주 맛을 시큼하게 만든다는 사실이야 알고 있었지만, 멘툴라라는 단어를 알면서도 정확한 모습은 알지 못하듯, 언제 어떻게 그렇게 되는지는 알지 못했다. 그것은 규방의 비밀, 셀레네가 다른 여자아이들과 공유하기를 원치 않는 비밀이었다. 그녀는 피가, 따뜻한 피가 너무나 무서웠다. 지금 침대시트에서 나는 자극적인 피 냄새도 무서웠다.

"배가 아파……."

"그게 정상이에요."

물병과 속옷을 가지고 막 들어온 프리마의 유모가 대꾸했다.

"이틀쯤 지나면 기분이 나아질 거예요. 그때는 피도 더 많이 나올 테고. 자, 침대에서 나와요, 내가 몸을 씻겨줄 수 있도록…… 아, 딱해라. 계속 그걸 보고 있는 거예요! 사람들은 전쟁터에 나가야 한다고 남자들을 동정하지만, 우리 여자들에게는 월경과 출산이 바로 전쟁이지요! 그 전쟁도 사상자를 적지 않게 낸다고요! 몸을 조금 돌려봐요. 가여워라, 몸이 많이 더러워졌네! 하지만 오늘 이게 시작됐으니 젊은 신혼부부에게 좋은 징조예요. 비너스가 결혼의 피를 풍부히 해서 이 결혼에서 많은 자손이 태어날 거예요…… 자, 아가씨, 다리를 벌려요."

불현듯 셀레네는 개선식 전날 큐프리스가 했던 권고를 떠올렸다. 다리를 벌려요, 그러지 않으면…… 셀레네는 그럴 수 없었다. 모든 것이 뒤섞이고 모든 것이 똑같이 피 속에서 끝난다. 여자아이는 태어나면서부터 넓적다리 사이에 죽음을 지니는 것이다.

"그렇게 얌전떨지 마요, 아가씨. 나는 다른 여자아이들도 많이 봤어요! 별로 보기 좋지 않은 광경도요. 내 말을 믿어요! 그러니까 다리를 벌려요. 분별 있게 굴라고요. 넓게 벌려요, 아가씨."

소녀. 예전만큼 노래를 자주 부르지 않으며, 몸짓이 더 신중해지고 말이 더 조심스러워진 소녀. 우울하게 미소 짓는 소녀. 이제는 성큼성큼 걷지 않고, 암캐 이사를 따라 뛰어다니지 않고, 헤로데의 아들들과 공놀이를 하지 않는 소녀. 군주 가문의 미덕들을 구현하는 '구식' 소녀. 온순하고, 신중하고, 겉모습이 너무나 로마인다워서, 감찰기관에서 모범으로 제시하는 소녀. 소녀 셀레네는 머리카락을 둥글게 말고 허리띠를 조인 채 실을 잣고, 옷감을 짜고, 수를 놓았다.

자신이 여자라는 사실과 자신이 처한 조건을 체념하고 받아들이자, 주변의 여자들은 그녀를 더 많이 용인해주었다. 방문객들은 셀레네가 나타날 때 그녀 어머니의 이름을 쑥덕거리지 않았고, 마르켈라와 클라우디아는 마치 친자매처럼 그녀에게 입맞춤을 했다. 옥타비아는 연회를 열기 전 키타라 연주자들을 고르는 문제를 그녀와 상의했다. 그녀가 물레 방추에 손가락을 찔리거나 '월경 중이어서' 누워 있으면, 여자들은 서둘러 그녀에게 달려와 예사로운 그 고통을 위로해주었다. 반면 특별한 불행에 대해서는 혼자 싸우도록 내버려두었다.

그녀는 놀랐다. 이해되는 슬픔만 남들과 공유할 수 있음을 아직 알지 못했던 것이다. 그녀를 덮친 비극들은 너무 엄청나서 단단한 사람이라도 사기가 꺾이지 않을 수 없었다. 이제 상황이 다시 정리가 되었다. 그녀는 새 드레스를 못에 찢기거나 밤에 악몽을 꾸었다. 주변 사람들은 그녀를 불쌍히 여겼다. 클라우디아조차 상냥한 태도로 말을 건넸다.

하지만 클라우디아와 진정한 우정을 맺기에는 너무 늦었다. 클라우디아는 떠날 것이다. 그 아이도 결혼을 한다. 아우구스투스의 바람에 따라, 늙은 홀아비 파울루스 아이밀리우스 레피두스와.

그래서 바울레스에서는 또 연회가 열렸다. 신부는 열여덟 살, 신랑은 쉰 살이었다. 신랑은 몸이 뚱뚱했다.

"나는 클라우디아 언니의 첫날밤이 부럽지 않아."

프리마가 생각에 잠겨 말했다. 하지만 신랑이 예전에 집정관이었고 훌륭한 가문 사람인만큼, 클라우디아는 곧 자신의 발목을 결혼 예복의 장식 밑단 밑에 감추게 되어 기분이 좋았다. 그 남자는 대신관의 조카이고, 아우구스투스는 타라고나 군사령부에서 그를 감찰관이나 지방 총독으로 선출해주기로 약속했다.

"나는 집정관의 딸이고, 예전에 집정관이었던 남자의 아내가 될 거야."

클라우디아가 의기양양하게 말했다.

"내 남편이 아프리카나 아시아의 지방 총독이 되면, 나는 여행을 하게 될 거야. 얘들아, 나는 세계를 유랑할 거야!"

집 밖으로 나간다, 드디어 집 밖으로 나간다…… 그 집 처녀들은 집 밖으로 나가는 즐거움을 경험하는 일이 드물었다.

"얌전한 여자애들에게 길거리는 위험해!"

하지만 바이아이에서 프리마, 셀레네 그리고 안토니아는 옥타비아의 허락을 받아 이따금 걸어서 제방에, 해변에 그리고 공동 목욕탕에 갔다. 포룸의 상점에 가서 자질구레한 물건들을 흥정하기도 했다. 제비꽃 기름 한 병, 부적처럼 꾸민 말린 해마海馬, 만에서 채취한 붉은 산호 등등. 사소한 외출, 상점에서 구매한 자질구레한 물건, 그녀들이 느낀 사소한 즐거움 등 모든 것이 가정 일지에 정식으로 기록되었고 사본은 에스파냐로 보내졌다.

때때로 배가 셀레네를 나폴리로 데려갔다. 그 오래된 그리스 항구에서는 선원들이 '바다의 여왕'인 이시스 파리아*를 계속 숭배하고 있었다. 클레오파트라의 딸인 셀레네가 이제 로마 신들에게 제물을 바치고 그들의 우월함을 인정했으므로, 옥타비아는 셀레네가 나폴리 사람들이 지역 수호신으로 숭배하는 이방 여신의 신전을 예방하도록 허락했다. 그녀의 남동생 아우구스투스는 헤로데의 아들들이 안식일을 지키는 것도 허락했다.

아우구스투스의 누이는 배 안의 노 젓는 사람들 뒤에 꿀단지나 향이 담긴 작은 궤를 놓아두게 했다. 어린 아가씨가 제단에 바칠 물건을 준비하지 않고 신(이집트의 신이라 할지라도)의 집에 가는 것은 무례한 일이었다. 신들은 나라를 막론하고 의례를 까다롭게 따진다…… 물론 옥타비아는 셀레네가 이시스를 향한 감상적인 애정을 키우리라고는 단 한 순간도 상상하지 못했다. 하물며 이시스가 셀레네를 '사랑할' 수 있다고는 더더욱 상상하지 못했다. 다정한 신이란 우스꽝스러울 것이다! 셀레네가 존경심 말고는 이집트 여신에게 바칠 것이 없는 만큼 더더욱. 그렇

---

* Isis Pharia, '등대의 이시스'라는 뜻.

게 유명한 신에게 잔돈푼이나 바치다니.

옥타비아는 교육을 잘 받은 로마 여인답게 신들을 성실하게 섬겼다. 교양 있는 세습 귀족으로서 신들의 존재를 의심하기는 했다. 그녀가 청소년기에 그것에 관해 의문을 제기하자, 위대한 카이사르의 여동생이며 카이사르 못지않게 신을 믿지 않았던 외할머니 율리아는 이런 조언을 해주었다.

"신들이 존재하든 존재하지 않든, 그들이 세상을 지배하든 지배하지 않든, 그들에 대해 알려고 노력해라. 그런 질문은 하지 말고. 신들이 존재하는 것처럼 행동하고, 필요할 때마다 그들에게 경의를 바치도록 해. 그것이 네가 교육을 잘 받았고 지혜로운 사람이라는 사실을 알려준단다. 세상 돌아가는 일에 관심도 갖고……."

이후 그녀는 줄곧 이 조언을 따랐다.

그러나 셀레네는 나폴리의 이시스 신전에서 이성적인 옥타비아는 거의 상상하지 못하는 행복을 발견했다. 몸에 꼭 끼는 옷차림을 하고 환하게 빛나는 셀레네는 자신의 여신을 보자 발밑에 엎드리고 싶은 욕구보다는 프리마를 끌어안듯 그 여신을 끌어안고 싶은 욕구를 느꼈다. 나일강의 성스러운 물에 손가락을 담그고 얼굴에 물을 끼얹을 때면, 목욕을 하고 나올 때보다 자신이 더 순결하게 느껴졌다. 그리고 마침내 계단 발치에서 제단에 향유를 부을 때(절대 얼룩이 튀지 않게), 그녀는 평생 신성한 숟가락을 사용한 듯한 낯설면서도 위안되는 느낌을 받았다.

하지만 셀레네는 옥타비아가 명한 대로 그 종파의 사제들을 피했다. 화병 운반자와 바구니 운반자들을 마주치면 말은 나누지 않고 인사만 할 작정이었다. 그들도 거리를 두고 멀찍이 서 있었다. 마치 그녀의 의중을 알아차린 것처럼. 멀리 있어도 셀레네는 그들의 깔끔한 향기를 맡을 수 있었다. 그들은 모든 것이 얼룩 하나 없이 깨끗했다. 내면도 외면도. 머리카락을 말끔히 민 머리, 하얀 아마포, 성수, 헌유, 백합 화환, 할례, 순결, 채식…….

피는 전혀 없었다. 흐르지도, 삼켜지지도 않았다. 천 개의 이름을 가진 여신의 집에는 다른 신들의 집에서처럼 동물 내장을 늘어놓거나 창자들을 흩어놓지 않아서 혐오감이 느껴지지 않았다. 악취 나는 제단 위에 놓인 거무스름한 딱지도, 포석에 아무렇게나 뿌려진 희생 제물의 붉은 핏덩이도 보이지 않았다. 살 타는 냄새도 전혀 나지 않았다. 싱그러운 꽃향기가 살짝 나고, 아라비아 수지樹脂의 달콤한 냄새가 났다.

셀레네는 그곳에서 시스트럼* 소리와 성가를 들으며 하늘을 향해 손바닥을 내민 채 어린아이의 평안을 되찾았다. 마치 여신이 자신을 건드리고 어루만지는 것 같았다…… 그녀는 여신의 채색된 입술을 응시했다. 그 입술이 움직이는 것을 보고 싶었다. 옛날처럼 여신이 말하는 소리를 듣고 싶었다.

'삶을 맛보렴, 셀레네. 그건 아주 달콤하단다!'

바이아이에서는 모든 것이 달콤하고 기분 좋았다. 심지어 죽음조차. '옥타비아의 딸들'은 바다를 마주한 테라스의 넓은 차양 밑에 앉아 묘비명을 쓰며 즐거워했다.

우선 클라우디아가 떠난 뒤 기운이 빠져 시들거렸던 암캐 이사의 묘비명부터 쓰기 시작했다.

"슬픔으로 죽다."

셀레네가 말했다.

---

* 고대 이집트의 타악기의 일종.

"그보다는 '어리석음으로 죽다'지."

안토니아가 잘라 말했다.

"내 언니 클라우디아만큼 그 개를 괴롭힌 사람은 없어. 하지만 그 어리석은 짐승이 클라우디아 언니를 그리워한다면 어리석다는 말로도 충분치 않아. 요컨대 나는 개들을 대수롭게 여기지 않아!"

"너는 개보다는 곰치를 더 좋아하지, 아마?"

이사는 플라타너스 산책로에 묻혔다. 묻힌 자리에 대리석판을 마련해 짧은 일생 동안의 공로를 은색 글씨로 새겨주었다.

'나는 갈리아에서 태어났고, 이름은 이사였다. 내가 짖는 소리는 누구도 겁주지 않았다. 오직 내 죽음으로 친구들에게 상처를 입혔을 뿐이다.'

이 짧은 걸작에 다다르기 위해 활발한 토론이 벌어졌다. 셀레네는 서정적인 묘사를 조금 덧붙이고 싶었을 것이다. 이를테면 이런 묘사를.

'내 무덤 위에는 푸른 월계수가 가지를 숙이고 있다.'

하지만 안토니아가 귀를 막았다.

"다분히 '알렉산드리아 취향'이네! 지나치게 섬세하고 기교 부리는 스타일 말이야. 내 문법학자가 그렇게 말했어. 그런 글귀를 덧붙이면 외삼촌부터 시작해서 모든 로마 사람들이 혐오감을 느낄 거야."

"그분은 지금 에스파냐에 계시잖아."

"아, 이런 바보. 우리가 쓴 묘비명이 가정 '일지'에 떡하니 기록될 거라는 생각을 못 하는 거야? 언니가 쓴 단 한 줄의 글귀라도 외삼촌이 에스파냐에서 고스란히 전해 듣지 못하실 것 같아?"

장래에 만들 묘비명들(참새 또는 어린 여자 노예의 묘비명)을 위해 필요한 영감을 얻는다는 구실로, 소녀들은 집 밖으로 더 자주 산책을 나갔다. 포추올리와 미제노의 길들로 산책을 갔다. 거기에는 공동묘지가 있었다. 돌봐주는 여자들과 지팡이에 몸을 의지한 원기왕성한 디오텔레스

("어쨌든 나는 예순 살이라고요!" 그가 재주를 넘으며 신음했다)를 동반한 채, 세 자매는 무덤들에 대해 논평하고 거기에 새겨진 글들을 큰 소리로 읽었다. 안토니아는 간결한 글귀들을 높이 평가했다.

"이 사람은 모든 것을 겨우 한두 마디로 표현했어. '내가 마신 것, 먹은 것, 나는 그것들을 가져간다. 나는 내가 흘려보낸 모든 것을 잃었다.'"

로마의 철학은 단순하며, 종말에 별로 관심을 갖지 않는다. 로마의 철학은 지금 현재로 만족한다. 고인들은 지나가는 행인들에게 삶을 활용하라고 조언한다. 심지어 가끔씩은 그들의 건강을 위해 건배하라고 권유한다. 프리마와 안토니아가 속한 곳은 저승이 존재하지 않는 사회였다.

하지만 셀레네의 사정은 달랐다. 그녀는 어린아이들의 묘지 앞에서 시간을 끌었다.

"이것 좀 봐, 프리마. 다섯 살짜리 남자아이의 무덤이야. '나는 빛을 알았다. 그리고 빛이 나에게 매료되었을 때, 내가 왜 태어났는지 알 수 없었다……'"

어린아이들의 무덤을 보고, 셀레네는 틀림없이 자기 가족에 대한 기억들을 떠올렸을 것이다. 프톨레마이오스의 유령과 마주쳤을 것이다. 그녀는 자신이 잊지 않은, 하지만 떠올리는 것을 잊은 프톨레마이오스에 대해, 삶에 끌려온 자신에 대해 죄책감을 느꼈다.

"너무 슬퍼!"

프리마가 너무 일찍 죽은 아이들의 묘석 앞에서 외쳤다.

"언니는 왜 항상 나를 울게 하는 묘비명을 고르는지 모르겠어! 나는 재미있는 묘비명이 더 좋아. 이를테면 이 남자의 묘비명처럼 말이야. '잘 가라, 희망이여! 가서 너의 헛된 기대를 다른 이들에게 전하라!' 아니면 유머 감각이 탁월했던 듯한 여기 이 망자의 묘비명도 좋네. '이제는 발이 아프지 않고, 집세를 지불하기 위해 뛰어다닐 필요도 없다. 나는 영원한 공짜 거처를 얻었다!'"

디오텔레스가 손뼉을 치고 익살을 부렸다. 자신도 묘비명을 써두고 싶다고 했다. 소녀들은 그가 농담을 한다고 생각했지만, 그는 진지했다. 그는 자기 석관을, 저승의 검은 파도 위로 자기를 평화롭게 여행하게 해줄 배를 잃어버렸다. 그리고 머지않아 그의 육신 전체가 사라질 것이다. 디오텔레스는 그것을 안다. 그때가 되면 그의 영혼은 자유롭게 안개와 구름 속을 떠돌 것이다. 생존에 대한 그의 희망은 알렉산드리아 함락과 함께 모두 나락으로 떨어져버렸다.

하지만 그는 지금 이탈리아에 있고, 신들의 힘을 빌리지 않는 다른 형태의 불멸이 세상에 존재한다는 사실을 깨달았다. 사람들의 기억 속에 이름을 기록하고 거기에 머무는 것으로 충분했다. 그러려면 찬란한 명예를 얻거나 아름다운 무덤을 가져야 했다. 명예를 얻기에는 너무 늦었다(아, 그가 유대에서 기린들로 멋진 볼거리를 만들 수 있었다면!). 이제 와서 명예를 얻을 가능성은 없다. 하지만 무덤의 경우는……

"약속해줘요, 공주님. 옥타비아님께 말해 나를 위한 진짜 무덤을 만들어주겠다고. 나는 공주님 집의 노예들처럼 생을 마감하고 싶지 않아요. 사람들 눈에서 멀리 떨어져 납골당의 벽감 안 알지도 못하는 이들의 유해 속에 버려지고 싶지 않아요! 그건 아니죠. 나는 사람들의 왕래가 빈번한 길가에서 행인의 눈길을 끄는 진짜 무덤을 갖고 싶어요. 금빛 글씨로 근사한 묘비명을 새긴. 아피아 가도는 왜 안 되겠어요? 거기도 지나다니는 사람이 많잖아요…… 오벨리스크 모양이 좋을 거예요. 수수하고 조그만 오벨리스크 말이에요. 한쪽 면에는 타조 한 마리를 새기고, 다른 면에는 감성적인 묘비명을 새기는 거죠. 묘비명이 내 가혹한 운명을 말해줄 거예요."

"가혹하다고, 네 운명이?"

"공주님도 알게 될 거예요. '내 목이 노예 신분의 멍에에서 해방되자마자, 야만적인 파르카 3여신이 결단을 내렸도다…….'"

"'네 목'? '노예 신분의 멍에'? 지금 날 놀리는 거지, 디오텔레스. 너는 노예 신분에서 해방된 지 벌써 10년이나 됐잖아!"

"네, 그래요. 매정한 분 같으니! 하지만 해방노예의 삶 역시 비극적일 수 있다고요!"

디오텔레스는 아이처럼 뾰로통한 표정을 했다. 그러고는 무덤들 위의 꽃을 꺾어 모으고, 가족들이 망자 앞에 가져다놓은 말린 과일을 무례하게 씹어 먹었다. 그러더니 투덜대며 셀레네 곁으로 돌아와 말했다.

"그래요, 내가 항복할게요. 공주님만 좋다면 내 묘비명을 이렇게 쓰기로 해요. '디오텔레스, 너무나 일찍 세상을 떠나다. 이건 정당하지 않다. 오, 불행한 곡예사여, 100년은 살 수 있었을 텐데……' 아, 이것도 아니에요. 공주님도 마음에 안 들죠? 내 죽음이 때 이르다고 생각진 않겠죠? 무정한 사람! 그럼 간단하게 써보자고요. '그의 육신은 죽었다. 하지만 이름은 모든 사람의 입에 오르내리고, 그는 영원히 살 것이다. 훌륭한 곡예사, 비할 데 없는 교육자, 저명한 도서관 사서. 도처에서 사람들이 그를 찬양하고 기릴 것이다. 그리고…….'"

"하지만 우리 말고는 아무도 네 이름을 모르잖아! 그리고 너는 유명하지 않아. 그건 거짓말이라고."

"나중에는 어떨까요? 공주님은 다른 사람들이 거짓말을 하지 않는다고 생각해요? 그렇지 않아요. 묘지에서는 모든 사람이 진실을 호도해요! 인간이란 얼마나 경탄스러운 존재인지. 공주님은 아내들이 정절을 지키고, 남편들이 눈물을 흘리고, 어린아이들이 완벽하게 행동한다고 믿어요? 아뇨, 그렇지 않아요. 확실한 사실은 하나뿐이랍니다. 클레오파트라 셀레네는 자신의 늙은 가정교사를 공경하지 않는 배은망덕한 소녀라는 사실! 부끄러운 줄 아세요!"

이번에도 프리마와 안토니아가 나서 선생과 학생을 화해시켜야 했다. 그녀들은 오래 함께 산 부부 같은 셀레네와 디오텔레스의 말다툼에 익숙해 있었다. 두 사람 모두 삼켜진 세상 하나를, 알렉산드리아 궁전을 마음속에 간직해두었음을 알고 있었다.

디오텔레스가 '공주'의 손에 도기 파편 하나를 쥐여주었다. 그에게는 묘비명을 쓰기 위한 두루마리도 작은 서판도 필요하지 않게 되었다. 쓰레기 속에서 주운 도기 파편에 새로운 묘비명의 초안이 몽땅 담겨 있었다.

"결국 나는 아름다운 생을 살았어요."

그가 한숨을 쉬며 말했다.

"동물원에서 태어난 노예에게는 기대 이상의 삶이었지요…… 나는 삶의 종말만 비극으로 볼 뿐이에요. 진지하게 하는 말이에요."

그가 서툰 필체로 다음과 같이 썼다.

'죽은 이들의 넋에게,
이집트 궁정에서 총애받던 곡예사 디오텔레스는
위대한 사람과 보잘것없는 사람들이 죽는 것을 보았다.
하지만 자신 역시 언젠가 죽을 거라는
사실을 믿지 않았다.'

기념품 상점

공공 경매 상품 목록, 골동품, 파리, 드루오 몽테뉴.

......132. 시트론 나무판을 사용한 납화蠟畵. 피부가 황갈색인 베르베르족 노인의 얼굴을 이집트 양식으로 표현한 희귀한 장례식 초상이다. 염포로 감쌌을 듯한 머리에 땋은 가발이 얹혀 있다. 나무의 윤기가 눈에 띄며, 안료가 벗겨지고 균열이 생겼다. 오른쪽 띠가 사라졌다. 북아프리카, 로마 시대.

높이: 33센티미터, 너비: 17.5센티미터

40000/45000

출처: 세르셸(알제리)

'이 세상이 그대에게 유쾌하기를.'

무덤 둘 중 하나에는 이 문구만 새겨져 있었다. 'Sit Tibi Terra Levis.' 줄여서 STTL.

로마인들은 글을 쓸 때 대문자 약호를 남발했다. 여기에는 우리 현대 인보다 더 그럴듯한 이유가 있었다. 파피루스 값이 비쌌고, 밀랍 서판의 표면이 한정돼 있었기 때문이다. 돌에 글씨를 새기려면 글을 아는 돌 조각가에게 시켜야 했는데, 그 일당이 엄청나게 비쌌다. 그래서 STTL이 라고 줄여 쓴 것이다. 길가의 무덤들은 이 문구를 주문처럼 되뇌었다. 산 자와 죽은 자가 충분한 의사소통을 할 만큼 부자가 아닐 때 STTL. 모든 것을 고려해 STTL. 이것은 편지 말미에 적는 보편적인 문구인 SVEV를 연상시키는 경제적인 작별 인사 방식이었다. Si Vales Ego Valeo. '당신이 잘 지내면 나 역시 그럴 겁니다.'

SVEV, 이것은 서한문의 관용적 표현에서 따온 네 글자로, 셀레네는 이것을 통해 아우구스투스의 비밀을 꿰뚫어보았다.

프리마가 노예들 구역에 도는 소문을 들었을 때부터 모든 일이 시작되었다. 루키우스 도미티우스가 결혼을 하기 위해 곧 에스파냐에서 돌아온다는 소문이었다.

일찍이 고아가 된 '적갈색 머리 꼬마' 루키우스는 자주 옥타비아 집에 와서 어른들이 정해준 아이와 함께 인형 놀이를 했다. 하지만 나이를 먹으면서 그다지 순진하지 않은 놀이들을 더 좋아하게 되었다. 에스파냐 전쟁으로도 그는 현명해지지 못했다. 국가의 안녕을 위해(도미티우스 가문 파벌은 힘이 셌다), 아우구스투스는 이 도미티우스 가문 상속자의 산만한 태도를 자신의 힘으로 장악할 때가 되었다고 판단했다. 프리마는 연말이 되기 전에 결혼식을 올릴 터였다.

사촌 자매 율리아와 달리, 프리마는 가족의 지붕 밑을 떠나려고 안달하지 않았다. 그녀는 자기 어머니를 무척 좋아했고, 셀레네를 좋아했으며, 도미티우스의 괴상한 언행을 무서워했다.

"언니도 알겠지만."

그녀가 셀레네에게 설명했다.

"그 사람은 애인들만으로 만족할 남자가 아니야. 아내까지도 필요로 할 거라고! 또한 자기 가문의 대를 잇기 위해 아이들을 많이 낳으려고 할 거야! 결혼하면 나는 죽을 거라고…….'

프리마는 어머니의 친구들 혹은 의붓자매들이 임신한 뒤 죽거나 출산하다가 죽는 모습을 많이 보았다.

"내 방 문 앞에 보초를 세워도 소용없을 거야. 내가 해산 의자에 앉자마자, 악마 실바누스가 내 영혼을 숲 깊숙한 곳으로 데려갈 테니까."

군주에게서 편지가 올 때마다, 프리마는 자신의 '처형' 날짜가 정해진 것이 아닌지 불안해했다.

옥타비아는 딸을 안심시키려고 했다.

"왜 그렇게 걱정하니, 프리마? 내가 결혼 예식을 주재하겠다는 약속을 네 외삼촌에게서 받아내면서 너를 위해 날짜 연기도 허락받았어. 그러니까 외삼촌이 돌아온 뒤에야 네 결혼식이 열릴 거야. 그런데 네 외삼촌은 긴 여행을 하기엔 몸이 편치 못하니까⋯⋯."

프리마는 외삼촌의 몸이 완전히 회복되지 않게 해달라고 신들에게 간구했다. 기다리는 동안, 알렉산드로스 대왕의 초상이 새겨진 인장이 찍힌 편지들을 계속 살폈다. 반지를 바꿨기 때문에, 군주의 인장에는 더 이상 스핑크스(그에게 아주 잘 어울렸던)가 새겨져 있지 않고 위대한 정복자 알렉산드로스 대왕의 옆모습이 새겨져 있었다. 셀레네는 남몰래 웃었다. 에스파냐 네 부족에게 쫓겨 궁지에 몰린 그가 감히 자신을 알렉산드로스 대왕과 비교하다니! 하지만 프리마는 무시무시한 알렉산드로스 대왕의 모습이 말랑말랑한 밀랍으로 찍혀 있는 두루마리를 보자, 실바누스의 화신을 보기라도 한 듯 몸을 떨었다. 그녀는 침실까지 어머니를 따라가며 질문들을 퍼부었다.

"외삼촌이 뭐래요? 몸이 좋아졌대요? 도미티우스는 어디 있대요?"

어느 날 옥타비아가 질문에 지친 나머지 프리마에게 편지를 내밀면서 말했다.

"네가 직접 봐라. 도미티우스에 대한 얘기는 어디에도 없어."

실제로 아우구스투스는 편지에서 누나에게 다정하고 평범한 말들(서로의 건강, 타라고나의 기후, 그들의 외할머니 율리아의 훌륭한 요리법)만 하고 있었다. 그런 다음 율리아와 마르켈루스에게 준 테베레 강 우안의 집에 좌석 세 개가 딸린 탁자 네 개를 들여놓을 만큼 넓은 겨울 식당을 만들라고, 여름 식당은 동향으로 하고, 욕실은 지는 해의 열기를 활용할 수 있게 서향으로 하라고 말했다. 세계의 주인이 쓴 편지라기보다는 주의 깊은 남동생이자 다정한 아버지의 편지였다.

하지만 프리마는 마지막 단락에 충격을 받았다. 마지막 단락은 전부 대문자인 다른 언어로 쓰여 있어서 무슨 내용인지 알 수가 없었다. 마르켈라가 외삼촌('스핑크스')은 비밀경찰 우두머리('개구리')와 그들끼리만 아는 언어로 의사소통을 한다고 말했던 것이 떠올랐다. 이 단락은 외삼촌이 어머니와 나누는 비밀 이야기일까?

셀레네와 속내를 나누는 지혜로운 프리마는 어머니의 신임을 이용해 편지의 마지막 단락을 주저 없이 베껴 썼다. 만약 셀레네가 뜻 모를 그 문장들의 의미를 밝혀낸다면, 외삼촌이 언제 자신을 공개적으로 희생시킬지도 알게 될 터였다.

셀레네는 이틀 밤 연속 그 파피루스 조각을 석탄처럼 검고 희미한 램프 불빛에 비춰보았다. 대체 어느 야만족의 언어일까? 스키티아족? 갈리아족? 그리고 마침내 그것이 낯선 방언이 아니라, 합의에 따른 색다른 글쓰기 방식으로 적은 문장들이라는 것을 추론해낼 수 있었다. 라틴어 단어의 알파벳들을 적어놓았지만, 배열 방식이 평범하지 않았다. 하지만 그 방식이 전체적으로 어떻게 기능하는지 파악하려면, 단어 하나를 알아보는 것만으로는 불충분하지 않겠는가? 아무래도 나름의 논리가 존재하는 것 같았다.

"하늘 아래 존재하는 모든 것은 법칙을 따른다."

셀레네를 가르칠 때 니콜라우스 다마스쿠스는 여러 번 이 말을 했다. 그러니 두려움을 가라앉히고 혼돈을 정리해야 했다.

그것이 로마 남자가 로마 여자에게 보낸 편지인 이상, 아마도 거기서 의례적인 문구인 SVEV를 찾아낼 수 있지 않겠는가? 그녀는 마지막 글자들을 보았다. TXFX였다. 그녀는 빙긋이 웃었다. 군주는 알파벳들을 바꿔치기한 것이다…… 처음으로 그녀가 '적'을 이겼다!

아마도 당시 사람들은 아우구스투스의 편지에서 기본 이상의 술책을 기대하지는 않았을 것이다. 그가 고안해낸 글자 배열 방식은 암호 코드와 똑같은 개념이었다. 당시에는 글을 읽을 줄 아는 사람이 별로 없었다. 더구나 편지에 인장을 찍었고 전령과 하인들이 믿을 만할 경우 굳이 암호로 글을 써서 해독할 생각을 하지 않았다. 이미 숨겨진 것을 굳이 다시 감추려면, 눈에 보이지 않는 것을 굳이 이해력에서 벗어나게 만들려면 천재적인 재능이 있어야 했다. 아니면 편집증이 있거나.

아마도 아우구스투스는 고대 역사가들이 그가 마에케나스와 (그리고 나중에는) 손자들과 주고받은 편지에서 사용했다고 전하는 암호 체계를 옥타비아에게도 가르쳐주었을 것이다. 늙어서 쇠약한 노인이 되었을 때는 리비아에게도. 또한 그 암호 체계는 틀림없이 변화했을 것이다. 하지만 체계 자체가 너무나 간단해서 오늘날에는 어린아이라도 알아차릴 만큼.

그럼에도 불구하고 그런 암호 체계가 적이나 호기심 강한 서기들을 속일 수 있었다면, 그 이유는 당시 사람들에게 말과 문자가 하나였기 때문일 것이다. 마음속의 생각을 '명확하게' 옮겨적지 않는다는 것은 상상할 수 없는 일이었다. 그래서 당시 사람들은 난해한 글을 맞닥뜨리면 그것이 외국어나 마법의 언어로 쓰였다고 여겼다. 사람은 자기가 볼 수 있는 것만 본다.

우리는 클레오파트라의 딸이 '보도록 준비되었다'고 믿을 수 있을까? 그랬다. 어떤 로마 여자들 이상으로. 그녀는 짧은 삶 속에서 이미 긴 시련을 겪지 않았는가. 자기 어머니처럼 8~9개의 언어를 말하지 못한 까닭은 적어도 일곱 가지의 다른 문자를 어설프게 알고 있었기 때문이다. 그리스 문자 두 가지(초서체와 대문자), 라틴 문자 두 가지, 그리고 이집트 문자 세 가지(흔히 쓰이는 민용民用 문자, 좀 더 공식적인 초서체의 승용僧用 문자, 신성한 상형문자) 말이다. 그녀가 읽을 줄 알거나 짐작할 수 있는 기호들은 어떤 때는 사물을, 어떤 때는 사물을 지칭하는 소리를 가리켰다. 이 두 가지 표현 체계가 이따금 한 문장 안에서 결합되었다. 이런 문장을 이해하기 위해서는 표의문자에서 표음문자로, 또 그 반대로 민첩하게 넘나들어야 했다. 이집트에서 사원들에 가본 덕분에, 셀레네는 글을 가로로도 쓸 수 있고 세로로도 쓸 수 있다는 점을 모르지 않았다. 왼쪽에서 오른쪽으로도, 오른쪽에서 왼쪽으로도 쓸 수 있다는 것도. 그러므로 로마에서 알아보기 힘든 글을 셀레네보다 더 잘 해독할 수 있는 사람은 혹은 암호를 '풀' 수 있는 사람은 틀림없이 아무도 없었을 것이다.

아우구스투스가 옥타비아에게 보낸 비밀 전언은 프리마의 결혼과는 전혀 관련이 없었다. 국사國事 그리고 마르켈루스의 장래와 관련 있었다. 셀레네가 그것을 확인했다.

군주는 몇 가지 결정 사항들을 공표하기 전에 로마 '제1의 여인'에게 알리고 있었다. 또한 합법적인 나이가 되기 10년 전부터 집정관 직위를 열망해온 사위이자 조카 마르켈루스에 대한 이야기도 하고 있었다. 아직 1년 남았다. 딱 1년. 이제 마르켈루스는 외삼촌 옆에서 선거에 출마할 수 있을 것이다. 그는 이미 스무 살에 쿠르수스 호노룸cursus honorum, '명예로운 직위'를 모두 편력했다. 집정관 선출을 기다리는 동안, 열아홉 살인 그는 로마의 고위 토목 담당관에 임명되었다. 최소한 서른일곱 살은 되어야 차지할 수 있는 자리였다.

그야말로 전격적인 출세였다. 어머니 옥타비아는 그것을 당연하게 여겼다. 눈빛이 사랑스러운 아들을 보면서, 사반세기 전 남동생을 여러 단계를 뛰어넘어 출세하게 해주었던 자질들을 아들에게서도 발견했다고 믿었다. 율리우스 가문 사람의 정치적 재능은 어린 나이에 나타나 유전되는 것인가? 그녀의 얼굴이 자부심으로 빛났다. 마침내 마음이 편안해지고, 벌써 자신의 궁정을 갖게 되어 도취된 것처럼 보이는 귀여운 며느리 율리아처럼.

그 젊은 부부는 데나리우스 화폐의 은빛 흔적을 뒤에 뿌려대며 바울레스와 로마 사이를, 옥타비아와 아그리파 사이를 왕래했다. 리비아는 남편에게 이렇게 편지를 썼다.

'우리의 사랑하는 율리아는 호화생활을 하고 있어요. 내가 생각하기에는 사촌언니 마르켈라를 압도하려는 것 같아요. 어제 그 아이의 하녀들이 금실로 짠 헤어네트를 가져왔어요. 나머지는 알아서 판단하세요.'

율리아는 곧바로 아버지에게 꾸지람을 들었다. 율리아가 에스파냐에서 온 아버지의 편지를 펼쳐보며 말했다.

"늙은 여우 같은 년! 그래도 난 카피톨리노 언덕을 태워버리진 않았어!"

사실 리비아는 초조함을 간신히 억누르고 있었다. 그녀는 사랑하는 아들 드루수스를 최선을 다해 키웠다. 그리고 사랑하지 않는 티베리우스를 위해서는 할 수 있는 선에서 명예, 선물, 특혜 같은 소소한 이익을 취했다. 안타깝게도 그런 이익은 마르켈루스가 받은 혜택보다는 덜했다. 그러나 티베리우스는 가족들 중 전선에 머물러 있는 유일한 사람이었다. 사랑받지 못하는 그 젊은이는 호전적인 바스크족을 체계적으로 '평정하고' 있었다.

아우구스투스가 의붓아들의 고집스러운 열의와 완고한 희생정신을 자신의 영광에 굴복시킬 방법을 찾아낸 것이다. 티베리우스가 전쟁을 했고, 월계관은 율리우스 가문이 얻었다.

군주가 사용하는 암호를 해독하긴 했지만, 어른들이 언제 프리마를 결혼시킬지는 알 수 없었다. 암호를 해독한 덕분에 두 소녀는 군주의 정보원들을 속일 새로운 책략을 발견했다. 프리마가 결혼하게 될 때 그녀들 역시 암호로 의사소통할 수 있지 않겠는가?

프리마는 텍스트의 글자 대여섯 개를 바꾸자고 제안했다. 셀레네가 대답했다.

"그건 절대 안 돼! 네 외삼촌께서 그 체계를 직접 만드셨으니 금방 뜻을 해독하실 거야!"

셀레네는 군주의 정보원들을 속일 다른 방법을 머릿속에 갖고 있었다. 서판을 세로로 분할하는 방법이었다.

"창살처럼 말이야. 아니면 체커놀이판이나."

편지에 글을 세로 방향으로 쓰면 가로 방향으로 쓰는 사람들에게 혼란을 줄 것이다. 호기심 많은 사람들을 속이기 위해 세로 방향으로 쓴 다음, 가로 방향으로 다시 베껴 쓸 수 있을 것이다. 원래의 전언을 밝혀내기 위해서는 반대 방향으로 다시 작업하면 충분한 것이다.

프리마는 언니 셀레네처럼 민첩한 재기를 갖지 못했고 글을 세로 방향으로 읽을 수 있다는 점도 납득하지 못해서 이해하는 데 시간이 좀 걸렸다. 셀레네가 서판에 써서 보여주어야 했다. 돌봐주는 여자들을 속이기 위해, 셀레네는 묘지를 방문하는 기회를 틈타 묘비명들을 옮겨 적는 척했다. 프리마는 셀레네의 설명을 차츰 이해하기 시작했다.

"세로줄의 수를 결정하려면 언니가 예를 든 것처럼 맨 꼭대기에 항상 언니 어머니의 이름을 적어야 되는 거야?"

"아니야. 열쇠가 되는 단어는 매번 바꾸는 편이 안전할 거야. 보초들에게 암호가 있는 것처럼. 같은 시에 나오는 단어들을 차례로 써도 안 될 것 없지. 세 글자 이상인 단어는 모두 괜찮아."

"어떤 시를 고르지? 프로페르티우스의 시?"

셀레네가 샐쭉한 표정을 했다.

"난 이제 그 사람 시를 좋아하지 않아. 차라리 그리스 시인의 것을 고르자."

"『일리아스』? 제6가?"

"그건 너무 위험해. 다들 잘 아는 시니까. 난 에우리피데스의 『헤카베』가 좋을 것 같아. 트로이 함락, 자식들의 죽음…… 첫 행은 '나는 망자들의 은둔지와 망령의 문을 떠났다'야. 이 시구에서 세 글자 이상으로 이루어진 첫 단어가 뭔지 생각해봐. 'Nékrôn'이야, 안 그래? '망자'…… 그러니까 우리는 '망자'로 시작할 거야."

대단치 않은 논리학자라도 열쇠가 되는 단어는 여기서 부차적 역할을 할 뿐이라는 점을 두 자매에게 말해줄 수 있었을 것이다. 글자들을 합산하고 몇 개로 나눌 수 있는지 알아낸 다음, 배수들만큼 차례로 조합해야 했다.

그러나 당시 사람들이 대부분 그랬듯이, 소녀들은 복잡한 로마의 숫자 체계와 0이 존재하지 않는 문제로 곤란을 겪어 계산을 그리 잘하지 못했다. 또한 '열쇠가 되는 단어'로 문학적인 단어를 선택하는 데 필요 이상의 중요성을 부여했다.

텍스트를 고르면서 셀레네는 한 번 더 화가 났다. 마르쿠스 안토니우스의 딸들은 비극 속에 둥지를 틀 것이다. 그녀들은 비탄과 복수가 담긴 단어들 위에 자신들의 우정을 건설할 것이다.

아우구스투스가 돌아왔다. 두려움도 다시 가져왔다. 국가에 대항하는 공화주의자들의 음모와 어두운 결탁들이 드러났다. 피가 다시 흐르기 시작했고, 지하도가 다시 사용되었다.

가족 전체가 팔라티노 언덕으로, 바깥 풍경이 보이지 않는 작은 안뜰로, 어두운 방으로, 습기 찬 복도로 돌아갔다. 비가 내렸다. 테베레 강물이 낡은 수블리키우스 다리*와 우시장의 상점들 그리고 벨라브로 구역의 건물들을 무너뜨리면서 도시에 범람했다. 강물은 오랫동안 빠지지 않았다. 셀레네는 썩은 물 냄새를 맡았다. 바로 권력의 냄새였다. 끝없는 찰랑거림, 바이아이에서 그녀가 거의 잊었던 험담과 중상모략의 냄새. 강물이 범람하지 않더라도, 이곳의 벽들에서는 물이 새어나왔다. 벽들은 증오와 시기심을 내보냈고, 각자 상대편을 고발했다.

군주에 맞서 음모를 꾸몄다는 혐의를 받은 폼페이우스의 후손 두셋이 처형되었다. 폴리온이 미소 지으며 말했다.

---

* 로마 테베레 강에 있는 다리. 포룸 보아리움 부근, 아벤티노 언덕에서 가까운 테베레 섬 하류에 있다.

"오늘날 우리 귀족 가문들에서는 자연사보다 드문 것도 없지요! 친애하는 옥타비아, 당신도 나처럼 자식들이 류머티즘에 걸리지 않도록 애정을 담아 키우길 바랍니다……."

매일 밤 군주는 피곤한 몸으로 자신의 '시라쿠사'(도시의 오염된 수증기, 온갖 불평, 온갖 악취가 그 탑을 향해 올라왔다)를 떠나 누님 집으로 건너왔다. 그들의 관계는 절대 편협하지 않았다. 옥타비아는 남동생의 가장 친한 친구를 '내 사위'라고 부를 수 있었고, 남동생의 딸을 내 '며느리'라고 부를 수 있었다. 마르켈루스는 그들 공동의 상속자였다. 그의 혈관에는 율리우스 가문의 피가 흘렀다. 남매는 그들 가문의 가장 어린 남자 후손을 과잉보호하고 매우 값진 것들로 감싸주었다. 그들이 젊은 토목 담당관의 첫 행보를 이끌었다.

보조금을 받는 시인들이 황금기의 아이들이라고 부르는 아이들은 외삼촌의 돈으로 포룸에서 특별한 경기를 열었다. 사자 '사냥', 곰과 황소의 싸움이었다. 자유민 남자들과 유명한 운동선수들로 구성된 마흔 쌍의 검투사도 등장했다. 셋 중 패자가 싸움 말미에 푸짐하게 제물로 바쳐졌다. 두당 5만 세스테르티우스 은화가 들었다. 사람들은 군주의 조카가 비용에는 신경 쓰지 않는다고 말했다! 후한 선물도 있었다. 뜨거운 햇볕으로부터 관중을 보호하기 위해 경기장을 일주일 동안 실크 베일로 덮은 것이다. 가난한 자들도 부자들이 누리는 호사를 누리게 되었다. 게다가 몇 달 전 군주가 '최저 생활 보장 안'을 다시 수립한 덕분에, 율리우스 카이사르 시대에 폐지되었던 밀 무상 공급이 다시 시행되었고, 상황을 고려하여 올리브유, 포도주 조금, 그리고 돼지고기까지 추가되었다. 곤궁한 사람들은 마른 빵에 질려 있었고, 점차로 잼을 바라게 되었다. 배불리 먹게 된 평민들은 새로운 토목 담당관을 격찬했다.

기쁨으로 환하게 빛나는 율리아와 마르켈루스는 신방과 신전에서 아리아드네와 디오니소스만큼이나 아름다운 부부가 되었다. 매우 만족한 두 아이는 결혼에 대한 고대의 미덕과 새로운 시대의 약속을 동시에 구현하고 있었다. 시민의 평화, 세계의 질서, 모두를 위한 적어도 모든 로마인들을 위한 여가 말이다.

하지만 옥타비아는 걱정이 되었다. 아들 때문이 아니라 남동생 때문이었다. 에스파냐에서 돌아온 남동생은 끔찍이도 변했다. 그를 영원한 스무 살 청년의 모습으로 묘사하는 공식 조각상 같은 모습을 더 이상 볼 수 없었다. 그녀가 진짜 동생의 얼굴을 잊어버린 걸까?

입술 언저리에 깊은 주름이 파였다. 마흔 살인 그는 벌써 쉰 살 때의 외외종조 같은 시큰둥하고 뿌루퉁한 표정을 하고 있었다. 고통을 겪었기 때문일까? 사실 그의 육체는 휴식을 별로 누리지 못했다. 타라고나에서 열병과 신장통을 겪느라 줄곧 침대에 누워 있었는데, 이제는 치통까지 그를 괴롭혔다. 치아 세 개를 뽑아야 했다. 찌르는 듯한 통증이 끈질기게 이어졌다.

"치통이 있는 사람은 너그러울 수가 없다오."

그가 자신의 엄격한 성격을 변호하기 위해 반대파에게 말했다.

하지만 농담해봐야 소용없었고, 옥타비아는 상심했다. 영리한 변호사이자 차기 집정관 후보 무레나가 아우구스투스에게 반기를 들어 음모를 꾸민 무레나 사건 때문에, 그리고 마에케나스와 그 아내의 배신(혹은 그가 '배신'이라고 부른 것) 때문에. 얄궂게도 마에케나스의 아내는 음모자의 친누이이기도 했다.

"경찰 우두머리가 자기 처남이 꾸민 일을 모르다니, 누님은 그 말을 믿어요? 하지만 나는 믿고 싶었어요. 그리고 내 신임의 증거로

20~30년 동안 알아온 그 친구에게 적들을 일망타진하기 위해 준비하고 있는 비밀 계획을 알려줬어요. 그는 즉시 살인자들 우두머리에게 달려가 그 정보를 알려주었죠! 그러고는 감히 그 정보를 알린 사람은 자기가 아니라 자기 아내 테렌틸라라고 주장하고 있어요. 테렌틸라! 테렌틸라는 지나치게 많은 말을 했을 거예요…… 하지만 설령 테렌틸라가 그랬다 해도, 그 친구가 넌지시 암시했기 때문이에요, 안 그래요? 아, 그 더러운 놈을 죽여야 해요. 내 손으로 직접 그 작자를 죽일 거라고요!"

그가 한쪽 뺨에 손을 대고 눌렀다. 아기를 품에 안고 따뜻하게 해주듯 잇몸의 고통을 가라앉히기 위해서였을까? 아니면 치아까지 치받치는 고통을 억누르기 위해서였을까? 몸을 덥히기 위해? 아니면 마비시키기 위해? 달래기 위해? 아니면 질식시키기 위해? 무엇이 더 나은지 어떻게 알겠는가? 어쨌든 아픈 이는 치료되지 않았고 뽑아야 했다. 그는 한숨을 쉬었고, 옥타비아는 연민을 느꼈다.

옥타비아는 남동생의 손을, 팔뚝을, 목을 바라보았다. 피가 날 정도로 긁어대 발진이 돋아 있었다. 그녀는 그 이유를 알고 있었다. 그는 수줍음을 타서 목욕하기 전에 노예에게 등만 닦게 했다. 나머지 부분은 직접 문질러 땀과 기름기를 닦아냈다. 때로는 너무 세게 문지른 나머지 피부가 벗겨지기도 했다. 기분이 언짢을수록 더욱 세게 문질렀다. 어릴 때부터 그는 자기 몸이 충분히 깨끗하지 않다고 생각했다. 동생이 그런 불안감에 시달릴 때마다 옥타비아는 청동으로 된 긁개를 빼앗은 뒤 장님 안마사를 보내 한증막 안에서 해면으로 감싼 뿔 긁개로 그의 몸을 닦아주게 했다. 왜 리비아는 그런 것에 주의를 기울이지 않을까? 리비아는 그를 잘 보살피지 못했다. 그를 보호하지도 않았다.

"갈증을 풀게 오이라도 좀 먹어봐, 가이우스. 부탁이다. 넌 아무것도 먹지 않았잖니!"

"음식을 씹으면 십자가에 못 박힌 사람처럼 아파서 그래요!"

"그러면 이 치즈라도 조금 맛보려무나…… 손으로 압착해 포도주에
담근 거야. 네가 좋아하는 거잖니. 아주 부드러워서 씹을 필요도 없을
거다. 입천장에 대고 있다가 삼키면 될 거야."

그녀는 자기 친구 폴리온의 어리석은 견해를 불현듯 떠올렸다.

'당신은 할 수 있다면 남동생에게 젖이라도 줄 겁니다! 하지만 조심
하세요, 옥타비아. 이제 그는 장성했어요. 그에게는 치아가 있다고요. 조
금만 흔들려도, 치아가 있는 이상 물어뜯을 겁니다!'

무레나의 음모…… 사실 음모라기보다는 공화주의자들의 격발, 반역
자들의 최후 시도였다. 2000년 뒤 우리가 알고 있는 사실들을 바탕으로
판단할 때, 자칭 '모의자'라는 사람들이 아우구스투스를 암살할 계획을
세웠던 것 같지는 않다. 그들은 아우구스투스에 반대하는 분위기를 원
로원에 불러일으킴으로써 그의 평판을 해치고 정치적으로 무너뜨리려
했을 뿐이다. 물론 정치적 죽음에 육체적 죽음이 뒤따랐을 것이다. 하지
만 사건의 간접적인 귀결은 결국 예측 불가능하다.

함정은 교묘하게 만들어졌다. 모든 일이 평범하게 시작되었다. 고위
사법관들이 임지에서 임무를 마친 뒤 비리나 권력 남용 사례를 고발하
지 않는 일은 드물지만, 통상적인 독직瀆職이나 보통 수준의 권력 남용
은 묵인하는 것으로 합의되어 있었기 때문이다. 이번 사건의 경우, 지방
총독은 허락도 받지 않고 발칸 지역에서 트라키아 왕을 공격했다고 비
난받았다. 그런 행동 때문에 로마가 군단 절반이 희생되는 대가를 치른
것이다. 아우구스투스가 에스파냐에서 돌아왔을 때, 소송은 지지부진하
게 진행 중이었다. '불길한 날'이 너무 많았고, 판사들은 자리를 지키지

않았다. 하지만 군주가 전쟁의 문을 다시 닫자마자, 피고인은 영리한 테렌티우스 무레나의 변호를 받아 다시 기억을 떠올리는 듯했다. 그는 트라키아에서 위험을 무릅쓰기 전에 명령을 받았다고 했다.

"누구로부터?"

법무 집정관이 물었다.

"마르켈루스로부터 받았습니다."

"그리고 또?"

"아우구스투스로부터요!"

정계에는 격렬한 반응이 일어났다. 추문의 핵심은 군주가 지방 총독에게 재앙을 불러올 명령을 내렸다는 것이 아니라, 감히 지방 총독에게 명령을 내렸다는 데 있었다. 지방 총독이 자신의 권한을 내세우지 않은 것이다. 그 마케도니아 사령관은 원로원에서 절대적인 영향력을 갖고 있었다. 다시 말해 아우구스투스는 귀족들이 가진 소중한 권력을 수치심도 없이 침해하고 공화국의 제도를 위반했다. 로마는 계속 공화제인데, 안 그런가? 현대에도 독직은 국가의 우두머리를 특별 정치재판소로 이끌 수 있다.

로마인들이 법률에 강한 만큼, 사태가 심각해졌다. 그들은 군인들이다. 하지만 그 전에 법률가들이었다. 그리스가 비극, 철학 그리고 민주주의를 발명했다면, 로마는 실질적으로 군대, 행정기관, 법률을 우리에게 물려주었다. 법률과 질서를. 로마의 엘리트 집단은 때로 신을 비웃었지만, 법률을 조롱하는 법은 결코 없었다. 언어나 종교 이상으로 법률이 사회의 중요한 근간이었다. 열두 개의 탁자가 축성된 로마에서는 변호사들이 매우 큰 존경을 받았다. 바로 이런 이유로 마케도니아 지방 총독을 겨냥한 소송은 끊임없이 엉뚱한 방향으로 전개될 위험이 있었던 것이다. 피고의 무죄 방면은 법정이 대립된 추론을 통해, 군주가 월권을 해서 '자기가 맡은 책무'를 배반했을 개연성이 있다고 판단했음을 의미할 터였다. 다시 말해 피고인이 무죄 방면될 경우 혐의는 조만간 아우구스투스에게 돌아갈 테고, 원로원은 소유재산 몰수권에 반색하며 당장 피고를 풀어줄 것이다. 사람은 언제든 스스로의 용기에 의지해 '죽은 사람을 다시 죽일' 수 있다.

평범해 보이는 이 사건에는 사전에 계획된 듯한 온갖 특징이 담겨 있었다. 정치 문제에서 간접 재판의 메커니즘은, 삼자가 대항하는 재판은 무서울 정도로 효율적일 수 있다. 아우구스투스는 즉시 위험을 알아보았고, 판사들 앞으로 돌진했다.

피고인의 변호사 무레나는 당황하지 않고 아우구스투스에게 여기에 무엇을 하러 왔느냐고 물었다.

"진실을 밝히고 공공의 선을 지키려고 왔소."

군주가 자신이 법정에 출석한 이유를 밝혀야 한다는 사실에 놀라서 말했다. 그는 즉흥 연설에 재능이 없었다. 이윽고 재판장은 증인을 소환할 권리는 오직 자기 한 사람에게만 있다는 사실을 밝혔다.

"카이사르, 당신은 내가 출석을 요구할 때 와야 합니다. 내가 출석을 요구할 때만 와야 해요."

진정한 공화주의자의 발언이었고, 아우구스투스에겐 굴욕이었다. 그러나 가장 지독한 수모는 앞으로 겪게 될 터였다. 배심원들 역시 군주의 뜻밖의 난입에 기분이 상해 피의자에게 무죄를 선고하기로 결정했다.

로마 귀족들이 본래 누리던 자유로운 성향을 되찾는 데는 아우구스투스의 3년간의 부재로 충분했던 것이다. 아우구스투스의 눈에는 방종, 무질서, 분열, 무능력인. 세상에는 중심이 필요했고, 중심은 로마였다. 그리고 로마에는 주인이 필요했다. 주인은 그였다.

다음 날이 되자마자 그는 자신이 음모로 여긴 일에 대해 허세를 부렸다. 외외종조가 전쟁터에서 그랬던 것처럼, 그는 정치적으로 판단이 빠르고 민첩했다. 민중 앞에 단검 한 아름을 제출했고, 카스트리키우스라는 사람이 자신이 음모에 가담했다고 밝혔다. 그 착한 가담자는 생명을 보장받는 조건으로 자기 우두머리들의 이름을 누설하겠다고 약속했다. 나이 든 공화주의자이자 원로원 의원(운명이 얼마나 성실하게 작동하는지 보라)인 무레나, 변호사 무레나, 오만한 무레나, 집정관 후보…… 그에 대한 심문, 수색, 처형이 예정되었다. 자신의 체포가 임박했음을 전해들은(누구에게서?) 무레나는 도망칠 시간이 있었다. 하지만 결국 그를 체포했고, 가여운 테렌틸라의 탄원에도 불구하고 '아스파라거스 익는 시간보다 더 빠르게' 그를 처리했다. 군주의 '오랜 내연관계'의 종결, 그리고 첫 번째 게임의 종결이었다.

두 번째 게임이 이어졌다. 반격과 쿠데타였다. 아우구스투스는 원로원에 회복할 시간을 주지 않고 국가기관 재편성 안을 표결에 부치게 했다. 우선 사법부. 이제부터 정치 관련 사건들은 특별 법원에서 다룰 것이다. 배심원들의 투표 내용도 비밀에 부치지 않고 공개할 것이다. 덕이 높은 시민이라면 자신의 선택을 당당히 공개해야 하지 않겠는가? 다음으로는 외교력과 군사력을 재조직해야 했다. 앞으로는 모든 지방 총독들이 군주에게 복종해야 할 것이다. 심지어 아프리카, 아시아에서도. 대신 원로원이 자격 있는 사람을 자기들 중에서 선출하고, 부정한 재산 축적이나 독직 행위를 감시할 것이다. 그것이 중요하지 않겠는가?

선량한 군주는 귀족들에게 호의를 베풀었다. 흥분되는 개표가 진행된 뒤에는 집정관 직을 양위했다. 그는 열한 번째로 집정관 직을 수행 중이었고, 이제 직위를 원로원 의원들에게 돌려주었다…… 무레나 사건은 세습 귀족들에게서 '정계 진출 수단'을 빼앗은 이래 세습 귀족과 기사들이 품게 된 앙심을 일깨워주었기에 군주는 그들에게 그것을 돌려준 것이다. 이 훈훈한 제스처의 대가로, 아우구스투스는 예전에 1년 임기로 여러 사람이 맡았던 호민관의 권리를 자기에게 이로운 형태로 회복시키는 이득을 얻어냈다. 집정관과 원로원의 결정에 거부권을 행사하는 권리 말이다. 그리고 권리가 회복된 호민관 자리를 독점적인 '종신' 직위로 차지했다. 당시의 농부들이 '무엇이든 먹어라. 돼지고기든 바구니든!'이라고 말한 대로.

아우구스투스는 또다시 명분과 체면을 지켰다. 그러나 사건의 이면에는 그가 그리는 새로운 청사진이 있었다. 원로원은 한 번 더 눈속임을 승인해주었다. 권세 있는 가문들은 평범한 사람이 가장 열망하는 것, 명예와 좋은 수입을 보장하는 직책을 누리도록 해준 데 대해 '독재자'에게 고마워했다.

군주가 이겼다. 상황을 역전시켰다. 그는 승자로서, 심지어 더욱 힘이 강해져서 함정에서 빠져나왔다. 아, 그는 자기가 사는 세상이 어떠한지 알고 있었던 것이다! 그 작은 세상은 게들이 잔뜩 든 바구니, 살모사들이 꿈틀거리는 바구니 같았다. 그리고 마에케나스는 뱀을 부리는 자였다.

그는 이번 사건에서 마르켈루스를 위한 교훈을 끌어내야 한다는 점을 느끼고 있었다. 현재로서는 원로원을 배려해야 하니, 시간이 많이 흐르기 전에는 마르켈루스를 집정관으로 만들어줄 수 없을 것이다. 철석같이 믿고 있는 그 아이에게 뭐라고 말할 것인가? '나를 본보기로 삼아라, 아들아. 아무에게도 마음을 주지 마' 아니면 '언젠가 네가 배수진을 치게 되면 나를 의지해서 다시 적을 추적해라. 그리고 공격해! 철학자들이 뭐라고 말하든, 용서는 통치 방식이 될 수 없어.' 비싼 대가를 치르고 얻은 수많은 진실들, 물려줘야 할 경험들! 불행하게도 그는 풋내기에게 정치적 교훈들을 전하기에는 자신이 너무 늙었다고, 너무 피로하다고 느꼈다. 마지막 몇 주 동안 긴장하고 신경을 쓴 나머지 기력이 고갈된 것이다. 그는 원하고, 원하고, 항상 원했다…… 그리고 이제 영혼이 육체를 삼키고 있었다.

그는 시간을 내어 마지막 어금니를 뽑았고, 아직 회복되지 않은 채로 마르켈루스와 아그리파와 함께 케스티우스 다리*와 파브리키우스 다리** 의 상태를 확인하기 위해 간신히 캄푸스 마르티우스까지 갔다.

평원은 테베레 강물이 빠지면서 남은 기름지고 악취 나는 진흙에 덮여 있었다. 강물에 부푼 시체들이 아직도 떠내려왔다. 건너편 기슭 유대인 구역 너머에서는 그의 개인 경비대인 게르마니아인들이 강물에 실려온 파편들을 치우고 있었다. 그는 멀리서 손짓해 그들에게 인사했고, 마르켈루스는 소리 내어 인사했다. 모두들 그 아이에게, 군주의 어린 '사위'에게 환호를 보냈다. 아그리파는 뿌루퉁한 반응을 보였다. 아그리파는 그들을 떨쳐버리고 싶은 듯 그들 앞에서 걸었다. 창 나이의 병사처럼 돌격보突擊步로.

폼페이우스 극장 근처에서 그들은 죽은 당나귀 한 마리를 발견했다. 당나귀는 강물에 거꾸러진 짐수레에 매여 있었다. 뻣뻣해진 다리들이 하늘을 향해 쳐들려 있었다. 아우구스투스는 도시에 늑대가 돌아다닌다는 사람들의 이야기를 떠올렸다. 불길한 징조였다…… 항구의 창고에 비축해놓은 밀이 전부 썩어버렸다. 아그리파가 젊은 처남에게 물었다.

"올겨울엔 민중이 굶주리겠군. 다행히 우리 민중에게는 식량을 공급해줄 유능한 토목 담당관들이 있지. 황금기의 아이 마르켈루스, 이 문제

---

* 로마 테베레 강에 있는 아치형 돌다리. 강 가운데 있는 테베레 섬과 강 서쪽 연안의 트라스테베레 지역을 연결하는 최초의 돌다리였다. 19세기에 일부 해체되어 재건되면서 원형 일부만 남아 있다.
** 역시 테베레 강에 있는 다리로, 테베레 섬과 테베레 강 동쪽의 캄푸스 마르티우스를 잇는다. 원형이 보존된 로마 시대 다리로는 로마에서 가장 오래되었다.

에 관해 우리에게 어떤 제안을 할 텐가?"

그러자 마르켈루스가 냉소하며 말했다.

"아, 그런 문제는 바이아이에서 해결하는 게 아니죠!"

충성스러운 친구 아그리파가 감히 빈정대는 태도를 보였다. 그의 태도를 바로잡아야 할 것이다. 그 역시 모욕을 받고 굴복해야 할 것이다. 누가 주인인지 보여주어야 할 것이다.

아우구스투스는 피로했다. 비가 다시 내리기 시작했다. 진창이 발목까지 차올랐다. 그는 동행한 하인들 중 한 명에게 공공연히 몸을 의지한 채 자신의 대신이자 친구인 아그리파가 걸음을 늦추고 자기를 기다리게 했다. 그리고 거만한 표정으로 말했다.

"친애하는 아그리파, 당신 아오? 때때로 내가 타라고나를 그리워한다는 것을? 나는 하사들의 우직한 복종이 몹시 흡족했다오."

집으로 돌아가자마자 그는 자리에 누웠다.

노나이 축제의 마지막 날인 다음 날, 아우구스투스는 자신의 '시라쿠사'를 떠날 힘도, 심지어 자기 집무실 옆인 3층의 작은 방을 떠날 힘도 없었다. 계단이 너무 많았던 것이다. 그날을 일컫는 명칭은 노니스nonis였고, 그것은 운명의 신이 오래전부터 제시한 조언으로 느껴졌다.

'Non is.'

'거기에 가지 마라, 움직이지 마라.'

그는 조언을 받아들여 얇은 군인용 이불을 덮고 조그만 나무 침대에서 다시 잠을 청했다. 호화로운 부부 침대와는 매우 거리가 멀었다. 그는 자주 침대를 포기했다. 오래전부터 잠을 거의 자지 않았다. 그에게는 램프, 책, 이야기꾼이 필요했다. 그래서 밤이면 아내가 성가셔했다. 그러다 아침이 되어 그가 간신히 잠이 들면, 그녀가 침대에서 일어나 부스럭거리며 방해했다. 그들은 더 이상 같은 시간대에 살지 않았다.

배신한 이집트 총독 갈루스에게서 '우정을 거두'고 옛 동료인 그를 자살하게 한 뒤 몇 달이 지난 어느 날 밤, 그는 자신이 왜 침대를 함께 쓰지 않으려 하는지 리비아에게 설명했다.

"눈만 감으면 지옥에 있는 갈루스의 모습이 보인다오. 그 사람이 창백한 손으로 깊은 구렁 위에 매달려 있다오…… 아마도 당신의 향수 냄새 때문인 듯하오. 그 이집트 향수 때문에 두통이 생긴 것 같소!"

"내 향수 때문이 아니에요, 카이사르. 당신은 그 냄새를 더 이상 견디지 못하는 거예요. 그런 습관이 든 거죠."

리비아의 말이 옳았다. 결혼한 지 벌써 16년이었던 것이다.

노니스 날, 그는 오래 잠을 자다 저녁이 다 되어서야 잠에서 깨어났다. 오한이 나서 주치의를 불렀고, 주치의는 닭고기 수프를 처방해주었다. 그는 무레나의 꿈을 꾸었다. 배가 부풀어오르고 다리가 뻣뻣한 당나귀의 꿈도. 무레나가 뒤집힌 당나귀를 타고 그를 만나러 왔다.

점점 더 열이 올랐다. 의사가 다시 왔다. 무레나도.

죽음의 신이 탈것도 얼굴도 없이 다가오고 있었다. 오직 이빨만 보였다. 빠진 이빨은 하나도 없었다. 두 개의 턱뼈가 완전무결했다. 신기하게도 그 턱뼈들은 앞에서는 보이지 않고 위에서만 보였다. 마치 그의 '시라쿠사'에서 아래쪽 집의 기와들을 내려다보는 것처럼. 같은 시각, 무레나의 완벽한 치열 위에서 내려다보는 부감. 그의 시신은 포룸 끄트머리 게모니아 계단 위에 보름 전부터 노출되어 비를 맞으며 부패하고 있었다…… 반 혼수상태에서, 아우구스투스는 누가 자기 몸을 집을 가로질러 옮기는 것을, 자기 몸을 한증막 안 더운물이 담긴 욕조 안에 내려놓는 것을 느꼈다. 그에게 몸을 숙인 리비아의 얼굴과 옥타비아의 얼굴이 보였다.

군주의 수석 주치의 안토니우스 무사는 당황했다. 아우구스투스의 건강이 좋지 않다는 것을 그는 잘 알고 있었다. 원로원 의원들은 그에게 '종신' 권력을 부여하면서 그 점을 염두에 두었다. 그의 경우에 '종신'은 얼마 동안의 기간을 뜻할까? 4~5년? 군주가 오래 살지 못할 것이므로, 그들은 로마의 정체가 공화주의로 유지되리라 생각했다.

그렇기는 해도, 무사는 이제껏 아우구스투스가 그토록 가련한 상태에 처한 모습은 한 번도 본 적이 없었다. 홍수가 나서 로마 저지대에서 많은 사람이 죽었다. 벨라브로 구역의 골목과 우시장의 상점들이 거무스름한 진흙 딱지 밑으로 자취를 감추었고, 거기서 풍기는 지독한 악취가 팔라티노 언덕의 집들에까지 올라왔다.

게다가 로마는 계절을 막론하고 공기가 나빴다. 늪지대가 너무 많고, 열기가 심하고, 연기도 너무 많았다. '관저'에도 문제가 있었다. 마르세유 사람 무사는 자신의 의견을 이미 백 번도 더 말했다. 관저가 너무 어둡고 환기가 잘 안 된다고. 그러나 군주는 관저의 입지 조건이 정치적으로 좋다고 생각했다. 로마의 시조 로물루스의 짚으로 된 낡은 오두막집을 등지고 있었기 때문이다. 덕분에 로마 민중은 두 집과 두 남자에게 똑같은 숭배심을 가질 수 있었다.

지금까지도 몸이 허약했지만 이제는 정말로 몸 상태가 심상치 않아졌음을 느끼자, 카이사르 아우구스투스는 이사하기로 했다. 신성한 언덕을 임시로 떠나 마에케나스 집에, 에스퀼리노 언덕의 정원에 정착했다. 울창한 플라타너스, 맑은 물, 신선한 공기, 탁 트인 전망, 그리고 그 쾌락주의자 백만장자의 오리엔트 스타일 호사 생활이 건강에 도움이 될 터였다. 마에케나스와 그 아내가 그의 기분을 풀어주는 법을 알고 있고 약보다는 여흥이 그 위대한 근심하는 자를 더 잘 회복시킬 수 있다는 것은 차치하고라도. 다만 마에케나스는 지금 끝장난 상황이었다…… 군주는 처음으로 마에케나스의 집에 몸져누웠다. 누가 알겠는가? 마지막 순간에도 마에케나스의 집에 있을지? 일주일 전부터 병이 화마처럼 그를 삼키고 있으니 말이다.

물 치료 전문가인 무사는 처음에 발한을 통해 아우구스투스의 병을 고칠 수 있으리라 생각했다. 마른 한증막, 온욕, 그리고 뜨거운 탕약이 땀과 함께 그의 내장을 갉아먹는 병을 끄집어내리라 여겼다. 그러나 착각이었다. 환자는 더욱 쇠약해졌고, 담즙을 다량 토해냈다. 담즙을 토해내자 심장은 편안해졌지만, 위장이 고갈되었다. 그래서 주치의는 그의 배에 거머리를 올려놓아 나쁜 체액을 뽑아내게 했다. 하지만 군주는 더욱 쇠약해졌다. 궁여지책으로 상추즙을 먹이고 변비를 유발하는 음식을 금했다. 또다시 기력이 쇠했다. 의식이 있을 때 누나가 기분이 어떠냐고 물으면, 군주는 '채소처럼 축 처진 기분'이라고 대답했다. 누나의 근심을 덜어주기 위해, '삶은 파의 하얀 부분처럼, 너무 익힌 근대 줄기처럼 축 처진 기분'이라고 자세히 묘사하기까지 했다…… 하지만 옥타비아는 웃을 기분이 아니었다. 그녀 역시 동생의 기력이 쇠잔했음을 알고 있었다.

한편으로 두 여자의 존재는 무사의 치료를 방해했다. 누나 옥타비아는 무사를 믿었지만(무사는 안토니우스의 노예였고, 지난 15년 동안 옥타비아의 아이들을 치료해주었다), 아내 리비아에게는 믿는 의사가 따로 있었고 다른 의견을 갖고 있었다. 리비아는 아스클레피아데스*의 이론을 신봉했고, 위생학, 식이요법, 마사지, 일상적인 산책, 병 예방을 위해 푸치눔 포도주를 마시는 것만 믿었다. 그녀는 하인들을 시켜 회향과 꽃박하 으깬 것으로 남편의 몸을 문지르게 했다.

"근육을 풀어주는 데는 그만한 방법이 없어요."

사실 그것은 불가피한 일이었다. 열 때문에 활활 타는 가여운 육체를 주물러줘야 했다. 그녀는 무사가 남편에게 처방한 물약에 반대했다.

"그러다가 그 사람을 중독시키겠어요!"

그녀는 단 하나의 엉터리 약만 믿었다. 항상 병 안에 준비해놓고 목이 아플 때 먹는, 아편, 고수, 사프란, 그리고 아티카 꿀을 섞어 만든 약이었다. 그녀는 아우구스투스에게 그 약을 먹이자고 막무가내로 고집을 부렸다.

"군주께 이 약을 드려봐요. 편도선의 염증만이라도 가라앉을지 누가 알아요?"

"목의 염증이 흑담즙 구토를 유발하는 경우는 별로 없습니다, 도미나……."

상황이 심각하지 않았다면 일소에 부칠 일이었다. 환자는 혼수상태에서 깨어날 때마다 몸 위에 덮인 이불이 평평해지도록 매만질 만큼 의식이 충분히 깨어 있고 위엄을 갖추고 있었지만, 하지만 계속 열이 내리지

---

* Asklepiadēs, 기원전 124?~기원전 40?, 그리스의 의사. 질병을 급성과 만성으로 구별하고 긴장과 경련을 분리하였으며, 기관 절개술의 창시자로 알려져 있다. 고형병리학설의 원조이기도 하다.

않았고, 배도 팽팽히 부풀어 있었으며, 맥박이 약했다.

　아우구스투스의 시력이 차츰 흐려지고, 혀가 꼬였다. 그는 아무래도 자신이 곧 죽을 것 같다고 생각했다. 무사가 상의를 하기 위해 동료 의사들을 부르겠다며 허락을 구했으나 처음에는 거절했다. 어차피 죽을 운명이라면 많은 의사들이 다 무슨 소용이란 말인가!

　나중에 무사가 간을 편안하게 해주려고 가슴에 은으로 된 흡각을 올려놓았을 때, 그는 무사가 자신이 동시에 목숨을 잃으리라 짐작했다. 위대한 인물을 치료하는 의사들에게는 그런 불행이 자주 일어난다. 알렉산드로스 대왕은 자기 친구 헤파이스티온*의 죽음을 막지 못한 죄를 물어 담당 의사를 십자가형에 처하지 않았는가? 그리고 알렉산드로스 대왕의 술 따르는 하인도 주인이 말년에 병을 앓을 때 마실 것을 올렸다는 이유로 희생되지 않았는가? 자신이 죽으면 사람들이 무사를 살인자 취급하리라는 것을 그는 의심하지 않았다.

　불쌍한 히포크라테스는 벌써 벌벌 떨고 있었다. 그는 자신의 동생 에우포르부스를 방 안에 들어오게 해달라고 간청했다. 자신이 아우구스투스에게 처방하는 약들을 동생에게 모두 먹이고 싶었다. 그 방법으로 나중에 자신이 아우구스투스에게 해로운 약을 처방하지 않았음을 증명하고 싶었던 것이다. 그가 친동생을 죽이는 위험을 무릅쓰겠는가? 아우구스투스는 연민 비슷한 감정이 솟구치는 것을 느꼈다.

　"다른 의사들을 불러오시오."

　그가 말했다.

---

* Hephaestion, 기원전 356~기원전 324, 마케도니아의 장군. 알렉산드로스 대왕이 일생을 통해
　가장 친밀한 우정을 나눈 인물이었다.

"당신이 원하는 대로 상의를 해요…… 그리고 플란쿠스의 점성가에게 내 별자리 점을 봐달라고 부탁하시오."

아우구스투스는 눈을 감았다. 더는 눈꺼풀을 들어 올릴 힘이 없었다. 사실 무엇을 보려고 눈을 뜨고 있겠는가? 수염 난 시리아인들? 망토를 입은 마르세유 사람들? 엉터리 그리스어를 웅얼대는 레반트 사람들? 여자들도 거기에 포함되었다! 그의 침대 발치에서 의학 심포지움이 벌어졌고, 옥타비아와 리비아도 배석했다. 아우구스투스는 그들이 속삭이는 이야기를, 신음하는 소리를 들었다. 한 목소리로 혹은 교대로. 맙소사, 두 여자가 어찌나 경쟁하듯 헌신하는지 그는 짜증이 났다! 그녀들이 편안히 죽도록 그를 내버려둘 수 있을까? 그가 죽을 경우, 그녀들이 누구를 위해 떨겠는가? 그를 위해? 아니면 아들들의 장래를 위해?

누나 옥타비아는 그의 병세를 누그러뜨리기 위해 치약을 생각해냈고, 아내 리비아는 하제를 생각해냈다. 그런 식으로 각자 자신이 군주의 건강 문제를 해결할 권한이 있다고 생각했다! 저명한 의사들이 모인 자리에서 그녀들은 각자 신봉하는 학파의 이론을 주장했다. 약초 전문가 대 물 치료 전문가, 제약 전문가 대 영양학 전문가가 대결했다. 다마스쿠스 혹은 가자에서 온 돌팔이 의사들은 데모스테네스*처럼 악착스럽게 자신의 입장을 내세웠다…… 확실히 그들은 서로 대립했다. 그러나 한 로마인을 기만하는 문제에서는 모두 공모자였다! 얼마 전만 해도 모두 노예였던 자들이! 무뢰한들 중 하나가 맥박을 짚으면서 그의 쇠반지를 보았다. 모두 회초리감이고 지하 독방에 갇혀야 할 자들이었다! 대체 언제

---

* Demosthenes, 기원전 384~기원전 322, 그리스 최대의 웅변가·정치가.

입을 다물 것인가? 아우구스투스는 현기증이 났다. 오, 무사, 무사, 내가 네 목숨을 살려주기 위해 어떤 노력을 했는지 너는 결코 모를 것이다…….

수다쟁이들이 의견을 조율하는 데 성공하기 전에, 기진맥진한 군주는 다시 의식을 잃었다. 검은 환영들이 날개로 그를 감쌌다.

"점성가가 뭐라고 말했나요?"

"군주의 병세가 위험한 국면으로 진입했다고······."

"놀라운 전조군요. 별에서 해답을 찾으려 한 건 잘한 일이었어!"

디오텔레스는 짧은 다리에 아동용 장화를 신고 무사의 뒤를 좇아 뛰어갔다. 최근의 새로운 소식들을 입수하려고 늘 기회를 노리는, '숱 많고 곱슬곱슬한 머리털을 가진 옥타비아의 난쟁이'(리비아의 친구들이 붙인 별명)는 이따금 자신의 익살을 듣고 웃기를 원하는 의사 무사의 너그러운 태도를 이용해 다소 무례하게 굴었다.

"그 점쟁이는 바다에 끌려가는 고양이처럼 신중하군요!"

소인족이 무사의 외투에 매달리며 계속 말했다.

"야옹이가 발을 적실까봐 두려운 게지요······ 당신 동료들은 뭐라고 말합니까? 그 사람들 의견은 일치했나요? 아니면 결국 주사위로 치료법을 결정했나요?"

"다시 온욕을 행해야 한다고 말하고 있소."

"죄인들 같으니! 빨리 화형대의 장작에 불을 붙여야겠군요! 당신 환자는 열 때문에 반쯤 구워졌고 벌써 배꼽까지 죽었어요. 그런데 그 환자를 뜨거운 물에 담가 소생시킬 수 있다고 믿는 거요? 내 생각에 환자에게 필요한 건 냉욕이오."

"그리고 당신에게 필요한 것은 부리망이지! 당신 같은 어릿광대가 의학에 대해 뭘 안다고?"

"당신 같은 부류의 사람들이 절대 알지 못할 것 이상을 알지요. 눈과 귀를 크게 열어요, 무사. 당신 앞에 있는 이 사람은 클레오파트라 여왕 주치의의 조수였던 사람이오."

사실 '당신 앞에'라는 표현은 부적절했다. 디오텔레스는 성큼성큼 걸어가는 무사의 몇 걸음 뒤에서 종종걸음으로 그를 따라잡으려 애쓰고 있었기 때문이다. 하지만 결국 디오텔레스가 이겼다. 무사가 놀라서 걸음을 멈춘 것이다.

옥타비아 집을 자주 드나드는 손님들 가운데 디오텔레스가 무슨 일을 하는지 제대로 아는 사람은 아무도 없었다. 그는 어린 클레오파트라 셀레네의 놀림감처럼 보일 때가 많았다. 때로는 곡예사 겸 타조 조련사로 보였다. 때로는 군주가 팔라티노 언덕의 그리스 도서관 도서목록을 만드는 임무를 맡긴 폴리온의 '조수'처럼 보이기도 했다. 그는 만찬 초대장을 얻을지 모른다는 희망을 품고 포룸에서 이 무리 저 무리로 옮겨 다니는 식객처럼 늘 곳곳에서 익살을 떨고 재치 있는 말을 했다.

"당신 그 이야기 압니까? 프리지아 사람 이야기 말이에요.(프리지아인은 고대 세계의 보이오티아 사람이었다) 모든 소송에서 진 어느 프리지아 사람이 지옥에서는 재판관들이 정확한 판결을 내린다는 말을 듣고 목을 맸대요!"

그랬다. 그는 우스운 이야기를 잘하는 이야기꾼 식객이었…… 그런 익살꾼이 자신이 과거에 클레오파트라 여왕의 개인 의사였다고 주장하는 것이다!

디오텔레스의 입을 다물게 하려고, 무사는 해부학에 대한 두세 가지 질문을 했다. 그 질문들에 대한 대답이 무사를 아연실색케 했다. 소인족은 무심하게 설명했다.

"그래요, 옛날에 나는 박물관에 자주 드나들었어요…… 그곳 학자들이 나를 참 좋아했지요. 그들과 함께 죽었거나 살아 있는 죄수를 하루 종일 해부했어요."

위대한 올림포스의 제자는 옛날에 자신이 어떻게 냉욕으로 클레오파트라 딸의 목숨을 구해주었는지, 그리고 그 공으로 어떻게 공주의 교육자로 임명되었는지 설명했다.

"맥박이 위험할 정도로 빨라지면 하루에 두세 번 냉욕을 시행합니다. 그건 나쁜 공기를 마신 사람들에게 유익해요. 나머지 시간에는 젖은 시트로 몸을 감싸고 얼음처럼 찬 물로 위장을 식혀줍니다. 아, 물론 환자가 먹는 음식을 갑작스럽게 바꿔야 하는 위험 부담은 있어요. 환자에게 그걸 알려줘야 합니다. 또한 그분의 높은 지위를 고려해 이제 유언장을 봉인하라고 조언해야 해요."

'시라쿠사'의 1층에서 옥타비아가 마르켈루스와 함께 기다리고 있었다. 그날 밤 아우구스투스가 최초로 냉욕을 할 예정이었다. 냉욕 시행 전에 아우구스투스는 주요 서기들과 중요한 원로원 의원들을 호출했다. 검은 장화와 빨간 신발들이 열을 지어 지나갔다. 아폴론 신전의 뜰이 짐꾼과 호위대의 의자로 꽉 찼다. 게르마니아인 경비대는 보강되었다.

하급 관리들 뒤로, 예전에 공화주의자였고 카이사르 미망인의 사촌인 현직 집정관 칼푸르니우스 피소가 지나갔다. 사람들은 군주가 자신의 중요 문서들을 그에게 맡기고 싶어 하는 거라고 말했다. 국고의 지출 내역과 군대의 상황을 기록한.

옥타비아가 아들에게 말했다.

"이제 곧 네 차례가 올 거다. 하지만 아들아, 너는 너무 어려."

그녀는 남동생 때문에 마음속으로 울고 있었다. 그를 위해 벌써부터 울고 있었다. 하지만 그녀에게는 아들이 있었고, 그 아들 때문에 떨고 있었다. 자신의 남동생이 공화국의 인장을 맡기기 위해 그녀 아들의 손가락에 반지를 끼워줄 때, 너무도 온화한 그 소년은 모사꾼들을, 실망한 사람들을, 음모자들을, 아첨꾼들을, 반역자들을, 각양각색의 추종자들을 마주할 것이다. 그리고 즉시 결단을 내리고, 선택하고, 사태를 진압할 것이다. 신들이 아이를 보호하시길! 그녀는 본능적인 몸짓으로 아들의 어깨에 팔을 둘렀다. 그러자 그가 곧바로 몸을 빼냈다.

"어머니, 좀 진정하세요!"

그녀의 아들 마르켈루스는 더 이상 아이가 아니었다. 수많은 눈길이 그들을 향했다. 벽을 따라 웅크리고 있는 노예들조차, 눈을 내리깐 노예들조차 그들을 유심히 탐색했다.

무리 속에서 웅성거림이 일었다. 아그리파가 도착한 것이다. 위층으로 올라가기 전, 그는 걸음을 멈추고 그들에게 인사했다. 옥타비아는 사위인 그를 오랫동안 가슴에 끌어안았다. 그러자 그는 거북한지 장례식 말미에 하는 것처럼 불분명한 소리로 슬그머니 중얼거렸다.

"며칠 전만 해도 저분과 함께 테베레 강의 다리들을 조사했는데……."

그런 다음 손님들에게 휩쓸려 계단까지 멀어져갔다.

기다려야 했다. 수행원 중 하나가 그녀에게 앉으라고 권했다. 리비아는 그 자리에 없었다. 어쨌든 옥타비아는 항상 올케보다 우위에 있었다.

옥타비아누스 아우구스투스가 화폐에 새기게 한(마르쿠스 안토니우스는 화폐에 클레오파트라의 초상을 새기게 했다) 사람은 리비아가 아니라 그녀, 옥타비아였다. 유피테르 신전을 유노 신전과 연결하기 위해 얼마 전 캄푸스 마르티우스에서 낙성식을 거행한 긴 미술관형 주랑에도 그녀의 이름을 따 '옥타비아의 주랑'이라는 이름을 붙였다. 그가 국사를 정리한 뒤 마지막 순간에 부를 사람도 그녀였다. 옥타비아는 그럴 거라 생각했다. 어둠 속으로 들어갈 때, 그는 그녀를 부를 것이다…….

갑자기 발 구르는 소리, 웅성거리는 소리, 비명 소리가 들렸다. 다음 순간 토가를 입은 남자들이 미친 듯이 달려왔다.

"아그리파! 군주께서 금반지를 아그리파에게 주셨습니다! 군주께서 아그리파에게 공화국을 물려주셨어요!"

망연자실해진 마르켈루스는 어린아이처럼 겁에 질려 왜 자신에게 이런 벌을 내리는지 자문했지만, 겉으로는 이렇게 되뇔 뿐이었다.

"오, 어머니! 어머니!"

하지만 옥타비아는 충격에서 벌써 회복돼 있었다. 그녀도 이해할 수 없었지만(리비아의 농간일까?), 그녀의 정치 경험은 무려 25년이었다. 그녀는 절대 내색하지 않고 씁쓸한 기분도 드러내지 않은 채, 성가신 주변 사람들을 압도했다.

"아들아."

그녀가 힘 있는 목소리로 말했다.

"바이아이로 떠나거라. 그리고 거기서 네 아내를 데려오너라. 지금 그 아이가 있을 곳은 제 아버지 곁이니까."

그런 다음 아들을 끌어안고 입맞춤을 한 뒤 넌지시 말했다.

"내 손으로 직접 쓴 지시사항을 전달받지 못할 경우엔 돌아오지 마라. 외삼촌이 살아나면 너는 명예를 회복할 테고, 외삼촌이 돌아가실 경우엔 목숨을 구하게 될 거야……."

사람들의 짐작과 달리 군주는 살아났다. 냉욕이 효력을 발휘한 것이다. 이후 두 세기에 걸쳐 로마에는 냉욕이 유행했다. 몸이 마비된 늙은 원로원 의원들이 수도교의 차가운 물속에 뛰어들었다. 군주가 회복되고 얼마 지나지 않아 원로원은 의사 안토니우스 무사의 공을 기려 그의 조각상을 세우라고 명했고, 아우구스투스는 자신의 인장을 되찾았다.

아우구스투스는 누나의 애정을 되찾느라 어려움을 겪었다. 한바탕 눈물바람이 있은 뒤 비난이 이어졌다.

"물론 정치 상황이 안정돼 있지 않았지. 마르켈루스는 경험이 부족했고. 어쨌든 가이우스, 너는 항상 내가 좋아하는 사람들을 배반할 그럴듯한 이유들을 찾아내! 나는 타렌툼 협정도, 네가 나를 웃음거리로 만든 일도 잊지 않았단다. 나는 배 300척과 교환하는 조건으로 2만 군단의 병력 지원을 내 남편에게 보증했어, 안 그러니? 그런데 너는 약속을 지키지 않았어! 내 남편 안토니우스가 나를 배반했다면, 내 동생, 내 생명인 너는 그보다 훨씬 먼저 나를 배반했지."

군주는 누나가 또 똑같은 말을 지루하게 늘어놓기 시작한다고 생각했다. 안토니우스와 클레오파트라, 그 이야기는 충분히 하지 않았는가! 때로는 미래를 위해 현재를 희생해야 하고 공공의 선에서 취한 행복이 필요하다는 점을 옥타비아에게 이해시키기란 불가능했다.

다른 한편으로, 그는 격분한 옥타비아가 이번 일로 인해 지위가 최고로 격상된 아그리파를 가족이라는 구실로 깎아내리는 것에 화내지 않았다. 누나가 질투심을 폭발시키는 것에 불만스러워하지도 않았다. 그는 모든 중간 단계를 면제받은 조카이자 사위 마르켈루스를 옛 집정관들처럼 원로원의 첫째 줄에 앉히기로, 그리고 중요한 예식들에서 자기 오른쪽에 앉히고 아그리파(혼인관계에 의해 조카사위가 된)는 왼쪽에 앉히기로 결정했다. 율리아 할머니라면 '각자 자기 몫이 있는 거다. 그러니 시작해!'라고 말했을 것이다.

군주의 결정에 모욕을 느낀 아그리파는 잠시 떠나 있겠다고 말했다. 공식적으로는 군주의 다음번 오리엔트 여행을 준비하기 위해서였다. 거기서 파르티아인들과 아르메니아인들이 로마에 대항하여 동맹을 맺으려 하고 있었던 것이다.

수석대신 아그리파가 아내 마르켈라, 두 딸 그리고 빕사니아와 함께 레스보스 섬과 소아시아로 향하는 배에 올랐을 때, 옥타비아는 두 달 동안 이어진 나폴리 유배 생활을 청산할 수 있을 것 같다고 아들에게 편지를 썼다. 마르켈루스는 명예를 지켰고, 경력도 구원받았다. 돌아갈 수 있게 되었다.

카푸아*에서 출발한 전령이 먼지구름 속의 아피아 가도를 내려와, 그를 보지도 않고 전 속력으로 길을 거슬러 올라가는 율리아의 전령과 마주쳤다. 그 어린 아내는 의사 무사를 바이아이로 보내달라고 시어머니에게 애원하고 있었다. 마르켈루스가 병이 난 것이다. 그는 검은 담즙을 토했다.

---

* 이탈리아 캄파니아 주(州)에 있는 도시. 나폴리 북쪽의 볼투르노 강에 접해 있다.

밀랍 가면. 고대 역사가에 따르면, 마르켈루스의 시신을 로마의 무덤으로 옮길 때 600개에 달하는 망자의 가면들이 행렬을 이루었다고 한다. 600명의 단역들은 시간이 흘러 밀랍 색이 바랜 부동의 얼굴들 뒤로 모습을 감추었다. 준엄하게 전진하는 600명의 조상들은 셋씩 줄을 이루어, 머리를 풀어헤친 곡하는 여자들 뒤로 지나갔다.

어두운 예배당에서 빠져나온 그 유령들 무리는 마르켈루스 가문의 마지막 후손을, 율리우스 가문의 마지막 후손을 자기들 무리로 맞아들이려는 것 같았다. 상아 침대 위에 젊은이 하나가 누워 있었다. 그 젊은이의 몸은 이미 형체가 불분명하고 악취 나는 고깃덩어리가 되어 황금 갑옷 밑에 감춰져 있었다.

옥타비아는 검은 옷을 입고 머리에 재를 뒤집어쓴 채, 새하얗게 화장한 열일곱 살의 어린 미망인 율리아 옆에서 걸어갔다.

죽음, 황금기의 아이. 그는 온갖 행복이 넘쳐나는 장소인 바이아이에서 죽었다. 즐거움을 누리기 위해 태어난 어린 아내의 품안에서. 스무 살 나이에!

일은 매우 빠르게 진행되었다. 무사와 그 동생 에우포르부스가 율리아의 부름을 받고 지체 없이 출발해 쉬지 않고 전속력으로 달려갔다. 옥타비아도 수행원 없이 마차 안에서 잠을 자며 그들을 따라갔다. 그러나 옥타비아가 탄 마차를 끄는 수노새들은 해방노예인 두 남자가 탄 말들보다 속도가 느렸다. 마침내 도착한 의사들은 의식이 없는 환자를 마주했다. 그들은 자기들의 후원자(옥타비아)가 도착하길 기다리지 않고 냉욕을 시행했다…… 다음날, 옥타비아가 재라도 뒤집어쓴 듯 길의 먼지를 뽀얗게 뒤집어쓴 채 창백한 얼굴로 쿠마이 터널을 빠져나와 도시 안으로 들어섰다. 행인들의 의기소침한 표정에서, 걸인들의 울음소리에서 그녀는 아들을 다시 보지 못하리라는 사실을 알아차렸다.

심지어 사람들은 그의 시체를 옥타비아에게 보이기를 망설이기까지 했다. 벌써 시신이 부풀어오르고 얼굴을 거의 알아볼 수 없었던 것이다. 그녀는 금기를 위반하고 하룻밤 동안 아들과 단둘이 있겠다고 말했다.

아우구스투스가 포룸에서 직접 장례 연설을 했다. 백조의 거대한 부리와 목, 대가리를 곧추세운 뱀 등 악티움에서 나포한 안토니우스 배들의 멋진 충각과 뱃머리들이 장식된 신성한 카이사르 신전이 마주 보이는 엄숙한 연단에서…… 지배자는 야윈 얼굴을 외투 깃에 감춘 채 천천히 말하다가, 감정이 복받쳐 말을 멈추었다. 광장에 있던 수천 명의 시민이 숨을 죽였다. 대낮이지만 장례대 주위에 환하게 밝혀놓은 횃불들이 타닥거리는 소리만 들렸다. 이윽고 행렬이 캄푸스 마르티우스 방향으로 출발했다. 그곳 강가에 향기 나는 화장대와 거대한 마우솔레움이 세워져 있었다. 군주가 자기 자신을 위해 만들게 한 것으로, 아직 미완성이었다. 흙과 대리석으로 된 산, 그 오만한 기념물의 낙성식을 거행할 사람은 그가 아니었다. 11월 23일 그날, 세상에서 가장 힘센 남자는 자신의 후계자를 무덤에 묻었다.

아우구스투스는 율리아와 옥타비아와 멀리 떨어진 앞쪽에서, 망자의 '아버지' 자리에서 혼자 고개를 숙이고 걸었다. 평소에는 너무도 꼿꼿하게 고개를 쳐들고 다니던 그가. 군주는 자기 일족을 타격한 불행을 제대로 느끼고 있었다. 가족이 겪는 슬픔 이상으로 끔찍한 것은 정치적 파국이었다. 몸에서마저 그것이 느껴졌다. 몸이 떨리고, 비틀거리고, 힘이 빠졌다. 그래서 한 걸음 한 걸음 걸을 때마다 몸에 굴복해야 했다…… 혼란스러웠음에도 불구하고, 그는 걸음을 빨리했다. 뒤에서 오는 사람들에게 따라잡혀서는 안 되었기 때문이다. 예식의 질서, 세상의 질서를 위해.

망자가 누워 있는 상아 침대 운반에 동원되지 않은 친지들이 서로 거리를 두고 행렬을 따라갔다. 에스파냐에서 방금 돌아온 티베리우스, 눈물을 흘리는 드루수스(어린아이로서 그의 마지막 눈물이었다), 그리고 클라우디아의 뚱뚱한 남편. 그는 어린 처사촌 일곱 명과 함께 장례 수레의 막대 사이에서 헐떡거리며 '업무용' 가마를 내심 그리워하고 있었다.

그 뒤에는 짙은 색 토가를 입은 원로원 의원들과 실력이 출중한 기사 몇 명이 따라갔다. 마에케나스의 기사들이었다. 마에케나스는 군주의 총애를 되찾을 수 있으리라는 생각에 자기가 후원하는 시인들에게 다시 시를 쓰게 했다. 그들의 소모임이 미세란데 푸에르miserande puer, '불쌍한 아이'에 대해 노래할 테고, 이 국상을 영원한 장례로, 젊음과 희망의 장례로 만들 것이다.

'백합과 진홍빛 꽃을 두 손 가득 던져라.'

모두에 대한 사랑, 부모에 대한 자식의 사랑, 그리고 옥타비아의 온화한 아름다움을 동시에 매장하는 일이었다. 비탄에 빠진 망자의 어머니는 머리에 뒤집어쓴 재 때문에 눈언저리가 거무스름하고 주름이 파여 백 살은 되어 보였다. 하지만 그녀는 앞으로 나아갔다. 야단법석의 메커니즘에 따라, 발작처럼. 보이지 않는 장애물에 그녀의 발부리가 걸리자, 딸들이 급히 달려왔다. 클라우디아, 프리마 혹은 안토니아였다. 모두 '나무딸기 색'의 정식 상복을 입었고, 튜닉도 예법에 맞게 찢겨 있었다. 마르켈라만 없었다. 그녀는 레스보스 섬의 미틸레네에 남편 아그리파와 함께 체류 중이었다. 딸들 중 맏이인 그녀는 로마를 경악 속에 던져넣은 이 비극을 아직 모르고 있었다.

'바이아이여, 바이아이여, 어떤 적대적인 신이 너의 물속에 자리했기에?'

옥타비아가 비틀거렸고, 로마인들은 눈물을 흘렸다. 행렬을 따라 밀집한 군중 속에서 이따금 날카로운 탄식이, 히스테릭한 여자의 비명 소리가 솟아올랐다.

"오, 나의 보물, 너는 대체 어디에 있니?"

"네 어머니의 행복, 나의 작은 눈, 왜 나를 떠났니?"

그 소리들이 곡하는 여자들의 의례적인 탄식을 뒤덮었고, 저음악기 소리가 튜바 소리에 이어졌다. 옥타비아가 잠시 멈추자고 손짓을 했다. 사람들은 그녀가 힘이 빠진 것 같다고, 쓰러질지도 모른다고 생각했다.

"마미디오네, 내 손을 잡으세요!"

그러나 아니었다. 옥타비아가 걸음을 멈춘 것은 너무나 비통해하는 낯선 여자들에게 인사하기 위해, 로마 제1의 여인이 차마 하지 못할 말들(나의 참새, 나의 장미, 나의 생명, 일어나요! 일어나요, 나의 희망! 오, 생기 가득한 몸이여, 일어나요……)을 울부짖는 미치광이들에게 살짝 고개를 끄덕여 고마움을 표하기 위해서였다.

미치광이들의 절망이 그녀에게 위안이 되었다.

친구들로서는 안타깝게도, 그녀는 주변의 동정을 거부했다. 그녀가 걸음을 멈추자마자 며느리가 급히 달려와 팔 한쪽을 내밀었지만, 당황스럽게도 그녀는 그 손길을 뿌리쳤다. 아, 물론 리비아는 경탄스러웠다! 우아한 감색 상복을 입고 은색 눈물무늬 장식을 수놓은 코스 산 섬세한 베일 밑에 얼굴을 숨긴 경탄스러운 모습이었다.

"그래요, 숨어요, 리비아! 당신이 느끼는 기쁨을 숨겨요."

보이지 않는 한 여자가 이중으로 된 횃불 울타리 뒤에서 빈정거리듯 외쳤다. 그 말을 들은 옥타비아는 고마운 마음이 들었고, 민중 역시 리비아에게 속지 않는다는 것을 깨달았다. 그녀의 아들을 화장대로 데려가는 부리가 창백한 검고 큰 까마귀들이 실은 가면 뒤에서 웃는다는 사실을 민중은 알고 있었다…….

옥타비아는 며느리의 부축을 거칠게 거부했다. 딸들의 도움도 짜증스럽게 물리쳤다. 그런데 어떤 딸들? 자신에게 자식은 딱 하나뿐이었음을 그녀는 방금 깨달았다.

머리를 풀어헤친 마르켈루스의 누이들, 찢어진 튜닉을 입은 여동생들은 애도를 표하기 위해 곡하는 여자들처럼 맨발로 걷고 있었다. 군주와 원로원 의원들 뒤에서는 국가의 2차적 질서를 대표하는 기사의 아내들이 환심을 사려고 망자의 여동생들을 따라 했다. 그녀들 역시 제대로 포장되지 않은 캄푸스 마르티우스의 거리를 맨발로 걸었다. 전날 비가 내린 탓에 외투가 진창에 끌려 걸음을 더디게 했다. 하지만 지체할 수 없었다. 망자의 시신이 따라오라고 재촉했기 때문이다. 상아 침대 위의 마르켈루스, 벌써 '역한 냄새가 나서' 향료에 감싸인 채 황금 갑옷 밑에 누운 마르켈루스가 디 마네스ᵈⁱⁱ ᵐᵃⁿᵉˢ*, 그의 '선한 조상들'의 600개의 밀랍 가면에 끌려 화장대를 향해 나아가고 있었기 때문이다.

　사람들은 유령들의 환심을 사기 위해 그들이 '선하다'고 말했다. 그들이 이제부터 고인의 세계가 될 기쁨 없는 무채색의 세계로 고인을 잘 안내해주기를 바랐다. 하지만 그들은 납빛 얼굴, 경직된 이목구비, 굳게

---

* 고대 로마의 종교에서 사자(死者)의 영혼을 신격화해 일컫던 명칭. 후대에 가서는 선조의 영(靈)에 대한 총칭, 뒤에 다시 개인의 죽은 영을 가리키는 명칭이 되었다.

다문 입과 반쯤 감긴 눈꺼풀 등 무서운 외양을 하고 있었다. 살아 있는 600명의 망자들이 길게 누운 망자를 끌고 갔다. 세 명씩 열을 지어 그를 무덤으로 이끌었다. 어둠의 딸들이, 악마 같은 흡혈귀들이 케레스*처럼 셋씩 짝을 지어 죽어가는 사람 주위에서 이빨을 부딪쳐 소리를 내고, 날카로운 손톱을 내밀며 그들에게 달려들어 피를 빨아먹었다. 무시무시한 행렬이 지나가는 길가에서는 겁에 질린 아이들이 어머니의 망토 밑에 몸을 숨겼다…….

지옥에서 올라온 600망령이, 600원귀가 창백한 횃불 빛 속에서 쇳소리 같은 쉰 목소리를 내며 도시를 삼켜버렸다.

마르켈루스의 장례식은 현대인의 눈으로 볼 때는 너무나 기이했다. 나는 메리 여왕의 장례식을 위해 퍼셀이 작곡한 음악을 들어보고야 그 광경을 눈앞에 떠올릴 수 있었다. 엄숙한 트럼펫 소리, 팀파니의 둔중한 굉음. 뚝뚝 끊어지는 느린 망치질 소리가 점점 격해지면서, 공포와 존경심을 유발하는 크레셴도에 떠받쳐지면서 단순한 선율로 이어진다.

우리는 고대 음악을 별로 알지 못한다. 악기들에 대해서도 막연한 개념만을 갖고 있을 뿐이다. 악기들의 소리가 어땠는지는 더 막연하다. 음악에 사용된 화음의 형태는 거의 알지 못한다. 하지만 600개의 가면과 800명의 원로원 의원들에 더하여 열 명의 음악가로 구성된 전통적인 오케스트라가 동원되었으리라는 추측은 할 수 있다. 그들은 장례 팡파르에 타악 연주를 덧붙였을까? 만약 그랬다면 퍼셀의 음악은 시대착오적이긴 하지만 당시 분위기와 잘 어울릴 것이다.

---

* 그리스 신화에 나오는 죽음의 여신들. 고대인들은 이들이 죽음과 질병을 불러온다고 믿었다.

나머지 부분에 대해서는 나 역시 셀레네처럼 외면만을 볼 뿐이다.

그 이집트 공주는 망자의 가족이 아니었고, 확실히 행렬 속에 모습을 드러내지 않았다. 그녀는 포룸에서 캄푸스 마르티우스까지, 예전에 승리를 거둔 아우구스투스가 갔던 길을 거꾸로 짚어 도시를 가로질렀다. 마르켈루스의 장례 행렬은 이집트에 대한 승리를 기념한 예전의 개선식과 똑같은 길로 이어졌고, 비통한 심정에 짓눌린 군주는 자기 후계자의 시신 뒤에서 걸어갔다. 개선식 때는 금관을 쓰고 전차를 탄 채 캄푸스 마르티우스에서 포룸까지 사슬에 묶인 포로들을 따라갔었다…… 그러니 셀레네가 그 장례 행렬을 보면서 7년 전 죽은 남동생의 원수를 갚았다고 생각하지 않았겠는가?

원로원 의원의 아내들과 저명한 손님들을 위해, 아마도 특별석을 세워놓았을 것이다. 신격화된 카이사르 신전 가까운 곳, 포룸 위 로스트라 연단 맞은편, 좀 더 북쪽으로는 마우솔레움과 화장대 앞에. 나는 셀레네가 어린 유대 왕자, 즉 헤로데 왕의 아들들인 알렉산드로스와 아리스토불로와 함께 좌석들 중 하나를 차지했을 거라고 상상한다. 아이들은 마치 누나를 대하듯 그녀에게 순종했다.

그 세 사람이 특별석 첫째 줄에 초상처럼 얌전히 서 있는 모습을 상상해본다. 자기들의 눈앞에서 펼쳐지는 로마의 장례 예식에 당황한 모습이다. 엑스트라들의 우두머리 아르키미메*가 마르켈루스의 말끔한 토가를 입고 찡그린 표정으로 군중에게 입맞춤을 보내며 망자를 흉내 낸다. 슬픔에 잠긴 여자들이 초록빛이 도는 희끄무레한 얼굴로 무척이나 두서없는 말들을 지껄인다. 가면을 쓴 600명은 팔을 날개처럼 벌리고 박쥐나 악한 유령처럼 지면 위로 날아가듯 행진한다.

---

* 무언극의 주연배우 또는 무언극 배우 집단의 연출가.

"로마 사람들은 왜 저렇게 하지?"

어린 오리엔트 아이들은 궁금해했다. 애끓는 표정으로 야만적인 울음을 토해내는 곡하는 여자들만 친숙해 보였다. 그랬다. 흥분된 분위기 속에서 행동을 예측할 수 있는 전문 직업인들만이 헤로데의 아들들과 클레오파트라의 딸을 불안하게 만들지 않았다.

하지만 왕자들은 낯선 장례 예식보다는 그들의 오랜 놀이 친구가 갑자기 사라져버렸다는 사실에 더욱 겁을 냈다. 사람들은 그 경악스러운 죽음에 대해 의견을 나누었다.

"몸져누운 지 채 닷새도 되지 않았는데! 믿을 수 없는 일입니다."

아시니우스 폴리온이 발레리우스 메살라에게 말했다. 폴리온은 아우구스투스의 특별한 철학자이자 양심의 지도자 아레이오스와 함께 있는 메살라를 마주친 참이었다.

"그래요, 정말로 놀라운 일입니다! 이런 일은 한 번도 본 적이 없어요!"

지배자의 총애를 받는 사상가가 빈정거리는 어조로 말했다.

"한 사람이 죽은 사건이지만 사실 초자연적인 일과도 같지요! 하하!"

폴리온은 아레이오스의 지혜를 별로 높이 평가하지 않았다. 아레이오스라는 사람 역시 대단하게 여기지 않았다. 아우구스투스가 푹 빠진, 자기 도시를 배반한 알렉산드리아 사람 말이다. 폴리온이 대꾸했다.

"아마도 나는 작은 소크라테스 당신처럼 인간들의 삶을 단 하나의 관점으로 검토할 만큼 고양된 정신을 가지지 못한 것 같습니다. 하지만 난 마르켈루스가 불멸이라고 믿을 정도로 바보는 아니에요…… 나는 다분히 실질적인 측면, 예민한 육체의 기능적 측면에서 그의 죽음을 접하고 놀란 겁니다. 내가 보기에는 우리 무지한 사람들이 '옥타비아의 아들'이라고 불렀던 살아 움직이던 존재가 당신의 주장처럼 외삼촌과 똑같이 원자들의 급변에 타격을 받았다면, 냉욕을 통해 병에서 회복되었을 것 같습니다. 그러므로 객관적 지식을 사랑하는 나는 이런 자문을 하게 됩니다. 우리의 헛된 행복에 관여하던 튼튼한 젊은이가 대체 무엇 때문에 죽었지?"

폴리온이 궁금해했다면 관료들 역시 그랬을 것이다. 그리고 외국의 궁정 사람들도. 한편 민중은 답을 알아냈다고 믿었다. 아벤티노 언덕에 있는 사람이 빽빽이 들어찬 건물들 지붕 밑에서, 어두운 상점의 중이층 中二層에서, 키르쿠스 막시무스의 노점과 수부라의 싸구려 식당에서, 사람들은 점점 더 큰 목소리로 '독'이라는 말을 입에 올렸다.

인 메모리엄 IN MEMORIAM*

"가증스러운 바이아이! 거기서 그는 스틱스 강물 속에 얼굴을 묻었다. 그곳 호수 깊숙한 곳에서 그의 영혼이 방황한다. 그는 죽었다. 나이는 스무 살이었다……."

'쓰라린 죽음'을 노래한 이 애가로, 프로페르티우스는 특별수당을 받았다. 그 수당이 얼마인지는 모른다. 베르길리우스는 18만 세스테르티우스 은화를 받았다. 상당한 금액이다. 그는 원로원 의원들 중 재산 순위가 다섯째이다. 시 열여덟 줄로…….

베르길리우스가 수고스럽게 이번 작품에서 마르켈루스의 죽음을 다룬 것은 사실이다. 그 '아이'는 큰 공을 세우지는 못했다 해도 율리우스 가문의 서사시 『아이네이스』의 영웅들 모두를 합한 것을 상징할 터이다. 모든 사람이 그 젊은이의 과거에 대해 이야기할 때, 그 시인은 그의 미래를 이야기했다. 그 천재적인 남자는 과거에 대한 언급에서 예측을 했다. 가문의 창시자가 지옥에서 자기 아들 아이네이아스에게 미래를 보여주면서, 시간의 사슬 끄트머리에서 눈을 내리깔고 있는 침울한 젊은이 한 명을 가리키며 말한다.

---

* 고인을 기리며.

"운명의 여신들은 오직 땅에서만 이 젊은이를 보여줄 것이다. 그리고 이 젊은이가 오래 사는 것을 허락하지 않으리라. 아마도 로마 민족은 지나치게 힘세게 보였을 것이다! 맙소사, 가여운 아이여, 너는 마르켈루스이다...... 백합과 진홍빛 꽃을 두 손 가득 던져라. 내가 그 봉헌물로 내 후손의 마음을 가득 채우도록!"

"옥타비아는 아이를 잃는 걸 싫어해요."

폼포니아 아티카는 달마티아의 아름다운 별장에서 수종水腫으로 죽었으므로 로마 '제1의 여인'의 야릇한 특성을 더 이상 모임에서 상기시키지 못했다. 그러나 리비아의 새로운 친구들, 즉 우르굴라니아와 무나티우스 플란쿠스의 딸인 젊은 플란키네는 옥타비아가 극도의 슬픔에 빠져 있다는 사실에 놀랐다. 그녀들은 자기들의 후원자인 리비아가 그런 이야기를 호의적으로 들으리라는 것을 알고 있었다.

"당신 시누이가 앞으로 색깔이 있는 옷도, 줄무늬 옷도 입지 않기로 결심한 것이 사실인가요? 아들의 유해 위에서 머리카락을 자른 것도요?"

"더할 나위 없이 사실이죠."

"그녀 나이에 머리를 틀어올리지 않으면 마녀처럼 보일 텐데요, 안 그래요?"

"과장하지 마요, 플란키네."

리비아가 두 여인의 기세를 누그러뜨렸다.

"옥타비아는 자른 머리카락 위에 파란색이나 갈색 베일을 써요. 그렇게 하니 굉장히 품위 있어 보이더군요."

"하녀들 말에 따르면, 옥타비아는 누에콩, 렌즈콩 같은 추모 음식만 먹는대요…… 마치 자신이 무덤 속에 있는 것처럼요! 대체 무슨 생각일까요? 장례 아홉째 날의 식사를 무기한으로 연장하려는 걸까요? 마흔번째 식사를?"

"우르굴라니아 말이 옳아요. 당신 시누이의 행동은 눈에 거슬려요. 그녀 집 사람들은 심지어 그 가여운 여자가 자신만의 방법으로 죽은 아들과 함께 저녁을 먹는 거라고들 말해요…… 율리아에겐 웃을 일이 아닐거예요! 그런 고모 집에서 지내느니 차라리 당신 집에서 지내는 게 나을걸요."

"하지만 카이사르 아우구스투스는 그 마지막 위안을 누나에게서 빼앗기를 원치 않아요. 나도 그 생각에 마음속 깊이 동의하고요. 게다가 율리아는 앞으로 몇 달 동안은 마르켈루스의 아내 신분이잖아요. 과부 생활의 유예기간이 끝날 때까지요."

"오, 과부 생활의 유예기간요! 감찰관들이 면제해줄 거예요. 장례를 치른 지 벌써 두 달이 지났고, 그 아이가 임신하지 않은 것을 의사들이 이미 알고 있는데 왜 1년을 기다리라고 강요해요?"

"법은 법이죠. 군주께서는 가족에게 특혜 주는 걸 싫어하세요."

리비아는 어떻게 목도 메지 않고 이런 말을 입에 담을 수 있을까? 우르굴라니아는 속으로 생각했다. 하지만 아우구스투스의 아내인 그녀는 헤아릴 수 없는 표정으로 자신의 수예 작품 위에 얼굴을 숙이고 있었다. 그녀는 온화한 목소리로 이어서 말했다.

"군주께서는 어떤 특례도 원치 않으세요. 그리고 우리는 군주의 가족으로서 모범을 보여야 하죠. 율리아를 급하게 재혼시켜야 하는 것도 아니고요. 겨우 열일곱 살이잖아요. 우선 프리마를 결혼시킬 거예요. 카이

343

사르 아우구스투스께서 직접 예식을 주재하실 거랍니다. 성대한 축연이 벌어질 거예요…… 우리는 축연을 통해 친애하는 옥타비아가 고통에서 벗어나기를 바라고 있어요."

하지만 그 무엇도 옥타비아의 기분을 풀어주지 못했다. 비록 이제 마르켈루스의 이름을 입에 올리지는 않지만. 그녀의 명에 따라 마르켈루스가 쓰던 방을 폐쇄하고 팔라티노 언덕의 집에 남은 그의 물건들, 어릴 때 갖고 놀던 장난감, 옷 등을 모두 불태웠지만. 그녀는 사랑하는 이를 떠나보낸 사람들이 위로받기 위해 하는 관례대로 아트리움에 고인의 모습을 그린 그림을 거는 일조차 거부하는 지경에 이르렀다. 위로받기를 원치 않았던 것이다…… 그녀는 로마를 떠나길 원했다. 브르타뉴, 콜키스, 카시테리데스 섬*, 그런 잿빛 바닷가에 가서 아무 기억 없이 바다를 바라보고 싶어 했다. 더 이상 기억들에 의해 고통받지 않기 위해. 어둠에 가까이 다가가기 위해. 추위를 느끼기 위해.

모든 것이 그녀를 짓눌렀다. 그녀에게는 모든 것이 불필요했다. 그래서 자신이 가진 모든 것을 처분했다. 장례식이 끝나자마자 바울레스의 별장을 안토니아에게 주었다(신성모독을 두려워하지만 않았다면 그녀는 마르켈루스의 얼굴을 한 디오니소스와 율리아의 얼굴을 한 아리아드네로 장식된 신방을 파괴하고 그 큰 건물을 헐어버렸을 것이다). 하지만 그녀의 아들이 숨을 거둔 곳은 그곳이 아니었다. 그는 바이아이에서, 정확히 말하면 리비아의 집에서 죽었다. 그 여자가 5년 전 자기 취향대로('자기 손으로'라고 말해야 할까?) 짓게 한, 오직 그 여자만 그 미로와 은신처, 비밀들

---

* 고대 지리학에서 유럽 서부 해안 근처 일부를 일컫던 명칭.

을 알고 있는 별장에서. 모든 노예들이 그 여자의 수족처럼 움직이는 집에서. 클라우디우스 가문에 몸과 마음을 바친 채.

물론 옥타비아는 도시에 떠도는 소문을 모르지 않았다. 민중은 의문을 제기했고, 오래된 격언을 입에 올려가며 의심을 표했다. Is fecit cui prodest, '범죄가 누구에게 득이 될지 찾아보라.' 사실이다. 마르켈루스가 없어지면 리비아의 아들들에게 득이 된다. 지금 그 아이들은 군주와 매우 가깝게 지낸다. 게다가 민중의 지혜는 이렇게 말한다. '의붓어머니를 두려워하라. 특히 그녀에게 자식이 있을 때⋯⋯' 그 불쌍한 아이(미제란데 푸에르miserande puer)를 시중든 하인, 그 아이가 병중일 때 음식을 먹였던 사람이 모두 리비아의 심복들이었음을 알면 민중은 어떻게 생각할까?

하지만 옥타비아는 의심이나 원한을 품기에는 너무도 고통받고 있었다. 고통 이외의 감정을 내보이지 못했다. 여러 가지 이유와 방법들을 생각해내, 사람들이 자신에게 동정이나 애정을 표할 기회 혹은 사람들과 대화할 기회를 피했다. 독서로 말하면⋯⋯ 그녀는 상을 치른 뒤 첫 몇 주 동안 집 안에 칩거해 있었다. 그러다 그녀에게 경의를 표하기 위해 공공 독서회를 열고자 하는 아시니우스 폴리온의 간청에 마지못해 응했다. 그는 새로운 여흥거리인 낭독회를 유행시켰다. 사교계 인사들이 친구들과 모여 시험 삼아 써본 서정 단시, 비극 등 문학작품을 낭독했다⋯⋯.

계속 정치에 관여하려면 능력이 필요했다. 그러나 군주는 그런 능력이 특정한 사람에게 독점되는 것을 경계했다. 부유한 원로원 의원들은 저자의 영광뿐 아니라 배우로서의 명성까지 얻기를 바라며 시나 이야기를 창작했다. 어떤 사람들은 그때까지는 전문 연극인들이나 받던 발성 훈련, 가슴근육 강화 운동, 무언극 실습을 받기까지 했다. 기성 문인들은 적당한 토가만 갖추면 사회적 명성을 지닌 그 애호가들과 함께할 수 있었고, 자기가 준비 중인 시집에 대해 간략히 설명한 뒤, 얼마 지나지 않아 아르길레툼 거리의 서점에서 책으로 출간된 시집을 발견했다. 간단히 말해 모든 사람이 흡족해했다. 진짜 시인들은 낭독회에서 새로운 후원자를 만날 수 있었고, 출연할 연극작품이 없는 늙은 배우들은 개인 교습을 할 수 있었다. '패기 넘치는' 젊은 배우들은 연단이 폐쇄되고 원로원의 입에 재갈이 물린 현 상황에서 낭독회를 자신들의 목소리를 낼 수 있는 유일한 기회로 보았다.

그러니 자식을 잃고 슬픔에 잠겨 있는 어머니에게 낭독회에 참석하는 것보다 더 적절한 일이 무엇이겠는가? 게다가 폴리온이 낭독회라는 것을 주창했으니, 그의 집에서 열리는 낭독회에 참석하는 일보다 더 자연스러운 일이 있겠는가? 조만간 오디토리움의 낙성식이 거행될 예정인 만큼, 부유한 문인들은 아벤티노 언덕의 그 커다란 건물에서 수사학적이고 세속적인 작품들을 공연하고 싶어 했다. 건축가 비트루비우스는 계단식 좌석이 네 줄로 배열된 하얀 대리석으로 된 그 반원형 공간의 음향효과를 마에케나스의 음악당을 능가하도록 조처했다.

'누님이 누님 친구 아시니우스의 초대에 응하면 좋겠어요.'

아우구스투스는 옥타비아에게 이렇게 써보냈다.

'그 사람은 베르길리우스나 메살라 같은 친한 친구 몇 명만 초대했을 거예요. 딸들과 함께 가세요. 도심에 다시 모습을 보여야 해요, 누트리쿨라. 다시 햇빛을 보아야 해요. 나를 위해 그렇게 해줘요…… 내키지 않겠죠. 음악은 누님의 심금을 달래주지 못한다고 누님이 나에게 말했잖아요. 그래서 내가 폴리온에게 음악 반주를 하지 말라고 했어요…….'

그것은 사실이었다. 음악은 없었다. 사람들은 그녀가 어두운 색의 베일을 계속 쓰고 있는 것에 충격 받지 않는 것 같았다. 심지어 조심성을 발휘해 바로 어제 옥타비아와 만난 듯 그녀가 견디지 못할 만한 말들은 하지 않고 몸짓으로만 인사하려고 애썼다. 그들은 그녀를 위해 첫째 줄에 상아로 된 간이의자를 갖다놓았다. 폴리온이 자신의 첫 낭독을 그녀에게 헌정했다. 자신이 쓰고 있는 회고록에서 발췌한, 젊은 옥타비아누스에 대한 아부가 담긴 묘사였다.

'방패막이로군.'

옥타비아는 그의 목소리에 귀 기울이며 생각했다(깊은 슬픔도 그녀에게서 정치적 본능을 빼앗아가지는 못한 것이다).

'나의 친애하는 아시니우스가 내전에 관한 몇 가지 사실로 우리에게 한 방 먹일 의도를 방패막이 뒤에 숨기고 있어…….'

그 순박한 방법에서 옥타비아는 거의 즐거움을 맛보았다. 그리고 열여덟 살 시절의 옥타비아누스에 대한 묘사를 들으며 자기도 모르게 '옛날'로 돌아갔다. 그녀가 아픔 없이 되살릴 수 있는 시절, 마르켈루스가 아직 태어나지 않았고 아직 죽지 않은 이상, 그녀가 조금 부끄러워하면서 '행복하다'고 말할 수 있는 고되었던 전투 시절 말이다…… 그동안 프리마, 안토니아 그리고 셀레네는 작은 홀 깊숙한 곳에 앉아 박수를 쳤다. 로마 제1의 여인은 2,30년 전 남동생 가이우스가 외외종조께서 그의 옛 가정교사와 함께 공부하라고 보냈던 발칸 지방의 아폴로니아 학교에서 돌아왔을 때의 단정했던 용모를 부드러운 마음으로 회상했다. 그가 새벽에 자기 패거리 세 명(가족들이 이미 알고 있던 마에케나스, 아폴로니아에서 만났다며 '마르쿠스 빕사니우스 아그리파'라고 소개한 힘센 시골 젊은이, 그리고 예전에 목동이었고 일리리아 군대의 장교가 된 살비디에누스 루푸스*)과 함께 마르켈루스 가문의 집에 도착하던 모습을 떠올

---

* Quintus Salvidienus Rufus, 기원전 65?~기원전 40, 로마의 장군. 옥타비아누스의 정치 활동 초기에 그의 최측근 중 하나였다.

렸다. 바다가 봉쇄되었지만, 그들 네 사람은 옥타비아누스의 어머니 아티아의 전언을 통해 카이사르가 암살되었다는 소식을 듣자마자 이탈리아로 오는 배 한 척을 빌렸다. 그리고 신중하게도 브린디시에서 하선하지 않고 더 남쪽으로 내려가 칼라브리아에서 하선했다. 레체에 도착하기까지 오랫동안 걸어야 했다. 마침내 레체에서 그들은 브린디시가 모의자들의 수중에 들어가지 않았고 로마로 가는 길이 아직 트여 있음을 확인했다. 그들은 말을 빌려 나폴리까지, 카이사르의 친구인 부유한 에스파냐 은행가 발부스의 집까지 쉬지 않고 달렸다. 그런 다음 바삐 로마 사람들을 규합했다. 로마에 도착한 그들은 수백 년 동안 잠을 자지 못한 것처럼 보였다. 햇빛에 지친 부엉이처럼 크고 둥근 눈을 하고 있었다. 습진에 뒤덮이고 목소리가 꺼져들기 일보직전인, 하지만 무엇에도 굴복하지 않기로 결심한 가이우스가 옥타비아의 눈앞에 보이는 듯했다. 그는 율리우스 가문의 이름을 다시 세우기로, 율리우스 카이사르의 상속권을 요구하고 그를 암살한 자들의 머리를 요구하기로 결심한 참이었다.

"너 미쳤구나."

어머니 아티아가 말했다.

"너 같은 어린애는 브루투스 같은 남자들과 싸울 수 없어. 옆에서 도울 사람들은 또 어떻고? 그 세 친구? 그애들에게 지지자가 있니? 그애들이 귀족이야? 아니잖아! 너는 정치에 대해 아무것도 모른다, 가이우스. 너의 칼로는 구운 거위 고기나 자를 수 있을 뿐이야! 그러니까 잊어버리렴. 부탁이다! 조금만 경솔하게 행동해도 우리 모두가 파멸할 거야…… 조만간 복수할 수 있는 적당한 때가 올 거야. 그러니 경험 많은 마르쿠스 안토니우스에게 맡기렴."

"마르쿠스 안토니우스는 외외종조의 돈을 갖고 있어요! 그분의 중요한 서류들도요! 전부 돌려달라고 요구할 거예요. 그분의 합법적인 상속자는 바로 나니까요."

옥타비아는 가족들 중 그 '어린애'의 건방지고 오만한 태도를 비난하지 않은 유일한 사람이었다. 그의 주장과 지나치게 젊은 그의 친구들을 비웃지 않은 유일한 사람이었다. 예전에 지방 총독이었던 아티아의 두 번째 남편 필리푸스가 암살당한 독재자의 상속권을 포기하라고 의붓아들을 설득하는 동안, 4년 전 옥타비아와 결혼한 늙은 가이우스 마르켈루스가 똑같은 논거를 늘어놓는 동안(그는 율리우스 카이사르를 불한당으로 여겼다), 옥타비아는 남동생에게 넌지시 말했다.

"얼마 안 되지만 내 돈을 쓰려무나. 병사들을 사는 데 그 돈을 쓰도록 해."

처음부터 그녀는 남동생 옥타비아누스를 지지했고, 옥타비아누스의 계획에 협조해달라고 집안의 가장들을 조금씩 설득했다.

옥타비아는 추억에 잠기느라 '요강'의 맏아들 메살라 메살리누스가 단조로운 목소리로 자신이 쓴 유치한 희곡의 첫 에피소드를 읽는 소리도, 아테네의 학교를 갓 졸업한 폴리온의 조카가 균형 잡히지 않은 이행시와 서투르기 짝이 없는 6각시를 낭독해 박수 받는 소리도 듣지 못했다…… 강력한 리듬을 듣고서야, 강렬한 이미지들을 보고서야 현실로 돌아왔다. '컴컴한 안개 속의 늑대처럼' 어둠 속을 진군하는 병사들, 그리고 '늑대와 맞닥뜨린' 여자들이 강간당해 지르는 비명 소리에 대한 이야기가 들렸다. 베르길리우스였다. 베르길리우스가 자기 작품을 읽고 있었다. 옥타비아는 자신이 얼마나 美를 사랑하는지 잊고 있었음을 불현듯 깨달았다.

베르길리우스는 황소를 매는 쟁기처럼 자기를 붙들어매고 있는 작품

『아이네이스』*를 읽었다. 1만 행이나 되는! 매우 기대되는 작품이었지만 완성될 기미가 좀처럼 보이지 않았다. 지금까지 1부만 낭독했다. 그날 저녁에는 트로이 함락 장면을 한 번 더 낭독하기로 되어 있었다. 홀에 있던 몇몇 사람이 비웃었다.

"이건 새로 쓴 부분이 아니잖아!"

폴리온은 한 번의 눈짓으로 그들을 침묵시켰다. 베르길리우스가 미제노, 쿠마이, 아베르누스 호수 등 이탈리아 지명들을 말했기 때문일까? 참석한 사람들의 놀라움은 컸다. 아이네이아스가 지옥문을 열어주는 쿠마이의 무녀를 방문한 대목이 문제였다.

'땅이 그들의 발밑에서 울부짖기 시작했다. 그들은 암캐들이 짖는 소리를 들었다고 믿었다.'

망각의 강을 따라가던 그 영웅은 죽은('죽은'이라는 단어에서 옥타비아는 경계하기 시작했을 것이다. 하지만 그녀는 화려한 문장들에 위로받았다) 자기 아버지의 '남실바람 같은' 모습을 보게 된다. 유령이 로마의 미래를 아이네이아스의 눈앞에 장식 융단처럼 펼쳐놓고 미래의 우두머리들을 줄줄이 보여주었다. 옥타비아는 그 서사시의 리듬에 빠져들었고, 뒤이어 등장할 남동생에 대한 찬사를 확신을 가지고 기다렸다. 시인은 카토, 파비우스, 스키피오를 거명한 뒤 '역사의 종결'에 다다랐다. 카이사르 아우구스투스 말이다…… 그런데 갑자기 이런 문장이 튀어나왔다.

'아이네이아스가 물었다. 눈부시게 아름답고 지닌 무기들이 화려한

---

* 로마 최대의 시인 베르길리우스가 쓴 장편 서사시. 베르길리우스는 죽을 때까지 11년간(기원전 30~기원전 19) 이 작품의 집필에만 열중했지만 끝내 완성을 보지 못했다. 아이네이아스 전설에 바탕을 둔 이야기로, '아이네이스'는 '아이네이아스의 노래'라는 뜻이다. 그리스에게 패배하여 멸망한 트로이 영웅 아이네이아스가 신의 뜻에 따라 부하들을 데리고 각지를 방랑하다가 천신만고 끝에 라티움 땅에 로마 제국의 기초를 세우게 된다는 줄거리로, 로마 건국의 역사를 신화 속 영웅과 결부시키려는 웅대한 구상에서 나온 작품이다. 아우구스투스 시대에 집필되었으므로 로마 제국 찬가라고 볼 수도 있다.

광채를 발하는, 그러나 눈 속에 그늘이 드리운 이 젊은이는 누구인가?'

가여운 옥타비아! 그녀는 몇 초 동안 들었고('아, 불쌍한 아이여!'), 몇 초 만에 알아차렸다('아, 그대가 준엄한 운명의 굴레를 끊어버릴 수 있다면 얼마나 좋겠는가!'). 옥타비아는 침착을 되찾고 그 자리를 조용히 빠져나가지 못했다. 숨이 막혔고, 그 문장들을 멈추고 싶었다. 그녀는 일어나려고 했지만, 다음의 문장이 그녀를 다시 붙잡았다.

'너는 마르켈루스일 것이다.'

이 문장이 그녀의 가슴 한가운데를 때렸다. 그녀는 미끄러졌다.

충격을 받고 상아로 된 간이의자 밑에 넘어졌다.

누가 이런 '깜짝 선물'을 생각해낸 걸까? 멋지고도 끔찍한 이 선물을? 아우구스투스? 폴리온? 리비아? 베르길리우스 자신? 역사는 그 사람의 이름을 지목하지 않고, 죽은 아들의 이름을 환기한 것만으로 옥타비아가 기절했다는 사실만 기록한다. 이후 그녀는 다시는 낭독회에 참석하지 않고, 집에서 나오지도 않는다.

고대 역사가들은 옥타비아가 정신을 차린 뒤(걱정이 된 딸들이 쓰러진 어머니 주위에 모여들었을 것이다) 고인에게 바치는 시구들에 대한 보답으로 베르길리우스에게 1만 세스테르티우스 은화를 내리라고 명했다고 명확히 밝힌다.

"시구가 몇 줄이었니, 프리마? 열다섯 줄? 서른 줄?"

"모르겠어요, 엄마. 제가 세어보게 할게요. 그 일을 시킬 만한 사람들이 있어요. 그러니 좀 쉬세요."

아니다. 그때 이후 그녀는 더 이상 '쉴' 수가 없게 된다. 베르길리우스 때문이었다. 그가 묘비명처럼 평범하게 글을 쓰지 않았던 것이다. 그는 '나는 ~였다'라는 형식으로 글을 썼다('나는 마르켈루스였다. 혹은 젤라토스였다. 혹은 코르넬리아였다'). 시인의 천재성 덕분에 옥타비아는 마르켈루스의 죽음이 단지 그의 과거만, 그녀가 견딜 수 없게 된 현재만 파괴한 것이 아니라, 미래까지도 파괴했다는 것을 깨달았다. 10년 뒤, 1000년 뒤에도 그는 계속 죽을 것이다('너는 마르켈루스일 것이다'). 다가올 매일매일이 마르켈루스가 죽는 날인 것이다.

시누이가 낭독회에서 기절했다는 소식을 들은 리비아는 어깨를 으쓱하고는 자기 친구들에게 이렇게 말했다.

"그녀는 세상에서 가장 불행한 사람이 되는 영광을 정말로 열망하는 것 같아요!"

이 심술궂은 말은 독설가들의 동아리에서 알 수 없는 경로로 새어나와 역사 속에 남았다. 역사는 에우리피데스의 비극 80편은 유실시켰지만 이런 어리석은 말은 은밀히 보존한 것이다.

옥타비아는 프리마의 결혼식에 없었다. 육체는 주빈석을 차지하고 있었지만, 텅 빈 눈길로 유령들만 좇고 있었다.

반면 그녀의 딸 프리마는 불꽃 빛깔 베일 밑에서 별처럼 빛났다. 그녀는 행복한 신부로서 남편을 사랑하기로 결심한 참이었다.

이틀 전, 적갈색 머리의 청년 루키우스 도미티우스는 보기 좋게 한 건 해냈다. 포럼에서 리비아의 가장 친한 친구의 아버지 플란쿠스를 만났는데, 길을 양보하지 않은 것이다. 중대 사건이자 큰 충격을 안겨준 사건이었다! 마피아들 사이에서는 보도에서 정면으로 맞닥뜨려 싸움이 나는 것만큼 큰일이 없다. 젊은 도미티우스는 '대부'의 호의 덕분에 얼마 전 고위 토목 담당관에 임명된 참이었다(결혼 선물이었다). 우두머리가 시키는 일이라면 무엇이든 하는 사람이며 아첨꾼들의 왕인 플란쿠스도 감찰관으로 승진했다. 좋은 수입이 보장되는 자리였다. 만년에 운이 트인 것이다. 물론 위계질서상 감찰관은 토목 담당관보다 우위에 있었다. 또한 세상의 예의범절로 볼 때 노인이 젊은이보다 존중받아야 했다…… 도미티우스 가문의 분파인 아헤노바르부스 가문 남자들에게 대대로 전해지는 충동적 성격을 고려하지 않는다면 말이다. 그 '붉은 수염' 혹은 '냉혹한 수염'들은 뜨거운 피와 맹렬한 분노의 소유자들이었다. 친구들은 그들을 가리켜 '냉혹한 수염과 강철 심장'을 가졌다고 말했다. 그 청년은 가문의 전통을 배반하지 않았다. 배신자와 타락한 자의 원형인 플란쿠스가 풍속을 감독하고 원로원 의원들을 엄선하는 자리에 임명되었다는 사실에 분개했다. 해군대장이었고 지금은 고인이 된 아버지가 그 배신자를 멸시했던 일도 기억하고 있었다. 그 사람이 저지른 불충한 행위(안토니우스의 유언장을 훔친 일)가 역사의 흐름을 바꿔놓지 않았는가.

간단히 말해 친척들과 주변 사람들의 지지를 받은 젊은 루키우스는 새 감찰관에게 길을 비켜주지 않았다. 단 한 걸음도 물러서지 않으려 했다. 한편 노인 쪽에서는 자신이 길을 비켜줘야 할지 말지 망설였다. 사적인 자리라면 그런 모욕 정도는 사탕과자 삼키듯 꿀꺽 삼켜버렸겠지만, 보는 눈이 많은 길거리에서 순순히 길을 비켜줬다가는 공개적으로 망신을 당할 터였다. 그의 직위에 대한 존중심에도 누가 될 테고.

느린 대무對舞가 펼쳐졌고, 사람들이 모여들었다. 옛 귀족 루키우스 뒤에, 플란쿠스 뒤에 '벼락출세자'과 현실주의자들이 모여들었다. 그들은 욕설을 하고, 침을 뱉고, 흥분해서 서로 떼밀었다. 루키우스가 검 손잡이에 한쪽 손을 갖다 댔다. 그러자 플란쿠스는 굵은 땀방울을 흘리며 옆으로 한 발 비켜섰다. 우두머리의 조카사위가 될 사람을 죽일 수는 없었던 것이다.

"그 비열한 뚱보 노인네가 과자처럼 납작해졌다니까!"

젊은 귀족들은 의기양양해했다. 그들은 루키우스를 영웅처럼 말에 태워 도미티우스 가문의 호화로운 정원까지 데리고 갔다. 이후 루키우스는 프리마에게 반신半神 같은 존재가 되었다. 약혼자가 파렴치한 플란쿠스를 모욕함으로써 그녀가 소중히 여기고 있는 아버지의 복수를 해주었으니 말이다. 그녀는 알지 못하는 아버지가 한 일들에 감탄하고 그 운명을 찬양했다. 적갈색 머리의 청년 도미티우스는 딱 한 걸음 앞으로 내디딤으로써 약혼녀의 마음을 얻은 것이다.

몇 년 동안 체제가 너무 경직되고 자유의 폭이 제한된 나머지, 상석권을 두고 벌어지는 단순한 다툼이 예전의 심각한 싸움만큼이나 사람들의 관심사가 되었다. 그러나 아우구스투스는 더할 나위 없이 상황을 잘 정리했다.

젊음은 지나가는 것이고 젊은 귀족들은 항상 소란스럽고 거칠게 행동하기 마련이므로, 그는 자기 측근들을 공격하는 그들의 독설과 언짢은 행동, 간접적인 의사 표명, 풍자하는 노래들을 너그럽게 보아 넘겼다. 플란쿠스의 조카는 극장에서 관객에게 야유 받고 배우들에게 놀림을 받았다. 그래서 어떻게 되었을까? 군주는 기회주의적인 그 가문을 언급하며 초라한 논평을 한마디 했을 뿐이다…… 어쨌든 사람들은 그 시절 아우구스투스가 반대자들에게 관용을 베풀었음을 알려주는 많은 일화를 인용한다. 어느 날 의붓아들 드루수스가 격분해서 그에게 보고했다.

'칼푸르니우스 가문이 우리에 대해 나쁘게 말하고 다니는 것 같습니다.'

'나쁘게 말한다고? 얘야, 그들이 더 이상 우리 면전에서 그러지 못한다는 사실에 만족하자꾸나.'

하기야 채찍질을 해봐야 무슨 소용이 있겠는가? 늙어가면서 아우구스투스는 어떤 사람들에게는 고삐를 늦추어야 한다는 것을 깨달았다.

갈 길이 이미 정해졌는데도 자기들에게 선택권이 있다고 믿고 싶어 하는 사람들 말이다. 그들은 독립에 대한 열망 때문에 착각한다. 자유라는 유령에만 눈을 고정한 채, 자기들이 거부했던 길을 가고 있음을 감지하지 못하고 코앞에 매달린 당근을 따라가는 당나귀처럼 앞으로 나아간다…… 성찰의 시간을 가지려고 며칠 은둔한 프리마 포르타의 별장에서, 아우구스투스는 미소를 지었다.

그는 6월의 꽃가루를 피하기 위해, 아내가 자신을 위해 정원처럼 꾸며놓은 지하의 좁고 긴 방에 틀어박혔다. 그는 그림으로 그려놓은 장미꽃만 견딜 수 있었다. 쪽빛 하늘 밑, 언제나 정오이고 언제나 꽃이 피어 있는 들판에서, 군주는 향기 없는 침엽수와 그림자 없는 월계수 사이를, 독 없는 뱀과 울지 않는 새들 사이를 걸었다. 그는 걷고, 깊이 생각하고, 추모의 턱수염을 기른 얼굴에 미소를 지었다. 늙은 폴리온을 생각한 것이다. 폴리온은 그가 '고삐를 늦춘' 덕분에 비끄러맬 수 있었던 성격 강한 사람들의 본보기가 아닌가? 『내전의 역사』라니, 한심한 폴리온! 머리가 백발인데도 어린 시절의 셀레네만큼이나 순진해…… 그때 그 아이가 몇 살이었지? 그가 자기 집으로 호출해 궁지에 몰아넣으며 재미있어 했을 때 그 아이는 열두 살 아니면 열세 살이었을 것이다. 아, 거리의 아이처럼 사납고 거칠던 표정! 미숙하고 빈약하고 폐쇄적이던 작은 몸. 솔직하게 말하자. 마음을 움직이던 작은 몸. 그리고 프리마의 결혼식에서 그 아이를 다시 보았다. 그동안 많이 변한 탓에 간신히 알아보았다. 이제는 정말로 여자가 되어 있었다. 사람들 말대로 미인이었다. 주변 일에 관심이 없는…….

과거 군주는 그 아이에게도 '고삐를 늦추어'주었다. 아이를 호출했을 때, 그는 마에케나스의 강권에도 불구하고 아이가 자기의 긴 베개 밑에 감춰놓은, 날을 지나치게 세운 스틸루스(stilus, 철필)를 압수하지 않았다.

"이봐요, 마에케나스. 포로들에게는 도망갈 수 있다는 환상을 남겨둬야 합니다. 아주 작은 희망 하나가 간수들의 감시보다 그들의 저항을 더 확실하게 막아주는 법이에요…… 저 아이가 나를 죽일 수 있다고 믿게 내버려둡시다."

깜찍한 것! 어찌 보면 아이는 신기료장수의 송곳바늘을 지니고 있어서 위험했을 것이다. 하지만 그 끝은 너무 가늘고 짧았다…… 그러므로 그 일은 군주에게 게임이 되었다. 클레오파트라의 딸이 부름을 받고 옥타비아의 집을 떠나자마자, 마에케나스에게 매수된 하녀가 그 아이가 '무기'를 지니고 갔는지 확인하러 방으로 달려갔다. 아이는 두세 번만 무기를 가지고 갔다. 관저 내의 안전을 담당하는 뚱뚱한 비티니아인들이 즉시 감시를 강화했다…… 그러나 결국 아무 일도 일어나지 않았다. 아이는 어떤 시도도, 수상쩍은 작은 몸짓도 하지 않았다. 재미있게 시작된 게임이 지독히도 실망스러워졌다. 그는 계속 이겼다. 민중이 만족하도록 아이가 그를 공격했다면, 그는 아이를 처형했을 것이다. 그러나 아이가 포기했다면 단계적으로 굴복시켜야 했다…… 그 끝은 복종에 따른 불쾌감을 마음 한 곳에 간직한 그 조그만 여자아이의 주의를 붙잡아두는 것 말고는 다른 용도가 없었다. 당나귀를 위한 당근 역할을 하는 그 끝 덕분에, 그는 반항하는 소녀를 자기가 원하지 않는 곳으로 데려갈 수 있었다.

그러나 얼마 지나지 않아 그런 유치한 행동을 그만둬야 했다. 그런 행동은 루키우스 도미티우스의 충동만큼이나 혹은 플란쿠스의 하소연만큼이나 부적절했다. 그에게는 해결해야 할 더 심각한 문제들이 있었다. 무엇보다도 후계자 문제가 남아 있었다. 마르켈루스가 죽은 지금, 민중과 원로원에게 체제의 지속을 어떻게 납득시킬 것인가? 10년간의 절대 권력(도시만을 따질 때는 20년)도 한 국가의 관습을 바꾸기에는 부족했다. 너무나 부족했다…… 율리아에게 빨리 새 신랑감을 골라줘야 할 것이다. 그러려면 두 개의 선택지 사이에서 결단을 내려야 한다. 첫째, 이번에도 친척 중에서 후계자를 고른다(이 경우 빨리 훈련시켜 국사를 맡길 수 있을 만큼 충분히 재능 있고 젊은 종마를 찾아내야 한다). 둘째, 노련한 정치인을 후계자로 삼고 율리아에게는 야망 없는 신랑감을 얻어줌으로써 가문의 혈통을 국가의 이해관계에 희생시켜야 한다. 그는 이 문제에 대해 토론하고 이야기하고 싶었다. 하지만 누구와? 마에케나스는 실총했고, 아그리파는 유배를 갔고, 옥타비아는 아들을 잃고 망연자실해 있다. 도대체 누구와 이야기를 한단 말인가? 그는 아폴론 신에게 끊임없이 자문했지만 아폴론 신은 어떤 표적도 보여주지 않았다! 심지어 무지개조차도! 그는 혼자였다.

대화 상대가 없었기 때문에, 줄곧 기분이 침울하고 감기에 걸려 있었기 때문에, 누나가 동생이 무척 좋아하는 소금에 절인 치즈를 보내주지 않았기 때문에, 어떤 날에는 스스로 사랑받고 있다고 믿을 필요가 있었기 때문에, 아우구스투스는 자기의 근심을 덜어줄 수 있는 유일한 사람인 가이우스 킬니우스 마에케나스에게 잃었던 총애를 회복시켜주기로 결심했다. 쾌락주의자 마에케나스. 세련된 마에케나스. 괴짜 마에케나스. 오로라 빛깔 튜닉, 지나치게 긴 소맷자락, 바람에 나부끼는 스카프로 대표되는, 반도 전체에서 가장 '아시아적'인 에트루리아 사람.* 그의 오랜 조력자 마에케나스는 자신이 아끼는 배우 및 유명한 시인들과 함께 재미있는 이야기와 신랄한 험담을 나누고 있었다.

마르켈루스가 세상을 떠난 후 그 부유한 수집가가 주변 사람들과의

---

*기원전 9세기 소아시아 루디아 지방에서 해상으로 지금의 이탈리아 토스카나 주에 해당하는 에트루리아 지방에 상륙해 초기 로마인에게 큰 영향을 준 민족. 고고학적으로 그리스의 영향을 받았음이 증명되고 있다.

친목을 강화했음을 짚고 넘어가야 한다. 마르켈루스의 친족들은 모두 그로부터 애도 편지를 받았다. 그는 편지를 잘 썼다! 죽음은 탁월한 쾌락주의자인 그가 매우 짧은 시간에 친한 시인들과 함께 깊이 파고든 주제이기도 했다. 그는 젊은 고인에게 캄푸스 마르티우스의 대리석 무덤만큼이나 웅장한 언어의 무덤을 세워주기 위해 작업했다. 수세기를 건너 전해질 찬가 말이다. 파피루스가 돌만큼 견고하다면 얼마나 좋겠는가…… 아, 슬픈 마음으로 지배자를 생각하라. 우리가 쓰는 문장들은 바스러지고 우리의 자식들은 죽는다. 그러나 로마는 결코 멸망하지 않을 것이다. 이제부터 그의 눈길은 로마를, 오직 로마만을 향할 것이다. 그리고 마에케나스가 힘을 보탤 것이다.

'즉시 프리마 포르타에 와서 나와 합류하시오. 무레나 이야기는 하지 맙시다…….'

벽화가 그려진 동굴 깊숙한 곳에서 전령에게 서판을 건네면서 아우구스투스는 빙긋이 웃었다. 마에케나스가 군주의 인장을 보고 아마도 자신의 마지막 순간이 왔다고 생각할 거라는 예상에 웃었다. 바보 같으니! 오, 당신은 내가 어떤 사람인지 잘 모르고 있소, 마에케나스! 당신의 가이우스는 우정에 있어서 필라데스*나 에우리알로스**처럼 충직하다오!

아니다, 그는 진실을 알고 있다. 진실은 그가 지나치게 외롭다는 것이다. 그는 '마에케나스'를 다시 중용할 것이다. 안토니우스가 말년에 술을 친구로 삼은 것처럼…… 그는, 아우구스투스는 스스로 절제할 능력이 있다고 느꼈다. 그는 위험한 영약을 조금씩만 썼다. 개인적 욕망을 경계하면서. 약의 내성을 경계하면서. 그는 언제든 자신의 욕구를 제어

---

* 그리스 신화에서 오레스테스의 복수를 도와준 사촌형제. 독살당한 아가멤논의 어린 아들 오레스테스와 친구가 되어 항상 같이 지냈다.
** 트로이의 영웅 아이네이아스의 부하. 우정을 나눈 친구 니소스와 함께 적에 맞서 죽음을 함께한 것으로 유명하다.

할 수 있었다.

　'친애하는 마에케나스, 내가 당신의 신중한 철학을 받아들이는 것이 좋겠다고 여길 만큼 지혜로운 사람이 아니라면, 나는 덧없는 쾌락이나 기대하지 당신의 우정은 더 이상 기대하지 않을 거요.'

　'덧없는.' 그렇다. 그들이 다시 만날 때 이 말을 염두에 두어야 할 것이다. '일시적인'도 적절한 형용사일 것이다. 그는 다음과 같은 말을 덧붙이기 전에 그 형용사를 강조할 수 있을 것이다.

　'오, 나의 사랑하는 쾌락주의자여, 우리의 삶은 너무 짧아서 아무에게도 지속적인 희망을 허락해주지 않는다오. 오, 나의 에트루리아 꿀이여, 당신이 즐겨 말하는 대로 '번개는 산꼭대기만 후려친다'오. 그런데 당신이 있는 곳은 이제 그리 높지가 않소, 안 그러오?'

　일시적이고 감독받는 우정이었다. 위협받고. 위협하는.

　아우구스투스는 계속 미소를 띤 채, 계절도 없는 정원, 허상이 그려진 벽들 사이를 다시 배회했다.

아, 나는 그 남자와 함께할 때 공정하지 못하다! 미묘한 차이를 고려해 그의 인물됨을 표현해야 하는데…… 하지만 소설은 역사가 아니다. 소설은 미묘한 차이에 별로 자리를 내주지 않으며, 의심에는 결코 자리를 내주지 않는다. 나로서는 낭패. 아우구스투스의 인물됨이 나이가 들어감에 따라 개선되었기 때문이다. 마흔 살 때 그는 셀레네의 생각보다 더 괜찮은 사람이었을 것이다. 전기작가는 그의 훌륭한 측면, 다시 말해 천재성(정치에 대한 천재성, 의지를 다루는 천재성)을 강조할 테지만, 그의 지성 역시 강조할 것이다.

이율배반적이고 흔히 보기 힘든 조합이었다. 섬세함, 유머, 공감, 그리고 호기심 많은 정신이 위대한 창조자와 제국 건설자들 특유의 강박적이고 자기중심적인 힘으로 나쁜 세대를 만들었다. 지성을 가진 사람이 꿀을 모을 때, 천재는 그것과 똑같은 흔적을 만든다. 지성을 가진 사람이 갈매기처럼 날아가는 동안, 천재는 두더지처럼 땅을 판다. 천재는 분리하고, 지성인은 연결한다. 그런데 신기하게도 아우구스투스는 천재성과 지성을 모두 갖고 있었다.

적어도 그는 자기 사람과 자기의 자아 사이에 거리를 유지할 만큼 양식을 지니고 있었다. 이런 이유에서 그는 전제군주였지만 압제자는 아니었던 것이다. 혹은 결코 우스꽝스럽지 않은 압제자였던 것이다. 모든 사람이 그에게 아첨(사람들이 로마 바깥에 그를 위한 신전들을 세웠으니 이 표현이 적절할 것이다)했지만, 그는 늘 자신의 능력을 과장하지 않으려 했다. 옥타비아의 집을 떠나온 알렉산드리아 출신 시인들이 합류해 더욱 풍성해진 마에케나스 무리가, 그가 외외종조 카이사르처럼 당대 최고의 문인일 수 있다고 그를 설득하려 했을 때도 마찬가지였다.

문학에 대한 소양증은 나중에 로마 황제들에게 널리 퍼졌다. 하지만 아우구스투스는 그런 소양증을 느끼지 않았다. 기껏해야 과도한 열정에 불타오르는 젊은이였던 내전 초기에 동료 메살라의 도움을 받아 내용 면에서는 카토도 형식 면에서는 카툴루스도 탄복하지 않을 비방문과 풍자시 몇 편을 작성했을 뿐이다. 예를 들어 그가 그 시절 이탈리아에서 군대를 일으킨 안토니우스의 첫 번째 아내 풀비아를 풍자한 시구는 다음과 같다. '안토니우스가 카파도키아에서 글라피라 공주*(부자에게만 몸을 내어주는!)와 정을 통했다는 것을 알고 풀비아가 나에게 자기와 정을 통하자고 말했다.

'나하고 자요. 그러지 않으면 당신에게 전쟁을 선포할 테니까.'

'내가 풀비아와 잔다고? 제기랄, 내 음경은 내게 목숨보다 더 소중해. 병사들이여, 돌격 나팔을 불어라!'

인정하자. 이 속에는 일류 시인의 탄생을 예고하는 요소가 전혀 없다.

그럼에도 불구하고 군주는 그 부수적인 장르에서 자신의 재능을 시험해본 뒤, 자신이 지고의 경지(비극)를 공략할 만큼 능력이 있다고 믿었

---

* Glaphyra, 기원전 35~기원후 7, 카파도키아 왕 아켈라오스의 딸.

다. 주제는 트로이 전쟁의 영웅 아이아스 이야기였다. 아이아스는 미친 나머지 부정한 장수들을 죽인다고 착각하고 황소 떼를 학살했다. 그런 다음 자신이 한 행동이 부끄러워서 자기 검 위에 몸을 던져 자살했다.

고대 저자들이 이미 다룬 모든 주제들 가운데 아우구스투스가 광기와 자살을 선택했다는 사실에 나는 놀라지 않는다. 우울증의 검은 날개와 자살 유혹이 단단함의 전형인 그를 스쳤을 때 절망해서 검 위에 몸을 던진 쪽은 오히려 적들이었다.

어쨌든 군주의 친구들은 굉장한 몰입 상태로 군주가 자신이 쓴 대작의 첫 에피소드를 읽는 소리에 귀 기울였다. 그런 다음 너무도 열광적으로 박수를 보냈기 때문에 군주는 자기 의사와 상관없이 가장 잘 쓴 단락을 반복해서 읽어야 했다. 요즘 인기 있는 3류 그리스 시인 크리나고라스가 옥타비아, 마르켈루스 그리고 안토니아를 오랫동안 찬양한 뒤, 아우구스투스의 자비, 아우구스투스의 용맹함, 아우구스투스의 목소리('꿀 같은 악센트를 가진 밤꾀꼬리'), 아우구스투스의 영광, 그리고 심지어 아우구스투스의 염소('나는 카이사르가 여행할 때 길동무로 삼은 육중한 젖을 가진 염소이다. 나는 지체하지 않고 별들에 도달할 것이다. 내가 젖을 준 사람은 무장한 제우스에게도 뒤지지 않는다')를 찬양하는 시를 서둘러 발표했다. 우리 시대에 '아우구스투스 숭배자'로 통하는, 그리고 시대를 통틀어 별 볼일 없는 얼간이로 취급받는 크리나고라스는 왁자지껄한 분위기에 넋을 잃었다. 군주는 위대했다. 군주에게는 재능이 있었다! 군주는 그를 사로잡았다. 그렇다, 군주는 그를 사로잡았다. 이 로마인은 아이스킬로스와 소포클레스를, 아가톤*과 에우리피데스를 사람들의 머릿속에서 잊히게 만들 것이다!

---

* Agathon, ?~?, 기원전 5세기경의 그리스 비극시인. 3대 비극시인 아이스킬로스, 소포클레스, 에우리피데스의 계승자이자 비극의 개혁자로서 새로운 줄거리와 인물을 자유롭게 창작해냈다.

군주의 작품에 대한 찬사가 홍수처럼 쏟아졌지만 기대했던 효과는 없었다. 이후 몇 주 동안 군주는 꼼짝 않고 틀어박혔고, 조신들에게 더는 아무것도 읽어주지 않았다. 아첨꾼들은 절망했다. 최고 지도자가 기회를 제공하지 않는다면 어떻게 아첨을 한단 말인가? 어느 경솔한 조신이 마침내 물었다.

"아이아스는 어떻게 되었습니까?"

"해면에 뛰어들었다오."

지배자가 간결하게 대답했다.

그의 아이아스는 지우개로 할복자살한 것이다…… 그 무기를 선택한 것은 그 최초의 황제가 아첨꾼들에게도, 자신의 재능에도 쉽게 속는 사람이 아니었음을 보여준다. 그에게는 순진한 면이, 어린애 같은 면이 전혀 없었다. 간단히 말해 네로 황제 같은 면이 전혀 없었다. 한계 없는 권력 속에서 자조할 수 있었던 가이우스 옥타비우스는 사람들이 카이사르 아우구스투스에게 세워준 지나치게 아름다운 조각상에 안주하지 않았다.

그 증거로, 그는 자신의 임종 침대 앞에 모인 친지들 앞에서, 그리스와 로마 배우들이 공연을 마친 뒤 인사하기 전 관객 앞에서 하던 관례적인 말을 했다.

"연극이 여러분 마음에 들었다면 박수를 치시오."

자신이 줄곧 가면 뒤에서 살았음을 자각했기 때문이다. 무대 위에서 큰 목소리로 이야기해왔음을, 자신의 역할이 사람들에게 보이기 위해 가장하는 것이었음을, 지배하기 위해 대중을 속이는 것이었음을 그는 알고 있었다. 그가 매우 위대하게 보인 이유는 사람들이 그를 고대 비극의 무대 위에 올려놓았기 때문이다. 그는 매일 밤 똑같은 악몽을 꾸었다. 왜소하고 병약한 남자인 그가 자신의 역할을 연기하는데 목소리

가 나오지 않는 꿈을 꾸었다. 성난 군중이 큰 소리로 울부짖지만, 군중
을 길들이는 사람에게는 채찍이 없다. 군중을 길들이는 사람은 목소리
가 나오지 않는다……

'연극이 여러분 마음에 들었다면 박수를 치시오.'

결혼한 뒤 프리마는 루키우스 도미티우스를 따라 핀초 언덕에 있는 도미티우스 가문 일족의 넓은 저택으로 거처를 옮겼다. 그곳은 팔라티노 언덕에서 꽤나 멀었고, 그녀는 이제 셀레네를 매일 볼 수 없었다. 그녀는 셀레네에게 편지를 써보냈다.

결혼식 다음다음날 첫 번째 편지를 보냈다. 옥타비아의 집에서 율리아와 함께 칩거 생활을 하는 이집트인 의붓언니를 위해, 프리마는 도미티우스 가문의 저택에 대해 상세히 설명했다. 그 저택은 그녀들이 어릴 때 자주 가서 놀았던 루쿨루스 정원에 인접해 있었다.

'플라타너스 가로수길 끄트머리에, 오래된 벚나무 밭 테라스처럼 도시가 바라보이는 작은 정자를 마련해놓았어. 혹시 알렉산드리아가 보이나 해서 그 테라스 난간 너머로 잔뜩 몸을 기울였었잖아, 기억나?'

편지는 판독하기 힘든 세 줄의 글로 끝났다. 프리마가 비밀 암호를 사용한 것이다. 프리마는 암호화된 그 짧은 단락에 이렇게 썼다.

'그날 밤은 잘 지나갔어. 종기 도려내는 것보다 더 빠르게. 그 바보 같은 짓이 매일 되풀이되지 않기만을 바랄 뿐이야.'

셀레네의 의붓자매는 열정적인 애인이었던 걸까? 그 시대의 로마 귀족 여인들은 『사랑의 기술』을 쓰도록 오비디우스를 고취했고, 화류계 여자들만큼이나 쾌락에 대해 많이 알고 있었다…… 하지만 남자의 욕망을 놀랍지만 너그럽게, 좋은 동료로서 고려하는 것은 쾌활하게 순종하며 자란 열일곱 살 소녀로서는 취하기 힘든 태도다.

게다가 나중에 프리마의 애정 생활은 장안의 이야깃거리가 된다. 그녀는 평생 동안 도미티우스만으로 만족했던 것 같다. 너그럽고 쾌활하며 온화한 아내였다.

하지만 우리에게 전해지는 딱 한 점의 그녀의 초상은 고대 조각술로서는 흔치 않은 관능을 풍긴다. 그것이 공식 초상인 만큼 매우 놀라운 일이다. 기원전 13년 아우구스투스가 제작을 명한 〈평화의 제단〉 저부조 말이다. 조각가는 기념물 주위를 행진하는 군주 가족의 모습을 표현했다. 모든 사람이 그 작품에 등장한다. 심지어 여자인 리비아, 율리아, 마르켈라, 클라우디아, 안토니아, 프리마까지.

곰치 조련사 안토니아의 모습은 미래의 명문銘文에 부합한다. 큰 키, 풍성한 머리칼, 그리고 그리스풍 옆얼굴.* 미네르바의 얼굴. 그러나 우리는 그녀의 육체에 대해서는 아무것도 말할 수 없을 것이다. 그녀의 드레스와 망토는 매우 두꺼운 직물로 재단된 듯해서 허리와 가슴을 겨우 가늠할 수 있을 정도다. 게다가 그녀는 어깨에 거는 현장懸章에 오른팔을 끼워 가슴에 대고 있다. 아름다운 얼굴을 그녀가 너무나 사랑한 남편 드루수스 쪽으로 돌리고 있다. 하지만 그녀의 육체는 베스타 여신을 섬기

---

* 그리스 조각상들에서 볼 수 있는 것처럼 코가 이마에서 일직선으로 연결되어 있는 옆모습.

는 무녀처럼 꽁꽁 감싸여 있다. 전형화된 디그니타스(dignitas, 존엄함).

그 엄격한 여신 바로 뒤에서 행렬에 참여하고 있는 프리마는 강렬한 대비를 보여준다. 그녀는 '섹시'하다. 전통에 따라 머리와 어깨를 덮는 주름진 스톨라를 걸쳤음에도, 몸에 딱 맞는 옷의 주름들로 인해 강조되는, 도발적으로 허리를 비튼 자세를 하고 있다. 가벼운 직물(면 모슬린 혹은 코스 산 베일)이 몸에 찰싹 달라붙어 있어서 마치 물에 젖은 것처럼 보인다. 마치 파도 속에서 나오는 비너스 같다. 가느다란 허리, 조금 나온 배, 어떤 띠로도 죌 수 없는 둥글고 자그마한 젖가슴이 눈길을 끌고 어루만지고 싶은 마음을 불러일으킨다. 그녀의 얼굴은 육체의 사랑스러운 언어를 부인하지 않는다. 입술이 어렴풋한 미소를 그리고, 아몬드 모양의 눈은 숨김없이 웃는다. '현대적인' 젊은 여자의 모습이다. 어쨌든 격에 맞지는 않는다.

때때로 프리마는 하인 500명이 바삐 움직이는 자기 도무스(domus, 집)의 금도금한 열주들로부터 멀리 떨어진 루쿨루스 벚나무 밭 정자 안에서 '혼혈' 언니를 만났다. 그녀들은 발로 안마하는 어린 여자 안마사들과 함께 단둘이서 시간을 보냈다. 디오텔레스가 식물학을 가르쳐준다는 구실로 어린 여자 안마사들을 가로수길로 데려갔고, 덕분에 두 젊은 여자는 자유롭게 수다를 떨 수 있었다. 첩자가 엿듣지나 않는지 주기적으로 확인하면서.

"내전 동안 로마 사람들은 어느 정도까지 자유를 속박당할 수 있는지 공포를 느끼며 지켜보았어. 이제는 첩자들이 이야기하는 자유까지도 빼앗지만, 우리는 이 속박이 어디까지 가는지 지켜볼 거야."

프리마가 셀레네에게 전한 이 성찰은 지난달 폴리온이 해준 말이었다. 옥타비아가 칩거생활을 하게 된 이후, 그 늙은 반 순응주의자는 프리마와 도미티우스의 집을 자기 구역으로 삼았다. 그는 그들을 따라 어디든 갔다. 심지어 젊은 신랑이 몹시도 좋아하는 멧돼지 사냥을 하기 위해 그들과 함께 티볼리까지 '원정'을 가기도 했다.

어느 날 프리마는 '시대의 증인'인 폴리온과 숲속에 단둘이 있게 된 틈을 타 담나티오 메모리아이를 위반했다. 초기 안토니우스 파가 왜 결국 그녀 아버지의 진영을 버렸는지 물은 것이다. 그는 생각에 잠겨 턱을 어루만지며 말했다.

"네 아버지는 나에게 큰 도움을 주셨단다. 그건 사실이지. 하지만 나 역시 6~7년 동안 그분을 위해 봉사했지. 나는 빚을 갚았고 그분을 떠났어. 하루 일을 마친 선한 일꾼처럼 말이야. 게다가 나는 그분들이, 네 외삼촌과 그분이 로마 귀족들을 희생시키는 전투에 착수하는 것을 보았단다. 나는 안티노 언덕으로 물러났어. 내 아들들 그리고 내 책들과 함께…… 내 회고록? 오, 나는 미치광이가 아니란다. 결정적인 전투 전에 내 이야기를 멈출 거야. 거기에는 훌륭한 이유가 있지. 뭐고 하니, 나는 악티움에 있지 않았거든."

그래도 프리마는 계속 질문 공세를 펼쳐 늙은 원로원 의원을 괴롭혔다. 그의 생각으로는 그날 도대체 무슨 일이 있었기에 아버지가 병사들을 버리고 갑자기 이집트 여자를 따라간 것 같은가?

"음 그건…… 우선 바다 위에서는 네 아버지보다 아그리파가 더 편안해했다는 사실을 짚고 넘어가자꾸나. 그건 사실이지. 네 아버지 안토니우스는 통발에 갇히듯 암브라키아 만에 나포되어 군대를 구할 희망이 없었어. 그분은 봉쇄를 이끌어내기 위해, 해군대장 소시우스에게 옥타비아누스를 위협해 꼼짝 못하게 만드는 임무를 맡겼단다. 함대의 왼쪽 날개를 희생시키기로 결심한 거지. 그러는 동안 중앙에서 이집트 함대가, 그다음에는 함대의 오른쪽 날개에 해당하는 배들이 돛을 펴고 남쪽을 향해 전속력으로 달아날 예정이었어. 고의적이고 계획적인 일이었지. 하지만 일이 어긋났단다. 함대의 오른쪽 날개를 마주하고 있던 아그리파가 북쪽으로 후퇴하는 척했지. 다음 순간 이유는 알 수 없지만 네 아버지의 배 몇 척이 그를 뒤쫓았어. 물론 아그리파의 후퇴는 덫이었단다. 그 배들이 멀어지자마자, 아그리파가 배를 뒤로 돌려 네 아버지의 나머지 함대를 공격했어. 결국 바람을 등진 아그리파의 배는 더욱 빠르게 나아갔을 뿐만 아니라, 화살들이 전부 과녁에 명중했어. 게다가 모두 불화살이었단다. 바람이 남쪽으로 불었으므로, 이집트 함대는 예정된 돌파 작전을 실행했고, 네 아버지의 오른쪽 날개는 진퇴양난의 처지가 되어 이집트 함대를 따라갈 수가 없었어. 이후의 이야기는 우리가 모두 알고 있는 대로란다…… 하지만 진짜 문제는 다른 데 있었어. 함대의 족히 3분의 1이 아그리파가 놓은 덫에 완전히 빠져버린 거야. 네 아버지의 몇몇 수병에게 바보같이 북쪽을 향해 거슬러 올라가라고 명령을 내린 사람이 누구일까? 유피테르? 아폴론? 아마도 사실일 거야. 베르길리우스의 시구에서처럼 말이야…… 산문에서는 그들의 직속상관 겔리우스 푸블리콜라가 그렇게 했지. 그 사람은 지금은 죽었어. 소시우스처럼 자기 침대에서. 아, 선량한 병사들! 우리는 자주 잊지만, 그 존경할 만한 남자는 메살라의 의붓형제였단다. 그래, '요강' 메살라 말이야! 당시 메살라 역시 우연의 일치로 악티움에 있었단다. 네 외삼촌의 참모로…… 한편 육지에서는 주둔지들이 서로 근접했고, 전선에 구멍이 뚫렸단다. 두 형제가 어떻게든 의사소통을 하고, 관점을 교환하고, '협상할' 수 있었다고 상상해보자꾸나. 왜냐하면 그들은 사이가 그리 나쁘지 않았거든. 예전에도 함께 브루투스를 배신한 전력이 있었어…… 오, 물론 아그리파는 정정당당하게 이길 수 있을 만큼 훌륭한 전술가였단다.

물론이지. 하지만 그분은, 네 외삼촌은 전쟁을 좋아하지 않아. 갑옷을 입고 방패를 든 그분의 조각상을 세워봐야 소용없단다. 그분은 칼질보다는 이면공작을 더 좋아하거든. 세련된 분이지. 위험천만한 일을 할 때면 만반의 준비를 하셨단다. 푸블리콜라는 상대의 반격에 약한, 갓 중년에 접어든 멋쟁이였어. 그는 브루투스를 놓아줬을 뿐만 아니라, 카토를 배신하고 카시우스를 팔아넘겼지. 그리고 자기 친아버지에 대항해 음모를 꾸몄어. 항상 최고가 입찰자에게 가는 사람이었지. 네 외삼촌이 승리한 뒤 그는 부자로 죽었단다. 자, 이게 바로 내가 아는 모든 것이야. 하지만 나는 이것들을 절대 글로 쓰지 않을 거다…… 너를 위로해주고 싶어서 덧붙이는데, 그날 네 아버지가 배신당한 것은 이미 싸움에서 졌기 때문이란다. 전에, 다른 곳에서, 다른 방법으로 말이야. 우리 주변의 이 숲을 보거라. 여우는 늑대를 잡아먹지 않고, 하이에나는 시체에만 달려드는 법이지."

셀레네는 프리마가 충실하게 전한 이 이야기를 건성으로 들었다. 아버지가 패한 전투가 공정했는지 아니면 속임수였는지는 이제 그녀에게 별로 중요하지 않았다. 그건 여동생 프리마의 관심사였다. 프리마가 베스타 여신을 섬기는 무녀처럼 '기억이 금지된' 추억을 보존하리라는 것을 셀레네는 알고 있었다. 만약 프리마가 사라진다 해도 이울루스와 안토니아가 남아 있다. 아우구스투스가 아무리 안토니우스에 대한 기억을 금지해도, 안토니우스 가문의 피는 옥타비아 덕분에 영원히 로마인의 혈관 속에 흐를 것이다. 반면 그녀는, 클레오파트라 셀레네는 프톨레마이오스 가문의 마지막 자손이다. 파라오들의 마지막 후손이다. 그녀는 '창녀 여왕', 즉 그녀의 어머니에 대한 기억에 관심을 쏟아야 했다. 그들의 이집트 혈통을 후대에 계승해야 했다. 그러나 아무도 그녀를 위해 결혼 축가를 불러주지 않는 한, 그녀의 피는 매달 헛되이 흐르는 셈이었다.

피는 셀레네의 강박관념이었다. 흘리는 피와 흘리게 하는 피, 흘러 없어지는 피와 전달되는 피. 피, 부정하거나 소중한 것. 신들의 향연 혹은 개들의 잔치. 피, 범죄의 증거, 형벌의 상징.

마르켈루스도 죽기 전에 검은 피를 토했던 것 같다. 셀레네가 볼 때는 그가 누군가에게 살해됐다는 증거, 그리고 '붉은 손을 가진 남자', 알렉산드리아의 괴물이 '지하도 안에' 계속 숨어 있다는 증거였다.

처음에 옥타비아는 아들의 죽음에 관해 떠도는 소문들에 크게 신경 쓰지 않는 듯했다. 바이아이에서 충격적인 이야기를 들었음에도 불구하고.

"오, 고모."

율리아가 눈물에 젖어 말했다.

"처음 병이 났을 때 마르켈루스는 몹시도 비명을 질러댔어요. 옛날에 그 이집트 남자애가 그랬던 것처럼요. 고모도 아시죠. 셀레네의 쌍둥이 오빠 말이에요. 어찌나 심하게 비명을 지르던지 온몸에 소름이 돋을 정도였어요. 차라리 귀머거리라면 마음이 좀 편하겠다는 생각까지 들더라니까요!"

장례식이 끝나고 여러 달이 지난 후에야 조카딸이 했던 이 말이 뇌리에 떠올랐다. 똑같은 비명, 똑같은 고통…… 그렇다면 똑같은 독을 썼단 말인가? 그러나 당시의 정황을 상세히 묻기(마르켈루스가 무엇을 마셨는지, 무엇을 먹었는지)에는 너무 늦었고, 율리아는 결혼을 앞둔 아가씨로서 얼마 전 아버지 집에 가고 없었다. 하지만 최근에 들려온 새로운 소식이 율리아가 했던 말, 항간에 떠도는 소문과 의혹에 신빙성을 부여했다. 다름이 아니라 티베리우스의 결혼이 무기한 연기되었다는 사실이었다.

리비아의 아들 티베리우스와 아그리파가 첫 번째 결혼에서 낳은 딸 빕사니아가 약혼한 지도 벌써 10년이 되었다. 아우구스투스는 빕사니아가 결혼할 수 있는 나이인 열두 살이 되자마자 아그리파에게 편지를 써서 지체 없이 결혼식을 올리자고 제안했다(회유와 협박을 적절히 바꿔가며 구사하는 것이 그의 통치 방식이었다!). 순종적인 아그리파는 바다가 봉쇄되기 전 미틸레네에 있던 자기 딸을 로마로 돌려보냈다. 그러나 마르켈루스가 갑자기 죽는 바람에 결혼식을 올리지 못하고 있었다.

하지만 얼마 전 애도 기간이 끝나고 프리마가 결혼식을 올렸다. 그러니 옥타비아가 아들의 유해에 향을 뿌리러 캄푸스 마르티우스에 갔다가 아우구스투스와 마주쳤을 때 그녀는 당연히 티베리우스가 언제 결혼하느냐고 물었다.

"오, 꽤 오래 기다려야 할 거예요! 빕사니아가 우리 집에 와서 지내게 된 후 리비아는 그 아이가 아직 아이 같다고 생각하게 되었어요. 인형 생각만 한다더군요. 리비아는 예전에 누님이 했던 여자아이들의 이른 결혼에 대한 이야기를 깊이 생각했고, 숙고 끝에 누님의 의견을 받아들이기로 했어요. 신붓감이 열여섯 살이 될 때까지 기다리는 편이 좋겠다고 말이에요."

"하지만 티베리우스는? 그때가 되면 티베리우스는 스물여섯 살이잖니. 결혼하기에 너무 늦은 나이야."

옥타비아는 남동생이 결혼에 관한 새 법률을 준비하고 있음을 알고 있었다. 젊은 세습 귀족들이 독신을 추구하는 경향을 많이 보이고 있어서, 로마의 지배력을 영속화하기 위해 모든 자유민 남자가 스물다섯 살전에 결혼하도록 법률을 통해 강제할 셈이었다. 그렇게 되면 군주의 의붓아들이 결혼하지 않고 있는 상황을 어떻게 합리화하겠는가? 이 결혼을 계속 연기한다는 것은 이치에 맞지 않아. 옥타비아는 생각했다. 남동생이 표방하는 정책에 너무나 위배되는 일이었…… 아우구스투스는 일관성 없는 사람이 절대 아니다. 그러니 지금 한 말은 거짓말이다. 그는 아들의 결혼 연기에 관해 리비아가 내세우는 이유를 믿지 않았다. 지금으로서는 그렇게 포장하는 쪽이 편리하다고 생각하는 것뿐이다. 아우구스투스는 무엇을 감추려 하는가? 그리고 왜 리비아는 갑자기 아들을 아그리파의 딸과 결혼시키지 않으려고 하는가? 아들의 장인이 될 아그리파가 앞으로도 계속 군주의 눈 밖에 나 있을 거라 생각하는 걸까?

아니다. 진실이 옥타비아의 눈앞에 갑자기 솟아올랐다. 리비아는 율리아를 염두에 두고 때를 기다리는 것이다! 그러려면 티베리우스가 독신인 채로 남아 있어야 했다. 티베리우스가 마르켈루스의 자리를 모두 차지해야 했다. 마르켈루스의 미망인까지도. 그것이 바로 그 뻔뻔한 여자가 구상하고 있는 계획이다! 남편에게 아들을 낳아주지 못한 여자가 자기가 데리고 시집 온 아들을 남편의 후계자로 만듦으로써 클라우디우스 가문을 율리우스 가문에 결합하려는 꿈을 꾸고 있는 것이다. 아, 사악한 여자 같으니! 그리고 가이우스는 그녀의 속내를 훤히 알면서도 꾸짖지 않고 있다. 오히려 그 술수를 덮어주고 있다. 누나 앞에서 그녀의 술수를 덮어주고 있다.

불쌍한 가이우스! 그는 아내 리비아가 자기 핏줄을 그의 합법적인 상속자 자리에 앉히기 위해 무슨 짓까지 했는지 모르고 있다. 리비아는 주술을 부리고 독을 사용하는 지경까지 이르렀다. 옥타비아는 이제야 그것을 깨달았다. 티베리우스의 결혼을 미루는 것이 그 증거였다.

이 엄청난 사실을 깨달은 옥타비아는 며칠 동안 많이 울었다. 그 눈물은 지난 몇 달 동안 참아온 슬픔의 눈물이 아니었다. 분노의 눈물이었다. 외아들을 잃은 슬픔에 눈물 흘리는 것은 평생일 테지만, 독살자가 자신이 저지른 죄로부터 이득을 끌어내는 것을 막을 시간은 몇 주밖에 없었기 때문이다. 그녀는 울었다. 그 범죄를 막지 못한 것을 통탄하며 울었다. 그리고 어떻게 징벌해야 할지 알지 못해서 울었다.

이윽고 그녀는 남동생의 입장이 되어 과거의 상황을 냉정하게 보려고 애썼다. 율리아를 남편 없이 방치할 수 없는 만큼 공화국 역시 '후계자' 없이 방치할 수는 없었다. 가장 간단한 방안은 율리아를 공화국 '후계자'(마르켈루스)와 결혼시키는 것이었다. 그 아이들의 결혼은 그런 맥락에서 이루어졌다.

그러나 상황이 바라던 만큼 만족스럽지 않다는 사실이 빠르게 드러났다. 군주가 일찍 죽음을 맞이하여 국가를 경험 없는 어린아이에게 넘겨주게 될 수도 있었다. 옥타비아는 그럴 가능성을 부인하지 않았다. 더이상 부인하지 않았다. 그러나 티베리우스와의 동맹은 국가의 필요에 그다지 부응하지 않을 것이다. 그녀는 그것을 편견 없이 이성적으로 입증할 수 있다고 자부했다. 물론 그 젊은이는 군사 분야에서 의욕을 보여주었다. 그리고 검찰 업무를 맡아 반도의 모든 사설감옥에 가서 불한당에게 납치돼 노예로 팔린 사람들을 속박에서 해방시켜주었다. 그러나 파르티아 원정 때 대영주들의 저택을 방문했던 일은 결과가 형편없었다…… 가이우스는 그때의 일을 필연적으로 의식할 것이다. 정치에서 티베리우스는 아직 풋내기에 지나지 않았다!

옥타비아는 체커판 위의 말들을 바라보듯, 정치적으로도 율리아의 남편으로서도 모두 유익을 가져올 수 있는 남자를 찾아보았다. 하지만 딱 한 명밖에 발견하지 못했다. 오직 그 남자만 독살자의 계획을 저지할 수 있었다. 오, 물론 그는 지금은 후보자가 아니었다. 그 남자는 결혼을 통한 정치 재편에 봉사할 준비가 되어 있었고, 이미 봉사를 했다. 하지만 옥타비아는 이미 사용된 그 말을 게임에 다시 투입하기로 결심했다.

아우구스투스의 생일이다. 옥타비아는 리비아가 마련한 연회에 갈 용기가 나지 않았다. 그녀는 자신의 입장을 한 번 더 설명했다. 그런 자리에 가면 인사할 사람이 너무 많고, 견디기 힘든 대화들을 들어야 한다고. 게다가 리본이 너무 많고, 색채가 너무 알록달록하고, 플루트가 너무 많고, 탬버린이 너무 많고, 미르라가 너무 많고, 사프란이 너무 많다고…… 그녀는 이런 말도 덧붙이고 싶었을 것이다.

'거짓이 너무 많아.'

하지만 사랑하는 가이우스를 위해 42년 동안 매년 그랬던 것처럼 선물을 준비했다. 마침 사랑하는 남동생이 그녀를 찾아왔고, 그녀가 준비한 '깜짝 선물'을 보고 감탄했다. 알렉산드리아 출신 조각가가 만든 율리아의 조그만 흉상 말이다. 재혼이라는 화제에 접근하기 위한 교묘한 구실이었다. 옥타비아가 말했다.

"네가 국가를 위해 율리아와 결혼시켜야 할 가장 훌륭한 사윗감은 아그리파야."

"하지만 그 사람은 누님 딸의 남편이잖아요!"

아우구스투스가 반문했다.

"바로 그래서 이야기하는 거다. 그 사람이 마르켈라와 이혼하면 돼.
물론 마르켈라는 불평하겠지. 하지만 마르켈라를 즉시 재혼시켜 수치심
을 면해주면 될 거야. 이번에는 비슷한 연배의 세습 귀족 남자를 골라주
자꾸나. 그 아이와 잘 어울릴 다정한 남자로. 이울루스는 어떻겠니? 그
아이들은 함께 자랐잖아. 이울루스는 매력 있는 젊은이이고, 정치 문제
에 개입할 생각을 하지 않아."

"안토니우스 집안의 아이와 맺어주는 게 좋은 결혼인가요?"

"그 편이 더 낫다고 우리가 마르켈라에게 설명하면 될 거다. 게다가
너는 이울루스를 집정관 자리에 추천할 거잖니. 남편이 집정관, 더 나아
가 지방 총독이라면 내 딸의 명예는 온전히 지켜질 거야…… 가이우스,
더 이상 주저하지 마라. 마르쿠스 아그리파는 네 사람이니 그를 다시 취
해. 너에게 그보다 더 좋은 선택은 없어. 그래도 의구심이 든다면 마에
케나스와 상의해보렴."

"그러지 않아도 상의했어요. 그 사람이 이렇게 말하더군요. '당신은
아그리파를 너무 크고 국가에 꼭 필요한 존재로 만들었습니다. 결국 그
사람을 죽이든가 아니면 사위로 삼아야 할 겁니다.'"

"그것 보렴. 그런 인재를 살해하면 아깝지 않겠니."

옥타비아는 아그리파의 비범한 군사적 재능은 언급하지 않았다. 가이
우스를 짜증나게 해서는 안 되었다. 가이우스는 아그리파가 어떤 인물
인지 완벽하게 알고 있었다. 빠르게 치고 올라오는 젊은이들에 대한 아
그리파의 질투심을 모르지 않듯이. 아그리파는 군주가 조카 마르켈루스
에게 부여한 특권들을 이미 초조한 심정으로 견디지 않았는가. 그러니

만약 군주의 가계와 무관한 젊은이가 치고 올라온다면 그가 어떻게 받아들일 수 있겠는가? 옥타비아는 '찬탈자'라는 말을 입에 담았다. 클라우디우스 가문에 대한 별다른 암시는 하지 않고.

"나는 너의 가장 충성스러운 하인을 너에게 돌려주는 거야, 가이우스. 국가에 가장 필요한 인재를. 그러니 내 딸들과 나를 마음대로 사용하고 그 사람도 마음대로 사용하려무나."

됐다. 남동생이 그녀를 꼭 끌어안고 양쪽 뺨과 입술에, 이어 양손에 입을 맞추었다. 그는 감동했다. 고통을 주던 화살을 제거받은 부상자처럼 진정되었다. 리비아와 그녀의 망아지, 아니, 트로이의 목마는 졌다. 리비아와 티베리우스는 시합에서 패했다. 하지만 그녀 옥타비아는 아무것도 얻지 못했다. 의무를 이행했다는 만족감 말고는. 마르켈루스가 죽은 뒤 로마 정치판을 흔든 영향력 싸움에서 그녀의 자리는 사위의 위치에 따른 영향력을 제외하고는 더 이상 존재하지 않았다. 다 끝났다. 그녀는 올케를 물리치고 국가를 보호하기 위해 자신의 입지를 희생한 것이다. 오로지 자침自沈으로써만 적의 공세를 멈출 수 있었다.

이 최종 책략을 통해 안틸루스의 동생인 이울루스 안토니우스가 구원받았다. 그녀가 줄곧 키우고 보호해온 아이…… 하지만 마르켈라는? 오, 물론 마르켈라는 이 소식을 듣고 눈물을 흘릴 것이다(그녀는 남편 아그리파를 너무나 자랑스러워했다). 하지만 옥타비아는 이울루스와 함께하면 마르켈라가 불행하지 않을 거라 생각하며 마음을 다잡았다. 이울루스는 시인의 기질을 가진 속을 알 수 없는 젊은이였다. 정치 문제에는 전혀 관심이 없었다. 그는 시와 정원을 좋아했다. 신들은 두 아이에게 나무와 책에 묻혀 사는 평화로운 무명의 삶을 허락해줄 것이다.

옥타비아는 마우솔레움으로 갔다. 아들의 무덤에서 마지막으로 울었다. 감정이 마지막으로 폭발하는 가운데 범죄를 차단하고 미래를 계획

했다. 이제 모든 권력을 빼앗겼으니, 오로지 슬픔만을 소유할 것이다. 아무것도 생략하지 않은 슬픔을. 그녀는 온전한 슬픔을 원했다.

이름들에 대한 기억

1927년 테베레 강가에서 '황금기의 아이'의 무덤을 봉인한 대리석 무더기가 발견되었다. 돌에는 마르쿠스 클라우디우스 마르켈루스라는 이름이 새겨져 있고, '카이사르 아우구스투스의 사위'라고 적혀 있었다. 같은 무더기 위에 그의 어머니 옥타비아의 이름이 찍혀 있었다. 그녀는 군주를 위해 만든 마우솔레움 안에서 아들과 합류한 것이다.

묘비명은 매우 간결하다. 죽음 속에서 결합한 두 이름 주위에는 산 자들을 향한 짧은 도덕적 문장도, 커다랗게 새긴 다정한 감탄사도 없다. 군주는 자기 가족들을 위한 대리석 기념물에 장식도 흐느낌도 없이 메마른 이름들만 새기기를 원한 것이다. 오직 이름들만, 영원으로 가는 그 통행 허가증만로마에 대한 기억에서 중요하다. 길가에 묻힌 시신들은 지나가는 행인들에게 탄원했다.

"여행자여, 이 기록을 읽고 말하시오. '안녕, 아만두스!'"

"지나가는 행인이여, 발길을 멈추고 내 이름을 읽으시오. 내 이름은 루킬라라오."

내 입맛대로 고대의 기록들을 읽으면서, 아무도 시간을 들여 해독하지 않은, 역사 속에 기록된 이름들(폴리온, 갈루스, 메살라)을 만나면서, 나는 죽은 자들을 되살리겠다는 희망에 그 이름들을 되풀이해 불러보았다. 하지만 서로 교체할 수 있는 이름, 길게 연결되는 성姓, 다양한 별명이 붙은 이름들은 기억해두기가, 심지어 분간하기도 어려워 보였다. 2000년이 지난 뒤 우리는 가문들의 계보 속에서 길을 잃고 헤맸고, 걸출한 영웅들을 손자들과 혼동했고, 그들 중 다른 사람이 한 일을 그가 한 일로 간주했다. 마침내 나는 누구를 미워하고 누구를 좋아할지 알지 못하게 되었다. 우리가 그들을 아무렇게나 공동묘지에 던져버린 것처럼, 옛날에는 모든 사람의 입에 친숙했던 그 음절들이 이제는 아무에게도 불리지 않고 제대로 식별되지도 않는다. 폼페이의 식은 재 속에서 발견된 시신들만 흔적을 남겼을 뿐, 그 음절들은 역사 속에 음각 표시조차 남기지 않았다.

마르쿠스 발레리우스 메살라 바르바투스 아피아누스. 이것은 말장난이 아니라, 클라우디아의 두 번째 남편의 정식 이름이다. 첫 번째 남편 파울루스 아이밀리우스 레피두스(짧게 말하자!)는 감찰관으로 임명된 지 얼마 안 되어 숨을 거두었다. 레피두스는 그 직위를 자기 경력의 절정으로 보았다. 실제로 그때 그의 경력은 완성되었다. 이 선량한 남자는 한동안 자기 침대에 몸져누워 있다가 세상을 떠났다. 사람들의 부러움을 받던 상황에서 보기 드물게 행복한 죽음을 맞이한 것이다…… 그는 2년 전 결혼한 매력적이면서도 두려운 어린 신부에게 아이를 만들어줄 시간이 없었다. 그리고 '선한 외삼촌'은 스무 살의 조카딸을 서둘러 다시 시집보냈다. 이번에는 메살라 가문으로.

메살라 코르비누스(공식적으로 그는 '작은 까마귀'라는 별명으로 불렸다. 하지만 마르켈라와 팔라티노 언덕의 아이들은 비공식적으로 그를 '요강'이라고 불렀다)는 더 이상 자유로운 몸이 아니었다. 옥타비아 딸들의 놀림이 두려워 자유로워지려는 마음조차 품지 않았다. 그러자 그녀들은 방향을 돌려 바르바투스, '수염'이라는 별명으로 그를 공격했다. 사실 그는 클라우디우스 가문 남자였지만 나중에 재산과 함께 이름을 후대에 남기고자 갈망한 메살라 가문 사람에게 입양된 클라우디우스-아피아누스 가문(주요 분파) 남자였다. 바로 이런 맥락에서 마르쿠스 발레리우스 메살라 바르바투스 아피아누스라는 이름이 나온 것이다…… 마르켈라는 여동생에게 편지를 썼다.

'그러니까 너는 신들의 뜻에 의해 네 의사와 상관없이 '요강'과 결혼한 거야! 네가 다정한 메살리나 하나를 낳으면 좋겠어. 그리고 네 남편이 기분 좋아하도록 꼬마 바르바투스들을 한 무더기 낳으면 좋겠어. 바르바투스 가문 사람들이 더 이상 야만인이 아닌 이상 그 꼬마들에겐 수염이 없겠지만!'

이때만 해도 마르켈라는 말장난하고 웃을 마음이 남아 있었다. 그녀는 아그리파와 함께 오리엔트에서 행복했지만(얼마 전 그들은 미틸레네의 그들 사령부에서 헤로데 왕을 호화롭게 접견했다), 그런 행복도 얼마 남지 않았다.

아그리파가 즉시 시칠리아로 가는 배를 타라고 명하는 군주의 편지를 받았을 때(군주가 시라쿠사에서 그를 기다리고 있었다), 마르켈라는 난처한 일이 시작되었음을 깨달았다. 피레우스의 기항지에 다다르자마자 좀 더 명확한 전언을 알게 되었고, 그녀는 결심이 섰다. 그녀는 아그리파의 품에 안겨 울면서 말했다.

"우리 두 딸도 내게서 빼앗아갈까요?"

아그리파는 그녀를 안심시키려고 애썼다. 그녀가 외쳤다.

"그래도 나는 이울루스와 자고 싶지 않아요! 내 다리를 그애 다리와 섞다니, 안 될 말이에요! 절대로!"

"당신은 그 젊은이를 좋아하잖소."

"그래요. 하지만 나에게 그애는 영원한 어린애, 내가 손가락 수 알아맞히기 놀이와 트리곤을 가르쳐준 어린애일 뿐이에요. 친남매나 다름없는 사이죠. 그것도 동생 같은 아이라고요! 난 그럴 수 없어요. 그러고 싶지 않아요…… 나를 버리지 마요, 부탁이에요. 이렇게 애원할게요!"

"여보, 그럴 수 없다는 걸 잘 알잖소. 분별심을 갖고 순종해야……."

마르켈라는 혼자 로마로 돌아왔고, 그동안 아그리파는 시칠리아에서 아우구스투스와 합류했다. 별로 로마화되지 않은 그 고장에서는 내전 때 해적들이 일으킨 피해가 아직 복구되지 않고 있었다.

마르켈라는 짐을 정리했다. 얼마 전 자기 취향대로 손보았고 어린 시절의 집처럼 사랑한 카레나 저택을 떠났다. 아그리파는 아우구스투스의 명에 따라 저택을 젊은 티베리우스에게 주었다. 균형을 맞추기 위한 조치였을까? 아마도 그렇다 할 수 있을 것이다. 벼락부자가 된 세습 귀족들이 핀초 언덕에 세운 대저택들과 비교할 때, 주물 제조업자들이 사는 대중적인 구역에 있는 그 오래된 저택은 그리 쾌적하지 않았다. 하지만 그 저택에는 상징적 가치가 있었으니, 그곳을 소유했던 사람들의 명단을 살펴보는 것으로 충분하다. 폼페이우스, 안토니우스, 아그리파…… 티베리우스는 아직 정확한 약속 날짜를 정하지는 않았지만 그들의 일원이 되었다. 혹시 그 저택은 아그리파의 딸 빕사니아가 가져갈 지참금의 선금이 아니었을까? 그렇다면 약속된 길로 한 걸음 더 내디딘 셈이다. 군주는 틀림없이 그것을 생각했을 것이다. 티베리우스를 카레나 저택에 살게 하면서, 미래에 자물쇠를 채워버린 것이다.

아그리파는 자기 친딸보다 겨우 다섯 살 위인 매력적인 율리아를 위해 테베레 강 건너편 기슭에 새 저택을 지어주었다. 더 넓고 현대적이었으며, 테라스에서 강과 정원들이 바라다보였다. 남편을 잃은 슬픔을 위로받게 된 쾌활한 성품의 율리아는 유행을 따르고 싶어 했다. 심지어 유행을 앞서가고 싶어 했다. 집을 이집트 풍으로 꾸미고, 금도금한 낙타, 악어, 소인족과 연꽃으로 장식한 뒤, 로마 최초로 바이아이처럼 혹은 사람들이 말하는 대로 알렉산드리아에 있는 클레오파트라의 궁전처럼 정면이 온통 외부를 향해 열려 있게 할 작정이었다.

군주의 딸은 자신이 새로운 양식을 도입한다는 것을 알고 있었다. 그리고 순진하게도 자신이 뭔가를 창조한다고 믿었다. 예술이 무엇보다 중요한 동기인 것처럼! 사실 바깥을 향해 활짝 열린 개방성은 아우구스투스가 지닌 투박한 단단함의 간접효과일 뿐이었다. '철완'의 벨벳처럼 부드러운 면 말이다. 로마의 길거리에는 이제 복병이 없었고, 돈을 받고 도끼로 다른 집안의 저택을 공격하고, 무단침입하고, 강간하고, 약탈하고, 살인하고, 조상의 신성한 초상들을 파괴하는 불한당들도 없었다. 봉건 영주들 사이에 횡행하던 사전私戰이 막을 내린 것이다. 이제 다시 창문을 열고 지낼 수 있었다. '평화가 회복된' 사회에서 비명횡사는 다시 국가의 전유물이 되었다.

국경에서만 여전히 검을 뽑아들었다. 이방인과 야만인들에 맞서서. 내륙에는 '아우구스투스의 평화'가 정착되었다. 평범한 시민들은 안도의 숨을 내쉬고 안전하게 돌아다녔다. 여자들은 자기들이 잘하는 일을 했다. 원로원 의원들은 시를 쓰고, 검객들은 달콤한 말을 속삭였다. 다정하고 자유분방하며, 너그러우면서도 제멋대로인 율리아는 아버지의 절대 권력이라는 부식토 위에 피어난 '백 송이 꽃' 중에서 가장 아름다웠다. 가장 아름답고 로마 민중으로부터 가장 사랑받았다.

율리아는 사촌언니 마르켈라의 처지가 가슴 아팠다. 그녀 말마따나 마르켈라에게서 나이 든 남편을 빼앗고 싶지 않았다. 만일 어른들이 의견을 물었다면 스무 살이고 꽤 괜찮게 생긴 이울루스와 결혼하기를 바랐을 것이다.

"그런 말 하지 마!"

프리마가 속삭였다(그녀들은 서로를 방문해 이런저런 이야기를 나누었다).

"네 머릿속에 떠오르는 생각을 모두 말하면 골치 아파질 거야! 그리고 제발 부탁인데, 율리아, 이젠 마르켈라 언니의 거처 문제로 괴로워할 것 없어. 마르켈라 언니는 재혼을 기다리면서 우리 집에서 아주 잘 지내니까."

마르켈라는 어머니 집으로 돌아가려 하지 않았다. 또다시 남동생을 위해 희생하기로 한 어머니를 원망했던 것이다.

"나는 이피게네이아*야."

남편에게서 버림받은 젊은 이혼녀는 흐느껴 울며 말했다.

"어머니가 국가의 이익 때문에 감히 보호하지 못한 이피게네이아야!"

판이 어떻게 돌아가는지 알고 있었다 해도, 그 불쌍한 여자가 무슨 말을 할 수 있었겠는가?

장기판 위의 로마 여인들. 그녀들은 중요한 말일까, 아니면 평범한 말일까? 누가 게임을 이끌까? 어쨌든 리비아는 이기지 못했다. 하지만 그녀가 정말로 진 걸까? 아니다. 그녀는 게임에 참여하지 않은 척하고 있다. 그녀는 율리아가 아그리파와 결혼하는 것이 몹시 기쁘다고 했다. 얼마나 좋은 생각인지! 율리아에게는 자상하게 지도해줄 나이 든 남편이 필요해요. 아, 군주께서 하시는 일은 모두 훌륭하죠…….

---
* 트로이 전쟁 때 그리스군 총사령관이었던 아가멤논의 딸로 그리스 신화에서 가장 유명한 희생양이다.

리비아는 절대 불만을 드러내지 않았다. 무슨 일이 일어나도 미소 지었고, 늘 상냥하고 우아한 모습을 보였다. 머리부터 발끝까지 클라우디우스 가문 여자였다. 게다가 그녀는 아우구스투스로부터 상당한 보상을 받았다. 결혼한 이후 처음으로 그가 그녀를 여행에 데려간 것이다! 이제 그의 짐 꾸러미에는 테렌틸라가 없었고, 살비아 티티세니아도 없었다. 오직 합법적인 아내만 있었다. 일정이 긴 오리엔트 여행이었다. 시라쿠사에 들른 후, 스파르타와 아테네에 갈 것이다. 그런 다음 에페소스와 사모스에 갈 것이다. 그 '장미의 섬'에서 두 연인처럼 단둘이서 겨울을 보낼 것이다. 그런 다음 날씨가 좋으면 시리아, 유대, 아마도 흑해까지 갈 것이다. 혹은 아르메니아까지도.

리비아는 둘째 아들 드루수스와 빕사니아도 데려가기로 했다.

"당신 조카딸 안토니아도 데려가지 그래요?"

그녀가 남편에게 넌지시 말했다.

"옥타비아의 집은 지금 그 가여운 아이에게는 너무 침울한 분위기예요…… 여행을 하면 아이가 좋아할 거예요. 게다가 나이로 볼 때 빕사니아에게 아주 좋은 친구가 되어줄 거고요. 그 아이는 우리 드루수스와도 마음이 잘 맞아요. 당신도 알잖아요! 그 아이도 데려가요."

옥타비아는 딸을 만류하지 않았다.

"아테네에 간대요, 엄마. 저 아테네에 가고 싶어요!"

"좋다, 안토니아. 거기서 진한 파란 눈의 여신 아테나에게 네가 지혜롭게 자라도록 도와달라고 기도해라. 여신이 감동하도록, 네가 그 여신의 도시에서 수태되었음을 상기시키려무나. 15…… 15년 전에."

한 세기 전에…… 아름다웠던 옥타비아는 이제 머리카락이 온통 백발이고, 안색이 초췌하고, 눈이 퀭했다. 그녀는 검은 옷을 입고 유령처럼 둥둥 떠다녔다. 빛을 피했고, 사람들을 피했다. 그리고 사람들은 그녀의 집을 피했다. 그녀는 외국에서 온 어린 볼모들을 맡아서 키웠고, 그것은 오랫동안 그녀가 가진 권력의 표식이었다. 그 아이들도 조금씩 변화를 맞이했다…… 아우구스투스는 자신의 호위대 속에 옥타비아가 아홉 살 때부터 키운 아르메니아 왕자인 젊은 티그라네스를 포함시켰다. 아우구스투스가 출발하기 직전, 헤로데가 자신의 수석 고문관 니콜라우스 다마스쿠스와 함께 두 아들을 데리러 왔다. 아들들을 결혼시키려는 것 같았다. 알렉산드로스는 카파도키아 왕의 딸인 그리스 아가씨와 결혼할 예정이고, 아리스토불로는 살로메의 딸인 유대인 아가씨, 즉 사촌 베레니케와 결혼할 예정이었다.

아리스토불로는 셀레네의 팔에 안겨 울었다.

"울지 마."

셀레네가 말했다.

"너는 예루살렘에 다시 가게 될 거야. 네 조국을 다시 보게 될 거라고. 난 너의 행운이 부러워."

"하지만 난 예루살렘이 기억나지 않아."

"그곳에 가자마자 기억날 거야. 자신이 태어난 도시는 절대 잊지 않는 법이거든. 거기로 돌아가는 것만으로 충분히……."

옆에 있던 니콜라우스가 셀레네의 말을 잘랐다.

"아마도 아리스토불로는 거길 알아보지 못할 겁니다. 왕께서 많이 바꿔놓으셨거든요. 남자들이 맹수와 싸우는 모습을 구경할 수 있는 경기장과 극장들을 세우셨어요."

"그건 우리 종교에 위배되는 일 아닌가요?" 아리스토불로가 깜짝 놀라서 물었다.

"유대교도라는 것을 그렇게 티내지 마세요."

니콜라우스가 불평했다.

"왕자님의 아버지께서는 생각이 편협한 것을 좋아하시지 않아요! 그보다는 왕께서 준비 중이신 성전 재건축을 축하할 준비를 하세요. 성전은 사방 수마일 거리에서도 보일 정도로 높이 지어질 겁니다! 왕께서 도시에서 가장 높게 지으신 새 관저로 말하면 황금빛으로 눈부시게 반짝이고, 가장 아름다운 거처에는 아우구스투스의 이름을 붙였답니다. 왕자님의 형과 왕자님은 카파도키아 공주님이 도시 바깥 안토니아 성채에 도착하기를 기다리며 거기서 지내게 될 거예요."

어린 아리스토불로는 셀레네와 떨어지지 않으려 했다.

"우리와 함께 가, 누나. 나를 버리지 마."

그리고 매우 나직한 목소리로 덧붙였다.

"니콜라우스가 말하는 성채는 감옥이나 마찬가지야. 틀림없어. 왕께서는 우리 어머니를 죽였어. 우리가 자랐으니 이젠 우리를 죽일 거야……."

집이 비었다. 딸들이 떠나버렸고, 성년이 된 볼모들과 아직 어려서 공부 중인 볼모들은 메살라에게 맡겨졌다. 그 아이들은 핀초 언덕으로 갔다. 클레오파트라 셀레네만 남았다. 그녀는 어떤 부모도, 어떤 나라도 돌려달라고 요청하지 않는 포로였다. 아무도 허리띠를 매주지 않을 처녀이기도 했다…… 옥타비아는 인적 없는 뜰을 방황했다. 공작들조차 자취를 감추었다. 공작들이 우는 소리는 옥타비아에게 알렉산드로스 헬리오스가 독을 마시고 고통스러워하던 모습과 그녀가 상상하는 마르켈루스가 죽어가던 모습을 연상시켰다. 공작들은 마지막 한 마리까지 유노 여신에게 희생 제물로 바쳐졌다.

옥타비아의 집에는 더 이상 놀이도 없고, 웃음소리도 없고, 새들도 없었다. 물 운반꾼들이 단속적으로 외치는 소리, 시간 읽어주는 사람이 울부짖는 소리, 장날에 황소들 우는 소리만이 침묵을 흔들었다. 노예들조차 작은 소리로 말했다. 늘 자기 '피후견인'의 발뒤꿈치를 따라다니며 시끄럽게 항의하고 한숨을 쉬어대는 디오텔레스만 제외하고.

"당신은 정말 구제불능이네요."

셀레네가 말했다.

"지루해서 그래요."

"도대체 뭐가 불만이에요? 옥타비아님께서 먹여주셔서 배고프지 않게 잘 먹고 지내잖아요."

"옥타비아님요? 그분은 하루 종일 눈물만 흘려요! 그래요, 그분은 아들을 잃었고 마르켈라와 사이가 틀어졌지요. 난처한 일이에요! 그분은 울고 또 울어요. 마치 슬픔을 사랑하는 것 같아요. 이젠 지긋지긋합니다. 옛날의 소녀들은 어디 있죠? 소녀들의 기분 좋은 웃음소리는요? 이제 이곳은 을씨년스러울 뿐이에요!"

디오텔레스는 연민의 감정을 알지 못했다. 연민은 고대 사람들에게 가장 낯선 감정이다. 고대 사람들의 삶은 짧고 혹독했으므로 각자 자기만의 근심거리가 많은 탓에 타인의 근심거리에는 별로 관심을 갖지 않았다. 디오텔레스가 말했다.

"하지만 내가 말뚝에 묶이듯 여기 공주님 곁에 머물러 있는 이유는 공주님을 좋아하기 때문이에요. 어쨌든 나는 포로는 아니잖아요."

그런 다음 새끼손가락에 낀 해방노예의 반지를 자랑스러운 표정으로 보여주었다.

"목표 없이 하루 종일 어슬렁거리느라 내가 얼마나 피곤한지 공주님이 알면 좋으련만! 그리고 내 친구 무사나 친절한 폴리온을 만나면 좋으련만…… 하지만 여주인께서는 더 이상 아무도 집에 들이지 않아요.

이기주의자 같으니! 공주님은 책 읽고, 직물 짜고, 자매들에게 편지나 쓰고요…… 그동안 나는 뭘 해야 하죠?"

"목욕이나 해요, 이 깍쟁이! 그러는 김에 튜닉도 좀 빨고. 매무새가 그렇게 더러워서는 세상에서 가장 더러운 철학자로 보일 거예요. 디오게네스처럼. 당신이 층층이 부채꽃 씨를 먹고 황토 항아리 안에서 자게 해달라고 옥타비아님께 부탁할게요!"

옥타비아는 미리 약속을 하지 않고는 딸들조차 만나지 않았다. 사람들의 방문에, 특히 클라우디아의 방문에 지쳤던 것이다. 클라우디아는 모든 것을 알고 있었다. 세상사, 사랑 이야기, 다른 여자들의 임신 소식, 대참사, 험담, 다리가 다섯 개 달린 송아지와 머리가 두 개 달린 암소 등 초자연적인 사건, 혜성이 아르메니아 왕을 위협한 일과 파르티아 왕이 새 첩을 맞아들인 일. 이 소식들을 맨 처음 안 사람이 클라우디아였다…… 그토록 조심성 있던 여자아이가 어떻게 불과 몇 년 만에 험담 잘하고 악의적인 부인이 되었을까? 열두 살이 되면 아이들 안에 살던 천사는 죽는다…… 갑자기 다른 것이 피부 속으로 미끄러져 들어와 부풀어서는 그들을 질식시켜 죽여버린다. 옥타비아가 확신하는바, 지금의 클라우디아는 그녀가 낳은 딸이 아니었다.

마르켈루스…… 적어도 마르켈루스는 그녀를 실망시키지 않았다. 그 아이의 순수성은 기적적으로 살아남았다. 그 아이의 순수성을 누구도 망가뜨리지 못했다.

옥타비아는 울었다. 떠나기 전 아우구스투스가 그녀를 나무랐다.

"고통에도 절제가 필요해요, 누님. 눈물을 흘리더라도 한계를 정하고 흘리세요."

옥타비아는 셀레네를 불러와 자신을 위해 노래를 부르게 했다. 요즘 옥타비아는 집에 배우와 가수들을 들이지 않고 있었다. 그래서 노래를 듣고 싶을 때는…….

그녀가 데려온 아이들 중에서, 그 이집트 여자아이는 남아 있는 유일한 말이었다. 너무 위험해서 아무도 갖고 싶어 하지 않는. 하지만 그녀는 셀레네를 곁에 둔 것을 유감스럽게 여기지 않았다. 그 여자아이는 불행한 일을 많이 겪었다. 그래서인지 괴로워하는 사람의 기분을 풀어주려고 굳이 애쓰지 않았다. 부탁할 경우 노래를 하고, 아무 말도 하지 않으면 자기도 입을 다물었다. 게다가 노랫소리가 듣기 좋았고 생긴 것도 불쾌하지 않았다. 조금만 더 치장하면 미인이라는 말을 들을 수도 있었다…… 하지만 감히 그러지 않았다. 마치 냉해를 입은 장미꽃 봉오리 같았다. 어쨌든 그 아이의 상황에서는 좋은 선택이었다. 얌전한 처녀로 지내는 것 말이다. 수수한 옷차림, 소박한 머리 모양, 화사하지 않은 외양. 홀대받는 데 익숙해서 아무것도 요구하지 않았다. 그래서 그녀와 함께하면 마음이 누그러졌다.

그녀가 바보가 아닌 만큼 더더욱. 처음 셀레네를 음악홀로 불러왔을 때, 옥타비아는 슬픈 마음을 더 약하게 만들 수 있는 애가들을 피해 스스로 〈아킬레우스의 방패〉를 골라 불러달라고 했다. 셀레네는 예전에 자신에게 용기를 주었던 '헤카베의 탄식'을 소리내어 읊조리지 않으려고 조심했다. 자식들을 잃은 어머니를 찬양할 시간도 장소도 아니었으니까.

아니다. 넘쳐나는 장례식 장면을 교묘히 피하기만 한다면 전쟁시 『일리아스』가 더 적절했다.

옥타비아는 셀레네의 세심하고 능숙한 솜씨를 높이 평가했다. 어느 날 그리스어에 싫증 난 옥타비아가 그녀에게 라틴 시 몇 줄을 노래해달라고 부탁했다. 클레오파트라의 딸은 배려심을 발휘해, 학교 선생님들이 날씨가 좋을 때 학생들에게 길거리 구석구석에서 노래하도록 훈련시키는 베르길리우스의 시를 노래했다.

'카이사르 아우구스투스가 일어서서 이탈리아인들을 전투로 이끈다. 신에게서 태어난 영웅인 그는 자신의 제국을 인도 너머까지 넓힐 것이다. 그리고 거기서 하늘을 떠받치는 아틀라스가 세상의 축을 자기 어깨 위에서 돌게 할 것이다.'(그 공식 시인은 누구나 그랬듯 오리엔트로 떠난 군주가 파르티아인들을 공격할 거라고 생각했던 것이다.)

그렇다. 하지만 보라. 그녀는, 친절한 셀레네는 과장법에 인색하지 않았다! 옥타비아는 오랜만에 입가에 번지는 미소를 참았을 것이다. 옥타비아는 젊은 이집트 여인의 정신적 유연함에(혹은 생존 본능에) 감탄하면서, 그녀를 괴롭히지 않을 수 없었다. 옥타비아가 말했다.

"베르길리우스가 내 남동생을 찬양하는 방식이 퍽 마음에 드는구나. 가만있자…… 너는 네 부모님이 기억나니?"

셀레네의 표정이 어두워졌다.

"전혀 기억나지 않아요."

"하지만 너는 기억력이 탁월하잖니."

"시를 기억할 때는 그래요. 하지만 과거에 대한 것은 아니에요."

"그래도 알렉산드리아는 기억나지 않니? 궁전은?"

"아뇨."

"그럼 등대는? 세계 7대 불가사의 중 하나 말이야! 니콜라우스 다마스쿠스가 너를 거기에 데려간 적이 있다고 말했는데……."

"그분이 그렇게 말했다면…… 아마도 사실이겠죠. 거기서 바람이 불었던 것 같아요. 많은 바람이. 도시를 보지는 못했어요. 바람만 기억나요."

그 바람('매우 하얀 바람.' 셀레네가 정확하게 말했다)이 옥타비아를 매혹했다. 그것은 그녀가 필요로 하는 것이었다. 모든 것을 쓸어버리는 큰 바람.

처음에 그녀들은 이따금 2주씩 서로 보지 않고 지냈다.

어떤 날에는 옥타비아가 침대에서마저 일어나지 못하기도 했다. 옥타비아는 극심한 두통에 신음했다. 의사가 사혈을 행했다. 음식을 거의 먹지 못했으므로, 병에서 회복하는 데 오래 걸렸다. 옥타비아는 주치의에게 말했다.

"아무래도 난 오래 못 살 것 같아요. 그저 목숨을 연명하고 있을 뿐이에요."

노예들에게는 이렇게 말했다.

"내가 쓸데없이 시간을 끌고 있구나, 가여운 것들."

혼자가 되면 그녀는 폐를 비우고 호흡을 차단했다. 노부인들이 그런 방식으로 많이들 자살한다는 말을 들은 것이다. 하지만 그녀는 늘 의도와는 달리 숨을 들이쉬었다…… 그래서 결국 셀레네를 불러왔다.

이제는 노래만 듣기 위해서가 아니었다. 그녀는 새로 온 그리스어 낭독자가 테오크리토스의 작품을 에스파냐어 악센트로 읽는다는 평계를 대면서, 셀레네가 낭독해주기를 원했다. 그리고 얼마 지나지 않아, 시녀들에게 하는 것처럼 안토니아의 편지들을 해독하는 일을 맡겼다. 날씨가 좋은 계절이어서 안토니아의 편지는 매주 도착했다.

"내 시력이 떨어지고 있단다. 너는 내 딸의 필체를 아니까 그 아이가 휘갈겨 쓴 글씨를 읽도록 나를 도와다오. 리비아는 그 아이가 편지를 구술하도록 허락하지 않아. 그 아이에게 서기가 없는 것도 아닌데 말이다!"

안토니아는 편지를 엉망으로 썼다. 음절들을 건너뛰었고, 나중에 지우개로 지웠고, 잉크에 물을 타 글씨의 색을 엷게 했고, 건너뛰어 다시 썼다. 그리고 전체를 마구 섞어버렸다.

"리비아가 안토니아에게 파피루스를 인색하게 내주는 것 같아!"

옥타비아가 투덜거렸다.

"결국엔 내 딸에게 가난한 여자처럼 파피루스 양면에 글을 쓰라고 강요할 거야!"

안토니아가 하는 말들에는 그녀의 필체처럼 유치한 면이 있었다. 사모스에서부터 그녀는 '못생긴 환관들', '하루 종일 웅성거리며 무척 짜증나게 하기 때문에 사람들이 꿀벌이라고 부르는' 머리를 민 사제들 그리고 에페소스 대성전에 대해 묘사했다! 안티오크에서는 새로운 인도 대사의 도착을 언급했다. 홀딱 벗고 향수를 뿌린 하인 여덟 명이 그녀의 외삼촌 앞에 길이가 50쿠데인 긴 뱀 한 마리와 '정원의 흉상을 닮은' 팔 없이 태어난 남자 한 명, 그리고 더 믿기 어려운, 살아 있는 호랑이 한 마리를 내려놓았다! 다른 편지에서는 다누비우스에서 온 사절을 묘사했다. 그들이 '머리카락에 버터를 발랐다'는 것이다.

'저는 그 사람들이 에스파냐 야만인들이 하는 것처럼 자기 소변으로 이를 닦는다고 장담할 수 있어요!'

시간이 더 흐른 뒤, 그녀는 시리아에서 그들과 합류한 헤로데 왕의 당당한 풍채에 감탄했다. 매우 세련된 왕인 그는 '군주 앞에 나타나기 위해 자기 왕관을 벗었다.' 리비아(그녀는 '나의 선량한 외숙모님'이라고 말했다)는 왕의 누이이며 역시 세련된 살로메 공주('그녀는 로마 여자 같은 머리 모양을 했어요.')와 우정을 맺었다. 안토니아는 헤로데가 자기 첫 부인과의 사이에서 태어난 맏아들 안티파스와 네 번째 부인의 아들이며 니콜라우스의 학생인 막내 아르켈라오스를 데려온 바람에 알렉산드로스와 아리스토불로를 다시 만나보지 못한 것을 아쉬워했다.

'다행히 살로메 공주의 딸 베레니케도 있었어요. 외숙모님이 저를 그 자리에 참석시켜줘서 베레니케와 많은 이야기를 나누었죠.'

몇 달이 흐른 뒤, 안토니아는 점점 더 자발적으로 리비아의 조언과 미덕에 대해 상세히 서술했다. 리비아의 세련된 태도, 우아함, 빕사니아와 그녀에 대한 너그러운 태도 등.

'어제 외숙모님이 저에게 황금 호두 속에 굴러 떨어진 페르가몬 이야기가 담긴 작은 책 한 권을 주셨어요.' 혹은 '외숙모님은 새해 선물로 저에게 준 진주를 제가 몸에 걸치길 바라셨어요.'

옥타비아가 잇새로 내뱉었다.

"친애하는 리비아님이 조카딸에게 진주보다는 차라리 질 좋은 파피루스를 주는 게 나을 텐데. 그러면 지우개에도 더 잘 견딜 테고 말이야…… '선량한 외숙모님'은 결국 안토니아가 생선 싸는 데나 겨우 사용할 닳아빠진 파피루스에 나에게 보내는 편지를 쓰게 할 거야!"

그러나 옥타비아는 안토니아가 게네사렛 호숫가에서 유대의 베레니케와 다시 만난 일에 대해 쓴 편지를 읽은 날에만 격분했다. 그 편지에서 안토니아가 베레니케에 대한 커져가는 우정을 자기들이 처한 상황의 유사성을 통해 합리화했던 것이다.

'첫째로 우리는 둘 다 왕의 조카딸이에요.'

경솔하기도 하네. 셀레네는 생각했다. 로마 여자가 이런 말을 할 수는 없어. 카이사르는 그보다도 못한 일로 죽임을 당했다! 공화제의 외양에 극도로 집착하는 군주가 만약 이 사실을 알게 되면 안토니아를 유배 보낼 것이다!

하지만 정작 옥타비아의 귀에 충격을 준 것은 '왕'이라는 단어가 아니라 '첫째로'라는 단어였다.

"그럼 둘째로는 뭐지?"

그녀가 셀레네에게 물었다.

"둘째에 해당하는 내용은 없어요. 안토니아의 편지는 일관성이 없잖아요. 아마 잠시 쉬었다 다시 쓴 탓에 줄거리를 놓쳤을 거예요."

"하지만 그애의 머릿속에는 둘째에 해당하는 내용이 있었을 거야. 곰곰이 생각해서 깨달은. 유대의 베레니케는 두 가지 특징을 가진 아이잖니. 첫째, 그 아이는 헤로데의 조카딸이야. 둘째, 그 아이는 아리스토불로와 약혼했으니 장차 그의 며느리가 될 거야. 그러니 '아우구스투스의 조카딸'이 누구와 약혼할지 자문해보자꾸나. 어리석은 안토니아는 자신이 외삼촌의 '아들'과 약혼할 거라고 생각하는 걸까? 드루수스?…… 아, 그렇구나! 바로 그게 내 올케가 꾸미고 있는 계획이야! '당신 딸은 기분 전환을 할 필요가 있어요.' 그럴듯한 핑계였어! 그 여행에는 내 딸을 빼앗아가려는 목적 말고는 다른 목적이 없었던 거지! 내 딸 안토니아를 자기 가족 안으로 끌어들이려고 말이야! 그리고 종국에는 클라우디우스 집안의 피를 우리 집안의 피에 결합하려는 거지. 율리아를 통해 그러지 못하게 되었으니, 안토니아를 통해 그렇게 하려는 거야!"

셀레네는 안토니아를 통한 두 집안 간의 결합이 리비아에게 그리 득이 되지 않을 거라고 말하고 싶었다. 아마도 리비아는 부득이하게 안토니아를 선택했을 것이다…… 하지만 옥타비아는 더 이상 논리적인 생각을 할 수 없었다. 요즘 옥타비아는 쉽게 분노에 사로잡히고 갑자기 실신하기도 했다. 안락의자에 앉은 옥타비아는 상체를 뒤로 젖힌 뒤 튜닉을 고정하는 브로치를 빼고 젖가슴을 압박하는 마밀라레(mammilare, 가슴띠)를 풀려다가 말했다.

"어서 사람들을 불러오너라!"

셀레네가 화로를 가리키며 말했다.

"우선 이 편지부터 태울게요. 아무도 이걸 봐서는 안 돼요. 안토니아가 이 편지에서 아우구스투스님을 '왕'으로 지칭했잖아요."

시간이 흘러 정신을 차렸을 때, 옥타비아는 셀레네의 침착함에 감탄했다. 그 수줍음 타는 아이가 정치적으로는 클레오파트라의 딸다운 면모를 갖추고 있는 걸까? 어쨌든 셀레네는 자신이 로마인 '자매들'의 이해관계를 자기 일처럼 여긴다는 사실을 입증했다.

옥타비아는 고마운 마음이 들었고, 그때부터 자신의 피보호자인 셀레네에게 마음속에 담아둔 비밀이나 다름없는 이야기, 심지어 친딸들에게조차 말하지 못한 걱정까지도 실컷 털어놓았다.

"애야, 내 마음이 아프구나…… 예전에 내가 너에게 사람이 슬픔 때문에 죽지는 않는다고 말한 적이 있어, 그렇지?"

"예, 제 형제들이 죽었을 때요."

"그래. 그런데 내 생각이 틀렸더구나. 사람은 슬픔 때문에 죽는단다. 아주 천천히."

율리아가 떡두꺼비 같은 사내아이를 출산했고, 아그리파가 저명한 외할아버지의 이름을 따서 그 아이에게 가이우스라는 이름을 지어줬다는 소식이 알려지자, 옥타비아의 집에서도 몇 시간 동안 음울한 분위기가 사라지고 기쁨과 생기가 돌았다.

'여주인' 옥타비아는 가정 제단에, 그리고 집에 있는 크고 작은 모든 신 조각상들 앞에 헌주를 바쳤고, 셀레네는 그 모습을 지켜보았다. 공작들의 뜰에 있는 유노 조각상은 머리부터 발끝까지 향유로 뒤덮였다. 고마우신 하늘에 감사하기 위해 향과 백단향을 너무 많이 태운 탓에 방들에 연기가 가득 차고, 가구들까지도 연기에 감싸였다. 셀레네는 연기 때문에 눈물을 흘릴 뻔했다…… 하인들은 오늘 하루는 종일 재미있게 놀아도 된다고 허락받았다. 어느 나라에서 왔는지 모를 늙은 여자 노예들이 빗물 받는 저수조 주위에서 알 수 없는 리듬에 맞춰 춤을 추었다. 뿔각처럼 단단한 그들의 발뒤꿈치가 바닥을 힘차게 때렸다. 갈색 피부의 아이들은 냄비를 엎어놓고 나무 숟가락으로 두들기며 그들의 춤에 반주를 넣었다. 옥타비아가 셀레네에게 말했다.

"이젠 내가 눈을 감을 수 있겠구나. 내 남동생에게 손자라는 상속자가 생겼잖니…… 내 희생이 헛되지 않았어."

봄이 되었다. 멧비둘기들이 구구거리며 울고, 정자의 넝쿨에 피어난 조그만 장미꽃들이 향기를 내뿜기 시작하자, 셀레네는 울기 위해 그늘을 찾아들었다.

몇 달이 헛되이 흘러가고 있었다. 셀레네는 자기 몸이 부끄러웠다. 자신의 운명이 부끄러웠다. 만약 그녀가 남자아이였다면 '살인자'를 단검으로 찌를 힘이 있었을 것이다. 아니면 로마에서 도망쳐 이집트로 돌아가 봉기를 일으켰을 것이다. 하지만 그녀는 여자이므로 군대를 통솔하지 못할 것이다. 심지어 말을 탈 줄도 몰랐다…… 잘하는 일은 그저 직물 짜기였다. 하녀보다 더 잘 짰다. 실을 자르고 방적기를 부숴버리고 싶은 욕망에 매일 시달리긴 했지만. 그녀는 노래도 잘 불렀다. 사실 울부짖고 싶었을 것이다. 여자. 그렇다, 앞뒤가 다른 판도라에게서 나와 지상에 악을 퍼뜨리는 '저주받은 종種.' 여자는 죄 많고 '힘없고' 더러운 존재였다. 하지만 왜 그녀는 어중간한 존재인 여자로 태어난 걸까? 자신이 결코 사람을 죽이지 못하리라는 것을 깨달은 이후, 셀레네는 낳을 수라도 있기를 바랐다. 그것은 그녀만의 복수일 터였다. 승자들의 세상에서 패자의 혈통을 이어가는 것 말이다.

하지만 그들은 그녀를 결혼시키지 않을 것이다…… 그녀의 여동생 프리마와 자매들(바르바투스와 결혼한 클라우디아, 이울루스와 결혼한 마르켈라)은 모두 임신했다. 율리아는 얼마 전 첫 아이를 낳은 뒤 또 배가 불러 아그리파에게 큰 기쁨을 안겨주었다. 그는 자랑스러운 표정으로 이렇게 말했다.

"모든 것이 순조롭게 흘러가면 아내가 스무 살 생일을 맞이하기 전에 아들 셋을 두게 될 겁니다!"

마음이 몹시 괴로웠던 그의 전 부인 마르켈라는 만찬 도중 별점에 따르면 자신 역시 이번에 사내아이를 낳을 거라 한다고 사람들에게 알렸다. 그녀의 새 남편의 상속자, 안토니우스 가문의 아들 말이다.

하지만 셀레네는 프톨레마이오스 왕조의 고귀한 피가 자기 넓적다리 사이에서 매달 하릴없이 흐르는 모습을 안타까운 심정으로 바라보았다. 쓸모없는 피. 그녀는 처음 피를 흘렸을 때 프리마의 유모가 했던 말을 떠올렸다.

'출산은 여자들의 전쟁이지요.'

자매인 프리마와 달리, 셀레네는 그 전쟁을 두려워하지 않았다. 그녀는 전투를 치르다가 죽을 각오가 되어 있었다. 살아남을 그 아이에게 그녀 홀로 지켜온 보물을, 이집트의 영광과 파라오들의 존엄함을 맡기는 이상, 과거를 보전하는 이상 말이다…….

"티베리우스가 왔어요!"

디오텔레스가 주랑 깊숙한 곳에서 외치고는 종종걸음으로 뛰어왔다. 그가 숨을 헐떡이며 말했다.

"티베리우스가 옥타비아님께 작별 인사를 하러 왔어요! 티그라네스를 아르메니아 왕좌에 앉히러 간대요. 군단의 지원을 받아서요."

걸음을 멈춘 그는 계속 숨을 헐떡거리다가 상체를 구부렸다.

"늑간 신경통이에요!"

그런 다음 풀무 같은 소리를 내며 숨을 가다듬은 뒤 두 무릎을 조심스럽게 더듬으며 말했다.

"아이고, 류머티즘이야! 공주님은 나를 사방으로 뛰어다니게 만들어요. 공주님이 어디에 숨었는지 아무도 모르더군요…… 그래서 공주님을 찾아 뛰어다니느라 무릎이 이렇게 아픈 거라고요!"

그러더니 방아에 매인 발굽이 닳아빠진 당나귀처럼 셀레네 주위를 돌면서 중얼거렸다.

"아이고, 삭신이야……."

"과장하지 마요. 어제만 해도 멀쩡히 춤을 췄잖아요. 오늘 아침엔 우리 실 잣는 여자들 발치에 책상다리를 하고 앉아 있었고!"

"오, 공주님은 내가 늙었다는 걸 믿지 않죠. 어떤 면에서는 공주님 생각이 옳아요. 믿을 수 없는 일이죠! 매일 내게서 뭔가가 사라져가요, 무릎, 치아, 기억력이……."

최근 디오텔레스는 셀레네에게 티베리우스에 대한 이야기를 노래 부르듯 되풀이했기 때문에, 셀레네는 디오텔레스가 이어서 무슨 말을 할지 짐작할 수 있었다.

"티베리우스는 공주님에게 아주 좋은 배필이에요. 칼데아의 여자 마법사가 그가 왕이 될 거라고 내게 단언했다니까요."(티베리우스가 왕이 된다고! 하기야 율리아와 아그리파 사이에 아들이 태어나긴 했지만, 리비아의 아들 티베리우스는 여전히 권력 가까이에 있었다……)

"서둘러요, '머리를 예쁘게 땋아 늘인 아가씨.' 서두르라고요. 그의 마음에 들어야 해요!'

그의 마음에 들어야 한다고? 하지만 어떤 로마 남자도 혼혈 아가씨와 결혼해 장차 태어날 자식들이 '거류 외국인' 신분이 되어 권리를 박탈당하는 꼴을 원치 않을 것이다…… 그러나 이성이 시키는 바와 달리, 그리고 아우구스투스가 프톨레마이오스 왕조에 대해 품은 증오심에도 불구하고, 때로 그녀는 한 남자의 마음에 들고 싶었을 것이다. 티베리우스의 마음에. 왜 안 그랬겠는가?

그러나 눈길, 유혹의 몸짓 등 그녀의 어머니가 최고로 잘 구사했던 기술을 그녀에게 가르쳐주는 사람은 아무도 없었다. 로마 남자들은 빈정거리는 태도로, 로마 여자들은 호기심 어린 태도로 그녀를 대했을 뿐, '왕들의 여왕'과 '창녀 여왕'을 구분되게 하는 것이 무엇인지 그녀가 깨닫도록 도와주지 않았다…… 그녀는 본능을 경계했고, 모든 충동을 조심했다. 발을 조금만 헛디뎌도 파멸할 수 있었다.

　스물두 살인 티베리우스는 격투기에 뛰어났고 탁월한 군인이었다. 키가 크고 체격이 늠름했으며, 헤라클레스 같은 힘을 타고났다. 또한 그 힘을 보여주는 것을 싫어하지 않았다. 이를테면 도둑질하다 잡힌 노예의 눈에 손가락을 튕겨 애꾸눈으로 만들었다. 그는 팔라티노 언덕을 별로 좋아하지 않았다. 거기서는 음모의 냄새가, 곰팡내가, 서기書記 냄새와 봉인용 밀랍 냄새가 났던 것이다. 티베리우스는 그런 것보다는 큰길과 군단의 씩씩한 숨결을 좋아했다.
　여러 흉상들을 통해 우리에게 알려진 그의 얼굴은 훌륭한 근육에 비해서는 대단치 않다. 어머니의 얼굴을 닮았기 때문이다. 어머니의 성향은 모든 점에서 그와 대조적이었다. 어머니가 그를 위해 키운 야망은 아들의 이상이나 겸손함에 부합하지 않았다(그는 신중하게 공화주의자의 길을 택했다). 또한 어머니는 기품 없는 이목구비를 물려주었다. 턱이 작고 둥글고 입은 뾰족한 것이, 전사로서는 다소 우스꽝스러운 얼굴이었다. 하지만 못생긴 얼굴은 아니었다. 이마가 넓었고, 커다란 눈은 주의 깊어 보였다(그는 자기 눈이 미지의 영역을 꿰뚫어본다고 주장했다). 어쨌든 그는 셀레네의 마음을 건드릴 만한 지성의 소유자였고 엄숙한 인상을 풍겼다.
　마찬가지로, 셀레네의 조심성 있는 태도, '진지한' 교양, 그늘 가득한 눈길, 조금 쉰 듯하고 흐릿한 목소리는 율리아의 지나치게 통통 튀는 아름다움이나 클라우디아의 교태보다 티베리우스의 마음을 더 끌었다. 클레오파트라의 딸이라는 점이 낭패스러울 따름이었다.
　셀레네의 혈통 때문에 티베리우스는 그녀에게 다정한 감정을 느끼지 못했다. 그래서 뒷걸음쳤다. 이집트 여왕의 특성이 겁을 준 것이다. 게다가 '남자 잡아먹는 여자'만큼 로마 민중이 적대시하는 것은 없었다. 사실 티베리우스는 여자에게 별로 익숙하지 않았다. 심지어 여자들을 피했다고까지 말할 수 있다. 특히 도발적인 여자들, 감언이설로 속이는 여자들, 창녀들을…… 바로 이런 이유 때문에 어머니가 품고 있는 소망들에도 불구하고, 어린 여자아이와 약혼한 상태로 지내는 데 너무도 만족했던 것이다. 그가 셀레네를 좋은 낯으로 대하는 이유는 옛날에 자신이 무언의 씩씩한 동지애를 느꼈던, 마치 그리스 소년처럼 보이던 바싹 야윈 소녀를 추억해서였다.

티베리우스는 의례적인 방문차 옥타비아를 찾아왔다. 두 사람이 무엇에 대해 이야기를 나눌 수 있겠는가? 비 그리고 날씨에 대해? 아니다. 옥타비아는 외출을 하지 않아서 날씨에 대해 아무것도 알지 못했다. 그들은 정치에 대해 이야기했다. 완곡한 표현으로. 아우구스투스의 누나가 말했다.

"네 아르메니아 원정이 지나치게 고되지 않기를 바란다."

"원정이라는 말은 거창하죠. '산보'라고 말하는 편이 낫겠습니다."

티베리우스가 대꾸했다.

로마인들은 아르메니아에 반란을 조장했고, 혼란의 와중에 아르메니아 왕(그는 파르티아에 호감을 품었고, 그 사실은 더 이상 비밀이 아니었다)이 암살되었다. 그래서 고인의 형제이자 로마에서 자라면서 완벽하게 교화된 티그라네스를 그곳에 다시 데려가기로 했다. 티베리우스는 그에게 왕관을 씌워주는 임무를 맡았다.

"그 아이는 더 이상 자기 왕국의 언어를 배워야 할 사랑스러운 티그라네스가 아니구나……."

옥타비아가 결론 내렸다.

왕위 계승을 틈타 얼마 전 다른 완충국이 다시 로마를 흔들었다. 메디아 아트로파테네가 카스피 해로의 접근을 통제했다. 유프라테스 강에서 인도까지 영토를 확장한 파르티아 왕은 북쪽에서 불어오는 신맛이 좀 나는 산들바람을 느끼기 시작했다…… 하지만 그 나라의 남쪽은 폭풍우를 피하지 못했다. 그가 사랑하는 아들이 얼마 전 폭도에게 납치되었고, 폭도는 그를 로마에 넘겨주었다.

티베리우스와 옥타비아는 아우구스투스가 파르티아 땅에서 파르티아인들과 맞서기를 고집하지 않는다는 사실 알고 있었다. 그 정도로 미치지는 않은 것이다! 메소포타미아 평원은 로마 군대에 행운을 가져다주지 않았다. 파르티아는 35년 전 로마 군단 일곱을 궤멸한 뒤 군기軍旗들을 바빌론과 크테시폰에 의기양양하게 전시했지만, 군주는 그것들을 직접 찾으러 가지 않을 작정이었다. 그들 쪽에서 돌려주게 할 생각이었다. 그것도 미소 띤 얼굴로. 3년간의 강력한 외교 활동 덕분에, 로마는 메디아와의 동맹, 아르메니아 왕위 임명권, 몸값 비싼 볼모 등 여러 가지 으뜸패를 쥘 수 있었다. 적당한 제안을 하면서 그 야만인들을 압박해야 했다. 볼모로 잡혀 있는 왕자를 돌려주고 지속적인 평화조약을 맺는 대가로 오래된 군기와 이 빠진 포로들을 되찾을 것이다.

포로 생활이 35년이나 되었으니 살아 있는 포로들은 많지 않을 것이다! 하지만 로마 민중은 적에게 억류된 병사들의 귀환을 강력히 원했다. 그리고 시인들은 신성한 독수리들*의 복구를 집요하게 요구했다. 그렇다. 그 극단주의자들은 모두 가질 것이다! 물론 그것은 정신적 승리일

---

* 로마의 군기에 독수리가 상징으로 그려진 것을 빗대어 표현한 말.

뿐이지만, 아우구스투스는 정신적 승리를 선호한다. '형리 아폴론'은 전쟁으로 흘리는 피를 매우 아낀다. 그 '곁눈질하는 신'은 항상 엉큼하게 행동한다. 티베리우스는 책략에 찬성했다.

"아르메니아에서 티그라네스가 왕위에 오르자마자, 제가 우리 군대를 행진시키겠습니다. 우리의 힘을 정말로 사용하지 않아도 되게 하려면 우리가 가진 힘을 보여줘야지요. 그리고 저는 동쪽에서 온 밀사 몇 명을 만날 거예요……."

더 논의할 필요도 없었다. 한편으로 티베리우스는 외국인인 셀레네 앞에서 그런 외교 문제들을 논의하는 데 불편함을 느꼈다. 하지만 옥타비아가 책임을 질 테니…… 군주의 누나는 첫 한두 마디에 판이 돌아가는 형세를 이해했다. 권력의 탁한 물속에 오랫동안 잠겨 있는 사람에게는 모든 것이 명약관화했다. 티베리우스를 놀라게 한 것은 아주 작은 정치적 암시에도 셀레네의 눈길에서 엿보이는 영리한 반응들이었다. 그녀의 몸과 얼굴은 움직임이 없었지만, 눈 속에서는 호수에 돌멩이를 던질 때 생기는 물결과 비슷한 물결이 동심원을 그리며 확장되고 있었다. 호수는 소리 없이 돌멩이를 삼켜버렸지만, 수면의 물결은 점점 더 넓어져서 깊은 곳에 있는 뭔가가 동요했음을 알려주었다.

젊은 여자의 눈 속에서 이런 주제에 대한 이토록 강렬한 관심을 발견하는 건 드문 일이야. 티베리우스는 생각했다. 게다가 셀레네의 눈은 아름다웠다. 풍뎅이의 등껍질처럼 금갈색이었다…… 만약 그녀의 부모님이, 그 무분별한 사람들이 오리엔트를 지배하겠다고 고집하지만 않았다면, 군주는 그녀를 어느 약소국 왕과 결혼시킬 수도 있었을 것이다. 티그라네스도 안 될 리는 없었다. 하지만 지금 그녀에게는 결혼 자체가, 심지어 그리스나 아시아 남자와의 결혼조차 생각할 수 없는 일이었다. 쇠약해진 옥타비아 곁에서 천천히 시들어가는 것이 운명인 것이다. 옥타비아 또한 매사에 당당하고 기운 넘치던 귀부인의 그림자일 뿐이었다. 아, 무엇보다도 팔라티노 언덕의 생활은 이제 전혀 즐겁지 않았다! 가여운 셀레네……

자신을 사로잡고 있는, 그리고 아우구스투스가 보면 짜증낼 만한 침울한 기분을 감추기 위해, 티베리우스는 어린 시절의 놀이친구에게 농담을 건네기로 했다. 옥타비아의 요청("미안하다, 아들아. 나는 걷기가 힘들구나.")에 따라 셀레네가 문가까지 배웅하는 동안 그는 이렇게 말했다.

"너 마에케나스의 집이 묘지 위에 지어진 것 아니? 그는 거기에 정원을 만들기 전에 구덩이들을 메워야 했어. 그러니까 어렸을 때 우리는 해골들 위에서 뛰어논 셈이야! 재미있지?"

그는 조금 웃었다. 그리고 현관을 건너면서 덧붙여 말했다.

"문법학자들이 그 정원에서 하게 했던 논쟁들 기억나니?"

"기억해요. 그때 오빠는 발레리우스 메살라를 가장 위대한 라틴 웅변가로 꼽았잖아요…… 가장 훌륭한 그리스 시인으로는 에우포리온을 꼽고!"

"메살라는 아첨꾼일 뿐이야. 공화국에는 배신자지. 거짓 친구이기도 하고. 하지만 에우포리온에 대해서는 지금도 똑같은 생각을 갖고 있어…… 우리 선생님들에 대해서도 그렇고. 매질하기 좋아하는 현학자들이지! 어렸을 때 나는 그 바보 같고 거드름 피우는 사람들을 입 다물게 하는 질문을 많이 했지. '세이렌의 노랫소리는 어떤가요?' 같은."

"아니면 '아킬레우스는 여장했을 때 어떤 이름을 썼나요?' 같은 아무도 답을 모르는 질문을."

"네가 나를 깜짝 놀라게 한 적이 있어. 그래! 헤카베의 어머니는 누구냐고 내가 물었을 때였지. 문법학자들은 그 질문을 듣고 당황했어. 하지만 너는 그 가여운 여자의 운문으로 된 탄식을 줄줄이 읊어 우리를 싫증나게 했지. 그녀의 죽은 자식들, 폐허가 된 도시, 그녀의 복수욕 등등이 담긴 탄식들을. 틀림없이 너는 그녀의 어머니 이름도 말할 수 있었을 거야!"

옷 보관소의 노예가 그에게 토가를 입혀주었다. 갑자기 그의 목덜미가 뻣뻣해졌다. 그는 토가를 입는 동시에 현재 자신이 맡은 배역을 다시 덧입고는, 자신이 이미 비난한 바 있는 로마 남자의 오만한 가면 뒤로 숨었다. 통로에서 길을 터주기 위해 몸을 움직이면서, 셀레네는 스톨라를 떨어뜨렸다. 그러나 클라우디우스 가문 남자답게 위엄 있는 티베리우스는 그것을 줍기 위해 몸을 숙이지 않았고, 젊은 남자 문지기가 그걸 줍기 위해 엎드리자 신중한 태도로 눈을 돌렸다.

"언제 오빠를 다시 볼 수 있을까요?"

셀레네가 물었다.

"오래 걸리지는 않을 거야! 아마도 1~2년 뒤엔 또 만나게 될 거다. 너도 알다시피 오리엔트는 사정이 그리 간단하지 않잖니! 우리가 딱 잘라 해결하지 못하도록 군주께서 금하신 해결하기 어려운 문제들이 있어. 그 문제들은 시간을 두고 하나씩 조용히 풀어야 해. 골치 아픈 일거리지!"

그가 눈썹을 찡그리더니 불현듯 덧붙였다.

"사실 나는 네가 카이사르께서 얼마 전 두 번째로 금하신 이시스 종파의 신봉자가 아니길 바라고 있어. 로마는 그 종파 사람들을 엄격하게 대할 예정이거든! 자, 그럼 잘 지내."

포옹도 입맞춤도 없었다. 그는 그녀를 향해, 그녀의 몸을 향해 아주 작은 남자의 몸짓도 하지 않았다. 그렇지만 그녀에게 많은 애정을 갖고 있었다. 셀레네는 티베리우스가 자신이 클레오파트라―이라는 이름을 제대로 간수하지 못한다고 여기는 것 같다고 생각했다. 일리가 없지 않은 생각이었다. 그녀는 매력 없는 '클레오파트라', 흐리멍덩한 '달'이니까.

이제 셀레네는 오로지 옥타비아에게만 필요한 사람이었다. 자매들은 그녀를 거의 잊었다. 결혼한 여자들은 휴식 시간이 거의 없었고, 결혼하지 않은 처녀를 만찬에 초대할 수도 없었다. 침대 식탁에서 처녀가 두 남자 사이에 눕는 것은 말도 안 될 일이었다!

결혼과 함께 자유가 시작되었다. 율리아, 프리마, 클라우디아, 마르켈라는 멋을 부린 밤참회를 열 때마다 자기들끼리 서로 초대했고, 점심 때 사크라 가도의 장신구 상점에서 혹은 예술 애호가들이 모여드는 라타 가도 뒤 신(新)주랑의 산책로에서 서로 만나기도 했다. 그녀들은 발레 공연, 재판, 전차 경기, 음악회, 결혼식에 참석했고, 경매, '수염 미는 의식', 신에게 바치는 희생제의, 장례식, 낭독회, 복권 추첨에 참여했으며, 사형수가 이름이 알려진 사람이거나 형벌이 조금만 흥미로우면 사형 집행을 보러 갔다. 간단히 말해 곳곳에 얼굴을 내밀었다. 그녀들을 볼 수 없는 곳은 원로원뿐이었다.

군주와 그의 아내가 떠나고 가족 중 아직 결혼을 하지 않은 티베리우스, 드루수스 그리고 안토니아가 그들을 따라 아시아로 간 이후, 팔라티노 언덕은 사람이 살지 않는 곳 같았다. 유녀와 관료들도 테베레 강 건너편으로, 율리아와 그녀의 남편 아그리파의 집으로 옮겨갔다. 아그리파는 모두에게 명령하고 단 한 사람에게만 복종하는 남자였다.

역사상 가장 눈부신 부부의 유일한 자식인 셀레네는 슬픔과 원한을 되씹으며 자신이 세상을 성가시게 하고 세상이 자신을 성가시게 한다고 한탄하는 검은 옷의 노부인 말고는 말동무도 없이 인적 없는 저택의 깊은 어둠 속에서 살고 있었다.

집 안에는 이제 거울조차 없었다. 옥타비아는 자해와 다름없는 행동만 했고, 셀레네는 그런 그녀의 모습을 보며 견딜 수 없어 했다. 옥타비아의 쇠약함은 혐오감을 불러일으켰다. 염소 이빨보다 더 노란 안색, 주름진 목, 예전에는 너무도 아름다웠지만 지금은 백조의 빈약한 솜털처럼 관자놀이 위에 헝클어진 머리카락…… 자신이 자식들에게, 남동생에게 그리고 국가에 쓸모없는 존재가 되었다고 느낀 이후 그녀의 마음마저 깃이 뽑혔다.

하지만 아우구스투스가 더 이상 누나에게 의지할 수 없다는 것을 모두들 알고 있는 반면, 옥타비아가 얼마나 더 남동생에게 의지할 수 있는지는 아무도 상상하지 못했다. 옥타비아는 정치적 영향력을 잃었지만 남동생의 애정마저 잃지는 않았다. 그런 것과는 거리가 멀었다! 안토니아가 보내온 짐꾸러미에서 떨어진 두꺼운 편지 한 장을 읽어야 했던 날, 셀레네는 그것을 눈치챘다. 그 편지는 인장이 아직 깨져 있지 않았고, 셀레네는 그것이 군주의 새 인장임을 알아보았다. 그녀는 밀랍에 새겨진 아우구스투스의 가느다란 옆얼굴을 옥타비아에게 보여주며 말했다.

"저는 이 편지를 읽을 수 없어요. 저에게는 그럴 권리가 없어요. 카이사르 그분께서 보내신 편지잖아요!"

"내 남동생의 필체는 내 딸 안토니아의 필체보다 훨씬 더 고약해. 그

필체를 보면 내 눈이 피로하니 읽어라, 얘야."

"하지만 그분의 편지는 로마인 낭독 담당자가……."

"그 아이는 어리석고 신중하지 못해. 그러니 읽어라. 내가 명하잖니."

셀레네는 지배자의 필체를 전에 딱 한 번 보았다. 오슬레 게임을 한 판 한 뒤의 일이었다…… 셀레네는 자신이 느끼는 불편함을 애써 감추었다. 편지는 세 장이었다. 세 장에 글씨가 빽빽이 적혀 있었다. 단어들 사이에 빈 공간이 없었고, 행 끄트머리에 글자들이 다시 추가되어 있었다. 여백 여기저기에는 참조 기호와 추신들이 있었다. 철자법은 전혀 고려하지 않은 편지였다. 대개 군주는 소리 나는 대로 글을 썼다. 원칙에 따른 것이라고 주장하면서. 그와 서신을 교환하는 학식 있는 사람들은 소리 내어 읽지 않고는 그의 편지를 한 줄도 이해하지 못했다. 어떤 때는 더듬거리며 두 번 연거푸 읽어야 했다.

"내 남동생을 이해하려면 긴 훈련을 받아야 한단다."

옥타비아가 임시 낭독 담당자가 된 셀레네에게 말했다.

"난 그 아이를 잘 알지. 그러니 시간을 들여라. 눈을 만들어."

그때부터 거의 매주 셀레네가 읽은 군주의 편지들은 그녀가 알고 있던 사람과는 전혀 다른 사람이 쓴 편지처럼 느껴졌다. 자기 누나에게 그는 솔직하고, 쾌활하고, 상냥한 사람이었다. 편지에서는 뻣뻣함이나 날카로움이 전혀 느껴지지 않았다. 통치에 관한 비밀 이야기는 별로 없었고, 가족에 대한 소소한 이야기, 남동생으로서의 배려들이 담겨 있었다.

'어제 우리 아이들과 함께 신나게 게임을 했어요. 1만 세스테르티우스 은화를 잃었지요. 누님의 딸 안토니아가 내게서 그 돈을 따갔어요.'

'누님을 위해, 소로르쿨라*를 위해, 내가 다프네에서 다갈색 토파즈 목걸이 하나를 구입했어요. 이곳 아폴론 성소의 사제들이 그것이 두통에 특효라고 말하더군요. 그 보석은 신의 광선을 내포하고 있대요.'

'티베리우스는 항상 자기가 몹시 좋아하는 과장된 문체로 편지를 쓰긴 하지만, 그래도 아르메니아에서 우리에게 보내온 소식들은 훌륭해요. 파르티아인들이 더 이상 지체하지 않고 잃었던 존경을 다시 로마에 바칠 거라고 말해도 겸손함이 부족하다고 나를 비난하진 마세요.'

'누님의 친구들 중에 격투기 구경을 좋아하는 사람이 있으면 서둘러 투기장으로 달려가라고 말하세요. 나는 로마에 돌아가자마자 나체의 남자들이 벌이는 정숙하지 못한 볼거리를 여자들이 관람하지 못하도록 금할 생각이니까요.'

'소로르쿨라, 누님이 잘 지내지 못한다면 내 건강이 좋고 나쁜 것은 별로 중요하지 않아요…….'

'왜 내가 누님의 딸 안토니아의 변덕을 지나치게 쉽게 충족시켜줄까 봐 두려워해요? 나는 누님의 자식들을 기쁘게 해주고 싶어요! 요구하거라, 그러면 내가 너의 청을 들어줄 테니. 제욱시스**의 정물화, 히메투스의 벌꿀,*** 스키티아 곰 혹은 시리아 어린아이 한 무리, 세 살이 되지 않았고 감탄할 정도로 예쁜 그 아이들을 저렴한 금액으로 찾아낼 거예요. 값을 매길 수 없는 파르티아 왕의 머리만 빼고, 나는 누님에게 모든 걸 줄 수 있어요.'

---

* sororcula, '정다운 누이'라는 뜻.
** Zeuxis, ?~?, 고대 그리스의 화가. 빛과 그림자를 합리적이고 효과적으로 사용하는 대표적인 음영 화가(陰影畵家)였다. 작품은 현존하지 않지만 고문헌에 의하면《켄타우로스의 가족》과 남이탈리아 크로톤의 헬라 신전을 위해 그린《헬레나 상(像)》등의 걸작을 남겼다.
*** 그리스 아테네의 히메투스 산에서 채집한, 3000년 가까운 세월 동안 높은 명성을 누려온 벌꿀. 고대 로마의 중심가인 사크라 가도에서 팔렸고 수많은 시와 전설에 불을 지폈다.

셸레네는 이 약속들에, 그런 애착에 깊은 인상을 받았다. 너무도 헌신적인 남동생이 누나를 부르는 애칭이 예전의 누트리쿨라에서 소로르쿨라로('어린 어머니'에서 '정다운 누이'로) 조금씩 옮겨갔음을 셸레네는 어떻게 알아차렸을까. 이것은 그와 옥타비아의 관계가 변했음을 의미했다.

편지를 읽은 셸레네는 옥타비아가 뭔가를 얻기 위해서는 요구해야 한다고 생각했다. 그녀의 시야를 넓혀준 새로운 사실이었다. 군주는 자기 누나가 변덕 부리기를 바랄까? 만약 그가 옥타비아의 '말동무 여자 포로'를 결혼시키고 싶어진다고 가정해보자. 그 여자아이가 아이 낳는 것을 허락하고 싶어진다고.

'요구하거라, 그러면 내가 너의 청을 들어줄 테니……'

슬픔 때문에 집 안에 틀어박혀 두문불출하긴 하지만, 옥타비아는 세상에 대한 영향력을 여전히 가지고 있었다. 그녀의 중재를 통해 일들을 성사시킬 수 있었다. 다른 어떤 수단도 없는 셸레네는 옥타비아를 이용하기로 결심했다. 이제부터는 지금껏 감사의 마음 때문에 하던 일들을 스스로의 이해관계를 위해 할 것이다. 클레오파트라의 딸은 아우구스투스의 누나에게 누구보다 상냥한 '딸'이 될 것이다…….

유년 시절은 다른 사람들의 삶이었다. 이제는 자신을 위해 살아야 한다는 것을 셸레네는 깨달았다. 마침내 성인기로 접어들면서, 자신이 예전보다 더 교활해진 것 같아 기분이 좋았다. 그런 착각이 그녀를 안심시켰다. 셸레네는 감상感傷이 두려웠다.

판테온 뒤, 아그리파의 연못가 포플러 밑은 요즘 인기 있는 공공 산책로였다. 시리아 어린애들이 물가에 앉은 셀레네의 무릎 위로 기어올랐다. 아기들은 그녀의 드레스 자락에 매달렸다. 큰 아이들은 셀레네가 앉은 벤치로 올라오는 데 성공해 비둘기처럼 그녀의 입에 뽀뽀했다. '비너스와 사랑의 신들.' 경탄을 불러일으킬 만한 보기 좋은 그림이다. 한 명의 여신에 큐피드들이 지나치게 많고, 얌전하게 주름진 옷을 입은 그 '여신'이 처녀성을 보존하고 있는 점이 조금 특별하긴 하지만. 그 그림은 화가에게 보이기 위한 것이 아니라 옥타비아에게 보이기 위한 것임을 밝혀두어야 한다. 옥타비아의 딸들과 친구들은 자기들이 산책을 하다가 위안 주는 아이들과 함께 있는 셀레네를 만났다고, 너무나 감동적인 광경이어서 지나가던 행인들이 걸음을 멈추고 바라보았다고 옥타비아에게 편지를 쓸 것이다.

'셀레네 언니의 미소는 언니의 우수憂愁 위로 이슬처럼 방울지고 있었어요.'

프리마는 감동해서 이렇게 편지를 쓸 것이다. 클레오파트라의 딸은 어린 노예 아이들을 자기에게 맡겨달라고 옥타비아를 설득했다.

"그곳에서 작은 추억거리를 선물하도록 허락해 군주를 기쁘게 해드리세요. 코끼리나 낙타 같은 선물은 성가실 거예요. 하지만 아시아 아기들 정도면 안 될 것 뭐 있겠어요?"

"나는 더 이상 아이들을 키우지 않잖니. 키워봐야 나중에 술 따르는 하인이나 발 씻기는 하인으로 쓸 수도 없어. 더 이상 연회를 열지 않으니 그런 하인들도 쓸모없을 거야."

"아이들이 손주들을 즐겁게 해주도록 훈련시키면 돼요. 곧 이 집에 손주들이 오게 될 테니까요……."

사실 가족 내의 젊은 여자들이 얼마 전 줄줄이 출산을 했다. 그녀들은 모두 딸만 낳았다. 율리아에게는 꼬마 율리야가, 클라우디아에게는 풀크라가 태어났다. 마르켈라에게는 안토니아라는 딸이 태어났지만 얼마 살지 못하고 세상을 떠났다. 그리고 프리마에게는 금발 머리타래가 벌써 다갈색에 가까운 도미티아가 있었다.

"아주 어린 아이들을 데려오도록 하죠. 두세 살이 넘지 않은 아이들을요. 몇 년 지나면 그 아이들이 풀크라나 도미티아와 함께 놀아야 하니까요. 젖먹이들도 몇 명 사고요."

"그 나이 아이들은 너무 연약해. 여기로 데려오는 동안 죽을 거다……."

"어미들과 함께 데려올 거예요. 아이들이 젖을 떼면 어미들은 되파시면 되고요."

결국 옥타비아는 마음대로 하라고 허락했다. 누구의 뜻에 양보하는지도 알지 못한 채. 그녀를 위로해주지 못해 괴로워하는 남동생의 뜻에? 아니면 인형놀이를 하고 싶어하는 셀레네의 뜻에?

옥타비아는 이제 셀레네가 더 이상 소녀가 아니라는 사실을 알고 있었다. 셀레네는 항상 그 어린애들을 팔에 안거나 다리 사이에 끼고 어머니처럼 굴고 있었다.

셀레네는 매일 옥타비아를 겨냥해 자신감 넘치는 모성을 과시했다. 더 정확히 말하면, 옥타비아로 하여금 만약 그녀가 결혼한다면 얼마나 주의 깊은 어머니가 될지를 상상하게 했다. 아기의 부드러운 얼굴에 뺨을 대고 어루만지고 복통으로 힘들어하는 젖먹이를 어깨에 대고 어를 때, 혹은 방 한가운데에서 자기가 잘 숨었다고 믿는 어린아이를 오랫동안 찾는 척할 때, 셀레네는 그런 모습이 옥타비아를 감동시킬 거라는 점을 의심하지 않았다. 그것은 옥타비아에게 이렇게 말하는 것과도 같았다.

'당신 남동생이 내게서 무엇을 빼앗으려 하는지 보세요.'

그녀는 술책에 따라 행동한다고 생각했다. 자신이 좋아서 그렇게 행동한다는 것은 알지 못했다. 자신이 미래를 준비한다고 믿었다. 하지만 과거를 복구하고 있었다. 오늘 가슴에 껴안고 있는 아이가 알렉산드리아에서 벌어진 행렬 속에서 그녀가 구하고 싶어 했던 '아르메니아 아기'였기 때문이다. 니콜라우스 다마스쿠스와 그녀의 아버지가 그녀에게 주지 않은 아기, 그녀가 이제는 기억하지 못하는, 하지만 여기에 있는, 그녀의 가슴에 안겨 있는 되살아난 아기.

시리아 푸토putto*들은 집 안에 활력을 불어넣으면서 두 여인의 관계에 더욱 자연스러움을 부여했다. 아직 비틀거리며 걸음마를 하는 아이들이 방 안에서 강아지나 새들과 노는 동안, 셀레네는 옥타비아와 함께 그 아이들에 대해 이야기하고, '어린 엄마'라는 자신의 역할을 더 잘 수행하기 위한 조언을 구했다. 옥타비아는 불만스러워하지 않고 가르침을 주었다. 이제는 그럴 여유가 있었다.

옥타비아는 애정에서 우러나오는 몸짓과 교육 원칙들(위안 주는 아이들의 존재 목적에 어울리지 않는!)을 전달했다고 믿었지만, 그녀가 무의식적으로 전달한 것은 다름 아닌 자기 인생의 경험들이었다.

최근 전쟁에서 사로잡힌 바타비아인 유모가 시리아 아이들 중 하나의 코를 풀어주는 것을 보고 옥타비아는 이렇게 말했다.

"사람은 자기를 키워준 유모의 종교를 믿게 되는 법이야. 이 아스타

---

* 이탈리아 회화에서 사랑을 상징하는 벌거숭이 소년.

르테*의 아들은 결국 뿔 달린 케르누노스**를 숭배하게 될 거다!"

한 아이가 다른 아이를 괴롭히면 이렇게 외쳤다.

"장래에 우두머리가 되겠구나! 보려무나, 분별 있는 사람만이 권력을 행사할 수 있단다. 하지만 어떤 분별 있는 사람이 권력을 원하겠니?"

그러고는 웃었다. 그녀, 카이사르의 조카손녀, 아우구스투스의 누나, 마르쿠스 안토니우스의 아내는 참으로 오랜만에 마음에서 우러나오는 웃음을 웃었다.

"모두들 미친 거야!"

그녀가 말했다.

"폴리온, 그래, 물론 폴리온은…… 뛰어난 지성과 범상치 않은 미덕을 가졌지. 하지만 누가 폴리온을 기억하겠니? 흔적을 남기지 못한 채 자기 시대의 청동 화폐 위에서 모래알처럼 미끄러지는 특별한 남자들이 수두룩한걸."

이따금 그녀는 한숨을 쉬고는 이렇게 말했다.

"인생이란 바르바리아 무화과와 같단다. 열매 안에서 끌어내는 이득이 그 껍질을 벗기느라 들이는 수고만 못해."

이 말은 아기들의 치통을 진정시키기 위한 조언("돌고래 이빨로 잇몸을 문질러줘라. 항상 돌고래 이빨을 가지고 있어야 해.")과 태어날 아기의 성별을 알아맞히는 비결("태어날 아기가 사내아이인지 계집아이인지 알기 위해 오른쪽 겨드랑이 밑에 달걀을 품는 것은 쓸데없는 짓이야. 아, 웃지 마라! 내 올케 리비아는 티베리우스 클라우디우스를 가졌을 때 3주 동안 병아리를 품었어!") 사이에 나왔다.

---

* 고대 셈족이 섬긴 풍요와 다산의 여신의 그리스 이름. 바빌로니아에서는 '이슈타르'라고 불렸다.
** 켈트족이 섬긴 어둠과 죽음과 지하의 신.

옥타비아는 이제 하녀들에게 셀레네를 지칭할 때 절반은 장난으로, 절반은 애정으로 '내 눈동자'라고 불렀다. 하지만 조그만 보물들 중 하나가 병이 나서 젖을 빨지 못해 그녀의 '눈동자'가 밤잠을 못 자며 걱정하면 짜증을 내며 이렇게 말했다.

"이성을 좀 가져라, 얘야! 그 어린애가 네 가족도 아니잖니! 게다가 그 어린것을 장차 무엇에 쓰겠니? 하인으로? 쓸데없는 짓이야! 노예가 죽으면 자유민이 돼. 지옥에서는 알렉산드로스 대왕이나 다리우스나 마찬가지지. 아이를 사랑한다면 그것을 기뻐하려무나!…… 그래, 아이는 예쁘지. 인정한다. 그 아이를 대체하기 위해 캄푸스 마르티우스의 상점들에서 같은 나이의 에스파냐 꼬마를 찾아보마. 똑같이 피부가 갈색인 아이로."

'대체하다'라는 표현에 셀레네의 얼굴이 창백해졌다. 그녀는 신들에게 말 없는 기도를 올리며 두 팔을 들어올렸다. 자기 '눈동자'의 한쪽 뺨에 눈물이 흘러내리자, 짜증이 난 옥타비아는 야단을 치려고 했다. 순간 아우구스투스의 누나는 갑자기 10년 전으로 돌아갔다. 개선식 셋째 날, 목과 손목에 사슬이 둘린 여자아이가 그녀 남동생의 자비를 얻으리라는 희망 속에 군중을 향해 두 손을 내밀었을 때로 말이다. 여자아이는 수레 위에서 죽어가던 소년을 위해 로마 민중에게 애원했다. 1000개의 입을 가진 괴물에게, 날름거리는 혀들에게, 고르고노스의 눈들에게. 하지만 소용없었다. 오직 옥타비아만 금사슬에 묶인 그 포로 여자아이의 절망을 보고 들었다. 너무 늦게. 그녀 자신이 더 이상 움직일 수 없을 때. 곧이어 공식 연단을 떠난 그녀는 소변과 구운 소시지 냄새가 풍기는 막다른 골목 안에서, 마침내 수레에서 내려진 생명이 떠나간 조그만 시체를 발견했다. 병사들은 그 아이의 입을 닫아주는 수고조차 하지 않았다. 아이의 창백한 입술이 젖니 위로 말려 올라가 있었다. 그 어린 이집트 소년은 여전히 숨을 쉬기 위해 분투하는 듯 보였다…….

그리고 오늘 그 포로 여자아이가 다른 고아 남자아이를 위해, 다른 '죄인'을 위해 최후의 애원을 한 것이다. 신들은 개선식의 관객들처럼 필사적인 기도를 무시할까? 그녀 옥타비아는 기도를 못 들은 척할 수 있을까?

"나가라."

그녀가 셀레네에게 말했다.

"울어대서 나를 녹초로 만드는 유모들 그리고 콧물 흘리는 이 아이들을 데리고 뜰로 나가! 나는 생각을 좀 해야 하니까."

3월 1일에 열리는 '어머니들의 축제'인 마트로날리아 이후 얼마 안 되어 아시아에서 늘 오는 편지 꾸러미가 도착했을 때, 옥타비아는 셀레네의 도움을 거절했다. 군주와의 서신 교환을 위해 얼마 전 율리아에게서 글쓰기와 낭독은 물론 속기술까지 뛰어난 일리리아* 출신의 어린 여자 서기 한 명을 사왔다는 것이다.

"하지만 안토니아의 편지들은 제가 계속 읽어드릴 수 있어요."

셀레네가 당황해서 말했다.

"아니다, 애야. 나는 그 여자아이가 모든 필체를 해독하게 만들고 싶어. 너는 시리아 아이들과 함께 놀려무나…… 슬프니? 왜? 아시아에서 일어난 사건들을 더 이상 전해 듣지 못할까 봐 두려운 게냐? 티베리우스가 우리의 독수리들을 되찾았고, 파르티아인들이 결국 교섭에 응했

---

* 고대의 한 지역으로 오늘날의 발칸 반도 서부에 해당한다.

다는구나. 포로였던 그들의 왕자도 돌려줬대. 앞으로 네다섯 달 후면 내 남동생이 돌아올 거야. 그래서 얼마 전에 아그리파가 게르마니아로 떠난 거란다. 눈 색깔이 연한 야만인들이 거기서 우리 라인 군단을 도끼로 베고 있고, 우리는 야만인들에게 이성을 되찾아주는 일을 더는 지체할 수 없었단다. 하지만 바다가 봉쇄되기 전에 내 남동생이 돌아올 테고, 로마는 주인 없이 비어 있지 않을 거야. 율리아도 마찬가지고. 그 편이 둘 모두에게 낫지."

옥타비아는 셀레네에게 정세를 계속 설명해주었고, 셀레네를 친족처럼 대했다. 그러나 예전보다 덜 만났고, 친밀함도 줄어들었다. 실총이었다. 셀레네는 자신이 옥타비아의 심기를 거스른 이유를 놓고 여러 가지 억측을 했다. 아무래도 그녀 때문에 뭔가 기분이 상한 것 같았다. 그녀의 신중함이 못 미더워서일 수도 있고, 그녀가 엉뚱한 모성애의 발작으로 보호자인 옥타비아를 화나게 했기 때문일 수도 있었다. 디오텔레스의 낙담한 태도가 후회를 더욱 부채질했다.

"옥타비아님께서 우리를 그렇게 위해주셨는데! 이제 우린 버림받은 거예요…… 마지막으로 카이사르의 편지를 읽어드릴 때 그분에게 무슨 말을 했어요?"

"아무 말도 안 했어!"

"그럼 무슨 짓을 했어요? 떠올려봐요. 어떤 몸짓을 했어요? 어떤 표정을 했어요?"

"그래…… 내가 울었어. 마침 그때 눈이 큰 시리아 아기가 먹지 못해 죽어가고 있었거든. 그래서 울지 않을 수가 없었어."

"옳거니, 그거로군요! 권력자들은 눈물을 싫어해요. 공주님은 아무것도 아닌 일로 신용을 잃은 거예요. 요람에 누운 아기 노예 하나 때문에! 공주님이, 여왕의 딸이…… 아, 공주님의 어머니라면 그런 식으로 우는 모습을 보이지는 않았을 텐데! 통탄할 일이 그렇게 많았는데도!"

"나는 귀로 늑대를 붙잡고 있단다."

셀레네의 질문에 옥타비아는 이런 수수께끼 같은 말로 대답했다. 셀레네가 말했다.

"올 여름엔 티볼리*에 가서 며칠 지낼까요?"

"나는 마에케나스의 정원들로 만족할 거다, 얘야. 단 한 명의 전령도 놓치고 싶지 않아. 나는 귀로 늑대를 붙잡고 있어……."

셀레네는 어린 시절에 로마어를 배우지 못한 것을 자주 후회했다. 로마어의 뉘앙스와 표현이 지나치게 다양해서 아직도 이해하지 못할 때가 있었다. 이 늑대 이야기도 마찬가지였다. 기껏해야 뭔가 위험한 상황을 가리킨다는 것을 알아차렸을 뿐이다. '귀로 늑대를.' 물론 안전한 것은 없었다. 그렇다, 확실히…… 게다가 요즘 옥타비아는 신경이 날카로워 보였다. 슬프다기보다는 긴장돼 보였다.

사실 아우구스투스의 누나는 셀레네가 모르는 사이 자신의 입장을 놓고 최종 숙고 중이었다. 이제 그녀에게는 막내딸 안토니아 말고는 내세울 카드가 없었다. 사람들은 안토니아가 딸들 중 가장 예쁘고, 가장 빛나는 금발이고, 가장 날씬하고, 가장 그리스풍이라고 말했다. 다시 말해 안토니아는 가장 안토니우스 집안 여자다운 외모를 갖고 있었다. 그런데 그 보기 드물게 아름다운 아이를 '여자 독살자'가 채간 것이다. 리비아는 자기 둘째 아들 드루수스의 신붓감으로 안토니아를 점찍었다. 메아 리비아Mea Livia(이제 아우구스투스는 편지 속에서 자기 아내를 이렇게

---

* 이탈리아 라치오 주(州)의 도시. 로마 북동쪽 30킬로미터 지점, 사비니 구릉을 따라 흐르는 아니에네 강(江) 연안에 있다.

불렀다). '나의 리비아.' 마치 그녀를 지칭하는 단어가 문제인 것처럼(아우구스투스에게는 편지 쓸 때 여백을 남겨두지 않는 고약한 괴벽이 있는 이상 그것이 유일하게 중요한 단어였다). '나의 리비아'(그 더러운 여자는 이번 여행을 이용해 남편과 다시 잠자리를 한 것이 틀림없었다), '나의 리비아'(그 교활한 여자는 안토니아와 함께 보내는 2년의 세월을 이용해 자기 둘째 아들이 좋은 남편이 될 거라고 안토니아를 설득했다). '나의 리비아'는 로마에 돌아오기 전에 그들의 공식 약혼식을 올리기를 꿈꾸고 있다. 격분하는 시누이를 상대하거나 상복 차림 시누이의 슬픈 얼굴을 견딜 필요 없이.

좋다, 그 기쁨을 허락하자. 가이우스가 자기 가족들에게 아욱토리타스를 실행하기가 더 용이해질 것이다. 좋다, 가이우스. 나의 안토니아를 데려가라. 그 아이의 처녀성을 가증스러운 클라우디우스 가문에 희생 제물로 바쳐라. 내 손주들이 '나의 리비아'의 손주들도 될 거라고 약속해다오(오, 나 같은 보잘것없는 사람에겐 얼마나 큰 영광인지!). 자, 어서. 거북해하지 말고! 하지만 그 대가로…… '대가'라고 말해야 할까? 그녀는 이제 보상을 요구할 입장이 아니었다. 군주가 그녀에게 부과하기를 망설이고 있는 행위의 주도권 정도나 잡을 수 있을 뿐이었다. 그녀는 그로 하여금 시간을 벌게 해주고, 양심의 거리낌을 누그러뜨려줄 것이다. 그것은 보상만큼이나 가치가 있었다.

여름 내내 편지들이 팔라티노 언덕과 사모스 사이를, 팔라티노 언덕과 아테네 사이를, 팔라티노 언덕과 파트라스, 케르키라, 아폴로니아* 사이를 점점 빠르게 오고갔다. 군주가 돌아오게 되었다. 마에케나스와 베

---

* 벵가지 동북쪽 235킬로미터, 키레네 북쪽 16킬로미터 지점에 위치한 고대 그리스 로마 유적지. 현재의 리비아 영토에 해당한다. 기원전 7세기경부터 항구도시로 발달했고, 기원전 3세기경 키레네 도시국가에 복속되면서 키레네와 영고성쇠를 함께했다.

르길리우스는 어느 때보다 더욱 아첨을 하며 그를 마중하러 갔다. 원로 원은 기뻐했고, 그 기회를 이용해 신전 건축을 가결시켰다. 그동안 옥타비아는 편지를 읽고, 구술하고, 대답하고, 암시하고, 논거를 제시했다. 그리고 남동생이 자신을 향해 간직하고 있는 마지막 애정을 자극했다.

'일시적인 투정일 뿐이야, 가이우스.'

'나를 기쁘게 해주렴, 가이우스.'

'오, 너는 나이 든 여자들이 어떤지 알지!'

'엉뚱한 생각이지. 그래, 그냥 변덕일 뿐이야.'

누트리쿨라, 그가 옛날에 누님에게 붙여준 이 별명은 합당했다. 그녀는 자신이 키운 아이들에게 젖을 제외한 모든 것을 내줄 테니까.

구걸하러 온 평민들의 짧은 줄을 거슬러 올라 1층 집무실에 들어갔을 때, 셀레네는 놀라운 광경을 맞닥뜨렸다. 그녀는 허리춤에 매달린 열쇠 꾸러미를 보고 옥타비아를 간신히 알아보았다. 두꺼운 회색 모슬린 베일을 허리까지 드리운 도미나는 무릎에 서판을 놓고 앉아 있는 서기들 위쪽에서 손뼉을 쳤다. 서판들이 동시에 달그락거렸고, 서기들은 모습을 감추었다.

"안심해라, 딸아."

잿빛 부인이 말했다.

"이미 벗었던 이 애도의 팔라*를 내가 집 안에서 다시 입은 것은 슬픔 때문이 아니야. 멋있게 보이려고 그런 거야. 3주 뒤면 내 남동생이 여기에 올 테고, 나는 내가 얼마나 변했는지 보여주고 싶지 않단다. 노쇠한 모습을 보란 듯이 드러내는 것은 분칠한 창녀의 모습보다 더 외설적이지. 나는 집 안에서 거울을 없앴단다. 하지만 은으로 된 술단지에 비친

---

* 고대 로마의 여성용 겉옷. 폭이 어깨에서 발목까지이고 길이가 약 세 배 크기인 천을 비스듬히 걸쳐 몸에 감아 착용했다.

내 모습을 우연히 보았어. 원숭이 볼기짝처럼 추하더구나! 이젠 목욕 담당 하녀에게만 얼굴을 보여줄 거야…… 함께 짐을 꾸리려고 너를 불렀다. 네가 여행할 때 입을 옷을 몇 벌 만들라고 재단사들에게 벌써 천을 내줬단다."

"어디로 가실 건데요?"

"난 아무 데도 가지 않아. 너는 마우레타니아로 갈 거고."

셀레네는 당장은 놀라지 않았다. 그 소식의 의미도, 그것이 미칠 영향도 깨닫지 못했기 때문이다. 그녀에게 '마우레타니아'는 한 번도 나라인 적이 없었다. 이집트 사람들이 요술 주사위 통을 만드는 이국적인 나무 이름일 뿐이었다.

오해를 바로잡아야 했다. 옥타비아가 설명했다.

"옛날에 그 나라에 레바논 삼나무보다 더 값비싸고 귀한 목재가 존재했지. 그 목재를 '마우레타니아 측백나무'라고 불렀단다. 줄기에 대리석 무늬가 있는 거대한 나무야…… 그 나무로 체커판, 조그만 원탁, 탁자 등을 만들었단다. 그 물건들은 상아 상감세공 제품보다 더 값지고 아름다웠어. 내 외외종조 카이사르께서는 그 나무로 만든 물건을 키케로에게서 매입하셨지. 내 기억으로는 아마 100만 세스테르티우스 은화를 지불하셨을 거야. 마에케나스도 그런 물건을 서너 점 소유하고 있단다. 가격은 매길 수가 없어. 값을 매길 수 없지. 이제는 마우레타니아 산 측백나무가 없기 때문이야. 상인들이 전부 베어버렸단다. 그곳에 숲은 더 이상 없지만 땅은 남아 있단다. 광대하고 기름진 아프리카 땅 말이야."

"아프리카요? 하지만 제가 아프리카에서 무엇을 하겠어요? 제발 부탁 드려요. 아프리카는 싫어요! 저를 쫓아내지 마세요!"

셀레네는 이렇게 말한 뒤 옥타비아의 발치에 몸을 던지고 그녀의 무릎에 매달렸다.

옥타비아가 그녀의 땋은 머리채를 손가락 끝으로 쓰다듬으며 말했다.

"얘야, 일어나라. 우리는 너를 유배 보내는 게 아니야. 너에게서 불과 물을 빼앗는 게 아니란다. 너를 결혼시키기 위해 보내는 거야. 너는 마우레타니아 왕과 결혼하게 될 거다."

'결혼', '왕.' 셀레네는 자신이 꿈꾸었던 이 단어들을 가까스로 알아들었다. 그 정도로 '아프리카'라는 단어에 붙들려 있었던 것이다. 그녀를 어떤 야만인들에게 넘기려는 걸까? 에티오피아인? 그 그을린 얼굴들에? 유목민 무리의 우두머리에게? 약탈자 부족의 우두머리에게? 옥타비아가 안심시키는 표정으로 말을 이었다.

"마우레타니아에 그을린 얼굴들이 산다는 것을 나는 믿지 않는단다. 그 사람들은 회교도 혹은 베르베르인들이야. 그들에게는 카르타고라는 오래된 문제가 있지. 그들의 왕국은 광대하단다. 우리 우티카* 지방의 서쪽에 바다를 따라 펼쳐져 있어. 우리가 식민지를 건설한 히포 레기우스**에서 탕헤르***까지 말이다."

셀레네는 탕헤르에 대해 한 번도 들어본 적이 없었다. 하지만 카르타고라면…… 아, 카르타고라는 이름이 희망을 돌려주었다. 로마를 무찌르려면, 클레오파트라의 피에 한니발****의 피를 섞는 편이 더 나을까? 혹시 거기서, 그 '광대한 제국'에서(옥타비아가 '광대하다'고 말하지 않았는

---

* 튀니지 북동부에 있는 고대 도시 유적. 레반트의 튀로스 또는 시돈 출신의 페니키아인이 건설한 도시로, 기원전 6세기의 문헌자료에 따르면 카르타고와 밀접한 관계였다. 기원전 146년 카르타고가 멸망한 뒤 번영기에 들어가고 기원전 26년 로마에 의해 자유시가 되었으며, 하드리아누스 황제 때는 식민지가 되었다.

** 알제리 북쪽 튀니지 국경 가까이에 있는 고대도시 유적. 오늘날에는 '보느' 또는 '안나바'라고 불린다. 기원전 46년 로마에 정복된 후 북아프리카의 많은 로마 식민도시들 가운데 하나가 되었다.

*** 아프리카 대륙 북서단 지브롤터 해협에 면한 항구도시.

**** Hannibal, 기원전 247~기원전 183, 카르타고의 정치가 장군. 제2차 포에니 전쟁(한니발 전쟁)을 일으켜 이탈리아로 침입, 각지에서 로마군을 격파했으나 대(大)스키피오가 카르타고를 공격하자 고국에 소환되어 자마 전투에서 대패했다.

가) 아버지가 주었던 옛 키레나이카 왕국을 발견하게 될까?

맙소사, 아니다. 옥타비아가 알려준 대로, 그리스 사람들이 사는 키레나이카가 이집트의 이웃나라라면, 마우레타니아는 그 반대편에 있었다. 멀었다. 나일 강에서 매우 멀었다…… 카르타고에 대해서는 꿈꾸어봐야 소용없다. 그 고대도시의 흔적은 더 이상 돌멩이 하나 남아 있지 않다고 옥타비아가 명확하게 말했다.

셀레네는 불안감에 사로잡혔다. 그렇다면 자식들이 그리스인도 아니고 로마인도 아니고 이집트인도 아니고 카르타고인도 아닐, 심지어 혼혈도 아닐 왕은 어떻게 생겼을까? 머리털이 텁수룩하고 수염과 털이 많은 후손만을 낳을 왕은?

"나는 유바라는 아이를 예전에 얼핏 본 적이 있단다."

옥타비아가 말했다.

"그 아이는 토착민이지만, 우리가 로마 시민으로 만들었지. 그리스어를 하고 라틴어도 한단다. 카르타고어도 해독할 줄 아는 것 같아. 책 한두 권을 썼고, 그 책이 폴리온의 도서관에서 소장되어 있단다. 내가 알기로는 역사책일 거야. 하지만 너는 그 책을 읽을 시간이 없을 거야. 다음 주에 포추올리로 떠나야 하니까. 거기서 바다가 봉쇄되기 전에, 내 남동생이 돌아오기 전에 아프리카로 가는 배를 타게 될 거다! 만약 네가 너의 사슬을 풀어주려는 이 결혼을 거부한다면, 내 남동생은 네 미래에 대한 계획을 바꿀 수도 있어."

잿빛 베일을 드리운 군주의 누나는 마치 벽 뒤에서 이야기하는 것 같았다. 셀레네는 그녀의 이목구비를 분별할 수 없었다. 하지만 그녀의 목소리에 신경질이 묻어나는 것을 느꼈다.

"소녀야, 뭔가를 원할 땐 온 마음을 다해 원해야 한다. 사람은 이익과 함께 손실도 입는 법이거든…… 너는 죽지 않았고, 어머니가 될 거다.

그리고 왕비가 될 거야. 나는 가장 힘든 일을 마쳤다. 나머지는 네가 해내야 해!"

셀레네에게는 결혼식 날 입기로 되어 있는 서너 벌의 드레스와 하얀 양모로 된 튜닉을 입어볼 시간만 있었다. 하녀들이 채워준 함 속에는 결혼식 날 그녀를 감싸줄 오렌지색 베일과 사프란 염료로 물들인 자그마한 신발이 있었다.

그런 다음에는 팔라티노 언덕에서 트라스테베레까지, 트라스테베레에서 카레나까지, 카레나에서 핀초 언덕까지 급히 돌아다니며 이틀 만에 모든 '로마 가족들'을 찾아가 작별 인사를 했다.

프리마는 로마 소식들을 써보내마고 속삭였다.

"언니 남편의 첩자들이 편지 내용을 해독하지 못하도록 우리의 언어로 써서 말이야…… 아 참, 폴리온이 나에게 유바 왕은 칼푸르니우스 집안에서 자랐고 학식이 풍부하다고 말했어. 그에게서 악취가 나지 않을까 하는 걱정은 하지 마. 로마가 그의 때를 벗겨줬으니까!"

셀레네는 만찬 시간에 율리아를 만났다. 율리아는 연회용 드레스로 몸을 감싸고 있었는데, 품이 넉넉해서 천의 결이 덜 섬세했다면 사람들이 임신 사실을 모를 수도 있었다(아우구스투스의 딸인 그녀는 자청해서 모든 일을 드러내지는 않았지만 사람들이 알아서 간파하도록 내버려두었다). 율리아는 자신의 금고 담당자를 불러 명했다.

"빨리 가서 내 진주를 가져와!"

그러고는 어린 시절 친구의 몸에 직접 걸쳐주겠다고 고집했다.

"어디 봐, 셀레네. 여자 목동처럼 아무 장신구도 걸치지 않은 채 야만인들의 나라에 가서는 안 돼! 고모는 대체 무슨 생각을 하시는 거야? 약혼자에게 깊은 인상을 줘야 하는데! 너에겐 귀걸이, 팔찌가 필요해……
이걸 가져. 그리고 이것도. 수줍어하지 마. 너는 클레오파트라의 딸이잖
아! 너에겐 유피테르의 뜻에 따라 지켜야 할 명성이 있어!"

그녀는 웃고, 수다스럽게 재잘거리고, 포옹하고, 선물을 주었다. 그녀
는 율리아였다. 그녀는 자기가 거느린 난쟁이들과 함께 시시덕거리고,
원숭이와 놀고, 음악가들과 장난치고, 까불고, 자기 자식들과 부드럽게
이야기하고, 종려나무 잎을 따고, 식초에 담근 복숭아를 와작와작 씹어
먹고, 부채의 깃털을 뜯었다. 율리아다웠다.

"내가 네 남편 될 사람을 본 적이 있는 거 알아? 어렸을 때 봤어. 그렇
게 조그맣지는 않았어. 바스크인들과 전쟁을 하기 직전이었지. 내 아버
지 뒤 행렬 속에 있는 그애를 두세 번 봤어. 멋진 기사였어! 잘생기기도
했고…… 말을 타지 않은 모습은 한 번도 본 적이 없어. 진정한 켄타우
로스였지. 위쪽은 사람이고 아래쪽은 말인 반인반수 말이야! 우리끼리
얘기지만, 켄타우로스는 모든 여자들의 꿈이잖아. 그래, 여자들은 말의
입에 키스하기보다는 남자의 입술에 키스하는 걸 더 좋아하지. 하지만
사랑에 빠진 말은 엄청 '대단해!' 내 말을 믿으라고. 아, 얼굴 붉히지 마.
이런 정숙한 아가씨 같으니. 내 말을 이해하지 못하는 거야?"

옥타비아는 여행을 위해 셀레네에게 경호원들을 붙여주었다. 시장에
넘쳐나는, 콧수염을 기른 키 큰 노예 대여섯 명이었다. 율리우스 카이사
르가 갈리아 사람 100만 명을 강제 이주시켰던 것이다. 의사이고 무사
의 동생인 '그리스인' 에우포르부스 역시 수행단의 일원이었다. 아시아
약품 담당자라는 요란한 직함을 얻은 소인족 디오텔레스는 즉시 자신
이 입고 갈 새 옷을 요구했고, 어린 남자아이들을 대량으로 사들이는 부

유한 살루스티우스가 얼마 전 사들인 열 살 난 술 따르는 하인의 장밋빛 튜닉을 제공받았다.

해안으로 출발하기 전날, 아우구스투스의 누이는 마지막으로 셀레네를 만났다.

"네 어머니는 반지 하나를 갖고 있었단다. 음각 장식을 새긴 마노 반지였지. 그녀가 애착을 가졌던 물건 같더구나. 개인 인장이기도 하고. 그녀는 거기에 내가 잘 해독할 수 없는 단어를 새겨놓았어. '메테^{Méthè}'라는 단어였던 것 같아. '도취'라는 뜻이야, 그렇지? 재미있는 생각이지. 내 남동생이 그 반지를 나에게 주었단다. 이제 너에게 돌아가는구나. 네 손을 내밀어봐라. 아, 네 어머니는 손가락이 몹시 가늘었구나…… 그거야 별로 중요하지 않지. 네 남편의 보석상들이 반지 크기를 늘려줄 거야."

그것 말고도 옥타비아는 결혼 선물로 오래된 파라오 조각상 하나를 주었다. 악티움의 승리자가 이집트에서 대형 조각상과 오벨리스크들을 어디에 놓아야 할지 모를 정도로 많이 가져온 것이다…… 옥타비아는 큰 비용을 들여 그것을 캄파니아 지방의 도로로 운반시킨 뒤, 특별히 임차한 상선에 싣게 했다. 옥타비아는 그 머리 없는 군주가 프톨레마이오스 왕조 사람이 아니라는 사실을 알지 못했다. 그 군주는 더 오래 전에 세상을 지배했다. 당시 로마와 그리스는 존재하지도 않았다. 그는 호메로스 이전의 왕, 아킬레우스 이전의 왕이었다. 시대 이전의…….

포추올리에서 배에 짐을 싣는 동안, 에우포르부스는 자기 형의 편지를 통해 드루수스와 안토니아가 약혼식을 올렸고, 군주가 브린디시에서 하선했으며, 바다 횡단 동안 이미 와병 중이던 베르길리우스가 사망했음을 알게 되었다. 아우구스투스와 마에케나스는 베르길리우스가 아직 미완성으로 남아 있는 『아이네이스』를 없애버리지 못하도록 항구의 어느 집에서 밤낮으로 그를 간호했다. 베르길리우스는 죽어가면서 그 작품을 불사르고 싶어했다.

"완벽주의로군!"

군주가 잘라 말했다. 군주는 원고를 안전하게 간수하게 했다.

"신기하군요."

에우포르부스가 논평했다.

"겨우 50줄 부족할 뿐인데 1만 줄이나 되는 운문을 왜 없애고 싶어한 걸까요? 마치 의사가 환자의 손가락 하나를 절단하느니 차라리 죽게 내버려두는 것과 같습니다…… 시인들이란 참으로 이기주의자예요!"

검은 피부에 하얀 수염을 기르고 위안 주는 아이의 튜닉을 입은 디오텔레스는 모든 사람의 눈길을 받았고, 그래서 몹시 기뻐했다. 그는 다른 가설을 갖고 있었는데, 그것을 셀레네에게만 공개했다.

"베르길리우스는 그들이 그리스에 체류하는 동안 군주를 오래도록 뵙지 못했어요. 그러다 불현듯 자신의 작품이 어떤 목적으로 쓰일지 깨달았겠지요. 독재자의 공적을 찬양하는 데 쓰일 거라는 사실을 말이에요! 그래서 자기 작품의 '자살'을 시도한 거예요. 하지만 너무 늦었죠…… 쳇, 쓸데없는 걱정이에요. 100년 뒤엔 아무도 그 사람의 궁정시를 읽지 않을 텐데! 그래도 나는 그의 디도*의 나라를 눈으로 직접 보게 돼서 기분이 좋아요."

그런 다음 즉시 지독한 그리스-이집트어 악센트가 섞인 라틴어로 미래의 로마에 맞서는 카르타고 여왕에 대한 저주의 말들을 과장해서 늘

---

* 아이네이아스 전설에 등장하는 카르타고 여왕. 『아이네이스』4부에 그녀와 아이네이아스의 슬픈 사랑 이야기가 담겨 있다.

어놓기 시작했다.

"일어나라, 오, 내 뼈에서 태어난 미지의 존재여. 불로 그리고 쇠로 반역자들을 추격할 나의 복수자여…… 그들이 서로 싸울 수밖에 없기를. 그들과 그들의 모든 아들들이! 이 기슭 저 기슭에서, 바다에 몰아치는 파도처럼, 무기로 서로 맞서면서……."

셀레네는 바이아이의 둑과 미제노 곶을 이루는 어두운 색의 덩어리가 사라져가는 모습을 지켜보았다. 멀리 바울레스 끄트머리가 보이는 동안 선미에 가만히 서 있다가, 중갑판으로 내려왔다.

그녀가 자신의 과거로부터 가져가는 것은 카이사리온이 준 마우레타니아 목재로 만든 주사위 통, '메테' 반지, 늙은 소인족, 그리고 이름조차 모르는 머리 없는 투트모세 파라오 조각상뿐이었다.

그녀는 디도의 저주를 되뇌었다.

"일어나라, 내 뼈에서 태어난 미지의 존재여, 나의 복수자여!"

삶이 그녀 앞에 있었다. 건너편 기슭에.

　과거에 열중하는 소설가는 역사 속의 위대한 인물보다 부차적 인물을 주인공으로 선택하는 데서 이점을 발견할 수 있다. 소설가는 마치 유령처럼 윤곽이 흐릿한 그 존재들을 꿈꾼다. 그러나 이런 공상적인 구상에는 또 다른 면이 존재한다. '자료를 통해 잘 고증된' 역사 속 중요한 인물들이 자신의 활동 분야에 군림하고, 사소한 맥락에서 자꾸 소설을 침범하려 하는 것이다.

　그러니 안토니우스와 클레오파트라가 셀레네의 어린 시절에서 간접적인 역할만 하게 한 뒤, 내 신중한 여주인공 셀레네가 제대로 숨을 쉬도록 아우구스투스, 베르길리우스, 마에케나스, 티베리우스의 비중도 조금 낮춰야 했을까?

　그렇다 해도, 역사 속의 이 스타들을 이야기에서 배제한다는 것은 말이 안 된다. 그들은 이따금 내 어린 여왕을 질식할 정도로 압박하지만, 동시에 우리로 하여금 그녀의 윤곽을 그릴 수 있게 해준다. 실제로 역사 속에 이 위대한 인물들이 존재했고, 셀레네도 존재했다. 그들은 행동했고, 셀레네는 반응했다. 이름 높은 남자들과 유명한 여자들이 역사가를 위해 클레오파트라 딸의 로마 시절 초상을 음각으로 그려준다.

사실 우리는 셀레네의 나이 열 살에서 스무 살까지에 해당하는 이 시기 중 그녀와 직접 관련되는 정보를 조금밖에 갖고 있지 않다. 이를테면 고대의 화폐는 셀레네와 관련된 결정적인 두 연대를 알려준다. 기원전 29년 이집트에 승리한 옥타비아누스의 개선식 때 그녀가 '금사슬에 묶여' 사람들 앞에 전시된 일, 그리고 기원전 19년 그녀가 마우레타니아 왕 유바와 결혼한 일.[1]

연대상의 이 두 기준점(개선식과 결혼식) 사이에 일어난 일들에 관해서는, 셀레네가 아우구스투스의 누나인 옥타비아 집에 들어가서 자랐다는 점을 제외하고는 알 수 있는 사실이 별로 없다. 그 이집트 소녀는 로마 제1의 귀부인 집에서, 감탄스러운 아이들 그리고 예술가와 철학자 무리 한가운데에서 자신이 자라는 데 필요한 정서적이고 정신적인 양분을 찾아낸 것이다.

*

알렉산드리아 학살에서 목숨을 구한 그녀의 형제들, 즉 알렉산드로스 헬리오스와 프톨레마이오스 필라델푸스에게는 무슨 일이 일어났는가? 플루타르코스는 옥타비아가 "(클레오파트라의) 살아남은 아이들을 데려와 자기 아이들과 함께 키웠다"고만 기록했을 뿐이다. 옥타비아는 두 소년을

---

1) 앞면에 유바(Rex Juba)의 모습이, 뒷면에는 셀레네(Kleopatra Basilissa)의 모습이 새겨진 마우레타니아 화폐들이 많다. 그중 딱 하나에 통치 6년이라는 연대가 명시되어 있다. 유바의 통치는 에스파냐 전쟁 기간인 기원전 25년에 시작되었으므로, 대다수의 역사가들은 그 화폐가 기원전 19년 왕의 결혼식 때 발행되었을 거라고, 혹은 차후 기원전 19년에 행해진 결혼식을 기념해 발행되었을 거라고 추정한다. 역사적으로 엄밀히 따져볼 때 화폐에 명시된 이 날짜는 기원전 19년에 유바와 셀레네가 결혼한 상태였다는 사실만을 의미하지만, 나는 대다수 역사가들의 이 해석을 따랐다.

언제까지 키웠을까?

현대의 역사가들은 그것을 알지 못하며, 서로 다른 의견을 제시한다. 어떤 역사가는 더 이상의 논평 없이 "알렉산드로스 헬리오스와 프톨레마이오스 필라델푸스의 운명에 대해서는 아무것도 알 수 없다"[2]고 말하고, 다른 역사가들은 가장 과감한 낙관론("셀레네의 형제들이 셀레네와 함께 마우레타니아에 가서 카이사레아의 궁정에서 함께 살았을 수도 있다"[3])에서 다소간 설득력 있는 절충론("알렉산드로스 헬리오스와 막내 프톨레마이오스는 매우 어린 나이에 죽었다. 아마도 자연사였을 테고, 카이사르 아우구스투스는 크게 안심했을 것이다."[4] 혹은 "프톨레마이오스는 기원전 30년에서 29년으로 넘어가던 겨울에 죽었을 것이고 알렉산드로스 헬리오스는 기원전 29년 직후에 죽었을 것이다. 아마도 둘 다 로마의 다습한 겨울 기후에 타격을 받은 듯하다."[5])을 거쳐 가장 극단적인 비관론("쌍둥이는 개선식에서 행진을 했다. 이후 남자아이들, 즉 알렉산드로스 헬리오스와 꼬마 필라델푸스는 자취를 감추었다. 아마도 처형당한 듯하다."[6])으로 이행한다. 그러니 자료 부족 때문에 역사가들이 소설을 쓸 수밖에 없다면, 소설가 쪽에서도 역사를 만들 수 있다는 것을 우리는 인정해도 될 것이다.

확실한 것은 딱 하나다. 알렉산드로스와 프톨레마이오스는 그리스-로마 역사의 원전에서 매우 일찍 사라지며, 마우레타니아 원전에는 한 번도 등장하지 않는다. 알렉산드로스 헬리오스는 기원전 29년 옥타비아누스의 3중 개선식 때 마지막으로 모습을 '보였'다. 그리고 프톨레마이오스는 이

2) 피에르 코슴, 『아우구스투스』, 페랭, 2009.

3) 크리스티앙 조르주 슈벤첼, 『클레오파트라』, P.U.F., 1999.

4) 조엘 슈미트, 『클레오파트라』, 갈리마르, 2008.

5) 드웨인 W. 롤러, 『유바 2세와 클레오파트라 셀레네의 세계』, 뉴욕, 러틀리지, 2003.

6) 폴 M. 마르탱, 『안토니우스와 클레오파트라』, 콩플렉스, 1995.

시기부터 벌써 언급되지 않았다. 여행[7]하는 동안 죽은 걸까? 아니면 프톨레마이오스가 사슬에 묶인 쌍둥이 남매에 비해 군중에게 그럴듯한 볼거리가 되지 못했기 때문에 연대기 작가들이 프톨레마이오스의 존재를 굳이 언급하지 않은 걸까?

의구심 속에서 나는 남매들 중 막내 프톨레마이오스를 허약하게 태어나 늘 몸이 아팠던 아이로 만들었고, 시름시름 앓다 돌연 '세상을 떠나는' 바람에 개선식이 끝나기 전 행렬에서 제외되게 했다. 알렉산드로스의 경우는 옥타비아 집에서 얼마 동안 살다가 자연사로 세상을 떠났다고 가정했다. 당연히 수상쩍은 죽음이긴 하지만. 어쨌든 옥타비아 사망 후 안토니우스 가문의 남자 후손들이 맞이한 운명을 통해 판단하건대, 카이사르 아우구스투스가 유년기를 벗어난 알렉산드로스 헬리오스를 오래 살도록 내버려두지는 않았을 거라고 추정할 수 있다!

안토니우스와 클레오파트라 사이에 태어난 아들들의 운명(필시 그다지 영광스럽지는 못했겠지만)이 어땠든 간에, 나는 신기한 프레스코화를 복원하는 데 착수했다. 그 전경에 석회로 바른 듯하며 얼굴도 옷도 없는 셀레네가 있고, 측면이나 원경에는 다른 인물들, 즉 아우구스투스, 리비아, 티베리우스, 율리아 혹은 안토니아가 있다. 이들의 모습은 뚜렷하게 그려져 있고 윤곽을 쉽게 알아볼 수 있다. 역사가 그들에 관해 알려주는 한, 나는 그들의 표정과 태도에서 아무것도 바꿀 수 없다. 하지만 나는 그림에서 지워진 인물, 잊힌 아이 쪽으로 관객의 눈길을 돌리고 싶다. 고대 세계 한가운데에

---

7) 이 여행의 여정과 기간은 불확실하다. 옥타비아누스와 그의 군대는 로마에 도착하기 전 꼬박 1년을 여행했다. 그러나 아이들은 바다가 봉쇄되기 전 알렉산드리아에서 곧바로 이탈리아로 보내졌을 수도 있다. 하지만 한편으로 생각해보면, 아이들이 끔찍한 마메르티노 감옥에서 1년 동안 개선식을 기다렸다고 보기에는 무리가 있다. 다른 한편으로, 만약 그 아이들이 로마에 도착한 즉시 아우구스투스의 누나 옥타비아에게 맡겨졌다면, 옥타비아는 사슬에 묶여 행진하는 비인간적인 시련을 그 아이들에게 면해주기 위해 온갖 노력을 아끼지 않았을 것이다. 바로 이런 이유 때문에 내가 많은 가설들 중에서 그 아이들이 때로는 '지배자'의 행렬과 동행하고 때로는 앞서가기도 하면서 오랫동안 여행했다는 가설을 채택한 것이다.

서 새로운 세상이 솟아오르게 하는 데는 화가들처럼 색채를 되살리고 조명을 이동하는 것으로 충분할까? 나는 그렇다고 믿고 싶다.

*

후경에 프레스코화의 회색 색조(폼페이의 붉은 색조)와 뚜렷이 대비되는 옥타비아라는 인물이 있고, 그녀 주변에서 셀레네의 청소년기가 전개된다. 옥타비아는 셀레네 아버지의 전 부인이자 어머니의 '연적'이었다. 또한 셀레네의 부모를 자살로 몰아넣은 남자의 누나다. 지적이고 너그러운 여자였던 옥타비아의 풍부한 개성이 모든 상황을 초월한다 해도, 그녀에 관해서는 이렇게 요약하는 것으로 충분할 터다. 최악의 요약이긴 하지만.

그렇기는 하지만 우리는 옥타비아를 클레오파트라처럼 금석학金石學, 조각, 화폐, 그리고 그녀와 삶을 나누었거나 맞닥뜨렸던 위대한 인물들의 전기를 통해 간접적으로만 알고 있다는 사실을 명확히 하자. 한 여자의 일생을 책 한 권 혹은 일부에서 다룬 고대 역사가가 한 명도 없는 것은 자명한 일이다. 그러니 보충 증거와 흩어져 있는 세부 사항 등 여기저기서(여러 일화들 혹은 개연성 없어 보이는 저자들로부터도) 그녀에 관한 정보를 수집해야만 했다.

이런 정보 수집을 통해 옥타비아의 모습이 보강되었다. 아마도 그녀는 '배신당한[8] 아내'였을 테고, '도구로 간주된' 누나였을 것이다. 그러나 남편

[8) 옥타비아의 경우 '배신'이라는 단어가 반드시 적절하다고 볼 수는 없다. 옥타비아는 안토니우스와 결혼하기 전 안토니우스와 클레오파트라가 이집트 전례에 따라 결혼한 것을 알았지만 정치적 이유 때문에 그 불리한 중혼(重婚)을 받아들였을 수도 있다(『클레오파트라의 딸』1, 402쪽의 주 28)을 볼 것).

과 남동생에게 저항하고 영향력을 미칠 만큼 충분한 지성과 기개를 갖추고 있었다. 고대 역사가들은 기원전 35년 그 두 라이벌이 타결한 타렌툼 협정을 그녀의 공으로 돌리지 않는가? 물론 '온화한 옥타비아'는 그 시대 여자의 방식으로 저항하고, 영향력을 미치고, 음모를 꾸밀 수 있었다. 어머니라는 일족 내의 위치를 이용하는 방식 말이다. 그녀는 안토니우스의 로마인 자식들의 어머니였고 옥타비아누스의 유일한 남자 상속자의 어머니였다.

그녀가 군주 통치 초기는 물론이고 내전 동안에도 리비아를 압도했을 거라는 데는 이론의 여지가 없다.[9] 그녀가 여왕벌의 힘, 술탄의 어머니 같은 위엄을 가졌던 반면, 리비아는 옥타비아누스의 아이를 낳지 못해 가까스로 본처 자리를 인정받았던 것으로 보인다…… 이런 세력 관계는 마르켈루스가 사망한 뒤에야 바뀌었다. 물론 세력 관계가 당장 뒤집히지는 않았다. 옥타비아는 자신의 사위 아그리파를 조카딸 율리아에게 양보함으로써(이 결혼을 통해 율리아는 아버지 아우구스투스에게 손자 셋을 안겨준다), 올케가 자기 아들에게 품고 있던 희망을 일시적으로나마 멋지게 무화시켰다.

그러므로 아이들은 옥타비아의 주된 애착과 관심의 대상인 동시에 권력의 도구이기도 했다는 점을 절대 잊어서는 안 될 것이다.

현대의 어떤 저자들은 나중에 셀레네의 남편이 되는 유바까지 포함할 정도로 그녀 '집'에서 자란 아이들(합법적인 자식들, 데려온 아이들, 인척관

---

9) "옥타비아누스와 결혼한 뒤 30년 동안 리비아의 형편이 어떠했는지에 대해서는 알 수 있는 것이 별로 없다." 앤서니 배럿은 자신이 쓴 훌륭한 전기에서 이렇게 인정한다(『리비아』(예일대학교출판부, 2002). 초판은 1941). "그 시절 로마에 '퍼스트레이디'가 있었다면, 옥타비아가 그 역할을 맡았을 것이다. 리비아는 옥타비아누스가 몹시 좋아한 시누이에게 밀려나 있었다."

계가 있거나 그냥 받아들여진 아이들)의 범위를 확장했다.[10] 어린 누미디아인 포로 유바는 율리우스 카이사르가 암살된 뒤 보호자 없이(혹은 간수 없이) 방치되다가 카이사르의 조카손녀 집에 보내졌을 것이다. 그러나 나는 이 가설을 채택하지 않았다. 우선 유바가 '옥타비아의 아이들'에 비해 나이가 훨씬 많았기 때문이다(이즈음 옥타비아누스의 누나는 44세였지만 어머니가 된 지 얼마 되지 않았다). 게다가 만약 그 어린 포로를 율리우스 가문 일족에 들이고 싶었다면, 공식 의례에 따라 일족 중 가장 나이 많은 부인, 즉 카이사르의 조카딸이자 옥타비아누스의 어머니인 아티아에게 맡겼을 것이다. 아티아는 기원전 39년까지 살았다. 어쨌든 유바를 데리고 있는 것은 주된 정치적 쟁점이 아니었다. 유바의 아버지 나라 누미디아는 로마령 튀니지에 합병되었고, 그때부터 그 어린 볼모는 카이사르의 미망인 칼푸르니아 집에서 지내다가 그녀와 함께 칼푸르니우스 가문으로 들어갔을 것이다. 그후에는 카이사르의 처남 루키우스 칼푸르니우스 피소[11]의 집으로 옮겨갔을까? 그 시절 피소 가문은 브루투스와 카시우스에 맞서기 위해 안토니우스와 친밀한 사이가 되었다.[12] 어린 유바의 운명을 결정한 사람은 아마 당시 풀비아와 결혼한 상태였던 안토니우스였을 것이다. 그때만 해도 옥타비아누스는 영향력이 별로 없었다. 고인이 된 독재자의 서류들도 양도받지 못했는데, 어떻게 그의 볼모를 데려갈 수 있었겠는가?

유바보다 훨씬 늦게 로마에 온 아르메니아의 티그라네스와 헤로데의 아들들은 반대로 아우구스투스 곁에 머물렀다. 아시니우스 폴리온이 그들

---

10) 특히 드웨인 W. 롤러, op. cit를 볼 것.
11) 칼푸르니아와 남매간이었던 루키우스 칼푸르니우스 피소는 부유한 예술 애호가이자 학식 높은 사람으로서 헤르쿨라네움에 유명한 '빌라 파피리'를 갖고 있었다. 쾌락주의자였던 그는 특히 철학자 가다라의 필로데무스를 그곳에 유숙시켰다. 유바는 그곳의 환경에 영향을 받아 뛰어난 지적 예술적 성취를 이루어냈고, 나중에 자신의 저서로 이를 입증할 수 있었을 것이다.
12) 마리 프랑스 페리에스, 『안토니우스의 동지들』(아우소니우스, 2007).

을 데려가길 원했으나, 군주는 그런 특혜를 베풀지 않았다. 그렇다면 그들이 리비아의 집에서 보살핌을 받았는가 아니면 옥타비아의 집에서 보살핌을 받았는가 하는 것은 통째로 의문으로 남아 있다. 팔라티노 언덕에서 두 집이 분리되어 있었는지, 아니면 하나의 집을 이루고 있었는지도 우리는 알 수 없다. 아폴론 신전, 그리스 도서관과 라틴 도서관, 집무실 등 공적 구역과 사적 주거 공간들을 포함해서 말이다. 나는 비밀 회랑(셀레네의 '지하도')을 통해 두 집을 연결함으로써 이 어려움을 피했다. 오빠들이 살해된 뒤 그녀의 인생에 반드시 지하도를 등장시키고 싶기도 했다.

옥타비아의 다른 집들은 상대적으로 잘 알려져 있다. 특히 바울레스의 별장이. 옥타비아의 증손녀이자 네로의 어머니인 아그리피나가 나중에 그 별장을 상속받는다. 바이아이의 화해 만찬 후 별장 맞은편에서 그 젊은 황제에 의해 익사를 통한 암살 시도가 일어난다. 만찬은 아마도 '카이사르의 집'이라고도 불리던 리비아의 오래된 소유지에서 열렸을 것이다. 두 별장이 인접해 있었다는 사실을 고려할 때, 우리는 아그리피나가 파선에서 살아남은 것을 납득할 수 있다. 그녀는 헤엄을 잘 쳤다. 그랬다. 하지만 그리 멀리 헤엄칠 필요는 없었다…… 또한 우리는 셀레네가 로마에 오기 직전 옥타비아가 떠나야 했던 호사스러운 카레나 저택의 위치를 정확히 알 수 있다. 그녀의 딸 마르켈라가, 이후에는 리비아의 아들 티베리우스가 그곳에 살았다.

유명한 건축학 개론의 저자 비트루비우스는 화재로 불탄 그 집의 재건을 위해 마르켈라에게 몇 가지 조언을 해주었다. 하지만 그때 이후 비트루비우스를 언급하는 것이 금지된 이유는 무엇일까? 비트루비우스는 카이사르의 군사 기술자였고 '개인 주택'(그의 『6서』의 주제)에 대한 명확한 개념을 갖고 있었으며 옥타비아의 측근 중 한 명이었다. 그는 『1서』 서문에서 자신이 은둔생활을 하면서 이 야심 찬 책을 쓸 수 있었던 것은 "아우구스투스 누님의 추천을 통해"[13] 보조금을 받은 덕분이라고 직접 밝힌다.

옥타비아는 18세기 파리의 귀부인들보다 훨씬 전에 '살롱'을 갖고 있었고 많은 예술가들을 후원했다. 그렇기는 하지만 그 '동아리'에 속했던 사람들이 누구누구인지 정확히 밝히기란 쉽지 않다. 의미 있는 세부 증거를 찾아 『팔라티노 선집』[14]에 실린 난해한 풍자시들까지 추적해야 한다. 어쨌든 아우구스투스의 누나 주위에는 원로원 의원과 '정치참여적' 철학자들로 이루어진 측근 계층이 형성되었다. 그들은 모두 예전에 안토니우스를 지지하거나 공화정을 지지했지만, 옥타비아누스의 새로운 체제에 가담했다('지배자' 옥타비아누스에게 불손하다는 평가를 받고 팔라티노 언덕에서 쫓겨나 아시니우스 폴리온 품에 들어간 철학자 알렉산드리아의 티마게네스처럼). 음향학과 수력학의 대가 비트루비우스, 무예의 대가 셀레우키아[15]의 아테나이오스, 문체론과 문법의 대가 타렌툼의 크라시키우스[16] 같은 전문 학자들이 이 무직의 정치가들 무리에 섞였다. 알렉산드리아풍의 그리스 시인들도 많았다. 그 최선두에 있던 인물이 미틸레네의 크리나고라스이다. 그는 옥타비아의 여러 아이들을 '찬양'했다. 옥타비아누스의 가정교사였던 철학자 타르수스의 아테노도루스 역시 옥타비아의 측근이었던 것 같다(그는 옥타비아에게 자신의 저서 한 권을 헌정했다). 아우구스투스의 최초 전기

---

13) 비트루비우스, 『건축에 대하여』, 클로드 페로 번역(에랑스, 2005).

14) 『팔라티노 선집』(레 벨 레트르, 2002).

15) 셀레우코스 시대에 시리아 왕국 내에 있었던 헬레니즘 도시.

16) 앞의 사람은 마르켈루스의 선생이 되었고, 뒤의 사람은 옛날에 안토니우스에게 선택받아 이울루스의 선생들 중 하나로 머물렀다.

작가(오, 그후 얼마나 많은 전기 작가가 '허가되었'는지!) 니콜라우스 다마스쿠스로 말하면, 아마 내가 보여주는 것보다 더 옥타비아와 친밀했을 것이다.[17]

요컨대 우리는 옥타비아 주변에서 헬레니즘 감성을 지닌 동아리를 발견할 수 있다. 거기서 라틴 시인들의 비중은 마에케나스, 메살라 혹은 폴리온의 동아리에서보다 낮아 보인다. 그러므로 프로페르티우스가 처음에는 갈루스나 호라티우스와 같은 직함으로 아시니우스 폴리온의 후원을 받다가 아우구스투스의 '포맷 작업'에 저항했다 할지라도, 그가 옥타비아의 측근이었다고 단언하는 것은 무모한 일이다. 나는 개인적으로 그의 애가를 좋아하기 때문에 이 소설 속에 그를 등장시켰다. 내가 그를 만나고 싶었기 때문에 그가 셀레네를 만난 셈이다. 문학의 기적이다!

*

예술가들을 세상에 소개하고 유행을 선도한, 찬란하게 빛나던 시누이에 비해, 로마의 또 다른 여인 리비아는 결혼하고 25년 동안 창백한 얼굴을 하고 있었다. 군주가 그녀에게 누이와 똑같은 칭호, 조각상, 특혜들을 제공하지 않았기 때문은 아니고(그는 질투를 피하기 위해 두 여자에게 모든 것을 똑같이 제공했다), '아우구스타'의 거취가 아직 정해져 있지 않기 때문이다. 아니면 그녀의 관심사가 옥타비아의 관심사보다 적어서였을까? 아, 분명 리비아는 지식인은 아니었다! 그녀는 자기 아들들(그녀는 퍽이나 늦게

---

17) 이것은 드웨인 W. 롤러의 가설이다, op. cit. 니콜라우스는 아시니우스 폴리온과도 가까웠다. 반면 그가 헤로데 밑에서 일하고 아우구스투스 밑에서 역사가 역할을 하기 전에 정말로 클레오파트라 아이들의 가정교사였는지는 확실하지 않다. 그것은 딱 한 편의 고대 출전(出典)에만 나와 있다. 그 자신은 짧은 자서전(니콜라우스 다마스쿠스, 『단편들』(레 벨 레트르, 2011))에서 알렉산드리아에 체류했던 일을 언급하지 않는다. 그 일을 떠올리는 것은 그의 관심 밖이었던 것이다. 그러나 소설가는 이런 것들에서 자유로운 선택을 할 수 있다.

아들들의 존재를 인식했다)의 장래 외에는 돈, 육체 등 물질적인 것에만 관심을 가졌던 듯하다.

돈에 대해 말하면, 시간이 흐르는 동안 그녀가 상당한 개인 재산을 축적했고, 후원자 없이 몇몇 해방노예의 도움을 받아 재산을 관리하게 되었다는 점을 유념해야 한다. 그녀는 프리마 포르타의 가족 별장에 로마의 건물 몇 채, 투스쿨룸의 넓은 땅, 리파리 섬의 농장, 캄파니아의 벽돌 공장, 갈리아 지방의 구리 광산, 요르단 골짜기의 종려나무 숲, 소아시아의 밀밭, 이집트의 광대한 부동산(사람들 말에 따르면 이 부동산 중 어떤 것은 클레오파트라의 소유였다고 한다)을 추가했다. 파이윰에는 포도밭과 양떼가 있었고, 테아델피아에는 파피루스 제조소가 있었다. 그리고 도처에 착유장搾油場이 있었다.

육체에 대해 말하자면, 아우구스투스의 아내인 그녀에게는 건강과 미모가 주된 관심거리였다. 현대의 역사가들은 미용사, 안마사, 재단사, 보석상 등 그녀를 위해 일하는 고용인의 수가 늘어났다는 사실을 강조한다.[18] 게다가 그녀는 의학에 관한 자기만의 신념을 갖고 있었다. '위생학파' 의사 한 분대를 고용했고, 주기적으로 식이요법을 행했고, 병을 예방하는 차원에서 절식을 하려고 애썼다(그녀가 86세까지 산 것으로 미루어볼 때, 이런 건강법은 효험이 있었던 것 같다). 또한 그녀는 인두염, 변비, 근육통 등에 쓰는 치료약을 스스로 만들었다. 그 처방이 우리에게 전해온다. 그녀가 했던 유일한 수집도 육체와 관련이 있었다. 바로 난쟁이 수집이다. 그녀가 데리고 있던 난쟁이 중에는 세상에서 가장 작은, 키가 약 70센티미터인 여자 난쟁이 안드로메다가 있었다.

그러나 육체에 대한 이런 관심에 성性은 포함되지 않았던 것 같다. 리비

---

18) 앤서니 A. 배럿, op. cit.

아는 정절(푸디키티아pudicitia)을 위반하다가 현장에서 발각된 적이 한 번
도 없었고, 그녀의 순진함은 가끔 여자 친구들을 놀라게(혹은 정신이 번쩍
들게) 했다. 그녀는 자신은 벌거벗은 남자를 봐도 마치 조각상을 보는 것처
럼 마음이 동요하지 않는다고 말하지 않았는가? 이유는 알 수 없지만, 나
는 베르고프(아돌프 히틀러의 별장 이름-옮긴이)의 테라스에서 체조에 열
중하는 에바 브라운(히틀러의 애인-옮긴이) 같은 유형의 젊은 리비아를 늘
상상했다. 친구들의 카메라 앞을 행진하는 수영복 또는 바바리아 가슴받
이 차림의 에바. 케레스 여신(로마 신화에 나오는 곡물의 여신-옮긴이)으로
변장한 리비아가 머리카락 속에 밀 이삭을 넣은 채 플란키네와 우르굴라
니아에게 미소 짓는 모습[19]…… 좋은 음식을 먹고 자란, 아름답다기보다는
싱그러운 여자들, 지독히도 '건강한', 맹수의 힘센 친구들. 그러나 문화적
소양이 없고, 욕구가 없고, 상상력이 없는, 간단히 말해 어수룩한 소녀 같
은 여자들.

　리비아의 이런 인물됨은 (나도 동의하는바) 권력에 대한 욕구와 능숙한
수완을 드러냈던 그녀 인생의 후반부와는 일치하지 않는다. 그녀는 언제
까지 그런 재간을 숨겼던 걸까? 하늘의 도움을 받은 걸까, 아니면 거짓말
과 독을 이용해 스스로를 도운 걸까? 어쨌든 그녀의 인생 역정은 어수룩한
노부인들을 조심해야 한다는 것을 증명한다. 그녀들은 힘 있는 사람들과
의 접촉을 통해 많은 것을 배우는 것이다.

　침착하고 실제적이었던 그 예쁜 여자는 흰 암탉들을 키우고, 푸치눔 포

---

19) 클레오파트라의 경우와 달리, 리비아의 '확실한' 초상들은 많이 알려져 있다(정면에서 본 얼
　　굴 혹은 옆얼굴, 특히 피렌체와 빈의 카메오 그리고 티베리우스 시대의 화폐). 이 공식 초상들이
　　모두 젊은 시절의 모습은 아니다. 루브르 박물관에는 그녀의 다양한 연령대의 모습을 표현한
　　흉상들과 그녀를 케레스로 묘사한 전신상 두 점이 소장되어 있다.

도원을 운영하고, 돈을 셈했다. 아우구스투스는 세련된 우아함을 갖추었지만 "싫증나게 하는 평범함"[20]을 지녔던 그 여인을 사랑했을까?

말년에는 분명 그랬다. 옥타비아, 마에케나스, 아그리파가 사라지자, 리비아는 그에게 없어서는 안 될 존재가 되었다. 하지만 처음에는? 아, 처음에는 그래도 결혼이 영향을 미쳤다. 그들의 결혼을 둘러싼 특별한 정황은 내가 꾸며낸 것이 아니다.[21] 그 결혼은 로마인들이 보기에 파렴치했을 뿐 아니라, 익살스럽기도 했다. 사람들은 티베리우스 네로의 집에서 열린 약혼식 피로연 때 위안 주는 아이가 한 말 같은 에피소드를 언급하며 그 희극을 마음대로 과장했다. 그 아이가 피로연에서 처음으로 '미래'의 남편 옆에 공식적으로 눕게 된 리비아에게 가서 이렇게 말했다는 것이다.

"마님, 착각하셨어요. 마님의 남편분은 저쪽 맞은편에 있어요……"[22]

하지만 로마 민중은 배우자 교환, 손쉬운 이혼, 즉각적인 재혼에 곧 무덤덤해졌다! 결혼은 더 이상 종교적인 행위가 아니었고 민사상의 행위였다. 개인의 권리에 대한 단순한 계약일 뿐이었다. 그럼에도 불구하고 옥타비아누스의 재혼은 우티카의 카토의 이혼보다 더 무성한 소문을 낳았다. 친절하게도 몇 년 전 카토는 자식 보기를 고대하는 부유한 친구 호르텐시우스

---

20) 그녀의 전기작가 중 한 명의 표현이다. 그 사람은 아내의 '싫증나게 하는 평범함'이 나라의 우두머리에게 줄 수 있는 휴식을 과소평가한 듯하다.

21) 그렇기는 하지만 리비아가 만찬 석상에서 옥타비아누스를 만났고 즉시 '강간당했다'고 장담할 수는 없다. 수에토니우스는 다른 남자의 아이를 출산하려는 참이었던 젊은 드루실라가 옥타비아누스의 집에서 살게 된 일과 옥타비아누스가 연회 도중 유력인사인 남편이 보는 앞에서 그녀를 '납치'한 일을 따로 떼어 이야기한다. 타키투스의 경우는 그가 사용한 표현들로 미루어볼 때 이 두 일화(나중에 디오 카시우스가 되풀이해 말한)를 하나로 혼동한 것 같다. 많은 현대 역사들은 이 두 일화를 결합한다. 어쨌거나 이 일화들은 옥타비아누스가 후손에게 엄중히 비난받아 마땅한 행동을 했던 그의 증손자들인 칼리굴라와 네로만큼이나 자신의 욕망을 절대시했음을 잘 보여준다. 그런데 칼리굴라는 옥타비아누스의 이런 선례를 잘 알고 있었다. 자기 마음에 든 어느 새 신부를 테이블에서 일어나 나오게 하면서 자신이 "아우구스투스 신처럼" 행동한다고 말했으니 말이다. 이런 사정을 잘 아는 나는 위의 공공연한 두 가지 '위반 행위'를 하나의 일화로 합치는 안을 채택했다.

22) 소설에서 나는 이 일화를 단순한 추정으로 만들었고, 어린 티베리우스가 이 말을 했을 수도 있다고, 그리고 임신한 여자를 '납치'했다는 일화에는 혼란스러운 부분이 있다고 상상했다.

에게 아이를 잘 낳는 자기 아내 마르키아를 양보했다. 그리고 그 억만장자 친구가 죽자마자, 엄청난 부자가 된 '전' 부인 마르키아와 다시 결혼했다.

나는 어떤 주석가도 주의를 기울이지 않은 한 가지 사실에 주목했다. 로마인들에게 '충격적으로' 보여서 유명해진 이 두 건의 이혼과 재혼이 같은 가문인 옥타비아누스 가문에서 일어났다는 사실 말이다. 우티카의 카토의 아내 마르키아는 옥타비아누스의 어머니 아티아의 두 번째 남편 마르키우스 필리푸스의 딸이었다. 필리푸스(젊은 옥타비아누스는 이 의붓아버지가 내놓는 의견들을 망설이지 않고 받아들였다)는 두 번째 약혼식을 자기와 합동으로 치른다는 조건으로 자기 딸에 대한 전 사위 카토의 '화해' 제안을 수락했다. 그들 두 남자가 힘을 합쳐 마르키아를 전 남편의 신방으로 인도한 것이다…… 옥타비아누스가 리비아와 자신의 결혼에 붙인 괴상한 조건들이 혹시 이런 선례로부터 영감을 받은 것은 아닌지 누가 알겠는가?

이제 기묘했던 절차상의 문제로 넘어가자. 그 동기는 여전히 수수께끼로 남아 있다. 옥타비아누스가 그런 결혼을 하게 된 동기(유서 깊은 귀족 가문 여인과 인척관계를 맺고 싶었다면 '패자'의 아내인 귀여운 리비아가 안 될 이유는?)가 아니라, 너무 엉뚱해서 사람들이 납득할 수 없을 정도로, 더 심하게 표현하면 우스꽝스러워 보일 정도로 결혼을 서두른 동기 말이다.

막 싹트기 시작한 열정으로 인한 초조감 때문이었을까? 그랬을 수도 있다. 그러나 조급했던 결혼 절차가 52년이라는 긴 지속 기간만큼 사랑이라는 가설을 옹호해주지는 못할 것이다. 그 결혼에서 자손이 한 명도 태어나지 않은 만큼, 더욱 놀라운 지속 기간이다.[23]

---

23) "리비아는 임신했다. 하지만 사산했다." 앤서니 A. 배럿은 "리비아는 임신했다. 하지만 그 아이는 산달을 채우지 못하고 태어났다"라는 수에토니우스의 기록을 거의 정확히 계승하여 이렇게 썼다(op. cit., p. 120). 나도 이 저자들의 주장을 따랐다. 그렇기는 하지만, 나중에 프리마(역사가들이 '안토니아 마조르(큰 안토니아)'라고 부르고 내가 이 별명을 통해 그녀의 여동생과 구별하기로 한)의 아들 크네우스 도미티우스 아헤노바르부스가 한 말로 여겨지는 문장을 '나의' 아우구스투스에게 제공하기로 했다.

아우구스투스가 아이를 낳지 못하는 아내 리비아를 쫓아냈다 해도, 그 행위는 리비아 자신을 포함해 동시대인들에게 너무도 당연해 보였을 것이다. 반대되는 추론에 의해, 그가 리비아를 버리지 않은 것은 그 시대의 풍속을 고려할 때 이상한 일이다. 그 충실함이 초래한 정치적 결과들이 황제 체제에 재앙이었던 만큼 더욱 이상하다. 모든 왕정에서 그렇듯, 권력 계승에 관한 원칙을 애초에 확고히 정해놓지 못한 탓에 카이사르 가문은 지속적으로 곤란을 겪었다. 아우구스투스는 체제의 특성에 변화를 주는 데 몰두했고, 일찍이 그런 곤란을 예감할 만큼 영리했다.

확실히 처음에는 옥타비아가 리비아를 보호해주었을 것이다(나도 그렇게 생각했다). 건강한 아들을 남동생에게 줄 작정인 그녀에게 아이를 낳지 못하는 올케는 무엇보다 반가운 존재였을 것이다. 그러나 마르켈루스가 죽은 후 율리아와 아그리파를 결혼시킨 것은 훨씬 더 천재적인 솜씨였다. 덕분에 아우구스투스는 자신이 '섭정'으로 선택한 친구와 피로 연결된 손주들을 얻음으로써, 권력 계승의 해결책을 마련했다고 믿을 수 있게 되었다. 그러나 클라우디우스 가문에 유리하게 작용한 운명과 리비아의 음모가 결국 그 계획을 수포로 돌아가게 만들었고, 설령 그러지 않았더라도 '플랜 B'가 존재했을 거라는 점을 잘 알 수 있다.

가장 간단한 해결책은 아우구스투스 자신이 아들을 낳는 것이었다. 이를테면 이집트 원정에서 돌아오면서 10년의 결혼 생활 동안 자식을 '생산하지' 못한 리비아를 쫓아낼 수도 있었다. 그때 그의 나이가 서른셋이었으니, 자식들을 성인기까지 이끌 시간이 아직 남아 있지 않았는가. 그가 아내 리비아의 비너스 같은 아름다움[24]에 여전히 반해 있었다 하더라도, 그녀를

---

24) "비너스의 육체." 유배를 간 바람에 온순해진 시인 오비디우스는 자신의 『비가』에서 군주의 아내(femina princeps)를 이렇게 묘사했다. 아첨하는 찬사였을까? 확실히 그렇다고 볼 수 있다. 당시 리비아의 나이는 73세가 넘었으니까……

이해심 있는 친구와 결혼시키면 되었을 것이다. 로마 사람들은 우정을 무엇보다 중시했으니 말이다. 유사한 상황에서 마에케나스가 이 점을 증명하지 않았던가.

마에케나스와 그 아내 테렌틸라 이야기다. 리비아에 대한 아우구스투스의 애정이 어떠했든 간에, 마에케나스의 아내 테렌틸라와 아우구스투스의 오랜 내연 관계는 군주 부부의 사랑이 대단했다는 가설을 약화시키는 듯하다. 아우구스투스와 테렌틸라의 관계는 기원전 32년 이전에 시작되었다(수에토니우스가 인용한 마르쿠스 안토니우스의 편지에 그 사실이 명백히 암시되어 있다). 몇몇 고대 역사가들에 따르면[25], 둘의 관계는 적어도 그가 정부를 동반해 서양을 방문한 시기인 기원전 16년까지 계속되었다. 그러나 무레나 사건 이후에도 그와 테렌틸라의 관계가 밀접했다는 가정은 개연성이 없어 보인다. 그녀는 '음모자' 무레나의 친누이로서 그가 아우구스투스의 사법경찰을 피하도록 알려주는 등 도움을 주었고, 음모 자체에 가담하진 않았더라도 이후의 일들에 직접 연루되었다. 아우구스투스는 갈리아 여행에 리비아를 데려갔고, 리비아는 확실히 '너그러운 아내[26]'였으나 주인공의 영광을 공식적인 정부와 나눠 가지기에는 자신의 공적 지위와 명성에 큰 집착을 갖고 있었다. 설상가상으로 테렌틸라는 나이 든 정부였다.[27] 이런 이유로 나는 그 애첩을 그보다 10년 전에 있었던 에스파냐 여행에 등장시키고 싶었다.

그러니까 첫눈에 리비아에게 반했다는 자신의 주장에도 불구하고 젊은

---

25) 특히 디오 카시우스, 『로마사』 54권 19, 3.을 볼 것.
26) 타키투스가 미래의 아우구스타를 수식한 표현도 이러하다.
27) 단순히 '오랜' 정부가 아니라 나이 든 정부였다. 갈리아 여행이 끝날 때쯤 테렌틸라는 사십대가 아직 안 되었지만 당시 여인으로는 상당히 많은 나이였다.

시절 아우구스투스에게는 정부들이 있었던 것이다.[28] 하지만 그후에는? 늘 위안 주는 아이들이 있었다. 그것은 호사의 문제였다. 세상의 주인인 그는 무어인이나 시리아인 아이들을 선호해 주로 사들였다고 한다. 그 아이들과 애무를 나누고 '입에' 긴 입맞춤을 했을 것이다. 그 시절 아이들의 피부를, 아이들의 향기로운 숨결과 작은 손의 부드러운 접촉을 관능적으로 즐기지 못하는 남자는 촌스러운 남자로 간주되었다.[29] 그러나 그 관능이라는 것이 반드시 성性을 뜻하지는 않았다. 아우구스투스는 위안 주는 아이들과 함께 놀았지만 이들을 범하지는 않았다.

어쨌든 그의 성적 취향은 소년들을 향하지 않았다. 반대로 어린 여자아이들의 처녀성을 빼앗기를 좋아했다. '어린 여자아이들'이란 『로베르 대사전』에 따르면 고대의 의미로 사춘기 직전의 "성숙하지 않은 소녀"였다. 사실 라틴 역사가들은 아우구스투스에 관해 푸엘루라이puellulae가 아니라 푸엘라이puellae를 이야기한다. 나보코프가 말하는 '고혹적인 자태의 앳된 소녀nymphette' 말이다. 로마 소녀들은 열두 살이면 결혼 적령기로 간주되었으니(열두 살 전에 약혼하고 '육체관계를 맺는' 일도 잦았다), 우리는 리비아의 묵인과 함께 군주에게 넘겨진 어린 여자 노예들, 혹은 말만으로도 소름 끼치는horresco referens 자유민 '소녀들'의 나이가 열 살에서 열네 살 사이였을 것으로 짐작할 수 있다. 혹은 더 어렸을 수도 있다. 로마 남자에게 상대방

---

28) 나는 마르쿠스 안토니우스가 인용한 여인들 중 하나인 살비아 티티세니아에 관해 많이 상상해보았다. 아, 너무도 펠리니적인 이름을 가진 티티세니아! 그러나 많은 조사에도 불구하고 그녀에 관해서도, 그녀의 가족에 관해서도 아무런 정보를 얻지 못했다. 물론 어렵지 않게 꾸며낼 수도 있었다! 하지만 실존했던 남성 인물들이 너무 많이 등장하기도 했고, 유모들과 교육자 디오텔레스를 제외하고는 실존했던 인물들만 등장시킨다는 1권의 원칙을 지키고 싶었다. 딱 한 경우, 폼포니아 아티카(아그리파의 첫 번째 아내이자 빕사니아의 어머니, 티베리우스의 장모, 그리고 키케로의 저명한 친구 아티쿠스의 딸)의 경우에는 정보가 별로 없는 실존 인물에게 감히 '희극적인' 성격을 부여했다. 술을 좋아하는 조금 어리석은 중년부인의 성격 말이다…… 나도 인정하지만 사실 이 성격은 불쾌한 다른 폼포니아, 즉 소설 속 폼포니아의 고모이자 키케로의 처형에게 더 잘 어울린다.

29) 특히 마르티알리스, 『풍자시편』11편, 8.을 볼 것.

의 나이는 아무런 문제가 되지 않았으니 말이다. 처녀성 침해는 더욱 위반에 해당하는 행위였다.[30] 그러나 가장 궁극적인 타락은 법적 지위를 무시하는 것이었다. 로마의 체계화된 성적 위계질서를 잘 표현한 다음의 경구가 아우구스투스를 기쁘게 한 듯하다. "엉덩이를 내주는 것은 자유민 남자에게는 치욕이고, 노예에게는 의무이고, 해방노예에게는 예의이다……."

지금 이런 규방 이야기를 하며 시간을 끄는 이유가 뭐냐고? 왜 리비아가 가졌던 권력의 비밀을 아우구스투스와 그녀의 매우 '길었던 결혼 생활'에서 찾느냐고? 내가 그의 군주 통치 초기를 셀레네가 자라면서 접한 '로마 여인들'의 눈으로 그리고 그 아이들의 눈으로 바라보기로 마음먹었기 때문이다. 큰 정치는 그녀들을 피해갔을 수 있다. 하지만 결혼의 정치, 결혼 밖의 음모 그리고 '인간적 연약함'은 그녀들을 피해가지 못했을 것이다. 그런데 현대의 픽션 작가들은 시대착오적인 시선으로 과거를 바라보는 위험과 고대의 정신psyché을 프로이트의 불빛에 비춰보는 위험을 무릅쓰고 모든 것을 아우구스투스가 복잡한 인물이고 '분명치 않은' 성적 취향을 가졌던 탓으로 돌린다…… 이를테면 로버트 그레이브스는 『나는 황제 클라우디우스다』에서 그를 부부간의 사랑이라는 칸막이 뒤로 숨은, 너무 이르게 성적으로 무능해진 남자로 묘사했다. 그로 인해 자신이 대체 불가능한 존재임을 알게 된 리비아는 처음에는 재정적 보상을, 나중에는 명예상의 보상을, 그리고 점차 정치적 보상을 받으면서 '부득이한 불임'을 달게 받아들였다는 것이다. 반면 시리즈 TV 드라마 〈로마〉의 작가들은 '콤플렉스가 있었던' 미덕의 아버지 옥타비아누스가 자기 아내를 기쁘게 하기 전에 주먹이나 회초리로 때렸다고 상상했다.

나는 그렇게까지 멀리 나갈 필요는 없다고 생각한다. 그 지적인 남자는

---

30) 그러므로 처녀를 처형하기 위해서는 사전에 '순결을 빼앗을' 필요성이 있었고, 겨우 여덟 살밖에 안 된 세야누스의 막내딸도 그런 운명을 맞이했다.

더 미묘한 불균형에 처했을 것이다. 다른 한편으로 육체적 사랑이나 탐닉은 성적 도착처럼 코사 멘탈레(cosa mentale, 정신적인 것)이다.

*

앞에서 말했듯이 이 소설에 등장하는 부차적 인물들은 역사상 실제로 존재했고, 나는 소설 속에서 그들의 행동과 정치적 성향을 존중하려고 노력했다.

폴리온[31], 갈루스, 메살라, 플란쿠스, 무레나, 그리고 다른 사람들의 정치적 운명은 아우구스투스의 정치를 완벽하게 밝혀주고 악티움 이후 군주 통치의 투쟁(솔직하게 표현하면 절대권력의 투쟁)이 승리하지 못했음을 보여준다는 이점을 제공한다. 많은 피를 흘리고 정화되었음에도 불구하고, 원로원은 마지못해 따랐다.[32] 아우구스투스는 오랫동안 산발적인 저항 혹은 폭발하는 자부심에 부딪혔다. 연이은 쿠데타(기원전 27년과 기원전 23~22년의)를 통해 권력을 확고히 할 수 있었다. 그는 점점 가혹해졌고, 많은 '전향자'들이 그의 인격에 동조했다기보다는 평화의 필요성에 동조했다는 점을 결코 경시하지 않았다. 가족들의 경우도 상황은 마찬가지였을 것이다. 사람들은 친아버지가 정치적으로 수세에 몰려 추방되었던 티베리우스와 드루수스 역시 비밀스럽게 공화주의를 지지했다고 주장한다. 율리아의 경우는 3권 『카이사레아의 남자』에서 이야기할 것이다. 아우구스투스

---

31) 카이사르와 안토니우스의 동료였던 아시니우스 폴리온의 매우 잘생긴 얼굴에 관해, J. 앙드레, 『아시니우스 폴리온의 삶과 작품』(클링크시에크, 1949), 그리고 마리 클레르 파니에스의 매우 정확한 약술들, op. cit., 그리고 루치아노 칸포라의 『카이사르』(플라마리옹, 2001(부록 2, '다른 진실: 아시니우스 폴리온')).

32) 그들이 '기권하여' 반대 의사를 나타낸 만큼, 즉 그들이 거부 의사를 표하거나 오늘날 상원(上院)에서처럼 반대쪽 문 옆에 무리를 지어 법안을 채택한 만큼 로마 원로원에 잘 어울리는 표현이다.

가 로마 엘리트들을 완전히 복종시키는 데는 30년 가까운 세월(한 세대에 해당하는 시간)이 필요했다. 그는 인내심 있었고, 체계적이었고, 냉혹했다.

많은 역사가들처럼 나 역시 마르쿠스 빕사니우스 아그리파에 관해 조금밖에 알지 못해 안타깝다. 그는 유능한 보좌관으로 역사에 등장했지만 너무 일찍 사라졌다. 확실히 그는 1인자의 재능을 갖고 있었다. 아우구스투스는 군사력에서 모든 것을 아그리파에게 빚졌다. 하지만 행정과 도시계획 분야에서 진 빚도 적지 않았다. 제국의 새로운 '공직 제도'를 만든 사람이 바로 아그리파이다. 그는 로마를 변모시키고 급수 사정을 개선했다. 또한 토지대장과 체계적인 측량법의 도움을 받아 제국 최초의 '진짜' 지도를 만들었다. 아우구스투스의 친구이자 사위였던 그는 장인보다 훨씬 더 팔방미인이었던 듯하다. 아우구스투스는 정치 전략에 전념한 반면, 평범한 계층 출신인 아그리파는 그 분야에서는 으뜸가는 자리를 차지하지 못했다. 그가 죽은 뒤 원로원의 세습귀족들은 속물근성 탓에 그의 장례 행렬을 따라가기를 거부했다. 아마도 '대수롭지 않은 사람[33]'에게 충성을 서약하는 것을 견딜 수 없었을 것이다…… 하지만 아우구스투스의 업적 전체와 그가 통치 후반기보다 전반기에 정치적으로 더 큰 힘을 발휘한 사실을 고려할 때, 아그리파가 옥타비아와 마찬가지로 불안해하고 폐쇄적이고 약간 '편집증적'이었던 군주를 안정시켜주는 역할을 했으리라 짐작할 수 있다. 하지만 아우구스투스가 친한 친구들을 땅에 묻고 자신에게만 혹은 리비아에게만 의지하게 되었을 때는 그런 역할을 해줄 사람이 없었을 것이다.

---

33) 박물관에 가보면 아그리파의 흉상이 많이 소장되어 있다. 그의 얼굴은 호전적인 사람처럼 조금 육중하고, 턱이 강인하며 코가 깨져서 첫눈에 쉽게 알아볼 수 있다…… 심지어 사람들이 그에 대해 갖고 있는 이미지와 너무 비슷하고 지나치게 잘생겼다. 격투사의 모습을 한 신원을 알 수 없는 로마인의 흉상을 발견할 때마다 아그리파라고 이름 붙인 게 아닐까? 왜냐하면 〈아라 파키스〉(이 작품은 그의 사후에 제작되었지만 우리는 여기에 아그리파가 묘사되어 있다고 확신한다)의 저부조에 등장하는 심하게 야윈 그의 얼굴은 박물관에서 볼 수 있는 전형화된 얼굴과 일치하지 않기 때문이다.

가이우스 킬니우스 마에케나스도 죽었기 때문이다. 마에케나스는 마에케나스 이상이었다. 그는 푸셰였고 탈레랑이었다. 지도부의 경찰이자 외교관이었다. 냉소적이고 현실을 냉정하게 판단하는 기묘한 인물, 자칭 향락적인 사람, 그러나 죽음에 매혹된 사람이었다. 다른 한편으로는 타고난 예술적 감수성을 엄청난 재산을 통해 유감 없이 발휘한 사람이었다. 그가 정확히 언제 자신의 재산과 재능을 젊은 옥타비아누스를 위해 사용하기로 했는지는 아무도 알지 못한다. 아마도 그들은 기원전 44년에야 캄파니아에서 만나지 않았을까. 니콜라우스 다마스쿠스는 아우구스투스의 전기 중 아폴로니아 시절을 이야기할 때 마에케나스의 존재를 언급하지 않는다. 반면 아그리파와 루푸스는 이미 카이사르의 조카손주인 옥타비아누스와 친구 사이였다. 역사적 확신보다는 문학적 편의성을 위해[34], 나는 마에케나스를 옥타비아누스의 어린 시절 친구로 만들고 카이사르 암살 3주 뒤 타렌툼 만에서 하선한 옥타비아누스 무리에 포함시키기로 했다.

나는 역사적 확신에 따라 니콜라우스 다마스쿠스의 전기[35]를 멀리했다. 다시 말해 옥타비아누스가 카이사르에게 군사 책임자로 임명받아 아폴로니아[36]에서 발칸 군대와 함께 파르티아에 대항하는 원정을 준비했다는 설을 버리고, 당시의 그를 학생으로 설정했다. 그 시리아 역사가의 전기는 공식 전기일 뿐이고 옥타비아누스를 영웅적인 전사로 만들려는 경향이 있다. 아첨꾼들은 젊은 옥타비아누스가 힘겨웠던 문다 전투 때 이미 에스파

---

34) 똑같은 이유로 나는 옥타비아누스와 가족들을 로마에서 재회시켰다. 니콜라우스(이 점에 관해 거짓말을 할 만한 이해관계가 전혀 없는)에 따르면, 만약 옥타비아누스가 정말로 로마에서 어머니 아티아를 다시 만났다면, 의붓아버지 필리푸스는 나폴리 근처에서 이미 만났을 것이다.

35) 니콜라우스 다마스쿠스보다 50년 뒤에 산 유대인 역사가 플라비우스 요세푸스는 그의 역사가로서의 '자질'과 자기 시대 권력자들에 대한 변함없는 아첨에 관해 결정적이고 잔인한 논평을 했다(플라비우스 요세푸스, 『유대인들의 고대사』, 아르노 당디 번역(리디스, 1982)).

36) 아폴로니아의 '대학'은 아테네, 로도스 혹은 알렉산드리아의 대학들만큼 널리 인정받지는 못했지만 이탈리아에서 더 가까웠고 로마 학생들에게 인기가 있었다.

나에, 자기 외외종조 옆에 있었고 거기서 결정적인 역할을 했다[37]고 주장하지 않겠는가? 아우구스투스 사망 뒤에는 어떤 라틴 역사가도 그런 우화를, 그가 오리엔트 원정에 참여했다는 우화를 계승하지 않았다. 수에토니우스도 벨레이우스 파테르쿨루스(티베리우스의 측근이었던 역사가)와 마찬가지로 그때 옥타비아누스는 열여덟 살이었고 아주 작은 원정에도 참여한 적이 없었으며, 아폴로니아에 간 이유는 공부를 마치기 위해서였을 거라고 지적한다. 그리고 니콜라우스 다마스쿠스는 그가 늙은 그리스인 가정교사와 함께 거기에 갔다고 명확히 밝힌다. 그가 정말로 군사 책임자였다면 그런 보호를 받지 않았을 것이다.

말이 나온 김에, 옥타비아누스의 어머니 아티아가 영국의 시리즈 드라마 〈로마〉에 나오는 것 같은 미국적인 여자가 아니었다는 점을 명확히 할 필요가 있다. 그녀는 우리가 알지 못하는 이유들 때문에 자기 아이들의 교육을 오랫동안 어머니에게 맡겼다. 그러나 다른 부분에서는 모든 점이 평범한 중년 부인다웠고, 첫 결혼보다 두 번째 결혼에서 더 행복했다. 루키우스 마르키우스 필리푸스는 가련한 옥타비우스보다 더 유력한 사회적 지위를 갖고 있었던 것이다.

*

장소들의 지형은 1권보다 2권에서 더 수월하게 재현할 수 있었다.

고대 알렉산드리아의 흔적은 전혀 남아 있지 않지만, 고대 로마에 대해서는 많은 사람들이 알고 있다. 물론 우리가 알고 있는 고대 로마는 아우구스투스 시대의 로마가 아니다. 아우구스투스 시대의 로마에는 웅장한 기

---

37) 루치아노 칸포라, op. cit.를 볼 것.

넘물들이 아직 없었고, 관광객들은 현재의 폐허 밑에서 아우구스투스 시대 로마의 모습을 힘겹게 찾아내야만 한다. 후대의 황제들이 도시를 많이 변화시켰으니 말이다.

예를 들어 군주의 '관저'가 어떤 모습이었는지 알기란 힘든 일이다. 어쨌든 루이 14세의 베르사유 궁전처럼 항상 작업 중이고 언제나 확장 중이었을 것이다…… 오직 '그 시대의' 묘사 대상이 된 저택의 공적 구역들(특히 아폴론 신전)만 정확하게 상상할 수 있다. 고고학적 연구를 통해 언덕의 경사면에 있던 성토墓土의 규모가 엄청나게 컸다는 사실을 알 수 있었고, 대중이 사용하던 계단과 진입로의 위치도 알 수 있었다.[38] 그러나 '리비아의' 작은 집으로 한정되지 않는 사적 주거 공간의 구조는 우리의 이해력을 벗어난다. 이를테면 군주의 '시라쿠사'가 네모난 탑이었는지 원형 탑이었는지, 창문이 높은 2층 건물이었는지 아니면 다른 건물들로부터 떨어진 곳에 있는 정자였는지 알 수 없다. 아우구스투스의 그 개인 공간이 보란 듯이 검소함을 뽐냈다는 사실만을 알 뿐이다.

집 안의 실내장식에 대해서는 '리비아의 집'의 경우만 알 수 있다. 나는 소설 속에서 그것을 정확히 묘사했다. 프리마 포르타 별장의 벽에 그려진 가짜 정원도 묘사했다. 역사가 우연히 나에게 총천연색으로 묘사할 기회를 제공했는데 그런 기회를 놓쳐 후회스럽기는 하다.

나머지 가족들의 로마 거처에 관해서는, 다수의 의견을 따라 율리아와 아그리파의 집을 테베레 강 우안에 위치시켰다. 다시 말해 그 집을 이집트 스타일의 풍부한 실내장식을 한 빌라 파르네시나(교황의 은행가이자 예술 후원가로 유럽 최고의 부를 자랑하던 아고스티노 치기를 위해 16세기 고전주의 양식으로 테베레 강변에 지은 2층짜리 주택-옮긴이)와 동일시했다. 소설

38) 피에르 그로, 「비트루비우스 양식의 집(domus)에서 팔라티노 언덕 아우구스투스 양식의 저택까지」, 『아우구스투스의 군주 통치』 연작(렌대학출판부, 2009).

속에서 프리마가 사는 도미티우스 가문의 저택은 루쿨루스 정원 너머 핀초 언덕에 두었다. 그곳에서 그 일족의 이름이 새겨진 수도관들이 발견되었으니까. 물론 나는 도미티우스 가문이 나중에 소위 '아그리피나(프리마의 아들 크네우스 도미티우스의 미망인)'의 정원이 펼쳐지는 테베레 강 우안에 토지와 집을 소유했다는 사실을 모르지 않는다. 이런 사실 때문에 어떤 역사가들은 그들 '일족'의 본가가 테베레 강 우안에 있었다는 설을 선호한다.[39] 하지만 아우구스투스 시대에는 이 저택에 관한 것이 아무것도 알려지지 않았으므로, 나는 테베레 강 좌안을 선택했다. 도시의 경계였던 그 새로운 구역은 당시 핀초 언덕(혹은 '정원들의 언덕')이었다. 다른 곳과 마찬가지로 그곳의 정원들은 단순한 정원이 아니라, 넓은 관상용 토지였다. 광대한 공원에 전원풍의 주택을 호화롭게 지었던 것이다. 나중에 베르사유 궁전의 프티 트리아농이나 파리의 바가텔 공원이 그랬던 것처럼, 혹은 현대 로마에서 빌라 마다마(라파엘로가 설계한 고대 로마 건축양식의 주택. 훗날 교황 클레멘트 7세가 된 줄리오 데 메디치 추기경을 위해 세워졌으며, 로마의 북쪽 성벽 밖 몬테 마리오 산비탈에 있어서 로마 시가지와 바티칸이 한눈에 바라보인다-옮긴이)가 그런 것처럼. 오늘날 우리는 그 부유한 저택들 중 몇몇의 정확한 위치를 알 수 있다. 살루스티우스 정원(역사가 살루스티우스 소유에서 아우구스투스의 측근 고문관이었던 그의 양자 소유로 넘어간)과 루쿨루스 정원은 빌라 메디치와 유명한 트리니타 데이 몬티 계단 부지와 각각 떨어져 있었다.

*

39) 피에르 그리말, 『로마의 정원들』(P.U.F., 1969).

셀레네가 갑자기 접하게 된 로마 문화의 경우에는 그녀가 유아기에 접했던 헬레니즘 문화와 마찬가지로, 소설가로서 해당 언어와 내적 삶, 몸짓들을 재현하는 데 어려움을 겪었다.

대화[40]에서는 『클레오파트라의 딸』 1의 경우와 같이 현대성을 채택했다. 그러나 가끔 당대의 격언이나 속담을 그대로 인용했고, 고대 역사가들이 인용한 '표현들'을 소개하거나 라틴어 특유의 대담한 표현들을 그대로 재현하기도 했다. 이를테면 율리아와 옥타비아의 '딸들'이 등장하는 변소 장면이 그렇다.

이 장면 이후 율리아는 방종 혹은 방탕의 삶으로 이행한다. 로마의 교육은 무성無性을 추구하지는 않았지만 아가씨들에게 나쁜 생각을 불러일으키지 않도록 많은 것을 감췄다(빅토리아시대의 영국인들은 외설스럽다며 피아노 다리까지 싸매어 감췄다!). 그러나 도처에 남자의 성기가 표현되어 있었던 만큼, 로마 여자는 아무리 정숙하다 해도 어릴 때부터 남자 성기에 익숙했다. 물론 그들은 우리가 어린아이들에게 기침할 땐 입을 가리라고 가르치는 것처럼 어린 소녀들에게 현관이나 과수원에서 필요 이상으로 큰 남근상(그들은 남근상이 행운을 가져다주거나 도둑을 쫓아준다고 믿었다)을 마주칠 경우 손으로 눈을 가리라고 가르쳤다. 하지만 손가락 사이로 보이는 것을 어떻게 막겠는가? 게다가 그 소녀들은 자기 눈에 올려놓

---

40) 라틴어의 그리스어 악센트에 관해서는 『카툴루스』, 84(악트쉬드, 2004). 그리스어의 이집트어 악센트와 시칠리아어 악센트, 국제 그리스어와 '아티카' 그리스어의 구분 그리고 로마의 2개 국어 병용에 관해서는 『로마에서 그리스어를 말하는 방법』, 연작(벨랭, 2005). 아우구스투스가 교양을 갖춘 로마인답게 '텍스트 안에서' 그리스 고전을 인용할 수 있었다 해도 혹은 그리스인 하인들에게 그리스로 말을 건넬 수 있었다 해도, 그는 마르쿠스 안토니우스와 달리 즉석에서 그리스어를 말하지 못했고 키케로처럼 두 방향으로 동시통역을 하지도 못했다는 점에 유념하자.

아야 할 손을 때때로 그 '물건' 위에 올려놓을 수밖에 없었다. 방울로 장식한 남자 성기가 주술 의식에 사용되고 집에서 차임벨이나 노커로 쓰이기도 했으니 말이다…… 어휘로 말하면, 로마 소녀들은 결혼식에 참석할 경우 신혼부부를 악운에서 보호하기 위해 하객들이 목청을 다해 내뱉는 외설스러운 말들을 어쩔 수 없이 들어야 했다. 오늘날의 편집자들은 그 말들을 본연의 강력함 그대로 전달하기를 꺼리지만, 교양 있는 군주 집안 여자아이들조차 그런 풍자시 또는 '시적인' 풍자문학을 읽거나 들었다. 이 대목에서 농담 하나 하겠다. 어떤 로마 남자는 "ructare glandem(귀두로 트림하다)"라고 썼고, 어떤 남자들은 "관계를 맺는다"고 말하는 것으로 만족했다. 'Oppedere(콧방귀 뀌다)'는 현대식으로 말하면 '개의치 않다'가 된다. 사전들은 원어의 의미를 누그러뜨리고(이를테면 irrumator[오럴섹스 하는 사람]를 '음란한 사람'이라고 하는 것) 검열한다. 그러니 아름다운 어원이라 일컬어지는 cunnus를 혹은 장래성 있는 colei를 사전에서 찾아보라. 우리가 거세해버린 이 텍스트들을 경건하게 베껴 쓴 중세 수도사들은 즐거웠을 것이다!

내적 삶은 언어와 관련된 부분보다 더 미묘하고 불분명하다. 종교적 믿음을 예로 들어보자. 훌륭한 역사가들은 이런 자문을 한다. 고대인들은 "그들의 신화를 믿었을까?"[41] 그들의 신을 믿었을까? 우리는 이 질문에 모호한 대답을 할 수밖에 없다. 그때그때 상황에 따라 다르고, 사람에 따라 다르고, 신에 따라 다르다고.

아우구스투스 시대의 교양 있는 사람들은 올림푸스 산의 신들을 더 이

---

41) 폴 베인, 『그리스인들은 그들의 신화를 믿었을까?』(르쇠유, 1983). 그리고 『고대의 신과 인간들』, S. 말리크 프뤼니에와 S. 와일러의 지도하에(레 벨 레트르, 2011).

상 도처에 존재하는 초자연적인 힘으로 '믿지' 않았다. 에우헤메로스(기원전 300년경 활동한 그리스의 신화 작가. 신화적 존재와 사건들의 역사적 기초를 발굴해내는 전통을 수립했다 - 옮긴이)에게서 영감을 받은 몇몇 지식인들만 그 신들은 특별한 재능을 가졌던 위대한 조상들이라는 것을, 옛날 사람들은 신들의 모험이 철학적 우의를 지니고 있다고 생각해 바로(기원전 116~기원전 27, 고대 로마의 저술가. 그리스 학문과 이탈리아 전통문화를 결합시켜 높이 평가받는다 - 옮긴이)나 플루타르코스처럼 신화를 상징적으로 읽고 양식 있는 정신을 숭배했을 거라고 생각한다. 어쨌든 우리는 비너스나 유피테르가 저지른 부정을 여전히 재미있어한다. 이들은 화가나 모자이크 작가들에게 좋은 소재를 제공한다는 장점이 있다. 그러니 현대 사람들이 고대의 성상이나 아름다운 예수 탄생화를 구입하기 위해 반드시 신을 믿어야만 하는 것은 아니듯이, 1세기 사람들이 '레다와 백조'로 식당을 장식하기 위해 반드시 레다가 신들의 왕 유피테르와 만난 뒤 알을 낳았다고 믿어야만 했던 것은 아니리라.

그렇다고 이런 상대주의가 절망적인 순간에 신들에게 도움을 구하거나(루르드 성지에 가는 환자들이 모두 독실한 가톨릭 신자는 아닌 것과 마찬가지로) 주술에 의지하는 것[42]을 방해하지는 않는다. 정해진 날짜에 정체성을 갖춘 종교의 틀 안에서 국가의 신을 경배하는 행위를 방해하지도 않는다. 우리는 로마 사람들이 이런 맥락에서 카피톨리움의 유피테르를, 씩씩한 행운의 여신을, 혹은 로마 여신을 우리와 똑같은 방식으로 숭배했다고 말할 수 있다. 비(非)기독교화한 프랑스인들은 세속성과 인간의 권리를 숭배한다. 혹은 얼마 전부터 자연의 여신을, 현대적인 보나 데아(로마 신화에 나오는 다산과 순결을 관장하는 여신. '좋은 여신'이라는 뜻이다 - 옮긴이)를 숭

---

42) 프리츠 그라프, 『고대 그리스-로마의 주술』(레 벨 레트르, 1994). 그리고 저자 불명의 책, 『이집트 주술 개론』(레 벨 레트르, 1995).

배한다. 이것은 우리 모두가 알고 있듯이 언제나 너그럽고 절대적으로 합리적이다.

민중 계층의 사정이 어떠했는지 알기는 좀 더 어렵다. 그들은 일상생활에서 부차적인 신들에게 도움을 청했다. 믿음이 깊은 자에게 잃어버린 물건을 돌려주는 '파도바의 성 안토니오', 발에 맞는 신발을 찾아주는 '성 구소', 복통을 낫게 해주는 '성 프리스트', 결혼식 날 해를 불러오는 '성 클라라' 혹은 절망한 사람들을 구원해주는 '성 리타' 같은 지역 신들 말이다…… 모든 계층의 로마인이 세상을 떠난 자기 조상을 신으로 섬기고, '수호천사'와 genius(정령)를 믿었으며, 때로는 친구, 주인, 황제의 정령에게 기도하는 일이 권장되기까지 했다.

물론 그들은 그 '장난꾸러기 요정들'에게 삶의 의미나 우주의 섭리, 저승이 어떤 곳인지 묻지는 않았다. 도덕에 대해서도. 이런 질문들을 위해서는 오리엔트 종교들과 철학들이 있었다(몇몇 철학 학파, 특히 피타고라스 학파는 오늘날 우리가 '종파'라고 부르는 것과 매우 유사했다). 불행히도 오리엔트 종교들에 관해서는 많은 것을 알 수 없다. 기독교인들이 '이교도'에 승리한 뒤 그들의 흔적을 공들여 지워버렸기 때문이다. 그중에서도 특히 이시스교의 흔적을 지워버렸다.

그것은 셀레네가 믿었던 종교이기도 하다. 우리는 카이사레아에서 이시스 신전의 존재에 대한 그런 애착을 추론할 수 있다. 마우레타니아 왕 부부가 발행한 화폐들과 보스코레알레의 보물인 '아프리카 컵'에 표현된 이시스 상징물들도 마찬가지이다. 그런데 입문의 '신비'를 이야기하지 않고 이시스 신앙과 의례들을 통해 전달되는 신앙의 자료체corpus를 알기란 힘든 일이다. 이시스 신앙은 키벨레(소아시아 일대에서 숭배된 대지의 여신-옮긴이)나 미트라(고대 페르시아에서 숭배된 태양과 빛, 약속의 신-옮긴이) 숭배보다 더 중요함에도 불구하고, 그 전거는 상대적으로 많지 않다.

우리는 몇몇 기도문, 봉헌물, 디오도루스의 저서 등 글로 된 출전들을 참
조할 수 있다. 특히 아풀레이우스[43]의 저서가 있다. 우리에겐 다행스럽게
도, 아풀레이우스(Lucius Apuleius, 124?~170?: 고대 로마의 작가 철학자 수
사가. 법정 연설의 표본으로 평가되는 『변명』과 재기 넘치는 소설 『변신 이야
기』 등을 남겼다—옮긴이)는 어느 소설에서 '이시스 항해' 축제를 묘사했고
입문의 단계를 간결하게 묘사했다. 플루타르코스[44]의 경우도 마찬가지다.
그의 접근은 때로는 민족학적이고 때로는 철학적이다. 여기에 라틴 풍자
가들의 빈정대는 농담 두세 가지와 이집트 종교가 여자들에게 인기를 끈
일에 관한 티불루스(Albius Tibullus, BC 48?~BC 19: 로마 고전기의 서정시
인—옮긴이)의 시 열 줄을 덧붙여야 한다.

이시스 신앙과 관련된 고고학적 자료들(무릎에 아기를 놓고 앉아 있는
'성모 마리아'를 표현한 수많은 조각상, 소형 조각상, 부적 그리고 청동으로 된
시스트럼이나 헌주용 숟가락을 제외하고)은 표현력이 풍부하지 못한 몇몇
유물, 폼페이의 이시스 성소에서 발견된 불명확 작은 그림 서너 점, 머리를
민(혹은 베일을 쓴) 사제와 꽃 장식을 한 여사제들을 표현한 조각상 정도에
한정된다. 대단치 않은 자료들이다. 기독교의 경우 성전과 교리, 위계질서
와 역사 전체가 자료에 포함되지 않는가. 반면 루마니아 정교회의 경우 우
리는 관련 교리에 충실한 유물, 즉 아기 천사와 어린 양이 등장하는 100개
가량의 세례 메달, 수단을 입은 두 사제의 사진, 〈아뉴스 데이〉의 가사, 젖
가슴을 드러낸 성모 마리아의 모습으로 표현된 아녜스 소렐(Agnès Sorel,
1422?~1450: 프랑스 왕 샤를 7세의 정부. 프랑스의 르네상스 화가 장 푸케가
그린 〈믈룅의 성모 마리아〉의 모델로 유명하다—옮긴이)의 초상화 복제품, 디

---

43) 아풀레이우스, 『변신 이야기』(레 벨 레트르, 2002).
44) 플루타르코스, 『윤리론집, 논설 23, 이시스와 오시리스』(레 벨 레트르), 1988. 특히 우리는 플
　　루타르코스 덕분에 음식에 관한 이집트의 금기사항들과 그것에 대한 '논리적' 정당화를 알
　　수 있다.

드로의 소설 『수녀』의 몇몇 페이지만을 참조할 수 있을 뿐이다. 미래의 역사가들은 이 자료들을 보고 기독교인들이 양, 인간의 얼굴을 한 새, 젖가슴을 드러낸 여신을 좋아했으며 지붕이 둥근 교회에서 예배를 드리기 위해 자기들끼리 사랑하는 것을 습관과 의무로 삼는 검은 옷을 입은 여사제들에게 도움을 청했다고 추론할 것이다…… 그렇다. 마찬가지로 우리가 이시스에 대해 뭔가를 알고 있다 해도, 반드시 차후의 수정을 피할 수 있는 것은 아닌 듯하다. 어쨌든 나는 이 문제에 관해 가능한 한 현행의 연구들에 가까이 접근하려고 노력했다.[45)]

고대 '신앙', 특히 신비 숭배는 우리의 이해력을 벗어나며, 빈번하고 반복되었던 공식 의례들 역시 별로 알려져 있지 않다. 유명한 검투사들의 경기도 마찬가지이다. 그것은 우리가 고대 사극 영화에서 흔히 볼 수 있는 모습은 아니었다. 폴 베인이 그것에 대해 모든 것을 말했다.[46)] 나는 검투사들의 경기에 한결같이 등장하는 'Ave Caesar, morituri te salutant(목숨 바치려는 자들이 카이사르께 인사드립니다)'라는 말을 직업적인 검투사들이 아니라 전쟁 포로들이 딱 한 번 했음을 상기하는 것으로 만족할 것이다. 황제는 무척이나 기묘한 그 말에 놀란 나머지 자신이 점잖게 보이고 관중을 안심시키기를 바랐고, 어쩔 수 없이 그 '간헐적인 볼거리'의 첫 번째 동맹 파업을 유도했다…… 마찬가지로 경기에서 진 검투사를 사형에 처하라고 지시하는 유명한 폴리세 베르소(police verso, 엄지손가락 밑으로 내리기)는 그

45) F. 뒤랑, 『이시스 성소의 성직자와 의례 그리고 지중해 동쪽 연안의 이시스 숭배』, 파리, 1973. 그리고 앞에서 인용한 훌륭한 플루타르코스 개론(「이집트학에의 기여」). 로베르 튀르캉, 『로마 세계의 오리엔트 숭배』(레 벨 레트르, 1989)와 『고대의 신비 숭배』(매사추세츠: 하버드대학연구원, 1987)을 볼 것.
46) 폴 베인, 『빵과 서커스』(르 쇠유, 1976). 그리고 『로마의 섹스와 권력』(탈랑디에, 2005).

림과 영화에 자주 묘사됨에도 불구하고, 자료에는 한두 번 등장할 뿐이다. 게다가 그 장면을 연기하는 주역 배우들의 높은 몸값을 고려할 때, 당시 그것이 빈번하게 행해진 관습이었는지 시간을 끌면서 행해진 관습이었는지 하는 문제는 배제되는 듯하다.

이런 관점으로 볼 때 『로마의 여인들』에서 풀기 어려웠던 문제들 중 하나가 옥타비아누스의 개선식 문제였다. 개선식의 특별했던 점(사흘간의 행진, 악티움에서 나포된 이집트 함선의 뱃머리들과 클레오파트라 조각상, 사슬에 묶인 쌍둥이를 전시한 일, 그리고 어린 티베리우스와 마르켈루스가 말을 타고 행진에 참여한 일)을 이야기하기 위해, 역사가는 정보들을 배치한다. 그러나 당시 사람들은 의식의 '평범한' 전개를 굳이 상세히 이야기할 필요성을 느끼지 않았다. 그들은 개선식을 잘 알고 있지 않았을까…… 그런데 오늘날을 살아가는 우리는 잘 알지 못한다. 아니, 우리가 알고 있는 것을 확신하지 못한다. 사용할 수 있는 정보가 그리 많지 않고 '천연색'도 아니다. 그 정보들은 개선식 전차의 형태, 군중에게 전리품을 보여주기 위해 사용한 들것의 모양 그리고 병사들이 운반한 표시판의 모습만을 알려줄 뿐이다. 병사들이 모두 흰 옷을 입었는지, 개선장군은 얼굴만 보였는지 아니면 몸 전체가 보였는지, 아직 성인복을 입지 않은 그 가문의 소년들이 자기 수레에 매인 말을 탔는지 아니면 호위대의 말을 탔는지, 그리고 이유는 무엇인지[47], 행진이 끝난 뒤 적들의 우두머리 몇 명(그들의 이름이 일반적으로 인용된다)만 처형되었는지 아니면 중요하지 않은 사람들과 하인들까지 모두 처형되었는지는 알 수가 없다. 그날의 주인공이 입은 튜니카 팔마타(tunica palmata: 로마의 개선장군이 입던 옷. 보라색 천에 금실로 종려나무 잎 무늬를 수놓았지만 제정 시대 이후 무늬와 장식이 자유로워졌고 네로 황제 때부터는

---

47) 매리 비어드, 『로마의 개선식』(매사추세츠, 런던: 하버드대학교출판부, 2007).

황제 전용 의상이 되었다-옮긴이)와 토가 픽타(toga picta: 적자색 천에 금실로 수놓은 토가로 개선장군이 입었고 후에는 황제나 집정관이 착용했다-옮긴이)가 어떻게 생겼는지(그것은 카피톨리움의 유피테르가 걸치고 있던 옷이었을까?), 그가 그 영광스러운 옷을 계속 입었는지 아니면 신의 조각상에 돌려주었는지에 대해서는 더욱 알 수가 없다. 그의 머리 위에 월계관을 올려놓는 임무를 맡은 노예가 그를 도취에서 일깨우기 위해 '그대가 죽음을 면할 수 없다는 것을 기억하라, 그대가 죽음을 면할 수 없다는 것을 기억하라⋯⋯'라고 줄곧 그에게 되풀이해 말해주었는지도 확신할 수 없다. 이 문장은 너무나 아름다워서 생략한다면 아쉬울 것이다. 하지만 우연히 채택된 습관적인 문장으로 볼 수도 있다. 아니면 매우 특별한 문장으로 보아야 할까?

한 번 더 말하지만, 이 시절의 로마에 대해 똑 부러지게 알려주는 문학적 고고학적 출전은 너무나 드물다. 로마 문화 혹은 그리스-로마 문화는 8세기 이상 이어졌기 때문이다. 그렇게 긴 세월 속에서 개선식 혹은 여타 집단 행사의 관습들이 변하지 않고 그대로 남아 있을 수가 있을까? 21세기를 사는 우리가 13세기 사람들이 크리스마스를 축하하던 방식대로 크리스마스를 축하하는가? 전혀 그렇지 않다.

고대에 관해 공부할수록, 우리는 그 길었던 세월과 함께 출전의 부족을 더욱 한탄하게 된다. 우리는 관습을 보여주거나 사실을 수립하기 위해 단 하나의 증거를, 단 하나의 인용을 사용할 때가 많다. 니콜라우스 다마스쿠스가 클레오파트라의 궁정에서 맡았던 직무에 대해서도 혹은 마르켈루스의 장례식에 등장하는 600개의 가면에 대해서도 마찬가지이다⋯⋯ 로마 역사에 적용할 수 없어 보이는 로마 격언이 있다면, 그것은 Testis unus, testis nullus('증인이 단 한 명 있는 것은 증인이 없는 것이나 마찬가지다')이다. 물론 연구자와 교수들은 불운에 굴하지 않고 자기들이 모은 파편들에 대한 자극적인 해석을 제안하고, 고대사회에 관한 분석, 주해, 논쟁들을 출판한다. 물론 그것들은 흥미진진하고 감탄스럽기까지 하다. 그러나 그 풍부한 자료들을 읽은 뒤 원전으로 돌아가면 그리스 시詩 반 줄 혹은 폼페이의 독특한 작은 금속 잔의 반쯤 지워진 장식만 발견하게 되기도 한다. 피라미드는 뾰족한 끝부분이 중요한 법이다…… 우리는 사소한 것부터 토론하고, '금니[48]'에 관한 퐁트넬의 이야기를 염려스러운 마음으로 숙고해보아야 할 것이다.

*

"역사와 소설의 경계는 어디인가?"[49]

피에르 노라는 "소설적 글쓰기에 모든 것이 허락된다면, 반대로 역사가는 역사가 허락하는 것과 허락하지 않는 것을 염두에 두고 말한다"라고 강조한다. 역사소설가는 어정쩡한 처지이며, 자신에게 모든 것이 허락된다는 사실을 믿지 못하거나 더 이상 믿지 못한다. 그럼에도 불구하고 어떤 등장인물, 어떤 사건, 어떤 역사상의 기간에 관해 역사가가 '알지 못하는지' 확인할 때, 역사소설가는 좀 더 과감해진다. 나의 경우는 고대가 그런 기간들 중 하나이다. 나는 이미 인정받은 정설을 최대한 존중한다. 하지만 나머지

---

48) 퐁트넬은 슐레지엔에서 어느 어린아이의 금니를 뽑아준 뒤 느낀 흥분을 이야기했다. 그 현상의 원인에 관한 추측들이 퍼져나가고, 그는 의사들에게 금니를 보여준다. 철학자들은 '기적'의 의미를 찾으려 하고, 역사가들은 그 사건과 결부될 수 있는 선례들을 분석한다. 금은세공사는 그 이의 성질을 확인하려고 한다. 물론 금니는 속임수였음이 밝혀진다…… 여기서 퐁트넬은 이런 결론을 내렸다. 우리는 책부터 쓰기 시작하고, 그다음에 금은세공사에게 자문한다는 것이다. "온갖 종류의 자료들로 뭔가를 만들어내는 것보다 더 자연스러운 일은 없다. 나는 현재 존재하는 것들을 통해 우리의 무지를 확신하지 않는다. 그 이유는 미지인 채로 남아 있고 우리는 전혀 관련 없어 보이는 것들을 통해 이유를 찾아낸다. (……) 이런 실수는 역사에 관한 토론에서 가장 자주 일어난다."(『신탁의 역사』(파리: 아셰트, 1908))
49) 피에르 노라, 『현재, 국가, 기억』(갈리마르, 2011).

부분에 대해서는…… 나머지 부분에 대해서는 감히 미슐레의 훌륭한 권고 50)를 따르면서 '침묵으로 하여금 말하게 하는' 권리를 스스로에게 허락한다.

몇몇 출처는 이 소설 세 권에 공통되며, 참고서적 목록은 3권 『카이사레아의 남자』 말미에 첨부할 예정이다

프랑수아즈 샹데르나고르

---

50) 쥘 미슐레, 『일기 1828~1848』(갈리마르, 1959).

최정수

연세대학교 불어불문학과와 동대학원을 졸업하고 전문 번역가로 활동하고 있다. 파울로 코엘료의 『연금술사』, 『오 자히르』, 아니 에르노의 『단순한 열정』, 프랑수아즈 사강의 『한 달 후, 일 년 후』, 『어떤 미소』, 『마음의 파수꾼』, 『고통과 환희의 순간들』, 기 드 모파상의 『오를라』, 『기 드 모파상』, 아 멜리 노통브의 『아버지 죽이기』, 『찰스 다윈-진화를 말하다』, 『르 코르뷔지에의 동방여행』, 『소설 거절술』, 『존재한다는 것의 행복-장애를 가진 나의 아들에게』, 『엘렌의 일기』, 『셜록 미스터리』, 『딜레마』 등 많은 책 을 우리말로 옮겼다.

클레오파트라의

딸 ❷ Les enfants d'Alexandrie

초판 1쇄 인쇄 2014년 8월 13일
초판 1쇄 발행 2014년 8월 20일

지은이 프랑수아즈 샹데르나고르
옮긴이 최정수
펴낸이 김선식

경영총괄 김은영
마케팅총괄 최창규
책임편집 박여영 **디자인** 문성미
콘텐츠개발2팀장 김현정 **콘텐츠개발2팀** 박여영, 백상웅, 문성미, 서유미
마케팅본부 이주화, 윤병선, 이상혁, 도건홍, 박현미, 반여진, 이소연
경영관리팀 송현주, 권송이, 윤이경, 김민아, 한선미

펴낸곳 다산북스 **출판등록** 2005년 12월 23일 제313-2005-00277호
주소 경기도 파주시 회동길 37-14 3, 4층
전화 02-702-1724(기획편집) 02-6217-1726(마케팅) 02-704-1724(경영관리)
팩스 02-703-2219 **이메일** dasanbooks@dasanbooks.com
홈페이지 www.dasanbooks.com **블로그** blog.naver.com/dasan_books
종이 월드페이퍼(주) **출력·인쇄** 스크린 **후가공** 이지앤비 특허 제10-1081185호

ISBN 979-11-306-0390-2 (04860)
(세트) 979-11-306-0115-1 (04860)

다산북스(DASANBOOKS)는 독자 여러분의 책에 관한 아이디어와 원고 투고를 기쁜 마음으로 기다리고 있습니다.
책 출간을 원하는 아이디어가 있으신 분은 이메일 dasanbooks@dasanbooks.com 또는 다산북스 홈페이지 '투고원고'란으로
간단한 개요와 취지, 연락처 등을 보내주세요. 머뭇거리지 말고 문을 두드리세요.